WINKLER
WELTLITERATUR
DÜNNDRUCK
AUSGABE

Artemis & Winkler

Alfred Döblin

BERLIN ALEXANDER-PLATZ

Die Geschichte vom Franz Biberkopf

Artemis & Winkler

Alfred Döblin, *Berlin Alexanderplatz. Die Geschichte vom Franz Biberkopf.* Roman. Herausgegeben und mit Nachwort von Helmuth Kiesel, Anmerkungen und Zeittafel von Ute Bertram-Hohensee.

ISBN Leinen 3-538-05344-8 Leder 3-538-05844-X

Artemis & Winkler Verlag 1993

Satz: Filmsatz Schröter GmbH, München. Druck und Bindung: Friedrich Pustet, Regensburg. Gedruckt auf Dünndruckpapier von Bolloré Technologies, Thonon-les-Bains. Printed in Germany.

INHALT

Dies Buch berichtet von einem ehemaligen Zement- und Transportarbeiter Franz Biberkopf in Berlin. Er ist aus dem Gefängnis, wo er wegen älterer Vorfälle saß, entlassen und steht nun wieder in Berlin und will anständig sein.

Das gelingt ihm auch anfangs. Dann aber wird er, obwohl es ihm wirtschaftlich leidlich geht, in einen regelrechten Kampf verwickelt mit etwas, das von außen kommt, das unberechenbar ist und wie ein Schicksal aussieht.

Dreimal fährt dies gegen den Mann und stört ihn in seinem Lebensplan. Es rennt gegen ihn mit einem Schwindel und Betrug. Der Mann kann sich wieder aufrappeln, er steht noch fest.

Es stößt und schlägt ihn mit einer Gemeinheit. Er kann sich schon schwer erheben, er wird schon fast ausgezählt.

Zuletzt torpediert es ihn mit einer ungeheuerlichen äußersten Roheit.

Damit ist unser guter Mann, der sich bis zuletzt stramm gehalten hat, zur Strecke gebracht. Er gibt die Partie verloren, er weiß nicht weiter und scheint erledigt.

Bevor er aber ein radikales Ende mit sich macht, wird ihm auf eine Weise, die ich hier nicht bezeichne, der Star gestochen. Es wird ihm aufs deutlichste klargemacht, woran alles lag. Und zwar an ihm selbst, man sieht es schon, an seinem Lebensplan, der wie nichts aussah, aber jetzt plötzlich ganz anders aussieht, nicht einfach und fast selbstverständlich, sondern hochmü-

tig und ahnungslos, frech, dabei feige und voller Schwäche.

Das furchtbare Ding, das sein Leben war, bekommt einen Sinn. Es ist eine Gewaltkur mit Franz Biberkopf vollzogen. Wir sehen am Schluß den Mann wieder am Alexanderplatz stehen, sehr verändert, ramponiert, aber doch zurechtgebogen.

Dies zu betrachten und zu hören wird sich für viele lohnen, die wie Franz Biberkopf in einer Menschenhaut wohnen und denen es passiert wie diesem Franz Biberkopf, nämlich vom Leben mehr zu verlangen als das Butterbrot.

ERSTES BUCH

HIER *im Beginn verläßt Franz Biberkopf das Gefängnis Tegel, in das ihn ein früheres sinnloses Leben geführt hat. Er faßt in Berlin schwer wieder Fuß, aber schließlich gelingt es ihm doch, worüber er sich freut, und er tut nun den Schwur, anständig zu sein.*

Mit der 41 in die Stadt

Er stand vor dem Tor des Tegeler Gefängnisses und war frei. Gestern hatte er noch hinten auf den Äckern Kartoffeln geharkt mit den andern, in Sträflingskleidung, jetzt ging er im gelben Sommermantel, sie harkten hinten, er war frei. Er ließ Elektrische auf Elektrische vorbeifahren, drückte den Rücken an die rote Mauer und ging nicht. Der Aufseher am Tor spazierte einige Male an ihm vorbei, zeigte ihm seine Bahn, er ging nicht. Der schreckliche Augenblick war gekommen [schrecklich, Franze, warum schrecklich?], die vier Jahre waren um. Die schwarzen eisernen Torflügel, die er seit einem Jahre mit wachsendem Widerwillen betrachtet hatte [Widerwillen, warum Widerwillen], waren hinter ihm geschlossen. Man setzte ihn wieder aus. Drin saßen die andern, tischlerten, lackierten, sortierten, klebten, hatten noch zwei Jahre, fünf Jahre. Er stand an der Haltestelle.

Die Strafe beginnt.

Er schüttelte sich, schluckte. Er trat sich auf den Fuß. Dann nahm er einen Anlauf und saß in der Elektrischen. Mitten unter den Leuten. Los. Das war zuerst, als wenn man beim Zahnarzt sitzt, der eine Wurzel mit der Zange gepackt hat und zieht, der Schmerz wächst, der Kopf will platzen. Er drehte den Kopf zurück nach der roten Mauer, aber die Elektrische sauste mit ihm auf den Schienen weg, dann stand nur noch sein Kopf in der Richtung des Gefängnisses. Der Wagen machte eine Biegung, Bäume, Häuser traten dazwischen. Lebhafte Straßen tauchten auf, die Seestraße, Leute stiegen ein und aus. In ihm schrie es entsetzt: Achtung, Achtung, es geht los. Seine Nasenspitze vereiste, über seine Backe schwirrte es. »Zwölf Uhr Mittagszeitung«, »B. Z.«, »Die neuste Illustrirte«, »Die Funkstunde neu«, »Noch jemand zugestiegen?« Die Schupos haben jetzt blaue Uniformen. Er stieg unbeachtet wieder aus dem Wagen, war unter Menschen. Was war denn? Nichts. Haltung, ausgehungertes Schwein, reiß dich zusammen, kriegst meine Faust zu riechen. Gewimmel, welch Gewimmel. Wie sich das bewegte. Mein Brägen hat wohl kein Schmalz mehr, der ist wohl ganz ausgetrocknet. Was war das alles. Schuhgeschäfte, Hutgeschäfte, Glühlampen, Destillen. Die Menschen müssen doch Schuhe haben, wenn sie so viel rumlaufen, wir hatten ja auch eine Schusterei, wollen das mal festhalten. Hundert blanke Scheiben, laß die doch blitzern, die werden dir doch nicht bange machen, kannst sie ja kaputt schlagen, was ist denn mit die, sind eben blankgeputzt. Man riß das Pflaster am Rosenthaler Platz auf, er ging zwischen den andern auf Holzbohlen. Man mischt sich unter die andern, da vergeht alles, dann merkst du nichts, Kerl. Figuren standen in den Schaufenstern in Anzügen, Mänteln, mit Röcken, mit Strümpfen und Schuhen. Draußen bewegte sich alles, aber – dahinter – war nichts! Es – lebte – nicht! Es hatte fröhliche Gesichter, es lachte, wartete auf der Schutzinsel gegenüber Aschinger zu zweit oder zu dritt, rauchte Zigaretten, blätterte in Zeitungen. So stand das da wie die Laternen – und – wurde immer starrer. Sie gehörten zusammen mit den Häusern, alles weiß, alles Holz.

Schreck fuhr in ihn, als er die Rosenthaler Straße herunterging und in einer kleinen Kneipe ein Mann und eine Frau dicht am Fenster saßen: die gossen sich Bier aus Seideln in den Hals, ja was war dabei, sie tranken eben, sie hatten Gabeln und stachen sich damit Fleischstücke in den Mund, dann zogen sie die Gabeln wieder heraus und bluteten nicht. Oh, krampfte sich sein Leib zusammen, ich kriege es nicht weg, wo soll ich hin? Es antwortete: Die Strafe.

Er konnte nicht zurück, er war mit der Elektrischen so weit hierher gefahren, er war aus dem Gefängnis entlassen und mußte hier hinein, noch tiefer hinein.

Das weiß ich, seufzte er in sich, daß ich hier rin muß und daß ich aus dem Gefängnis entlassen bin. Sie mußten mich ja entlassen, die Strafe war um, hat seine Ordnung, der Bürokrat tut seine Pflicht. Ich geh auch rin, aber ich möchte nicht, mein Gott, ich kann nicht.

Er wanderte die Rosenthaler Straße am Warenhaus Tietz vorbei, nach rechts bog er ein in die schmale Sophienstraße. Er dachte, diese Straße ist dunkler, wo es dunkel ist, wird es besser sein. Die Gefangenen werden in Einzelhaft, Zellenhaft und Gemeinschaftshaft untergebracht. Bei Einzelhaft wird der Gefangene bei Tag und Nacht unausgesetzt von andern Gefangenen gesondert gehalten. Bei Zellenhaft wird der Gefangene in einer Zelle untergebracht, jedoch bei Bewegung im Freien, beim Unterricht, Gottesdienst mit andern zusammengebracht. Die Wagen tobten und klingelten weiter, es rann Häuserfront neben Häuserfront ohne Aufhören hin. Und Dächer waren auf den Häusern, die schwebten auf den Häusern, seine Augen irrten nach oben: wenn die Dächer nur nicht abrutschten, aber die Häuser standen grade. Wo soll ick armer Deibel hin, er latschte an der Häuserwand lang, es nahm kein Ende damit. Ich bin ein ganz großer Dussel, man wird sich hier doch noch durchschlängeln können, fünf Minuten, zehn Minuten, dann trinkt man einen Kognak und setzt sich. Auf entsprechendes Glockenzeichen ist sofort mit der Arbeit zu beginnen. Sie darf nur unterbrochen werden in der zum Essen, Spaziergang, Unterricht bestimmten Zeit. Beim Spaziergang haben die Gefangenen die Arme ausgestreckt zu halten und sie vor- und rückwärts zu bewegen.

Da war ein Haus, er nahm den Blick weg von dem Pflaster, eine Haustür stieß er auf, und aus seiner Brust kam ein trauriges brummendes oh, oh. Er schlug die Arme umeinander, so mein Junge, hier frierst du nicht. Die Hoftür öffnete sich, einer schlurfte an ihm vorbei, stellte sich hinter ihn. Er ächzte jetzt, ihm tat wohl zu ächzen. Er hatte in der ersten Einzelhaft immer so geächzt und sich gefreut, daß er seine Stimme hörte, da hat man was, es ist noch nicht alles vorbei. Das taten viele in den Zellen, einige am Anfang, andere später, wenn sie sich einsam fühlten. Dann fingen sie damit an, das war noch was Menschliches, es tröstete sie. So stand der Mann in dem Hausflur, hörte das schreckliche Lärmen von der Straße nicht, die irrsinnigen Häuser waren nicht da. Mit gespitztem Munde grunzte er und ermutigte sich, die Hände in den Taschen geballt. Seine Schultern im gelben Sommermantel waren zusammengezogen zur Abwehr.

Ein Fremder hatte sich neben den entlassenen Sträfling gestellt, sah ihm zu. Er fragte: »Ist Euch was, ist Euch nicht gut, habt Ihr Schmerzen?«, bis der ihn bemerkte, sofort mit dem Grunzen aufhörte. »Ist Euch schlecht, wohnt Ihr hier im Haus?« Es war ein Jude mit rotem Vollbart, ein kleiner Mann im Mantel, einen schwarzen Veloursshut auf, einen Stock in der Hand. »Ne, hier wohn ich nich.« Er mußte aus dem Flur, der Flur war schon gut gewesen. Und nun fing die Straße wieder an, die Häuserfronten, die Schaufenster, die eiligen Figuren mit Hosen oder hellen Strümpfen, alle so rasch, so fix, jeden Augenblick eine andere. Und da er entschlossen war, trat er wieder in einen Hausflur, wo man aber die Tore aufriß, um einen Wagen durchzulassen. Dann rasch ins Nachbarhaus in einen engen Flur neben dem Treppenaufgang. Hier konnte kein Wagen kommen. Er hielt den Geländerpfosten fest. Und während er ihn hielt, wußte er, er wollte sich der Strafe entziehen [o Franz, was willst du tun, du wirst es nicht können], bestimmt würde er es tun, er wußte schon, wo ein Ausweg war. Und leise fing er wieder seine Musik an, das Grunzen und Brummen, und ich geh nich wieder auf die Straße. Der rote Jude trat wieder in das Haus, entdeckte den andern am Geländer zuerst nicht. Er hörte ihn summen. »Nun sagt, was macht Ihr hier? Ist Euch nicht gut?« Er machte sich vom Pfosten los, ging nach dem Hof zu. Wie er den Torflügel anfaßte, sah er, es war der Jude von dem andern Haus. »Gehn Sie doch los! Was wolln Sie denn von einem?« »Nun nun, nichts. Ihr ächzt und stöhnt so, wird man doch fragen können, wie Euch ist.« Und durch den Türspalt drüben schon wieder die ollen Häuser, die wimmelnden Menschen, die rutschenden Dächer. Der Strafentlassene zog die Hoftür auf, der Jude hinter ihm: »Nun nun, was soll geschehn, wird doch nicht so schlimm sein. Man wird schon nicht verkommen. Berlin ist groß. Wo tausend leben, wird noch einer leben.«

Ein hoher finsterer Hof war da. Neben dem Müllkasten stand er. Und plötzlich sang er schallend los, sang die Wände an. Den Hut nahm er vom Kopf wie ein Leierkastenmann. Von den Wänden kam der Ton wieder. Das war gut. Seine Stimme erfüllte seine Ohren. Er sang mit so lauter Stimme, wie er im Gefängnis nie hätte singen dürfen. Und was er sang, daß es von den Wänden widertönte? »Es braust ein Ruf wie Donnerhall.« Kriegerisch fest und markig. Und dann: »Juvivallerallera« mitten aus einem Lied. Es beachtete ihn keiner. Der Jude nahm ihn am Tor in Empfang: »Ihr habt schön gesungen. Ihr habt wirklich schön gesungen. Ihr könntet Gold mit einer Stimme verdienen, wie Ihr habt.« Der Jude folgte ihm auf der Straße, nahm ihn beim Arm, zog ihn unter unendlichem Gespräch weiter, bis sie in die Gormannstraße einbogen, der Jude und der starkknochige, große Kerl im Sommermantel, der den Mund zusammenpreßte, als wenn er Galle spucken müßte.

Noch immer nicht da

In eine Stube führte er ihn, wo ein Eisenofen brannte, setzte ihn auf das Sofa: »Nun, da seid Ihr. Setzt Euch nur ruhig hin. Könnt den Hut aufbehalten oder hinlegen, wie Ihr wollt. Ich will nur jemand holen, der Euch gefallen wird. Ich wohne nämlich selbst nicht hier. Bin nur Gast hier wie Ihr. Nun, wie es ist, ein Gast bringt den andern, wenn die Stube nur warm ist.«

Der Entlassene saß allein. Es braust ein Ruf wie Donnerhall, wie Schwertgeklirr und Wogenprall. Er fuhr mit der Elektrischen, blickte seitlich hinaus, die roten Mauern waren sichtbar zwischen den Bäumen, es regnete buntes Laub. Die Mauern standen vor seinen Augen, sie betrachtete er auf dem Sofa, betrachtete sie unentwegt. Es ist ein großes Glück, in diesen Mauern zu wohnen, man weiß, wie der Tag anfängt und wie er weiter geht. [Franz, du möchtest dich doch nicht verstecken, du hast dich schon die vier Jahre versteckt, habe Mut, blick um dich, einmal hat das Verstecken doch ein Ende.] Alles Singen, Pfeifen, Lärmen ist verboten. Die Gefangenen müssen sich des Morgens auf das Zeichen zum Aufstehen sofort erheben, das Lager ordnen, sich waschen, kämmen, die Kleider reinigen und sich ankleiden. Seife ist in ausreichender Menge zu verabreichen. Bumm, ein Glockenschlag, Aufstehen, bumm fünf Uhr dreißig, bumm sechs Uhr dreißig, Aufschluß, bumm bumm, es geht raus, Morgenkostempfang, Arbeitszeit, Freistunde, bumm bumm bumm Mittag, Junge, nicht das Maul schief ziehen, gemästet wirst du hier nicht, die Sänger haben sich zu melden, Antreten der Sänger fünf Uhr vierzig, ich melde mir heiser, sechs Uhr Einschluß, guten Abend, wir habens geschafft. Ein großes Glück, in diesen Mauern zu wohnen, mir haben sie in den Dreck gefahren, ich hab schon fast gemordet, war aber bloß Totschlag, Körperverletzung mit tödlichem Ausgang, war nicht so schlimm, ein großer Schuft war ich geworden, ein Schubiack, fehlt nicht viel zum Penner.

Ein großer, alter, langhaariger Jude, schwarzes Käppchen auf dem Hinterkopf, saß ihm schon lange gegenüber. In der Stadt Susan lebte einmal ein Mann namens Mordechai, der erzog die Esther, die Tochter seines Oheims, das Mädchen aber war schön von Gestalt und schön von Ansehn. Der Alte nahm die Augen von dem Mann weg, drehte den Kopf zurück zu dem Roten: »Wo habt Ihr den her?« »Er ist von Haus zu Haus geloffen. Auf einen Hof hat er sich gestellt und hat gesungen.« »Gesungen?« »Kriegslieder.« »Er wird frieren.« »Vielleicht.« Der Alte betrachtete ihn. Mit einem Leichnam sollen sich am ersten Festtag nicht Juden befassen, am zweiten Festtag auch Israeliten, das gilt sogar von beiden Neujahrstagen. Und wer ist der Autor folgender Lehre der Rabbanan: Wenn jemand vom Aas eines reinen Vogels ißt, ist er nicht unrein; wenn aber vom Darm oder vom Kropf, so ist er unrein? Mit seiner langen gelben Hand tastete der Alte nach der Hand des Entlassenen, die auf dem Mantel lag: »Ihr, wollt Ihr Euch den

Mantel ausziehen? Es ist heiß hier. Wir sind alte Leute, wir frieren im ganzen Jahr, für Euch wirds zuviel sein.«

Er saß auf dem Sofa, er schielte auf seine Hand herunter, er war von Hof zu Hof gegangen durch die Straßen, man mußte sehen, wo sich etwas findet in der Welt. Und er wollte aufstehen, zur Tür hinausgehen, seine Augen suchten in dem dunklen Raum nach der Tür. Da drückte ihn der Alte auf das Sofa zurück: »Nun bleibt doch, was wollt Ihr denn.« Er wollte hinaus. Der Alte hielt ihn aber am Handgelenk und drückte, drückte: »Wollen doch sehen, wer stärker ist, Ihr oder ich. Wollt Ihr sitzenbleiben, wenn ich sage.« Der Alte schrie: »Nun, Ihr werdet schon sitzenbleiben. Ihr werdet schon hören, was ich sage, junges Blut. Nehmt Euch zusammen, Bösewicht.« Und zu dem Roten, der den Mann bei den Schultern griff: »Geht Ihr weg, weg hier. Hab ich Euch gerufen. Ich werd schon mit ihm fertig werden.«

Was wollten diese Leute von ihm. Er wollte hinaus, er drängte hoch, aber der Alte drückte nieder. Da schrie er: »Was macht Ihr mit mir?« »Schimpft nur, werdet schon noch mehr schimpfen.« »Ihr sollt mich loslassen. Ich muß raus.« »Vielleicht auf die Straße, vielleicht auf die Höfe?«

Da stand der Alte vom Stuhl auf, ging rauschend durch die Stube hin und her: »Laß ihn schrein, soviel er will. Laß ihn tun und machen. Aber nicht bei mir. Mach die Tür auf für ihn.« »Was ist, gibt doch sonst Geschrei bei Euch.« »Bringt mir nicht Leute ins Haus, die Lärm machen. Die Kinder von der Tochter sind krank, liegen hinten, ich hab Lärm genug.« »Nun nun, welches Unglück, ich hab nicht gewußt, Ihr müßt mir schon verzeihn.« Der Rote faßte den Mann bei den Händen: »Kommt mit. Der Rebbe hat das Haus voll. Die Enkelkinder sind krank. Wir gehn weiter.« Aber der wollte nicht aufstehn. »Kommt.« Er mußte aufstehn. Da flüsterte er: »Nicht ziehen. Lassen Sie mich doch hier.« »Der hat das Haus voll, Ihr habt gehört.« »Lassen Sie mich doch hier.«

Mit funkelnden Augen betrachtete der Alte den fremden Mann, der bat. Sprach Jeremia, wir wollen Babylon heilen, aber es ließ sich nicht heilen. Verlaßt es, wir wollen jeglicher nach seinem Lande ziehen. Das Schwert komme über die Kaldäer, über die Bewohner Babylons. »Wenn er still ist, mag er bleiben mit Euch. Wenn er nicht still ist, soll er gehen.« »Gut gut, wir werden nicht lärmen. Ich sitz bei ihm, Ihr könnt Euch verlassen auf mich.« Der Alte rauschte wortlos hinaus.

Belehrung durch das Beispiel des Zannowich

Da saß der Strafentlassene im gelben Sommermantel wieder auf dem Sofa. Seufzend und kopfschüttelnd ging der Rote durch die Stube: »Nun, seid nicht böse, daß der Alte so wild war. Seid Ihr ein Zugereister?« »Ja, ich bin, ich war –« Die roten Mauern, schöne Mauern, Zellen, er mußte sie sehnsüchtig betrachten, er klebte mit dem Rücken an der roten Mauer, ein kluger Mann hat sie gebaut, er ging nicht weg. Und der Mann rutschte wie eine Puppe von dem Sofa herunter auf den Teppich, den Tisch schob er im Sinken beiseite. »Was ist?« schrie der Rote. Der Entlassene krümmte sich über den Teppich, der Hut rollte neben seine Hände, den Kopf bohrte er herunter, stöhnte: »In den Boden rin, in die Erde rin, wo es finster ist.« Der Rote zerrte an ihm: »Um Gottes willen. Ihr seid bei fremden Leuten. Wenn der Alte kommt. Steht auf.« Der ließ sich aber nicht hochziehen, er hielt am Teppich fest, stöhnte weiter. »Seid nur still, um Gottes willen, wenn der Alte hört. Wir werden schon fertig werden miteinander.« »Mir kriegt keener weg hier.« Wie ein Maulwurf.

Und wie der Rote ihn nicht aufheben konnte, kraute der sich die Schläfenlocken, schloß die Tür und setzte sich resolut neben den Mann unten auf den Boden. Er zog die Knie hoch, blickte vor sich die Tischbeine an: »Nun scheen. Bleibt ruhig da. Setz ich mich auch hin. Ist zwar nicht bequem, aber warum nicht. Ihr werdet nicht sprechen, was mit Euch ist, werde ich Euch was erzählen.« Der Entlassene ächzte, den Kopf auf dem Teppich. [Warum er aber stöhnt und ächzt? Es heißt sich entschließen, es muß ein Weg gegangen werden, – und du weißt keinen, Franze. Den alten Mist möchtest du nicht und in der Zelle hast du auch nur gestöhnt und dich versteckt und nicht gedacht, nicht gedacht, Franze.] Der Rote sprach grimmig: »Man soll nicht so viel von sich machen. Man soll auf andere hören. Wer sagt Euch, daß so viel mit Euch ist. Gott läßt schon keinen von seiner Hand fallen, aber es sind noch andere Leute da. Habt Ihr nicht gelesen, was Noah in die Arche getan hat, in sein Schiff, als die große Sintflut kam? Von jedem ein Pärchen. Gott hat sie alle nicht vergessen. Nicht mal die Läuse auf dem Kopf hat er vergessen. Waren ihm alle lieb und wert.« Der winselte unten. [Winseln ist kostenlos, winseln kann ne kranke Maus auch.]

Der Rote ließ ihn winseln, kraute sich die Backen: »Gibt vieles auf der Erde, man kann vieles erzählen, wenn man jung ist und wenn man alt ist. Ich werde Euch erzählen, nu, die Geschichte von Zannowich, Stefan Zannowich. Ihr werdet sie noch nicht gehört haben. Wenn Euch besser wird, setzt Euch e bißche auf. Das Blut steigt einem zu Kopf, es ist nicht gesund. Mein seliger Vater hat uns viel erzählt, er ist viel herumgereist wie die Leute von unserm Volk, er ist siebzig Jahre alt geworden, nach der Mutter selig ist er gestorben, hat viel gewußt, ein kluger Mann. Wir waren sieben hungrige Mäuler, und wenn es nichts zu essen gab, hat er uns Geschichten erzählt. Man wird nicht satt davon, aber man vergißt.« Das dumpfe Stöhnen unten ging weiter. [Stöhnen kann n krankes Kamel auch.] »Nun nun, wir wissen, es gibt auf der Welt nicht bloß Gold, Schönheit und Fraiden. Wer also war Zannowich, wer war sein Vater, wer waren seine Eltern? Bettler, wie die meisten von uns, Krämer, Händler, Geschäftemacher. Aus Albanien kam der alte Zannowich und ist nach Venedig gegangen. Er wußte schon, warum er nach Venedig ging. Die einen gehen von der Stadt aufs Land, die andern vom Land in die Stadt. Auf dem Land ist mehr Ruhe, die Leute drehen jedes Ding herum und herum, Ihr könnt reden stundenlang, und wenn Ihr Glück habt, habt Ihr ein paar Pfennige verdient. In der Stadt nun, es ist auch schwer, aber die Menschen stehen dichter beieinander, und sie haben keine Zeit. Ist es nicht der eine, ist es der andere. Man hat ka Ochsen, man hat rasche Pferde mit Kutschen. Man verliert und man gewinnt. Das hat der alte Zannowich gewußt. Hat erst verkauft, was er bei sich hatte, und dann hat er Karten genommen und hat gespielt mit de Leut. Er war kein ehrlicher Mann. Er hat ä Geschäft daraus gemacht, daß die Leute in der Stadt keine Zeit haben und unterhalten sein wollen. Er hat sie unterhalten. Es hat sie schweres Geld gekostet. Ein Betrüger, ein Falschspieler der alte Zannowich, aber einen Kopf hat er gehabt. Die Bauern hattens ihm schwer gemacht, hier lebte er leichter. Es ist ihm gut gegangen. Bis einer plötzlich meinte, es ist ihm unrecht geschehen. Nu, daran hatte der alte Zannowich grade nicht gedacht. Es gab Schläge, die Polizei, und zuletzt hat der alte Zannowich mit seinen Kindern lange Beine machen müssen. Das Gericht von Venedig war hinter ihm her, mit dem Gericht, dachte der alte Mann, wollte er sich lieber nicht unterhalten, sie verstehen mich nicht, sie haben ihn auch nicht fassen können. Er hatte Pferde und Geld bei sich und hat sich wieder in Albanien hingesetzt und hat sich ein Gut gekauft, ein ganzes Dorf, und seine Kinder hat er in hohe Schulen geschickt. Und wie er ganz alt war, ist er ruhig und geachtet gestorben. Das war das Leben des alten Zannowich. Die Bauern haben um ihn geweint, er aber hat sie nicht leiden mögen, weil er immer an die Zeit dachte, wo er vor ihnen stand mit seinem Tand, Ringe, Armbänder, Korallenketten, und sie haben sie hin und her gedreht und befühlt, und zuletzt sind sie weggegangen und haben ihn stehen gelassen.

Wißt Ihr, wenn der Vater ä Pflänzchen ist, so möcht er, der Sohn soll ä Baum sein. Wenn der Vater ä Stein ist, soll der Sohn ä Berg sein. Der alte Zannowich hat seinen Söhnen gesagt: Ich bin hier in Albanien nichts gewesen, solange ich hausierte, zwanzig Jahre lang, und warum nicht? Weil ich meinen Kopf nicht dahin trug, wo er hingehörte. Ich schick euch auf die große Schule, nach Padua, nehmt Pferde und Wagen, und wenn ihr ausstudiert habt, denkt an mich, der

Kummer hatte zusammen mit eurer Mutter und mit euch und der nachts mit euch im Wald schlief wie ein Eber: ich war selbst schuld dran. Die Bauern hatten mich ausgetrocknet wie ein schlechtes Jahr, und ich wär verdorben, ich bin unter die Menschen gegangen, und da bin ich nicht umgekommen.«

Der Rote lachte für sich, wiegte den Kopf, schaukelte den Rumpf. Sie saßen am Boden auf dem Teppich: »Wenn jetzt einer hereinkommt, möchte er uns beide für meschugge halten, man hat ein Sofa und setzt sich davor auf die Erde. Nu, wie einer will, warum nicht, wenns einem nur gefällt. Der junge Zannowich Stefan war ein großer Redner schon als junger Mensch mit zwanzig Jahren. Er konnte sich drehen, sich beliebt machen, er konnte zärteln mit de Frauen und vornehm tun mit de Männer. In Padua lernen die Adligen von de Professoren, Stefan lernte von de Adligen. Sie waren ihm alle gut. Und wie er nach Hause kam nach Albanien, sein Vater lebte noch, freute der sich über ihn und hatte ihn auch gern und sagte: ›Seht euch den an, das ist ein Mann für die Welt, er wird nicht zwanzick Jahr wie ich mit den Bauern handeln, er ist seinem Vater um zwanzick Jahr voraus.‹ Und das Jüngelchen strich sich seine Seidenärmel, hob sich die schönen Locken von de Stirn und küßte seinen alten glücklichen Vater: ›Aber Ihr, Vater, habt mir die schlimmen zwanzick Jahre erspart.‹ ›Die besten von deinem Leben sollens sein‹, meinte der Alte und streichelte und hätschelte sein Jüngelchen.

Und da ist es dem jungen Zannowich gegangen wie ein Wunder, und war doch kein Wunder. Es sind ihm überall die Menschen zugeflogen. Er hat zu allen Herzen den Schlüssel gehabt. Er ist nach Montenegro gegangen, zu einem Ausflug als Kavalier mit Kutschen und Pferden und Dienern, sein Vater hat Freude dran gehabt, den Sohn groß zu sehn – der Vater ein Pflänzchen, der Sohn ein Baum, – und in Montenegro haben sie ihn angesprochen als Graf und Fürst. Man hätte ihm nicht geglaubt, hätte er gesagt: mein Vater heißt Zannowich, wir sitzen in Pastrowich auf einem Dorf, worauf mein Vater stolz ist! Man hätte ihm nicht geglaubt, so ist er aufgetreten wie ein Adliger aus Padua und sah aus wie einer und kannte auch alle. Hat Stefan gesagt und gelacht: Sollt ihr euren Willen haben. Und hat sich bei den Leuten für einen reichen Polen ausgegeben, wofür sie ihn selber hielten, für einen Baron Warta, und da haben sie sich gefreut, und er hat sich gefreut.«

Der Strafentlassene hatte sich mit einem plötzlichen Ruck aufgesetzt. Er hockte auf den Knien und belauerte von oben den andern. Jetzt sagte er mit eisigem Blick: »Affe.« Der Rote gab geringschätzig zurück: »Dann werd ich ä Affe sein. Dann weiß der Affe doch mehr als mancher Mensch.« Der andere wurde schon wieder auf den Boden heruntergezwungen. [Bereuen sollst du; erkennen, was geschehen ist; erkennen, was nottut!]

»So kann man also weitersprechen. Es ist noch viel zu lernen von andere Menschen. Der junge Zannowich war auf diesem Weg, und so ging es weiter. Ich habe ihn nicht erlebt, und mein Vater hat ihn nicht erlebt, aber man kann ihn sich schon denken. Wenn ich Euch frage, Ihr, der mich einen Affen nennt – man soll kein Tier auf Gottes Erdboden verachten, sie geben uns ihr Fleisch, und sie erweisen uns auch sonst viele Wohltaten, denkt an ä Pferd, an ä Hund, an Singvögel, Affen kenn ich nur vom Jahrmarkt, sie müssen Possen reißen an der Kette, ä schweres Los, kein Mensch hat solch schweres –, nun, ich will Euch fragen, ich kann Euch nicht bei Namen nennen, weil Ihr mir Euren Namen nicht sagt: wodurch ist der Zannowich weitergekommen, der junge wie der alte? Ihr meint, sie haben ein Gehirn gehabt, sie sind klug gewesen. Sind noch andere klug gewesen und waren mit achtzick Jahren nicht so weit wie Stefan mit zwanzick. Aber die Hauptsache am Menschen sind seine Augen und seine Füße. Man muß die Welt sehen können und zu ihr hingehn.

So hört, was Stefan Zannowich getan hat, der die Menschen gesehn hat und der wußte, wie wenig man sich vor Menschen fürchten muß. Seht einmal, wie sie einem die Wege ebenen, wie sie fast dem Blinden den Weg zeigen. Sie haben von ihm gewollt: Du bist der Baron Warta. Scheen, hat er gesagt, bin ich der Baron Warta. Später hat ihm das nicht genügt, oder ihnen nicht. Wenn schon Baron, warum nicht mehr. Es gibt da ä Berühmtheit in Albanien, die war lange tot, aber sie feiern ihn, wie das Volk Helden feiert, er hieß Skanderbeg. Wenn Zannowich gekonnt hätte, hätte er gesagt: er ist selber Skanderbeg. Wo Skanderbeg tot war, hat er gesagt, ich bin ein Nachfahr Skanderbegs, und warf sich in die Brust, hieß Prinz Castriota von Albanien, er wird Albanien wieder groß machen, sein Anhang wartet auf ihn. Sie gaben ihm Geld, damit er leben könne, wie ein Nachkomme Skanderbegs lebt. Er hat den Leuten wohlgetan. Sie gehn ins Theater und hören ausgedachte Dinge an, die ihnen angenehm sind. Sie bezahlen dafür. Können se auch dafür bezahlen, wenn ihnen die angenehmen Dinge nachmittags passieren oder vormittags, und wenn se selbst dabei mitspielen können.«

Und wieder richtete sich der Mann im gelben Sommerpaletot auf, hatte ein trübes, faltiges Gesicht, blickte von oben auf den Roten, räusperte sich, seine Stimme war verändert: »Sagen Se mal, Sie, Sie Männeken, Sie sind wohl übergefahren, wat? Sie sind wohl überkandidelt?« »Übergefahren, vielleicht. Einmal bin ich ein Affe, das andere Mal bin ich meschugge.« »Sagen Se mal, Sie, wat sitzen Sie eigentlich hier und quatschen mir vor?« »Wer sitzt auf der Erde und will nicht aufstehn? Ich? Wo ein Sofa hinter mir steht? Nun, wenn es Euch stört, hör ich schon auf zu sprechen.«

Da zog der andere, der sich zugleich im Zimmer umgesehn hatte, die Beine hervor und setzte sich hin mit dem Rücken gegen das Sofa, die Hände stützte er auf den Teppich. »So sitzt Ihr schon bequemer.« »Nun können Se also sachte aufhören mit dem Quatsch.« »Wenn Ihr wollt. Ich habe die Geschichte schon oft erzählt, mir liegt nichts dran. Wenn Euch nichts dran liegt.« Aber nach einer Pause drehte ihm der andere wieder den Kopf zu: »Erzählen Sie man ruhig weiter die Geschichte.« »Nu seht. Man erzählt und spricht miteinander, die Zeit vergeht einem leichter. Ich wollt Euch ja nur die Augen aufmachen. Der Stefan Zannowich, von dem Ihr geheert habt, hat Geld bekommen, so viel, daß er damit nach Deutschland reisen konnte. Sie haben ihn nicht entlarvt in Montenegro. Zu lernen ist von Zannowich Stefan, daß er wußte von sich und den Menschen. Da war er unschuldig wie ein zwitscherndes Vöglein. Und seht, er hat so wenig Angst vor der Welt gehabt: die größten, gewaltigsten Menschen, die es gab, die fürchterlichsten waren seine Freunde: der sächsische Kurfürst, der Kronprinz von Preußen, der später ein großer Kriegsheld war und vor dem die Österreicherin, die Kaiserin Therese, erzitterte auf ihrem Thron. Vor dem hat Zannowich nicht gezittert. Und als der Stefan mal nach Wien kam und an Leute geriet, die ihm nachschnüffelten, da hat die Kaiserin selbst die Hand erhoben und hat gesagt: Laßt das Jingelche frei!«

Vervollständigung der Geschichte in unerwarteter Weise und dadurch erzielte Kräftigung des Haftentlassenen

Der andere lachte, er wieherte am Sofa: »Ihr seid ne Marke. Sie könnten als Clown inn Zirkus gehn.« Der Rote kicherte mit: »Nun seht Ihr. Aber still, die Enkelkinder vom Alten. Vielleicht setzen wir uns doch auf das Sofa. Was meint Ihr.« Der andere lachte, kroch auf, setzte sich in die Sofaecke, der Rote in die andere. »Man sitzt weicher, man zerdrückt sich nicht so den Mantel.« Der im Sommerpaletot fixierte aus der Ecke den Roten: »Sone Kruke wie Sie ist mir lange nicht vorgekommen.« Gleichmütig der Rote: »Vielleicht habt Ihr nur nicht hingesehn, es gibt noch. Ihr habt Euch den Mantel schmutzig gemacht, hier putzt man sich nicht die Schuhe ab.« Der Entlassene, ein Mann anfangs 30, hatte muntre Augen, sein Gesicht war frischer: »Sie, sagen Sie mal, womit handeln Sie eigentlich? Sie leben wohl auf dem Mond?« – »Nun, das ist gut, jetzt werden wir sprechen vom Mond.«

An der Tür hatte schon etwa fünf Minuten ein Mann mit braunem Kräuselbart gestanden. Der ging jetzt an den Tisch, setzte sich auf einen Stuhl. Er war jung, trug einen schwarzen Velourshut wie der andere. Er fuhr mit der Hand im Bogen durch die Luft, ließ seine gelle Stimme los: »Wer ist jenner? Was tust du mit jennem?« »Und was tust du hier, Eliser? Ich kenn ihn nicht, er nennt seinen Namen nicht.« »Hast ihm Geschichten erzählt.« »Nun, was gehts dich an.« Der Braune zu dem Sträfling: »Hat er Aich Geschichten erzählt, der?« »Er spricht nicht. Er geht herum und singt auf de Höfe.« »So laß ihn gehn.« »Es kümmert dich nicht, was ich tue.« »Hab doch zugehört an der Tür, was gewesen ist. Hast ihm erzählt von Zannowich. Was wirst du tun als erzählen und erzählen.« Brummte der Fremde, der den Braunen fixiert hatte: »Wer sind Sie denn eigentlich, wo kommen Sie eigentlich hier rin? Wat mischen Sie sich in den seine Sachen?« »Hat er Euch von Zannowich erzählt oder nicht? Er hat Euch erzählt. Mein Schwager Nachum geht überall herum und erzählt und erzählt und kann sich allaine nischt helfen.« »Ich habe dich doch noch nicht beansprucht für mich. Siehst du nicht, daß dem nicht gut ist, du schlechter Mensch.« »Und wenn ihm schlecht ist. Gott hat dich nicht beauftragt, schau einer an, Gott hat gewartet, bis er kommt. Allain hat Gott nicht helfen gekonnt.« »Schlechter Mensch.« »Haltet Aich von dem fern, Ihr. Er wird Euch gesagt haben, wie es dem Zannowich und wem sonst geglückt ist in der Welt.« »Willst du nicht bald gehn?« »Hör einer den Schwindler an, den Gutestuer. Will mit mir redden. Ist es seine Wohnung? Was hast du nu wieder erzählt von deinem Zannowich, und wie man lernen kann von ihm? Du hättest Rebbe werden müssen bei uns. Wir hätten dich noch ausgefuttert.« »Ich brauch Eure Wohltaten nicht.« Der Braune schrie wieder: »Und wir brauchen keine Schmarotzer, die einem am Rockschoß hängen. Hat er Euch auch erzählt, wie es seinem Zannowich zuletzt gegangen ist, am Schluß?« »Lump, du schlechter Mensch.« »Hat er Euch das erzählt?« Der Sträfling blinzelte müde den Roten an, der die Faust schüttelte und zur Tür ging, er knurrte hinter dem Roten: »Sie, laufen Sie doch nicht raus, regen Sie sich nicht auf, lassen Sie den quasseln.«

Da sprach der Braune schon heftig auf ihn ein, mit fahrigen Händen, mit Hin- und Herrutschen, mit Schnalzen und Kopfzucken, jeden Augenblick eine andere Miene, bald zu dem Fremden, bald zu dem Roten: »Er macht die Leute meschugge. Er soll Euch erzählen, was es für ein Ende genommen hat mit seinem Zannowich Stefan. Er erzählt es nicht, warum erzählt ers nicht, warum, ich frage.« »Weil du ä schlechter Mensch bist, Eliser.« »Ein besserer als du. Man hat [der Braune erhob mit Abscheu beide Hände, machte schreckliche Glotzaugen] seinen Zannowich gejagt aus Florenz wie einen Dieb. Warum? Weil man ihn erkannt hat.« Der Rote stellte sich gefährlich vor ihn, der Braune winkte ab: »Jetzt red ich. Er hat an Fürsten Briefe geschrieben, ein Fürst kriegt viele Briefe, man kann aus der Handschrift nicht sehen, was einer ist. Dann hat er sich aufgeblasen und ist nach Brüssel gegangen als Prinz von Albanien und hat sich in die hohe Politik gemischt. Das war sein böser Engel, der ihm das gesagt hat. Er geht zur Regierung, stellt Euch vor den Zannowich Stefan, das Jingelchen, und verspricht ihr für einen Krieg, weiß ich mit wem, hunderttausend Leute oder zweihundert, kommt nicht drauf an, die Regierung schreibt ein Briefchen, danke schön, sie wird sich nicht auf unsichere Geschäfte einlassen. Da hat der böse Engel dem Stefan noch gesagt: nimm den Brief und leih dir darauf Geld. Hast doch einen Brief gehabt vom Minister mit der Adresse: An den Herrn Prinzen von Albanien, Hochwohlgeboren, Durchlaucht. Sie haben ihm Geld geliehen, und dann wars aus mit dem Betrüger. Wie alt ist er geworden? Dreißick Jahr, mehr hat er nicht bekommen zur Strafe für seine Ibeltaten. Er hat nicht zurückzahlen können, sie haben ihn angezeigt in Brüssel, und dabei ist alles herausgekommen. Dein Held, Nachum! Hast erzählt von seinem schwarzen Ende im Gefängnis, wo er sich selbst die Adern geöffnet hat? Und wie er tot war – ä scheenes Leben, ä scheenes Ende, man soll es erzählen –, nachher ist der Henker gekommen, der Schinder mit einem Karren für die toten Hunde und Pferde und Katzen, hat ihn aufgeladen, den Stefan Zannowich, und ihn hingeworfen am Galgen draußen und Müll aus der Stadt über ihn geschüttet.«

Dem Mann im Sommermantel stand der Mund offen: »Das ist wahr?« [Stöhnen kann ne kranke Maus auch.] Der Rote hatte jedes Wort gezählt, das sein Schwager herausschrie. Er wartete mit gehobenem Zeigefinger vor dem Gesicht des Braunen wie auf ein Stichwort und tupfte ihm jetzt auf die Brust und spuckte vor ihm auf den Boden, pih pih: »Das ist für dich. Daß du so einer bist. Mein Schwager.« Der Braune zappelte zum Fenster: »So, und jetzt red du und sag, es ist nicht wahr.«

Die Mauern waren nicht mehr da. Eine kleine Stube mit einer Hängelampe, zwei Juden liefen herum, ein brauner und ein roter, hatten schwarze Veloursȟüte auf, zankten miteinander. Er verfolgte den Freund, den Roten: »Sie, hören Se mal, Sie, das ist richtig, was der erzählt hat von dem Mann, wie der verschütt ging und wie sie ihn umgebracht haben?« Der Braune schrie: »Umgebracht, hab ich gesagt umgebracht? Er hat sich allein umgebracht.« Der Rote: »Wird er sich schon umgebracht haben.« Der Entlassene: »Und was haben die denn getan, da, die andern?« Der Rote: »Wer, wer?« »Nun, werden doch noch andere gewesen sein wie der, wie der Stefan. Werden doch nicht alle Minister gewesen sein und Schinder und Bankiers.« Der Rote und der Braune wechselten Blicke. Der Rote: »Nun, was sollen se machen? Zugesehen haben se.«

Der Strafentlassene im gelben Sommermantel, der große Kerl, trat hinter dem Sofa vor, nahm seinen Hut auf, putzte ihn ab, legte ihn auf den Tisch, dann schlug er seinen Mantel zurück, alles stumm, knöpfte sich die Weste auf: »Da, kukken Se her, meine Hose. So dick war ich, und so steht sie ab, zwei starke Fäuste übereinander, vom Kohldampfschieben. Alles weg. Die ganze Plautze zum Deibel. So wird man ruiniert, weil man nicht immer so gewesen ist, wie man sein sollte. Ich gloobe nicht, daß die andern viel besser sind. Nee, det gloob ick nicht. Verrückt wollen sie eenen machen.«

Der Braune tuschelte zum Roten: »Da hast dus.« »Was

habe ich?« »Na, einen Zuchthäusler.« »Wenn schon.« Der Entlassene: »Dann heißt es: bist entlassen und wieder rin, mang in den Dreck, und das ist noch derselbe Dreck wie vorher. Da gibts nichts zu lachen.« Er knöpfte seine Weste wieder zu: »Das sehen Se daran, was die gemacht haben. Die holen den toten Mann da aus dem Bau, der Schweinekerl mit dem Hundewagen kommt und wirft eenen toten Menschen ruff, der sich umgebracht hat, so ein verfluchtes Mistvieh, daß sie den nicht gleich totgeschlagen haben, sich so zu versündigen an einem Menschen, und es kann sein, wer es will.« Der Rote betrübt: »Was soll man sagen.« »Ja, sind wir denn nichts, weil wir mal was getan haben? Es können alle wieder auf die Beene kommen, die gesessen haben, und die können gemacht haben, wat sie wollen.« [Was bereuen! Luft muß man sich machen! Drauflosschlagen! Dann liegt alles hinter einem, dann ist alles vorbei, Angst und alles.] »Ich wollt Euch bloß zaigen: Ihr sollt nicht hören auf alles, was Aich mein Schwager erzählt. Man kann manchmal nicht alles, was man möchte, es geht manchmal auch anders.« »Das ist keene Gerechtigkeit, einen auf den Mist zu schmeißen wie einen Köter und schütten noch Müll rauf, und das ist die Gerechtigkeit gegen eenen toten Mann. Pfui Deibel. Jetzt will ich mir aber verabschieden von Sie. Geben Sie mir Ihre Flosse. Sie meinen es gut und Sie auch [er drückte dem Roten die Hand.] Ick heeße Biberkopf, Franz. War schön von Ihnen, daß Sie mir uffgenommen haben. Mein Piepmatz hat schon gesungen auf dem Hof. Na, prost Neumann, et jeht vorüber.« Die beiden Juden schüttelten ihm die Hände, lächelten. Der Rote hielt seine Hand lange fest, strahlte: »Nun, ist Euch wirklich gut? Und wird mich freuen, wenn Ihr Zeit habt, kommt mal vorbei.« »Dank schön, wird bestens besorgt, Zeit wird sich schon finden, bloß keen Geld. Und grüßen Sie auch den alten Herrn von vorhin. Der hat Ihnen Kraft in der Hand, sagen Se mal, der war wohl früher Schlächter? Au, wollen noch rasch den Teppich in Ordnung bringen, ist ja ganz verrutscht. Aber nein, machen wir alles selbst, und der Tisch, so.« Er arbeitete am Boden, lachte den

Roten von hinten an: »Haben wir unten gesessen und uns was erzählt. Ne feine Sitzgelegenheit, entschuldigen Se man.«

Sie begleiteten ihn zur Tür, der Rote blieb besorgt: »Werdet Ihr auch allein gehen können?« Der Braune stieß ihn in die Seite: »Red ihm doch nicht nach.« Der Strafentlassene, aufrecht wandernd, schüttelte den Kopf, schob Luft mit beiden Armen von sich weg [Luft muß man sich machen, Luft, Luft und weiter nischt]: »Machen Se sich keene Sorgen. Mir können Se ruhig laufen lassen. Sie haben doch erzählt von die Füße und die Augen. Ick habe die noch. Mir hat die keener abgehauen. Morgen, die Herren.«

Und über den engen, verstellten Hof ging er, die beiden blickten von der Treppe hinter ihm her. Er hatte den steifen Hut im Gesicht, murmelte, wie er über eine Benzinpfütze trat: »Olles Giftzeug. Mal n Kognak. Wer ankommt, kriegt eins in die Fresse. Mal sehn, wos nen Kognak gibt.«

Tendenz lustlos, später starke Kursrückgänge, Hamburg verstimmt, London schwächer

Es regnete. Links in der Münzstraße blinkten Schilder, die Kinos waren. An der Ecke kam er nicht durch, die Menschen standen an einem Zaun, da ging es tief runter, die Schienen der Elektrischen liefen auf Bohlen frei in der Luft, eben fuhr langsam eine Elektrische rüber. Sieh mal an, die bauen Untergrundbahn, muß doch Arbeit geben in Berlin. Da war noch ein Kino, Jugendlichen unter 17 Jahren ist der Eintritt verboten. Auf dem Riesenplakat stand knallrot ein Herr auf einer Treppe, und ein duftes junges Mädchen umfaßte seine Beine, sie lag auf der Treppe, und er schnitt oben ein kesses Gesicht. Darunter stand: Elternlos, Schicksal eines Waisenkindes in 6 Akten. Jawoll, das seh ich mir an. Das Orchestrion paukte. Eintritt 60 Pfennig.

Ein Mann zu der Kassiererin: »Fräulein, ists nicht billiger für einen alten Landsturm ohne Bauch?« »Nee, nur für Kinder unter fünf Monaten, mit nem Lutschpfropfen.« »Gemacht. So alt sind wir. Neujeborene auf Stottern.« »Na, also fuffzig, mal rin.« Hinter dem schlängelte sich ein Junger, Schlanker mit Halstuch an: »Frollein, ich möchte rin, aber nich zahlen.« »Wie is mich denn. Laß dich von deine Mutti aufs Töppchen setzen.« »Na, darf ich rin?« »Wo?« »Ins Kino.« »Hier is keen Kino.« »Nanu, is hier keen Kino.« Sie rief durchs Kassenfenster zum Aufpasser an der Tür: »Maxe, komm mal her. Da möcht einer wissen, ob hier Kino ist. Geld hat er keins. Zeig ihm mal, was hier ist.« »Wat hier ist, junger Mann? Hamse das noch nicht bemerkt? Hier ist die Armenkasse, Abteilung Münzstraße.« Er schob den Schlanken von der Kasse, zeigte ihm die Faust: »Wennste willst, zahl ich dir jleich aus.«

Franz schob rin. Es war grade Pause. Der lange Raum war knüppeldick voll, 90 Prozent Männer in Mützen, die nehmen sie nicht ab. Drei Lampen an der Decke sind rot verhängt. Vorn ein gelbes Klavier mit Paketen drauf. Das Orchestrion macht ununterbrochen Krach. Dann wird es finster und der Film läuft. Einem Gänsemädchen soll Bildung beigebracht werden, warum, wird einem so mitten drin nicht klar. Sie wischte sich die Nase mit der Hand, sie kratzte sich auf der Treppe den Hintern, alles im Kino lachte. Ganz wunderbar ergriff es Franz, als das Kichern um ihn losging. Lauter Menschen, freie Leute, amüsierten sich, hat ihnen keiner was zu sagen, wunderbar schön, und ich stehe mitten mang! Dann lief es weiter. Der feine Baron hatte eine Geliebte, die sich auf eine Hängematte legte und dabei ihre Beine senkrecht nach oben streckte. Die hatte Hosen an. Das ist eine Sache. Was sich die Leute bloß aus dem dreckigen Gänseliesel machten und daß die die Teller ausleckte. Wieder flimmerte die mit den schlanken Beinen auf. Der Baron hatte sie allein gelassen, jetzt kippte sie aus der Hängematte und flog ins Gras, lag lang da. Franz stierte auf die Wand, es gab schon ein anderes Bild, er sah sie noch immer herauskippen und lang daliegen. Er kaute an seiner Zunge, Donnerkiel, was war das. Als dann einer, der aber der Liebhaber der Gänsemagd war, diese feine Frau umarmte, lief es ihm heiß über die Brusthaut, als wenn er sie selbst umarmte. Das ging auf ihn über und machte ihn schwach.

Ein Weibsstück. [Es gibt noch mehr als Ärger und die Angst. Was soll der ganze Quatsch? Luft, Mensch, ein Weib!] Daß er daran nicht gedacht hatte. Man steht am Zellenfenster und sieht durchs Gitter auf den Hof. Manchmal gehen Frauen vorbei, Besuch oder Kinder oder Hausreinigung beim Alten. Wie sie überall an den Fenstern stehn, die Sträflinge, und kucken, alle Fenster besetzt, verschlingen jedes Weib. Ein Wachtmeister hatte mal 14 Tage Besuch von seiner Frau aus Eberswalde, früher ist er bloß alle 14 Tage rübergefahren zu ihr, jetzt hat sie die Zeit weidlich ausgenützt, bei der Arbeit läßt er den Kopf vor Müdigkeit fallen, kann kaum noch laufen.

Franz war schon draußen auf der Straße im Regen. Wat machen wir? Ick bin frei. Ick muß ein Weib haben. Ein Weib muß ick haben. Schöne Lust, fein is das Leben draußen. Nur mal fest stehn und laufen können. Es federte in seinen Beinen, er hatte keinen Boden unter sich. Dann war an der Ecke Kaiser-Wilhelm-Straße hinter den Marktwagen schon eine, neben die er sich gleich stellte, egal was für eine. Donnerkiel, wo kriegen wir mit einmal die Eisbeene her. Er zog mit ihr los, zerbiß sich die Unterlippe, so schauerte ihn, wenn du weit wohnst, komm ich nicht mit. Es war nur quer über den Bülowplatz, an den Zäunen vorbei, durch einen Hausflur, auf den Hof, sechs Stufen herunter. Sie drehte sich zurück, lachte: »Mensch, sei nich so jieprig, fällst mir ja aufn Kopp.« Wie sie nur die Türe hinter sich geschlossen hatte, packte er sie an. »Mensch, laß mich doch erst den Schirm hinlegen.« Er preßte, drückte, kniff an ihr, rieb seine Hände über ihren Mantel, er hatte noch den Hut auf, den Schirm ließ sie ärgerlich fallen: »Laß mir doch los, Mensch«, er ächzte, lächelte falsch und schwindlig: »Was is denn los?« »Du reißt mir die Kledage kaputt. Wirst du se etwa berappen. Na also. Uns schenkt auch keiner was.« Als er sie nicht losließ: »Ich krieg doch keine Luft, Dussel. Bist wohl übergeschnappt.«

Sie war dick und langsam, klein, er mußte ihr erst die drei Mark geben, die legte sie sorgfältig in die Kommode, den Schlüssel steckte sie in ihre Tasche. Er mit den Augen immer hinter ihr her: »Weil ich nämlich ein paar Jährchen abgerissen habe, Dicke. Draußen, Tegel, kannst dir ja denken.« »Wo?« »Tegel. Kannst dir ja denken.«

Das schwammige Weib lachte aus vollem Hals. Sie knöpfte sich oben die Bluse auf. Es waren zwei Königskinder, die hatten einander so lieb. Wenn der Hund mit der Wurst übern Rinnstein springt. Sie griff ihn, drückte ihn an sich. Putt, putt, putt, mein Hühnchen, putt, putt, putt, mein Hahn.

Bald darauf hatte er Schweißtropfen im Gesicht, er stöhnte. »Na, wat stöhnst du.« »Was läuft da für ein Kerl nebenan?« »Is kein Kerl, is meine Wirtin.« »Was macht denn die?« »Was soll die denn machen. Die hat da ihre Küche.« »Na ja. Die soll doch aufhören zu laufen. Was hat die jetzt zu laufen. Ich kann es nicht vertragen.« »Jotte doch, ich geh schon hin, ich sags ihr schon.« Ist das ein schweißiger Kerl, man is ordentlich froh, wenn man ihn los is, der olle Penner, den setz ich bald raus. Sie klopfte an die Nebentür: »Frau Priese, ein paar Minuten sind Sie man ruhig, ich hab hier mit einem Herrn zu reden, Wichtiges.« So, nun haben wir es geschafft, lieb Vaterland, kannst ruhig sein, komm an mein Herz, aber du fliegst bald raus.

Sie dachte, den Kopf auf dem Kissen: die gelben Halbschuhe können noch gut besohlt werden, Kittys neuer Bräutigam macht das für zwei Mark, wenn sie nichts dagegen hat, ich schnappe ihn ihr nicht weg, er kann sie mir auch braun färben zu der braunen Bluse, ist schon n oller Lappen, grade gut als Kaffeewärmer, da müssen die Bänder von aufgebügelt werden, ich werde Frau Priese gleich sagen, die wird ja noch Feuer haben, was kocht die eigentlich heute. Sie schnüffelte. Grüne Heringe.

Durch seinen Kopf rollten Verse, im Kreis, nicht zu verstehen: Kochste Suppe, Fräulein Stein, krieg ich n Löffel, Fräulein Stein. Kochste Nudeln, Fräulein Stein, gibt mir Nudeln, Fräulein Stein. Fall ich runter, fall ich rauf. Laut stöhnte er: »Du magst mich wohl nicht?« »Warum denn nich, komm her, immer fürn Sechser Liebe.« Er fiel ab ins Bett, grunzte, stöhnte. Sie rieb sich den Hals: »Ich lach mir schief. Bleib man ruhig liegen. Mir störste nich.« Sie lachte, hob ihre fetten Arme, steckte die Füße mit Strümpfen aus dem Bett: »Ick kann nischt dafür.«

Raus auf die Straße! Luft! Regnet noch immer. Was ist nur los? Ich muß mir ne andre nehmen. Erst mal ausschlafen. Franz, wat ist denn mit dir los?

Die sexuelle Potenz kommt zustande durch das Zusammenwirken 1. des innersekretorischen Systems, 2. des Nervensystems und 3. des Geschlechtsapparates. Die an der Potenz beteiligten Drüsen sind: Hirnanhang, Schilddrüse, Nebenniere, Vorsteherdrüse, Samenblase und Nebenhoden. In diesem System überwiegt die Keimdrüse. Durch den von ihr bereiteten Stoff wird der gesamte Sexualapparat von der Hirnrinde bis zum Genitale geladen. Der erotische Eindruck bringt die erotische Spannung der Hirnrinde zur Auslösung, der Strom wandert als erotische Erregung von der Hirnrinde zum Schaltzentrum im Zwischenhirn. Dann rollt die Erregung zum Rückenmark hinab. Nicht ungehemmt, denn ehe sie das Gehirn verläßt, muß sie die Bremsfedern der Hemmungen passieren, jene vorwiegend seelischen Hemmungen, die als Moralbedenken, Mangel an Selbstvertrauen, Angst vor Blamage, Ansteckungs- und Schwängerungsfurcht und dergleichen mehr eine große Rolle spielen.

Und abends die Elsasser Straße heruntergeschliddert. Nicht gefackelt, Jungeken, keine Müdigkeit vorschützen. »Was kost das Vergnügen, Fräulein?« Die Schwarze ist gut, hat Hüften, knuspriger Brezel. Wenn ein Mädchen einen Hörrn hat, den sie liebt und den sie görn hat. »Du bist so lustig, Süßer. Hast was geerbt?« »Na ob. Kriegst noch n Taler ab.« »Warum nicht.« Aber Angst hat er doch.

Und nachher in der Stube, Blumen hinter der Gardine, sauberes Stübchen, niedliches Stübchen, hat das Mädchen sogar ein Grammophon, singt ihm vor, in Bembergs kunstseidenen Strümpfen, ohne Bluse, pechschwarze Augen: »Ich bin Stimmungssängerin, weißt du. Weißt du, wo? Wos mir grade paßt. Ich hab jetzt grade kein Engagement, weißt du. Ich geh in Lokale, wos schön ist, dann frag ich. Und dann: mein Schlager. Ich hab einen Schlager. Du, nicht kitzeln.« »Laß doch, Mensch.« »Nee, Hände weg, das versaut mir das Geschäft. Mein Schlager, sei lieb, Süßer, ich mache Auktion im Lokal, keine Tellersammlung: Wers dazu hat, kann mich küssen. Wahnsinnig, was. Im offnen Lokal. Keiner unter fuffzich Pfennig. Krieg ich, du, was nicht. Hier auf die Schulter. Da, kannst auch mal.« Sie setzt sich einen Herrenzylinder auf, kräht ihm ins Gesicht, wackelt die Hüften, die Arme eingestemmt: »Theodor, was hast du bloß dabei gedacht, als du gestern nacht mich hast angelacht? Theodor, was hast du bloß damit bezweckt, als du mich einludst zu Eisbein mit Sekt?«

Wie sie ihm auf dem Schoße sitzt, steckt sie sich eine Zigarette in den Schnabel, die sie ihm flott aus der Weste zieht, blickt ihm treu in die Augen, reibt zärtlich die Ohrmuscheln an seine, flötet: »Weißt du, was das heißt, Heimweh? Wie das Herz zerreißt Heimweh? Alles rings umher ist so kalt und leer.« Sie trällert, streckt sich auf das Kanapee. Sie pafft, streichelt ihm die Haare, trällert, lacht.

Der Schweiß auf seiner Stirn! Die Angst, wieder! Und plötzlich rutscht ihm der Kopf weg. Bumm, Glockenzeichen, Aufstehn, 5 Uhr 30, 6 Uhr Aufschluß, bumm bumm, rasch noch die Jacke bürsten, wenn der Alte revidiert, heute kommt er nicht. Ich wer bald entlassen. Pst du, heut nacht ist eener ausgekniffen, Klose, das Seil hängt noch draußen über die Mauer, sie gehen mit Polizeihunde. Er stöhnt, sein Kopf hebt sich, er sieht das Mädchen, ihr Kinn, ihren Hals. Wie komm ich bloß aus dem Gefängnis raus. Sie entlassen mir nich. Ick bin noch immer nich raus. Sie pafft ihm von der Seite blaue Ringe zu, kichert: »Bist du süß, komm, ich schenk dir ein Mampe ein, dreißig Pfennig.« Da bleibt er liegen, lang, wie er ist: »Was soll mich Mampe? Mir haben sie verplempert. Da hab ich in Tegel gesessen, für was denn. Erst bei de Preußen im Graben und dann in Tegel. Ich bin kein Mensch mehr.« »Nanu. Wirste doch nicht bei mir weinen. Tomm, machs Snäbelchen auf, droßer Mann muß tinken. Bei uns gibts Humor, hier ist man vergnügt, hier wird gelacht, vom Abend bis in die Nacht.« »Und dafür den Dreck. Da hätten sie einem doch gleich den Hals abschneiden können, die Hunde. Hätten mir auch auf den Müllhaufen schmeißen können.« »Tomm, droßer Mann, noch ein Mampe. Sinds die Augen, geh zu Mampe, gieß dir ein auf die Lampe.«

»Daß die Mädchen einem nachgelaufen sind wie die Hammel, und man hat sie nicht mal angespuckt, und dann liegt man platt auf de Neese.« Sie hebt sich noch eine von seinen Zigaretten auf, die von ihm auf den Boden purzeln: »Ja, mußt mal zum Schutzmann gehn und ihm sagen.« »Ich geh schon.« Er sucht seine Hosenträger. Und sagt kein Wort mehr und guckt das Mädchen nicht an, Sabberschnauze, die raucht und lächelt und sieht ihm zu, schiebt noch rasch mit dem Fuß Zigaretten unter das Kanapee. Und er greift seinen Hut und runter die Treppe, mit der 68 zum Alexanderplatz, und brütet im Lokal über einem Glas Helles.

Testifortan, geschütztes Warenzeichen Nr. 365695, Sexualtherapeutikum nach Sanitätsrat Dr. Magnus Hirschfeld und Dr. Bernhard Schapiro, Institut für Sexualwissenschaft, Berlin. Die Hauptursachen der Impotenz sind: A. ungenügende Ladung durch Funktionsstörung der innersekretorischen Drüsen; B. zu großer Widerstand durch überstarke psychische Hemmungen, Erschöpfung des Erektionszentrums. Wann der Impotente die Versuche wieder aufnehmen soll, kann nur individuell aus dem Verlauf des Falls bestimmt werden. Eine Pause ist oft wertvoll.

Und frißt sich satt und schläft sich aus, und am nächsten Tag auf der Straße denkt er: die möcht ich haben, und die möcht ich haben, aber geht an keine ran. Und die im Schaufenster, son draller Proppen, der könnte uns passen, aber ich geh an keine ran. Und hockt wieder in der Kneipe und sieht keiner ins Gesicht und frißt sich wieder satt und säuft. Jetzt werde ich die ganzen Tage nichts tun als fressen und saufen und schlafen, und das Leben ist aus für mich. Aus, aus.

Sieg auf der ganzen Linie! Franz Biberkopf kauft ein Kalbsfilet

Und wie Mittwoch ist, der dritte Tag, zieht er sich den Rock an. Wer schuld an allem ist? Immer Ida. Wer sonst. Dem Biest hab ich die Rippen zerschlagen damals, darum hab ich ins Loch gemußt. Jetzt hat sie, wat sie wollte, das Biest ist tot, jetzt steh ich da. Und heult für sich und rennt in der Kälte die Straßen entlang. Wohin? Wo sie gewohnt hat mit ihm, bei ihrer Schwester. Durch die Invalidenstraße, in die Ackerstraße, wie nichts ins Haus rin, zweiter Hof. Kein Gefängnis gewesen, kein Gespräch mit den Juden in der Dragonerstraße. Wo ist das Luder, die ist dran schuld. Nichts gesehn auf der Straße, aber hingefunden. Ein bißchen Gesichtszukken, ein bißchen Fingerzucken, da gehen wir hin, rummer di bummer di kieker di nell, rummer di bummer di kieker di nell, rummer di bummer.

Klingling. »Wer ist da?« »Ich.« »Wer?« »Mach auf, Mensch.« »Jott, du, Franz.« »Mach auf.« Rummer di bummer di kieker di nell. Rummer. Zwirnsfaden auf der Zunge, mal ausspucken. Er steht im Korridor, sie schließt die Türe hinter ihm. »Wat willst du denn bei uns. Wenn dir einer gesehn hat auf der Treppe.« »Schadt was. Solln mich. Morgen.« Geht allein links schwenkt in die Stube. Rummer di bummer. Oller Zwirnsfaden auf der Zunge, geht nicht runter. Er pellt mit dem Finger dran. Aber ist nichts, ist bloß son dämliches Gefühl an der Spitze. Das ist also die Stube, das Paneelsofa, der Kaiser hängt an der Wand, ein Franzose in roten Hosen gibt ihm den Degen, ich hab mich ergeben. »Was willst du denn hier, Franz? Du bist wohl verrückt.« »Ich setz mich.« Ich hab mich ergeben, der Kaiser überreicht den Degen, der Kaiser muß ihm den Degen wiedergeben, das ist der Lauf der Welt. »Mensch, wenn du nicht gehst, ich schrei Hilfe, ich rufn Überfall.« »Warum denn?« Rummer di bummer, ich bin so weit gelaufen, ich bin da, ich sitz da. »Haben sie dich denn schon rausgelassen?« »Ja, ist um.«

Und gluppscht sie an und steht auf: »Weil sie mich rausgelassen haben, bin ich eben da. Mich haben sie schon rausgelassen, aber wie.« Wie, will er sagen, aber kaut an seinem Zwirnsfaden, die Trompete ist zerbrochen, es ist vorbei, und zittert und kann nicht heulen und sieht nach ihrer Hand. »Was willst du denn, Mensch. Ist denn was los?«

Da sind Berge, die seit Jahrtausenden stehn, gestanden haben, und Heere mit Kanonen sind drübergezogen, da sind Inseln, Menschen drauf, gestopft voll, alles stark, solide Geschäfte, Banken, Betrieb, Tanz, Bums, Import, Export, soziale Frage, und eines Tages geht es: rrrrrr, rrrrrr, nicht vom Kriegsschiff, das macht selber hops, – von unten. Die Erde macht einen Sprung, Nachtigall, Nachtigall, wie sangst du so schön, die Schiffe fliegen zum Himmel, die Vögel fallen auf die Erde. »Franz, ich schrei, was, laß mich los. Karl kommt bald, Karl muß jeden Augenblick kommen. Mit Ida hast du auch so angefangen.«

Was ist eine Frau unter Freunden wert? Das Londoner Ehescheidungsgericht sprach auf Antrag des Kapitäns Bacon die Scheidung wegen Ehebruchs seiner Frau mit seinem Kameraden, dem Kapitän Furber, aus und billigte ihm eine Entschädigung von 750 Pfund zu. Der Kapitän scheint seine treulose Gattin, die demnächst ihren Liebhaber heiraten wird, nicht allzu hoch bewertet zu haben.

Oh, da sind Berge, die seit Jahrtausenden ruhig gelegen haben, und Heere mit Kanonen und Elefanten sind drübergezogen, was soll man machen, wenn sie plötzlich anfangen, hops zu machen, weil es unten so geht: rrrrrr rumm. Wollen wir gar nichts dazu sagen, wollen wirs nur lassen. Minna kann ihre Hand nicht loskriegen, und seine Augen sind vor ihren. Son Mannsgesicht ist mit Schienen besetzt, jetzt fährt ein Zug drüber weg, sieh mal, wie der raucht, der fährt, FD, Berlin/Hamburg-Altona, 18 Uhr 5 bis 21,35, drei Stunden 35 Minuten, da kann man nichts machen, solche Männerarme sind aus Eisen, Eisen. Ich schrei Hilfe. Sie schrie. Sie lag schon auf dem Teppich. Seine stoppligen Backen an ihren, sein Mund schlürft nach ihrem rauf, sie dreht sich ab. »Franz, o Gott, hab Erbarmen, Franz.« Und – sie hat richtig gesehen.

Jetzt weiß sie, sie ist die Schwester von Ida, so hat er manchmal Ida angeschaut. Er hat Ida in den Armen, sie ist es, darum hat er so die Augen geschlossen und sieht glücklich aus. Und da ist nicht mehr die schreckliche Schlägerei und das Herumsumpfen, da ist nicht mehr das Gefängnis! Das ist Treptow, Paradiesgarten mit Brillantfeuerwerk, wobei er sie traf und brachte sie nach Hause, die kleine Schneidermamsell, sie hatte eine Vase gewonnen beim Würfeln, im Hausflur mit ihrem Schlüssel in der Hand küßte er sie zuerst, sie stellte sich auf die Zehen, Leinenschuhe hatte sie an, und der Schlüssel fiel ihm runter, dann konnte er nicht mehr von ihr los. Das ist der alte gute Franz Biberkopf.

Und jetzt riecht er sie wieder, am Hals, es ist dieselbe Haut, der Dunst, das macht schwindeln, wo geht es hin. Und sie, die Schwester, wie sonderbar es ihr geht. Das fühlt sich von seinem Gesicht, von seinem Stilliegen an sie an, sie muß nach, sie wehrt sich, aber das geht über sie wie eine Verwandlung, ihr Gesicht verliert die Spannung, ihre Arme können ihn nicht mehr wegdrücken, ihr Mund wird hilflos. Der Mann sagt nichts, sie läßt läßt läßt ihm ihren Mund, sie erweicht wie im Bad, mach mit mir, was du willst, sie zerfließt wie Wasser, es ist schon gut, komm nur, ich weiß alles, ich bin dir ja auch gut.

Zauber, Zucken. Der Goldfisch im Becken blitzt. Das Zimmer blinkt, es ist nicht Ackerstraße, kein Haus, keine Schwerkraft, Zentrifugalkraft. Es ist verschwunden, versunken, ausgelöscht die Rotablenkung der Strahlungen im Kraftfeld der Sonne, die kinetische Gastheorie, die Verwandlung von Wärme in Arbeit, die elektrischen Schwingungen, die Induktionserscheinungen, die Dichtigkeit der Metalle, Flüssigkeiten, der nichtmetallischen festen Körper.

Sie lag auf dem Boden, warf sich hin und her. Er lachte und streckte sich: »Na, würg mir mal, ich halt still, wenn du es fertigkriegst.« »Verdient hast dus.« Er krabbelte hoch, lachte und drehte sich vor Glück, vor Wonne, vor Seligkeit. Was blasen die Trompeten, Husaren heraus, halleluja! Franz Biberkopf ist wieder da! Franz ist entlassen! Franz Biberkopf ist frei! Die Hosen hatte er hochgezogen, humpelte von einem Bein aufs andere. Sie setzte sich auf einen Stuhl, wollte flennen: »Ich sags meinem Mann, ich sags Karl, dir hätten sie gleich noch vier Jahre drinlassen sollen.« »Sags ihm, Minna, immer sagen.« »Tu ich auch, ich hol gleich n Blauen.« »Minna, Minnaken, nu jieb dir doch, ich bin so froh, ich bin doch wieder ein Mensch, Minnaken.« »Mensch, du bist verrückt, dir haben sie wirklich in Tegel den Kopf verdreht.« »Haste nich wat zu trinken, n Topf Kaffee oder was.« »Und wer bezahlt mir die Schürze, kuck mal an, ein Fetzen.« »Allens Franz, allens Franz! Franz ist wieder lebendig, Franz ist wieder da!« »Nimm deinen Hut und hau ab. Wenn er dir trifft un ich hab n blaues Auge. Und laß dir nicht wiedersehn.« »Adjes, Minna.«

Aber am nächsten Morgen kam er schon wieder, mit einem kleinen Paket. Sie wollte ihm die Türe nicht aufmachen, er klemmte den Fuß dazwischen. Sie flüsterte durch den Spalt: »Du sollst deiner Wege jehen, Mensch, ich hab doch gesagt.« »Minna, sind ja bloß die Schürzen.« »Was ist mit Schürzen.« »Du sollst dir welche aussuchen.« »Du kannst dein geklautes Zeug alleine behalten.« »Nicht geklaut. Mach doch auf.« »Mensch, die Nachbarn werden dir sehn, geh weg.« »Mach auf, Minna.«

Da hat sie aufgemacht, er hat das Paket in die Stube geworfen, und wie sie nicht in die Stube kommen wollte, mit dem Besenstiel in der Hand, ist er allein in der Stube herumgesprungen. »Freu mir, Minna. Ich freu mir den ganzen Tag. Hab in der Nacht von dir geträumt.«

Da hat er auf dem Tisch das Paket aufgemacht, sie ist näher gekommen, hat den Stoff befühlt, hat drei Schürzen gewählt, ist aber fest geblieben, wie er ihre Hand gegriffen hat. Er hat eingepackt, sie stand wieder mit dem Besen da, drängte: »Nu rasch, raus mit dir.« Er hat an der Tür gewinkt: »Auf Wiedersehn, Minnaken.« Mit dem Besenstiel stieß sie die Türe zu.

Nach einer Woche stand er wieder an der Tür: »Will mir bloß nach deinem Auge erkundigen.« »Ist alles gut, hast hier nichts zu suchen.« Er war kräftiger, hatte einen blauen Wintermantel, einen braunen steifen Hut: »Ich wollte dir bloß zeigen, wie ich dastehe, wie ich aussehe.« »Kümmert mir nicht.« »Nun laß mich doch bloß ne Tasse Kaffee trinken.« Da kamen Schritte die Treppe herunter, ein Kinderball rollte über die Stufen, die Frau machte erschreckt die Tür auf, zog ihn rein. »Stell dich her, sind Lumkes, so, jetzt kannst du wieder gehn.« »Bloß ne Tasse Kaffee trinken. Wirst doch für mich ein Töpfchen haben.« »Dazu brauchst du mir doch nicht. Hast doch gewiß überhaupt schon eine, wie du aussiehst.« »Bloß ne Tasse Kaffee.« »Machst einen unglücklich.«

Und wie sie am Garderobenhalter auf dem Flur stand und er sie an der Küchentür bittend ansah, zog sie die schöne neue Schürze hoch, schüttelte den Kopf und weinte: »Du machst mir unglicklich, Mensch.« »Aber was ist denn.« »Karl hat mir das blaue Auge auch nicht geglaubt. Wie ich mich denn am Spind so stoßen kann. Das soll ich ihm vormachen. Man kann sich doch aber am Spind ein blaues Auge stoßen, wenn die Tür offen steht. Kann er ja probieren. Aber ich weiß nicht warum, er glaubt nicht.« »Dat versteh ich nicht, Minna.« »Weil ich hier auch noch Striemen habe, am Hals. Die hab ich gar nicht gemerkt. Was soll ich denn da sagen, wenn er sie einem zeigt, und man kuckt in den Spiegel und weiß nicht, wo man sie her hat.« »Ha, man kann sich doch kratzen, kann einen doch was jucken. Laß dir doch nicht so kujonieren von Karl. Dem hätt ich Bescheid gestoßen.« »Und du kommst auch noch immer wieder rauf. Und die Lumkes werden dich gesehen haben.« »Na, die sollen sich mal nicht aufplustern.« »Geh doch bloß weg, Franz, und komm nicht wieder, du machst mir unglücklich.« »Hat er auch nach die Schürzen gefragt?« »Ich wollt mir schon immer Schürzen kaufen.« »Na, da werd ich gehn, Minna.«

Er hat ihr um den Hals gefaßt, sie hat es sich gefallen lassen. Nach einer Weile, als er nicht losließ, ohne sie zu drücken, hat sie gemerkt, daß er sie streichelte, hat verwundert aufgesehn: »Nu geh, Franz.« Er hat sie leicht zur Stube hingezogen, sie hat sich gesträubt, ist aber Schritt für Schritt gefolgt:

»Franz, soll et nun schon wieder losgehn?« »Warum denn, ich will bloß bei dir in der Stube sitzen.«

Sie haben friedlich eine Weile nebeneinander auf dem Sofa gesessen und haben gesprochen. Dann ist er allein gegangen. Sie hat ihn an die Tür begleitet. »Komm nich wieder, Franz«, hat sie geweint und dabei ihren Kopf an seine Schulter gelegt. »Deibel nochmal, Minna, was du mit einem machen kannst. Warum soll ich denn nicht wiederkommen. Na, dann komm ich eben nicht wieder.« Sie hielt seine Hand fest: »Nee, Franz, komm nicht wieder.« Da hat er die Tür geöffnet, sie hielt noch immer seine Hand fest und drückte sie stark. Sie hielt noch seine Hand, als er draußen stand. Dann ließ sie los, drückte leise und rasch die Tür zu. Er schickte ihr von der Straße zwei große Scheiben Kalbsfilet rauf.

Und nun schwört Franz aller Welt und sich, anständig zu bleiben in Berlin, mit Geld und ohne

Er stand schon ganz fest auf seinen Beinen in Berlin – seine alte Stubeneinrichtung hatte er zu Geld gemacht, aus Tegel hatte er ein paar Groschen, seine Wirtin und sein Freund Meck schossen ihm was vor – da kriegte er noch einen ordentlichen Schlag. Aber der war nachher nur von Pappe. Lag da eines sonst gar nicht üblen Morgens ein gelbes Papier auf seinem Tisch, amtlich, gedruckt und Schreibmaschine:

Der Polizeipräsident, Abteilung 5, Geschäftszeichen, es wird ersucht, bei etwaigen Eingaben in vorliegender Angelegenheit das obige Geschäftszeichen anzugeben. Ausweislich der mir vorliegenden Akten sind Sie wegen Bedrohung, tätlicher Beleidigung und Körperverletzung mit tödlichem Ausgang bestraft worden, mithin als eine für die öffentliche Sicherheit und Sittlichkeit gefährliche Person zu erachten. Demgemäß habe ich auf Grund der mir nach Paragraph 2 des Gesetzes vom 31. Dezember 1842 und nach Paragraph 3 des Gesetzes über die Freizügigkeit vom 1. November 1867 sowie nach den Gesetzen vom 12. Juni 1889 und 13. Juni 1900 zustehenden Befugnis beschlossen, Sie von Landespolizei wegen aus Berlin, Charlottenburg, Neukölln, Berlin-Schöneberg, Wilmersdorf, Lichtenberg, Stralau sowie den Amtsbezirken Berlin-Friedenau, Schmargendorf, Tempelhof, Britz, Treptow, Reinickendorf, Weißensee, Pankow und Berlin-Tegel auszuweisen, und fordere Sie deshalb auf, den Ausweisungsbezirk binnen 14 Tagen zu verlassen, mit dem Eröffnen, daß, wenn Sie nach Ablauf der erhaltenen Frist im Ausweisungsbezirk noch getroffen werden oder dorthin zurückkehren, gegen Sie auf Grund des Paragraphen 132 Nummer 2 des Gesetzes über die allgemeine Landesverwaltung vom 30. Juli QII E 1883 eine Geldstrafe von zunächst 100 Mark oder im Unvermögensfalle eine Haftstrafe von 10 Tagen festgesetzt und vollstreckt werden wird. Gleichzeitig werden Sie darauf aufmerksam gemacht, daß Sie, falls Sie in den nachstehend aufgeführten, um Berlin gelegenen Ortschaften Potsdam, Spandau, Friedrichsfelde, Karlshorst, Friedrichshagen, Oberschöneweide und Wuhlheide, Fichtenau, Rahnsdorf, Carow, Buch, Frohnau, Cöpenick, Lankwitz, Steglitz, Zehlendorf, Teltow, Dahlem, Wannsee, Klein-Glienicke, Nowawes, Neuendorf, Eiche, Bornim und Bornstedt Ihren Aufenthalt nehmen sollten, Ihre Ausweisung aus den betreffenden Ortschaften zu gewärtigen haben. I. Ve. Vordruck Nr. 968 a.

Fuhr ihm mächtig in die Knochen. Es gab ein schönes Haus an der Stadtbahn, Grunerstraße 1, am Alex, Gefangenenfürsorge. Die sehen sich Franzen an, fragen ihn hin und her, unterschreiben: Herr Franz Biberkopf hat sich unserer Schutzaufsicht unterstellt, werden nachforschen, ob Sie arbeiten, und Sie haben sich jeden Monat vorzustellen. Gemacht, Punkt, alles, alles in Butter.

Vergessen die Angst, vergessen Tegel und die rote Mauer und das Stöhnen und was sonst, – weg mit Schaden, ein neues Leben fangen wir an, das alte ist abgetan, Franz Biberkopf ist wieder da und die Preußen sind lustig und rufen Hurra.

Dann hat er sich vier Wochen lang den Bauch mit Fleisch, Kartoffeln und Bier vollgeschlagen und ist noch einmal zu den Juden nach der Dragonerstraße gegangen, um sich zu bedanken. Nachum und Eliser stritten sich grade wieder. Sie erkannten ihn nicht, wie er neu eingepuppt, dick und nach Branntwein duftend hereintrat und, ehrerbietig den Hut vor dem Mund, flüsterte, ob noch die Enkelkinder von dem alten Herrn krank sind. Sie fragten ihn in der Destille, an der Ecke, wo er sie traktierte, was er für Geschäfte mache. »Ich und Geschäfte. Ich mach keine Geschäfte. Bei uns geht alles so.« »Und woher habt Ihr Geld?« »Von früher, Rücklagen, man hat sich was gespart.« Er stieß Nachum in die Weiche, blähte die Nase, machte schlaue, heimliche Augen: »Wißt Ihr noch die Geschichte von Zannowich. Doller Kerl. Fein ist der gewesen. Nachher haben sie ihn gekillt. Wat Ihr alles wißt. Ich möchte auch so als Prinz gehen und studieren. Nee, studieren tun wir nicht. Vielleicht heiraten wir.« »Viel Glück.« »Dann kommt Ihr hin, gibt zu futtern, Mensch, und zu saufen.«

Nachum der Rote betrachtete ihn, kraute sich das Kinn: »Vielleicht hört Ihr noch eine Geschichte. Ein Mann hatte mal einen Ball, wißt Ihr, so einen für Kinder, aber nicht aus Gummi, aus Zelluloid, durchsichtig, und drin sind kleine Bleikugeln. Da können die Kinder mit klappern und können auch werfen. Da hat der Mann den Ball genommen und hat ihn geworfen und hat gedacht: sind Bleikugeln drin, da kann ich werfen, und der Ball lauft nicht weiter, er steht grad auf dem Fleck, den ich gemeint habe. Aber wie er den Ball geworfen hat, ist er nicht so geflogen, wie er gemeint hat, er hat noch einen Sprung gemacht, und dann ist er auch noch ein bißchen gerollt, so zwei Hände nebenbei.« »Laß ihn, Nachum, mit deine Geschichten. Braucht der Mann dich.« Der Dicke: »Was ist denn mit dem Ball los, und warum zankt Ihr wieder? Sehen Sie sich die beeden an, Herr Wirt, seitdem ich die kenne, zanken sie sich.« »Man muß die Menschen lassen, wie sie sind. Zanken ist gut für die Leber.« Der Rote: »Ich will Euch sagen, ich hab Euch auf der Straße gesehn, auf dem Hof und hab Euch singen hören. Ihr singt sehr schön. Ihr seid ein guter Mensch. Aber seid nicht so wild. Seid schön ruhig. Seid geduldig auf der Welt. Weiß ich, wies in Euch aussieht und was Gott mit Euch vorhat. Der Ball, seht, der fliegt nicht, wie Ihr ihn werft und wie man will, er fliegt ungefähr so, aber er fliegt noch ein Stückchen weiter und vielleicht ein großes Stück, weiß man, und ein bißchen beiseite.«

Der Dicke warf den Kopf zurück, lachte, breitete die Arme aus, fiel dem Roten um den Hals. »Ihr könnt erzählen, der Mann kann erzählen. Franz hat seine Erfahrungen. Franz kennt das Leben. Franz weiß, wer er ist.« »Ich will Euch nur gesagt haben, Ihr habt mal sehr traurig gesungen.« »Mal, mal. Gewesen ist gewesen. Jetzt haben wir unsere Weste wieder ausgefüllt. Mein Ball fliegt gut, Sie! Mir kann keener! Adjes, und wenn ich heirate, seid Ihr dabei!«

So ist der Zementarbeiter, später Möbeltransportarbeiter Franz Biberkopf, ein grober, ungeschlachter Mann von abstoßendem Äußern, wieder nach Berlin und auf die Straße gekommen, ein Mann, an den sich ein hübsches Mädchen aus einer Schlosserfamilie gehängt hatte, die er dann zur Hure machte und zuletzt bei einer Schlägerei tödlich verletzte. Er hat aller Welt und sich geschworen, anständig zu bleiben. Und solange er Geld hatte, blieb er anständig. Dann aber ging ihm das Geld aus, welchen Augenblick er nur erwartet hatte, um einmal allen zu zeigen, was ein Kerl ist.

ZWEITES BUCH

DAMIT haben wir unseren Mann glücklich nach Berlin gebracht. Er hat seinen Schwur getan, und es ist die Frage, ob wir nicht einfach aufhören sollen. Der Schluß scheint freundlich und ohne Verfänglichkeit, es scheint schon ein Ende, und das Ganze hat den großen Vorteil der Kürze.

Aber es ist kein beliebiger Mann, dieser Franz Biberkopf. Ich habe ihn hergerufen zu keinem Spiel, sondern zum Erleben seines schweren, wahren und aufhellenden Daseins.

Franz Biberkopf ist schwer gebrannt, er steht jetzt vergnügt und breitbeinig im Berliner Land, und wenn er sagt, er will anständig sein, so können wir ihm glauben, er wird es sein.

Ihr werdet sehen, wie er wochenlang anständig ist. Aber das ist gewissermaßen nur eine Gnadenfrist.

Es lebten einmal im Paradies zwei Menschen, Adam und Eva. Sie waren vom Herrn hergesetzt, der auch Tiere und Pflanzen und Himmel und Erde gemacht hatte. Und das Paradies war der herrliche Garten Eden. Blumen und Bäume wuchsen hier, Tiere spielten rum, keiner quälte den andern. Die Sonne ging auf und unter, der Mond tat dasselbe, das war eine einzige Freude den ganzen Tag im Paradies.

So wollen wir fröhlich beginnen. Wir wollen singen und uns bewegen: Mit den Händchen klapp, klapp, klapp, mit den Füßchen trapp, trapp, trapp, einmal hin, einmal her, ringsherum, es ist nicht schwer.

Franz Biberkopf betritt Berlin

Handel und Gewerbe

Stadtreinigungs- und Fuhrwesen

Gesundheitswesen

Tiefbau

Kunst und Bildung

Verkehr

Sparkasse und Stadtbank

Gaswerke

Feuerlöschwesen

Finanz- und Steuerwesen

Offenlegung eines Planes für das Grundstück An der Spandauer Brücke 10.

Der Plan für das zur Anbringung einer Wandrosette an der Straßenwand des Hauses An der Spandauer Brücke 10 dauernd zu beschränkende, in dem Gemeindebezirk Berlin-Mitte gelegene Grundeigentum liegt nebst Anlagen zu jedermanns Einsicht aus. Während dieser Zeit kann jeder Beteiligte im Umfange seines Interesses Einwendungen gegen den Plan erheben. Auch der Vorstand des Gemeindebezirks hat das Recht, Einwendungen zu erheben. Solche Einwendungen sind bei dem Bezirksamt Mitte in Berlin C2, Klosterstraße 68, Zimmer 76, schriftlich einzureichen oder mündlich zu Protokoll zu erklären.

– Ich habe dem Jagdpächter, Herrn Bottich, mit Zustimmung des Herrn Polizeipräsidenten die jederzeit widerrufliche Genehmigung zum Abschuß von wilden Kaninchen und sonstigem Raubzeug auf dem Gelände des Faulen Seeparks an folgenden Tagen im Jahr 1928 erteilt: Der Abschuß muß im Sommer, vom 1. April bis 30. September bis 7 Uhr, im Winter vom 1. Oktober bis 31. März bis 8 Uhr beendet sein. Dies wird hierdurch zur öffentlichen Kenntnis gebracht. Vor dem Betreten des fraglichen Geländes während der angegebenen Abschußzeit wird gewarnt. Der Oberbürgermeister als Jagdvorsteher.

– Der Kürschnermeister Albert Pangel, welcher auf eine fast dreißigjährige Tätigkeit als Ehrenbeamter zurückblicken kann, hat infolge hohen Alters und Verzuges aus dem Kommissionsbezirk sein Ehrenamt niedergelegt. Während dieser langen Zeit war er ununterbrochen als Wohlfahrts-Kommissionsvorsteher beziehungsweise Wohlfahrtspfleger tätig. Das Bezirksamt hat die Verdienste in einem Dankschreiben an Herrn Pangel zum Ausdruck gebracht.

Der Rosenthaler Platz unterhält sich.

Wechselndes, mehr freundliches Wetter, ein Grad unter Null. Für Deutschland breitet sich ein Tiefdruckgebiet aus, das in seinem ganzen Bereich dem bisherigen Wetter ein Ende bereitet hat. Die geringen vor sich gehenden Druckveränderungen sprechen für langsame Ausbreitung des Tiefendrukkes nach Süden, so daß das Wetter weiter unter seinem Einfluß bleiben wird. Tagsüber dürfte die Temperatur niedriger liegen als bisher. Wetteraussichten für Berlin und weitere Umgebung.

Die Elektrische Nr. 68 fährt über den Rosenthaler Platz, Wittenau, Nordbahnhof, Heilanstalt, Weddingplatz, Stettiner Bahnhof, Rosenthaler Platz, Alexanderplatz, Straußberger Platz, Bahnhof Frankfurter Allee, Lichtenberg, Irrenanstalt Herzberge. Die drei Berliner Verkehrsunternehmen, Straßenbahn, Hoch- und Untergrundbahn, Omnibus, bilden eine Tarifgemeinschaft. Der Fahrschein für Erwachsene kostet 20 Pfennig, der Schülerfahrschein 10 Pfennig. Fahrpreisermäßigung erhalten Kinder bis zum vollendeten 14. Lebensjahr, Lehrlinge und Schüler, unbemittelte Studenten, Kriegsbeschädigte, im Gehen schwer behinderte Personen auf Ausweis der Bezirkswohlfahrtsämter. Unterrichte dich über das Liniennetz. Während der Wintermonate darf die Vordertür nicht zum Ein- und Aussteigen geöffnet werden, 39 Sitzplätze, 5918, wer aussteigen will, melde sich rechtzeitig, die Unterhaltung mit den Fahrgästen ist dem Wagenführer verboten, Auf- und Absteigen während der Fahrt ist mit Lebensgefahr verbunden.

Mitten auf dem Rosenthaler Platz springt ein Mann mit zwei gelben Paketen von der 41 ab, eine leere Autodroschke rutscht noch grade an ihm vorbei, der Schupo sieht ihm nach, ein Straßenbahnkontrolleur taucht auf, Schupo und Kontrolleur geben sich die Hand: Der hat aber mal Schwein gehabt mit seine Pakete.

Diverse Fruchtbranntweine zu Engrospreisen. Dr. Bergell, Rechtsanwalt und Notar, Lukutate, das indische Verjüngungsmittel der Elefanten, Fromms Akt, der beste Gummischwamm, wozu braucht man die vielen Gummischwämme.

Vom Platz gehen ab die große Brunnenstraße, die führt nördlich, die AEG. liegt an ihr auf der linken Seite vor dem Humboldthain. Die AEG. ist ein ungeheures Unternehmen, welches nach Telefonbuch von 1928 umfaßt: Elektrische Licht- und Kraftanlagen, Zentralverwaltung, NW 40, Friedrich-Karl-Ufer 2–4, Ortsverkehr, Fernverkehr Amt Norden 4488, Direktion, Pförtner, Bank Elektrischer Werte A. G., Abteilung für Beleuchtungskörper, Abteilung Rußland, Abteilung Metallwerke Oberspree, Apparatefabriken Treptow, Fabriken Brunnenstraße, Fabriken Hennigsdorf, Fabrik für Isolierstoffe, Fabrik Rheinstraße, Kabelwerk Oberspree, Transformatoren-Fabrik Wilhelminenhofstraße, Rummelsburger Chaussee, Turbinenfabrik NW 87, Huttenstraße 12–16.

Die Invalidenstraße wälzt sich linksherum ab. Es geht nach dem Stettiner Bahnhof, wo die Züge von der Ostsee ankommen: Sie sind ja so berußt – ja hier staubts. – Guten Tag, auf Wiedersehn. – Hat der Herr was zu tragen, 50 Pfennig. – Sie haben sich aber gut erholt. – Ach die braune Farbe vergeht bald. – Woher die Leute bloß das viele Geld zu verreisen haben. – In einem kleinen Hotel da in einer finstern Straße hat sich gestern früh ein Liebespaar erschossen, ein Kellner aus Dresden und eine verheiratete Frau, die sich aber anders eingeschrieben haben.

Vom Süden kommt die Rosenthaler Straße auf den Platz. Drüben gibt Aschinger den Leuten zu essen und Bier zu trinken, Konzert und Großbäckerei. Fische sind nahrhaft, manche sind froh, wenn sie Fische haben, andere wieder können keine Fische essen, eßt Fische, dann bleibt ihr schlank, gesund und frisch. Damenstrümpfe, echt Kunstseide, Sie haben hier einen Füllfederhalter mit prima Goldfeder.

In der Elsasser Straße haben sie den ganzen Fahrweg eingezäunt bis auf eine kleine Rinne. Hinter dem Bauzaun pufft eine Lokomobile. Becker-Fiebig, Bauunternehmer A. G., Berlin W 35. Es rumort, Kippwagen liegen bis zur Ecke, wo die Commerz- und Privatbank ist, Depositenkasse L., Aufbewahrung von Wertpapieren, Einzahlung von Banksparkonten. Fünf Männer knien vor der Bank, Arbeiter, schlagen kleine Steine in die Erde.

An der Haltestelle Lothringer Straße sind eben eingestiegen in die 4 vier Leute, zwei ältliche Frauen, ein bekümmerter einfacher Mann und ein Junge mit Mütze und Ohrenklappe. Die beiden Frauen gehören zusammen, es ist Frau Plück und Frau Hoppe. Sie wollen für Frau Hoppe, die ältere, eine Leibbinde besorgen, weil sie eine Anlage zum Nabelbruch hat. Sie waren zum Bandagisten in der Brunnenstraße, nachher wollen beide ihre Männer zum Essen abholen. Der Mann ist der Kutscher Hasebruck, der seine Plage hat mit einem elektrischen Bügeleisen, das er für seinen Chef alt und billig gekauft hat. Man hat ihm ein schlechtes gegeben, der Chef hat es ein paar Tage probiert, dann brannte es nicht mehr, er soll es umtauschen, die Leute wollen nicht, er fährt schon zum drittenmal hin, heute soll er was zuzahlen. Der Junge, Max Rüst, wird später Klempner werden, Vater von 7 weiteren Rüst, wird sich an einer Firma Hallis und Co., Installation, Dacharbeiten bei Grünau, beteiligen, mit 52 Jahren wird er ein Viertel-Los in der Preußischen Klassenlotterie gewinnen, darauf sich zur Ruhe setzen und während eines Abfindungsprozesses mit der Firma Hallis und Co. mit 55 Jahren sterben. Seine Todesanzeige wird lauten: Am 25. September verschied plötzlich an einem Herzschlag mein inniggeliebter Mann, unser lieber Vater, Sohn, Bruder, Schwager und Onkel Paul Rüst im noch nicht vollendeten Alter von 55 Jahren. Dies zeigt tief betrübt an im Namen der Hinterbliebenen Marie Rüst. Die Danksagung nach der Beerdigung wird folgenden Text haben: Danksagung! Da es uns nicht möglich ist, jedem einzelnen für die Beweise usw., sprechen wir hiermit allen Verwandten, Freunden, sowie den Mietern des Hauses Kleiststraße 4 und allen Bekannten unsern herzlichsten Dank aus. Ganz besonders danken wir Herrn Deinen für seine innigen Trostworte. – Jetzt ist dieser Max Rüst 14 Jahr alt, grade aus der Gemeindeschule entlassen, soll auf dem Hinweg die Beratungsstelle für Sprachkranke, Schwerhörige, Sehschwache, Schwachbegabte, Schwererziehbare aufsuchen, wo er schon öfter war, weil er stottert, es hat sich aber schon gebessert.

Kleine Kneipe am Rosenthaler Platz.

Vorn spielen sie Billard, hinten in einer Ecke qualmen zwei Männer und trinken Tee. Der eine hat ein schlaffes Gesicht und graues Haar, er sitzt in der Pelerine: »Nun schießen Se los. Aber sitzen Se still, zappeln Se nicht so.«

»Mich kriegen Sie heute nicht ans Billard. Ich hab keine sichere Hand.«

Er kaut an einer trockenen Semmel, berührt den Tee nicht.

»Sollen Sie ja gar nicht. Wir sitzen hier ja gut.«

»Es ist immer dieselbe Geschichte. Jetzt hats geklappt.«

»Wer hat geklappt?«

Der andere, jung, hellblond, straffes Gesicht, straffe Figur: »Ich natürlich auch. Sie dachten, bloß die? Jetzt sind wir ins reine gekommen.«

»Mit andern Worten, Sie sind raus.«

»Ich hab deutsch mit dem Chef gesprochen, darauf hat er mich angefahren. Abends hatte ich meine Kündigung auf den Ersten.«

»Man soll nie deutsch reden in gewissen Situationen. Hätten Sie mit dem Mann französisch gesprochen, hätte er Sie nicht verstanden, und Sie wären noch drin.«

»Ich bin noch drin, was denken Sie. Jetzt komm ich grade. Sie denken, ich werde ihnen das Leben leicht machen. Jeden Tag, Schlag zwei Uhr mittags, bin ich da und mache ihnen das Leben sauer: auf mich können Sie sich verlassen.«

»Menschenskind, Menschenskind. Ich denke, Sie sind verheiratet.«

Der stützt den Kopf auf: »Das ist das Gemeine, ich habs ihr noch nicht gesagt, ich kanns ihr nicht sagen.«

»Vielleicht gibt sich die Sache wieder.«

»Sie ist in anderen Umständen.«

»Das zweite?«

»Ja.«

Der in der Pelerine zieht den Mantel dichter an sich, lächelt den andern spöttisch an, dann nickt er: »Na, ist ja schön. Kinder machen Mut. Sie könnens jetzt brauchen.«

Der rückt vor: »Ich kanns nicht brauchen. Wozu denn. Ich

hab Schulden bis da. Die ewigen Abzahlungen. Ich kanns ihr nicht sagen. Und dann einen rauszugraulen. Ich bin an Ordnung gewöhnt, und das ist ein Saubetrieb von oben bis unten. Der Chef hat seine Möbelfabrik, und ob ich Aufträge reinbringe für die Schuhabteilung, ist ihm eigentlich ganz gleich. Das ist es. Man ist das fünfte Rad am Wagen. Man steht im Büro rum und fragt und fragt: Sind nun endlich die Offerten rausgegangen? Welche Offerten? Sechsmal habe ichs ihnen gesagt, wozu laufe ich denn zur Kundschaft. Man macht sich lächerlich. Entweder er läßt die Abteilung eingehen oder nicht.«

»Trinken Sie mal einen Schluck Tee. Vorläufig läßt er Sie eingehen.«

Ein Herr in Hemdsärmeln kommt vom Billardtisch, tippt dem Jungen auf die Schulter: »Eine Partie?«

Der Ältere für ihn: »Er hat einen Kinnhaken weg.«

»Billard ist gesund für Kinnhaken.« Dann zieht er ab. Der in der Pelerine schluckt heißen Tee; ist gut, heißen Tee mit Zucker und Rum zu trinken und einen andern klönen zu hören. Es ist gemütlich in der Bude. »Sie gehen wohl heute nicht nach Hause, Georg?«

»Hab keinen Mut, hab keinen Mut. Was soll ich ihr nur sagen. Ich kann ihr nicht ins Gesicht sehen.«

»Gehen, immer gehen, ruhig ins Gesicht sehen.«

»Was verstehen Sie davon.«

Der legt sich, die Pelerinenenden zwischen den Fingern, breit über den Tisch: »Trinken Sie, Georg, oder essen Sie, und reden Sie nicht. Ich versteh was davon. Ich kenne den Zauber bis dahin. Wie Sie noch so klein waren, habe ich mir das schon abgelaufen.«

»Soll sich mal einer in meine Lage versetzen. Eine gute Position, und dann versauen sie einem alles.«

»Ich bin Oberlehrer gewesen. Vor dem Krieg. Als der Krieg losging, war ich schon wie jetzt. Die Kneipe war wie heute. Eingezogen haben sie mich nicht. Leute wie mich können sie nicht brauchen, Leute, die spritzen. Oder richtig: sie hatten mich eingezogen, ich dachte, der Schlag trifft mich.

Die Spritze haben sie mir natürlich weggenommen und das Morphium auch. Und rin in den Betrieb. Zwei Tage habe ichs ausgehalten, so lange hatte ich noch Reserven, Tropfen, und dann adieu, Preußen, und ich in der Irrenanstalt. Dann haben sie mich laufen lassen. Na, was wollt ich sagen, dann hat mich auch die Schule geschaßt, Morphium, man ist ja manchmal im Tran, im Anfang, jetzt passiert einem das nicht mehr, leider. Na, und die Frau? Und das Kind? Nun ade, du mein lieb Heimatland. Mensch, Georg, ich könnte Ihnen romantische Geschichten erzählen.« Der Graue trinkt, beide Hände an dem Glas, trinkt langsam, innig, sieht in den Tee: »Ein Weib, ein Kind: es sieht aus, als wäre das die Welt. Ich habe nicht bereut, Schuld empfinde ich nicht; mit den Tatsachen, auch mit sich, muß man sich abfinden. Man soll sich nicht dicke tun mit seinem Schicksal. Ich bin Gegner des Fatums. Ich bin kein Grieche, ich bin Berliner. Warum lassen Sie den schönen Tee kalt werden? Nehmen Sie Rum zu.« Der Junge hält zwar die Hand über das Glas, aber der andere schiebt sie beiseite, gießt ihm aus einer kleinen Blechflasche, die er aus der Tasche zieht, einen Schuß ein. »Ich muß weggehen. Danke schön. Ich muß mir meinen Ärger auslaufen.« »Ruhig hierbleiben, Georg, ein bißchen trinken, dann Billard spielen. Bloß keine Unordnung einreißen lassen. Das ist der Anfang vom Ende. Als ich meine Frau und das Kind nicht zu Hause fand und bloß ein Brief da war, zur Mutter gegangen nach Westpreußen und so weiter, verfehlte Existenz, son Mann und die Schande und so weiter, hab ich mir hier einen Ritz beigebracht, hier am linken Arm, was wie ein Selbstmordversuch aussieht. Man soll nie versäumen, etwas zu lernen, Georg; ich konnte sogar Provenzalisch, aber Anatomie –. Ich hielt die Sehne für den Puls. Besser orientiert bin ich heute noch nicht, aber kommt nicht mehr in Frage. Kurz: der Schmerz, die Reue war Unsinn, ich blieb leben, die Frau blieb auch leben, das Kind auch, es stellten sich sogar bei ihr noch mehr Kinder ein, in Westpreußen, Stücker zwo, ich wirkte auf Entfernung; wir leben alle. Der Rosenthaler Platz erfreut mich, der Schupo an der Elsasser Ecke erfreut mich, das Billard erfreut mich. Komm mal einer und sage, sein Leben ist besser und ich versteh nichts von Frauen.«

Der Blonde betrachtet ihn mit Widerwillen: »Sie sind ja eine Ruine, Krause, das wissen Sie doch selbst. Was sind Sie für ein Beispiel. Sie stellen sich mir vor in Ihrem Pech, Krause. Haben mir doch selbst erzählt, wie Sie hungern müssen bei Ihren Privatstunden. Ich möchte nicht so begraben sein.« Der Graue hat sein Glas ausgetrunken, er legt sich mit der Pelerine in den eisernen Stuhl zurück, blinzelt einen Moment den Jungen feindlich an, dann prustet er, lacht krampfhaft: »Nee, kein Beispiel, da haben Sie recht. Hab ich nie beansprucht. Bin für Sie kein Beispiel. Die Fliege, kuck an, Gesichtspunkte. Die Fliege setzt sich unter das Mikroskop und kommt sich als ein Pferd vor. Die Fliege soll mal vor mein Fernrohr kommen. Wer sind Sie, Herr, Herr Georg? Stellen Sie sich mir einmal vor: Herr Stadtvertreter der Firma XY, Abteilung Schuhwaren. Nee, lassen Sie die Witze. Mir von Ihrem Kummer zu erzählen, Kummer: buchstabiere K wie Kalbskopf, U wie Unfug, grober Unfug, gröbster, ja, M wie Mumpitz. Und Sie sind falsch verbunden, falsch verbunden, mein Herr, total falsch verbunden.«

Ein junges Mädchen steigt aus der 99, Mariendorf, Lichtenrader Chaussee, Tempelhof, Hallesches Tor, Hedwigskirche, Rosenthaler Platz, Badstraße, Seestraße Ecke Togostraße, in den Nächten von Sonnabend zu Sonntag ununterbrochener Betrieb zwischen Uferstraße und Tempelhof, Friedrich-Karl-Straße, in Abständen von 15 Minuten. Es ist 8 Uhr abends, sie hat eine Notenmappe unter dem Arm, den Krimmerkragen hat sie hoch ins Gesicht geschlagen, die Ecke Brunnenstraße-Weinbergsweg wandert sie hin und her. Ein Mann im Pelz spricht sie an, sie fährt zusammen, geht rasch auf die andere Seite. Sie steht unter der hohen Laterne, beobachtet die Ecke drüben. Ein älterer kleiner Herr mit Hornbrille erscheint drüben, sie ist sofort bei ihm. Sie geht kichernd neben ihm. Sie ziehen die Brunnenstraße rauf.

»Ich darf heut nicht so spät nach Hause, wirklich, nein. Ich hätte eigentlich gar nicht kommen sollen. Aber ich darf doch nicht anklingeln.« »Nein, nur ausnahmsweise, wenns sein muß. Man hört zu im Büro. Es ist deinetwegen, Kind.« »Ja, ich fürcht mich, es kommt doch nicht raus, Sie sagen es bestimmt niemand.« »Bestimmt.« »Papa, wenn der was hört, und Mama, o Gott.« Der ältere Herr hält sie vergnügt am Arm. »Kommt nichts raus. Ich sag keinem Menschen ein Wort. Hast du in der Stunde schön gelernt?« »Chopin. Ich spiel die Nokturnos. Sind Sie musikalisch?« »Doch, wenns sein muß.« »Ich möchte Ihnen mal vorspielen, wenn ich kann. Aber ich habe Angst vor Ihnen.« »Na aber.« »Ja, ich hab immer Angst vor Ihnen, ein bißchen, nicht sehr. Nein, sehr nicht. Aber ich brauch doch keine Angst vor Ihnen zu haben.« »Keine Spur. Aber so was. Du kennst mich doch schon drei Monate.« »Ich hab auch eigentlich nur vor Papa Angst. Wenn es rauskommt.« »Mädel, du wirst doch schon mal abends ein paar Schritte allein gehen können. Du bist doch kein Baby mehr.« »Hab ich Mama schon immer gesagt. Und ich geh auch aus.« »Wir gehen, Tuntchen, wos uns paßt.« »Sagen Sie nicht Tuntchen zu mir. Das habe ich Ihnen nur gesagt, damit – so nebenbei. Wo laufen wir denn heute hin. Ich muß um neun zu Hause sein.« »Hier oben. Sind schon da. Wohnt ein Freund von mir. Wir können ungeniert rauf.« »Ich fürcht mich. Sieht uns auch keiner? Gehen Sie vor. Ich komm allein nach.«

Oben lächeln sie sich an. Sie steht in der Ecke. Er hat Mantel und Hut abgelegt, sie läßt sich von ihm Notenmappe und Hut abnehmen. Dann läuft sie zur Tür, knipst das Licht aus: »Aber heut nicht lange, ich hab so wenig Zeit, ich muß nach Hause, ich zieh mich nicht aus, Sie tun mir nicht weh.«

Franz Biberkopf geht auf die Suche, man muß Geld verdienen, ohne Geld kann der Mensch nicht leben. Vom Frankfurter Topfmarkt

Franz Biberkopf setzte sich mit seinem Freund Meck an einen Tisch, an dem schon mehrere laute Männer saßen, und wartete den Beginn der Versammlung ab. Meck erklärte: »Du gehst nicht stempeln, Franz, und gehst auch nicht in die Fabrik, und zu Erdarbeiten ists zu kalt. Der Handel, das ist das beste. In Berlin oder aufm Land. Du kannst wählen. Aber es ernährt seinen Mann.« Der Kellner rief: »Vorsicht, Köpfe weg.« Sie tranken ihr Bier. In dem Augenblick tönten Schritte oben über ihnen, Herr Wünschel, der Verwalter im ersten Stock, lief zur Rettungswache, seine Frau hatte eine Ohnmacht. Da erklärte Meck wiederum: »So wahr ich Gottlieb heiße, sieh dir die Leute hier an. Wie die aussehn. Ob sie verhungert sind. Ob es nicht anständige Leute sind.« »Gottlieb, du weißt, über Anstand lass ich nicht mit mir spaßen. Hand aufs Herz, ist es ein anständiger Beruf oder nicht?« »Sieh dir die Leute an, ich sage gar nichts. Tipptopp, sieh se dir doch an.« »Ne solide Existenz, darauf kommt es an, ne solide.« »Ist das Solideste, wo man hat. Hosenträger, Strümpfe, Socken, Schürzen, eventuell Kopftücher. Der Gewinn liegt im Einkauf.«

Auf dem Podium sprach ein Mann mit Buckel von der Frankfurter Messe. Vor der auswärtigen Beschickung der Messe kann nicht eindringlich genug gewarnt werden. Die Messe liegt auf einem schlechten Platz. Besonders der Topfmarkt. »Meine Damen und Herren, werte Kollegen, wer den Frankfurter Topfmarkt vergangenen Sonntag mitgemacht hat, wird mit mir befürworten können, das kann dem Publikum nicht zugemutet werden.« Gottlieb stieß Franz an: »Er redt vom Frankfurter Topfmarkt. Da gehst du doch nicht hin.« »Schadt nicht, istn guter Mann, er weiß, was er will.« »Wer den Magazinplatz in Frankfurt kennt, geht nicht nochmal hin. Das ist so sicher wie Amen in der Kirche. Es war ein Dreck, es war ein Morast. Ich möchte weiter befürworten, daß der

Magistrat von Frankfurt sich Zeit gelassen hat bis drei Tage vorm Termin. Dann hat er gesagt: Magazinplatz für uns, nicht Marktplatz wie immer. Warum, das möcht ich die Kollegen zu beriechen geben: weil Wochenmarkt auf dem Marktplatz abgehalten wird, und wenn wir da noch kommen, so wird es eine Verkehrsstörung abgeben. Das ist unerhört von dem Frankfurter Magistrat, das ist ein Schlag ins Gesicht. So was als Grund anzugeben. Vier halbe Wochentage ist schon Wochenmarkt, und dann solln wir gehen? Warum grade wir? Warum nicht der Gemüsemann und die Butterfrau? Warum baut Frankfurt nicht eine Markthalle? Die Obst-, Gemüse- und Lebensmittelhändler werden ebenso schlecht vom Magistrat behandelt wie wir. Wir haben alle zu leiden unter den Mißgriffen des Magistrats. Aber nun heißt es Schluß. Die Einnahmen auf dem Magazinplatz sind gering gewesen, es war gar nichts, es hat sich nicht gelohnt. Es ist keiner gekommen in dem Dreck und dem Regen. Die Kollegen, die da waren, haben größtenteils nicht so viel Pinke gemacht, um mit ihren Wagen vom Platz zu kommen. Bahnspesen, Budengelder, Wartegelder, Anrollen, Abrollen. Auch läßt, das möchte ich vor der ganzen Öffentlichkeit aufs deutlichste befürworten und unterbreiten, in Frankfurt sind die Toilettezustände nicht zu beschreiben. Wer da war, kann ein Lied davon singen. Solche hygienischen Verhältnisse sind einer großen Stadt unwürdig, und die Öffentlichkeit muß das brandmarken, wo sie nur kann. Solche Zustände können keinen Besucher nach Frankfurt locken und schadigen die Händler. Dann die engen Budenstände, wie Flundern einer neben dem andern.«

Nach der Diskussion, in der auch der Vorstand wegen seiner bisherigen Untätigkeit angegriffen wurde, wurde einstimmig folgende Entschließung angenommen:

»Die Messehändler haben die Verlegung der Messe nach dem Magazinplatz wie einen Schlag ins Gesicht empfunden. Das geschäftliche Ergebnis für die Händler ist ganz bedeutend hinter dem der früheren Messen zurückgeblieben. Der Magazinplatz ist als Messeplatz absolut ungeeignet, da er bei weitem die Messebesucherzahl nicht fassen kann, und in sanitärer Hinsicht geradezu beschämend für die Stadt Frankfurt an der Oder, abgesehen davon, daß bei eintretender Feuersgefahr die Händler samt ihrer Habe verloren wären. Die Versammelten erwarten vom Magistrat der Stadt die Zurückverlegung der Messe nach dem Marktplatz, da nur dadurch eine Gewähr für die Erhaltung der Messe gegeben ist. Gleichzeitig ersuchen die Versammelten dringend um eine Ermäßigung des Standgeldes, da sie nicht in der Lage sind, unter den gegebenen Verhältnissen auch nur annähernd ihren Verpflichtungen nachzukommen, und der Wohlfahrtspflege der Stadt zur Last fallen würden.«

Biberkopf zog es unwiderstehlich zu dem Redner. »Meck, das ist ein Redner, ein Mann, wie gemacht für die Welt.« »Tritt ihm doch mal auf die Zehen, vielleicht fällt was für dich ab.« »Das kannst du doch nicht wissen, Gottlieb. Du weißt doch, mir haben die Juden rausgeholt. Bin schon auf die Höfe gegangen und habe die Wacht am Rhein gesungen, so duselig war ich im Kopf. Da haben mich die beiden Juden rausgeangelt und mir Geschichten erzählt. Worte sind auch gut, Gottlieb, und was einer sagt.« »Die Geschichte von dem Pollak, dem Stefan. Franz, du hast doch noch n Vogel.« Der hob die Schultern: »Gottlieb, Vogel hin, Vogel her, setz dich in meine Lage und dann rede du. Der Mann oben, der Kleine mit dem Buckel, ist gut, sage ich dir, ist prima prima.« »Na, für meinetwegen. Du sollst dich lieber ums Geschäft kümmern, Franz.« »Wird gemacht, kommt alles, eins nach dem andern. Ich red ja nicht gegen das Geschäft.«

Und schlängelte sich zu dem Buckligen durch. Ergeben bat er ihn um eine Auskunft. »Was wollen Sie?« »Ich möchte um eine Auskunft bitten.« »Diskussion gibts nicht mehr. Ist aus, jetzt Schluß. Wir haben auch mal genug, bis da.« Der Bucklige war giftig: »Was wollen Sie denn eigentlich?« »Ich –. Da wird hier viel von der Frankfurter Messe geredet, und Sie haben Ihre Sache großartig gemacht, prima, Herr. Das wollt ich Ihnen sagen für meine Person. Ich bin ganz Ihrer Meinung.« »Freut mich, Kollege. Wie ist der werte Name?« »Franz Biberkopf. Ich habe mit Freude gesehn, wie Sie Ihre

Sache gemacht haben und wie Sies den Frankfurtern gegeben haben.« »Dem Magistrat.« »Prima. Den haben Sie mit Glanz gebügelt. Die werden nicht Piep dazu sagen. Auf den Stuhl setzen Sie sich nich nochmal.« Der Kleine packte seine Papiere zusammen, stieg vom Podium in den verqualmten Saal: »Schön, Kollege, schönchen.« Und Franz strahlte, dienerte hinter ihm. »Sie wollten noch ne Auskunft? Sind Sie Mitglied vom Verband?« »Nee, bedaure sehr.« »Könn se gleich haben bei mir. Kommen se mit an unsern Tisch.« Saß Franz am Vorstandstisch unten, neben roten Köpfen, trank, grüßte, bekam einen Schein in die Hand. Den Beitrag versprach er für den nächsten Ersten. Händedruck.

Er winkte Meck schon von weitem mit dem Zettel zu: »Ich bin jetzt Mitglied, jawohl. Ich bin Mitglied der Berliner Ortsgruppe. Da kannst du lesen, da stehts: Berliner Ortsgruppe, Reichsverband, und wie heißt das: ambulanter Gewerbetreibender Deutschlands. Feine Sache, was.« »Und was bist du, Händler mit Textilwaren? Hier steht Textilwaren. Seit wann denn, Franz? Was sind denn deine Textilwaren?« »Ich hab auch gar nicht gesagt Textilwaren. Ich hab gesagt Strümpfe und Schürzen. Er blieb dabei, Textilwaren. Schadt ja nichts. Ich zahl erst am Ersten.« »Na, Menschenskind, erstens wenn du nu mit Porzellantellern gehst oder mit Kücheneimern oder vielleicht Vieh handelst, wie die Herren hier: meine Herren, ist das nicht Unsinn, daß der Mann sich einen Mitgliedsschein nimmt auf Textilwaren und vielleicht geht er mit Rindern?« »Von Rindern rat ich ab. Rinder sind flau. Gehn Sie mit Kleinvieh.« »Aber er geht ja überhaupt noch mit gar nichts. Tatsache. Meine Herren, der sitzt hier bloß rum und will. Ihm können Sie auch sagen, jawoll, Franz, gehn Sie mit Mausefallen oder mit Gipsköppen.« »Wenns sein muß, Gottlieb, wenns seinen Mann ernährt. Mausefallen grade nicht, da machen die Drogerien zuviel Konkurrenz mit Giftzeug, aber Gipsköppe: warum soll man nich Gipsköppe in die kleinen Städte bringen?« »Na, sehn Sie: da nimmt er sich einen Schein auf Schürzen und geht mit Gipsköppen.«

»Gottlieb, nicht doch, meine Herren, Sie haben ja recht,

aber du mußt die Sache nicht so drehen. Man muß auch eine Sache richtig beleuchten und ins richtige Licht stellen, wie der kleine Bucklige die Sache mit Frankfurt, wo du nicht zugehört hast.« »Weil ich mit Frankfurt nichts zu tun habe. Und die Herren auch nicht.« »Gut, Gottlieb, schön, meine Herren, soll auch keen Vorwurf sein, bloß ich für meine Person, für meine Wenigkeit habe zugehört, und es war sehr schön, wie er alles beleuchtete, mit Ruhe, aber kräftig, bei seiner schwachen Stimme, und der Mann ist ja schwach auf der Brust, und wie alles seine Ordnung hatte und wie dann die Resolution kam, jeder Punkt sauber, eine feine Sache, ein Kopf, und genau bis auf die Toiletten, die ihnen nicht gefallen haben. Ich hatte doch da die Sache mit die Juden, du weißt schon. Mir haben mal, meine Herren, wie ich, wie mir sehr mulmig war, zwei Juden geholfen, mit Geschichtenerzählen. Sie haben zu mir gesprochen, es sind anständige Leute, die mich gar nicht kannten, und dann haben sie mir von einem Polen oder so erzählt, und das war bloß eine Geschichte und war doch auch sehr gut, sehr lehrreich für mich in dieser Situation, in der ich war. Ich dachte: Kognak hätts auch getan. Aber wer weiß. Nachher bin ich wieder frisch auf de Beine gewesen.« Der eine Viehhändler qualmte und grinste: »Da war Ihnen wohl vorher ein besonders dicker Stein ins Genick gefallen?« »Keine Witze, meine Herren. Außerdem Sie haben recht. Es war ein ordentlicher Stein. Kann Ihnen ooch im Leben passieren, daß Ihnen die Klamotten auf den Kopf regnen und Sie weiche Beine kriegen. Kann jedem passieren, son Schlamassel. Was macht man dann mit de weiche Knie nachher? Auf de Straße laufen Sie herum, Brunnenstraße, Rosenthaler Tor, Alex. Kann Sie passieren, daß Sie rumlaufen und können keine Straßenschilder lesen. Mir haben da kluge Leute geholfen, mir gesagt und erzählt, Leute mitm Kopp, und daher wissen Se: man soll nich auf Geld schwören oder auf Kognak oder auf die lumpigen Pfennige Beitrag. Die Hauptsache ist, Kopf haben, und daß man ihn gebraucht, und daß man weiß, was um eenen los ist, daß man nicht gleich umgeschmissen wird. Ist dann alles halb so schlimm. So ist es, meine Herren. Das ist meine Wahrnehmung.«

»Auf die Weise, Herr, also Kollege, trinken wir eins. Auf unsern Verband.« »Auf den Verband, prost die Herren. Prost Gottlieb.« Der lachte und lachte: »Mensch, nu bleibt bloß die Frage, von wo willst du deinen Beitrag bezahlen, nächsten Ersten?« »Und dann sehn Sie auch mal zu, junger Kollege, wo Sie nu einen Mitgliedsschein haben und Mitglied von unserm Verband sind, daß Ihnen der Verband auch zu einem ordentlichen Verdienst verhilft.« Die Viehhändler lachten mit Gottlieb um die Wette. Der eine Viehhändler: »Gehen Sie mal mit dem Schein nach Meiningen, nächste Woche ist Markt. Ich stell mich auf die rechte Seite, Sie drüben links, und ich kuck zu, wie bei Ihnen der Laden geht. Stell dir vor, Albert, er hat den Schein und ist Mitglied vom Verband und steht in seiner Bude. Hier bei mir schreien sie: Weener Würschtchen, echte Meininger Zwackeln, und er brüllt drüben: Winke winke, noch nicht dagewesen, Mitglied vom Verband, die große Sensation vom Zwickmarkt von Meiningen. Da kommen die Leute in Scharen. Jakob, Jakob, was bist du für ein Schafskopp.« Sie schlugen auf den Tisch, Biberkopf mit. Er schob sich vorsichtig das Papier in die Brusttasche: »Wenn einer laufen will, kauft er sich eben n Paar Schuh. Ich habe noch gar nicht gesagt, daß ich dicke Geschäfte machen werde. Aber aufn Kopf gefallen bin ich ja nu auch nicht.« Sie standen auf.

Auf der Straße geriet Meck mit den beiden Viehhändlern in eine heftige Debatte. Die beiden Viehhändler vertraten ihren Standpunkt in einem Rechtsstreit, den einer von ihnen führte. Er hatte mit Vieh in der Mark gehandelt, war aber nur zum Handel für Berlin berechtigt. Ein Konkurrent hatte ihn dann in einem Dorf getroffen und beim Gendarm angezeigt. Aber da hatten die beiden Viehhändler, die zusammen reisten, das Ding fein gedreht: der Beschuldigte erklärt vor Gericht, er ist bloß Begleiter des andern gewesen und hat alles im Auftrag des andern abgemacht.

Die Viehhändler erklärten: »Wir blechen nicht. Wir schwören. Vorm Amtsgericht kommts jetzt zum Schwur. Er schwört, er war bloß mein Begleiter, und das war er schon öfter, und das wird beschworen und damit schrum.«

Da geriet Meck ganz außer sich, hielt die beiden Viehhändler an den Mänteln fest: »Da habt ihrs ja, ihr seid verrückt, ihr gehört ja nach Dummsdorf. Da wert ihr noch schwören in einer so dämlichen Sache, dem Strolch zu Gefallen, damit er euch ganz reinlegen soll. Das muß in die Zeitung gegeben werden, daß das Gericht so was unterstützt, das ist keine Ordnung, die Herren mit dem Monokel. Aber jetzt sprechen wir Recht.«

Der zweite Viehhändler bleibt dabei: »Ich schwöre, na, etwa nicht? Etwa blechen, drei Instanzen, und der Strolch wird sich amüsieren? Ein Neidhammel. Bei mir Schornstein, freier Abzug.«

Meck schlug sich mit der Faust gegen die Stirn: »Deutscher Michel, du gehörst in den Dreck, wo du drin liegst.«

Sie trennten sich von den Viehhändlern, Franz nahm Meck unter den Arm, sie pendelten allein durch die Brunnenstraße. Meck drohte hinter den Viehhändlern: »Sone Brüder. Haben uns auf dem Gewissen. Das ganze Volk, alle haben die auf dem Gewissen.« »Was sagst du, Gottlieb?« »Jammerlappen sind sie, statt dem Gericht die Fäuste zu zeigen, Jammerlappen, das ganze Volk, die Händler, die Arbeiter, durch die Bank.«

Plötzlich blieb Meck stehen und stellte sich vor Franz auf: »Franz, wir müssen mal zusammen sprechen. Sonst kann ich mich nicht von dir begleiten lassen. Auf keinen Fall.« »Na, fang an.« »Franz, ich muß wissen, wer du bist. Blick mir ins Gesicht. Sag mir hier ehrlich und aufs Wort, du hast es geschmeckt hier in Tegel, du weißt, was Recht und Gerechtigkeit ist. Dann muß auch Recht Recht bleiben.« »Ist wahr, Gottlieb.« »Also Franz, Hand aufs Herz: Was haben sie dir draußen für eine Tolle gedreht?« »Du kannst dir beruhigen. Kannst mir glauben: wenn du Hörner hast, die läßt du schön draußen. Bei uns haben sie Bücher gelesen und Stenographie gelernt, und dann haben sie Schach gespielt, ich auch.« »Schach kannst du auch?« »Na, wir kloppen schon unsern Skat weiter, Gottlieb. Also du sitzt da rum, viel Grips zum Nachdenken hast du nicht, bei uns Transportarbeitern steckt es mehr in den Muskeln und in den Knochen, dann sagst du eines Tages: Verflucht, laß dich nicht mit die Menschen ein, geh deiner eigenen Wege. Hände weg von die Menschen. Gottlieb, was soll unsereins mit Gericht und Polizei und Politik? Wir haben einen Kommunisten draußen gehabt, der war dicker als ich, der hat neunzehn in Berlin mitgemacht. Gefaßt haben sie ihn nicht, aber der ist nachher vernünftig geworden, hat eine Witwe kennengelernt und rin in ihr Geschäft. Ein schlauer Junge, siehst du.« »Wie ist denn der zu euch gekommen?« »Wird ne Schiebung versucht haben. Wir haben draußen immer zusammengehalten, und wer Lampen gemacht hat, der konnte seine Abreibung besehn. Aber lieber nischt mit die andern haben. Das ist Selbstmord. Immer laufen lassen. Anständig bleiben und for sich bleiben. Das ist mein Wort.«

»So«, sagte Meck und sah ihn steif an: »Dann könnten ja alle einpacken, das ist ja waschlappig von dir, daran gehen wir allesamt zugrunde.« »Soll nur einpacken, wer will, ist nicht unsere Sorge.« »Franz, du bist ein Waschlappen, das lass ich mir nich nehmen. Das wird sich rächen, Franz.«

Die Invalidenstraße spaziert Franz Biberkopf herunter, seine neue Freundin, die polnische Lina, zieht mit ihm. An der Chausseestraßen-Ecke ist ein Zeitungsstand im Hausflur, da stehen welche, quasseln.

»Achtung, hier nicht stehenbleiben.« »Man wird sich doch Bilder ansehen können.« »Kaufen Sie sich doch. Versperren Sie nicht die Passage.« »Dämlack.«

Reisebeilage. Wenn in unserem kalten Norden die unangenehme Zeit herangekommen ist, die zwischen schneeglitzernden Wintertagen und erstem Maiengrün liegt, zieht es uns – ein Jahrtausende alter Drang – nach dem sonnigen Süden jenseits der Alpen, nach Italien. Wer so glücklich ist, diesem Wandertriebe folgen zu können. »Nicht aufregen über die Leute. Sehn Sie mal hier, wie jetzt die Leute verwildern: Fällt son Kerl über ein Mädel her in der Stadtbahn, haut sie halb tot wegen fuffzich Mark.« »Dafür tu ichs auch.« »Was?« »Wissen Sie denn, Sie, was fuffzich Mark sind. Sie wissen das ja gar nicht, fuffzich Mark. Das ist ein Haufen Geld für unsereins, ein großer Haufen, Sie. Na also, wenn Sie wissen werden, was fuffzich Mark sind, dann rede ich weiter mit Ihnen.«

Fatalistische Rede des Reichskanzlers Marx: Was kommen soll, liegt nach meiner Weltanschauung bei der Vorsehung Gottes, der mit jedem Volk seine bestimmten Absichten hat. Menschenwerk wird demgegenüber nur Stückwerk bleiben. Wir können nur nach besten Kräften und unablässig arbeiten, entsprechend unsern Überzeugungen, und so werde ich getreulich und ehrlich meine Stelle ausfüllen, die ich jetzt einnehme. Ich schließe, meine sehr verehrten Herren, mit den besten Wünschen für eine erfolgreiche Arbeit in Ihrer mühevollen und opferbereiten Tätigkeit zum Wohle des schönen Bayern. Glückauf Ihrem ferneren Streben. Lebe, wie du, wenn du sterbst, wünsche wohl gespeist zu haben.

»Nu haben Sie wohl ausgelesen, Herr?« »Wieso?« »Soll ich Ihnen die Zeitung vielleicht von de Klammer geben? Es hat mal einen Herrn gegeben, der hat sich von mir einen Stuhl geben lassen, damit daß er bequem lesen kann.« »Sie hängen wohl Ihre Bilder raus, bloß damit sie –« »Wat ich mit meinen Bildern will, lassen Sie man meine Sache sein. Sie bezahlen mir meinen Stand nicht. Was aber bloß Nassauer sind, kann ich an meinem Stand nicht brauchen, verscheuchen einem bloß die Kunden.«

Zieht ab, soll sich lieber die Stiefel putzen lassen, pennt wohl in der Palme in der Fröbelstraße, steigt in die Elektrische. Der fährt sicher mit einem falschen Fahrschein oder hat einen aufgehoben, der versuchts. Wenn sie ihn erwischen, hat er den richtigen verloren. Immer diese Nassauer, schon wieder zwei. Nächstens mach ich ein Gitter vor. Muß mal frühstücken.

Franze Biberkopf im steifen Hut kommt anmarschiert, die mollige polnische Lina am Arm. »Lina, Augen rechts, rin in den Hausflur. Das Wetter ist nicht für Arbeitslose. Wir sehen uns Bilder an. Schöne Bilder, aber zugig hier. Kollege, sag mal, wie ists mit deim Geschäft. Hier friert man sich ja tot.« »Ist auch keine Wärmehalle.« »Lina, möchtest du in so einem Ding stehen?« »Komm doch, der Kerl grient so dreckig.« »Fräulein, ich meine bloß, das könnte manch einem gefallen, wenn Sie so im Hausflur stehen und Zeitungen verkaufen. Bedienung von zarter Hand.«

Windstöße, die Zeitungen heben sich unter den Klammern. »Kollege, du mußt einen Schirm hier draußen anmachen.« »Damit keiner was sieht.« »Dann machst du dir ne Glasscheibe vor.« »Komm doch, Franz.« »Na wart doch einen Momang. Ein Augenblickchen. Der Mann steht hier stundenlang und wird auch nicht umgeblasen. Man muß nicht so pimplig sein, Lina.« »Nee, weil er so grient.« »Das ist so mein Gesichtsausdruck, meine Gesichtszüge, Fräulein. Da kann ich nichts für.« »Der grient immer, hörst du doch, Lina, der arme Kerl.«

Franz schob sich den Hut zurück, sah dem Zeitungsmann ins Gesicht, platzte los, lachte, Linas Hand in seiner. »Der kann ja nichts dafür, Lina. Der hat das noch von der Mutterbrust. Weißt du, Kollege, was du fürn Gesicht machst, wenn du grienst? Nee, nich so, wenn du grienst wie vorhin? Weißt du, Lina. Als wenn er bei seiner Mutter an ihrer Brust liegt, und die Milch ist sauer geworden.« »Ist bei mir nicht zu machen. Mir haben sie mit der Flasche gepäppelt.« »Olle Faxen.« »Kollege, sag mal, was verdient man bei das Geschäft?« »Rote Fahne, danke. Laß mal den Mann durch, Kollege. Kopf weg, Kiste.« »Du stehst aber hier schön im Gedränge.«

Lina zog ihn, sie gondelten die Chausseestraße runter zum Oranienburger Tor. »Das ist was für mich. Ich verkühl mich so leicht nicht. Bloß das olle Warten im Flur.«

Nach zwei Tagen ist es wärmer, Franz hat seinen Mantel verkauft, trägt dicke Unterwäsche, die Lina noch von irgendwoher hat, steht am Rosenthaler Platz vor Fabischs Konfektion, Fabisch und Co., feine Herrenschneiderei nach Maß, gediegene Verarbeitung und niedrige Preise sind die Merkmale unserer Erzeugnisse. Franze schreit Schlipshalter aus:

»Warum aber im Westen der feine Mann Schleifen trägt und der Prolet trägt keine? Herrschaften, treten Sie nur näher, Frollein, Sie auch, mit dem Herrn Gemahl, Jugendlichen ist der Eintritt erlaubt, für Jugendliche kostet es hier nicht mehr. Warum trägt der Prolet keine Schleifen? Weil er sie nicht binden kann. Da muß er sich einen Schlipshalter zu kaufen, und wenn er ihn gekauft hat, ist er schlecht und er kann den Schlips nicht mit binden. Das ist Betrug, das verbittert das Volk, das stößt Deutschland noch tiefer ins Elend, als es schon drin sitzt. Warum zum Beispiel hat man diese großen Schlipshalter nicht getragen? Weil man sich keine Müllschippen um den Hals binden will. Das will weder Mann noch Frau, das will nicht mal der Säugling, wenn der antworten könnte. Man soll darüber nicht lachen, Herrschaften, lachen Sie nicht, wir wissen nicht, was in dem lieben kleinen Kindergehirn vorgeht. Ach Gottchen, das liebe Köpfchen, son kleines Köpfchen und die Härchen, nicht, ist schön, aber Alimente zahlen, da gibts nichts zu lachen, das treibt in Not. Kaufen Sie sich solchen Schlips bei Tietz oder Wertheim oder, wenn Sie bei Juden nicht kaufen wollen, woanders. Ich bin ein arischer Mann.« Den Hut hebt er hoch, blondes Haar, rote abstehende Ohren, lustige Bullaugen. »Die großen Warenhäuser haben keinen Grund, sich von mir Reklame machen zu lassen, die können auch ohne mir bestehen. Kaufen Sie sich solchen Schlips, wie ich hier habe, und dann denken Sie daran, wie Sie ihn morgens binden sollen.

Herrschaften, wer hat heutzutage Zeit, sich morgens einen Schlips zu binden, und gönnt sich nicht lieber die Minute mehr Schlaf. Wir brauchen alle viel Schlaf, weil wir viel arbeiten müssen und wenig verdienen. Ein solcher Schlipshalter erleichtert Ihnen den Schlaf. Er macht den Apotheken Konkurrenz, denn wer solchen Schlipshalter kauft, wie ich hier habe, braucht kein Schlafgift und keinen Schlummerpunsch und nichts. Er schläft ungewiegt wie das Kind an der Mutterbrust, weil er weiß: es gibt morgens kein Gedränge; was er braucht, liegt auf der Kommode fix und fertig und braucht bloß in den Kragen geschoben zu werden. Sie geben Ihr Geld für viel Dreck aus. Da haben Sie voriges Jahr die Ganofim gesehn im Krokodil, vorne gab es heiße Bockwurst, hinten hat Jolly gelegen im Glaskasten und hat sich den Sauerkohl um den Mund wachsen lassen. Das hat jeder von Ihnen gesehn, – treten Sie nur dichter zusammen, damit daß ich meine Stimme schonen kann, ich hab meine Stimme nicht versichert, mir fehlt noch die erste Anzahlung – wie Jolly im Glaskasten lag, das haben Sie gesehn. Wie sie ihm aber Schokolade zugesteckt haben, das haben Sie nicht gesehn. Hier kaufen Sie ehrliche Ware, es ist nicht Zelluloid, es ist Gummi gewalzt, ein Stück zwanzich Pfennig, drei Stück fuffzich.

Gehn Sie weg vom Damm, junger Mann, sonst überfährt Sie ein Auto, und wer soll nachher den Müll zusammenfegen? Ich werde Ihnen erklären, wie man den Schlips bindet, man braucht Ihnen doch nicht mit dem Holzhammer auf den Kopf hauen. Das verstehen Sie sofort. Sie nehmen von der einen Seite hier dreißich bis fünfunddreißich Zentimeter, dann legen Sie den Schlips zusammen, aber nicht so. Das sieht aus, als wenn eine plattgedrückte Wanze an der Wand klebt, ein Tapetenflunder, so was trägt der feine Mann nicht. Dann nehmen Sie meinen Apparat. Man muß Zeit sparen. Zeit ist Geld. Die Romantik ist weg und kommt niemals wieder, damit müssen wir alle heutzutage rechnen. Sie können sich nicht jeden Tag erst langsam den Gasschlauch um den Hals ziehen, Sie brauchen diese fertige gediegene Sache. Sehen Sie her, das ist Ihr Geschenk zu Weihnachten, das ist nach Ihrem Geschmack, Herrschaften, das ist zu Ihrem Wohl. Wenn Ihnen der Dawesplan noch etwas gelassen hat, so ist es der Kopf unter dem Deckel, und der muß Ihnen sagen, das ist was für dich, das kaufst du und trägst es nach Hause, das wird dich trösten.

Herrschaften, wir brauchen Trost, alle wie wir sind, und

wenn wir dumm sind, so suchen wir ihn in der Kneipe. Wer vernünftig ist, tut so was nicht, schon des Geldbeutels wegen, denn was die Budiker heute für schlechten Schnaps verzapfen, ist himmelschreiend, und der gute ist teuer. Darum nehmen Sie diesen Apparat, stecken einen schmalen Streifen hier durch, Sie können auch breite nehmen, wie die schwulen Buben an den Schuhen tragen, wenn sie auf Fahrt gehen. Hier ziehen Sie durch und nun fassen Sie das eine Ende. Ein deutscher Mann kauft nur reelle Ware, die haben Sie hier.«

Lina besorgt es den schwulen Buben

Aber das genügt Franz Biberkopf nicht. Er wackelt mit den Augäpfeln. Er beobachtet mit der schlampigen herzlichen Lina das Straßenleben zwischen Alex und Rosenthaler Platz und entschließt sich, Zeitungen zu handeln. Warum? Sie haben ihm davon erzählt, Lina kann helfen, und es ist was für ihn. Einmal hin, einmal her, ringsherum, es ist nicht schwer.

»Lina, ich kann nicht reden, ich bin kein Volksredner. Wenn ich ausrufe, verstehen sie mich, aber es ist nicht das Richtige. Weißt du, was Geist ist?« »Nee«, glubscht ihn Lina erwartungsvoll an. »Kuck dir die Jungens auf dem Alex und hier an, die haben alle keinen Geist. Auch die mit Buden und mitm Karren ziehen, ist alles nichts. Sind schlau, schlaue Brüder, saftige Jungens, mir brauchste zu sagen. Stell dir aber vor, son Redner im Reichstag, Bismarck oder Bebel, die jetzt sind ja nichts, Mensch, die haben Geist. Geist, das ist Kopf, nich bloß son Deetz. Die können allesamt bei mir nichts erben mit ihre weiche Birne. Redner was ein Redner ist.« »Biste doch, Franz.« »Mir brauchste zu sagen, ich und Redner. Weißte, wer Redner war? Na, wirste nich glauben, deine Wirtin.« »Die Schwenk?« »Nee, die frühere, wo ich die Sachen abgeholt habe, von der Karlstraße.« »Beim Zirkus die. Mit die mußt du nich kommen.«

Franz bückt sich geheimnisvoll vor: »Das war eine Rednerin, Lina, wie sie im Buche steht.« »Ausgeschlossen. Kommt in meine Stube, wo ich noch im Bett liege, und will mir den Koffer rausholen wegen einem Monat.« »Schön, Lina, hör doch mal zu, war nicht schön von ihr. Aber wie ich oben war und frage, wie es mit dem Koffer ist, hat die angefangen.« »Den Quatsch von die kenn ich. Da hab ich gar nicht erst zugehört. Franz, von so eine mußte dir nicht einseifen lassen.« »Angefangen sage ich dir! Lina, von Paragraphen, Gesetzbuch Bürgerliches, und wie sie ne Rente rausgequetscht hat für ihren toten Ollen, wo der alte Placker nen Schlaganfall gehabt hat, was gar nich mitm Krieg zu tun hat. Seit wann hat ein Schlaganfall mitm Krieg zu tun. Sagt sie selbst. Aber hat es durchgesetzt, mit ihrem Kopf. Die hat Geist, Dicke. Was die will, setzt sie durch, das ist mehr als die paar Pfennige verdienen. Da zeigst du, was du bist. Da kriegst du Luft. Mensch, ich bin noch immer platt.« »Gehst du noch immer rauf bei die?« Franz winkt mit beiden Händen ab: »Lina, geh du mal da rauf. Willst einen Koffer abholen, um elf bist du da pünktlich, um zwölf hast du was vor, und um dreiviertel eins stehst du noch immer da. Sie redet, redet dir, und den Koffer hast du noch immer nich, und vielleicht ziehst du nachher ohne Koffer ab. Die kann reden.«

Er sinnt über der Tischplatte, malt mit dem Finger in einer Bierpfütze: »Ich melde mir irgendwo und handle Zeitungen. Das ist was.«

Sie bleibt sprachlos und leicht beleidigt. Franz tut, was er will. Eines Mittags steht er am Rosenthaler Platz, sie bringt ihm Stullen, da haut er um zwölf ab, drückt ihr den Kasten mit dem Ständer und den Pappkarton unter die Arme und geht sich nach Zeitungen erkundigen.

Empfiehlt ihm zuerst ein älterer Mann am Hackeschen Markt vor der Oranienburger Straße, sich um sexuelle Aufklärung zu kümmern. Sie wird jetzt in großem Maßstabe betrieben und geht ganz gut. »Was ist sexuelle Aufklärung?« fragt Franz und mag nicht recht. Der Weißkopf zeigt auf seinen Aushang: »Ansehen, he, dann fragst du nicht.« »Das sind nackte Mädels, gemalt.« »Anders hab ich sie nicht.« Sie qualmen schweigend nebeneinander. Franz steht, begafft die Bilder von oben und unten, pafft in die Luft, der Mann sieht an ihm vorbei. Franz faßt ihn ins Auge: »Sag mal, Kollege, macht dir denn das Spaß, die Mädels da, und sone Bilder? Lachendes Leben. Da malen sie nu n nacktes Mädchen rauf mitm kleinen Kätzchen. Was die nun mitm kleinen Kätzchen soll auf der Treppe. Verdächtige Nudel. Stör dir wohl, Kollege?« Der atmet auf seinem Klappstuhl ergeben aus und sinkt in sich: gibt Esel, die sind turmhoch, wie die richtigen Kamele, die laufen am hellen Mittag am Hackeschen Markt herum und stellen sich noch vor einen hin, wenn man Pech hat, und quasseln eine Naht. Als der Weißkopf schweigt, nimmt sich Franz ein paar Hefte von den Klammern: »Ich darf doch mal, Kollege. Wie heißt das, Figaro. Und das, Die Ehe. Und das ist die Idealehe. Das ist nun wieder was anderes als die Ehe. Die Frauenliebe. Alles separat zu haben. Da kann man sich ja schön informieren. Wenn man Geld zu hat, aber mächtig teuer. Und istn Haken bei.« »Möcht ich wissen, was da fürn Haken bei sein soll. Da ist alles erlaubt. Da ist nischt verboten. Was ich verkaufe, da hab ich Genehmigung für und da ist kein Haken bei. Von so was lass ich die Finger.« »Kann dir sagen, will dir ja bloß sagen, Bilder ankieken ist nichts. Davon kann ich dirn Lied singen. Das verdirbt einen Mann, jawoll, das verpfuscht dich. Mit Bilderankieken fängt es an, und nachher, wenn du willst, dann stehst du da, dann gehts nicht mehr auf natürliche Art und Weise.« »Versteh ich nicht, was heißt das. Und spuck mir nicht auf meine Hefte, kosten teures Geld, und nicht immer am Deckel rumfummeln. Hier lies mal: Die Ehelosen. Gibts alles, extra ne Zeitschrift für.« »Ehelose, nanu, soll es die nicht geben, bin ja auch nicht verheiratet mit de polnische Lina.« »Na also, hier: was da steht, ob das nicht richtig ist, ist bloß ein Beispiel: Das Sexualleben der beiden Ehegatten durch einen Vertrag regeln wollen, diesbezüglich eheliche Pflichten zu dekretieren, wie es das Gesetz vorschreibt, bedeutet die scheußlichste und entwürdigendste Sklaverei, die man sich nur denken kann. Na?« »Wieso?« »Na, stimmts oder nicht?« »Kommt bei mir nicht vor. Ne Frau, die das von einem verlangt, nee so was, ist denn so was möglich? Das gibts?« »Liest es ja.« »Na, das ist allerhand. Die sollte mir kommen.«

Franz liest verblüfft den Satz nochmal, dann fährt er hoch, zeigt dem Weißkopf: »Na, und hier weiter: Ich will dafür ein Beispiel geben aus dem Werk von d'Annunzio, Lust, paß auf, d'Annunzio heißt das Oberschwein, n Spanier oder Italiener oder aus Amerika. Hier sind die Gedanken des Mannes so von der ihm fernen Geliebten erfüllt, daß ihm in einer Liebesnacht mit einer Frau, die ihm als Ersatz dient, der Name der wahren Geliebten gegen seinen Willen entflieht. Da schlägts dreizehn. Nee, du, Kollege, mit so was, da mach ich nicht mit.« »Erstens, wo steht es, zeig her.« »Hier. Als Ersatz dient. Kautschuk als Gummi. Kohlrüben statt richtiges Essen. Haste mal gehört, als Ersatz dient ne Frau, n Mädchen? Nimmt sich ne andere, weil er seine grade nicht hat, und die neue merkts und dann ist gut und die soll vielleicht nicht piepen? Das läßt der drucken, der Spanier. Das würde ich als Setzer nicht drucken.« »Nu mach doch hallwege, Mensch. Mußt doch bloß nicht glauben, daß du mit deinem bißchen Verstand kannst verstehen, was so einer, ein richtiger Schriftsteller und noch dazu n Spanier oder Italiener, was der meint, so hier im Gedränge am Hackeschen Markt.«

Franz liest weiter: »Eine große Leere und Schweigen füllte darauf ihre Seele. Ist ja zum Bäumeklettern. Das soll mir einer weismachen. Der kann kommen, von wo er will. Seit wann Leere und Schweigen. Da kann ich mitreden, so gut wie der, und die Mädels werden da auch nicht anders sein wie woanders. Hab ick mal eine gehabt und die hat was gemerkt, Adresse in meinem Notizbuch, denkst du: die merkt was und dann schweigen? So siehst du aus, da kennst du die Weiber, mein Junge. Die hättest du hören müssen. Da hat das ganze Haus gegellt und getönt. So hat die gebrüllt. Ich hab ihr gar nicht sagen können, was eigentlich los war. Die immer weiter, als wenn se am Spieß steckt. Die Leute sind angekommen. Ich war froh, als ich raus war.« »Mensch, du merkst ja was gar nicht, zwei Sachen.« »Und die?« »Wenn mir einer die

Zeitung abnimmt, kauft er sie, der behält sie. Wenn da Quatsch drin steht, störts auch nicht, den interessieren ja doch bloß die Bilder.« Franz Biberkopfs linkes Auge mißbilligte das. »Und dann haben wir hier die Frauenliebe und die Freundschaft, und die quatschen nicht, die kämpfen. Jawoll, für Menschenrechte.« »Wo fehlts denen denn?« »Paragraph 175, wenn dus noch nicht weißt.« Ist heute grade ein Vortrag in der Landsberger Straße, Alexanderpalais, da könnte Franz was hören über das Unrecht, das einer Million Menschen täglich in Deutschland geschieht. Die Haare könnten einem zu Berge stehen. Einen Stoß alter Zeitschriften schob der Mann ihm noch unter den Arm. Franz seufzte, sah auf den Pack in seinem Arm; ja, er wird wohl kommen. Was soll ich eigentlich da, geh ich da wirklich hin, ob das ein Geschäft mit sonen Zeitschriften ist. Die schwulen Buben; das packt er mir nu auf, das soll ich nach Hause tragen und lesen. Leid können einem ja die Jungs tun, aber eigentlich gehn sie mir nichts an.

Er zog in einem großen Schlamassel ab, die Sache kam ihm so wenig koscher vor, daß er Lina kein Wort sagte und sie abends versetzte. Der alte Zeitungshändler stopfte ihn in den kleinen Saal, wo fast lauter Männer beisammen saßen, meist sehr junge, und ein paar Frauen, aber auch als Pärchen. Franz sagte eine Stunde lang kein Wort, hinter seinem Hut griente er viel. Nach 10 Uhr konnte er nicht mehr an sich halten, er mußte sich drücken, die Sache und die Leutchen waren zu komisch, so viel Schwule auf einem Haufen und er mitten drin, er mußte rasch raus und lachte bis zum Alexanderplatz. Zuletzt hörte er drin noch den Referenten sprechen von Chemnitz, wo es eine Polizeiverordnung gäbe vom November 27. Da dürfen die Gleichgeschlechtigen nicht auf die Straße gehen und nicht in die Bedürfnisanstalten, und wenn sie erwischt werden, kostet es sie 30 Mark. Franz suchte Lina, aber die war mit ihrer Wirtin ausgegangen. Er legte sich schlafen. Im Traum lachte und schimpfte er viel, er schlug sich mit einem blödsinnigen Kutscher herum, der ihn immer um den Rolandbrunnen an der Siegesallee im Kreise herumfuhr. Der Verkehrsschupo war auch schon hinter dem Wagen her. Da sprang Franz schließlich aus dem Wagen raus, und nun fuhr das Auto wie ein Verrückter um den Brunnen und ihn im Kreis herum, und das ging und ging und hörte nicht auf, und Franz stand immer mit dem Schupo, und sie berieten: was machen wir bloß mit dem, der ist verrückt.

Vormittags darauf erwartet er Lina in der Kneipe, wie immer, die Zeitschriften hat er bei sich. Er will ihr sagen, was sone Jungs doch zu leiden haben, Chemnitz und der Paragraph mit den 30 Mark, dabei geht ihn das gar nichts an, und sie sollen man ihre Paragraphen mit sich abmachen, da könnte ja auch Meck kommen und er soll für die Viehhändler was tun. Nee, er will Frieden, sie sollen ihm gestohlen bleiben.

Lina sieht gleich, daß er schlecht geschlafen hat. Dann schiebt er ihr zaghaft die Zeitschriften vor, die Bilder obenauf. Lina faßt sich vor Schreck an den Mund. Da fängt er wieder vom Geist an. Sucht die Bierlache von gestern auf dem Tisch, aber es ist keine da. Sie rückt von ihm ab: ob mit ihm vielleicht so was ist, von der Art, wie hier in den Zeitungen steht. Sie begreift nicht, bisher war er doch nicht so. Er murkst herum, zieht mit dem trocknen Finger Linien auf dem weißen Holz, da nimmt sie den ganzen Zeitungspack vom Tisch, schmeißt ihn runter auf die Bank, steht erst wie eine Mänade da, sie fixieren sich, er von unten rauf wie ein kleiner Junge, da dampft sie ab. Und er sitzt mit seine Zeitungen da, kann über die Schwulen nachdenken.

Geht ein Glatzkopf eines Abends spazieren, trifft im Tiergarten einen hübschen Jungen, der gleich unterhakt, sie wandeln eine Stunde Lust, dann hat der Glatzkopf den Wunsch, o den Trieb, o die Begierde, kolossal, im Augenblick, ganz lieb zu dem Jungen zu sein. Er ist verheiratet, er hat das schon manchmal gemerkt, aber jetzt muß es sein, das ist ja wunderschön. »Du bist mein Sonnenschein, du bist mein Gold.«

Und der ist so sanft. Daß es so was gibt. »Komm, wir ziehn in ein kleines Hotel. Du schenkst mir fünf Mark oder zehn, ich bin ganz abgebrannt.« »Was du willst, meine Sonne.« Er schenkt ihm seine ganze Brieftasche. Daß es so was gibt. Das ist das Schönste von allem.

Aber in dem Zimmer sind Gucklöcher durch die Tür. Der Wirt sieht was und ruft die Wirtin, die sieht auch was. Und nachher sagen sie, das dulden sie in ihrem Hotel nicht, das haben sie gesehen, und er kann es nicht leugnen. Und das würden sie nie dulden, und er soll sich schämen, Jungs zu verführen, sie werden ihn anzeigen. Der Hausdiener und ein Stubenmädchen kommen auch und grinsen. Am nächsten Tag kauft sich der Glatzkopf zwei Flaschen Asbach Uralt, tritt eine Geschäftsreise an und will nach Helgoland fahren, um sich besoffen zu ertränken. Aber zwar besäuft er sich und fährt Schiff, kommt aber nach zwei Tagen wieder zu Muttern, wo sich gar nichts ereignet hat.

Es ereignet sich überhaupt nichts den ganzen Monat, das ganze Jahr. Bloß eins ereignet sich: er erbt von einem amerikanischen Onkel 3000 Dollar und kann sich was gönnen. Da muß eines Tages, wie er ins Bad gefahren ist, Mutter für ihn eine Vorladung unterschreiben. Sie macht die auf, da steht alles drin von den Gucklöchern und der Brieftasche und dem lieben Jungen. Und wie der Glatzkopf zurückkommt aus der Erholung, weint alles um ihn, Mutter, die beiden großen Töchter. Er liest die Vorladung, das ist ja schon gar nicht mehr wahr, das ist ja der Amtsschimmel, den Karl der Große losgelassen hat, und jetzt ist er bei ihm eingetroffen, aber es stimmt. »Herr Richter, was hab ich denn gemacht? Ich hab doch kein Ärgernis erregt. Ich bin auf ein Zimmer gegangen und hab mich eingeschlossen. Was kann ich dafür, wenn die Gucklöcher machen. Und was Strafbares ist nicht passiert.« Der Junge bestätigt es. »Also was hab ich gemacht?« Der Glatzkopf im Pelz weint: »Hab ich gestohlen? Hab ich einen Einbruch begangen? Ich bin nur in das Herz eines lieben Menschen eingebrochen. Ich habe ihm gesagt: mein Sonnenschein. Und das war er.«

Er wird freigesprochen. Zu Hause die bleiben bei einem Weinen.

›Zauberflöte‹, Tanzpalast, mit dem amerikanischen Tanzpalast im Parterre. Das orientalische Kasino für geschlossene Festlichkeiten frei. Was schenk ich meiner Freundin zum Weihnachtsfest? Transvestiten, nach jahrelangen Experimenten fand ich endlich ein Radikalmittel gegen Bartstoppeln mit Wurzeln. Jeder Körperteil kann enthaart werden. Gleichzeitig entdeckte ich den Weg, in erstaunlich kurzer Zeit eine echte weibliche Brust zu erzielen. Keine Medikamente, absolut sicheres unschädliches Mittel. Beweis: ich selbst. Freiheit für die Liebe auf der ganzen Front. –

Ein sternklarer Himmel blickte auf die dunklen Stätten der Menschheit. Schloß Kerkauen lag in tiefer nächtlicher Ruhe. Doch ein blondlockiges Weib wühlte das Haupt in die Kissen und fand keinen Schlaf. Morgen, schon morgen wollte ein Liebes, ein Herzliebstes sie verlassen. Ein Flüstern ging [lief] durch die finstere, undurchdringliche [dunkle] Nacht: Gisa, bleibe mir, bleibe mir [geh nicht weg, fahr nicht fort, fall nicht hin, bitte, setzen Sie sich]. Verlaß mich nicht. Doch die trostlose Stille hatte weder Ohr noch Herz [noch Fuß noch Nase]. Und drüben, nur durch wenige Mauern getrennt, lag ein blasses, schlankes Weib mit geöffneten Augen. Ihre dunklen, schweren Haare lagen wirr auf der Seide des Bettes [Schloß Kerkauen ist berühmt für seidene Betten]. Schauer der Kälte durchbebten sie. Ihre Zähne schlugen wie in tiefem Frost aufeinander, Punkt. Sie aber rührte sich nicht, Komma, zog nicht die Decke fester über sich, Punkt. Regungslos lagen ihre schlanken, eiskalten Hände [wie in tiefem Frost, Schauer der Kälte, schlankes Weib mit geöffneten Augen, berühmte Seidenbetten] darauf, Punkt. Ihre glänzenden Augen irrten flackernd im Dunkeln umher, und ihre Lippen bebten, Doppelpunkt, Gänsefüßchen, Lore, Gedankenstrich, Gedankenstrich, Lore, Gedankenstrich, Gänsefüßchen, Gänsebeinchen, Gänseleber mit Zwiebel.

»Nee, nee, mit dir geh ich nich, Franz. Bei mir biste abgemeldet. Kannst dir dünne machen.« »Komm, Lina, ich geb ihm ja seinen Mist wieder.« Und als Franz sich den Hut abnahm und auf die Kommode legte – es war in ihrer Stube – und einige überzeugende Griffe nach ihr tat, kratzte sie ihm erst die Hand und weinte, dann zog sie mit Franzen ab. Sie nahmen jeder zur Hälfte die fraglichen Zeitschriften und näherten sich der Kampffront auf der Linie Rosenthaler Straße, Neue Schönhauser Straße, Hackescher Markt.

Im Kriegsgebiet machte Lina, die herzige, schlampige, kleine, ungewaschene, verweinte, einen selbständigen Vorstoß à la Prinz von Homburg: Mein edler Oheim Friedrich von der Mark! Natalie! Laß, laß! O Gott der Welt, jetzt ists um ihn geschehn, gleichviel, gleichviel! Sie rannte spornstracks, schnurstreichs auf den Stand des Weißkopfs. Da brachte es Franz Biberkopf, der edle Dulder, über sich, im Hintergrund zu bleiben. Er stand hintergegründet vor dem Zigarrengeschäft von Schröder Import Export und beobachtete von da, leicht durch Nebel, Elektrische und Passanten gehindert, den Verlauf der angesponnenen Kampfhandlung. Die Helden hatten sich ergriffen, bildlich. Sie tasteten ihre Schwächen und Blößen ab. Hingepfeffert und -gesalzen hat Lina Przyballa aus Cernowitz, des Landbebauers Stanislaus Przyballa einzige eheliche Tochter – nach zwei nur zur Hälfte gediehenen Frühgeburten, welche beide auch Lina hatten heißen sollen –, hat Fräulein Przyballa das Zeitungspaket. Das Weitere ging im Getöse des Straßenverkehrs verloren. »Die Kruke, die Kruke«, so stöhnte bewundernd der freudig behinderte Dulder Franz. Er näherte sich als Reservearmee dem Zentrum der Kampfhandlung. Da lachte ihn schon vor der Destille von Ernst Kümmerlich die Heldin und Siegerin an, Fräulein Lina Przyballa, schlampig aber wonnevoll, kreischte: »Franz, der hats!«

Franz wußte es schon. Im Lokal sank sie ihm stehenden Fußes an die Körpergegend, die sie für sein Herz hielt, die aber unterhalb seines Wollhemdes genauer sein Brustbein und der Oberlappen der linken Lunge war. Sie triumphierte, als sie den ersten Gilka runtergoß: »Und denn, seinen Mist kann er sich auf de Straße zusammensuchen.«

Nun, o Unsterblichkeit, bist du ganz mein, Lieber, was für ein Glanz verbreitet sich, Heil, Heil, dem Prinz von Homburg, dem Sieger in der Schlacht von Fehrbellin, Heil! [Hofdamen, Offiziere und Fackeln erscheinen auf der Rampe des Schlosses.] »Noch een Jilka.«

Hasenheide, Neue Welt, wenns nicht das eine ist, ist es das andere, man muß sich das Leben nicht schwerer machen als es ist

Und Franz sitzt bei Fräulein Lina Przyballa in der Stube, lacht sie an: »Weeßt du, Lina, was eine Lageristin ist?« Er gibt ihr einen Puff. Die gafft: »Na, die Fölsch, die ist doch Lageristin, die muß Platten raussuchen bei dem Musikfritzen.« »Mein ich nich. Wenn ich dir einen Schups gebe und du liegst aufm Sofa und ich daneben, dann bist du ne Lageristin und ich der Lagerist.« »Ja, so siehst du aus.« Sie kreischte.

Und so wollen wir noch einmal, wollen wir noch einmal, valle ralle ralle lala, lustig sein, lustig sein, trallalala. Und so wollen wir noch mal, wollen wir noch einmal lustig sein, lustig sein.

Und sie stehen auf vom Sofa – Sie sind doch nicht krank, Herr, sonst gehen Sie zum Onkel Doktor – und wandeln lustig nach der Hasenheide, in die Neue Welt, wo es hoch hergeht, wo die Freudenfeuer brennen, Prämiierung der schlanksten Waden. Die Musik saß im Tiroler Kostüm auf der Bühne. Sachte ging es: »Trink, trink, Brüderlein, trink, Lasse die Sorgen zu Haus, Meide den Kummer und meide den Schmerz, Dann ist das Leben ein Scherz, Meide den Kummer und meide den Schmerz, Dann ist das Leben ein Scherz.«

Und das ging in die Beine, mit jedem Takt, und zwischen den Bierseideln schmunzelten sie, summten mit, bewegten die Arme im Takt: »Sauf, sauf, Brüderlein, sauf, Lasse die Sorgen zu Haus, Sauf, sauf, Brüderlein, sauf, Lasse die Sorgen zu Haus, Meide den Kummer und meide den Schmerz, Dann ist das Leben ein Scherz.«

Charlie Chaplin war in eigner Person da, flüsterte nordöstliches Deutsch, watschelte in den weiten Hosen mit den Riesenschuhen oben auf dem Geländer, faßte eine nicht allzu junge Dame am Bein und sauste mit ihr die Rutschbahn runter. Zahlreiche Familien kleckerten um einen Tisch. Du kannst einen langen Stock mit Papierpuscheln dran kaufen für 50 Pfennig und damit jede beliebige Verbindung herstellen, der Hals ist empfindlich, die Kniekehle auch, nachher hebt man das Bein und dreht sich um. Wer ist denn hier alles? Zivilisten beiderlei Geschlechts, ferner eine Handvoll Reichswehr mit Anschluß. Trink, trink, Brüderlein, trink, lasse die Sorgen zu Haus.

Es wird gequalmt, Wolken aus Pfeifen, Zigarren, Zigaretten in die Luft, daß die ganze Riesenhalle vernebelt. Der Rauch sucht, wenn es ihm zu rauchig wird, vermöge seiner Leichtigkeit oben zu entweichen, findet auch richtig Ritzen, Löcher und Ventilatoren, die bereit sind, ihn zu befördern. Draußen jedoch, draußen ist schwarze Nacht, Kälte. Da bereut der Rauch seine Leichtigkeit, sträubt sich gegen seine Konstitution, aber es ist nichts rückgängig zu machen infolge einseitiger Drehung der Ventilatoren. Zu spät. Von physikalischen Gesetzen sieht er sich umgeben. Der Rauch weiß nicht, wie ihm ist, er faßt sich an die Stirn und sie ist nicht da, er will denken und kann nicht. Der Wind, die Kälte, die Nacht hat ihn, und ward nicht mehr gesehn.

An einem Tisch sitzen zwei Paare und blicken auf die Passanten. Der Herr in Pfeffer und Salz neigt sein schnurrbärtiges Gesicht über den vorhandenen Busen einer schwarzen Dicken. Ihre süßen Herzen zittern, ihre Nasen schnüffeln, er über ihrem Busen, sie über seinem eingefetteten Hinterkopf.

Nebenan lacht eine Gelbkarierte. Ihr Kavalier legt den Arm um ihren Stuhl. Sie hat vorstehende Zähne, Monokel, das offene linke Auge ist wie erloschen, sie lächelt, pafft, schüttelt den Kopf: »Was du auch fragst.« Ein junges Huhn mit blonden Wasserwellen sitzt am Nebentisch, beziehungsweise deckt mit ihrem kräftig entwickelten, aber verhüllten Hinterteil die Eisenplatte eines niedrigen Gartenstuhls. Sie näselt und summt glücklich zur Musik unter der Wirkung eines Beefsteaks und dreier Glas Helles. Sie plappert, plappert, legt den Kopf um seinen Hals, um den Hals des zweiten Einrichters einer Neuköllner Firma, dessen viertes Verhältnis dieses Huhn in diesem Jahr ist, während umgekehrt er ihr zehntes, beziehungsweise elftes ist, wenn man ihren Großvetter hinzurechnet, der aber ihr ständiger Verlobter ist. Sie reißt die Augen auf, denn oben kann Chaplin jeden Augenblick runterfallen. Der Einrichter greift mit beiden Händen nach der Rutschbahn, wo sich auch was begibt. Sie bestellen Salzbrezeln.

Ein 36jähriger Herr, Mitinhaber eines kleinen Lebensmittelgeschäfts, kauft sich sechs große Luftballons à 50 Pfennig, läßt im Gang vor der Kapelle einen nach dem andern hochgehen, wodurch es ihm mangels sonstiger Reize gelingt, die Aufmerksamkeit einsamer oder paarweis wandernder Mädchen, Frauen, Jungfrauen, Witwen, Geschiedenen, Treue- und Ehebrecherinnen auf sich zu ziehen und bequem Anschluß zu finden. Man zahlt 20 Pfennig im Verbindungsgang für Gewichtstemmen. Ein Blick in die Zukunft: Man tupfe mit dem gut angefeuchteten Finger auf das chemische Präparat in dem Kreise zwischen beiden Herzen und wische damit einige Male über das obige leere Blatt und das Bild des Zukünftigen erscheint. Sie sind seit Kindheit auf dem rechten Pfade. Ihr Herz kennt kein Falsch, und dennoch wittern Sie mit feinem Gefühl jeden Hinterhalt, den Ihnen mißgünstige Freunde legen möchten. Vertrauen Sie auch fernerhin Ihrer Lebenskunst, denn Ihr Stern, unter dessen Leuchten Sie diese Welt betraten, wird Ihnen der beständige Führer sein und Ihnen auch zu dem Lebensgenossen verhelfen, der Ihr Glück vollkommen machen soll. Der Gefährte, dem Sie vertrauen können, ist gleichen Charakters wie Sie. Sein Werben kommt nicht mit Ungestüm, aber um so dauerhafter wird das stille Glück an seiner Seite.

In der Nähe der Garderobe im Seitensaal blies eine Kapelle vom Balkon herunter. Diese Kapelle hatte rote Westen an und schrie immer, sie hätte nichts zu trinken. Unten stand ein beleibter Mann im Gehrock von biederem Wesen. Er hatte eine merkwürdige gestreifte Papiermütze auf und wollte, während er sang, sich eine Papiernelke ins Knopfloch stekken, was ihm aber infolge von acht Hellen, zwei Punschen und vier Kognaks mißlang. Er sang im Getümmel zu der Kapelle auf, dann schwofte er mit einer alten, ungeheuer auseinandergeratenen Person Walzer, mit der er karussellartig weite Kreise um sich zog. Im Tanzen floß die Person noch mehr auseinander, sie hatte aber genug Instinkt, kurz vor ihrer Explosion sich auf drei Stühle zu setzen.

Franz Biberkopf und dieser Mann im Gehrock fanden sich in einer Pause unter dem Balkon, auf dem die Musik nach Bier schrie. Und ein strahlend blaues Auge stierte Franz an, holder Mond, du gehst so stille, das andere Auge war blind, sie hoben ihre weißen Bierkrüge, dieser Invalide krächzte: »Du bist auch solch Verräter, die andern sitzen an der Futterkrippe.« Er schluckte: »Schau mir nicht so tief ins Auge, schau mich an, wo hast du gedient?«

Sie prosteten sich zu, Tusch der Kapelle, wir haben nichts zu trinken, wir haben nichts zu trinken. Sie, unterlassen Sie das, Kinder, gemütlich, immer gemütlich, ein Prosit, ein Prosit der Gemütlichkeit. »Bist du ein deutscher Mann, bist du kerndeutsch? Wie heißt du?« »Franz Biberkopf. Dicke, der kennt mich nicht.« Der Invalide flüsterte, die Hand vor dem Mund, er rülpste: »Bist du ein deutscher Mann, Hand aufs Herz. Du gehst nicht mit den Roten, sonst bist du ein Verräter. Wer ein Verräter ist, der ist nicht mein Freund.« Er umarmte Franz: »Die Polen, die Franzosen, das Vaterland, wofür wir geblutet haben, das ist der Dank der Nation.« Dann raffte er sich zusammen, tanzte mit der wieder gesammelten weitläufigen Person weiter, immer alten Walzer zu jeder Musik. Er torkelte und suchte. Franz brüllte: »Hier.« Lina holte ihn, da tanzte er erst mit Lina, Arm in Arm mit ihr erschien er vor Franz an dem Ausschank: »Entschuldigen Sie, mit wem habe ich das Vergnügen, die Ehre. Ihr werter Name, bitte.« Trink, trink, Brüderlein, trink, lasse die Sorgen zu Haus, meide den Kummer und meide den Schmerz, dann ist das Leben ein Scherz.

Zwo Eisbeine, einmal Pökelkamm, die Dame hatte Meerrettich, die Garderobe, ja, wo haben Sie denn abgegeben, es gibt hier zwei Garderoben, dürfen eigentlich Gefangene in Untersuchung Trauringe tragen? Ich sage nein. Im Ruderklub hat es bis vier Uhr gedauert. Die Wege da für Autos, die sind ja unter aller Kanone, da hopst du immer bis an die Decke vom Wagen, da kannste Tauchbäder nehmen.

Der Invalide und Franz sitzen umschlungen am Ausschank: »Ich kann dir sagen, du, mir haben sie die Rente gekürzt, ich geh zu den Roten. Wer uns aus dem Paradies vertreibt mit Flammenschwert, ist der Erzengel, und daraufhin kehren wir dahin nicht zurück. Sitzen wir oben am Hartmannsweilerkopf, sag ich zu meinem Hauptmann, der ist aus Stargard wie ich.« »Storkow?« »Nee, Stargard. Jetzt hab ich meine Nelke verloren, nee, da hängt sie.« Wer einmal am Strande des Meeres geküßt, von tänzelnden Wellen belauscht, der weiß, was das Schönste auf Erden ist, der hat mit der Liebe geplauscht.

Franz handelt nun völkische Zeitungen. Er hat nichts gegen die Juden, aber er ist für Ordnung. Denn Ordnung muß im Paradiese sein, das sieht ja wohl ein jeder ein. Und der Stahlhelm, die Jungens hat er gesehn, und ihre Führer auch, das ist was. Er steht am Ausgang der Untergrundbahn Potsdamer Platz, in der Friedrichstraße an der Passage, unter dem Bahnhof Alexanderplatz. Er ist einer Meinung mit dem Invaliden aus der Neuen Welt, mit dem einäugigen, dem mit der dicken Madame.

Dem deutschen Volke zum 1. Advent: Zertrümmert endlich euer Truggebilde und straft, die euch in Gauklerspielen wiegen! Dann kommt der Tag, da steigt vom Kampfgefilde mit ihres Rechtes Schwert und blankem Schilde die Wahrheit auf, der Feinde zu obsiegen.

»Während diese Zeilen geschrieben werden, tagt die Verhandlung gegen die Ritter vom Reichsbanner, denen eine etwa 15–20fache Übermacht derartige Äußerungen sowohl ihres programmäßigen Pazifismus als ihres gesinnungsmäßigen Mutes gestattete, daß sie eine Handvoll Nationalsozialisten überfielen, niederschlugen und dabei unsern P. G. Hirschmann in viehischster Weise töteten. Sogar aus den Aussagen der Angeklagten, die von Rechts wegen die Erlaubnis und von Partei wegen vermutlich den Befehl haben, zu lügen, geht hervor, mit welch vorsätzlicher Roheit, die das zugrunde liegende System deutlich offenbart, hier vorgegangen wurde.«

»Wahrer Föderalismus ist Antisemitismus, Kampf gegen das Judentum ist auch Kampf für die Eigenstaatlichkeit Bayerns. Schon lange vor Beginn war der große Mathäser Festsaal dicht gefüllt, und immer neue Besucher drängten nach. Bis zur Eröffnung der Versammlung erfreute unsere stramme S. A. Kapelle mit dem schneidigen Vortrag flotter Märsche und Weisen. Um achteinhalb Uhr eröffnete P. G. Oberlehrer die Versammlung mit einer herzlichen Begrüßung und erteilte dann dem P. G. N. Walter Ammer das Wort.«

In der Elsasser Straße die Brüder lachen sich schief, wenn er mittags antritt in der Kneipe, die Binde vorsichtigerweise in der Tasche, sie ziehen sie ihm raus. Franz sägt sie ab.

Dem arbeitslosen jungen Schlosser sagt er, und der setzt seine große Molle vor Staunen ab: »Also, du lachst mir aus, Richard, vielleicht warum? Weil du verheiratet bist? Du bist einundzwanzig und deine Frau ist achtzehn, und was hast du gesehn vom Leben? Nischt weniger drei. Dir sage ich, Richard, wenn wir uns mal von Mädels unterhalten, wo du auch einen kleinen Jungen hast, da sollst du recht haben wegen dem Schreihals. Was aber sonst? Nanu.«

Der Schleifer Georg Dreske, 39 Jahre alt, jetzt ausgesperrt, schwenkt Franzens Binde. »Auf der Binde, Orge, kuck sie dir nur genau an, da steht nichts drauf, was man nicht verantworten kann. Ich bin doch auch getürmt draußen, Mensch, genau wie du, habe ich auch gemacht, aber was ist denn nachher gewesen. Ob einer ne rote Bauchbinde hat oder ne goldene oder ne schwarzweißrote, davon schmeckt die Zigarre auch nicht besser. Auf den Tabak kommt es an, alter Junge, Oberblatt, Unterblatt und richtig gewickelt und getrocknet und woher. Sag ich. Was haben wir denn gemacht, Orge, sag doch mal.«

Der legt ganz ruhig die Binde vor sich auf den Schanktisch, schluckt sein Bier, spricht sehr zögernd, manchmal stottert er, feuchtet sich öfter an: »Ich seh dich bloß an, Franz, und ich sage bloß und ich kenn dich doch schon lange von Arras und von Kowno, und sie haben dich schön eingeseift.« »Wegen die Binde, meinst du?« »Und wegen alles. Laß man. Das hast du nich nötig, so unter die Menschen rumzulaufen.«

Nun steht Franz auf, schiebt den jungen Schlosser Richard Werner mit dem grünen Schillerkragen beiseite, wo der ihn grade was fragen will: »Nee nee, Richardchen, bist ne gute Haut, aber das sind hier Männersachen. Weil du Wahlrecht hast, kannst du zwischen mir und Orge noch lange nicht mitreden.« Dann steht er nachdenklich neben dem Schleifer am Schanktisch, der Wirt in der großen blauen Schürze steht innen vor dem Kognakgestell aufmerksam gegenüber, die dicken Hände in dem Spülkasten. »Also Orge, was war mit Arras?« »Was soll damit sein? Weißt du alleine. Und warum du getürmt bist. Und dann die Binde. Mensch, Franz, lieber häng ich mir daran auf. Dir haben sie wirklich eingeseift.«

Franz hat einen sehr sicheren Blick, hält den Schleifer, der stottert und den Kopf wirft, fest im Auge: »Das mit Arras will ich noch wissen. Wolln wir noch befühlen. Wenn du bei Arras warst!« »Du spinnst wohl, Franz, will mal gar nichts gesagt haben, du hast wohl einen sitzen.« Franz wartet, denkt, ich werd ihn schon reinlegen, der tut, als versteht er nichts, der spielt den Oberschlauen. »Also natürlich, Orge, bei Arras sind wir natürlich gewesen, mit Arthur Böse und Bluhm und dem kleinen Feldwebelleutnant, wie hieß der eben noch, der hieß so komisch.« »Hab ich vergessen.« Laß den reden, der hat einen sitzen, die andern merkens auch. »Warte mal, wie der hieß, Bista oder Biskra oder so was, der Kleine.« Laß ihn reden, ich sag gar nichts, der verhaspelt sich, dann sagt er gar nichts mehr. »Ja, die kennen wir alle.

Bloß das mein ich nicht. Wo wir nachher gewesen sind, bei Arras, wie es aus war, nach achtzehn, wie die andere Kiste losging, hier in Berlin und in Halle und in Kiel und wo ...«

Entschlossen lehnte Georg Dreske ab, das ist mir zu dämlich, für son Quatsch steh ich hier nich in der Kneipe: »Nee, hör schon uf, ich zieh gleich ab. Erzähl das dem kleinen Richard. Komm, Richard.« »Vor mir tut er ja so großartig, der Herr Baron. Der geht jetzt bloß mit Baronen um. Daß der noch zu uns in die Kneipe kommt, der hohe Herr.« Klare Augen in Dreskes unruhige: »Also das meine ich, akkurat das, Orge, wo wir bei Arras standen nach achtzehn, Feldartillerie oder Infanterie oder Flak oder Funker oder Schipper oder was du willst. Wo wir standen nachher im Frieden?« Geht mir doch ein Seifensieder auf, warte mal, Jungeken, daran sollst du doch eigentlich nich rühren. »Nu werd ich mal erst ruhig meine Molle auslöffeln, und du, Franzeken, wo du nachher überall gewesen bist, gelaufen und nich gelaufen, auch gestanden oder gesessen, das sieh mal in deinen Papieren nach, wenn du sie gerade bei dir hast. Ein Händler muß doch immer seine Papiere bei sich haben.« Nu haste mich wohl verstanden, Nummer sicher, und merkst es dir. Ruhige Augen in Dreskes listige: »Vier Jahr nach achtzehn war ich in Berlin. Länger hat vorher der ganze Krieg nicht gedauert, stimmt doch, ich bin rumgelaufen, und du bist rumgelaufen, hier Richard saß noch bei Muttern auf der Schürze. Na, und haben wir hier was von Arras gemerkt, etwa du? Haben gehabt Inflation, Papierscheine, Millionen, Billionen, kein Fleisch, keine Butter, schlimmer als vorher, das haben wir alles gemerkt, du auch, Orge, und wo ist Arras gewesen, kannst du ausrechnen an deinen eigenen Fingern. Nichts war da, wo denn? Sind bloß rumgelaufen und haben den Bauern Kartoffeln geklaut.«

Revolution? Schraub den Fahnenschaft auseinander, verstau das Fahnentuch im Wachstuchumschlag und stell das Ding in den Kleiderkasten. Laß dir von Muttern die Hausschuhe bringen und binde den feuerroten Schlips ab. Ihr macht die Revolution immer mit der Schnauze, eure Republik – ein Betriebsunfall!

Dreske denkt: Das wird ein gefährlicher Bruder. Richard Werner, dieser junge Dussel, sperrt schon wieder den Schnabel auf: »Da hast dus wohl lieber und möchtest das wohl lieber, Franz, wir machen nen neuen Krieg, das möchtet ihr wohl schieben, auf unserm Buckel. Lustig wolln wir Frankreich schlagen. Da reißte dir aber n großes Loch in die Hose.« Franz denkt: Ein Affe das, ein Mulatte, Paradies der Neger, der kennt Krieg nur ausm Film, eins auf den Kopf und runterklappen.

Der Wirt trocknet sich die Hände an seiner blauen Schürze. Ein grüner Prospekt liegt vor den sauberen Gläsern, der Wirt schnauft tief, während er liest: Handverlesener Kehrwieder-Röstkaffee ist unerreicht! Leutekaffee [Fehlbohnen und Röstkaffee]. Reiner ungemahlener Bohnenkaffee 2,29, Santos garantiert rein, prima Santos Haushaltmischung kräftig und sparsam im Gebrauch, Van Campinas Kraftmelange rein im Geschmack, Mexiko-Melange exquisit, ein preiswerter Plantagenkaffee 3,75, Bahnversand mindestens 36 Pfund diverse Ware. Eine Biene, eine Wespe, ein Brummer kreist oben an der Decke neben dem Ofenrohr, ein vollkommenes Naturwunder im Winter. Seine Stammesgenossen, Art-, Gesinnungs- und Gattungsgenossen sind tot, schon tot oder noch nicht geboren; das ist die Eiszeit, die der einsame Brummer durchhält, und weiß nicht, wie es gekommen ist und warum grade er. Der Sonnenschein aber, der lautlos die vorderen Tische und den Fußboden belegt, in zwei lichte Massen geteilt von dem Schild: ›Löwenbräu Patzenhofer‹, der ist uralt, und eigentlich wirkt alles vergänglich und bedeutungslos, wenn man ihn sieht. Er kommt über x Meilen her, am Stern y ist er vorbeigeschossen, die Sonne scheint seit Jahrmillionen, lange vor Nebukadnezar, vor Adam und Eva, vor dem Ichthyosaurus, und jetzt scheint sie in das kleine Bierlokal durch das Fensterglas, wird von einem Blechschild: ›Löwenbräu Patzenhofer‹, in zwei Massen geteilt, legt sich über die Tische und auf den Boden, rückt unmerklich vor. Er legt sich auf sie, und sie wissen es. Er ist beschwingt, leicht, überleicht, lichtleicht, vom Himmel hoch da komm ich her.

Zwei große ausgewachsene Tiere in Tüchern, zwei Menschen, Männer, Franz Biberkopf und George Dreske, ein Zeitungshändler und ein ausgesperrter Schleifer aber stehen am Schanktisch, halten sich senkrecht auf ihren unteren Extremitäten in Hosen, stützen sich auf das Holz mit den Armen, die in dicken Mantelröhren stecken. Jeder von ihnen denkt, beobachtet und fühlt, jeder was anderes.

»Dann kannst du ruhig wissen und kannst merken, daß da überhaupt kein Arras war, Orge. Wir haben es einfach nicht zustande gebracht, wir nicht, wollen es schon ruhig sagen. Oder ihr oder die, die dabei waren. War keine Disziplin, hat ja keiner kommandiert, immer einer gegen den andern. Ich bin aus dem Graben getürmt und du mit und dann noch Öse. Na, und hier zu Haus, wies losging, wer ist denn da getürmt? Alle durch die Bank. War gar keiner da, der dablieb, hast es ja gesehn, vielleicht ne Handvoll, tausend, schenk sie dir.« Von da bläst der und ist solch Hornvieh, und auf den Leim geht er. »Weil wir verraten sind, Franz, achtzehn und neunzehn, von den Bonzen, und Rosa haben sie gekillt und Karl Liebknecht. Da sollen mal Leute zusammenhalten und sollen was machen. Kuck dir Rußland an, Lenin, da halten sie, das ist Kitt. Aber abwarten.« Blut muß fließen, Blut muß fließen, Blut muß fließen knüppelhageldick. »Ist mir ganz egal. Über Abwarten geht die Welt kaputt und du mit. Auf son Kalmus piep ich nu wieder nich. Für mich ist der Beweis: Sie habens nicht zustande gebracht, und das genügt mir. Nicht das kleinste Ding ist zustand gekommen, wie der Hartmannsweilerkopf, wovon mir da einer immer was predigt, der Invalide, der saß oben, den kennst du nicht, nicht mal das. Na und –«

Richtet sich Franz auf, langt sich seine Binde vom Tisch, stopft sie sich in die Windjacke, streicht waagerecht hin und her mit dem linken Arm, wie er langsam zu seinem Tisch zurückkehrt: »Und da sage ich, was ich immer sage, und verstehst du, Krause, kannst dir auch merken, Richard: kommt nichts raus bei euren Sachen. Auf die Weise nicht. Weiß nicht, ob bei denen was rauskommt mit die Binde hier. Hab ich auch gar nicht gesagt, aber ist doch ne andere Sache.

Friede auf Erden, wies gesagt ist, so ist richtig, und wer arbeiten will, soll arbeiten, und für die Zicken sind wir uns zu gut.«

Und sitzt auf der Fensterbank und wischt sich die Backe, blinzelt in die helle Stube, zupft sich ein Haar aus dem Ohr. Die Elektrische knirscht um die Ecke, Nr. 9, Ostring, Hermannplatz, Wildenbruchplatz, Bahnhof Treptow, Warschauer Brücke, Baltenplatz, Kniprodestraße, Schönhauser Allee, Stettiner Bahnhof, Hedwigkirche, Hallesches Tor, Hermannplatz. Der Wirt stützt sich auf den Bierhahn aus Messing, lutscht und züngelt an seiner neuen Plombe im Unterkiefer, schmeckt nach Apotheke, die kleine Emilie muß den Sommer wieder aufs Land oder nach Zinnowitz mit der Ferienkolonie, das Kind mickert schon wieder, seine Augen treffen wieder den grünen Prospekt, der liegt schief, er legt ihn zurecht, ein bißchen Beängstigung dabei, kann nichts schief liegen sehen. Bismarckheringe in ff. Gewürztunke, Zartfleisch ohne Gräten, Rollmöpse in ff. Gewürztunke, zart mit Gurkeneinlage, Heringe in Gelee, große Stücke, zarte Fische, Bratheringe.

Die Worte, tönende Wellen, Geräuschwellen, mit Inhalt gefüllt, schaukeln hin und her durch die Stube, aus der Kehle Dreskes, des Stotterers, der gegen den Boden lächelt: »Also dann viel Glück, Franz, wie der Pfaffe sagt, auf deinem neuen Lebensweg. Wenn wir also im Januar nach Friedrichsfelde marschieren, zu Karl und Rosa, machst du diesmal nicht mit, wie sonst.« Laß den stottern, ich verkauf meine Zeitungen.

Der Wirt lächelt, als sie alleine sind, Franzen an. Der streckt behaglich die Beine unter den Tisch: »Warum, meinen Sie, Henschke, warum daß die türmen? Die Binde? Die holen Verstärkung!« Der hört nicht auf damit. Den werden sie hier noch raushauen. Blut muß fließen, Blut muß fließen, Blut muß fließen knüppelhageldick.

Der Wirt schmeckt an seiner Plombe, man muß den Stieglitz mehr ans Fenster rücken, solch Tierchen will auch ein bißchen Licht. Franz ist ihm behilflich, schlägt hinterm Ladentisch einen Nagel ein, der Wirt trägt von der andern

Wand den Bauer mit dem flatternden Tierchen an: »Ist ordentlich duster heute. Zu hohe Häuser.« Franz steht auf dem Stuhl, hängt den Bauer an, tritt runter, pfeift, hebt den Zeigefinger, flüstert: »Jetzt mal keiner ran. Gewöhnt sich schon. Ist ein Stieglitz, eine Sie.« Sind beide ganz still, nicken sich zu, blicken auf, lächeln.

Franz ist ein Mann von Format, er weiß, was er sich schuldig ist

Am Abend wird Franz richtig bei Henschke rausgeschmissen. Er tippelt allein an um 9, kuckt nach dem Vogel, der hat schon den Kopf unter dem Flügel, sitzt in der Ecke auf der Stange, daß son Tierchen nicht runterfällt im Schlaf; Franz tuschelt mit dem Wirt: »Wat sagen Sie zu det Tierchen, det schläft Ihnen bei dem Radau, was sagen Sie, det ist großartig, muß det müde sein, ob dem der viele Qualm hier guttut, für sone kleine Lunge?« »Det kennt gar nichts anderes bei mir, hier ist immer Rauch, in der Kneipe, heut ist noch dünn.«

Dann setzt sich Franz: »Na, ich werd mal heut nicht rauchen, sonst wirds noch zu dicke, und ein bißchen machen wir nachher auf, wird schon nich ziehen.« Georg Dreske, der junge Richard und drei andere setzen sich an einem Tisch gegenüber separat. Zwei sitzen bei, die kennt Franz nicht. Mehr sind nicht im Lokal. Wie Franz reinkam, war großer Spektakel und Reden und Schimpfen. Sofort, wie er die Türe aufmacht, werden sie leiser, die beiden Neuen, kucken oft zu Franz rüber, bücken sich über den Tisch, dann lehnen sie sich frech zurück, prosten sich zu. Wenn die schönen Augen winken, wenn die vollen Gläser blinken, dann ist wieder, wieder mal ein Grund zu trinken. Henschke, der Wirt mit der Glatze, macht sich am Bierhahn und Spülbecken zu tun, er geht nicht raus wie sonst, er hat da immer was zu murksen.

Dann wird mit einemmal die Unterhaltung am Nebentisch laut, der eine Neue führt das große Wort. Der will singen, dem ist es hier zu ruhig, ein Klavierspieler ist auch nicht da;

Henschke ruft herüber: »Für wen denn, das wirft das Geschäft nicht ab.« Was sie singen wollen, weiß Franz schon, entweder die ›Internationale‹ oder ›Brüder, zum Lichte, zur Freiheit‹, falls sie nicht was Neues haben. Es geht los. Die drüben singen die Internationale.

Franz kaut, denkt: die meinen mir. Können sie haben, wenn sie bloß nicht soviel rauchen. Wenn sie singen, rauchen sie nicht, das schadet dem kleinen Tier. Daß der alte Georg Dreske sich mit solchem Grünzeug zusammensetzt und nicht mal zu ihm rüberkommt, hätt er auch nicht für möglich gehalten. Son oller Stiebel, ist verheiratet, n ehrlicher Stiebel, und sitzt bei det junge Gemüse und hört sich die ihr Geschnatter an. Der eine Neue ruft rüber: »Na, wie hat dir das Lied gefallen, Kollege?« »Mir, gut. Ihr habt Stimmen.« »Kannst doch mitsingen.« »Ich eß lieber. Wenn ich fertig bin mit Essen, sing ich mit oder singe auch was.« »Gemacht.«

Sie unterhalten sich weiter, Franz ißt und trinkt gemütlich, denkt an Lina und daß das Vögelchen im Schlaf nicht abkippt und sieht rüber, wer da eigentlich Pfeife raucht. Kasse hat er heute ganz schön gemacht, aber kalt wars. Von drüben verfolgen immer welche, wie er ißt. Die haben wohl Furcht, ich werd mir verschluckern. Es hat mal einen gegeben, der hat eine Wurststulle gegessen, und wie sie im Magen war, hat sie sich besonnen und ist nochmal raufgekommen in den Hals und hat gesagt: war kein Mostrich bei! und dann ist sie erst richtig runtergegangen. Das macht die richtige Wurststulle, die wo von guten Eltern ist. Und wie Franz fertig ist und sein Bier hintergießt, richtig ruft der schon rüber: »Nu, wie ist, Kollege, willst du uns nu was vorsingen?« Die bilden wohl einen Gesangverein, können wir Eintritt nehmen, wenn sie singen, rauchen sie nicht. Bei mir brennts nicht. Was ich verspreche, wird gehalten. Und Franz denkt nach, indem er sich die Nase wischt, das tropft, wenn man ins Warme kommt, ziehen hilft nicht, er denkt, wo Lina bleibt, und soll ich mir noch ein Paar Würstchen genehmigen, ich nehme aber zu sehr zu, was soll man denen denn vorsingen, die verstehen ja doch nichts vom Leben, aber versprochen ist versprochen.

Und plötzlich irrt durch seinen Kopf ein Satz, eine Zeile, das ist ein Gedicht, das hat er im Gefängnis gelernt, die haben es öfter aufgesagt, es lief durch alle Zellen. Er ist gebannt im Augenblick, sein Kopf ist von der Hitze warm und rot und hat sich gesenkt, er ist ernst und gedankenvoll. Er sagt, die Hand am Seidel: »Ein Gedicht weeß ich, aus dem Gefängnis, ist von einem Sträfling, der hieß, wart mal, wie der hieß, das war Dohms.«

Das war er. Ist schon raus, ist aber ein schönes Gedicht. Und er sitzt allein am Tisch, Henschke hinter seinem Spülbecken und die andern hören zu, es kommt keiner rein, der Kanonenofen kracht. Franz, den Kopf aufgestemmt, sagt ein Gedicht auf, das Dohms gemacht hat, und die Zelle ist da, der Spazierhof, er kann sie ruhig ertragen, was mögen jetzt für Jungens drinstecken; er geht jetzt selbst auf dem Spazierhof, das ist mehr als die hier können, was wissen die vom Leben.

Er sagt: »Willst du, o Mensch, auf dieser Erden ein männliches Subjekte werden, dann überleg es dir genau, eh du dich von der weisen Frau ans Tageslicht befördern läßt! Die Erde ist ein Jammernest! Glaub es dem Dichter dieser Strophen, der oft an dieser dofen, an dieser harten Speise kaut! Zitat aus Goethes Faust geklaut: Der Mensch ist seines Lebens froh gewöhnlich nur als Embryo! ... Da ist der gute Vater Staat, er gängelt dich von früh bis spat. Er zwickt und beutelt dich nach Noten mit Paragraphen und Verboten! Sein erst Gebot heißt: Mensch, berappe! Das zweite: halte deine Klappe! So lebst du in der Dämmerung, im Zustand der Belämmerung. Und suchst du ab und zu den steifen Verdruß im Wirtshaus zu ersäufen, in Bier, beziehentlich in Wein, dann stellt sich prompt der Kater ein. Inzwischen melden sich die Jahre, der Mottenfraß zermürbt die Haare, es kracht bedenklich im Gebälke, die Glieder werden schlapp und welke; die Grütze säuert im Gehirn, und immer dünner wird der Zwirn. Kurzum, du merkst, es wird jetzt Herbst, du legst den Löffel hin und sterbst. Nun frag ich dich, o Freund, mit Beben, was ist der Mensch, was ist das Leben? Schon unser großer Schiller spricht: ›Der Güter höchstes ist es nicht.‹ Ich aber sag: es gleicht ner Hühnerleiter, von oben bis unten und so weiter.«

Sie sind alle still. Nach einer Pause meint Franz: »Ja, das hat der gemacht, war aus Hannover, ich habs aber behalten. Schön, was, ist was fürs Leben, aber bitter.«

Von drüben kommt es: »Na, da merk es dir man mit dem Staat, der gute Vater Staat, und wer dir gängelt, der Staat. Auswendig lernen, Kollege, damit ist auch nicht geschafft.« Franz hat noch den Kopf aufgestützt, das Gedicht ist noch da: »Ja, Austern und Kaviar haben die nicht und wir nicht. Man muß sich sein Brot verdienen, muß schwer sein fürn armen Deibel. Man muß froh sein, wenn man seine Beine hat und draußen ist.« Die schießen weiter von drüben, der Kerl wird doch schon aufwachen: »Man kann sich sein Brot auf verschiedene Art und Weise verdienen. In Rußland hats da früher Spitzel gegeben, die haben viel Geld mit verdient.« Der andere Neue trompetet: »Da gibts noch ganz andere bei uns, da sitzen welche oben an der Futterkrippe, die haben die Arbeiterschaft verraten an die Kapitalisten und werden dafür bezahlt.« »Sind nicht besser als die Huren.« »Schlimmer.«

Franz denkt an sein Gedicht und was wohl die guten Jungens da draußen machen, werden viele neue da sein, gibt ja jeden Tag Transporte, da rufen sie: »Nu mal los! Wie ist mit unserm Lied? Wir haben keene Musik, versprechen und nicht halten.« Ein Lied noch, können sie haben: ich verspreche, und ich halte. Erst anfeuchten.

Und Franz nimmt sein neues Seidel, zieht einen Schluck, was soll ich singen; im Moment sieht er sich im Hof stehen und irgend was brüllen gegen die Hofwände, was einem heute so einfällt, was war es denn? Und friedlich langsam singt er, es fließt ihm in den Mund: »Ich hatt einen Kameraden, einen bessern gibt es nicht. Die Trommel schlug zum Streiheite, er ging an meiner Seiheite in gleichem Schritt und Tritt. In gleichem Schritt und Tritt.« Pause. Er singt die zweite Strophe: »Eine Kugel kam geflogen, gilt sie mir, oder gilt sie dir; sie hat ihn weggerihissen, er liegt zu meinen Fühüßen, als wärs ein Stück von mir. Als wärs ein Stück von mir.« Und laut den letzten Vers: »Will mir die Hand noch reichen, dieweil ich eben lad. Kann dir die Hand nicht geheben, bleib du im ewgen Leheben mein guter Kameherad, mein – guter Kameherad.«

Laut und getragen, zurückgelehnt hat er zuletzt gesungen, tapfer und satt singt er. Zum Schluß haben sie drüben ihre Verblüffung überwunden und gröhlen mit und schlagen auf den Tisch und kreischen und machen Theater: »Mein guteher Kamekamerahad.« Franz aber ist, während er singt, eingefallen, was er eigentlich singen wollte. Da hat er auf dem Hof gestanden, nun ist er zufrieden, daß er es gefunden hat, ihm ist es gleich, wo er ist; jetzt ist er im Singen, es muß raus, das Lied muß er singen, die Juden sind da, die zanken sich, wie hieß doch der Pole und der feine alte Herr; Zärtlichkeit, Dankbarkeit; er schmettert in das Lokal: »Es braust ein Ruf wie Donnerhall, wie Schwertgeklirr und Wogenprall: Zum Rhein, zum Rhein, zum deutschen Rhein, wir alle wollen Hüter sein! Lieb Vaterland, magst ruhig sein, lieb Vaterland, magst ruhig sein. Fest steht und treu die Wacht, die Wacht am Rhein, fest steht und treu die Wacht, die Wacht am Rhein!« Das haben wir alles hinter uns, das wissen wir, und jetzt sitzen wir hier, und das Leben ist schön, schön, alles schön.

Darauf sind die ganz still, der eine Neue besänftigt sie, sie lassen es vorbeiziehen; Dreske sitzt gebückt und kratzt sich den Kopf, der Wirt tritt hinter dem Schanktisch vor, schnüffelt und setzt sich an den Tisch neben Franz. Franz grüßt am Schluß seines Liedes das ganze Leben, er schwenkt sein Seidel: »Prost«, schlägt auf den Tisch, strahlt, es ist alles gut, er ist satt, wo bleibt bloß Lina, er fühlt sein volles Gesicht, er ist ein kräftiger Mann, gut im Fleisch mit Fettansatz. Keiner antwortet. Schweigen.

Einer schwingt drüben sein Bein über den Stuhl, knöpft sich die Jacke fest, zieht die Taille stramm, ein langer Aufrechter, ein Neuer, da haben wir den Salat, und im Parademarsch rüber zu Franz, der wird eins auf den Kopf kriegen, das heißt, wenn der Neue ranlangt. Der macht einen Hops und setzt sich rittlings auf Franzens Tisch. Franz sieht sich das an, wartet: »Na Mensch, es wird doch wohl noch Stühle hier geben im Lokal.« Der zeigt von oben runter auf Franzens Teller: »Was haste hier verzehrt?« »Ich sage, es wird doch wohl noch Stühle geben im Lokal, wenn du Augen hast. Sag mal, dir haben se wohl als Kind zu heiß gebadet, sag mal.« »Davon reden wir gar nicht. Ich will wissen, was du verzehrt hast.« »Käsestullen, Ochse. Da liegt noch die Rinde für dich, Rindsvieh. Du gehst jetzt vom Tisch runter, wenn du keine Manieren hast.« »Daß es Käsestullen sind, rieche ich alleene. Bloß woher.«

Aber Franz mit roten Ohren ist auf, die vom andern Tisch auch, und Franz seinen Tisch angefaßt, umgekippt und der Neue mitsamt Teller, Seidel und Mostrichfaß auf die Erde geplumpst. Der Teller ist kaputt. Henschke hat das schon erwartet, stampft auf die Scherben: »Ausgeschlossen, Keilerei gibts bei mir nicht, in meinem Lokal wird nicht gehauen, wer nicht Frieden hält, fliegt raus.« Der Lange ist wieder auf den Beinen, schiebt den Wirt beiseite: »Gehn Sie man weg, Henschke, hier gibts keine Hauerei. Wir rechnen ab. Wenn einer was kaputt macht, muß ers bezahlen.« Ich hab mich ergeben, denkt Franz, hat sich ans Fenster geklemmt vor der Jalousie, hier geh ich los, wenn die mich bloß nicht anfassen, Mensch, wenn die mich bloß nicht anfassen; ich bin allen gut, aber es gibt ein Malheur, wenn der bloß nicht so dämlich ist, mich anzufassen.

Der Lange zieht die Hosen hoch, so, der fängt an. Franz sieht was kommen, was wird nu Dreske machen, der steht auch bloß da und sieht sich das an. »Orge, was ist denn das fürn Achtgroschenjunge, wo hast du dir denn den Rotzlöffel besorgt, den du anschleppst?« Der Lange fummelt an seinen Hosen, die rutschen ihm wohl, soll sich neue Knöppe annähen lassen. Der Lange höhnt gegen den Wirt: »Immer sprechen lassen. Faschisten können reden. Wat die sagen, die genießen bei uns Redefreiheit.« Und Dreske winkt mit dem linken Arm von rückwärts rum: »Nee, Franz, ich hab mich nich eingemischt, sieh zu, was du dir einbrockst mit deine

Sachen und deine Lieder, nee, ich misch mir nich ein, so was hats hier noch nich gegeben.«

Es braust ein Ruf wie Donnerhall, ach so, das Lied auf dem Hof, da wollen die dran tippen, da wollen die mitreden.

»Faschist, Bluthund!« Der Lange brüllt vor Franz: »Gib die Binde raus! Na, wirds bald?«

Jetzt gehts los, die wollen zu vier auf mich los, ich bleib mit dem Rücken am Fenster, erst mal ein Stuhl her. »Die Binde raus! Ich zieh sie ihm aus der Tasche. Ich verlange die Binde von dem Kerl.« Die andern sind bei ihm. Franz hat den Stuhl in den Händen. Haltet den mal erst fest. Erst festhalten. Dann zoppe ich los.

Der Wirt hält den Langen von rückwärts, bettelt: »Nun gehn Sie! Biberkopf, nu gleich, gehn Sie bloß los.« Dem ist für seinen Laden bange, hat wohl die Scheiben nicht versichert, na, von mir aus. »Henschke, natürlich, gibt so viele Lokale in Berlin, ich hab bloß auf Lina gewartet. Stehen Sie aber bloß die bei? Warum drängen die einen raus, wo ich jeden Tag hier sitze und die beiden Neuen heute abend zum erstenmal da sind.« Der Wirt hat den Langen zurückgedrängelt, der andere Neue spuckt: »Weil du ein Faschiste bist, du hast die Binde in der Tasche, Hakenkreuzler bist du.«

»Bin ich. Hab ich Orge Dreske erklärt. Und warum. Das versteht ihr nicht, und darum brüllt ihr.« »Nee, du hast gebrüllt, die Wacht am Rhein!« »Wenn ihr Radau macht, so wie jetzt, und setzt sich einer auf meinen Tisch, auf die Weise wird überhaupt keine Ruhe in der Welt. Auf die Weise nicht. Und es muß Ruhe werden, damit man arbeiten und leben kann. Fabrikarbeiter und Händler und alle, und damit Ordnung ist, sonst kann man eben nicht arbeiten. Und wovon wollt ihr denn leben, ihr Großschnauzen? Ihr macht euch ja mit Redensarten besoffen! Ihr könnt ja nichts als Radau und andere Leute tückisch machen, bis sie auch tückisch werden und euch eins überziehen. Wird sich einer von euch auf die Zehen treten lassen?«

Plötzlich brüllt er auch, was ist in ihm aufgegangen, und sprudelt nur so, es hat ihn losgelassen, ein Blutstrom flinkert durch seine Augen: »Verbrecher ihr, Kerle, ihr wißt ja nicht, was ihr tut, euch muß man die Raupen aus dem Kopf hauen, ihr ruiniert die ganze Welt, paßt auf, daß ihr nicht was erlebt, Blutvergießer, Schufte.«

Es sprudelt in ihm, er hat in Tegel gesessen, das Leben ist schrecklich, was ist das für ein Leben, der im Lied weiß es, wie ist es mir gegangen, Ida, nicht dran denken.

Und er brüllt weiter in einem Grausen, was tut sich da auf, er wehrt es ab, er tritt es runter, es muß gebrüllt werden, niederbrüllen. Das Lokal dröhnt, Henschke steht vor ihm am Tisch, wagt sich nicht ran an ihn, so steht der da, so brüllt das dem aus dem Hals, durcheinander, und schäumt: »Da habt ihr gar nichts zu sagen zu mir, da kann keiner kommen und mir was sagen, nicht ein einziger, das wissen wir alle besser, dafür sind wir nicht draußen gewesen und haben im Graben gelegen, daß ihr hetzt, ihr Hetzer, Ruhe muß sein, Ruhe sag ich, könnt es euch hinter die Ohren schreiben, Ruhe und weiter nichts [ja, das ist es, da sind wir angelangt, das stimmt aufs Tipfelchen], und wer jetzt kommt und Revolution macht und keine Ruhe gibt, aufgehängt gehören die eine ganze Allee lang [schwarze Stangen, Telegraphenstangen, eine ganze Reihe an der Tegeler Chaussee, ich weiß Bescheid], dann werden die dran glauben, wenn sie baumeln, dann. Dann könnt ihr es euch merken und was ihr leistet, ihr Verbrecher. [Ja, so kommt Ruhe, dann sind sie still, das ist das einzig Wahre, werden wir erleben.]«

Eine Tobsucht, Starre ist Franz Biberkopf. Er kräht blind aus seiner Kehle heraus, sein Blick ist gläsern, sein Gesicht blau, gedunsen, er spuckt, seine Hände glühen, der Mann ist nicht bei sich. Dabei krallen seine Finger in den Stuhl, aber er hält sich nur am Stuhl fest. Jetzt wird er gleich den Stuhl nehmen und losschlagen.

Achtung. Gefahr im Verzug, Straße frei, Laden, Feuer, Feuer, Feuer.

Dabei hört der Mann, der dasteht und brüllt, hört sich selbst, von weitem, sieht sich an. Die Häuser, die Häuser wollen wieder einstürzen, die Dächer wollen über ihn her, das gibt es nicht, damit sollen die mir nicht kommen, es wird den Verbrechern nicht gelingen, wir brauchen Ruhe.

Und es irrt durch ihn: es wird bald losgehen, ich werde etwas tun, eine Kehle fassen, nein, nein, ich werde bald umkippen, hinschlagen, einen Moment noch, einen Moment. Und da hab ich gedacht, die Welt ist ruhig, es ist Ordnung da. In seiner Dämmerung graut er sich: es ist etwas nicht in Ordnung in der Welt, die stehen da drüben so schrecklich, er erlebt es hellseherisch.

Es lebten aber einmal im Paradiese zwei Menschen, Adam und Eva. Und das Paradies war der herrliche Garten Eden. Vögel und Tiere spielten herum.

Na, wenn der nicht verrückt ist. Die halten still, auch der Lange schnauft hinten bloß durch die Nase und zwinkert Dreske an; da wollen wir uns lieber hinsetzen an den Tisch, da wollen wir uns mal was anderes erzählen. Dreske stottert in der Ruhe: »So, nun gehst du wohl, Franz, jetzt kannst du den Stuhl loslassen, jetzt hast du genug geredet.« In dem läßt es nach, die Wolke zieht vorbei. Zieht vorbei. Gott sei Dank, zieht vorbei. Sein Gesicht blaßt ab, fällt ab.

Die stehn an ihrem Tisch, der Lange sitzt und trinkt. Die Holzindustriellen pochen auf ihren Schein, Krupp läßt seine Pensionäre verhungern, anderthalb Millionen Arbeitslose, in 15 Tagen Zunahme um 226000.

Der Stuhl ist aus Franzens Hand gefallen, seine Hand ist weich geworden, seine Stimme klingt gewöhnlich, er hält noch den Kopf gesenkt, sie regen ihn nicht mehr auf: »Ich geh. Vergnügen meinerseits. Was in eurem Kopf steht, geht mich nicht an.«

Sie hören ohne Antwort. Laßt die verächtlichen Schurken des Renegatentums unter dem Beifall der Bourgeoisie und der Sozialchauvinisten die Rätekonstitution verunglimpfen. Es beschleunigt und vertieft den Bruch der revolutionären Arbeiter Europas mit den Scheidemännern und so weiter. Die Massen der unterdrückten Klassen sind für uns.

Franz nimmt seine Mütze: »Mir tuts leid, Orge, daß wir so auseinanderkommen, durch so was.« Er hält ihm die Hand hin, Dreske nimmt sie nicht, setzt sich auf seinen Stuhl. Blut muß fließen, Blut muß fließen, knüppelhageldick.

»Na, denn geh ich. Was hab ich zu zahlen, Henschke, und das Glas und den Teller auch.«

Das ist seine Ordnung. Für 14 Kinder eine Porzellantasse. Ein Wohlfahrtserlaß des Zentrumministers Hirtsiefer: Von der Veröffentlichung dieses Erlasses ist Abstand zu nehmen. Mit Rücksicht auf die Geringfügigkeit der mir zur Verfügung stehenden Mittel kommen jedoch nur solche Fälle in Betracht, in denen nicht nur die Kinderzahl eine ganz besonders hohe – etwa die Zahl 12 erreicht, sondern in denen auch die sorgfältige Erziehung der Kinder in Ansehung der wirtschaftlichen Verhältnisse ein ganz besonderes Opfer darstellt und trotzdem in mustergültiger Weise geschieht.

Einer brüllt hinter Franz: »Heil dir im Siegerkranz, Kartoffeln mit Heringsschwanz.« Soll sich den Mostrich vom Hintern wischen, der Kerl. Schade, daß ich ihn nicht unter die Finger gekriegt habe. Franz hat seine Mütze auf. Der Hackesche Markt fällt ihm ein, die schwulen Buben, der Weißkopfstand mit Zeitschriften, und er wollte nicht, er zögert, er geht.

Er ist draußen in der Kälte. Direkt vor dem Laden steht Lina, die gerade kommt. Er geht langsam. Am liebsten möchte er zurück und denen erklären, wie verrückt sie sind. Verrückt sind sie, die werden besoffen gemacht, die sind alle gar nicht so, sogar der Lange, der Kesse, der hinplumpste, nicht. Die wissen bloß nicht, wohin mit dem vielen Blut, ja, die haben zu heißes Blut, wenn die draußen wären in Tegel oder was hinter sich hätten, denen würde schon ein Licht aufgehen, aber hundertkerzig.

Er hat Lina am Arm, blickt sich auf der finsteren Straße um. Könnten auch mehr Laternen anstecken. Was wollen die Leute von einem, erst die Schwulen, die einen nichts angehen, jetzt die Roten. Was geht mich das alles an, sollen ihren Mist alleene fahren. Sollen einen sitzen lassen, wo man sitzt; nicht mal sein Bier kann man ruhig austrinken. Am liebsten geh ich zurück und hau dem Henschke seinen ganzen Laden in

Klump. Es flackert wieder und pulsiert in Franzens Augen; seine Stirn und Nase wird dick. Aber das läßt nach, er hält sich an Lina, er kratzt sich am Handgelenk, sie lächelt: »Das kannste ruhig machen, Franzeken, son hübsches Kratzerchen von dir.«

»Jetzt gehn wir schwofen, Lina, wir gehn nicht in sone Stinkbude, ich hab genug davon, die rauchen und rauchen, und dabei sitzt da ein kleiner Stieglitz und der kann rein umkommen, das macht ihnen aber nischt aus.« Und ihr erklärt er, wie recht er eben gehabt hat, und sie findet es auch. Sie steigen in die Elektrische und fahren runter nach der Jannowitzbrücke in Walterchens Ballhaus. So, wie er geht und steht, fährt er hin, und Lina darf sich nicht mal umziehen, sie ist auch so schön. Und die Dicke holt in der Elektrischen, wie sie fahren, noch ein Blättchen aus ihrer Tasche, das ist ganz verknautscht. Das hat sie ihm mitgebracht, es ist ein Sonntagsblatt, der Friedensbote. Franz bemerkt, mit dem Blatt handelt er nicht, er drückt ihr die Hand, freut sich über den schönen Titel und die Überschrift auf der ersten Seite: »Durch Unglück zum Glück.«

Mit den Händchen klapp, klapp, mit den Füßchen trapp, Fische, Vögel, ganzen Tag, Paradies.

Die Elektrische stuckert, sie lesen im Wagen bei dem schwachen Licht, die Köpfe zusammen, das Gedicht auf der ersten Seite, das Lina mit Bleistift eingerahmt hat: »Es geht sich besser zu zweien«, von E. Fischer: »Allein zu gehn, ein schlimmer Gang, der Fuß oft strauchelnd, das Herz so bang: es geht sich besser zu zwein. Und willst du fallen, wer stützt den Schritt? Und bist du müde, wer zieht dich mit? Es geht sich besser zu zwein. Du stiller Wanderer durch Welt und Zeit, nimm Jesum Christum dir zum Geleit; es geht sich besser zu zwein. Er weiß die Wege, er kennt den Pfad, er hilft dir weiter mit Rat und Tat; es geht sich besser zu zwein.«

Durst hab ich aber doch noch, denkt zwischendurch Franz beim Lesen, zwei Glas war zu wenig, und das viele Reden trocknet die Kehle aus. Und dann fällt ihm sein Gesang ein, er fühlt sich zu Haus und drückt Lina den Arm.

Sie wittert Morgenluft. Auf dem Wege durch die Alexanderstraße nach der Holzmarktstraße schmiegt sie sich mollig an ihn an: Ob sie sich nicht doch bald richtig verloben?

Ausmaße dieses Franz Biberkopf. Er kann es mit alten Helden aufnehmen

Dieser Franz Biberkopf, früher Zementarbeiter, dann Möbeltransportör und so weiter, jetzt Zeitungshändler, ist fast zwei Zentner schwer. Er ist stark wie eine Kobraschlange und wieder Mitglied eines Athletenklubs. Er trägt grüne Wickelgamaschen, Nagelschuh und Windjacke. Geld könnt ihr bei ihm nicht viel finden, es kommt laufend bei ihm ein, immer in kleinen Mengen, aber trotzdem sollte einer versuchen, ihm nahezutreten.

Hetzen ihn, von früher her, Ida und so weiter, Gewissensbedenken, Albdrücken, unruhiger Schlaf, Qualen, Erinnyen aus der Zeit unserer Urgroßmütter? Nichts zu machen. Man bedenke die veränderte Situation. Ein Verbrecher, seinerzeit gottverfluchter Mann [woher weißt du, mein Kind?] am Altar, Orestes, hat Klytämnestra totgeschlagen, kaum auszusprechen der Name, immerhin seine Mutter. [An welchem Altar meinen Sie denn? Bei uns können Sie ne Kirche suchen, die nachts auf ist.] Ich sage, veränderte Zeiten. Hoi ho hatz, schreckliche Bestien, Zottelweiber mit Schlangen, ferner Hunde ohne Maulkorb, eine ganze unsympathische Menagerie, die schnappen nach ihm, kommen aber nicht ran, weil er am Altar steht, das ist eine antike Vorstellung, und dann tanzt das ganze Pack verärgert um ihn, Hunde immer mitten mang. Harfenlos, wie es im Liede heißt, der Erinnyentanz, schlingen sich um das Opfer, Wahnsinnsverstörung, Sinnesbetörung, Vorbereitung für die Klapsmühle.

Franz Biberkopf hetzen sie nicht. Sprechen wir es aus, gesegnete Mahlzeit, er trinkt bei Henschke oder woanders, die Binde in der Tasche, eine Molle nach der andern und einen Doornkaat dazwischen, daß ihm das Herz aufgeht. So unterscheidet sich der Möbeltransportör und so weiter, Zeitungshändler Franz Biberkopf aus Berlin NO Ende 1927 von dem berühmten alten Orestes. Wer möchte nicht lieber in wessen Haut stecken.

Franz hat seine Braut erschlagen, Ida, der Nachname tut nichts zur Sache, in der Blüte ihrer Jahre. Dies ist passiert bei einer Auseinandersetzung zwischen Franz und Ida, in der Wohnung ihrer Schwester Minna, wobei zunächst folgende Organe des Weibes leicht beschädigt wurden: die Haut über der Nase am spitzen Teil und in der Mitte, der darunter liegende Knochen mit dem Knorpel, was aber erst im Krankenhaus bemerkt wurde und dann in den Gerichtsakten eine Rolle spielte, ferner die rechte und linke Schulter, die leichte Quetschungen davontrugen mit Blutaustritt. Aber dann wurde die Aussprache lebendig. Der Ausdruck ›Hurenbock‹ und ›Nuttenjäger‹ animierte den ehrempfindlichen, wenn auch stark verlotterten Franz Biberkopf kolossal, der dazu noch aus anderen Gründen erregt war. Es bibberte nur so in seinen Muskeln. Er nahm nichts in die Hand als einen kleinen hölzernen Sahnenschläger, denn er trainierte schon damals und hatte sich dabei die Hand gezerrt. Und diesen Sahnenschläger mit der Drahtspirale brachte er in einem enormen zweimaligen Schwung zusammen mit dem Brustkorb Idas, der Partnerin des Gesprächs. Idas Brustkorb war bis zu diesem Tage völlig intakt, die ganze kleine Person, die sehr nett anzublicken war, freilich nicht – vielmehr, nebenbei: der von ihr ernährte Mann vermutete nicht zu Unrecht, daß sie ihm den Laufpaß geben wollte zugunsten eines neu aufgetauchten Breslauers. Jedenfalls war der Brustkorb des niedlichen Mädchens auf die Berührung mit Sahnenschlägern nicht eingerichtet. Schon bei dem ersten Hiebe schrie sie au und sagte nicht mehr dreckiger Strizzi, sondern Mensch. Die zweite Begegnung mit dem Sahnenschläger erfolgte unter feststehender Haltung Franzens nach einer Vierteldrehung rechts seitens Idas. Worauf Ida überhaupt nichts sagte, sondern schnutenartig merkwürdig den Mund aufsperrte und mit beiden Armen hochfuhr.

Was die Sekunde vorher mit dem Brustkorb der Frauensperson geschehen war, hängt zusammen mit den Gesetzen von Starre und Elastizität, und Stoß und Widerstand. Es ist ohne Kenntnis dieser Gesetze überhaupt nicht verständlich. Man wird folgende Formeln zu Hilfe nehmen:

Das erste Newtonsche [njutensche] Gesetz, welches lautet: Ein jeder Körper verharrt im Zustand der Ruhe, solange keine Kraftwirkung ihn veranlaßt, seinen Zustand zu ändern [bezieht sich auf Idas Rippen]. Das zweite Bewegungsgesetz Njutens: Die Bewegungsänderung ist proportional der wirkenden Kraft und hat mit ihr die gleiche Richtung [die wirkende Kraft ist Franz, beziehungsweise sein Arm und seine Faust mit Inhalt]. Die Größe der Kraft wird mit folgender Formel ausgedrückt:

$$f = c \lim \frac{\overline{\Delta v}}{\Delta t} = cw.$$

Die durch die Kraft bewirkte Beschleunigung, also den Grad der erzeugten Ruhestörung, spricht die Formel aus:

$$\overline{\Delta v} = \frac{1}{c} f \Delta t.$$

Danach ist zu erwarten und tritt tatsächlich ein: Die Spirale des Schaumschlägers wird zusammengepreßt, das Holz selbst trifft auf. Auf der andern Seite, Trägheits-, Widerstandsseite: Rippenbruch 7.–8. Rippe, linke hintere Achsellinie.

Bei solcher zeitgemäßen Betrachtung kommt man gänzlich ohne Erinnyen aus. Man kann Stück für Stück verfolgen, was Franz tat und Ida erlitt. Es gibt nichts Unbekanntes in der Gleichung. Bleibt nur aufzuzählen der Fortgang des Prozesses, der so eingeleitet war: Also Verlust der Vertikalen bei Ida, Übergang in die Horizontale, dies als grobe Stoßwirkung, zugleich Atembehinderung, heftiger Schmerz, Schreck und physiologische Gleichgewichtsstörung. Franz hätte die lädierte Person, die ihm so wohlbekannt war, trotzdem wie ein brüllender Löwe erschlagen, wenn nicht die Schwester angetanzt wäre aus dem Nebenzimmer. Vor dem Keifen dieses Weibes ist er abgezogen, und abends haben sie ihn in der Nähe seiner Wohnung bei einer Polizeistreife geschnappt.

»Hoi ho hatz«, schreien die alten Erinnyen. O Greuel, Greuel anzuschauen, ein gottverfluchter Mann am Altar, die Hände von Blut triefend. Wie sie schnarchen: Schläfst du? Stoßt euren Schlummer weg. Auf, auf. Agamemnon, sein Vater, war vor langen Jahren von Troja aufgebrochen. Troja war gefallen, dann gab es Meldungsfeuer von da, vom Ida über den Athos, immer brennende Kienfackeln zum Kithäronwald.

Wie herrlich, nebenbei bemerkt, diese glühende Meldung von Troja nach Griechenland. Ist das groß, dieser Zug des Feuers über das Meer, das ist Licht, Herz, Seele, Glück, Aufschrei!

Das dunkelrote Feuer, glührot über dem Gorgopissee, und dann von einem Wächter gesehen, und der schreit und hat Freude, und das ist ein Leben, und angezündet und weitergegeben, die Nachricht und die Aufregung und die Freude, alles zusammen, und im Sprung über einen Meerbusen, in einem Sturmlauf zu der Arachneonshöhe, immer nur das Geschrei und die Raserei, die du siehst, glührot: Agamemnon kommt! Mit dieser Aufmachung können wir uns nicht vergleichen. Da stehen wir wieder zurück.

Wir bedienen uns für Meldungen einiger Resultate aus den Versuchen von Heinrich Hertz, der in Karlsruhe lebte, früh starb und, wenigstens auf der Photographie der Graphischen Sammlung München, einen Vollbart trug. Wir telegraphieren drahtlos. Wir erzeugen durch Maschinensender in großen Stationen hochfrequente Wechselströme. Wir bringen durch Oszillationen eines Schwingungskreises elektrische Wellen hervor. Die Schwingungen breiten sich kugelschalenartig aus. Und dann ist noch eine Elektronenröhre da aus Glas und ein Mikrophon, dessen Scheibe bald mehr, bald weniger schwingt, und so kommt der Ton hervor, genau wie er vorher in die Maschine hineingegangen war, und das ist erstaunlich, raffiniert, schikanös. Begeistern daran kann man sich schwer; es funktioniert, und damit fertig.

Ganz anders die meldende Kienfackel bei der Rückkehr Agamemnons!

Sie brennt, sie lodert, in jedem Augenblick, an jedem Ort sagt sie, fühlt sie, und alles jauchzt darunter: Agamemnon kommt! Tausend Menschen glühen an jedem Ort auf: Agamemnon kommt, und jetzt sind es zehntausend, über dem Meerbusen hunderttausend.

Und dann, um zur Sache zu gelangen, ist er zu Hause. Es wird anders. Es wird ganz anders. Die Scheibe dreht sich. Wie ihn das Weib zu Haus hat, steckt sie ihn ins Bad. Sie zeigt im Augenblick, daß sie ein beispielloses Luder ist. Sie schmeißt im Wasser ein Fischnetz über ihn, daß er nichts machen kann, und dann hat sie schon ein Beil mitgebracht wie zum Holzhacken. Er ächzt: »Weh mir, getroffen!« Draußen fragen sie: »Wer schreit da über sich?« »Weh mir und wieder!« Die antike Bestie murkst ihn ab, zuckt nicht mit der Wimper, sie reißt noch draußen das Maul auf: »Vollendet hab ichs, ein Fischnetz warf ich ihm um und schlug zweimal, und mit zwei Seufzern streckte er sich, und dann schickte ich ihm noch einen dritten Hieb zum Hades nach.« Worauf die Senatoren bekümmert sind, immerhin aber die treffende Bemerkung finden: »Wir staunen deiner Rede Kühnheit an.« Diese Frau also wars, diese antike Bestie, die gelegentlich eines ehelichen Amüsements mit Agamemnon Mutter eines Knaben geworden war, welcher bei seiner Geburt den Namen Orestes erhielt. Sie wurde später von dieser Frucht ihrer Freuden gekillt, und ihn plagen dann die Erinnyen.

Da steht unser Franz Biberkopf anders da. Nach fünf Wochen ist auch seine Ida tot, im Krankenhaus Friedrichshain, komplizierter Rippenbruch, Riß im Brustfell, kleiner Lungenriß, anschließendes Empyem, Brustfellvereiterung, Lungenentzündung, Mensch, das Fieber geht nicht runter, wie siehst du schon aus, nimm dir n Spiegel, Mensch, du bist erledigt, du bist hin, du kannst einpacken. Sie haben sie seziert, in die Erde getan in der Landsberger Allee, drei Meter unter der Erde. Mit Haß auf Franz ist sie gestorben, seine Stinkwut auf sie hat auch nach ihrem Tod nicht nachgelassen, ihr neuer Freund, der Breslauer, hat sie noch besucht. Da liegt sie unten, schon fünf Jahre, wagerecht auf dem Rücken, die Holzbretter faulen an, sie zerfließt in Jauche, sie, die einmal in Treptow im Paradiesgarten mit Franz getanzt hat in weißen Segelschuhen, die geliebt und sich herumgetrieben hat, sie hält ganz still und ist nicht mehr da.

Er aber hat seine vier Jahre abgemacht. Der sie getötet hat, geht herum, lebt, blüht, säuft, frißt, verspritzt seinen Samen, verbreitet weiter Leben. Sogar Idas Schwester ist ihm nicht entgangen. Mal wird es auch ihn erwischen. Ist doch auch ich weiß nicht wer gestorben. Aber es hat noch gute Weile damit. Das weiß er. Inzwischen wird er weiter in den Kneipen frühstücken und auf seine Weise den Himmel über dem Alexanderplatz loben: Seit wann bläst deine Großmama Posaune, und: Mein Papagei frißt keine harten Eier.

Und wo ist jetzt die rote Gefängnismauer von Tegel, die ihm so Angst gemacht hatte, er kam mit dem Rücken davon nicht los. Der Pförtner steht an dem schwarzen eisernen Tor, das Franz einmal solchen Widerwillen erregt hatte, das Tor hängt noch immer in seinen Angeln, es stört keinen, es lüftet ständig gut aus, abends wird es geschlossen, wie das jedem guten Tor geschieht. Jetzt am Vormittag steht der Pförtner davor, raucht seine Pfeife. Die Sonne scheint, es ist immer dieselbe Sonne, von der man genau voraussagen kann, wann sie irgendwo am Himmel stehen wird. Ob sie scheint, hängt von der Bewölkung ab. Aus der 41 steigen eben einige Personen, die tragen Blumen und kleine Päckchen, wollen wahrscheinlich ins Sanatorium geradeaus, links die Chaussee herunter, frieren sämtlich stark. Die Bäume stehen in einer schwarzen Reihe. Drin hocken die Sträflinge noch immer in ihren Zellen, hantieren in den Arbeitsräumen, ziehen im Gänsemarsch über den Spazierhof. Strenger Befehl, in der Freistunde nur mit Schuhen, Mütze und Halstuch zu erscheinen. Zellenbesuch vom Alten: »Wie war gestern die Abendsuppe?« »Sie könnte besser sein und ruhig etwas mehr.« Will er nicht hören, stellt sich taub: »Wie oft kriegen Sie Bettwäsche?« Als ob er das nicht wüßte.

Einer in Einzelhaft schreibt: »Laßt Sonne herein! Das ist der Ruf, der heute durch die ganze Welt hallt. Nur hier, hinter Kerkermauern, hat er noch keinen Widerhall gefunden. Sind wir nicht wert, daß uns die Sonne bescheint? Die Bauart der Strafanstalten bringt es mit sich, daß die Seiten einiger Flügel das ganze Jahr hindurch nicht von den Sonnenstrahlen beschienen werden, nordöstliche Flügelseite. Kein Sonnenstrahl verliert sich in diese Zellen und bringt Grüße an deren Bewohner. Jahraus jahrein müssen die Leute ohne den belebenden Sonnenschein schaffen und verwelken.« Eine Kommission will den Bau besichtigen, die Aufseher laufen von Zelle zu Zelle.

Ein anderer: »An die Staatsanwaltschaft am Landgericht. Während der Gerichtsverhandlungen gegen mich vor der Großen Strafkammer des Landgerichts teilte mir der Vorsitzende, Herr Landgerichtsdirektor Dr. X., mit, daß von einem Unbekannten aus meiner Wohnung Elisabethstraße 76 nach meiner Verhaftung Sachen abgeholt worden sind. Diese Tatsache ist aktenmäßig festgestellt. Da dies aktenmäßig festgestellt worden ist, so muß doch, von der Polizei oder Staatsanwaltschaft veranlaßt, eine Nachforschung stattgefunden haben. Mir ist von keiner Seite über die Entwendung meiner Sachen nach meiner Verhaftung irgend etwas mitgeteilt worden, bis ich es bei jenem Termin erfuhr. Ich bitte die Staatsanwaltschaft, mir über das Ergebnis der Ermittlung Mitteilung zu machen oder mir eine Abschrift des bei den Akten befindlichen Berichts zu senden, daß ich eventuell eine Schadenersatzklage führen werde, wenn seitens meiner Wirtin Fahrlässigkeit vorliegt.«

Und was Frau Minna anlangt, die Schwester der Ida, so geht es ihr gut, danke schön, Sie sind sehr liebenswürdig. Es ist jetzt 20 Minuten nach 11, sie kommt grade aus der Markthalle, Ackerstraße, einem gelben städtischen Gebäude, das auch einen Ausgang nach der Invalidenstraße hat. Sie wählt aber den Ausgang Ackerstraße, weil er für sie näher ist. Blumenkohl und Schweinskopf, dazu etwas Sellerie hat sie eingeholt. Vor der Halle kauft sie noch vom Wagen einen großen fetten Flunder und eine Tüte Kamillentee; man kann nie wissen, den kann man immer brauchen.

DRITTES BUCH

HIER *erlebt Franz Biberkopf, der anständige, gutwillige, den ersten Schlag. Er wird betrogen. Der Schlag sitzt. –*

Biberkopf hat geschworen, er will anständig sein, und ihr habt gesehen, wie er wochenlang anständig ist, aber das war gewissermaßen nur eine Gnadenfrist. Das Leben findet das auf die Dauer zu fein und stellt ihm hinterlistig ein Bein. Ihm aber, dem Franz Biberkopf, scheint das vom Leben nicht besonders schick, und er hat eine geraume Zeit lang solch gemeines, hundsföttisches, aller guten Absicht widersprechendes Dasein dick.

Warum das Leben so verfährt, begreift er nicht. Er muß einen langen Weg gehen, bis er es sieht.

Gestern noch auf stolzen Rossen

Da Weihnachten dran ist, wechselt Franz, vertreibt allerhand Gelegenheitsware, legt sich für einige Stunden vormittags oder nachmittags auf Schnürsenkel, erst allein, dann mit Otto Lüders. Der ist zwei Jahre arbeitslos, seine Frau wäscht, Lina, die Dicke, hat ihn angebracht, er ist der Dicken ihr Onkel. Im Sommer war er ein paar Wochen Rüdersdorfer Pfefferminzmann mit Puschel und Uniform. Franz und er laufen zu zweit die Straßen ab, gehen in die Häuser, klingeln, treffen sich nachher.

Einmal kommt Franz Biberkopf in die Kneipe. Die Dicke ist auch da. Er ist besonders wonniger Laune. Die Stullen der Dicken schlingt er herunter, er bestellt noch im Kauen Schweinsohren mit Erbsen für alle drei nach. Die Dicke knutscht er so, daß sie nach den Schweinsohren glührot ablatscht. »Ist man gut, daß die abzieht, die Dicke, Otto.« »Hat ja ihre Bleibe. Latscht immer hinter dir her.«

Franz legt sich über den Tisch, sieht Lüders von unten an: »Was denkst du, Otto, was los ist?« »Was denn?« »Na, schieß man los.« »Nanu, was denn.«

Zwei Helle, eine Zitrone. Ein neuer Gast schnaubt mitten im Lokal, wischt sich mit dem Handrücken die Nase, hustet: »Tasse Kaffee.« »Mit Zucker?« Die Wirtin spült Gläser. »Nee, aber rasch.«

Ein Junger mit einer braunen Sportmütze geht suchend durch das Lokal, wärmt sich am Kanonenofen, sucht an Franzens Tisch, dann nebenan: »Haben Sie einen gesehen mit schwarzem Mantel, brauner Kragen, Pelzkragen?« »Ist öfter hier?« »Ja.« Der Ältere am Tisch dreht den Kopf zu dem Blassen neben sich: »Brauner Pelz?« Der mürrisch: »Kommen oft welche hier mit einem braunen Pelz.« Der Grauhaarige: »Von wo kommen Sie denn? Wer schickt sie?« »Das ist doch egal. Wenn Sie ihn nicht gesehen haben.« »Gibt viele hier mit nem braunen Pelz. Muß man doch wissen, wer Sie schickt.« »Hab ich doch nicht nötig, Ihnen meine Geschäfte zu erzählen.« Der Blasse regt sich auf: »Wenn Sie ihn fragen, ob einer hier gewesen ist, kann er Sie doch auch fragen, wer Sie herschickt.«

Der Gast steht schon am nächsten Tisch: »Wenn ich ihn frage, geht es ihn gar nicht an, wer ich bin.« »Na, wenn Sie ihn fragen, kann er Sie auch wieder fragen. Dann brauchen Sie ihn ja nicht zu fragen.« »Brauch ich ihm doch nicht zu sagen, was ich für Geschäfte habe.« »Dann braucht er Ihnen auch nicht zu sagen, ob einer hier war.«

Der Gast geht zur Tür, dreht sich um: »Wenn Sie so schlau sind, dann bleiben Sie man so schlau.« Dreht sich um, reißt die Tür auf, ist weg.

Die beiden am Tisch: »Kennst du den? Ich kenn ihn nämlich nicht.« »Der ist nie hier. Wer weiß, was er will.« »Ist ein Bayer gewesen.« »Der, ein Rheinländer. Aus dem Rheinland.«

Franz grinst den verfrorenen jämmerlichen Lüders an: »Daß du nicht drauf kommst. Also, ob ich Geld habe?« »Na, hast du welches?«

Hat Franz schon die Faust auf dem Tisch, öffnet sie, grinst stolz: »Also wieviel?« Lüders, das jämmerliche Männchen, hat sich vorgebeugt, zirpt an einem hohlen Zahn: »Zwei Zehner, Deibel.« Franz schmeißt die Lappen auf den Tisch: »Wie stehn wir nun da. Haben wir geschafft, in fuffzehn, in zwanzich Minuten. Länger nicht, Wette.« »Menschenskind.« »Nee, was du denkst, unterm Tisch, von hinten rum, ist nicht. Ehrlich, Otto, anständig, auf reelle Art, verstehst du.«

Sie fangen an zu wispern, Otto Lüders rückt dicht neben ihn. Bei einer Frau hat Franz geklingelt. Makkoschnürsenkel, brauchen Sie was, für sich, für den Herrn Gemahl, für die Kinderchen, sie hat sie sich angesehn, dann hat sie mir dazu angesehn, sie ist eine Witwe, noch gut instand, haben im Korridor gesprochen, da hab ick gefragt, ob ick nicht ne

Tasse Kaffee kriegen kann, furchtbare Kälte dies Jahr. Kaffee getrunken, sie mit. Und dann noch n bißchen mehr. Franz bläst durch die Hand, lacht durch die Nase, kratzt sich die Backe, stößt Otto gegen die Knie mit seinem Knie: »Ich hab meinen ganzen Plunder bei ihr liegen lassen. Hat sie was gemerkt?« »Wer?« »Na, wer denn, die Dicke, weil ich nichts bei mir habe.« »Laß die doch merken, hast alles verkooft, wo war es denn?«

Und Franz pfeift: »Da geh ich nochmal hin, aber nicht balde, hinten Elsasser, ne Witwe. Mensch, zwanzich Märker, das ist n Geschäft.« Sie essen und trinken bis drei, Otto kriegt einen Fünfer ab, wird aber nicht munterer.

Wer schleicht am nächsten Vormittag mit seinen Schnürsenkeln über das Rosenthaler Tor? Otto Lüders. Wartet bei Fabisch an der Ecke, bis er sieht, Franz trabt die Brunnenstraße ab. Dann er rasch die Elsasser runter. Richtig, das ist die Nummer. Vielleicht war Franz schon oben. Was die Leute alle ruhig die Straße lang gehen. Ich stell mich erst ein bißchen in den Hausflur. Wenn er kommt, sag ich, was sag ich. Ich hab Herzklopfen. Sie ärgern einen den ganzen Tag, und kein Verdienst, der Doktor findet nichts, ich hab aber was. Man verkommt in seinen Lumpen, immer noch die alte Kluft aus dem Krieg. Treppe rauf.

Er klingelt: »Makkoschnürsenkel, Madame? Nee, ich wollt bloß fragen. Sagen Sie, hören Sie doch mal erst zu.« Sie will die Tür zudrücken, er hält einen Fuß zwischen. »Ich komm nämlich nicht allein, mein Freund, Sie wissen doch, der war gestern hier, er hat seine Ware dagelassen.« »O Gott.« Sie macht die Tür auf, Lüders ist drin, drückt die Tür rasch hinter sich zu. »Was ist denn los, o Gott.« »Gar nichts, Madamken. Was bibbern Sie denn.« Er bibbert selbst, er ist so plötzlich drin, jetzt geht es weiter, kann kommen, was da will, es wird schon gehen. Er müßte zärtlich sein, findet keine Stimme, vor dem Mund, unter der Nase hat er ein Drahtnetz, das zieht sich zur Stirn über die Backen, wenn die Backen steif werden, bin ich hin. »Ich sollte bloß die Ware abholen.« Die zierliche Frau läuft in die Stube, will das Paket holen, da steht er schon selber auf der Schwelle der Stube. Sie kaut und blickt: »Da ist das Paket. O Gott.« »Danke, danke schön. Was bibbern Sie denn bloß, Frauchen. Hier ist doch schön warm. Hier ist schön warm. Können Sie mir nicht auch ne Tasse Kaffee geben?« Bloß stehen bleiben, immer reden, bloß nicht rausgehen, stark wie eine Eiche.

Die Frau, mager, zierlich, steht vor ihm, hat die Hände ineinandergedrückt vor dem Leib: »Hat er Ihnen noch was gesagt? Was hat er Ihnen denn gesagt?« »Wer, mein Freund?« Immer reden, viel reden, je mehr man redet, um so wärmer wird man, jetzt kitzelt das Netz nur noch vorn unter der Nase. »O weiter nichts, nee, was denn sonst. Was soll der denn von dem Kaffee erzählen. Und die Ware habe ich ja schon.« »Ich geh bloß in die Küche.« Die hat Angst, was ich mir aus ihrem Kaffee mache, koch ich mir alleine besser, kriegen wir in der Kneipe bequemer, will sich drücken, abwarten, wir sind auch noch da. Ist aber gut, daß ich drin bin, fix gegangen. Aber Angst hat Lüders doch, horcht nach der Tür, nach der Treppe, nach oben. Er tritt in die Stube zurück. Verflucht schlecht geschlafen heute, das Jöhr hustet immer, die ganze Nacht durch, setzen wir uns. Und er setzt sich auf das rote Plüschsofa.

Hier hat sies mit Franz gemacht, jetzt kocht sie mir Kaffee, werde mal den Hut abnehmen, eiskalte Finger. »Hier haben Sie eine Tasse.« Angst hat sie doch, hübsche kleine Person, kann man schon Lust kriegen, was zu versuchen. »Trinken Sie nicht auch mit? Zur Gesellschaft?« »Nee nee, der Untermieter kommt bald, der die Stube hat.« Will mich rausgraulen, wo hat die einen Untermieter, müßte doch n Bett drinstehen. »Weiter nichts? Lassen Se den Mann. Ein Untermieter, der kommt nicht vormittags, der hat doch seine Arbeit. Ja, weiter hat mir mein Freund nichts erzählt. Ich sollt bloß die Ware abholen« – schlürft geduckt behaglich den Kaffee –, »schön heiß, kalt heute, was soll er mir denn erzählen. Daß Sie ne Witwe sind, stimmt doch, sind Sie nicht?« »Ja.« »Was ist mit ihrem Mann, tot? Ist wohl gefallen?« »Ich hab zu tun, ich muß kochen.« »Machen Sie mir man noch ne Tasse. Warum denn so eilig. So jung sehn wir uns nicht wieder. Haben Sie Kinderchen?« »Gehen Sie doch bloß, Sie haben ja Ihre Sachen, ich hab keine Zeit.« »Na, werden Sie man nicht ungemütlich, werden wohl noch den Überfall holen, für mich brauchen Sie das nicht, geh schon so, werde doch die Tasse austrinken können. Mit einem Mal haben Sie keine Zeit. Neulich hatten Sie viel Zeit, Sie wissen wie. Na, prost Mahlzeit, ich bin nicht so, ich gehe.«

Stürzt sich den Hut auf, steht auf, schiebt sich das kleine Paket unter die Achsel, zieht langsam an die Tür, ist schon an ihr vorbei, da dreht er sich rasch um: »Also, man raus mit das Kleingeld.« Die linke Hand ausgestreckt, der Zeigefinger lockt. Sie hält sich die Hand vor den Mund, der kleine Lüders ist dicht bei ihr: »Wenn du schreist. Gibst wohl bloß, wenn du einen gehabt hast. Na, siehst du, wissen wir alles. Unter Freunden gibts kein Geheimnis.« Verfluchte Sauerei, ist ne olle Sau, trägt n schwarzes Kleid, am liebsten möchte man ihr eins hinter die Ohren hauen, ist nicht besser als meine Olle. Die Frau hat ein glühendes Gesicht, aber nur rechts, links ist es schneeweiß. Sie hat ihr Portemonnaie in der Hand, kramt mit den Fingern drin, aber blickt mit weiten Augen den kleinen Lüders an. Ihre rechte Hand reicht ihm Geldstücke hin. Sie hat einen unnatürlichen Ausdruck. Sein Zeigefinger lockt weiter. Sie schüttet ihm das ganze Portemonnaie in die Hand. Jetzt geht er zurück in die Stube, an den Tisch, rafft die rote gestickte Decke an sich, sie krächzt, kriegt keinen Ton raus, bekommt den Mund nicht weiter auf, steht ganz still bei der Tür. Er rafft zwei Sofakissen an sich, dann rüber in die Küche, die Tischkästen aufgezogen, wühlt. Olles Blechzeug, ick muß rennen, sonst schreit die noch los. Da purzelt sie um, bloß raus.

Über den Korridor, die Tür langsam zugedrückt, die Treppe runter, ins Nachbarhaus.

Es war das wunderbare Paradies. Die Wasser wimmelten von Fischen, aus dem Boden sprossen Bäume, die Tiere spielten, Landtiere, Seetiere und Vögel.

Da raschelte es in einem Baum. Eine Schlange, Schlange, Schlange streckte den Kopf vor, eine Schlange lebte im Paradiese, und die war listiger als alle Tiere des Feldes, und fing an zu sprechen, zu Adam und Eva zu sprechen.

Wie Franz Biberkopf nach einer Woche mit einem Strauß in Seidenpapier gemächlich die Treppe hochsteigt, denkt er an seine Dicke, macht sich Vorwürfe, aber nicht ganz ernst, bleibt stehen, sie ist ein goldtreues Mädel, wat sollen die Zicken, Franz, pah, ist Geschäft, Geschäft ist Geschäft. Da klingelt er, lächelt in Vorahnung, schmunzelt, warmer Kaffee, ein kleines Püppchen. Da geht einer drin, das ist sie. Er wirft sich in die Brust, präsentiert vor der Holztür den Strauß, die Kette wird vorgelegt, sein Herz klopft, sitzt mein Schlips, ihre Stimme fragt: »Wer ist da?« Er kichert: »Der Briefträger.«

Kleine schwarze Türspalte, ihre Augen, er bückt sich zärtlich herunter, schmunzelt, wedelt mit dem Bukett. Krach. Die Türe zu, zugeschlagen. Rrrrrr, der Riegel wird vorgeschoben. Donnerwetter. Die Tür ist zu. Son Biest. Da stehst du. Die ist wohl verrückt. Ob die mich erkannt hat. Braune Tür, Türfüllung, ich steh auf der Treppe, mein Schlips sitzt. Ist gar nicht zu glauben. Muß nochmal klingeln, oder nicht. Er blickt auf seine Hände, ein Bukett, hab ich vorhin an der Ecke gekauft, für eine Mark, mit Seidenpapier. Er klingelt noch einmal, zweimal, sehr lange. Die muß noch an der Tür stehen, macht hier einfach zu, die rührt sich nicht, die hält die Luft an und läßt mich stehen. Dabei hat sie noch meine Schnürsenkel, die ganze Ware, vielleicht für drei Mark, kann ich doch abholen. Jetzt geht einer drin, jetzt geht sie weg, die ist in der Küche. Das ist ja –.

Mal die Treppe runter. Dann wieder rauf: Ich werde nochmal klingeln, muß doch mal sehen, die kann mich nicht gesehen haben, die hat mich für einen andern gehalten, fürn Bettler, kommen viele. Aber wie er vor der Tür steht, klingelt er nicht. Er hat gar kein Gefühl. Er wartet bloß, steht da. So, die macht mir nicht auf, ich wollt bloß wissen. Hier in dem Haus verkauf ich nicht mehr, was mach ich mit dem Bukett, hat mich ne ganze Mark gekostet, das schmeiße ich in den Rinnstein. Plötzlich klingelt er noch mal, wie auf Kommando, wartet ruhig, richtig, sie kommt nicht mal zur Tür, die weiß, ich bins. Dann werde ich mal einen Zettel abgeben bei den Nachbarn, ich muß meine Ware wiederhaben.

Er klingelt nebenan, ist keiner da. Schön, schreiben wir den Zettel. Franz geht an das Flurfenster, hat die weiße Ecke einer Zeitung abgerissen, schreibt mit einem kleinen Beistift: »Weil Sie nicht aufmachen, ich will meine Ware wieder, abzugeben bei Klaussen, Ecke Elsasser.«

Mensch, Luder, wenn du wüßtest, wer ich bin, wat eine schon mal gespürt hat von mir, dann würdest du nicht. Na, werden wir schon kriegen. Man sollte ein Beil nehmen und die Tür einhacken. Den Zettel schiebt er leise unter die Tür.

Mürrisch geht Franz einen Tag herum. Am nächsten Morgen, bevor er sich mit Lüders trifft, gibt ihm der Budiker einen Brief. Das ist sie. »Sonst nichts abgegeben?« »Nee, was denn?« »Paket, mit Ware.« »Nee, ein Junge hats gebracht, gestern abend.« »So was, vielleicht soll ich mir die Ware noch abholen.«

– Nach zwei Minuten geht Franz an das Fenster neben die Auslagen, läßt sich auf einen Holzschemel fallen, hat den Brief in der schlaffen linken Hand, kneift den Mund zusammen, stiert über die Tischplatte, Lüders, der Jämmerliche, tritt eben zur Tür rein, sieht Franz, sieht ihn sitzen, mit dem ist was, und schon ist er raus.

Der Wirt tritt an den Tisch: »Warum rennt denn Lüders weg, der hat ja noch nicht seine Ware abgeholt.« Franz sitzt und sitzt. So was gibt es in der ganzen Welt. Mir sind die Beine abgehackt. So was gibt es in der ganzen Welt nicht. Das ist noch nicht dagewesen. Kann nicht aufstehen. Lüders soll nur laufen, hat Beene, dann kann er laufen. Das ist ein Kerl, nicht auszudenken.

»Wollen Sie einen Kognak, Biberkopf? Wohl ein Trauerfall?«

»Nee, nee.« Was redet der eigentlich, ich hör nicht gut, hab Watte in den Ohren. Der Wirt geht nicht weg: »Warum läuft denn der Lüders so weg? Tut ihm doch keiner was. Als wenn einer hinter ihm herschießt.« »Der Lüders? Ja, der wird wohl zu tun haben. Ja, einen Kognak.« Er gießt ihn hinter, die Gedanken zergehen ihm immer wieder, Donnerwetter, was ist das für ne Sache mit dem Brief hier. »Hier der Umschlag ist Ihnen runtergefallen. Vielleicht nehmen Sie die Morgenzeitung.« »Danke.« Er grübelt weiter: Ich möcht bloß wissen, was das für ne Sache ist, mit dem Brief, schreibt die mir solche Sachen. Der Lüders ist ein verständiger Mann, hat Kinder. Franz überlegt, wie das passiert sei, dabei wird ihm der Kopf schwer, fällt ihm wie im Schlaf nach vorn über, der Wirt glaubt, er ist müde, aber es ist die Blässe, Weite und Leere, darin rutschen auch seine Beine ab, da plumpst er ganz rein und dreht sich einmal nach links, jetzt runter, ganz runter.

Franz liegt mit Brust und Kopf auf der Tischplatte, er sieht unter seinem Arm schräg auf die Tischplatte, bläst über das Holz, hält sich den Kopf fest: »Ist die Dicke schon hier, die Lina?« »Nee, die kommt doch erst um Uhre zwölf.« So, ja, wir haben erst neun, habe noch nichts getan, Lüders ist auch weg.

Was soll man machen? Und da gießt es durch ihn, und er beißt seinen Mund zu: Das ist die Strafe, mich haben sie rausgelassen, die andern buddeln noch Kartoffeln hinter dem Gefängnis an dem großen Müllberg, und ich muß die Elektrische fahren, verflucht, es war doch ganz schön da. Er steht auf, mal auf die Straße gehn, mal das wegschieben, bloß wieder keine Angst kriegen, ich steh senkrecht auf meine Beine, an uns kommt keener ran, keener ran: »Wenn die Dicke kommt, sagen Sie ihr, ich hab einen Trauerfall. Trauernachricht, Onkel oder so. Ich komm heut mittag nicht, nee, sie braucht nicht zu warten. Also, was machts?« »Eine Molle, wie gewöhnlich.« »So.« »Und das Paket lassen Sie hier?« »Was fürn Paket?« »Na, Sie hats ja ordentlich erwischt, Biberkopf. Keine Menkenke, halten Sie sich senkrecht. Das Paket bewahr ich schon auf.« »Was fürn Paket?« »Na, gehn Se man an de Luft.«

Biberkopf ist draußen. Der Wirt sieht durch die Scheibe nach: »Ob sie den nicht gleich wiederbringen? Sachen sind das. Son kräftiger Mann. Die Dicke wird Augen machen.«

Ein blasser kleiner Mann steht vor dem Haus, den rechten Arm trägt er in der Binde, die Hand im schwarzen Lederhandschuh. Er steht schon eine Stunde da in der Sonne und geht nicht nach oben. Er kommt eben aus dem Krankenhaus. Er hat zwei große Töchter, ein Junge ist nachgekommen, vier Jahre war er alt, der ist gestern im Krankenhaus gestorben. Erst war es bloß Halsentzündung. Der Doktor sagte, er will gleich wiederkommen, aber er ist erst abends gekommen und denn sagt er gleich: Krankenhaus, Diphtherieverdacht. Der Junge liegt vier Wochen da, er war schon ganz gut, da hat er noch Scharlach zugekriegt. Und nach zwei Tagen, gestern, ist er hin, Herzschwäche, hat der Oberarzt gesagt.

Der Mann steht vor der Haustür, die Frau oben wird schreien und weinen wie gestern und die ganze Nacht und ihm vorwerfen, daß er den Jungen nicht rausgenommen hat vor drei Tagen, er war doch ganz gut. Aber die Krankenschwestern haben gesagt, er hat noch Bazillen im Hals, und wo Kinder zu Haus sind, ist so was gefährlich. Die Frau wollte es gleich nicht glauben, aber es ist doch möglich, daß was passiert wäre bei den andern Kindern. Er steht. Vor dem Nachbarhaus schreien sie. Plötzlich fällt ihm ein, daß man ihm im Krankenhaus gesagt hatte, als er das Kind hinbrachte, ob es schon eine Spritze gekriegt hätte mit Serum. Nein, es hätte noch keine gekriegt. Er hatte den ganzen Tag gewartet, daß der Doktor kam, erst abends, und dann hieß es: gleich weg.

Und sofort setzt sich der Mann mit der Kriegslähmung in

Trab, überquert den Damm, die Straße rauf bis zur Ecke, zum Arzt, der angeblich nicht zu Hause ist. Aber er brüllt, es ist Vormittag, der Doktor muß zu Hause sein. Die Tür des Sprechzimmers öffnet sich. Der kahlköpfige, fettleibige Herr sieht ihn an, zieht ihn zu sich hinein. Der Mann steht, erzählt vom Krankenhaus, das Kind ist tot, der Arzt drückt ihm die Hand.

»Aber Sie haben uns warten lassen, den ganzen Mittwoch, vom Morgen bis sechs Uhr abends. Wir haben zweimal rübergeschickt. Sie sind nicht gekommen.« »Ich bin doch noch gekommen.« Wieder fängt der Mann zu brüllen an: »Ich bin ein Krüppel, wir haben im Feld geblutet, uns läßt man warten, mit uns kann man machen.« »Nun setzen Sie sich mal, beruhigen Sie sich doch. Das Kind ist ja gar nicht an Diphtherie gestorben. Im Krankenhaus kommen solche Ansteckungen vor.« »Unglück hin, Unglück her«, er brüllt weiter. »Uns läßt man warten, wir sind Kulis, unsere Kinder können verrecken, wie wir verreckt sind.«

Nach einer halben Stunde geht er langsam die Treppe runter, dreht sich unten in der Sonne, geht nach oben. Die Frau hantiert in der Küche. »Na Paule?« »Na Mutter.« Sie geben sich die Hände und lassen die Köpfe sinken. »Hast noch nicht gegessen, Paule. Ich mach dir gleich.« »Ich war drüben beim Doktor, hab ihm gesagt, daß er nicht gekommen ist am Mittwoch. Ich habs ihm gegeben.« »Ist doch gar nicht an Diphtherie gestorben, unser Paulchen.« »Das macht nichts. Das habe ich ihm auch gesagt. Aber hätte er gleich eine Spritze gekriegt, brauchte er gar nicht ins Krankenhaus. Überhaupt nicht hin. Aber er ist ja nicht gekommen. Dem hab ichs gegeben. Man muß auch an andre Leute denken, wenn wieder so was vorkommt. So was passiert alle Tage, wer weiß.« »Na, nu eß mal was. Was hat denn der Doktor gesagt?« »Er ist ja ein guter Mann. Der Mann ist auch nicht der Jüngste und hat zu tun und muß sich schuften. Weiß ich alleine. Aber wenn mal was passiert, passiert was. Mir hat er n Glas Kognak gegeben, und ich soll mich beruhigen. Und die Frau Doktor ist auch reingekommen.« »Du hast wohl sehr gebrüllt, Paule?« »Nee, gar nicht, nur im Anfang, nachher ist alles friedlich gegangen. Er hat selbst zugegeben: Sagen muß ihm einer das. Er ist kein schlechter Kerl, aber muß ihm einer sagen.«

Er zittert heftig, während er ißt. Die Frau weint in der Nebenstube, dann trinken sie zusammen Kaffee am Herd. »Bohnenkaffee, Paule.« Er schnüffelt über seiner Tasse: »Man riechts.«

Morgen in das kühle Grab, nein, wir werden uns zu beherrschen wissen

Franz Biberkopf ist verschwunden. Lina geht am Nachmittag, den Tag, wo er den Brief bekommen hat, auf seine Stube. Sie will ihm heimlich eine braune Strickweste hinlegen, die sie gemacht hat. Sitzt Ihnen doch der Mann zu Haus, wo er sonst handeln geht, und besonders jetzt um Weihnachten, hockt auf seinem Bett, den Tisch rangezogen, und murkst an seinem Wecker rum, den er auseinandergenommen hat. Sie kriegt erst einen Schreck, daß er da ist und vielleicht die Weste gesehen hat, aber der kuckt kaum zu ihr rüber, kuckt immer bloß auf den Tisch und seine Uhr. Sie findet das ganz gut, kann noch fix die Weste an de Tür verstauen. Dann redet er aber so wenig, wat ist bloß mit dem, der hat einen Kater, und was macht er bloß für ein Gesicht, so kenne ich den gar nicht, und murkst an dem ollen Wecker, das macht er im Tran. »Der Wecker war doch ganz gut, Franz.« »Nee, nee, der war nicht gut, laß man, der schnurrt immer, der schlägt nich richtig an, werd ich schon finden.« Und murkst und läßt wieder liegen und kratzt an seinen Zähnen; sie kuckt er gar nicht an. Da verduftet sie, ihr ist ein bißchen ängstlich, er soll sich mal ausschlafen. Und wie sie abends wiederkommt, ist der Mann weg. Hat bezahlt, hat seine Sachen eingepackt, alles mitgenommen und ist weg. Die Wirtin weiß bloß, er hat bezahlt, und sie soll schreiben auf dem Meldezettel: auf Reisen. Muß sich wohl dünne machen, der, was?

Dann hat es 24 schreckliche Stunden gedauert, bis Lina endlich den Gottlieb Meck findet, der helfen kann. Der Mann war auch verzogen, sie rannte den ganzen Nachmittag von Lokal zu Lokal, schließlich hat sie ihn. Er weiß von nichts, wat wird denn mit Franz sein, der Kerl hat doch Muskeln, und schlau ist er auch, der kann doch auch mal weg sein. Ob er vielleicht was ausgefressen hat? Das ist ganz ausgeschlossen bei Franz. Vielleicht haben sie Krach gehabt, Lina und Franz. Aber gar nicht, wo denn, ich hab ihm ja noch die Weste gebracht. Erst am nächsten Mittag geht Meck auch zu der Wirtin, Lina läßt nicht locker. Ja, Biberkopf ist Hals über Kopf ausgezogen, da war was nicht richtig, der Mann war immer fidel, noch am Morgen, da muß was im Gange sein, das läßt sie sich nicht ausreden; ausgeräumt hat er, nicht ein Fusselken von seine Sachen hat er liegen gelassen, da kommen Sie sehen. Da sagt Meck der Lina, Lina soll man ruhig sein, er wird die Sache schon untersuchen. Er denkt nach, und sofort hat er einen Riecher als alter Händler und geht zu Lüders. Der sitzt auf seinem Bau mit seine Jöhre; und wo Franz ist? Ja, meent der verstockt, der hat ihn sitzen lassen, ist ihm sogar noch was schuldig geblieben, Franz hat vergessen mit ihm abzurechnen. Das glaubt Meck nun ganz und gar nicht, ihre Unterhaltung zieht sich über eine Stunde hin, aus dem Mann ist nichts rauszukriegen. Abends erwischen sie ihn dann, Meck und Lina, im Lokal bei ihm gegenüber. Und da kommt es zum Klappen.

Lina heult und gibt was an. Er muß doch und muß doch wissen, wo Franz ist, sie waren doch noch am Vormittag zusammen, Franz wird doch was gesagt haben, ein einziges Wort. »Nee, er hat eben nichts gesagt.« »Ihm muß doch was passiert sein.« »Dem was passiert? Der wird den Hasen gemacht haben, was denn.« Nee, der hat nichts ausgefressen, Lina läßt sich da nichts einreden, er hat nichts gemacht, sie legt ihre Hand ins Feuer, man muß auf die Polizei, fragen. »Da meinst du, der hat sich verlaufen, und die sollen ihn ausblasen.« Lüders lacht. Der Jammer der kleinen, dicken Person. »Wat machen wir aber bloß, wat machen wir bloß?«

Bis es Meck, der immer bloß dasitzt und sich sein Teil denkt, zu bunt wird und er dem Lüders einen Wink mit dem Kopf gibt. Er will mal mit Lüders allein reden, das hat ja alles keinen Zweck. Darauf kommt auch Lüders raus. Sie gehen in einem scheinheiligen Gespräch die Ramlerstraße rauf bis zur Grenzstraße.

Und da, wo es stockfinster ist, ist Meck ganz unversehens über den kleinen Lüders her. Er hat ihn furchtbar geschlagen. Wie Lüders brüllte und am Boden lag, hat Meck noch sein Taschentuch aus der Jacke geholt und dem vor die Fresse gedrückt. Dann hat er ihn aufstehen lassen und dem Kleinen sein offenes Messer gezeigt. Sie waren beide ohne Puste. Dann hat Meck, der noch nicht bei Besinnung war, dem andern geraten, sich zu verdrücken und morgen Franz zu suchen. »Wie du ihn findest, Kerl, ist mir egal. Findest du ihn nicht, dann treten wir zu dritt an. Dir finden wir schon, Junge. Und wenns bei deiner Ollen ist.«

Blaß und still ist am nächsten Abend auf einen Wink von Meck der kleine Lüders aus dem Lokal gekommen, und sie sind ins Gastzimmer gegangen. Es hat eine Zeit gedauert, bis der Wirt ihnen das Gas ansteckte. Dann haben sie dagestanden. Meck fragte: »Na, biste gewesen?« Der nickte. »Siehste. Na, und?« »Ist kein Und.« »Was hat er denn gesagt, wie kannst du überhaupt beweisen, daß du da warst.« »Du denkst, Meck, der hätte mir Löcher inn Kopp hauen müssen wie du. Nee, da drauf war ich präpariert.« »Na, wat nu?«

Lüders kam still näher: »Paß mal auf, Meck, hör mal zu. Wenn du auf mir hörst: ich will dir sagen, wenn Franz dein Freund ist, wegen dem hättste gestern nicht mit mir so reden brauchen. Das war ja bald Mord. Wo zwischen uns beiden gar nichts war. Wegen dem nicht.«

Meck starrte den an, jetzt kriegt er bald wieder eine rin, und da können sie reinkommen, so viele sie wollen. »Nee, der ist doch verrückt! Haste das nicht gemerkt, Meck? Bei dem ists doch nicht richtig hier oben im Oberstübchen.« »Nee, nu hör mal uff. Det ist mein Freund, du, Gotteswillen, mir wackeln die Beene.« Dann erzählt Lüders, Meck setzt sich.

Er hatte Franz zwischen fünf und sechs getroffen; er wohnte ganz dicht bei seiner alten Wohnung, drei Häuser weiter, die Leute haben ihn ja mit seinem Karton und einem Paar Stiefel in der Hand da reingehen sehen, und da haben sie ihn wirklich oben im Quergebäude aufgenommen in einer Kammer. Wie Lüders nun da anklopft und reingeht, liegt Franz auf dem Bett, die Füße mit den Stiefeln hat er runterhängen. Lüders, den erkennt er, es brennt oben eine Birne, das ist Lüders, da kommt der Strolch, aber was ist mit dem. Lüders hat ein offenes Messer in der linken Tasche, wo er die Hand drin hat. In der andern hat er Geld, ein paar Mark, die legt er auf den Tisch, redet allerhand, dreht sich hin und her, hat eine heisere Stimme, zeigt die Beulen an seinem Kopf, die ihm Meck geschlagen habe, seine geschwollenen Ohren, er ist dabei, zu heulen vor Ärger und Wut.

Biberkopf hat sich aufgesetzt, sein Gesicht ist manchmal ganz hart, manchmal zittern kleene Bündelchen in seinem Gesicht. Er zeigt nach der Tür und sagt leise: »Raus!« Lüders hat seine paar Märker hingelegt, dachte an Meck und daß die ihm auflauern würden und bittet um einen Zettel, daß er da war, oder ob Meck selbst raufkommen könne oder Lina. Da steht Biberkopf ganz auf, im Augenblick rutscht Lüders an die Tür, hat die Hand an der Klinke. Biberkopf aber geht schräg nach hinten an den Waschständer, nimmt die Waschschüssel und – wat sagste – gießt das Wasser in einem Schwung durch die Stube vors Lüders' Füße. Von Erde bist du gekommen, zu Erde sollst du wieder werden. Lüders reißt die Augen auf, weicht zur Seite, drückt auf die Klinke. Biberkopf nimmt die Waschkanne, es war noch mehr Wasser drin, wir haben noch viel, wir machen reinen Tisch, von Erde bist du gekommen. Er schüttet sie gegen den an der Tür, dem es gegen Hals und Mund spritzt, eiskaltes Wasser. Lüders rutscht raus, weg ist er, die Tür ist zu.

Im Gastzimmer flüsterte er giftig: »Der ist verrückt, das siehst du doch, da hast dus.« Meck fragte: »Welche Nummer wars? Bei wem?«

Nachher warf Biberkopf noch Ladung auf Ladung in die

Kammer. Er spritzte mit der Hand durch die Luft: Muß alles sauber werden, muß alles weg; jetzt noch das Fenster auf und pusten; wir haben damit nichts zu tun. [Kein Häusereinstürzen, kein Dächerrutschen, das liegt hinter uns, Ein Für Allemal Hinter Uns.] Er stierte, wie es kalt am Fenster wurde, auf den Boden. Müßte man wegwischen, trippt denen unten auf den Kopp, macht Flecke. Schloß das Fenster, legte sich wagerecht auf das Bett. [Tot. Von Erde bist du gekommen, zu Erde sollst du wieder werden.]

Mit den Händchen klapp, klapp, klapp , mit den Füßchen trapp, trapp, trapp.

Am Abend wohnte dieser Biberkopf nicht mehr in der Kammer. Wo er hingezogen war, konnte Meck nicht feststellen. Er nahm den kleinen Lüders, der bösartig entschlossen war, in sein Lokal zu den Viehhändlern mit. Die sollten Lüders ausfragen, was denn gewesen wäre und was mit dem Brief gewesen ist, den der Budiker bekommen hat. Lüders blieb hartherzig, er sah so tückisch aus, daß sie den armen Deibel laufen ließen. Meck sagte selbst: »Der hat sein Fett weg.«

Meck spintisierte vor sich: Der Franz, den hat entweder die Lina geärgert oder was anderes. Die Viehhändler sagten: »Der Lüders ist ein Gauner, was der erzählt, davon ist kein Wort wahr. Vielleicht ist er auch verrückt, der Biberkopf. Einfälle hat er schon damals gehabt mit dem Gewerbeschein und hat noch nicht mal Ware gehabt. So was kommt dann mit einmal raus bei Ärger.« Meck blieb dabei: »Das kann auf die Galle schlagen, aber doch nicht auf den Kopp. Kopp ist total ausgeschlossen. Der ist doch Athlet, Schwerarbeiter, der war erstklassiger Möbeltransportör, Klaviere und so, bei dem schlägt es nicht auf den Kopf.« »Gerade bei dem schlägt es auf den Kopf. Der ist empfindlich. Da arbeitet der Kopf zu wenig, und wenn, dann schnappt es gleich.« »Na, und wie ists bei euch Viehhändler und mit eure Prozessen? Ihr seid doch alle auf dem Damm.« »Ein Viehhändler hat ne harte Hirnhaut. Nanu. Wenn die erst anfangen wollten, sich zu ärgern, könnten sie alle nach Herzberge. Wir ärgern uns gar nicht. Ware bestellen und einen dann sitzen lassen oder nicht zahlen wollen, das passiert unsereins doch alle Tage. Die Leute haben eben nie Geld.« »Oder sie sind nicht gleich flüssig.« »Auch.«

Der eine Viehhändler sah auf seine dreckige Weste: »Ich trink nämlich zu Haus Kaffee aus der Untertasse, schmeckt besser, aber kleckert.« »Mußt dir n Pichel umbinden.« »Daß meine Olle lacht. Nee, die Hände werden zittrig, kuck mal.«

Den Franz Biberkopf finden Meck und Lina nicht. Sie rennen durch halb Berlin und finden den Menschen nicht.

VIERTES BUCH

FRANZ *Biberkopf hat eigentlich kein Unglück getroffen. Der gewöhnliche Leser wird erstaunt sein und fragen: was war dabei? Aber Franz Biberkopf ist kein gewöhnlicher Leser. Er merkt, sein Grundsatz, so einfach er ist, muß irgendwo fehlerhaft sein. Er weiß nicht wo, aber schon daß er es ist, gräbt ihn in allerschwerste Betrübnis.*

Ihr werdet den Mann hier saufen sehen und sich fast verloren geben. Aber es war noch nicht so hart, Franz Biberkopf ist für schlimmere Dinge aufbewahrt.

Eine Handvoll Menschen um den Alex

Am Alexanderplatz reißen sie den Damm auf für die Untergrundbahn. Man geht auf Brettern. Die Elektrischen fahren über den Platz die Alexanderstraße herauf durch die Münzstraße zum Rosenthaler Tor. Rechts und links sind Straßen. In den Straßen steht Haus bei Haus. Die sind vom Keller bis zum Boden mit Menschen voll. Unten sind die Läden.

Destillen, Restaurationen, Obst- und Gemüsehandel, Kolonialwaren und Feinkost, Fuhrgeschäft, Dekorationsmalerei, Anfertigung von Damenkonfektion, Mehl und Mühlenfabrikate, Autogarage, Feuersozietät: Vorzug der Kleinmotorspritze ist einfache Konstruktion, leichte Bedienung, geringes Gewicht, geringer Umfang. – Deutsche Volksgenossen, nie ist ein Volk schmählicher getäuscht worden, nie wurde eine Nation schmählicher, ungerechter betrogen als das deutsche Volk. Wißt ihr noch, wie Scheidemann am 9. November 1918 von der Fensterbrüstung des Reichstags uns Frieden, Freiheit und Brot versprach? Und wie hat man das Versprechen gehalten! – Kanalisationsartikel, Fensterreinigungsgesellschaft, Schlaf ist Medizin, Steiners Paradiesbett. – Buchhandlung, die Bibliothek des modernen Menschen, unsere Gesamtausgaben führender Dichter und Denker setzen sich zusammen zur Bibliothek des modernen Menschen. Es sind die großen Repräsentanten des europäischen Geisteslebens. – Das Mieterschutzgesetz ist ein Fetzen Papier. Die Mieten steigen ständig. Der gewerbliche Mittelstand wird auf das Pflaster gesetzt und auf diese Weise erdrosselt, der Gerichtsvollzieher hält reiche Ernte. Wir verlangen öffentliche Kredite bis zu 15 000 Mark an das Kleingewerbe, sofortiges Verbot aller Pfändungen bei Kleingewerbetreibenden. –

Der schweren Stunde wohlvorbereitet entgegenzugehen ist Wunsch und Pflicht jeder Frau. Alles Denken und Fühlen der werdenden Mutter kreist um das Ungeborene. Da ist die Auswahl des richtigen Getränks für die werdende Mutter von besonderer Wichtigkeit. Das echte Engelhardt-Karamelmalzbier besitzt wie kaum ein anderes Getränk die Eigenschaften des Wohlgeschmacks, der Nährkraft, Bekömmlichkeit, erfrischenden Wirkung. – Versorge dein Kind und deine Familie durch Abschluß einer Lebensversicherung einer schweizerischen Lebensversicherung, Rentenanstalt Zürich. – Ihr Herz lacht! Ihr Herz lacht vor Freude, wenn Sie ein mit den berühmten Höffner-Möbeln ausgestattetes Heim besitzen. Alles, was Sie sich an angenehmer Wohnlichkeit erträumten, wird von einer ungeahnten Wirklichkeit übertroffen. Wie auch die Jahre entschwinden, wohlgefällig bleibt dieser Anblick, und ihre Haltbarkeit und praktische Verwendbarkeit erfreuen immer von neuem. –

Die Schließgesellschaften beschützen alles, sie gehen herum, gehen durch, sehen hinein, stecken Uhren, Wachalarm, Wach- und Schutzdienst für Groß-Berlin und außerhalb, Wachbereitschaft Deutschland, Wachbereitschaft Groß-Berlin und ehemalige Wachabteilung der Wirtsgemeinschaft Berliner Grundbesitzer, vereinigter Betrieb, Wachzentrale des Westens, Wachgesellschaft, Sherlock-Gesellschaft, Sherlock Holmes gesammelte Werke von Conan Doyle, Wachgesellschaft für Berlin und Nachbarorte, Wachsmann als Erzieher, Flachsmann als Erzieher, Waschanstalt, Wäscheverleih Apoll, Wäscherei Adler übernimmt sämtliche Hand- und Leibwäsche, Spezialität feine Herren- und Damenwäsche.

Über den Läden und hinter den Läden aber sind Wohnungen, hinten kommen noch Höfe, Seitengebäude, Quergebäude, Hinterhäuser, Gartenhäuser. Linienstraße, da ist das Haus, wo sich Franz Biberkopf verkrochen hat nach dem Schlamassel mit Lüders.

Vorn ist ein schönes Schuhgeschäft, hat vier glänzende Schaufenster, und sechs Mädchen bedienen, das heißt, wenn was zu bedienen ist, haben um 80 Mark im Monat pro Kopf und Nase, und wenn es hochkommt und sie grau geworden sind, haben sie 100. Das schöne große Schuhgeschäft gehört einer alten Frau, die hat ihren Geschäftsführer geheiratet, und seitdem schläft sie hinten, und es geht ihr schlecht. Er ist ein fescher Mann, den Laden hat er hochgebracht, aber er ist noch nicht 40, und das ist das Unglück, und wenn er spät nach Hause kommt, dann liegt die alte Frau wach und kann vor Ärger nicht einschlafen. – Im ersten Stock der Herr Rechtsanwalt. Gehört das wilde Kaninchen im Herzogtum Sachsen-Altenburg zu den jagdbaren Tieren? Der Verteidiger bestreitet zu Unrecht die Annahme des Landgerichts, daß das wilde Kaninchen im Herzogtum Sachsen-Altenburg unter die jagdbaren Tiere zu zählen sei. Welche Tiere jagdbar sind und welche dem freien Tierfang unterliegen, hat sich in Deutschland in den einzelnen Ländern sehr verschieden entwickelt. Bei dem Mangel besonderer gesetzlicher Vorschriften entscheidet darüber das Gewohnheitsrecht. In dem Entwurf zum Jagdpolizeigesetz vom 24. 2. 54 war das wilde Kaninchen noch nicht mitgenannt. – Abends um 6 tritt eine Aufwärterin im Büro an, fegt, wischt das Linoleum in dem Wartezimmer auf. Zu einem Staubsauger hat es bei dem Herrn Rechtsanwalt noch nicht gereicht, olle Knauserei, wo der Mann nicht mal verheiratet ist und die Frau Zieske, was sich Hausdame schimpft, das doch wissen soll. Die Aufwärterin schrubbert und putzt gewaltig, sie ist unheimlich dürr, aber elastisch, für ihre beiden Kinder schuftet sie. Die Bedeutung der Fette für die Ernährung, das Fett überkleidet die Knochenvorsprünge und schützt das darunterliegende Gewebe vor Druck und Stoß, hochgradig Abgemagerte klagen daher über Schmerzhaftigkeit an den Sohlen beim Gehen. Das trifft aber für diese Aufwärterin nicht zu.

An seinem Schreibtisch sitzt um 7 Uhr abends Herr Rechtsanwalt Löwenhund und arbeitet vor zwei brennenden Tischlampen. Das Telephon geht zufällig nicht. In der Strafsache Groß A 8 780-27 überreiche ich in der Anlage Vollmacht der angeschuldigten Frau Groß auf mich. Ich bitte ergebenst, mir allgemeine Sprecherlaubnis zu erteilen. – An Frau Eugenie Groß, Berlin. Sehr geehrte Frau Groß, es war schon längst meine Absicht, Sie wieder einmal aufzusuchen. Infolge Arbeitsüberlastung und Unpäßlichkeit war es mir jedoch nicht möglich. Ich hoffe bestimmt, Sie nächsten Mittwoch besuchen zu können, und bitte Sie, sich bis dahin noch zu gedulden. Hochachtungsvoll. Briefe, Geldanweisungen und Paketadressen sind mit der persönlichen Adresse unter Beifügung der Gefangenennummer zu versehen. Als Bestimmungsort ist Berlin NW 52, Moabit 12a, anzugeben.

– An Herrn Tollmann. In Angelegenheit Ihrer Tochter muß ich um weiteres Honorar, und zwar um 200 Mark bitten. Ich stelle Ratenzahlung anheim. Zweitens: wieder vorlegen. – Sehr geehrter Herr Rechtsanwalt, da ich gern meine unglückliche Tochter in Moabit besuchen möchte, aber nicht weiß, woran ich mich zu wenden habe, so möchte ich Sie herzlich bitten, dafür zu sorgen, wann ich nach dort kommen könnte. Und zugleich ein Gesuch zu machen, daß ich derselben alle 14 Tage ein Päckchen mit Lebensmitteln zukommen lassen kann. Erwarte umgehend Nachricht, am liebsten Ende dieser oder Anfang nächster Woche. Frau Tollmann [Mutter von Eugenie Groß]. – Rechtsanwalt Löwenhund steht auf, hat die Zigarre im Mund, sieht durch die Vorhangspalte auf die helle Linienstraße und denkt, soll ich bei ihr anrufen, oder soll ich nicht bei ihr anrufen. Geschlechtskrankheiten als verschuldetes Unglück, Oberlandgericht Frankfurt I, C 5. Man mag über die sittliche Zulässigkeit des Geschlechtsverkehrs bei unverheirateten Männern weniger streng denken und muß doch zugeben, daß in rechtlicher Beziehung ein Verschulden vorliegt, daß der außereheliche Geschlechtsverkehr, wie Staub sagt, eine Extravaganz ist, die mit Gefahren verbunden ist, und daß die Gefahren derjenige tragen muß, der sich diese Extravaganz leistet. Wie denn auch Planck im Sinne dieser Bestimmung eine durch außerehelichen Geschlechtsverkehr des Dienstpflichtigen verursachte Erkrankung sogar als eine durch grobe Fahrlässigkeit herbeigeführte Erkrankung ansieht. – Er nimmt den

Hörer ab, bitte Amt Neukölln, die Nummer hat jetzt Bärwald.

Zweiter Stock: Der Verwalter und zwei dicke Ehepaare, der Bruder mit seiner Frau, die Schwester mit ihrem Mann, haben noch n krankes Mädchen.

Dritter Stock ein 64jähriger Mann, Möbelpolier mit Glatze. Seine Tochter ist eine geschiedene Frau, besorgt ihm den Haushalt. Der kracht jeden Morgen die Treppe runter, das Herz ist schlecht, wird sich bald krankschreiben lassen [Coronarsclerose, Myodegeneratio cordis]. Früher hat er gerudert, was kann er jetzt? Abends Zeitung lesen, sich die Pfeife anstecken, die Tochter muß natürlich inzwischen auf dem Flur rumklatschen. Die Frau ist nicht da, mit 45 Jahren gestorben, war forsch und hitzig, konnte nie genug kriegen, Sie wissen schon, und dann ist sie mal verfallen, hat aber nichts gesagt, nächstes Jahr hätt sie vielleicht die Wechseljahre gehabt, da geht sie zu soner Frau und dann ins Krankenhaus und nicht wieder raus.

Nebenan ein Dreher, um die Dreißig, hat einen kleinen Jungen, Stube und Küche, die Frau ist auch tot, Schwindsucht, er hustet auch, der Junge ist bei Tag im Hort, abends holt ihn der Mann. Wenn der Junge schlafen gegangen ist, kocht sich der Mann seinen Naturtee, bastelt bis in die Nacht Radio, ist Obmann im Funkverein, kann nicht einschlafen, wenn die Schaltung nicht fertig geworden ist.

Dann ein Kellner mit einer Frau, Stube und Küche, proper eingerichtet, Gaskrone mit Glasbehang. Der Kellner ist vormittags bis zwei zu Haus, solange schläft er und spielt Zither, zur selben Zeit, wo der Rechtsanwalt Löwenhund auf Landgericht 1, 2, 3 mit schwarzem Talar herumrast über die Korridore, aus dem Anwaltszimmer, in das Anwaltszimmer, in den Gerichtssaal, aus dem Gerichtssaal, wir vertagen, ich beantrage gegen den Beklagten Versäumnisurteil. Die Braut von dem Kellner ist Aufsicht in einem Warenhaus. Sagt sie. Diesen Kellner hatte, wie er verheiratet war, seine Frau fürchterlich betrogen. Aber sie hat ihn immer wieder trösten können, bis er weglief. Er hat als Schlafbursche existiert, ist immer wieder zur Frau gelaufen, und zuletzt ist er im Prozeß doch für schuldig erklärt worden, weil er nichts beweisen konnte und seine Frau böswillig verlassen hatte. Dann lernte er in Hoppegarten die jetzige kennen, wie sie auf Männer jagte. Dasselbe Kaliber Weib natürlich wie seine erste, nur ein Stück schlauer. Der merkt nichts, wenn seine Braut alle paar Tage verreist für ihr p. p. Geschäft, seit wann verreist eine Aufsicht, na, istn Vertrauensposten. Jetzt aber sitzt er auf seinem Sofa, hat ein nasses Kopftuch um, weint, und sie muß ihn bedienen. Er ist auf der Straße lang ausgerutscht und liegen geblieben. Sagt er. Dem Mann hat einer was gestoßen. Sie geht nicht ins p. p. Geschäft. Ob er was gemerkt hat, wär schade, ist doch son lieber Dussel. Den werden wir schon wieder einrenken.

Ganz oben ein Darmhändler, wos natürlich schlecht riecht und wo es viel Kindergeschrei und Alkohol gibt. Daneben zuletzt ein Bäckergeselle mit seiner Frau, die Anlegerin ist in einer Druckerei und eine Eierstockentzündung hat. Was die beiden vom Leben haben? Na erstens einer den andern, dann letzten Sonntag Bühnenschau und Film, dann mal die und mal die Vereinssitzung und Besuch bei seinen Eltern. Weiter nichts? Na, treten Sie sich nicht aufn Frack, Herr. Kommt noch hinzu schönes Wetter, schlechtes Wetter, Landpartie, am Ofen stehen, frühstücken und so weiter. Was haben Sie denn, Herr Hauptmann, Herr General, Herr Jockey? Machen Sie sich nichts vor.

Biberkopf in Narkose, Franz verkriecht sich, Franz will nichts sehen

Franz Biberkopf, sieh dich vor, was soll bei dem Sumpfen herauskommen! Immer rumliegen auf der Bude, und nichts als trinken und dösen und dösen! –

Wen geht das was an, was ich mache. Wenn ich dösen will, döse ich bis übermorgen auf einem Fleck. – Er knabbert an seinen Nägeln, stöhnt, wälzt den Kopf auf dem schweißigen

Kissen, bläst durch die Nase. – Ich liege so bis übermorgen, wenns mir paßt. Wenn das Weib bloß heizen würde. Die ist faul, denkt bloß an sich.

Sein Kopf dreht sich von der Wand weg, auf dem Boden liegt ein Brei, eine Lache. – Gekotzt. Muß ich gewesen sein. Was ein Mensch in seinem Magen mit sich rumträgt. Puh. Spinnweben an der grauen Ecke, die können keine Mäuse fangen. Ich möchte Wasser trinken. Wen geht das was an. Das Kreuz tut auch weh. Kommen Sie nur rein, Frau Schmidt. Zwischen den Spinnweben oben [schwarzes Kleid, lange Zähne]. Das ist ne Hexe [kommt aus der Decke]. Puh! Ein Idiot hat mir gesagt, warum ich mich zu Hause aufhalte. Erstens sag ich, Sie Idiot, was haben Sie mich zu fragen, zweitens wenn ich mich von 8–12 hier aufhalte. Und dann in der Stinkbude. Er sagt, er hat Spaß gemacht. Nee, das ist kein Spaß. Kaufmann hat auch gesagt, dann soll er sich an den wenden. Ich werd es vielleicht so machen, daß ich im Februar, im Februar oder März, März ist richtig –.

– Verlorst du dein Herz in der Natur? Ich verlor mein Herz dort nicht. Zwar war es mir, als ob das Wesen des Urgeists mich mit fortreißen wollte, als ich gegenüber den Alpenriesen stand oder am Strand des brausenden Meeres lag. Da, es wallte und wogte auch in meinem Gebein. Mein Herz war erschüttert, doch verloren hab ichs weder dort, wo der Adler horstet, noch wo der Bergmann in der Tiefe den verborgenen Erzadern nachgräbt.

– Wo dann?

Verlorst du dein Herz im Sport? Im rauschenden Strom der Jugendbewegung? Im Kampfgewühl der Politik? –

– Ich verlor es dort nicht. –

– Hast du es nirgends verloren?

Gehörst du zu denen, die ihr Herz nirgends verlieren, sondern es für sich behalten, es sauber konservieren und mumifizieren?

Der Weg in die übersinnliche Welt, öffentliche Vorträge. Totensonntag: Ist denn mit dem Tode alles aus? Montag, den

21. November, abends 8 Uhr: Kann man heut noch glauben? Dienstag, 22. November: Kann der Mensch sich ändern? Mittwoch, 23. November: Wer ist vor Gott gerecht? Besonders aufmerksam machen wir auf die Bearbeitung des Deklamatoriums ›Paulus‹.

Sonntag, siebendreiviertel Uhr.

n Abend, Herr Pastor. Ich bin nämlich der Arbeiter Franz Biberkopf, Gelegenheitsarbeiter. Früher war ich Möbeltransportör, jetzt bin ich arbeitslos. Ich wollte Sie nämlich was fragen. Was man nämlich gegen die Magenschmerzen machen kann. Es kommt einem sauer hoch. Autsch, jetzt wieder. Puh! Die giftige Galle. Ist natürlich von das viele Trinken. Erlauben Sie, verzeihen Sie, daß ich Sie hier so auf offener Straße anquatsche. Es ist Dienstbehinderung. Aber was mache ich bloß gegen die giftige Galle. Ein Christenmensch muß einem andern helfen. Sie sind ein guter Mann. Ich komm nicht in den Himmel. Warum? Fragen Sie bloß Frau Schmidt, die da oben immer aus der Decke kommt. Sie kommt und geht, und ich soll immer aufstehen. Aber mir hat keiner was zu sagen. Wenn es aber Verbrecher gibt, so bin ich es, der darüber reden kann. In Ehren treu. Dem Karl Liebknecht haben wirs geschworen, der Rosa Luxemburg reichen wir die Hand. Ich werde ins Paradies gehen, wenn ich tot bin, und sie werden sich vor mir verbeugen und sagen: das ist Franz Biberkopf, in Ehren treu, hoch weht die Flagge schwarz-weiß-rot, aber er hat es für sich behalten, er ist kein Verbrecher geworden wie andere Männer, die Deutsche sein wollen und ihre Mitbürger betrügen. Wenn ich ein Messer hätte, rennt ich es dem inn Leib. Ja, das tu ich. [Franz wühlt im Bett, schlägt um sich.] Jetzt bist du dran, zum Pfarrer zu laufen, Jungeken. Jungejungejungeken! Wenns dir Spaß macht, wenn du noch krächzen kannst, du. In Ehren treu, ich laß meine Hand von dem, Herr Pfarrer, ist mir zu gut dazu, Schufte gehören nicht mal ins Gefängnis; ich war im Gefängnis, ich kenne das aus dem ff., prima Angelegenheit, erstklassige Ware, da ist nicht dran zu tippen, da gehören keine Schufte hin, besonders wie der, der sich nicht mal vor seiner Frau schämt, was er sollte, vor der ganzen Welt dazu auch.

2 mal 2 ist 4, da ist nicht dran zu tippen.

Sie sehen hier einen Mann, Verzeihung auf dem Dienstgang, ich habe solche Magenschmerzen. Ich werd mir zu beherrschen wissen. Ein Glas Wasser, Frau Schmidt. Das Luder muß überall die Nase rinstecken.

Franz auf dem Rückzug
Franz bläst den Juden den Abschiedsmarsch

Franz Biberkopf, stark wie eine Kobraschlange, aber wacklig auf den Beinen, ist aufgestanden und ist nach der Münzstraße zu den Juden gegangen. Er ging nicht direkt hin, er machte einen mächtigen Umweg. Der Mann will mit allem aufräumen. Der Mann will reinen Tisch machen. Da gehen wir wieder, Franze Biberkopf. Trockenes Wetter, kalt, aber frisch, wer möchte jetzt im Hausflur stehen, Straßenhändler sein und sich die Zehen abfrieren. In Ehren treu. Ein Glück, daß man aus der Stube raus ist und das Quieken von die Weiber nicht hört. Hier ist Franze Biberkopf, der geht auf die Straße. Alle Kneipen leer. Warum? Die Penner schlafen noch. Die Wirte können ihre Jauche alleene trinken. Aktienjauche. Wir haben keene Lust dazu. Wir trinken Schnabus.

Franz Biberkopf schob ruhig seinen Leib im graugrünen Soldatenmantel durch die Menschen, kleine Frauen, die an Wagen Gemüse, Käse und Heringe kauften. Bollen wurden ausgerufen.

Die Leute tun, was sie können. Haben Kinder zu Hause, hungrige Mäuler, Vogelschnäbel, klapp auf, klapp zu, klapp auf, klapp zu, auf, zu, auf zu, auf zu.

Franz ging rascher, stampfte um die Ecke. So, freie Luft. Er ging an den großen Schaufenstern ruhiger. Was kosten Stiefel? Lackschuh, Ballschuh, muß tipptopp aussehen, so am Fuß, sone Kleene mit Ballschuhe. Der affige Lissarek, der Böhme, der alte Kerl mit den großen Nasenlöchern draußen in Tegel, der ließ sich von seiner Frau, oder was sich dafür ausgab, alle paar Wochen ein Paar schöne seidene Strümpfe bringen, ein Paar neue und ein Paar alte. Ist zum Piepen. Und wenn sie sie stehlen sollte, er mußte sie haben. Einmal haben sie ihn erwischt, wie er die Strümpfe anhatte auf seine drekkige Beine, son Nulpe, und kuckt sich nun seine Beine an und geilt sich dran uff und hat rote Ohren, der Kerl, zum Piepen. Möbel auf Teilzahlung, Küchenmöbel in 12 Monatsraten.

Mit Genugtuung wanderte Biberkopf weiter. Er war nur ab und zu genötigt, auf das Trottoir zu blicken. Er prüfte seine Schritte und das schöne, feste, sichere Pflaster. Aber dann glitten seine Blicke im Ruck die Häuserfronten hoch, prüften die Häuserfronten, versicherten sich, daß sie stillstanden und sich nicht regten, trotzdem eigentlich so ein Haus viele Fenster hat und sich leicht vornüber beugen kann. Das kann auf die Dächer übergehen, die Dächer mit sich ziehen; sie können schwanken. Zu schwanken können sie anfangen, zu schaukeln, zu schütteln. Rutschen können die Dächer, wie Sand schräg herunter, wie ein Hut vom Kopf. Sind ja alle, ja alle schräg aufgestellt über den Dachstuhl, die ganze Reihe lang. Aber sie sind angenagelt, starke Balken drunter und dann die Dachpappe, Teer. Fest steht und treu die Wacht, die Wacht am Rhein. Guten Morgen, Herr Biberkopf, wir gehen hier aufrecht, Brust heraus, Rücken steif, alter Junge, die Brunnenstraße lang. Gott erbarmt sich aller Menschen, wir sind deutsche Staatsbürger, wie der Gefängnisdirektor gesagt hat.

Einer mit einer Ledermütze, schlaffes weißes Gesicht, kratzte mit dem kleinen Finger ein Furunkelchen an seinem Kinn, dabei hing seine Unterlippe. Einer mit einem großen Rücken und hängendem Hosenboden stand schräg neben ihm, sie versperrten den Weg. Franz ging um sie rum. Der mit der Ledermütze polkte in seinem rechten Ohr.

Er bemerkte zufrieden, daß alle Menschen ruhig die Straße entlangzogen, die Kutscher luden ab, die Behörden kümmerten sich um die Häuser, es braust ein Ruf wie Donnerhall, alsdann können auch wir hier gehen. Eine Plakatsäule an der Ecke, auf gelbem Papier stand mit schwarzen lateinischen Buchstaben: ›Hast du gelebt am schönen Rhein‹, ›Der König der Mittelstürmer‹. Fünf Mann standen in einer kleinen Runde auf dem Asphalt, schwangen Hämmer, zerspalteten den Asphalt, den in der grünen Wolljacke kennen wir, bestimmt, der hat Arbeit, das können wir auch machen, später mal, man hält mit der rechten Hand, zieht hoch, greift zu, dann runter, hau. Das sind wir Arbeitsleuheute, das Proletariat. Rechts hoch, links zu, hau. Rechts hoch, links zu, hau. Achtung Baustelle, Stralauer Asphaltgesellschaft.

Er gondelte herum, an der knarrenden Elektrischen entlang, hütet euch vor dem Abspringen während der Fahrt! Warte! Bis der Wagen hält. Der Schupo regelt den Verkehr, ein Postschaffner will noch rasch rüber. Ich habs nicht eilig, ich will man bloß zu den Juden. Die gibt es nachher auch. Solchen Dreck kriegt man an die Stiefeln, aber geputzt sind sie sowieso nicht, denn wer soll sie putzen, etwa die Schmidt, die tut nichts [Spinnweben an der Decke, saures Aufstoßen, er lutschte an seinem Gaumen, drehte den Kopf zu den Scheiben: Gargoyle Mobilöl Vulkanisieranstalt, Bubikopfpflege, die Wasserwelle auf blauem Grund, Pixavon, veredeltes Teerpräparat]. Ob die dicke Lina vielleicht die Stiefel putzen könnte? Da war er im Moment schon in flotteres Tempo gekommen.

Der Betrüger Lüders, der Brief der Frau, ich box dir ein Messer in den Bauch. Ogottogott, Mensch, laß doch das, wir werden uns beherrschen, Lumpenpack, wir vergreifen uns an keinem, wir haben schon mal in Tegel gebrummt. Also: Maßanfertigung, Herrenkonfektion, das zuerst, dann zweitens Karosseriebeschlagen, Automobilzubehör, auch wichtig, für rasches Fahren, aber nicht zu rasch.

Rechtes Bein, linkes Bein, rechtes Bein, linkes Bein, immer langsam voran, drängeln gibts nicht, Fräulein. Bei mir: Schupo beim Auflauf. Was ist das? Eile mit Keile. Huhuhu, huhuhu, die Hähne krähn. Franz war fröhlich, die Gesichter sahen alle netter aus.

Er vertiefte sich mit Freude in die Straße. Es wehte ein kalter Wind, gemischt je nach den Häusern mit warmem Kellerdunst, Obst und Südfrüchten, Benzin. Asphalt im Winter riecht nicht.

Bei den Juden saß Franz eine ganze Stunde auf dem Sofa. Sie sprachen, er sprach, er wunderte sich, sie wunderten sich eine ganze lange Stunde. Worüber er sich wunderte, während er auf dem Sofa saß und sie sprachen und er sprach? Daß er hier saß und sprach und daß sie sprachen, und vor allem wunderte er sich über sich. Warum wunderte er sich über sich? Er wußte und merkte es selbst, er stellte es fest wie ein Registrator einen Rechenfehler. Er stellte etwas fest.

Es war entschieden; über die Entscheidung wunderte er sich, die er in sich vorfand. Diese Entscheidung sagte, während er ihnen ins Gesicht sah, lächelte, fragte, antwortete: Franz Biberkopf, sie können reden, was sie wollen, sie haben Talare, aber sind keine Pastoren, es ist ein Kaftan, sie sind aus Galizien, bei Lemberg sagen sie selbst, sie sind schlau, aber mir machen sie nichts vor. Sondern ich sitze hier auf dem Sofa, und ich werde mit ihnen keine Geschäfte machen. Ich habe getan, was ich tun kann.

Das letztemal, das er hier war, hatte er mit dem einen auf dem Teppich unten gesessen. Hutsch, rutscht man runter, ich möcht es mal versuchen. Aber heute nicht, das sind vergangene Zeiten. Angenagelt sitzen wir auf unsern vier Buchstaben und kucken uns die ollen Juden an.

Der Mensch kann nicht mehr hergeben, man ist keine Maschine. Das 11. Gebot heißt: Laß dir nicht verblüffen. Eine schöne Wohnung haben die Brüder, einfach, geschmacklos und ohne allen Prunk. Damit stecken sie bei Franzen keine Lichter raus. Franz kann sich beherrschen. Damit ist es vorbei. Zu Bett, zu Bett, wer eine hat, wer keine hat, muß auch zu Bett, zu Bett. Es wird nicht mehr gearbeitet. Der Mensch gibt nicht mehr her. Wenn die Pumpe im Sand steckt, können Sie an det Ding arbeiten, wie Sie wollen. Franz bezieht Ruhegehalt ohne Pension. Wie ist das, dachte er hinterhältig und blickte an der Sofakante lang, Ruhegehalt ohne Pension.

»Und wenn man so Gewalt hat wie Ihr, ein so kräftiger Mensch, soll er seinem Schöpfer danken. Was kann ihm schon passieren. Braucht der zu trinken? Tut er nicht dies, tut er das. Geht zur Markthalle, stellt sich vor die Geschäfte, stellt sich an den Bahnhof: was meint Ihr, was so ein Mensch mir neulich abgenommen hat, wie ich von Landsberg gekommen bin vorige Woche, einen Tag war ich weg, was meint Ihr, nimmt der ab. Rat du mal, Nachum, ein Mensch so groß wie die Tür, ein Goliath, Gott soll mich schützen. Fuffzich Pfennig. Nu ja, fuffzich Pfennig. Habt Ihr gehört, fuffzich Pfennig. Für ein Köfferchen von hier bis zur Ecke. Ich wollte nicht tragen, war Schabbes. Nimmt mir der Mensch fuffzich Pfennig ab. Ich kuckt ihn aber an. Nun, Ihr könnt auch – wißt Ihr, ich weiß was für Euch. Ist da nicht bei Feitel, bei dem Getreidehändler, sag mal, du kennst doch Feitel.« »Feitel nicht, seine Brüder.« »Nu ja, er hat doch Getreide. Wer ist sein Bruder?« »Feitels Bruder. Dir gesagt.« »Kenn ich alle Leute in Berlin?« »Feitels Bruder. Ein Mann von einem Einkommen wie...« Er wackelte mit dem Kopf in verzweifelter Bewunderung. Der Rote hob den Arm, duckte den Kopf: »Was du sagst. Aber aus Czernowitz.« Sie hatten Franz vergessen. Sie dachten beide intensiv über den Reichtum von Feitels Bruder nach. Der Rote ging aufgeregt herum, stieß ein Röcheln durch die Nase. Der andere schnurrte, strömte Behagen, lächelte hämisch hinter ihm her, knipste mit den Nägeln: »Tja.« »Großartig. Was du sagst.« »Was aus der Familie ist, ist Gold. Gold ist kein Wort. Gold.« Der Rote wanderte herum, setzte sich erschüttert ans Fenster. Was draußen vorging, erfüllte ihn mit Mißachtung, zwei Männer wuschen in Hemdsärmeln einen Wagen, einen alten. Dem einen hingen die Hosenträger, sie schleppten zwei Eimer mit Wasser, der Hof floß von Wasser. Mit dem sinnenden, von Gold träumenden Blick betrachtete er Franz: »Was sagt Ihr nu dazu?« Was kann der sagen, ist ein armer Mensch, halb verrückt, was versteht so ein Schlucker von dem Geld Feitels aus Czernowitz; er läßt sich nicht die Schuhe wischen von dem. Franz erwiderte seinen Blick. Guten Morgen, Herr Pastor, immer bimmeln die Elektrischen, wir wissen aber schon, was die Glocke geschlagen hat, kein Mensch gibt mehr her, als er hat. Es wird nicht mehr gearbeitet, und wenn der ganze Schnee verbrennt, wir rühren keinen Finger mehr, wir machen uns steif.

Die Schlange war vom Baum geraschelt. Verflucht sollst du sein mit allem Vieh, auf dem Bauch sollst du kriechen, Staub fressen zeitlebens. Feindschaft soll gesetzt sein zwischen dir und deinem Weibe. Mit Schmerzen sollst du gebären, Eva. Adam, verflucht soll der Erdboden sein um deinetwillen, Dornen und Disteln sollen drauf wachsen, Kraut des Feldes sollst du essen.

Wir arbeiten nicht mehr, es lohnt nicht, und wenn der ganze Schnee verbrennt, wir rühren keinen Finger.

Das war die eiserne Brechstange, die Franz Biberkopf in den Händen hielt, mit der er saß und nachher durch die Türe ging. Sein Mund sagte irgend was. Zögernd war er hergeschlichen, aus dem Gefängnis in Tegel war er vor Monaten entlassen, die Elektrische war er gefahren, husch die Straßen lang, die Häuser lang, die Dächer rutschten, bei den Juden hatte er gesessen. Er stand auf, gehen wir mal weiter, ich war doch zur Minna gegangen damals, was soll ich hier, gehen wir mal zur Minna, sehen wir uns alles genau an und wie das gewesen ist.

Er schob ab. Vor Minnas Haus strolchte er herum. Mariechen saß auf einem Stein, einem Bein, ganz allein. Was geht mich die an. Er roch an dem Haus herum. Was geht mich die an. Soll die mit ihrem Ollen glücklich werden. Sauerkraut mit Rüben, die haben mich vertrieben, hätte meine Mutter Fleisch gekocht, wär ich bei ihr geblieben. Hier stinken die Katzen auch nicht anders wie woanders. Häseken, verschwinde wie die Wurst im Spinde. Werde ich hier bregenklütrig rumstehen und mir das Haus angucken. Und die ganze Kompanie macht kikeriki.

Kikeriki. Kikeriki. So sprach Menelaos. Und ohne es zu wollen, machte er dem Telemach das Herz so wehmütig, daß ihm die Tränen an den Wangen herabrollten und er den Purpurmantel mit beiden Händen fest vor die Augen drücken mußte.

Indessen wandelte die Fürstin Helena aus ihren Frauengemächern hervor, einer Göttin an Schönheit gleich.

Kikeriki. Es gibt viele Sorten von Hühnern. Wenn man mich aber auf Ehre und Gewissen fragt, welche ich am meisten liebe, so antworte ich frei und unumwunden: Brathühner. Es gehören noch die Fasanen zu den Hühnervögeln, und in Brehms Tierleben wird vermerkt: Das Zwergsumpfhühnchen unterscheidet sich vom Bruchhühnchen abgesehen von seiner geringen Größe dadurch, daß im Frühjahr beide Geschlechter ein annähernd gleiches Kleid tragen. Asienforscher kennen auch das Monial oder Monal, von den Wissenschaftlern Glanzfasan genannt. Von seiner Farbenpracht ist schwer eine Beschreibung zu geben. Seinen Lockruf, ein lang klagendes Pfeifen, hört man im Wald zu allen Stunden des Tages, am häufigsten aber vor Tagesanbruch und gegen Abend.

Jedoch spielt sich das alles sehr entfernt ab zwischen Sikkam und Bhutan in Indien, es ist für Berlin eine ziemlich unfruchtbare Bibliotheksweisheit.

Denn es geht dem Menschen wie dem Vieh; wie dies stirbt, so stirbt er auch

Der Schlachthof in Berlin. Im Nordosten der Stadt zwischen der Eldenaer Straße über die Thaerstraße weg über die Landsberger Allee bis an die Cotheniusstraße die Ringbahn entlang ziehen sich die Häuser, Hallen und Ställe vom Schlacht- und Viehhof.

Er bedeckt eine Fläche von 47,88 ha, gleich 187,50 Morgen, ohne die Bauten hinter der Landsberger Allee hat das 27083492 Mark verschluckt, woran der Viehhof mit 7 Millionen 682844 Mark, der Schlachthof mit 19 Millionen 410648 Mark beteiligt ist.

Viehhof, Schlachthof und Fleischgroßmarkt bilden ein untrennbares wirtschaftliches Ganzes. Verwaltungsorgan ist die Deputation für den Vieh- und Schlachthof, bestehend aus zwei Magistratsmitgliedern, einem Bezirksamtsmitglied,

11 Stadtverordneten und 3 Bürgerdeputierten. Im Betrieb sind beschäftigt 258 Beamte, darunter Tierärzte, Beschauer, Stempler, Hilfstierärzte, Hilfsbeschauer, Festangestellte, Arbeiter. Verkehrsordnung vom 4. Oktober 1900, Allgemeinbestimmungen, Regelung des Auftriebs, Lieferung des Futters. Gebührentarif: Marktgebühren, Liegegebühren, Schlachtgebühren, Gebühren für die Entfernung von Futtertrögen aus der Schweinemarkthalle.

Die Eldenaer Straße entlang ziehen sich die schmutziggrauen Mauern, oben mit Stacheldraht. Die Bäume draußen sind kahl, es ist Winter, die Bäume haben ihren Saft in die Wurzeln geschickt, warten den Frühling ab. Schlächterwagen karriolen an in schlankem Galopp, gelbe und rote Räder, leichte Pferde vorneweg. Hinter einem Wagen läuft ein mageres Pferd, vom Trottoir ruft einer hinterher Emil, sie handeln um den Gaul, 50 Mark und eine Lage für uns acht, das Pferd dreht sich, zittert, knabbert an einem Baum, der Kutscher reißt es zurück, 50 Mark und eine Lage, Otto, sonst Abfahrt. Der unten beklatscht das Pferd: gemacht.

Gelbe Verwaltungsgebäude, ein Obelisk für Gefallene aus dem Krieg. Und rechts und links langgestreckte Hallen mit gläsernen Dächern, das sind die Ställe, die Warteräume. Draußen schwarze Tafeln: Eigentum des Interessenverbands der Großschlächtereien von Berlin e. V. Nur mit Genehmigung sind Bekanntmachungen an dieser Tafel gestattet, der Vorstand.

An den langen Hallen sind Türen, schwarze Öffnungen zum Eintrieb der Tiere, Zahlen dran, 26, 27, 28. Die Rinderhalle, die Schweinehalle, die Schlachträume: Totengerichte für die Tiere, schwingende Beile, du kommst mir nicht lebend raus. Friedliche Straßen grenzen an, Straßmannstraße, Liebigstraße, Proskauer, Gartenanlagen, in denen Leute spazieren. Sie wohnen warm beieinander, wenn einer erkrankt und Halsschmerzen hat, kommt der Arzt gelaufen.

Aber auf der andern Seite ziehen sich die Geleise der Ringbahn 15 Kilometer. Aus den Provinzen rollt das Vieh an, Exemplare der Gattung Schaf, Schwein, Rind, aus Ostpreußen, Pommern, Brandenburg, Westpreußen. Über die Viehrampen mähen, blöken sie herunter. Die Schweine grunzen und schnüffeln am Boden, sie sehen nicht, wo es hingeht, die Treiber mit den Stecken laufen hinterher. In die Ställe, da legen sie sich hin, liegen weiß, feist beieinander, schnarchen, schlafen. Sie sind lange getrieben worden, dann gerüttelt in den Wagen, jetzt vibriert nichts unter ihnen, nur kalt sind die Fliesen, sie wachen auf, drängen an andere. Sie liegen übereinandergeschoben. Da kämpfen zwei, in der Bucht ist Platz, sie wühlen Kopf gegen Kopf, schnappen sich gegen die Hälse, die Ohren, drehen sich im Kreis, röcheln, manchmal sind sie ganz still, beißen bloß. In Furcht klettert eins über die Leiber der andern, das andere klettert hinterher, schnappt, die unten wühlen sich auf, die beiden plumpen herunter, suchen sich.

Ein Mann im Leinenkittel wandert durch den Gang, die Bucht wird geöffnet, mit einem Stock tritt er zwischen sie, die Tür ist offen, sie drängen heraus, quieken, ein Grunzen und Schreien fängt an. Und nun alles durch die Gänge. Über die Höfe, zwischen die Hallen werden die weißen drolligen Tiere getrieben, die dicken lustigen Schenkel, die lustigen Ringelschwänzchen, und grüne rote Striche auf dem Rücken. Das ist Licht, liebe Schweinchen, das ist Boden, schnubbert nur, sucht, für wieviel Minuten noch. Nein ihr habt recht, man darf nicht mit der Uhr arbeiten, immer nur schnubbern und wühlen. Ihr werdet geschlachtet werden, ihr seid da, seht euch das Schlachthaus an, das Schweineschlachthaus. Es gibt alte Häuser, aber ihr kommt in ein neues Modell. Es ist hell, aus roten Steinen gebaut, man könnte es von draußen für eine Schlosserei halten, für eine Werkstatt oder einen Büroraum oder für einen Konstruktionssaal. Ich will andersherum gehen, liebe Schweinchen, denn ich bin ein Mensch, ich gehe durch diese Tür da, wir treffen uns drin wieder.

Stoß gegen die Tür, sie federt, schwingt hin und her. Puh, der Dampf! Was dampfen die. Da bist du im Dampf wie in einem Bad, da nehmen die Schweine vielleicht ein russisch-römisches Bad. Man geht irgendwo, du siehst nicht wo, die Brille ist einem beschlagen, man geht vielleicht nackt, schwitzt sich den Rheumatismus aus, mit Kognak allein gehts nicht, man klappert in Pantoffeln. Es ist nichts zu sehen, der Dampf ist zu dicht. Aber dies Quietschen, Röcheln, Klappen, Männerrufe, Fallen von Geräten, Schlagen von Deckeln. Hier müssen irgendwo die Schweine sein, sie sind von drüben her, von der Längsseite reingekommen. Dieser dicke weiße Dampf. Da sind ja schon Schweine, da hängen ja welche, die sind schon tot, die hat man gekappt, die sind beinah reif zum Fressen. Da steht einer mit einem Schlauch und spritzt die weißen Schweinehälften ab. Sie hängen an Eisenständern, kopfabwärts, manche Schweine sind ganz, die Beine oben sind mit einem Querholz gesperrt, ein totes Tier kann eben nichts machen, es kann auch nicht laufen. Schweinsfüße liegen abgehackt auf einem Stapel. Zwei Mann tragen aus dem Nebel was an, an einem Eisenbalken ein ausgeweidetes geöffnetes Tier. Sie heben den Balken an den Laufring. Da schweben schon viele Kollegen herunter, gucken sich stumpfsinnig die Fliesen an.

Im Nebel gehst du durch den Saal. Die Steinplatten sind gerieft, sie sind feucht, auch blutig. Zwischen den Ständern die Reihen der weißen ausgeweideten Tiere. Hinten müssen die Totschlagsbuchten sein, da klatscht es, klappt, quiekt, schreit, röchelt, grunzt. Da stehen dampfende Kessel, Bottiche, von da kommt der Dampf. Männer hängen in das siedende Wasser die getöteten Tiere rein, brühen sie, schön weiß ziehn sie sie raus, ein Mann kratzt mit einem Messer noch die Oberhaut ab, das Tier wird noch weißer, ganz glatt. Ganz sanft und weiß, sehr befriedigt wie nach einem anstrengenden Bad, nach einer wohlgelungenen Operation oder Massage liegen die Schweine in Reihen auf Bänken, Brettern, sie bewegen sich nicht in ihrer gesättigten Ruhe und in ihren neuen weißen Hemden. Sie liegen alle auf der Seite, bei manchen sieht man die doppelte Zitzenreihe, wieviel Brüste ein Schwein hat, das müssen fruchtbare Tiere sein. Aber sie haben alle hier einen graden roten Schlitz am Hals, genau in der Mittellinie, das ist sehr verdächtig.

Jetzt klatscht es wieder, eine Tür wird hinten geöffnet, der

Dampf zieht ab, sie treiben eine neue Schar Schweine rein, ihr lauft da, ich bin vorn durch die Schiebtür gegangen, drollige rosige Tiere, lustige Schenkel, lustige Ringelschwänze, der Rücken mit bunten Strichen. Und sie schnüffeln in der neuen Bucht. Die ist kalt wie die alte, aber es ist noch etwas von Nässe am Boden, das unbekannt ist, eine rote Schlüpfrigkeit. Sie scheuern mit dem Rüssel daran.

Ein junger Mann von blasser Farbe, mit angeklebtem blondem Haar, hat eine Zigarre im Mund. Siehe da, das ist der letzte Mensch, der sich mit euch beschäftigt! Denkt nicht schlecht von ihm, er tut nur, was seines Amtes ist. Er hat eine Verwaltungsangelegenheit mit euch zu regeln. Er hat nur Stiefel, Hose, Hemd und Hosenträger an, die Stiefel bis über die Knie. Das ist seine Amtstracht. Er nimmt seine Zigarre aus dem Mund, legt sie in ein Fach an der Wand, nimmt aus der Ecke ein langes Beil. Es ist das Zeichen seiner behördlichen Würde, seines Rangs über euch, wie die Blechmarke beim Kriminal. Er wird sie euch gleich vorzeigen. Das ist eine lange Holzstange, die der junge Mann bist zur Schulterhöhe über die quiekenden kleinen Schweine unten hochhebt, die da ungestört wühlen, schnüffeln und grunzen. Der Mann geht herum, den Blick nach unten, sucht, sucht. Es handelt sich um ein Ermittlungsverfahren gegen eine gewisse Person, eine gewisse Person in Sachen x gegen y. – Hatz! Da ist ihm eins vor die Füße gelaufen, hatz! noch eins. Der Mann ist flink, er hat sich legitimiert, das Beil ist heruntergesaust, getaucht in das Gedränge mit der stumpfen Seite auf einen Kopf, noch einen Kopf. Das war ein Augenblick. Das zappelt unten. Das strampelt. Das schleudert sich auf die Seite. Das weiß nichts mehr. Und liegt da. Was machen die Beine, der Kopf. Aber das macht das Schwein nicht, das machen die Beine als Privatperson. Und schon haben zwei Männer aus dem Brühraum herübergesehen, es ist so weit, sie heben einen Schieber an der Totschlagbucht hoch, ziehen das Tier heraus, das lange Messer zum Schärfen an einem Stab gewetzt und hingekniet, schubb schubb in den Hals gestoßen, ritsch ein langer Schnitt, ein sehr langer in den Hals, das Tier wird wie ein Sack geöffnet, tiefe tauchende Schnitte, das Tier zuckt, strampelt, schlägt, es ist bewußtlos, jetzt nur bewußtlos, bald mehr, es quiekt, und nun die Halsadern geöffnet. Es ist tief bewußtlos, wir sind in die Metaphysik, die Theologie eingetreten, mein Kind, du gehst nicht mehr auf der Erde, wir wandern jetzt auf Wolken. Rasch das flache Becken ran, das schwarze heiße Blut strömt ein, schäumt, wirft Blasen im Becken, rasch rühren. Im Körper gerinnt das Blut, soll Pröpfe machen, Wunden stopfen. Jetzt ist es aus dem Körper raus, und noch immer will es gerinnen. Wie ein Kind noch Mama, Mama schreit, wenn es auf dem Operationstisch liegt und gar keine Rede von der Mama ist, und die Mama will gar nicht kommen, aber das ist zum Ersticken unter der Maske mit dem Äther, und es schreit noch immer, bis es nicht mehr kann: Mama. Ritsch, ritsch, die Adern rechts, die Adern links. Rasch rühren. So. Jetzt läßt das Zucken nach. Jetzt liegst du still. Wir sind am Ende von Physiologie und Theologie, die Physik beginnt.

Der Mann, der hingekniet ist, steht auf. Die Knie tun ihm weh. Das Schwein muß gebrüht werden, ausgeweidet, zerhackt, das geht Zug um Zug. Der Chef, wohlgenährt, geht mit der Tabakspfeife hin und her durch den Dampf, blickt manchmal in einen offenen Bauch rein. An der Wand neben der schwingenden Tür hängt ein Plakat: Ballfest erster Viehexpedienten Saalbau, Friedrichshain, Kapelle Kermbach. Draußen sind angezeigt Boxkämpfe Germaniasäle, Chausseestraße 110, Eintrittspreise 1,50 M. bis 10 Mark. 4 Qualifikationskämpfe.

Viehmarkt Auftrieb: 1399 Rinder, 2700 Kälber, 4654 Schafe, 18 864 Schweine. Marktverlauf: Rinder in guter Ware glatt, sonst ruhig. Kälber glatt, Schafe ruhig, Schweine anfangs fest, nachher schwach, fette vernachlässigt.

Auf den Viehstraßen bläst der Wind, es regnet. Rinder blöken, Männer treiben eine große brüllende, behörnte Herde. Die Tiere sperren sich, sie bleiben stehen, sie rennen falsch, die Treiber laufen um sie mit Stöcken. Ein Bulle bespringt noch mitten im Haufen eine Kuh, die Kuh läuft rechts und links ab, der Bulle ist hinter ihr her, er steigt mächtig immer von neuem an ihr hoch.

Ein großer weißer Stier wird in die Schlachthalle getrieben. Hier ist kein Dampf, keine Bucht wie für die wimmelnden Schweine. Einzeln tritt das große starke Tier, der Stier, zwischen seinen Treibern durch das Tor. Offen liegt die blutige Halle vor ihm mit den hängenden Hälften, Vierteln, den zerhackten Knochen. Der große Stier hat eine breite Stirn. Er wird mit Stöcken und Stößen vor den Schlächter getrieben. Der gibt ihm, damit er besser steht, mit dem flachen Beil noch einen leichten Schlag gegen ein Hinterbein. Jetzt greift der eine Stiertreiber von unten um den Hals. Das Tier steht, gibt nach, sonderbar leicht gibt es nach, als wäre es einverstanden und willige nun ein, nachdem es alles gesehn hat und weiß: das ist sein Schicksal, und es kann doch nichts machen. Vielleicht hält es die Bewegung des Viehtreibers auch für eine Liebkosung, denn es sieht so freundlich aus. Es folgt den ziehenden Armen des Viehtreibers, biegt den Kopf schräg beiseite, das Maul nach oben.

Da steht der aber hinter ihm, der Schlächter, mit dem aufgehobenen Hammer. Blick dich nicht um. Der Hammer, von dem starken Mann mit beiden Fäusten aufgehoben, ist hinter ihm, über ihm und dann: wumm herunter. Die Muskelkraft eines starken Mannes wie ein Keil eisern in das Genick. Und im Moment, der Hammer ist noch nicht abgehoben, schnellen die vier Beine des Tieres hoch, der ganze schwere Körper scheint anzufliegen. Und dann, als wenn es ohne Beine wäre, dumpft das Tier, der schwere Leib, auf den Boden, auf die starr angekrampften Beine, liegt einen Augenblick so und kippt auf die Seite. Von rechts und links umwandert ihn der Henker, kracht ihm neue gnädige Betäubungsladungen gegen den Kopf, gegen die Schläfen, schlafe, du wirst nicht mehr aufwachen. Dann nimmt der andere neben ihm seine Zigarre aus dem Mund, schnäuzt sich, zieht sein Messer ab, es ist lang wie ein halber Degen, und kniet hinter dem Kopf des Tieres, dessen Beine schon der Krampf verlassen hat. Kleine zuckende Stöße macht es, den Hinterleib wirft es hin und her. Der Schlächter sucht am Boden, er setzt das Messer nicht an, er ruft nach der Schale für das Blut. Das Blut kreist noch drin, ruhig, wenig erregt unter den Stößen eines mächtigen Herzens. Das Rückenmark ist zwar zerquetscht, aber das Blut fließt noch ruhig durch die Adern, die Lungen atmen, die Därme bewegen sich. Jetzt wird das Messer angesetzt werden, und das Blut wird herausstürzen, ich kann es mir schon denken, armdick im Strahl, schwarzes, schönes, jubelndes Blut. Dann wird der ganze lustige Festjubel das Haus verlassen, die Gäste tanzen hinaus, ein Tumult, und weg die fröhlichen Weiden, der warme Stall, das duftende Futter, alles weg, fortgeblasen, ein leeres Loch, Finsternis, jetzt kommt ein neues Weltbild. Oha, es ist plötzlich ein Herr erschienen, der das Haus gekauft hat, Straßendurchbruch, bessere Konjunktur, er wird abreißen. Man bringt die große Schale, schiebt sie ran, das mächtige Tier wirft die Hinterbeine hoch. Das Messer fährt ihm in den Hals neben der Kehle, behutsam die Adern aufgesucht, solche Ader hat starke Häute, sie liegt gut gesichert. Und da ist sie auf, noch eine, der Schwall, heiße dampfende Schwärze, schwarzrot sprudelt das Blut heraus über das Messer, über den Arm des Schlächters, das jubelnde Blut, das heiße Blut, die Gäste kommen, der Akt der Verwandlung ist da, aus der Sonne ist dein Blut gekommen, die Sonne hat sich in deinem Körper versteckt, jetzt kommt sie wieder hervor. Das Tier atmet ungeheuer auf, das ist wie eine Erstickung, ein ungeheurer Reiz, es röchelt, rasselt. Ja, das Gebälk kracht. Wie die Flanken sich so schrecklich heben, ist ein Mann dem Tier behilflich. Wenn ein Stein fallen will, gib ihm einen Stoß. Ein Mann springt auf das Tier herauf, auf den Leib, mit beiden Beinen, steht oben, wippt, tritt auf die Eingeweide, wippt auf und ab, das Blut soll rascher heraus, ganz heraus. Und das Röcheln wird stärker, es ist ein sehr hingezogenes Keuchen, Verkeuchen, mit leichten abwehrenden Schlägen der Hinterbeine. Die Beine winken leise. Das Leben röchelt sich nun aus, der Atem läßt nach. Schwer dreht sich der Hinterleib, kippt. Das ist die Erde, die Schwerkraft. Der Mann wippt nach oben. Der andere unten präpariert schon das Fell am Hals zurück.

Fröhliche Weiden, dumpfer, warmer Stall.

Der gut beleuchtete Fleischerladen. Die Beleuchtung des Ladens und die des Schaufensters müssen in harmonischen Einklang gebracht werden. Es kommt vorwiegend direktes oder halb indirektes Licht in Betracht. Im allgemeinen sind Leuchtkörper für vorwiegend direktes Licht zweckmäßig, weil hauptsächlich der Ladentisch und der Hackklotz gut beleuchtet werden müssen. Künstliches Tageslicht, erzeugt durch Benutzen von Blaufilter, kann für den Fleischerladen nicht in Betracht kommen, weil Fleischwaren stets nach einer Beleuchtung verlangen, unter der die natürliche Fleischfarbe nicht leidet.

Gefüllte Spitzbeine. Nachdem die Füße sauber gereinigt sind, werden sie der Länge nach gespalten, so daß die Schwarte noch zusammenhängt, werden zusammengeklappt und mit dem Faden umwickelt.

– Franz, zwei Wochen hockst du jetzt auf deiner elenden Kammer. Deine Wirtin wird dich bald raussetzen. Du kannst ihr nicht zahlen, die Frau vermietet nicht zum Spaß. Wenn du dich nicht bald zusammennimmst, wirst du ins Asyl gehen müssen. Und was dann, ja was dann. Deine Bude lüftest du nicht, du gehst nicht zum Barbier, ein brauner Vollbart wächst dir, die 15 Pfennig wirst du schon aufbringen.

Gespräch mit Hiob, es liegt an dir, Hiob, du willst nicht

Als Hiob alles verloren hatte, alles, was Menschen verlieren können, nicht mehr und nicht weniger, da lag er im Kohlgarten.

»Hiob, du liegst im Kohlgarten, an der Hundehütte, grade

so weit weg, daß dich der Wachhund nicht beißen kann. Du hörst das Knirschen seiner Zähne. Der Hund bellt, wenn sich nur ein Schritt naht. Wenn du dich umdrehst, dich aufrichten willst, knurrt er, schießt vor, zerrt an seiner Kette, springt hoch, geifert und schnappt.

Hiob, das ist der Palast, und das sind die Gärten und die Felder, die du selbst einmal besessen hast. Diesen Wachhund hast du gar nicht einmal gekannt, den Kohlgarten, in den man dich geworfen hat, hast du gar nicht einmal gekannt, wie auch die Ziegen nicht, die man morgens an dir vorbeitreibt und die dicht bei dir im Vorbeiziehen am Gras zupfen und mahlen und sich die Backen vollstopfen. Sie haben dir gehört.

Hiob, jetzt hast du alles verloren. In den Schuppen darfst du abends kriechen. Man fürchtet deinen Aussatz. Du bist strahlend über deine Güter geritten und man hat sich um dich gedrängt. Jetzt hast du den Holzzaun vor der Nase, an dem die Schneckchen hochkriechen. Du kannst auch die Regenwürmer studieren. Es sind die einzigen Wesen, die sich nicht vor dir fürchten.

Deine grindigen Augen, du Haufen Unglück, du lebender Morast, machst du nur manchmal auf.

Was quält dich am meisten, Hiob? Daß du deine Söhne und Töchter verloren hast, daß du nichts besitzt, daß du in der Nacht frierst, deine Geschwüre im Rachen, an der Nase? Was, Hiob?«

»Wer fragt?«

»Ich bin nur eine Stimme.«

»Eine Stimme kommt aus einem Hals.«

»Du meinst, ich muß ein Mensch sein.«

»Ja, und darum will ich dich nicht sehen. Geh weg.«

»Ich bin nur eine Stimme, Hiob, mach die Augen auf, so weit du kannst, du wirst mich nicht sehen.«

»Ach, ich phantasiere. Mein Kopf, mein Gehirn, jetzt werde ich noch verrückt gemacht, jetzt nehmen sie mir noch meine Gedanken.«

»Und wenn sie es tun, ist es schade?«

»Ich will doch nicht.«

»Obwohl du so leidest, und so leidest durch deine Gedanken, willst du sie nicht verlieren?«

»Frage nicht, geh weg.«

»Aber ich nehme sie dir gar nicht. Ich will nur wissen, was dich am meisten quält.«

»Das geht keinen etwas an.«

»Niemanden als dich?«

»Ja, ja! Und dich nicht.«

Der Hund bellt, knurrt, beißt um sich. Die Stimme kommt nach einiger Zeit wieder.

»Sind es deine Söhne, um die du jammerst?«

»Für mich braucht keiner zu beten, wenn ich tot bin. Ich bin Gift für die Erde. Hinter mir muß man ausspeien. Hiob muß man vergessen.«

»Deine Töchter?«

»Die Töchter, ah. Sie sind auch tot. Ihnen ist wohl. Sie waren Bilder von Frauen. Sie hätten mir Enkel gebracht, und weggerafft sind sie. Eine nach der anderen ist hingestürzt, als ob Gott sie nimmt an den Haaren, hochhebt und niederwirft, daß sie zerbrechen.«

»Hiob, du kannst deine Augen nicht aufmachen, sie sind verklebt, sie sind verklebt. Du jammerst, weil du im Kohlgarten liegst, und der Hundeschuppen ist das letzte, was dir geblieben ist, und deine Krankheit.«

»Die Stimme, du Stimme, wessen Stimme du bist und wo du dich versteckst.«

»Ich weiß nicht, worum du jammerst.«

»Oh, oh.«

»Du stöhnst und weißt es auch nicht, Hiob.«

»Nein, ich habe –«

»Ich habe?«

»Ich habe keine Kraft. Das ist es.«

»Die möchtest du haben.«

»Keine Kraft mehr, zu hoffen, keinen Wunsch. Ich habe kein Gebiß. Ich bin weich, ich schäme mich.«

»Das hast du gesagt.«

»Und es ist wahr.«

»Ja, du weißt es. Das ist das Schrecklichste.«

»Es steht mir also schon auf der Stirn. Solch Fetzen bin ich.«

»Das ist es, Hiob, woran du am meisten leidest. Du möchtest nicht schwach sein, du möchtest widerstreben können, oder lieber ganz durchlöchert sein, dein Gehirn weg, die Gedanken weg, dann schon ganz Vieh. Wünsche dir etwas.«

»Du hast mich schon soviel gefragt, Stimme, jetzt glaube ich, daß du mich fragen darfst. Heile mich! Wenn du es kannst. Ob du Satan oder Gott oder Engel oder Mensch bist, heile mich.«

»Von jedem wirst du Heilung annehmen?«

»Heile mich.«

»Hiob, überleg dir gut, du kannst mich nicht sehen. Wenn du die Augen aufmachst, erschrickst du vielleicht vor mir. Vielleicht laß ich mich hoch und schrecklich bezahlen.«

»Wir werden alles sehen, Du sprichst wie jemand, der es ernst nimmt.«

»Wenn ich aber Satan oder der Böse bin?«

»Heile mich.«

»Ich bin Satan.«

»Heile mich.«

Da wich die Stimme zurück, wurde schwach und schwächer. Der Hund bellte. Hiob lauschte angstvoll: Er ist weg, ich muß geheilt werden, oder ich muß in den Tod. Er kreischte. Eine grausige Nacht kam. Die Stimme kam noch einmal:

»Und wenn ich der Satan bin, wie wirst du mit mir fertig werden?«

Hiob schrie: »Du willst mich nicht heilen. Keiner will mir helfen, nicht Gott, nicht Satan, kein Engel, kein Mensch.«

»Und du selbst?«

»Was ist mit mir?«

»Du willst ja nicht!«

»Was.«

»Wer kann dir helfen, wo du selber nicht willst!«

»Nein, nein«, lallte Hiob.

Die Stimme ihm gegenüber: »Gott und der Satan, Engel und Menschen, alle wollen dir helfen, aber du willst nicht – Gott aus Liebe, der Satan, um dich später zu fassen, die Engel und die Menschen, weil sie Gehilfen Gottes und des Satans sind, aber du willst nicht.«

»Nein, nein«, lallte, brüllte Hiob und warf sich.

Er schrie die ganze Nacht. Die Stimme rief ununterbrochen: »Gott und Satan, die Engel und die Menschen wollen dir helfen, du willst nicht.« Hiob ununterbrochen: »Nein, nein.« Er suchte die Stimme zu ersticken, sie steigerte sich, steigerte sich immer mehr, sie war ihm immer um einen Grad voraus. Die ganze Nacht. Gegen Morgen fiel Hiob auf das Gesicht.

Stumm lag Hiob.

An diesem Tag heilten seine ersten Geschwüre.

Und haben alle einerlei Odem, und der Mensch hat nichts mehr denn das Vieh

Viehmarkt Auftrieb: Schweine 11543, Rinder 2016, Kälber 1920, Hammel 4450.

Was tut aber dieser Mann mit dem niedlichen kleinen Kälbchen? Er führt es allein herein an einem Strick, das ist die Riesenhalle, in der die Stiere brüllen, jetzt führt er das Tierchen an eine Bank. Es stehen viele Bänke nebeneinander, neben jeder liegt eine Keule aus Holz. Er hebt das zarte Kälbchen auf mit beiden Armen, legt es hin auf die Bank, es läßt sich ruhig hinlegen. Von unten faßt er noch das Tier, greift mit der linken Hand ein Hinterbein, damit das Tier nicht strampeln kann. Dann hat er schon den Strick gefaßt, mit dem er das Tier hereingeführt hat, und bindet es fest an die Wand. Das Tier hält geduldig, es liegt jetzt hier, es weiß nicht, was geschieht, es liegt unbequem auf dem Holz, es stößt mit dem Kopf gegen einen Stab und weiß nicht, was das ist: das ist aber die Spitze der Keule, die an der Erde steht und mit der es jetzt bald einen Schlag erhalten wird. Das wird seine letzte Begegnung mit dieser Welt sein. Und wirklich, der Mann, der alte einfache Mann, der da ganz allein steht, ein sanfter Mann mit einer weichen Stimme – er spricht dem Tier zu – er nimmt den Kolben, hebt ihn wenig an, es ist nicht viel Kraft nötig für solch zartes Geschöpf, und legt den Schlag dem zarten Tier in den Nacken. Ganz ruhig, wie er das Tier hergeführt hat und gesagt hat: nun lieg still, legt er ihm den Schlag in den Nacken, ohne Zorn, ohne große Aufregung, auch ohne Wehmut, nein so ist es, du bist ein gutes Tier, du weißt ja, das muß so geschehen.

Und das Kälbchen: prrr-rrrr, ganz ganz starr, steif, gestreckt sind die Beinchen. Die schwarzen samtenen Augen des Kälbchens sind plötzlich sehr groß, stehen still, sind weiß umrandet, jetzt drehen sie sich zur Seite. Der Mann kennt das schon, ja, so blicken die Tiere, aber wir haben heute noch viel zu tun, wir müssen weitermachen, und er sucht unter dem Kälbchen auf der Bank, sein Messer liegt da, mit dem Fuß schiebt er unten die Schale für das Blut zurecht. Dann ritsch, quer durch den Hals das Messer gezogen, durch die Kehle, alle Knorpel durch, die Luft entweicht, seitlich die Muskeln durch, der Kopf hat keinen Halt mehr, der Kopf klappt abwärts gegen die Bank. Das Blut spritzt, eine schwarzrote dicke Flüssigkeit mit Luftblasen. So, das wäre geschehen. Aber er schneidet ruhig und mit unveränderter friedlicher Miene tiefer, er sucht und tastet mit dem Messer in der Tiefe, stößt zwischen zwei Wirbeln durch, es ist ein sehr junges, weiches Gewebe. Dann läßt er die Hand von dem Tier, das Messer klappert auf der Bank. Er wäscht sich die Hände in einem Eimer und geht weg.

Und nun liegt das Tier allein, jämmerlich auf der Seite, wie er es angebunden hat. In der Halle lärmt es überall lustig, man arbeitet, schleppt, ruft sich zu. Schrecklich hängt der Kopf abgeklappt am Fell herunter, zwischen den beiden Tischbeinen, überlaufen von Blut und Geifer. Dickblau ist die Zunge zwischen die Zähne geklemmt. Und furchtbar, furchtbar rasselt und röchelt noch das Tier auf der Bank. Der Kopf zittert am Fell. Der Körper auf der Bank wirft sich. Die Beine zucken, stoßen, kindlich dünne, knotige Beine. Aber die Augen sind ganz starr, blind. Es sind tote Augen. Das ist ein gestorbenes Tier.

Der friedliche alte Mann steht an einem Pfeiler mit seinem kleinen schwarzen Notizbuch, blickt nach der Bank herüber und rechnet. Die Zeiten sind teuer, schlecht zu kalkulieren, schwer mit der Konkurrenz mitzukommen.

Franzens Fenster steht offen, passieren auch spaßige Dinge in der Welt

Die Sonne geht auf und unter, es kommen helle Tage, die Kinderwagen fahren auf der Straße, wir schreiben Februar 1928.

In den Februar hinein säuft Franz Biberkopf in seinem Widerwillen gegen die Welt, in seinem Verdruß. Er versäuft, was er hat, ihm ist egal, was wird. Er wollte anständig sein, aber da sind Schufte und Strolche und Lumpen, darum will Franz Biberkopf nichts mehr sehen und hören von der Welt, und wenn er Penner wird, er versauft den letzten Pfennig von seinem Geld.

Als Franz Biberkopf so in den Februar hineingewütet ist, wird er mal nachts von einem Geräusch auf dem Hof geweckt. Hinten ist eine Großhandelsfirma. Er sieht runter in seinem Tran, macht das Fenster auf, schreit über den Hof: »Schert euch vom Hof, Ochsen, ihr, Quatschköppe.« Dann legt er sich hin, denkt an nichts weiter, die Leute sind im Moment weg.

Nach einer Woche geht es ebenso. Franz ist im Begriff, die Fenster aufzureißen und den Holzklotz runterzuschmeißen, da fällt ihm ein: es ist jetzt eins, er wird sich mal die Jungs ansehen. Was machen die Brüder eigentlich da um ein Uhr nachts. Was haben die eigentlich da zu suchen, gehören die überhaupt ins Haus, das müßte man eigentlich befingern.

Und richtig, es ist ein vorsichtiges Getue, sie rutschen die Wand lang, Franz biegt sich oben den Hals aus, einer steht an der Hoftür, der Junge steht Schmiere, die drehen ein Ding, sie habens mit der großen Kellertür. Sie murksen zu dritt. Daß die keine Angst haben, daß man sie sieht. Jetzt knarrt es, die Tür ist uff, sie habens geschafft, der eine bleibt aufm Hof in ner Nische, die beiden sind runter inn Keller. Mächtig duster ist es, darauf bauen sie.

Franz zieht leise sein Fenster zu. Die Luft hat ihm den Kopf abgekühlt. So was machen die Menschen eben, den ganzen Tag und noch in der Nacht, so gaunert das rum, man müßte einen Blumentopf nehmen und auf den Hof pfeffern. Was haben die überhaupt hier im Haus zu suchen, wo ich wohne. Gar nichts.

Es ist still, er setzt sich im Finstern auf sein Bett, er muß wieder ans Fenster gehen und runtergucken: was haben die Brüder überhaupt bei mir im Haus verloren. Und dann steckt er sich eine Wachskerze an, sucht nach der Schnapsflasche, und wie er sie hat, gießt er nicht ein. Eine Kugel kam geflogen, gilt sie mir oder gilt sie dir.

Aber wie es Mittag ist, geht Franz auf den Hof runter. Ein Haufen Menschen steht da zusammen, auch der Zimmerer Gerner ist bei, Franz kennt den, sie sprechen: »Da haben sie wieder geklaut.« Franz knufft den: »Ich hab die Brut gesehen, hochgehen werd ich sie nicht lassen, aber kommen die mir nochmal aufn Hof, wo ich hier wohne und wo ich schlafe und wo sie nichts zu suchen haben, dann geh ich runter, und so wahr ich Biberkopf bin, da können sie ihre Knochen zusammensuchen und wenn es drei sind.« Der Zimmerer hält Franzen fest: »Wenn du was weißt, da sind Kriminals, geh doch hin, kannst was verdienen.« »Laß mir mit die zufrieden. Ich habe noch keenen verpfiffen. Können alleene arbeiten, kriegen ja Geld dafür.«

Franz haut ab. Kommen da zwei Kriminals, wie Gerner noch dasteht, auf ihn zu und wollen partu von ihm wissen, wo Gerner wohnt, also er selbst. Ich krieg ein Schreck. Der Mann wird blaß bis auf die Hühneraugen. Dann meint er: »Lassen Sie mal sehen, Gerner, das ist der Zimmermann, kann ich Ihnen zeigen.« Und sagt kein Wort, klingelt bei sich, die Frau öffnet, die ganze Gesellschaft zieht hinterdrein. Zuletzt schiebt sich Gerner durch, gibt seiner Frau einen Stoß in die Rippen, Finger vor die Lippen, sie weiß nicht, was ist los, er mischt sich unter die Leute, Hände in den Hosentaschen, sind noch zwei andere dabei, Herren von einer Versicherung, die gucken sich alle in seiner Wohnung um. Die wollen wissen, wie dick hier die Wände sind und wie der Fußboden ist, die klopfen die Wände ab und messen und schreiben. Das geht nämlich schon ins Aschgraue mit den Einbrüchen bei der Großhandelsfirma, die Kerle sind so frech, die haben einen Durchbruch durch die Mauer versucht, weil da ein Klingelwerk an der Tür und an der Treppe ist, das wissen sie auch schon. Ja, die Wände sind verzweifelt dünn, das ganze Bauwerk ist wacklig, so eine Art vergrößertes Osterei.

Sie marschieren wieder auf den Hof hinaus, Gerner als dummer August immer mit. Jetzt studieren sie die beiden neuen Eisentüren am Keller, Gerner dicht bei. Und da will es der Zufall, er tritt einen Schritt zurück, er will Platz machen, will es der Zufall, er tritt auf was, da fällt was um, und wie er rasch zugreift, ist es eine Flasche, die ist grade auf Papier gefallen, und darum hat man nichts gehört. Steht da eine Flasche hier aufm Hof, die haben die stehen gelassen, nehmen wir mit, warum nicht, die großen Herren verlieren nichts dran. Und er bückt sich, als wenn er sich den Schuh festschnüren will, dabei faßt er die Flasche mit den Papieren. Und so hat Eva dem Adam den Apfel gegeben, und wäre der Apfel nicht vom Baum gefallen, hatte Eva nicht rangelangt, und der Apfel wäre nicht an Adams Adresse gekommen. Später hat Gerner die Flasche unter seine Jacke gesteckt und damit ab über den Hof, zu Muttern auf die Bude.

Was sagt nu Mutter? Die strahlt: »Wo haste det her, August?« »Gekooft, wie keiner drin war.« »Nee!« »Danziger Goldwasser, was sagste!«

Die strahlt, die strahlt, als wär sie aus Stralau. Sie zieht die Vorhänge zu: »Mensch, da stehen noch welche, haste von drüben, was?« »Hat an der Mauer gestanden, hätten die für sich mitgenommen.« »Mensch, das mußte abgeben.« »Seit wann muß man Goldwasser abgeben, wenn man ihn findet? Wann haben wir uns ne Flasche Kognak gegönnt, Mutter, bei die schlechten Zeiten. Das wäre gelacht, Mutter.«

Meint sie schließlich auch, ist ja nicht so, die Frau, eine Flasche, ein Fläschchen, wat macht es bei so ne große Firma aus, und außerdem, Mutter, wenn mans richtig überlegt, gehört sie gar nicht mehr der Firma, die gehört den Räubern, und denen soll man sie noch nachschmeißen. Mach ich mir doch direkt strafbar. Und sie picheln und machen einen Schluck, noch ein Schlückchen, ja man muß die Augen aufmachen in der Welt, es braucht ja nicht alles von Gold sein, auch das Silber hat seinen Wert.

Am Sonnabend kommen die Diebe und es entwickelt sich eine gesiebte Sache. Die merken, daß da ein Fremder auf dem Hof schleicht, beziehungsweise der, der an der Mauer steht, merkt es, und schon die andren mit Blendlaternen wie die Heinzelmännchen aus dem Loch raus und mit Volldampf zur Hoftür. Da steht aber Gerner, und die nun im Trab und wie die Windhunde über die Mauer aufs Nachbargrundstück. Gerner läuft hinterher, die rennen ihm weg: »Macht doch keen Quatsch, tu euch ja nischt, Gott, seid ihr Ochsen.« Er muß zusehen, wie sie über die Mauer klettern, das Herz will ihm brechen, wie schon zwei weggetürmt sind, Kerle, seid doch nicht verrückt. Bloß der letzte, der reitet grade noch oben auf der Hausmauer, der leuchtet ihm seine Blendlaterne ins Gesicht: »Was ist los mit dir?« Ist vielleicht ein Kollege, hat uns die Tour vermasselt. »Ich mache ja mit«, sagt Gerner. Was ist los mit dem. »Natürlich mach ich mit, warum türmt ihr denn.«

Kraucht der wirklich von der Mauer nach einer Weile runter, allein, beguckt sich den Zimmermann, der läßt sich auch besoffen auf. Der Dicke hat aber Mut, weil der Zimmerer blau ist und auch nach Schnaps riecht. Gerner gibt ihm die Hand. »Deine Hand, Kollege, kommste mit?« »Ist woll ne Falle, was.« »Wieso?« »Du denkst wohl, ick geh uff den Leim?« Gerner ist beleidigt, betrübt, der andere nimmt ihn nicht für voll, wenn der bloß nicht wegläuft, das Goldwasser war doch zu schön, auch seine Frau würde ihm zusetzen. Gott, würde die ihm zusetzen, wenn er mit de lange Näse ankäme. Gerner bettelt: »Nee, wieso denn, kannst doch alleene ringehen, da wohne ich.« »Wer denn.« »Ich bin ja Hausverwalter, Mensch, kann ja auch mal was für mich abfallen.« Da denkt der Dieb nach; das leuchtet dem ein, wär ja eine glänzende Sache, wenn der mitschiebt; wenns bloß keene Falle ist; na, wir haben Revolver.

Und er läßt seine Leiter an der Mauer stehn, zieht mit Gerner über den Hof, die andern sind schon über alle Berge, denken gewiß, ich bin verschütt gegangen. Da klingelt Gerner parterre. »Mensch, wat klingelste, wer wohnt denn da?« Gerner stolz: »Als wie icke! Paß uff.« Und schon zieht er den Drücker, öffnet laut: »Nu, bin ichs oder bin ichs nicht?«

Und knipst Licht, da steht schon seine Frau an der Küchentür, bibbert. Gerner stellt jovial vor: »Als wie meine Frau, und das ist ein Kollege von mir, Guste.« Sie bibbert, kommt nicht raus, plötzlich nickt sie feierlich, lächelt, das ist ja ein netter Mann, das ist ja ein ganz junger hübscher Mann. Sie kommt raus, da ist sie: »Aber Paul, kannst doch den Herrn nicht so aufm Korridor stehen lassen, treten Sie nur näher, Herr, legen Sie doch die Mütze ab.«

Der andere will sich drücken, aber die beiden geben nicht nach, der staunt, ist das die Möglichkeit, sind doch so solide Leute, geht ihnen wohl schlecht, dem kleenen Mittelstand gehts schlecht, Inflation und so. Das Frauchen guckt ihn immer so verliebt an, er wärmt sich mit Punsch auf, dann schwimmt er ab, ganz klar ist ihm die Sache bis zuletzt nicht.

Immerhin kommt dieser junge Mann, offenbar abgeschickt von seiner Bande, schon am nächsten Vormittag nach dem zweiten Frühstück zu Gerner, erkundigt sich sehr sachlich, ob er was liegen gelassen hat. Gerner ist nicht da, bloß die Frau, die ihn freundlich, ja geradezu demütig-untertänig empfängt, ihm auch einen Schnaps offeriert, den er anzunehmen geruht.

Zum Leidwesen der beiden Zimmerleute lassen sich die

Diebe die ganze Woche nicht blicken. Tausendmal diskutieren Paul und Gusti die Situation durch, ob sie die Jungs vielleicht verscheucht haben, beide haben sich nichts vorzuwerfen. »Vielleicht warst du zu grob zu ihnen, Paul, du hast manchmal sonen Ton.« »Nee Gusti, an mir liegt es nicht, denn an dir, denn haste son Gesicht gemacht, als wennste der Pfarrer wärst, und das hat den abgestoßen, die finden sich nicht zurecht mit uns, es ist schrecklich. Was soll man da machen.«

Gusti weint schon; wenn doch bloß mal wieder einer käme; daß sie immer die Vorwürfe zu hören kriegt, und an ihr hats doch nicht gelegen.

Und richtig, Freitag ist der große Augenblick. Da klopfts. Ich denk, es klopft. Und wie sie aufmacht und noch nichts sieht, weil sie in der Eile vergessen hat zu knipsen, da weiß sie sofort, wer es ist. Und es ist der Lange, der immer so vornehm tut, der will mal ihren Mann sprechen, und er ist sehr ernst und sehr kalt. Sie ist entsetzt: ob was passiert sei. Er beruhigt sie: »Nein, es handelt sich um eine rein geschäftliche Besprechung«, redet dann noch was von Räumlichkeiten und von nichts kann nichts kommen und so. Sie setzen sich in die Wohnstube, sie ist glücklich, daß sie ihn drin hat, und nun kann doch Paul nicht sagen, daß sie ihn verjagt hat, und sie sagt, das hat sie immer gesagt, und das Gegenteil ist richtig, von nichts kann nichts kommen. Es entwickelt sich eine lange Debatte der beiden darüber, und es zeigt sich, daß beide über Äußerungen verfügen von ihren Eltern, Großeltern und Seitenlinien, die dasselbe besagen: von nichts kann eben nichts kommen, niemals, man kann es beinah beschwören, so sicher sei es, und sie waren einer Meinung. Sie brachten einander ein Beispiel nach dem andern, aus eigener Vergangenheit, aus der Nachbarschaft, und waren noch mitten dabei, als es klingelte und zwei Männer hereintraten, die sich als Kriminalbeamte legitimierten, mit drei Versicherungsbeamten. Der eine Kriminalbeamte redete den Gast ohne weiteres an: »Sie sind Herr Gerner, Sie müssen uns jetzt mal behilflich sein, es ist wegen der vielen Einbrüche da hinten. Ich möchte, daß Sie sich einmal an der besonderen Bewachung mitbeteiligen. Die Herren von der Firma kommen natürlich mit der Versicherung für die Kosten auf.« Zehn Minuten reden sie, die Frau hört alles an, um 12 zogen sie ab. Und so ausgelassen waren nachher die beiden Hinterbliebenen, daß zwischen ihnen gegen ein Uhr was Unsagbares passierte, das jeder Beschreibung spottet, worüber sich beide auch ernstlich schämten. Denn die Frau war fünfunddreißig und er vielleicht zwanzig, einundzwanzig. Aber es war nicht allein der Altersunterschied – und er 1,85 Meter, sie 1,50 –, sondern daß das vorkam, aber es ergab sich so zwischen den Reden und der Aufregung und dem Spott über die Polizisten, und im ganzen war es ja auch nicht übel, nur hinterher schenant, wenigstens für sie, beziehungsweise das gibt sich schon. Jedenfalls fand Herr Gerner um 2 Uhr eine Situation vor und eine Gemütlichkeit, unbeschreiblich, wie er sich schöner nicht gewünscht hatte. Er selbst saß gleich dabei.

Sie saßen noch bis um 6 Uhr abends zusammen, und er horchte ebenso entzückt wie die Frau, was der Lange alles erzählte. Selbst wenn es nur teilweise wahr war, waren es erstklassige Jungs, und er staunte, was son junger Mensch von heute für vernünftige Ansichten über die Welt hatte. Er war schon ein abgelebter Bursche, die Schuppen fielen ihm kilogrammweise von den Augen. Ja, wie der Junge weg war und sie um 9 in die Klappe gingen, sagte Gerner, er wisse gar nicht, wie so helle Jungen sich noch mit ihm einließen, – etwas, das müsse Gusti doch zugeben, etwas müsse doch an ihm sein, etwas hätte er auch zu bieten. Gusti war einer Meinung mit ihm, und der alte Knabe streckte sich aus.

Und morgens früh, bevor er aufstand, sagte er zu ihr: »Guste, da soll ich Paule Piependeckel heißen, wenn ich nochmal zu einem Polier auf die Baubude geh und was arbeite. Ich habe ein eigenes Geschäft gehabt und das ist hin und das ist doch keine Arbeit für einen Mann, der selbständig war, und am liebsten schmeißen sie mir auch raus, weil ich zu alt bin. Und warum soll ich nischt verdienen von hinten, von die Firma. Siehst doch, wie die Jungs helle sind. Wer heut nicht hell ist, kommt unter die Räder. Sag ich. Und du?« »Sag ich schon lange.« »Siehste. Ich möcht ooch wieder Fettlebe machen und mir nicht die Zehen abfrieren.« Sie umarmte ihn freudig und dankbar für alles, was er ihr bot und noch bieten würde. »Weißt du, was wir machen sollten, Olle, du und ich?« Er kniff ihr in das Bein, daß sie au schrie. »Du machst mit, Olle.« »Nee.« »Ich sag ja. Du meenst, Olle, es geht auch ohne dir.« »Wo ihr schon Stücker fünf seid und lauter kräftige Männer.« Wie kräftig. »Schmiere stehn«, klöhnt sie weiter, »kann ich nicht. Ich hab Krampfadern. Und helfen, was soll ich euch helfen?« »Hast Angst, Gustelchen.« »Angst, wieso denn. Hab du mal Krampfadern und dann lauf zu. Da läuft ein Dackel rascher. Und wenn sie mir dann kriegen, sitzt du in der Tinte, dann bin ich von dir die Frau.« »Kann ich dafür, daß du meine Frau bist.« Er kniff ihr ins Bein, mit Empfindung. »Du solltest aufhören, Paul. Da kriegt man ja ordentlich Gefühle.« »Olle, siehste, wirst ein ganz anderer Mensch, wenn du hier ausm Sauerkohl rauskommst.« »Na, ich möchte ja ooch, lecke mir ja die Lippen nach.« »Kommt erst, Olle, von dem bißchen, das war noch gar nischt, nimm dir mal die Watte aus den Ohren. Ich fummel das Ding alleine.« »Nanu! Und die andern?« Mein Schreck.

»Das ist es ja gerade, Guste. Auf die verzichten wir. Weeßte, Genossenschaftsgeschäfte gehen nie, das ist ne alte Leier. Na was, stimmts oder stimmts nicht. Ich mache mir selbständig. Wir sind doch die nächsten zu, wo wir parterre wohnen und der Hof ist zu meinem Haus. Stimmts oder stimmts nicht, Guste?« »Ich kann dir doch nicht helfen dabei, Paul, ich hab doch Krampfadern.« Es war auch sonst allerhand schade dabei. Und die Olle stimmte süßsauer mit dem Mund zu, aber inwendig, wo die Gefühle sitzen, sagt sie: nein, und sagt sie: nein.

Und am Abend, wie die ganze Firma um 2 Uhr den Keller verlassen hat und Gerner sich da hat einschließen lassen mit seiner Frau und es ist neun und im Haus muckst sich nichts und er will gerade anfangen zu arbeiten, und der Wächter muß jetzt vor der Haustür patrouillieren, was geschieht da?

Es klopft an der Kellertür. Klopft. Ich denk, es klopft. Wer kann denn hier klopfen. Ich weiß nicht, aber es hat geklopft. Jetzt hat doch hier keiner zu klopfen. Das Geschäft ist zu. Hat geklopft. Klopft wieder. Die beiden mucksstille und nicht gerührt und kein Wort gesagt. Klopft es wieder. Gerner gibt ihr einen Puff: »Hat geklopft.« »Ja.« »Wat is det bloß.« Sie hat merkwürdigerweise gar keine Angst, sagt bloß: »Wird wohl nichts sein, umbringen werden sie uns schon nicht.« Nee, der bringt uns nicht um, der da kommt, den kenn ich, der bringt mir nicht um, hat zwei lange Beine und een kleenen Schnurrbart, und wenn er kommt, würd ich mir freuen. Und da klopft es so dringlich, aber leise. Um Gotteswillen, das ist ein Zeichen. »Das ist eener, der kennt uns. Das ist eener von unsere Jungs. Hab ick schon lange gedacht, Olle.« »Warum sagst es denn nicht.«

Und hops, ist Gerner an der Treppe, woher wissen die überhaupt, daß wir hier sind, die haben uns überrascht, der draußen flüstert: »Gerner, uffmachen.«

Und ob er will oder nicht, er muß aufmachen. Es ist ein hundsgemeiner Dreck, es ist eine verfluchte Sauerei, man möchte die ganze Welt in Klump schlagen. Er muß aufmachen, es ist der Lange, der allein, ihr Kavalier, Gerner merkt nichts, sie hat ihn verpfiffen, sie möchte ihrem Kavalier doch dankbar sein. Sie strahlt, wie er unten ist, sie kann sichs nicht verkneifen, ihr Mann sieht wie eine Bulldogge aus, er flucht: »Was grinste denn, du?« »Na, ich habe doch sone Angst gehabt, es könnte einer sein ausm Haus oder der Wächter.« Es heißt arbeiten und teilen, vom Fluchen wird's auch nicht anders, sone Sauerei.

Als Gerner es dann noch ein zweites Mal versucht und die Olle draußen läßt, denn er flucht, die bringt ihm Unglück – da klopfen die doch wieder an, jetzt aber drei, und tun so, als wenn er sie noch eingeladen hätte, und da kann man gar nichts gegen machen, man ist nicht mal Herr in seinem eigenen Haus, gegen sone Gerissenen kommt man nicht auf. Da sagt sich Gerner schachmatt und stinkwütend: Heute mache ich noch mit die mit, mitgefangen, mitgehangen, aber morgen ist es aus; kommen mir die Hunde noch mal in mein Haus, wo ich Verwalter bin, und mischen sich in meine Angelegenheiten, da sollen sie mal sehen, wie die Grünen da sind. Das sind ja Ausbeuter, das sind Erpresser.

Und sie arbeiten und arbeiten zwei ganze Stunden in dem Keller, nach Gerners Wohnung tragen sie das meiste rüber, immer sackweise, Kaffee, Korinthen, Zucker, die räumen gründlich auf, dann Kisten mit Alkohol, allerhand Schnaps und Wein, das halbe Lager schleppen sie weg. Gerner ist in Wut, daß er das alles mit die teilen soll. Die Olle drüben besänftigt ihn: »Ich hätte doch nicht so viel tragen können bei meinen Krampfadern.« Er giftet, sie schleppen noch immer: »Deine Krampfadern, du hättest dir schon lange Gummistrümpfe kaufen sollen, das kommt von dem ollen Sparen, Sparen immer, wos falsch ist.« Guste aber guckt bloß hinter ihrem Langen her, und der ist mächtig stolz auf sie vor die andern Jungs, das ist hier sein Geschäft, er ist ein Fixer.

Wie sie weg sind, haben wie Tiere gearbeitet, macht Gerner seine Wohnungstür zu, schließt sich ein und fängt mit Guste an zu saufen, wenigstens det muß er haben. Er muß alle Sorten durchprobieren, und die besten Sorten, die wird er noch morgen früh an ein paar Koofmichs abstoßen, und darüber freuen sich beide, Guste auch, er ist doch ihr guter Mann, und schließlich ist es doch ihr Mann und sie wird ihm helfen. Und von 2 in der Nacht bis 5 sitzen die beiden und probieren alle Sorten durch, aber gründlich, mit Plan, mit Berechnung. In tiefste Zufriedenheit über diese Nacht sind sie beide gesunken, sie haben sich bis oben vollgesoffen, wie die Säcke sind sie hingefallen.

Gegen Mittag sollen sie öffnen. Es klingelt, es bimmelt, es läutet. Aber wer nicht öffnet, sind Gerners. Wie sollen sie öffnen bei die Narkose. Aber die geben nicht nach, die bummern an der Tür, und da merkt Guste was und fährt in die Höhe und haut auf Paul los: »Paul, da kloppen welche, du mußt aufmachen.« Da sagt er erst: »Wo«, dann schiebt sie ihn raus, weil sie ja die ganze Tür zerschmeißen, wird der Briefträger sein. Steht Paul auf, zieht sich bloß die Hosen über, macht auf. Und da marschieren sie schon an ihm vorüber, drei Mann hoch, eine ganze Bande, was wollen die, wollen die Jungs schon die Sachen abholen, nee, das sind ja andere. Da sind es Bullen, Kriminalbeamte, und die haben leichtes Spiel, die staunen, die staunen, der Herr Verwalter, an der Erde liegt alles voll, auf dem Korridor, in der Stube, die Säcke, Kästen, Flaschen, Stroh, durcheinander, übereinander. Der Kommissar sagt: »Sone Schweinerei ist mir mein Lebtag noch nicht vorgekommen.«

Und was sagt Gerner? Wat wird der sagen? Der sagt kein Wort. Der kuckt sich bloß die Bullen an, übel ist es ihm auch, die Bluthunde, wenn ich ein Revolver hätte, kriegten die mich nicht lebendig raus, die Bluthunde. Da soll man wohl zeitlebens in die Baubude stehen, und die feinen Herrn haben sich mein Geld eingesteckt. Wenn sie mir bloß noch ein Schluck trinken lassen. Aber es hilft nichts, er muß sich anziehen. »Ich werd mir woll noch die Hosenträger anknöppen können.«

Die Frau sabbert und bibbert: »Ich weiß ja gar nicht, Herr Kommissar, wir sind doch anständige Leute, es muß uns einer reingelegt haben, die Kisten, wir haben ganz fest geschlafen, Sie habens ja gemerkt, da muß uns einer ausm Haus einen Streich gespielt haben, sagen Sie bloß, Herr Kommissar. Paul, was ist denn mit uns?« »Das können Sie alles auf der Wache erzählen.« Gerner fällt ein: »Jetzt haben die auch bei uns eingebrochen in die Nacht, Olle, sind dieselben wie von hinten, und darum solln wir uff die Wache.« »Können Sie alles nachher uff der Wache erzählen oder uffm Präsidium.« »Ich geh nich uffs Präsidium.« »Wir fahren.« »Gott, Guste, ich hab keen Ton gehört, wie die hier bei uns eingebrochen sind. Ich hab wie ne Ratte geschlafen.« »Ich ja ooch nich, Paul.«

Guste will rasch zwei Briefe aus der Kommode holen, sind von dem Langen, aber ein Beamter hat es gesehen: »Zeigen Sie mal her. Oder legen Sie wieder rein. Haussuchung ist nachher.«

Sie sagt bockig: »Können Sie, schämen sollt ihr euch, in ne fremde Wohnung zu kommen.« »Nu mal vorwärts.«

Sie weint, kuckt ihren Mann nicht an, sie schreit, macht Theater, sie wirft sich auf den Boden, man muß sie hochnehmen. Der Mann flucht und wird festgehalten: »Nu werdt ihr euch noch an die Frau vergreifen.« Die Verbrecher, die gemeinen, die Erpresser, die sind weg, und mir haben sie mit dem Mist ringelegt.

Hopp hopp hopp, Pferdchen macht wieder Galopp

An den Gesprächen im Hausflur, auf dem Hof hat Franz Biberkopf, Hände in den Taschen, Kragen über die Ohren, Kopf und Hut zwischen den Schultern, nicht teilgenommen. Hat immer gehört bei der Gruppe und rumgehört bei der Gruppe. Nachher hat er zugesehen, und sie haben Spalier gebildet, wie der Zimmerer und sein dickes Frauchen über den Hausflur auf die Straße geführt wurden. Zoppen nu ab. Bin auch mal geloofen. War aber duster damals. Kuck einer, wie die gradeaus gaffen. Schämen sich. Ja, ja, ihr könnt hecheln. Ihr wißt, wie es in einem Menschen aussieht. Das sind die richtigen Spießer, hocken hinter dem Ofen, gaunern, aber die kriegt man nicht. Die Gaunereien von die Brüder sind nicht zu fassen. Jetzt machen sie den grünen Heinrich auf. Ja, nu man rin, immer man rin, Kinderchen, das kleene Frauchen auch, ist woll bedudelt, hat recht, goldrecht hat die. Laß die man lachen. Sollen mal wissen, wie det ist. Abfahrt Seefe, schrumm.

Die Leute steckten noch die Köpfe zusammen, da stand Franz Biberkopf vor der Haustür, war niederträchtig kalt. Er sah die Haustür von außen, sah über den Damm, was soll der Mensch jetzt tun, was tun. Er trat von einem Bein aufs andere. Verflucht kalt, hundemäßig kalt. Ich geh nich nach oben. Wat mach ich bloß.

Da stand er, drehte sich – und merkte nicht, daß er so

aufgeweckt war. Mit der Bande, die da stand und hechelte, hatte er nichts zu tun. Ich sehe mich woanders um. Die vertreiben mich von hier. Und er trabt flott los die Elsasser Straße herunter, am Bauzaun der Untergrundbahn entlang dem Rosenthaler Platz zu, irgendwohin.

Es war geschehen, daß Franz Biberkopf aus seinem Bau gekrochen war. Der Mann, den sie durch das Spalier trieben, die runde, bedudelte Frau, der Einbruch, der grüne Heinrich liefen mit ihm. Wie aber eine Kneipe kam, noch vor der Ecke zum Platz, ging es los. Da fuhren seine Hände von selbst in die Tasche, und keine Flasche zum Füllen. Nichts. Keine Flasche. Verschwitzt. Oben gelassen. Wegen dem Mist. Wie der Radau war, bloß rin in den Mantel, runter und nich an die Flasche gedacht. Verflucht. Zurücktroddeln? Da ging es los in ihm: Nein ja, ja nein. Soviel Zucken, Hin und Her, Schimpfen, Drangeben, Schieben, na was denn, laß mich zufrieden, ich will doch rin, so was war seit einer Ewigkeit nicht in Franz. Geh ich rein, geh ich nicht rein, hab ich Durst, aber da genügt Selter, wenn du reingehst, willst du ja bloß saufen, Mensch, ja, ich hab so furchtbaren Durst, mächtigen, massiven Durst, Gott, möcht ich gern saufen, bleib doch lieber hier, geh nich rin in die Bude, sonst liegst du bald wieder auf der Nase, du, und dann hockst du wieder oben bei der Ollen. Und dann war wieder da der grüne Heinrich und die beiden Zimmerleute, und schrumm, rechts um, nee, hier bleiben wir nich, vielleicht woanders, weitergegangen, weiter, laufen, immer laufen.

So ist Franz mit 1,55 Mark in der Tasche bis zum Alexanderplatz gelaufen, hat bloße Luft geschnappt und ist gerannt. Dann hat er sich gezwungen, und obwohl er einen Widerwillen hatte, hat er in einem Speiselokal gegessen, richtig gegessen, seit Wochen zum erstenmal richtig, Kalbsragout mit Kartoffeln. Nachher war der Durst weniger, bleiben 75 Pfennig, die er in der Hand rieb. Geh ich zu Lina, was soll mich die Lina, die mag ich nicht. Seine Zunge wurde stumpf und sauer, sein Hals brandig. Ich muß noch eine Selter hintergießen.

Und dann – wußte er im Schlucken, in dem angenehm kühlen Hinuntergießen und im Kitzeln der Kohlensäurebläschen, wohin er wollte. Zu Minna, das Filet hat er ihr geschickt, die Schürzen hat sie nicht angenommen. Ja, das ist richtig.

Stehn wir auf. Vor dem Spiegel machte sich zurecht Franz Biberkopf. Wer aber gar nicht erbaut war, als er seine blassen, schlaffen, pickligen Backen sah, war Biberkopf. Hat der Kerl eine Visage. Striemen auf der Stirn, wovon bloß rote Striemen, von der Mütze, und die Gurke, Mensch, sone dicke, rote Neese, das braucht aber nicht vom Schnaps zu sein, das ist kalt heute; bloß die gräßlichen ollen Glotzaugen, wie ne Kuh, woher ich bloß sone Kalbsaugen habe und so stiere, als wenn ich nicht mit wackeln kann. Als wenn mir einer Sirup rübergegossen hat. Aber vor Minna macht das nichts. Mal Haare zurechtdrücken. So. Wir gehen runter zu ihr. Die gibt mir ein paar Pfennige bis Donnerstag, und dann wollen wir weitersehen.

Raus aus dem Loch, auf die kalte Straße. Viel Menschen. Kolossal viel Menschen gibts am Alex, haben alle zu tun. Wie dies nötig haben. Der Franz Biberkopf lief Ihnen, der dreht die Augen rechts und links. Als wenn ein Gaul ausgerutscht ist auf dem nassen Asphalt und kriegt einen Tritt in den Bauch mitm Stiebel und krabbelt hoch, und nun karriolt er los und läuft wie verrückt. Franz hatte Muskeln, der war mal im Athletenklub; jetzt trudelte er durch die Alexanderstraße und merkte, was er für einen Schritt hatte, fest, fest, wie einer von der Garde. Wir marschieren akkurat genau wie die andern.

Wetterbericht von heute mittag: Ein wenig freundlicher sehen die Wetteraussichten aus. Zwar herrscht noch empfindliche Kälte, aber das Barometer ist im Steigen. Die Sonne wagt sich schon wieder schüchtern hervor. Für die nächste Zeit ist Erwärmung der Temperatur zu erwarten.

Und wer den NSU-6-Zylinder selbst lenkt, ist begeistert. Dahin, dahin laß mich mit dir, du mein Geliebter, ziehn.

Und wie Franz in ihrem Haus ist und vor ihrer Tür steht, ist da eine Klingel. Und er reißt den Hut mit einem Schwung ab, zieht die Klingel, und wer öffnet, wer wird es sein, da machen wir einen Knix, wenn ein Mädchen einen Herrn hat, wer wird es denn sein, kille kille. Klapps. Ein – Mann! Ihr Mann! Das ist Karl! Der Herr Schlosser. Schadt aber gar nichts. Mach du man dein saures Gesicht.

»Wat du? Wat is los?« »Na, kannst mir ruhig rinlassen, Karle, ich beiß keinen.« Und ist schon drin. Da wären wir also. Son Ludewig, ist einem schon so was vorgekommen.

»Geehrter Herr Karl, wenn du auch gelernter Schlosser bist und ich bloß Gelegenheitsarbeiter, stell dir man nich so großpratschig. Kannst mir auch schon guten Tag sagen, wenn ich guten Morgen sage.« »Was willste bloß, Mensch? Hab ich dir reingelassen? Wat drängste dir durch die Tür?« »Na, ist deine Frau hier? Vielleicht kann ich die guten Tag sagen.« »Nee, die is nich hier. Für dich überhaupt nich. Für dir ist keiner da.« »So.« »Ja. Keiner da.« »Na – du bist doch da, Karl.« »Nee, ich bin ooch nich da. Ich hab mir bloß ne Strickweste geholt und muß gleich runter inn Laden.« »So kolossal gehts, das Geschäft.« »Jawoll.« »Bin also rausgeschmissen von dir.« »Hab dir gar nich ringelassen. Was hast du denn eigentlich hier verloren, Mensch? Schämst du dir überhaupt nich, hier raufzukommen und mir zu blamieren, wo dich alle ausm Haus kennen.« »Laß die man meckern, Karl. Det soll unsere kleenste Sorge sein. In die ihre Stuben möcht ich ooch nich rinkieken. Weest du, Karl, wegen die brauchste keine Sorge zu haben. Da haben sie heute bei mir einen abgeführt, die Grünen, einen gelernten Zimmermann, und das war noch der Verwalter vom Haus. Stell dir vor. Mit Frau. Und haben gestohlen wie die Raben. Habe ich gestohlen? Na?« »Mensch, ich geh runter. Zieh ab. Wozu mir mit dir hinstellen. Wenn du Minna unter die Augen trittst, dann mach dir parat, dann nimmt sie ein Besen und haut dir in Klumpatsch.« Wat der von Minna weeß. Son Ehemann mit zwei Hörner auf der Stirn und will mir wat sagen. Lach mir die Stiebel krumm. Wenn ein Mädchen einen Herrn hat, den sie liebt und den sie gern hat. Karl tritt an Franz heran: »Wat stehste noch? Wir sind nich verwandt mit dir, Franz, und nischt und gar nischt. Und wenn du jetzt ausm Kittchen raus bist, dann mußte alleene sehen, was du machst.« »Ich hab dir noch nicht angebettelt.« »Nee, und Minna hat die Ida nich vergessen, Schwester ist Schwester und für uns bistu noch immer, der du gewesen bist. Biste erledigt.« »Ich hab die Ida nicht totgeschlagen. Kann jedem mal passieren, daß ihm die Hand ausrutscht, wenn er in Rasche ist.« »Ida ist tot, geh du jetzt deiner Wege. Wir sind ehrbare Leute.«

Der Hund der, der mit den Hörnern, son Giftsack, am liebsten sag ichs ihm, dem nehm ich bei lebendigem Leib seine Frau ausm Bett weg. »Ich hab meine vier Jahr abgemacht bis auf die Minute und dann kannste dich nich dicker tun wie das Gericht.« »Geht mich dein Gericht an. Jetzt gehst du deine Wege. Ein für allemal. Für dir ist das Haus hier nicht mehr. Ein für allemal.« Was der bloß ist, der Herr Schlosser, der wird sich noch an mir vergreifen.

»Wenn ich dir nu sage, Karl, daß ich mit euch Frieden schließen will, daß ich meine Strafe abgemacht habe. Und ich gebe dir meine Hand.« »Dann nehm ich sie nicht.« »Det wollt ich bloß genau wissen. [Mal rasch den Kerl angefaßt, mal an die Beene gepackt, mal gegen die Wand gefeuert.] Nu weeß ichs, so gut wie schriftlich.« Den Hut aufgeknallt, mit demselben Schwung wie vorhin: »Denn also schön guten Morgen, Karl, Herr Schlossermeister Karl. Grüß auch Minna, sag ihr, daß ich da war, bloß mal sehn, wies geht. Und du Schweinekerl bist das dämlichste Luder der Welt. Schreib dirs hinter die Ohren und kuck dir meine Faust an, wennste wat willst, und komm bloß nich an. Du bist son Fetzen Dreck, daß mir Minna leid tut mit dir.«

Und ab. Und ruhig ab. Und ruhig und langsam die Treppe runter. Soll mal hinterherkommen, wird sich hüten. Und gegenüber einen einzigen Schnaps, einen heißen Herzensstärker, runtergeschüttet. Und vielleicht kommt er doch rüber. Ich warte. Und sehr zufrieden ist Franz weitergegangen. Geld werd ick schon woanders kriegen. Und hat seine Muskeln dick gefühlt, und ich werde mir auch schon wieder auffüllen.

»Du willst mich auf meinem Wege aufhalten und mich niederwerfen. Aber ich habe eine Hand, die würgen kann, und du vermagst nichts über mich. Du dringst mit Spott auf mich ein, du willst mich mit Verachtung verschütten – nicht mich, nicht mich – ich bin sehr stark. Ich kann an deinem Hohn vorbeihören. Deine Zähne dringen nicht durch meinen Panzer, gegen Vipern bin ich gefeit. Ich weiß nicht, von wem du die Macht hast, gegen mich anzudringen. Aber ich vermag dir ja zu widerstehen. Der Herr hat mir meine Feinde mit dem Nacken gegenübergestellt.«

»Rede nur. Wie fein können Vögel singen, wenn sie einmal dem Iltis entronnen sind. Iltisse gibt es aber viele und Vöglein soll nur singen! Noch bist du ohne Augen für mich. Noch hast du nicht nötig, auf mich zu blicken. Du hörst das Plappern der Menschen, den Lärm der Straße, das Sausen der Elektrischen. Atme nur, höre nur. Zwischen allem wirst du mich auch einmal hören.«

»Und wen? Wer spricht?«

»Ich sag es nicht. Du wirst es sehen. Du wirst es fühlen. Wappne dein Herz. Zu dir spreche ich dann. Du wirst mich dann sehen. Deine Augen werden nichts hergeben als Tränen.«

»Du kannst noch hundert Jahre so sprechen. Ich lach ja nur drüber.«

»Lach nicht. Lach nicht.«

»Weil du mich nicht kennst. Weil du nicht weißt, wer ich bin. Wer Franz Biberkopf ist. Der fürchtet sich vor nichts. Ich hab Fäuste. Sieh mal, was ich für Muskeln habe.«

FÜNFTES BUCH

EINE *rasche Erholung, der Mann steht wieder da, wo er stand, er hat nichts zugelernt und nichts erkannt. Jetzt fällt der erste schwere Streich auf ihn. Er wird in ein Verbrechen hineingerissen, er will nicht, er wehrt sich, aber er muß müssen.*

Er wehrt sich tapfer und wild mit Händen und Füßen, aber es hilft nichts, es geht über ihn, er muß müssen.

Wiedersehn auf dem Alex, Hundekälte. Nächstes Jahr, 1929, wirds noch kälter

Rumm rumm wuchtet vor Aschinger auf dem Alex die Dampframme. Sie ist ein Stock hoch, und die Schienen haut sie wie nichts in den Boden.

Eisige Luft. Februar. Die Menschen gehen in Mänteln. Wer einen Pelz hat, trägt ihn, wer keinen hat, trägt keinen. Die Weiber haben dünne Strümpfe und müssen frieren, aber es sieht hübsch aus. Die Penner haben sich vor der Kälte verkrochen. Wenn es warm ist, stecken sie wieder ihre Nasen raus. Inzwischen süffeln sie doppelte Ration Schnaps, aber was für welchen, man möchte nicht als Leiche drin schwimmen.

Rumm rumm haut die Dampframme auf dem Alexanderplatz. Viele Menschen haben Zeit und gucken sich an, wie die Ramme haut. Ein Mann oben zieht immer eine Kette, dann pafft es oben, und ratz hat die Stange eins auf den Kopf. Da stehen die Männer und Frauen und besonders die Jungens und freuen sich, wie das geschmiert geht: ratz kriegt die Stange eins auf den Kopf. Nachher ist sie klein wie eine Fingerspitze, dann kriegt sie aber noch immer eins, da kann sie machen, was sie will. Zuletzt ist sie weg, Donnerwetter, die haben sie fein eingepökelt, man zieht befriedigt ab.

Alles ist mit Brettern belegt. Die Berolina stand vor Tietz, eine Hand ausgestreckt, war ein kolossales Weib, die haben sie weggeschleppt. Vielleicht schmelzen sie sie ein und machen Medaillen draus.

Wie die Bienen sind sie über den Boden her. Die basteln und murksen zu Hunderten rum den ganzen Tag und die Nacht.

Ruller ruller fahren die Elektrischen, Gelbe mit Anhängern, über den holzbelegten Alexanderplatz, Abspringen ist gefährlich. Der Bahnhof ist breit freigelegt, Einbahnstraße nach der Königstraße an Wertheim vorbei. Wer nach dem Osten will, muß hinten rum am Präsidium vorbei durch die Klosterstraße. Die Züge rummeln vom Bahnhof nach der Jannowitzbrücke, die Lokomotive bläst oben Dampf ab, grade über dem Prälaten steht sie, Schloßbräu, Eingang eine Ecke weiter.

Über den Damm, sie legen alles hin, die ganzen Häuser an der Stadtbahn legen sie hin, woher sie das Geld haben, die Stadt Berlin ist reich, und wir bezahlen die Steuern.

Loeser und Wolff mit dem Mosaikschild haben sie abgerissen, 20 Meter weiter steht er schon wieder auf, und drüben vor dem Bahnhof steht er nochmal. Loeser und Wolff, Berlin-Elbing, erstklassige Qualitäten in allen Geschmacksrichtungen, Brasil, Havanna, Mexiko, Kleine Trösterin, Liliput, Zigarre Nr. 8, das Stück 25 Pfennig, Winterballade, Packung mit 25 Stück, 20 Pfennig, Zigarillos Nr. 10, unsortiert, Sumatradecke, eine Spezialleistung in dieser Preislage, in Kisten zu hundert Stück, 10 Pfennig. Ich schlage alles, du schlägst alles, er schlägt alles mit Kisten zu 50 Stück und Kartonpackung zu 10 Stück, Versand nach allen Ländern der Erde, Boyero 25 Pfennig, diese Neuigkeit brachte uns viele Freunde, ich schlage alles, du schlägst lang hin.

Neben dem Prälaten ist Platz, da stehen die Wagen mit Bananen. Gebt euren Kindern Bananen. Die Banane ist die sauberste Frucht, da sie durch ihre Schale vor Insekten, Würmern sowie Bazillen geschützt ist. Ausgenommen sind solche Insekten, Würmer und Bazillen, die durch die Schale kommen. Geheimrat Czerny hat mit Nachdruck darauf hingewiesen, daß selbst Kinder in den ersten Lebensjahren. Ich zerschlage alles, du zerschlägst alles, er zerschlägt alles.

Wind gibt es massenhaft am Alex, an der Ecke von Tietz zieht es lausig. Es gibt Wind, der pustet zwischen die Häuser rein und auf die Baugruben. Man möchte sich in die Kneipen verstecken, aber wer kann das, das bläst durch die Hosentaschen, da merkst du, es geht was vor, es wird nicht gefackelt, man muß lustig sein bei dem Wetter. Frühmorgens kommen die Arbeiter angegondelt, von Reinickendorf, Neukölln,

Weißensee. Kalt oder nicht kalt, Wind oder nicht Wind, Kaffeekanne her, pack die Stullen ein, wir müssen schuften, oben sitzen die Drohnen, die schlafen in ihre Federbetten und saugen uns aus.

Aschinger hat ein großes Café und Restaurant. Wer keinen Bauch hat, kann einen kriegen, wer einen hat, kann ihn beliebig vergrößern. Die Natur läßt sich nicht betrügen! Wer glaubt, aus entwertetem Weißmehl hergestellte Brote und Backwaren durch künstliche Zusätze verbessern zu können, der täuscht sich und die Verbraucher. Die Natur hat ihre Lebensgesetze und rächt jeden Mißbrauch. Der erschütterte Gesundheitszustand fast aller Kulturvölker der Gegenwart hat seine Ursache im Genuß entwerteter und künstlich verfeinerter Nahrung. Feine Wurstwaren auch außer dem Haus, Leberwurst und Blutwurst billig.

Das hochinteressante ›Magazin‹ statt eine Mark bloß 20 Pfennig, die ›Ehe‹ hochinteressant und pikant bloß 20 Pfennig. Der Ausrufer pafft Zigaretten, hat eine Schiffermütze auf, ich schlage alles.

Von Osten her, Weißensee, Lichtenberg, Friedrichshain, Frankfurter Allee, türmen die gelben Elektrischen auf den Platz durch die Landsberger Straße. Die 65 kommt vom Zentralviehhof, der Große Ring Weddingplatz, Luisenplatz, die 76 Hundekehle über Hubertusallee. An der Ecke Landsberger Straße haben sie Friedrich Hahn, ehemals Kaufhaus, ausverkauft, leergemacht und werden es zu den Vätern versammeln. Da halten die Elektrischen und der Autobus 19 Turmstraße. Wo Jürgens war, das Papiergeschäft, haben sie das Haus abgerissen und dafür einen Bauzaun hingesetzt. Da sitzt ein alter Mann mit einer Arztwaage: Kontrollieren Sie Ihr Gewicht, 5 Pfennig. O liebe Brüder und Schwestern, die ihr über den Alex wimmelt, gönnt euch diesen Augenblick, seht durch die Lücke neben der Arztwaage auf diesen Schuttplatz, wo einmal Jürgens florierte, und da steht noch das Kaufhaus Hahn, leergemacht, ausgeräumt und ausgeweidet, daß nur die roten Fetzen noch an den Schaufenstern kleben. Ein Müllhaufen liegt vor uns. Von Erde bist du gekommen, zu Erde sollst du wieder werden, wir haben gebauet ein herrliches Haus, nun geht hier kein Mensch weder rein noch raus. So ist kaputt Rom, Babylon, Ninive, Hannibal, Cäsar, alles kaputt, oh, denkt daran. Erstens habe ich dazu zu bemerken, daß man diese Städte jetzt wieder ausgräbt, wie die Abbildungen in der letzten Sonntagsausgabe zeigen, und zweitens haben diese Städte ihren Zweck erfüllt, und man kann nun wieder neue Städte bauen. Du jammerst doch nicht über deine alten Hosen, wenn sie morsch und kaputt sind, du kaufst neue, davon lebt die Welt.

Die Schupo beherrscht gewaltig den Platz. Sie steht in mehreren Exemplaren auf dem Platz. Jedes Exemplar wirft Kennerblicke nach zwei Seiten und weiß die Verkehrsregeln auswendig. Es hat Wickelgamaschen an den Beinen, ein Gummiknüppel hängt ihm an der rechten Seite, die Arme schwenkt es horizontal von Westen nach Osten, da kann Norden, Süden nicht weiter, und der Osten ergießt sich nach Westen, der Westen nach Osten. Dann schaltet sich das Exemplar selbsttätig um: Der Norden ergießt sich nach Süden, der Süden nach Norden. Scharf ist der Schupo auf Taille gearbeitet. Auf seinen erfolgten Ruck laufen über den Platz in Richtung Königstraße etwa 30 private Personen, sie halten zum Teil auf der Schutzinsel, ein Teil erreicht glatt die Gegenseite und wandert auf Holz weiter. Ebenso viele haben sich nach Osten aufgemacht, sie sind den andern entgegengeschwommen, es ist ihnen ebenso gegangen, aber keinem ist was passiert. Es sind Männer, Frauen und Kinder, die letzteren meist an der Hand von Frauen. Sie alle aufzuzählen und ihr Schicksal zu beschreiben, ist schwer möglich, es könnte nur bei einigen gelingen. Der Wind wirft gleichmäßig Häcksel über alle. Das Gesicht der Ostwanderer ist in nichts unterschieden von dem der West-, Süd- und Nordwanderer, sie vertauschen auch ihre Rollen, und die jetzt über den Platz zu Aschinger gehen, kann man nach einer Stunde vor dem leeren Kaufhaus Hahn finden. Und ebenso mischen sich die, die von der Brunnenstraße kommen und zur Jannowitzbrücke wollen, mit den umgekehrt Gerichteten. Ja, viele biegen auch seitlich um, von Süden nach Osten, von Süden nach Westen, von Norden nach Osten. Sie sind so gleichmäßig wie die, die im Autobus, in den Elektrischen sitzen. Die sitzen alle in verschiedenen Haltungen da und machen so das außen angeschriebene Gewicht des Wagens schwerer. Was in ihnen vorgeht, wer kann das ermitteln, ein ungeheures Kapitel. Und wenn man es täte, wem diente es? Neue Bücher? Schon die alten gehen nicht, und im Jahre 27 ist der Buchabsatz gegen 26 um soundsoviel Prozent zurückgegangen. Man nehme die Leute einfach als Privatpersonen, die 20 Pfennig bezahlt haben, mit Ausnahme der Besitzer von Monatskarten und der Schüler, die nur 10 Pfennig zahlen, und da fahren sie nun mit ihrem Gewicht von einem Zentner bis zwei Zentner, in ihren Kleidern, mit Taschen, Paketen, Schüsseln, Hüten, künstlichen Gebissen, Bruchbändern über den Alexanderplatz und bewahren die geheimnisvollen langen Zettel auf, auf denen steht: Linie 12 Siemensstraße DA, Gotzkowskistraße C, B, Oranienburger Tor C, C, Kottbuser Tor A, geheimnisvolle Zeichen, wer kann es raten, wer kann es nennen und wer bekennen, drei Worte nenn ich dir inhaltschwer, und die Zettel sind viermal an bestimmten Stellen gelocht, und auf den Zetteln steht in demselben Deutsch, mit dem die Bibel geschrieben ist und das Bürgerliche Gesetzbuch: Gültig zur Erreichung des Reiseziels auf kürzestem Wege, keine Gewähr für die Anschlußbahn. Sie lesen Zeitungen verschiedener Richtungen, bewahren vermittels ihres Ohrlabyrinths das Gleichgewicht, nehmen Sauerstoff auf, dösen sich an, haben Schmerzen, haben keine Schmerzen, denken, denken nicht, sind glücklich, sind unglücklich, sind weder glücklich noch unglücklich.

Rumm rumm ratscht die Ramme nieder, ich schlage alles, noch eine Schiene. Es surrt über den Platz vom Präsidium her, da nieten sie, da schmeißt eine Zementmaschine ihre Ladung um. Herr Adolf Kraun, Hausdiener, sieht zu, das Umkippen der Wagen fesselt ihn enorm, du schlägst alles, er schlägt alles. Er lauert immer gespannt, wie die Lore mit Sand auf der einen Seite hochgeht, da kommt die Höhe, bums, und nun dreht sie sich. Man möchte nicht so aus dem Bett geschmissen sein, Beine hoch, runter mit dem Kopf, da liegst du, kann einem was passieren, aber die machen das egalweg.

Franz Biberkopf hat wieder den Rucksack um und verkauft Zeitungen. Er hat sein Quartier gewechselt. Das Rosenthaler Tor hat er verlassen, er steht am Alexanderplatz. Er ist völlig auf dem Damm, 1,80 groß, sein Gewicht ist runter, aber es trägt sich leichter. Auf dem Kopf hat er die Zeitungsmütze.

Krisenalarm im Reichstag, man spricht von Märzwahlen, Aprilwahlen wahrscheinlich, wohin, Josef Wirth? der mitteldeutsche Kampf geht weiter, es soll eine Schlichterkammer gebildet werden, Raubüberfall in der Tempelherrenstraße. Er hat seinen Stand am Ausgang der Ubahn nach der Alexanderstraße gegenüber dem Ufa-Kino, auf dieser Seite hat sich der Optiker Fromm ein neues Geschäft gebaut. Franz Biberkopf sieht die Münzstraße runter, als er zum erstenmal in dem Gedränge steht und denkt: wie weit ist es wohl zu den beiden Juden, die wohnen gar nicht weit, das war bei meinem ersten Malheur, vielleicht mach ich bei die mal Stippvisite, können mir mal einen ›Völkischen Beobachter‹ abkaufen. Warum nicht, ob sie ihn mögen, ist mir egal, wenn sie ihn bloß abkaufen. Er grient bei dem Gedanken, und der ganz alte Jude in Latschen war doch zu komisch. Er sieht sich um, die Finger sind klamm, nebenan steht ein kleiner Verwachsener, der hat eine ganz krumme Nase, die ist wohl zerbrochen. Krisenalarm im Reichstag, das Haus Hebbelstraße 17 geräumt wegen Einsturzgefahr, Bluttat auf dem Fischdampfer, ein Meuterer oder ein Wahnsinniger.

Franz Biberkopf und der Verwachsene pusten sich beide in die Hände. Vormittagsgeschäft ist flau. Ein dürrer älterer Mann, abgeschabt und mierig sieht er aus, der macht sich an Franzen ran. Hat einen grünen Filzhut auf und fragt Franzen, wie es mit Zeitung ist. Hat Franz auch mal gefragt. »Ob es für dich ist, Kollege, wer kann wissen.« »Ja, ich bin zweiundfuffzich alt.« »Na eben, daher, mit fuffzich fängt doch die Mauke an. Bei den Preußen hatten wir einen alten Hauptmann der Reserve, der war erst vierzich, aus Saarbrücken, Lotterieeinnehmer – das heißt, sagt er, vielleicht war er Zigarrenfritze –, der hatte die Mauke schon mit vierzich, im Kreuz. Da hat er aber stramme Haltung draus gemacht. Der ging wie ein Besenstiel auf Rollen. Der hat sich immer mit Butter einreiben lassen. Und wies keine Butter mehr gab, so 1917, und bloß noch Palmin, prima Pflanzenöl, und ranzig war es auch noch, da hat er sich totschießen lassen.«

»Was hilfts, in der Fabrik nehmen sie einen auch nich mehr. Und voriges Jahr haben sie mir noch operiert, in Lichtenberg, Hubertuskrankenhaus. Ein Ei ist weg, soll tuberkulös gewesen sein, ick sage dir, ick hab noch Schmerzen.« »Na, sieh dir man vor, nachher kommt das andere auch noch ran. Da ist besser sitzen, da wirste besser Droschkenkutscher.« Der mitteldeutsche Kampf geht weiter, die Verhandlungen ergebnislos, Attentat auf das Mieterschutzgesetz, aufgewacht, Mieter, man nimmt dir das Dach über dem Kopf weg. »Ja, Kollege, Zeitungen kannste machen, aber laufen mußte können, und Stimme mußte haben, wie stehts mits Kehlchen, Rotkehlchen, kannst du singen? Na siehst du, das ist die Hauptsache bei uns, bei uns muß man singen können und laufen können. Wir brauchen gute Schreihälse. Die Lautsprecher machen das beste Geschäft. Eine ausgekochte Gesellschaft, sage ich dir. Kuck mal her, wieviel Groschen sind das?« »Für mich vier.« »Stimmt. Für dich vier. Darauf kommts an. Für dich. Aber wenns einer eilig hat, und dann sucht er in der Tasche, und einen Sechser hat er und dann ne Mark oder zehn Mark, frag mal die Brüder von uns, die können alle wechseln. Was die gerissen sind, das sind die richtigen Bankiers, die verstehen sich auf Wechseln, ziehen ihre Prozente ab, merkst aber nichts davon, so rasch gehts.«

Der Alte seufzt. »Ja, deine fuffzich Jahre und dann noch die Mauke. Kollege, wenn du Traute hast, dann läufste nicht allein, dann nimmste dir zwei Junge, mußt se natürlich bezahlen, kriegen vielleicht die Hälfte, aber du mußt das Geschäft besorgen, schonst die Beine und die Stimme. Verbindung mußt de haben und einen guten Platz. Wenns regnet, ist es naß. Zum guten Geschäft gehören Sportkämpfe, Regierungswechsel. Bei Eberts Tod, sagen sie, haben sie ihnen die Zeitungen weggerissen. Mensch, mach bloß nich solch Gesicht, ist alles bloß halb so schlimm. Kuck dir drüben die Ramme an, stell dir vor, die fällt dir auf den Kopf, was brauchste dann noch groß nachzudenken?« Attentat auf das Mieterschutzgesetz. Die Quittung für Zörgiebel. Ich scheide aus der Partei des Prinzipienverrats. Englische Zensur über Amanullah, Indien darf nichts erfahren.

Gegenüber am Häuschen von Radio Web – bis auf weiteres laden wir einen Akku gratis – steht ein blasses Fräulein mit einer Kappe tief ins Gesicht und scheint intensiv nachzudenken. Der Chauffeur vom Zweistreifer daneben denkt: Überlegt die sich nun, ob sie fahren will und ob sie genug bei sich hat, oder wartet sie auf einen. Aber sie biegt nur ein bißchen den Körper in ihrem Samtmantel, als wenn er ihr ausgerenkt war, dann setzt sie sich wieder in Betrieb, sie ist bloß unwohl und hat dann jedesmal solch Kneifen im Leib. Sie macht ihr Lehrerinnenexamen, heut will sie zu Hause bleiben und heiße Umschläge machen, abends wird es sowieso besser.

Eine Weile lang nichts, Ruhepause, man saniert sich

Am Abend des 9. Februar 1928, an dem in Oslo die Arbeiterregierung gestürzt wurde, die letzte Nacht im Stuttgarter Sechstagerennen gerannt wurde – Sieger blieben Van Kempen-Frankenstein mit 726 Punkten, 2440 Kilometer – die Lage im Saargebiet verschärft erschien, am Abend des 9. Februar 1928, einem Dienstag [bitte einen Augenblick, Sie sehen jetzt das geheimnisvolle Antlitz der fremden Frau, die Frage dieser Schönen gilt jedem, auch Ihnen: rauchen Sie schon Garbaty Kalif?], an diesem Abend stand Franz Biberkopf am Alexanderplatz an einer Litfaßsäule und studierte eine Einladung der Kleingärtner von Treptow-Neukölln und Britz zur Protestversammlung nach Irmers Festsälen, Tagesordnung: die willkürlichen Kündigungen. Darunter war das

Plakat: die Qual des Asthma und Maskenverleih, reiche Auswahl für Damen und Herren. Da stand plötzlich der kleine Meck neben ihm. Meck, den kennen wir doch. Siehste woll, da kimmt er, lange Schritte nimmt er.

»Na, Franzeken, Franzeken«, war der Meck glücklich, glücklich war der, »Franz, Mensch, das hätt ich nich für möglich gehalten, sieht man dir auch wieder, bist ja wie aus der Welt. Ich hätt geschworen –« »Na, was denn? Kann mir schon denken, daß ich wieder was gemacht habe. Nee nee, Junge.« Sie schüttelten sich die Hände, schüttelten sich die Arme bis zu den Schultern, schüttelten sich die Schultern bis zu den Rippen, klopften sich die Achseln, der ganze Mensch wackelte und kam in Bewegung.

»Es ist man so, Gottlieb, daß man einen nich sieht. Ich handle ja hier herum.« »Hier am Alex, Franz, was du sagst, da hätt ich dir doch mal treffen müssen. Läuft man an einem vorbei und hat keine Augen.« »Is so, Gottlieb.«

Und untergehakt, die Prenzlauer Straße runtergezogen. »Du wolltst doch mal Gipsköppe handeln, Franz.« »Für Gipsköppe fehlt mir das Verständnis. Zu Gipsköppen gehört Bildung, die hab ich nicht. Ich handle wieder Zeitungen, das nährt seinen Mann. Und du, Gottlieb?« »Ich steh drüben an der Schönhauser mit Herrenkluft, Windjacken und Hosen.« »Und wo kriegst du die Sachen her?« »Bist doch noch immer der alte Franz, immer nach dem Woher fragen. Das fragen bloß die Mädchen, wenn sie Alimente wollen.« Franz trollte wortlos neben Meck, schnitt eine finstere Miene: »Ihr macht euren Schwindel, bis ihr reinschliddert.« »Was heißt hier reinschliddern, was heißt Schwindel, Franz, man muß Geschäftsmann sein, muß sich auf den Einkauf verstehen.«

Franz wollte nicht weiter mit, er wollte nicht, er war störrisch. Aber Meck ließ nicht nach, schwabbelte und ließ nicht nach: »Kommst mit in die Kneipe, Franz, kannst dir auch da vielleicht die Viehhändler ansehen, du weißt doch noch, die mit dem Prozeß, die mit uns am Tisch saßen bei der Versammlung, wo du dir den Schein geholt hast. Die haben sich schön reingelegt mit ihrem Prozeß. Jetzt sind se beim

Schwören, und jetzt heißts Zeugen holen fürs Schwören. Mensch, die werden vom Pferd purzeln, aber mitm Kopp zuerst.« »Nee, Gottlieb, ich will doch lieber nich mitkommen.«

Aber Meck gab nicht nach, es war sein guter alter Freund und noch der beste von allen, natürlich ausgenommen den Herbert Wischow, aber das war ein Lude, und von dem wollte er nichts wissen, nee, nie mehr. Und untergehakt, die Prenzlauer Straße runter, Likörfabrik, Textilwerkstätten, Konfitüren, Seide, Seide, ich empfehle Seide, etwas rasend Modernes für die Frau von Format!

Und wie es acht Uhr war, saß Franz mit Meck und noch einem, der stumm war und bloß Zeichen machte, am Tisch in der Ecke in einer Kneipe. Und es ging hoch her. Meck und der Stumme staunten, wie Franz ganz auftaute, mit Wonne aß und trank, zwei Eisbeine, dann Bohnen und Einlage und eine Molle Engelhardt nach der andern, und ihnen spendierte er. Sie stemmten die Arme zu dritt aneinander, daß keiner noch an den kleinen Tisch rankäme und sie störte; nur die magere Wirtsfrau durfte ran und abräumen und aufräumen und neu zufüllen. Am Nebentisch saßen drei ältere Männer, die strichen manchmal einer dem andern über die Glatze. Franz hatte die Backen voll, lächelte, seine Augenschlitze gingen herüber zu denen. »Wat machen denn die da?« Die Wirtin schob ihm Mostrich zu, den zweiten Topf: »Na, die werden sich lieben.« »Ja, det gloob ick.« Und sie meckerten, schmatzten, schluckten zu dritt. Immer wieder verkündete Franz: »Man muß sich auffüllen. Ein Mensch, der Kraft hat, muß essen. Wenn du die Plautze nicht voll hast, kannste nischt machen.«

Das Vieh aus den Provinzen herangerollt, aus Ostpreußen, Pommern, Westpreußen, Brandenburg. Über die Viehrampen mähen und blöken sie. Die Schweine grunzen, schnüffeln am Boden. Im Nebel gehst du. Ein blasser junger Mann nimmt die Axt, hatz, das war ein Augenblick, das weiß nichts mehr.

Um 9 gaben sie die Ellbogen frei, steckten sich Zigarren in

die fetten Mäuler und fingen an, mit Rülpsen den warmen Imbißrauch von sich zu geben.

Da leitete sich was ein.

Zunächst kam ein grüner Junge in die Kneipe, hängte seinen Hut und Mantel an die Wand und schlug auf das Klavier.

Das Lokal füllte sich. Am Ausschank standen welche und diskutierten. Neben Franz setzten sich welche an den Nachbartisch, ältere Männer in Mützen, ein jüngerer mit einem steifen Hut, Meck kannte die, das Gespräch ging hin und her. Der Jüngere mit seinen schwarzen blitzenden Augen, ein gerissener Junge aus Hoppegarten, erzählte:

»Was die zuerst gesehen haben, wie sie nach Australien kamen? Erst mal Sand und Heide und Wiese und keine Bäume und kein Gras und kein nischt. Reine Sandwüste. Und dann Millionen und aber Millionen gelbe Schafe. Die existieren da wild. Die sinds gewesen, von wo die Engländer zuerst gelebt haben. Und die haben sie auch exportiert. Nach Amerika.« »Da brauchen sie grade Schafe aus Australien.« »Südamerika, verlaß dich drauf.« »Da haben sie soviel Ochsen. Die wissen ja selbst nicht wohin mit die vielen Ochsen.« »Aber Schafe, die Wolle. Wo in dem Land so viele Neger sind, die frieren. Na nu, werden die Engländer nich wissen, wo sie mit ihre Schafe hinsollen. Die Engländer, für die brauchste zu sorgen. Aber was nachher mit de Schafen geworden ist? Jetzt kannste nach Australien fahren, hat mir einer erzählt, so weit, wie du kuckst, siehst du kein Schaf. Alles ratzekahl. Und warum? Und wo sind die Schafe?« »Raubtiere.« Meck winkte ab: »Wat Raubtiere! Viehseuchen. Das ist immer das größte Unglück fürs Land. Die sterben ab, und nachher stehst du da.« Der Junge mit dem steifen Hut war nicht der Meinung, daß Viehseuchen ausschlaggebend gewesen seien. »Viehseuchen werden es auch gewesen sein. Wo soviel Vieh ist, sterben auch manche, und dann faulen sie, und dann gibts Krankheiten. Aber davon kommt et nicht. Nee, die sind ins Meer gelaufen allesamt in einem Trab weg, wie die Engländer kamen. Das ist eine Furcht unter die Schafe gewesen im Land, wie die Engländer kamen, und immer fangen und immer rin in die Waggons, da sind die Biester zu tausend gelaufen und immer ans Meer.« Meck: »Na und da. Das ist doch gut. Laß sie doch laufen. Da stehen natürlich die Schiffe. Da sparen die Engländer die Bahnspesen.« »Jawoll und Bahnspesen. Haste ne Winde. Das hat lange gedauert, bis die Engländer das überhaupt gemerkt haben. Die natürlich doch immer im Inland und gefangen und getrieben und in die Waggons und son riesiges Land und keene Organisation, wie das so im Anfang ist. Und nachher zu spät ist, zu spät. Die Schafe natürlich ans Meer und den Salzdreck gesoffen.« »Na und?« »Wat für und? Hab du mal Durst und nichts zu fressen und sauf egalweg Salzdreck.« »Ersoffen und krepiert.« »Na gewiß. Die sollen in dem da am Meer gelegen haben zu tausend und tausend und haben gestunken und immer weg damit.« Franz bestätigte: »Vieh ist empfindlich. Mit Vieh ist es sone Sache. Da muß man mit umgehen können. Wer nischt versteht davon, soll die Hände von lassen.«

Alle tranken betroffen und tauschten Bemerkungen über das verschleuderte Kapital und was da so alles vorkommt, daß die in Amerika sogar Weizen verfaulen lassen, ganze Ernte, kommt alles vor. »Nee«, erklärte der aus Hoppegarten, der Schwarzäugige, »da gibts noch viel mehr von Australien. Davon weiß man gar nichts, und in die Zeitungen steht nichts, und die schreiben nichts, wer weiß warum, wegen Einwanderung, sonst kommt ihnen keiner hin. Da soll es eine Eidechsenart geben, die ist direkt vorsintflutlicher Art, meterlang, die zeigen sie nich mal im Zoologischen Garten, lassen die Engländer nich zu. Ein Stück haben sie gefangen von einem Schiff, habens in Hamburg rumgezeigt. Aber is gleich alles verboten worden. Nichts zu machen. Die wohnen in Tümpeln so, in dickem Wasser, kein Mensch weiß, wovon sie leben. Einmal ist eine ganze Automobilkolonne versunken; die haben nich mal nachgegraben, wo die hingekommen ist. Nichts. Wagt sich keener ran. Ja.« »Doll«, meinte Meck, »und mit Gas?« Der Junge erwog: »Man müßte mal versuchen. Versuch schadet nichts.« Leuchtete ein.

Ein älterer Mann setzte sich hinter Meck, mit den Ellbogen auf Mecks Stuhl, ein kurzer untersetzter Kerl, krebsrotes dickes Gesicht mit vorgetriebenen großen Augen, die rasch hin und her eilten. Die Männer rückten für ihn. Und bald gab es zwischen Meck und ihm ein Tuscheln. Der Mann hatte blanke Schaftstiefel an, trug einen Leinenmantel über dem Arm und schien ein Viehhändler zu sein. Franz unterhielt sich mit dem Jungen aus Hoppegarten, der ihm gefiel, quer über die Tische. Da tippte ihn Meck auf die Schulter, winkte mit dem Kopf, sie standen auf, der kurze Viehhändler, der gemütlich lachte, mit. Sie stellten sich abseits zu dritt an den eisernen Ofen. Franz dachte, es handle sich um die beiden Viehhändler mit ihrem Prozeß. Da wollte er mal gleich abwinken. Aber es war ein ganz belangloses Herumstehen. Der Kurze wollte ihm nur die Hand schütteln und was er für Geschäfte mache. Franz schlug auf seine Zeitungstasche. Na vielleicht, ob er gelegentlich auch Obst abnehmen wolle; er, er heiße Pums, handle mit Obst, und gelegentlich könne er noch Wagenhändler brauchen. Was Franz mit Achselzucken beantwortete: »Kommt auf den Verdienst an.« Darauf setzten sie sich wieder. Franz dachte, wie forsch der Kleine redet; mit Vorsicht zu verwenden, nach Gebrauch zu schütteln.

Das Gespräch war weitergegangen, und nun war wieder Hoppegarten an der Spitze; sie waren bei Amerika. Der Hoppegartener hat den Hut zwischen den Knien: »Heiratet der also eine Frau in Amerika und denkt sich nischt dabei. Ist es eine Negerin. ›Was‹, sagt er, ›du bist eine Negerin?‹ Bums, fliegt sie raus. Hat sich die Frau vor Gericht ausziehen müssen. Mit ner Badehose. Will natürlich erst nicht, soll doch keenen Quatsch machen. Ist die Haut ganz weiß gewesen. Weil sie ne Mestize war. Sagt der Mann, sie ist doch eine Negerin. Und warum? Weil die Fingernägel anstatt weiß braun angelaufen sind. Das war ne Mestize.« »Na, und was wollte die? Scheidung?« »Ne, Schadenersatz. Er hat sie doch geheiratet, und vielleicht hat sie ihre Stellung verloren. Ne geschiedene Frau möchte auch keiner haben.

Ist ne schlohweiße bildhübsche Frau gewesen. Stammt von Negern ab, vielleicht aus dem siebzehnten Jahrhundert. Schadenersatz.«

Am Ausschank war Krach. Die Wirtin piepste gegen einen aufgeregten Chauffeur. Der widersprach: »Ich werde mir nicht erlauben, mit Eßwaren Dummheiten zu machen.« Der Obsthändler schrie: »Ruhe da!« Darauf drehte sich der Chauffeur feindlich um, sah den Dicken an, der lächelte ihn aber tot, dann war es bösartig still am Schanktisch.

Meck flüsterte Franz zu: »Die Viehhändler kommen heute nicht. Haben schon alles unter Dach. Den nächsten Termin haben sie sicher. Kuck dir mal den Gelben an, der ist hier Hauptmacher.«

Diesen Gelben, den ihm Meck bezeichnete, beobachtete Franz den ganzen langen Abend. Franz fühlte sich mächtig von ihm angezogen. Er war schlank, trug einen verschossenen Soldatenmantel – ob das ein Kommunist ist? –, hatte ein langes, hohes, gelbliches Gesicht, und auffällig an ihm waren die starken Querfalten an der Stirn. Der Mann war sicher erst Anfang Dreißig, aber von der Nase zum Mund liefen beiderseits solche klaffenden Einsenkungen. Die Nase, Franz betrachtete ihn genau und oft, die Nase war kurz, stumpf, sachlich aufgesetzt. Den Kopf ließ er tief herunter gegen seine linke Hand, die die brennende Pfeife hielt. Er hatte schwarze hochstehende Haare. Wie er nachher zum Schanktisch rüberging – er zog seine Beine hinter sich, das sah aus, als ob ihm die Füße immer wo stecken blieben –, da sah Franz, daß er gelbe elende Stiefel trug, und die dicken grauen Strümpfe hingen über Bord. Hat der Kerl die Schwindsucht? Man müßte ihn in eine Heilstätte stecken, Beelitz oder wo, lassen ihn so rumlaufen. Was treibt denn der? Der Mann kam angeschwommen, die Pfeife im Mund, in der einen Hand eine Tasse Kaffee, in der anderen Zitronenlimonade mit einem großen Zinnlöffel. Damit setzte er sich wieder an den Tisch, nahm mal einen Schluck Kaffee, mal einen Limonade. Franz hielt ihn mit den Augen fest. Was der Kerl für traurige Augen hat. Gesessen wird er auch schon haben; kommt mal her, paßt auf, der denkt jetzt auch, ich hab gesessen. Stimmt, mein Junge, haben wir, Tegel, vier Jahr, jetzt weißt du es, na, was ist nu?

Weiter war an dem Abend nichts. Aber Franz ging jetzt öfter in die Prenzlauer Straße und schmiß sich an diesen Mann in dem alten Soldatenmantel ran. Das war ein feiner Junge, bloß stotterte er mächtig, es dauerte lange, bis er was raushatte, darum machte er auch so große flehentliche Augen. Es kam heraus, daß er noch nicht gesessen hatte, bloß einmal war er politisch gewesen, eine Gasanstalt beinah in die Luft gesprengt, sie waren verpfiffen worden, aber ihn haben sie nicht gekriegt. »Und was machst du jetzt?« »Obsthandeln und so. Helfen. Wenns nicht geht, stempeln.« In eine dunkle Gesellschaft war Franz Biberkopf geraten, die meisten hier handelten merkwürdigerweise ›Obst‹, machten gute Geschäfte dabei, der Kleine mit dem krebsroten Gesicht versorgte sie, der war ihr Grossist. Franz hielt sich von ihnen in Entfernung, aber auch sie von ihm. Er wurde aus der Sache nicht klug. Er sagte sich: lieber Zeitungshandel.

Schwunghafter Mädchenhandel

Eines Abends kommt der im Soldatenmantel, Reinhold hieß er, mehr ins Sprechen oder Stottern, es ging rascher und glatter damit, er schimpfte über Weiber. Franz lachte sich einen Ast, der Junge nahm die Weiber wirklich ernst. Das hätte er von dem nicht vermutet; da hat der auch einen Stich, hier hatten alle einen Stich, der eine da, der andere da, ganz richtig war keiner. Der Junge war in die Frau eines Kutschers verliebt, eines Mitfahrers von einer Brauerei, sie war seinetwegen dem Mann schon weggelaufen, und das Kreuz war, jetzt wollte sie Reinhold gar nicht mehr. Franz röchelte vor Vergnügen durch die Nase, der Junge war zu komisch: »Laß die doch loofen.« Der stotterte und machte fürchterliche Augen: »Das ist doch so schwer. Die Weiber verstehen nicht, man kanns ihnen schriftlich geben.« »Na, hast es ihr denn aufgeschrieben, Reinhold?« Der stotterte, spuckte und wand sich: »Gesagt hundertmal. Sie sagt, sie verstehts nicht. Ich muß wohl verrückt sein. So was versteht sie nicht. Dann muß ich sie also, bis ich krepiere, behalten.« »Na vielleicht.« »Sagt sie auch.« Franz lachte kolossal, Reinhold ärgerte sich: »Mensch, sei doch nicht so dämlich.« Nein, das ging Franz nicht ein, ein so kesser Junge, mit Dynamit ins Gaswerk, und jetzt sitzt er da und bläst den Trauermarsch. »Nimm sie mir ab«, stotterte Reinhold. Franz schlug vor Spaß auf den Tisch: »Und was mach ich mit der?« »Na, du kannst sie ja laufen lassen.« Da war Franz entzückt: »Dir tu ich den Gefallen, auf mir kannste dich verlassen, Reinhold, aber – dich werden sie noch in Windeln legen.« »Kuck sie dir mal erst an, und dann sag du.« Sie waren beide zufrieden.

Die Fränze tanzte dann am nächsten Mittag bei Franz Biberkopf an. Wie er hörte, sie heiße Fränze, freute er sich gleich; da paßten sie ja schön zusammen, er heißt nämlich Franz. Sie sollte von Reinhold dem Biberkopf ein Paar derbe Schuhe bringen; das ist sein Judaslohn, lachte Franz innerlich, zehn Schillinge. Daß sie mir das auch noch selbst bringt! Der Reinhold ist doch ein freches Luder. Und ein Lohn ist den andern wert, dachte er, ging mit ihr am Abend Reinhold suchen, der war vorschriftsmäßig nicht zu finden, darauf Wutausbruch bei Fränze und Beruhigungsgesang zu zweit in seiner Stube. Am nächsten Morgen schon erschien die Kutschersfrau bei Reinhold, der nicht mal stotterte: Nee, er soll sich man keine Mühe geben, sie braucht ihn nicht, sie hat einen andern. Aber wer es ist, das sagt sie ihm noch lange nicht. Und kaum ist sie raus, erscheint Franz bei Reinhold mit seine neuen Stiefeln, die nicht mehr zu groß sind, weil er zwei Paar Wollstrümpfe trägt, und sie liegen sich in den Armen und klopfen sich die Rücken. »Ich werde dir doch einen Gefallen tun«, lehnte Franz alle Ehrenbezeigungen ab.

Diese Kutschersfrau hatte sich auch im Schwung in Franz verliebt, sie besaß ein elastisches Herz, wovon sie bis dato noch keine Kenntnis besaß. Er freute sich drüber, daß sie sich im Besitz dieser neuen Kraft fühlte, denn er war Menschenfreund und Herzenskenner. Er beobachtete mit Vergnügen, wie sie sich bei ihm festsetzte. Gerade die Linie kannte er; die Weiber habens im Beginn immer mit Unterhosen und zerrissene Strümpfe zu tun. Daß sie ihm aber auch morgens immer die Stiefel putzte und gerade die von Reinhold, ergab jeden Morgen bei ihm ein Lachkonzert. Er sagte, wie sie ihn fragte, warum er lachte: »Weil sie so groß sind, die sind ja zu groß für ein. Da passen wir ja beide rin.« Sie versuchtens auch mal, zusammen in einen Schuh reinzukommen, aber das war Übertreibung, das ging nicht.

Nun hatte der Stotterer Reinhold, Franzens wirklicher Freund, schon wieder eine Freundin, die Cilly hieß oder jedenfalls behauptete, so zu heißen. Franz Biberkopf war das durchaus gleichgültig, er sah auch die Cilly manchmal in der Prenzlauer Straße. Nur stieg ihm ein dunkler Verdacht auf, als der Stotterer sich nach etwa vier Wochen nach der Fränze erkundigte und ob Franz die schon abgeschoben hätte. Franz meinte, es sei eine putzige Kruke, und verstand zuerst nicht. Dann behauptete Reinhold: Franz hätte doch versprochen, die bald abzustoßen. Was Franz aber verneinte, es sei doch zu früh. Er wollte sich erst im Frühjahr eine neue Braut zulegen. Sommersachen, das hätte er schon gesehen, hätte die Fränze nicht, und er könnte ihr keine kaufen; dann wird sie eben im Sommer gehen. Reinhold meinte mäklig, die Fränze sehe eigentlich auch jetzt schon ziemlich abgerissen aus, und es seien auch gar keene richtigen Wintersachen, die sie trug, mehr Übergangssachen, jetzt eigentlich gar nicht für die Temperatur. Darauf gab es eine lange Unterhaltung über die Temperatur und das Barometer und die Wetteraussichten, sie sahen in den Zeitungen nach. Franz blieb dabei, die Witterung kann man nie richtig wissen, wies wird, Reinhold aber sah ganz scharfen Frost voraus. Da merkte Franz erst, daß Reinhold auch die Cilly loswerden wollte, die ein falsches Hasenfell trug. Er redete nämlich immerzu von dem schönen falschen Hasenfell. »Was soll ich mit Kaninchenbraten«, dachte Franz, »setzt der Mann einem zu.« »Mensch, du bist wohl dußlig, ich kann mir doch nicht zwee aufladen, wo ich schon die eine zu sitzen habe, und das Geschäft blüht ooch nich wie Flieder. Woher nehmen und nich stehlen.« »Haste doch gar nicht nötig, zwee. Wo hab ich gesagt, zwee. Werde ich einem Menschen zumuten, sich zwee Weiber aufzuladen. Bist doch kein Türke.« »Hab ich dir doch gesagt.« »Na ja, sag ich doch ooch gar nicht. Wo sag ich dir denn, daß du dir zwee aufladen sollst. Warum nich drei. Nee, schmeiß doch die raus – oder haste nich eenen?« »Was für eenen?« Was meint der schon wieder, was der Junge immer für Raupen im Kopp hat. »Kann dir ja auch ein anderer die abnehmen, die Fränze.« War unser Franzeken überglücklich, haut dem auf den Arm: »Junge, du bist ein geriebener Mensch, du hast aber die hohe Schule besucht, Donnerwetter, da steh ich stramm. Da machen wir Kettenhandel, was, wie in der Inflation?« »Na, warum nicht, Weiber gibts sowieso zu viele.« »Viel zuviel. Donnerwetter, Reinhold. Du bist ne Marke, ich krieg noch immer keine Luft.« »Na, was ist nun?« »Machen wir, das Geschäft ist richtig. Ich such eenen. Ich finde schon eenen. Da komm ich mich ganz dof vor vor dir! Ich schnapp ordentlich nach Luft.«

Reinhold sah den an. Der hatte einen kleinen Webefehler. Das ist eigentlich ein kolossaler Dussel, dieser Franz Biberkopf. Hat der Mann wirklich gedacht, sich zwee Weiber auf einmal aufzuhalsen.

Und Franz war so begeistert von dem Geschäft, daß er sich gleich aufmachte und den kleinen verwachsenen Ede in seinem Bau aufsuchte: ob der von ihm ein Mädel haben wolle, er hätte ne andere, und die möcht er los sein.

Dem kam das gerade zu paß, der wollte mal aussetzen bei seine Arbeit, dann hatte er Krankengeld und konnte sich ein bißchen pflegen, die kann dann für ihn einholen und zur Kasse gehen. Aber festsetzen bei mir, das sagte er gleich, das gibts bei mir nicht.

Sofort am nächsten Mittag, bevor er wieder auf die Straße ging, machte Franz der Kutschersfrau wegen nichts und wieder nichts einen Höllenkrach. Die ging in die Höhe. Er schrie sich freudig ein. Nach einer Stunde war alles im Lot:

der Bucklige half ihr ihre Sachen packen, Franz war in Wut weggerannt, die Kutschersfrau bezog bei dem Buckligen Quartier, weil sie nicht wußte wohin. Und schon ging der Bucklige zu seinem Arzt, meldete sich krank, und abends schimpften die beiden zusammen auf Franz Biberkopf.

Bei Franz meldete sich aber die Cilly. Was willste denn, mein Kind? Haste ein Wehweh, wo piekts denn, ach Jottedoch. »Ich sollte bloß einen Pelzkragen for Sie abgeben.« Franz hält den Pelzkragen anerkennend in der Hand. Schnieke Sache. Wo der Junge bloß die schönen Sachen auftreibt. Das letztemal warens bloß Stiefel. Cilly, die ahnungslose, meckerte treuherzig: »Sie sind wohl sehr befreundet mit meinem Reinhold?« »Jott ja«, lachte Franz, »er schickt mir von Zeit zu Zeit Lebensmittel und Kleidungsstücke, was er zuviel hat. Zuletzt hat er mir Stiefel geschickt. Bloß Stiefel. Warten Sie mal, die können Sie auch begutachten.« Wenn bloß die Fränze, das Aas, die Dußlige, die nicht mitgeschleppt hat; wo sind sie denn, ah, da wären sie. »Sehen Sie, Fräulein Cilly, die hat er mir das letztemal geschickt. Wat sagen Sie nun zu die Kanonenrohre? Da können drei Mann rin. Stecken Sie man Ihre Beeneken da rin.« Und schon steigt sie ein, kichert, propper ist sie angezogen, ein Geschöpfchen, was sagst du, zum Anbeißen, furchtbar nett sieht sie aus in schwarzem Mantel mit Pelzbesatz, was der Reinhold für ein Pappkopp ist, daß er die abstößt, und wo der bloß immer die netten Mädels aufgabelt. Und da steht sie in den Kanonenrohren. Und Franz denkt an die frühere Situation, ich bin wie auf Monatsgarderobe auf Weiber abonniert, und steckt schon einen Fuß, Schuh abgestülpt, hinter ihr in den Stiefel. Cilly kreischt, aber sein Bein geht rein, sie will weglaufen, aber sie hopsen beide, und sie muß ihn mitnehmen. Dann taucht er am Tisch mit dem andern Fuß in das Kanonenrohr. Sie sind am Kippen. Sie kippen, es gibt Gekreisch, Fräulein, zügeln Sie Ihre Phantasie, lassen Sie die beiden mal lustig unter sich, die haben jetzt Privatsprechstunde, für Kassenmitglieder ist erst nachher von 5 bis 7.

»Du, Reinhold erwartet mir doch, Franz, du sagst ihm

doch nichts, bitte, bitte.« »Werd ich denn, aber Pusselken.« Und dann sah er sie am Abend ganz, die kleine Heultrine. Abends schimpfen sie immer mächtig, und sie ist auch eine sehr nette Person, hat schöne Garderobe, den Mantel, der noch fast neu ist, ein Paar Ballschuh, das bringt sie alles gleich mit, Mensch, das hat dir alles Reinhold geschenkt, der kooft woll uff Teilstrecke.

Mit Bewunderung und mit Vergnügen begegnete Franz jetzt immer seinem Reinhold. Franzens Arbeit ist nicht leicht, er träumt schon besorgt vom Monatsende, wo Reinhold, der sehr Schweigsame, wieder anfangen wird zu sprechen. Da steht eines Abends Reinhold neben ihm an der Untergrundbahn Alexanderplatz vor der Landsberger Straße und fragt ihn, ob er für den Abend was vorhat. Nanu, der Monat ist doch noch nicht um, was ist, und eigentlich wartet die Cilly auf Franz – aber mit Reinhold zu gehen, natürlich mit dem größten Frachtwagen. Und da wandern sie langsam zu Fuß – was meinen Sie, wohin –, die Alexanderstraße runter wandern sie nach der Prinzenstraße. Franz drängt immer, bis er raus hat, wo Reinhold hin will. »Wollen wir zu Walterchen? Schwoofen?« Er will zur Heilsarmee nach der Dresdener Straße! Er will sich mal das anhören. So was. Das sieht richtig nach Reinhold aus. Sone Ideen hat der. Und damals erlebte Franz Biberkopf zum erstenmal einen Abend bei den Heilssoldaten. War sehr komisch, er wunderte sich sehr.

Um einhalb 10, als die Rufe zur Sündenbank anfingen, wurde Reinhold in dem Saal ganz merkwürdig, stürmte los, als wenn einer hinter ihm wäre, immer raus, Mensch, was ist denn los. Schimpfte er auf der Treppe zu Franz: »Vor die Jungen mußte dir vorsehen. Die bearbeiten dir so lange, biste keine Puste mehr hast und zu allem ja sagst.« »Nanu, nanu, mir schon lange nicht, da müssen sie früh aufstehn.« Reinhold schimpfte noch im Hackepeter in der Prinzenstraße, und dann ging es in einem Zug weiter und kam was raus. »Ich will von den Weibern los, Franz, ich will nicht mehr.« »Gott, und ich hab mich schon auf die nächste gefreut.« »Meinste denn, es macht mir Spaß, nächste Woche wieder zu dir zu kommen, und du sollst mir die Trude, die blonde, abnehmen? Nee, uff die Basis…« »An mir, Reinhold, solls nicht liegen, warum denn? Auf mir kannste dir verlassen. Da können von mir aus noch zehn Weiber kommen, bringen wir alle unter, Reinhold.« »Laß mich zufrieden mit die Weiber. Wenn ich aber nicht will, Franz?« Nu find sich da einer mal zurecht, und regt sich der uff. »Nee, wenn du die Weiber nich willst, da ist ja ganz einfach, da läßt du sie eben. Die finden wir immer ab. Die eene, die du hast, nehme ich dir noch ab, und dann läßt du das eben.« 2 mal 2 ist vier, wenn du rechnen kannst, verstehst du mich, da gibts doch nichts zum Anglupschen, glupscht der einen an. Wenn du willst, kannste dir die letzte auch behalten. Na, was ist jetzt, ist der Kerl komisch, jetzt holt er sich seinen Kaffee, Zitronensaft, kann keinen Schnaps vertragen, wacklig uff die Beene, dabei immer die Weiber. Da sagte Reinhold eine ganze Weile gar nichts, und erst wie er drei Tassen von der Lorke in sich hatte, kramte er wieder aus.

Daß Milch ein hochwertiges Nahrungsmittel ist, wird wohl nicht ernstlich bestritten werden, für Kinder, besonders für kleine Kinder, Säuglinge, ferner für Kranke ist sie zur Kräftigung durchaus zu empfehlen, besonders wenn daneben eine weitere nährstoffhaltige Kost verabreicht wird. Eine von ärztlichen Autoritäten allgemein anerkannte, leider aber nicht gewürdigte Krankenkost ist zum Beispiel Hammelfleisch. Also nichts gegen Milch. Nur darf natürlich diese Propaganda nicht plumpe, abwegige Formen annehmen. Jedenfalls, denkt Franz: Ich halte mir an Bier; wenn es gut gelagert ist, läßt sich gegen Bier nichts sagen.

Richtet Reinhold seine Pupillen auf Franz, – ganz zerschlagen sieht der Junge aus, wenn der man nicht losplärrt: »Ich bin schon zweimal dagewesen, Franz, bei der Heilsarmee. Ich habe auch schon mit einem gesprochen. Dem sag ich ›ja‹, halte bei der Stange, und nachher kippe ich um.« »Und was ist?« »Weißt doch, daß mir die Weiber so rasch über werden. Siehst es ja, Mensch. Nach vier Wochen, dann ist aus.

Warum, weeß ich nicht. Mag sie nicht mehr. Und vorher bin ich verrückt nach einer, müßtest mich mal sehen, total verrückt, direkt zum Einsperren in die Gummizelle, so verrückt. Und nachher: nischt, raus muß sie, kann sie nicht sehen, könnte noch Geld hinterherwerfen, wenn ich sie bloß nicht sehe.« Staunte Franz: »Na, Mensch, da biste vielleicht wirklich verrückt. Warte mal...« »Da war ich bei der Heilsarmee, hab ihnen gesagt, und dann hab ich gebetet mit einem...« Staunte und staunte Franz: »Gebetet hast?« »Mensch, wenn dir so zumute ist und du weißt dir keinen Rat.« Donnerwetter, Donnerwetter. Son Junge ist das, haste Töne. »Hat ooch geholfen, Wochener sechs, acht, man denkt an was anderes, du reißt dir zusammen, es geht, und es geht.« »Na, Reinhold, vielleicht gehst du mal nach der Charité. Oder vielleicht hättste jetzt nich gleich türmen müssen oben im Saal. Da hättste dir ruhig auf die Bank vorn setzen können. Vor mir brauchste dir nich schämen.« »Nee, ich will nich mehr, und das hilft nich mehr, und das ist ja alles Quatsch. Was soll ich denn da vorn hinkriechen und beten, und ich gloobe doch nischt.« »Ja, das kann ich verstehen. Wenn du nicht gloobst, dann hilfts nich.« Und Franz betrachtete seinen Freund, der grämlich in seine leere Tasse blickte. »Ob ich dir helfen kann, Reinhold, ick, – weiß ich ooch nich. Muß mir mal die Sache durch den Kopp gehen lassen. Dir müßte man vielleicht mal die Weiber gründlich verekeln oder so.« »Jetzt könnt ich schon kotzen vor der blonden Trude. Aber morgen oder übermorgen, da sollste mich mal sehen, wenn die Nelly oder Guste oder wie sie heißen wird, anlangt, da sollste mal Reinhold sehen. Mit seine roten Ohren. Und nischt als die haben, und wenn du dein ganzes Geld hinschmeißen sollst, die mußte haben.« »Was magste denn so besonders?« »Du meinst, womit sie mich kriegt? Ja, soll ich sagen. Mit gar nischt. Das ist es eben. Die eene hat – weiß ich –, hat sie den Bubikopf so geschnitten, oder macht sie Witze. Warum ich sie mag, Franz, weiß ich nie. Die Weiber, frag sie mal, die staunen ooch, wenn ich mit eenmal wie ein Stier gaffe und nich von der Pelle gehe. Frag die Cilly. Aber ich kann nicht los davon und kann nicht los.«

Franz beobachtete immer den Reinhold.

Es ist ein Schnitter, der heißt Tod, hat Gewalt vom großen Gott. Heut wetzt er das Messer, es schneidt schon viel besser, bald wird er drein schneiden, wir müssens erleiden.

Ein merkwürdiger Junge. Franz lächelt. Reinhold lächelt gar nicht.

Es ist ein Schnitter, der heißt Tod, hat Gewalt vom großen Gott. Bald wird er drein schneiden.

Franz denkt: Dir werden wir mal ein bißchen schütteln, Mensch. Werden dir mal den Hut 10 Zentimeter tiefer ins Genicke drücken. »Gut, werden wir machen, Reinhold. Werde mal die Cilly fragen.«

Franz denkt über den Mädchenhandel nach und will plötzlich nicht mehr, er will was andres

»Cilly, uffn Schoß setzen jetzt nich. Und hau mir man nich gleich. Bist mein Pusselken. Nu rat mal, mit wem daß ich zusammen war.« »Will ich gar nicht wissen.« »Schnuteken, Killikilliken, also mit wem? Mit – Reinhold.« Da wird die Kleine tückisch, warum bloß: »Reinhold, so, was hat er denn erzählt?« »Na, eben viel.« »So. Und das läßt du dir alles erzählen und glaubste ooch, wat?« »Nich doch, Cillyken.« »Na, denn geh ich schon. Erst wart ich auf dir drei geschlagene Stunden, und dann willst du Quatsch machen und mir erzählen.« »Nee doch. Menschenskind [die hatn Vogel], du sollst mir wat erzählen. Er doch nich.« »Wat ist los? Nu versteh ich gar nichts.« Und dann ging es los. Cilly, die kleine schwarze Person, kam in Rasche und konnte manchmal nicht weiter erzählen, so gab sie Dampf und knutschte sie der Franz ab beim Erzählen, weil sie so hübsch aussah dabei, son glänzendes kirschrotes Vögelchen, und fing noch jetzt an zu weinen, wie ihr alles einfiel. »Also der Mann, der Reinhold, der ist dir kein Liebhaber und kein Lude, der ist überhaupt kein Mann, bloß ein Strolch. Der geht rum wie ein Spatz auf der Straße, macht pick pick und schnappt die Mädels. Von dem können dir Dutzende ein Lied singen. Du denkst doch nich, ich bin seine erste gewesen oder die achte? Vielleicht die hundertste. Wenn du ihn fragst, er weeß alleene nich, wieviel er schon gehabt hat. Aber wie gehabt. Also, Franz, wenn du den Verbrecher verpfeifst, da kriegste von mir, nee, ich hab nichts, aber da könntste aufs Präsidium gehen und dir ne Belohnung holen. Dem siehste nichts an, wenn er so sitzt und grübelt und sein Zichorien trinkt, immer Lorke und Lorke. Und dann beißt er bei einem Mädel an.« »Hat er allens erzählt.« »Da denkste erst, wat will der Junge, der soll mal in die Palme gehen und lieber auspennen. Da kommt dir der wieder, ein kesser Junge, ein feiner Pinkel, ich sag dir, Franz, du faßt dir an die Stirn, was ist denn mit dem passiert, hat der sich steinachen lassen von gestern? Also und fängt an zu reden und kann tanzen ...« »Was, tanzen, Reinhold?« »Nee etwa nich. Wo hakn denn kennengelernt? Aufm Tanzboden, Chausseestraße.« »Kann der ne Kugel schieben.« »Der holt dir raus, Franz, wo du bist. Und wenns ne Verheiratete ist, er läßt nicht locker, er kriegt sie.« »Feiner Pinkel.« Franz lachte und lachte. Schwör mir keine Treue, leist mir keinen Eid, denn es reizt das Neue jeden mit der Zeit. Heiße Herzen geben niemals Ruh, suchen frischen Antrieb immerzu. Schwör mir keine Treue, weil ich mich zerstreue – gerade so wie du.

»Da lachste noch, Mensch. Biste ooch so eener?« »Aber nee, Cillyken, der Kerl ist bloß zu komisch, und mir jault er wieder vor, daß er von die Weiber nicht lassen kann.« Nicht lassen, nicht lassen, ich kann von dir nicht lassen. Franz zog sich die Jacke aus. »Jetzt hat er die Trude, die blonde, und vielleicht, was meinst du, soll ich sie ihm abnehmen?« Kreischt das Weib! Kann das Weib kreischen! Kreischt die Cilly wie son wilder Tiger. Reißt Franzen die Jacke weg, schmeißt sie auf die Erde, die hab ich doch nich auf Abbruch gekauft, nächstens reißt sie die noch kaputt, das kriegt sie fertig. »Mensch, Franz, dir haben sie wohl mit Schokolade begossen. Wat ist los, mit de Trude los, sag das noch mal.« Die kreischt wie ein wildgewordener Tiger. Wenn sie noch lange so schreit, holen die die Schupo und denken, ich dreh ihr das Gas ab. Kalt Blut, Franz. »Cilly, bloß nich mit Kleidungsstücke schmeißen. Det sind Wertobjekte und heutzutage nich leicht zu beschaffen. So, gib mal her. Gebissen hab ich dir ja noch nicht.« »Nee, du bist aber reichlich ein bißchen naiv, Franz.« »Schön, soll ick naiv sein. Wenn er aber mein Freund ist, der Reinhold, und ist in Schwulitäten und latscht sogar nach der Dresdener Straße nach der Heilsarmee und will beten, stell dir vor, da muß man ihm doch beipflichten, wenn ich sein Freund bin. Soll ich ihm die Trude nicht abnehmen?« »Und ich?« Mit dir, mit dir da möcht ich angeln gehn. »Na, da müssen wir eben drüber reden, das können wir ja mal begießen, wie wir das machen wollen. Wo sind eigentlich die Stiebel, die hohen? Kuck sie dir mal an.« »Laß mir doch zufrieden, Mensch.« »Ich will dir ja bloß die Stiefel zeigen, Cilly. Die habe ich nämlich, ja die hab ich auch von ihm. Du – weißt doch, du hast mir ein Pelzkragen gebracht damals. Na ja. Und vorher hat mir eine von ihm die Stiefel gebracht.« Ruhig sagen, warum nicht, nicht hinterm Zaun halten, mit Offenheit wird alles besser.

Die setzt sich auf den Schemel, sieht ihn an. Dann weint sie los, sagt gar nichts. »So ist die Sache. Der Mann ist so. Ich hab ihm geholfen. Ist mein Freund. Und da will ich dir nichts vormachen.« Wie die rüberkucken kann. So eine Wut: »Solch hundsgemeines Aas, solch hundsgemeiner Kerl bist du. Weißt du, wenn der Reinhold schon ein Lump ist, dann bist du ja schlimmer als – schlimmer als der schlimmste Lude.« »Nee, das bin ich nich.« »Wenn ich ein Mann wäre ...« »Na, ist man gut, daß du kein Mann bist. Aber du brauchst dir ja nicht künstlich aufzuregen, Cillyken. Wat war, hab ich gesagt. Ich habe mir schon inzwischen, wenn ich dir ansehe, alles überlegt. Ich nehme ihm die Trude nicht ab, du bleibst hier.« Franz steht auf, nimmt die Stiefel, schmeißt sie auf das Spind. Die Sache geht nicht, ich mache nicht mit, der ruiniert

Menschen, das mach ich nicht mit. Es muß was geschehen. »Cilly, heute bleibste hier, morgen früh, wenn Reinhold weg ist, gehste zu seine Trude und redst mit ihr. Ich werde ihr beistehen, sie kann sich auf mir verlassen. Sag ihr mal, warte, sie soll raufkommen, hier, wir reden mit ihr zusammen.«

Und wie mittags die blonde Trude bei Franz und der Cilly sitzt, ist sie schon sehr blaß und sieht traurig aus, und Cilly sagt ihr auf den Kopf zu, Reinhold ärgert sie und kümmert sich nicht um sie. Stimmt alles. Wie die Trude losweint, aber gar nicht weiß, was die von ihr wollen, erklärt ihr Franz: »Der Mann ist keen Lump. Er ist mein Freund, ich lasse nichts auf ihn kommen. Aber es ist eine Tierquälerei, was er macht. Es ist eine Schinderei.« Sie soll sich nicht von ihm weggraulen lassen, und er, Franz, wird außerdem ... na, wir werden ja sehen.

Am Abend holt Reinhold Franzen von seinem Stand ab, es ist lausig kalt, Franz läßt sich zu einem heißen Grog einladen, die Vorrede von Reinhold läßt er ruhig über sich ergehen, dann schießt Reinhold sofort auf die Sache mit die Trude los, und die sei ihm über, und er muß sie heute schon abstoßen.

»Reinhold, du hast wohl schon wieder eine andere?« Der hat auch eine und sagts. Da sagt Franz, er stößt die Cilly nich ab, die hat sich schön bei ihm eingelebt und ist ein anständiges Stück Weib, und er, Reinhold, soll mal auch ein bißchen bremsen, wie sich das gehört für ein anständigen Menschen, das kann doch einfach nicht so weitergehen. Reinhold versteht nicht, will wissen, ob es wegen dem Kragen, dem Pelzkragen ist. Die Trude würde ihm, na was, vielleicht eine Uhr bringen, eine silberne Taschenuhr oder ne Pelzmütze mit Ohrklappen, die könnte Franz doch sehr brauchen. Nee, nich zu machen, bloß Schluß mit det Gesülze. Koof ich mir allens alleene. Da möchte Franz doch mal freundschaftlich als Freund zum Freund mit Reinhold reden. Und sagt dann, was er sich überlegt hätte, heut und gestern. Reinhold soll man jetzt die Trude behalten, und wenn sich die Balken biegen. Er soll sich gewöhnen, dann geht et schon. Ein Mensch ist ein

Mensch, und ein Weibsstück auch, sonst kann er sich ja eine Hure kaufen für drei Märker, die ist zufrieden, wenn sie gleich weitertraben kann. Aber ein Weibsbild erst einwickeln mit Liebe und Gefühl und dann loofen lassen eine nach der andern, nee.

Reinhold hört sich das auf seine Art an. Er trinkt seinen Kaffee langsam und döst vor sich. Er sagt ruhig, wenn Franz die Trude ihm nicht abnehmen will, dann eben nicht. Ist schon vorher ohne ihn gegangen. Dann haut er ab, hat keene Zeit.

In der Nacht wacht Franz auf und schläft bis zum Morgen nicht ein. Es ist eisekalt im Bau. Cilly schläft und schnarcht neben ihm. Warum schlaf ich nicht ein? Jetzt fahren die Gemüsewagen nach der Markthalle. Ich möchte kein Pferd sein, in der Nacht laufen bei die Kälte. Im Stall ja, da ist warm. Schlafen kann son Weib. Die kann schlafen. Ich nicht. Hab mir die Zehen erfroren, das juckt, und es kitzelt. Da ist ein Ding in ihm, ist es das Herz, die Lunge, die Atmung, das innere Gefühl, das ist da und wird gedrückt, gestoßen, von wem denn? Es weiß nicht, das Ding, von wem. Es kann nur sagen, es ist schlaflos.

Sitzt ein Vogel auf seinem Baum, eben im Schlaf ist eine Schlange an ihm vorbeigeglitten, vom Rascheln ist der Vogel erwacht, und nun sitzt der Vogel mit gesträubten Federn, er hat keine Schlange gefühlt. Hah, immer atmen, ruhig Luft holen. Franz wirft sich. Der Haß von Reinhold liegt auf ihm und streitet mit ihm. Der dringt durch die hölzerne Türe und weckt ihn. Auch Reinhold liegt. Er liegt neben der Trude. Er schläft fest, im Traum mordet er, im Traum macht er sich Luft.

Lokalnachrichten

Das war in Berlin in der zweiten Aprilwoche, als das Wetter schon manchmal frühlingsmäßig war und, wie die Presse einmütig feststellte, herrliches Osterwetter ins Freie lockte.

In Berlin erschoß damals ein russischer Student, Alex Fränkel, seine Braut, die 22jährige Kunstgewerblerin Vera Kaminskaja, in ihrer Pension. Die gleichaltrige Erzieherin Tatjana Sanftleben, die sich dem Plan, gemeinsam aus dem Leben zu scheiden, angeschlossen hatte, bekam im letzten Augenblick Angst vor ihrem Entschluß und lief fort, als ihre Freundin schon leblos zu Boden lag. Sie traf eine Polizeistreife, erzählte ihr die furchtbaren Erlebnisse der letzten Monate und führte die Beamten an die Stelle, wo Vera und Alex tödlich verletzt lagen. Die Kriminalpolizei wurde alarmiert, die Mordkommission entsandte Beamte an die Unglücksstelle. Alex und Vera wollten heiraten, aber die wirtschaftlichen Verhältnisse ließen die eheliche Vereinigung nicht zu.

Weiterhin sind die Ermittelungen über die Schuldfrage an der Straßenbahnkatastrophe an der Heerstraße noch nicht abgeschlossen. Die Vernehmungen der beteiligten Personen und des Führers Redlich werden noch nachgeprüft. Die Gutachten der technischen Sachverständigen stehen noch aus. Erst nach ihrem Eingang wird es möglich sein, an die Prüfung der Frage heranzutreten, ob ein Verschulden des Führers durch zu spätes Bremsen vorliegt oder ob das Zusammenwirken unglücklicher Zufälle die Katastrophe veranlaßte.

An der Börse herrschte stiller Freiverkehr; die Freiverkehrskurse lagen fester im Hinblick auf den eben zur Veröffentlichung gelangenden Reichsbankausweis, der ein sehr günstiges Bild zeigen soll bei einer Abnahme des Notenumlaufs um 400 Millionen und der des Wechselbestandes um 350 Millionen. Man hörte 18. April gegen 11 Uhr I. G. Farb. 260 einhalb bis 267, Siemens und Halske 297 einhalb bis 299; Dessauer Gas 202 bis 203, Zellstoff Waldhof 295. Für deutsches Erdöl bestand bei 134 einhalb einiges Interesse.

Um noch einmal auf das Straßenbahnunglück in der Heerstraße zu kommen, so befinden sich alle bei dem Unfall schwerverletzten Personen auf dem Weg der Besserung.

Schon am 11. April war der Redakteur Braun durch Waffengewalt aus Moabit befreit. Es war eine Wildwestszene, die Verfolgung wurde eingeleitet, von dem stellvertretenden Präsidenten des Kriminalgerichts wurde sofort der übergeordneten Justizbehörde eine entsprechende Meldung gemacht. Zurzeit werden die Vernehmungen der Augenzeugen und der beteiligten Beamten noch fortgesetzt.

Weniger beschäftigt sich um diese Zeit die Öffentlichkeit Berlins mit dem Wunsch einer der bedeutendsten amerikanischen Autofabriken, Angebote kapitalkräftiger deutscher Firmen zu erlangen für Alleinvertretung konkurrenzloser Sechs- bis Achtzylinderwagen für Norddeutschland.

Es diene schließlich zur Orientierung, und ich wende mich da besonders an die Anwohner des Telefonamts Steinplatz: In der Hardenbergstraße ist im Renaissancetheater unter reichen Jubiläumsehren das Stück ›Cœur-Bube‹, diese reizende Komödie, in der sich anmutiger Humor mit tieferem Sinn vereinigt, nun schon zum 100. Mal gespielt worden. Die Berliner werden durch Plakate aufgefordert, diesem Stück noch zu höheren Jubiläumsehren zu verhelfen. Man muß nun da freilich allerhand erwägen: Die Berliner können zwar allgemein aufgefordert werden, aber sie können doch durch allerlei Umstände verhindert sein, dem Ruf zu folgen. Sie können zunächst verreist sein und keine Kenntnis von der Existenz des Stückes haben. Sie können auch in Berlin sein, aber keine Gelegenheit haben, an der Litfaßsäule die Ankündigung des Theaters zu sehen, etwa weil sie krank sind und zu Bett liegen. Das ist in einer Viermillionenstadt schon eine erkleckliche Menge von Menschen. Immerhin könnte ihnen durch den Rundfunk, Werbenachrichten um 6 Uhr abends, mitgeteilt werden, daß ›Cœur-Bube‹, diese reizende Pariser Komödie, in der sich anmutiger Humor mit tieferem Sinn vereinigt, nun schon zum 100. Mal im Renaissancetheater gespielt wird. Die Mitteilung könnte ihnen aber höchstens ein Bedauern abringen, nicht nach der Hardenbergstraße fahren zu können, denn hinfahren könnten sie, falls sie wirklich bettlägerig sind, keinesfalls. Im Renaissancetheater bestehen nach zuverlässigen Informationen keinerlei Vorkehrungen für die Aufnahme von Krankenbetten, die etwa durch Krankenwagen hier vorübergehend abgestellt werden.

Gar nicht außer acht zu lassen ist weiter der Hinweis: es könnte Menschen in Berlin geben und gibt es zweifellos auch, die das Plakat des Renaissancetheaters lesen, aber an seiner Wahrheit zweifeln, nicht an der Wahrheit des Vorhandenseins des Plakats, sondern an der Wahrheit, auch Wichtigkeit seines durch Drucktypen wiedergegebenen Inhalts. Sie könnten mit Unbehagen, mit Mißgefühl und Widerstreben, vielleicht mit Ärger dort lesen die Feststellung, daß die Komödie ›Cœur-Bube‹ eine reizende Komödie ist, wen reizt sie, was reizt sie, womit reizt sie, wie kommt man dazu, mich zu reizen, ich habe nicht nötig, mich reizen zu lassen. Es könnte ihnen die Lippen streng zusammenziehen, daß sich in dieser Komödie anmutiger Humor mit tieferem Sinn vereinigt. Sie wollen anmutigen Humor nicht, ihre Lebenshaltung ist ernst, ihre Gesinnung ist betrübt, aber hoheitsvoll, es sind einige Trauerfälle in ihrer Verwandtschaft vorgekommen. Sie lassen sich auch nicht übertölpeln durch den Hinweis, daß ja tieferer Sinn mit dem bedauerlich anmutigen Humor verbunden ist. Denn nach ihrer Meinung kann eine Unschädlichmachung, Neutralisierung des anmutigen Humors überhaupt nicht stattfinden. Tieferer Sinn muß allemal allein dastehen. Anmutiger Humor ist zu beseitigen, wie Karthago von den Römern beseitigt wurde oder andere Städte auf andere Weise, auf die sie sich nicht mehr besinnen können. Manche Leute glauben überhaupt nicht an den tieferen Sinn, der in dem Stück ›Cœur-Bube‹ steckt, das von den Litfaßsäulen angepriesen wird. Ein tieferer Sinn: warum ein tieferer und kein tiefer? Soll tieferer tiefer sein als tief? So zanken diese.

Es liegt auf der Hand: in einer großen Stadt wie Berlin bezweifeln, bemängeln, bekritteln viele Menschen vieles und so auch Wort für Wort des vom Direktor für teures Geld angebrachten Plakats. Sie wollen überhaupt nichts wissen vom Theater. Und selbst wenn sie es nicht bemäkeln und selbst wenn sie das Theater lieben, und besonders das Renaissancetheater in der Hardenbergstraße, und wenn sie sogar zugeben, daß in diesem Stück eine Vereinigung von anmutigem Humor mit tieferem Sinn stattfindet, so wollen sie daran nicht teilnehmen, denn sie haben einfach heute abend was anderes vor. Damit würde die Zahl der Menschen, die nach der Hardenbergstraße strömen werden und etwa Parallelaufführungen des Stückes ›Cœur-Bube‹ in Nachbarsälen erzwingen könnten, sehr zusammenschmelzen.

Wir kehren nach diesem lehrreichen Exkurs über öffentliche und private Ereignisse in Berlin, Juni 1928, wieder zu Franz Biberkopf, Reinhold und seiner Mädchenplage zurück. Es ist anzunehmen, daß auch für diese Mitteilungen nur ein kleiner Interessentenkreis vorhanden ist. Wir wollen die Ursachen davon nicht erörtern. Aber das soll mich meinerseits nicht abhalten, ruhig den Spuren meines kleinen Menschen in Berlin, Zentrum und Osten, zu folgen, es tut eben jeder, was er für nötig hält.

Franz hat einen verheerenden Entschluß gefaßt. Er merkt nicht, daß er sich in die Brennesseln setzt

Es ging dem Reinhold nicht gut nach dem Gespräch mit Franz Biberkopf. Reinhold war es nicht gegeben, wenigstens bis jetzt nicht, derb gegen Weiber zu sein, wie Franz. Ihm mußte da immer einer helfen und jetzt saß er auf dem Trocknen. Die Mädels waren hinter ihm her, die Trude, die noch bei ihm war, die letzte, Cilly, und die vorletzte, deren Namen er schon vergessen hatte. Alle spionierten sie um ihn, teils ängstlich besorgt [letzte Garnitur], teils rachsüchtig [vorletzte Garnitur], teils neu liebessüchtig [drittletzte Garnitur]. Die allerneuste, die am Horizont war, eine gewisse Nelly aus der Zentralmarkthalle, eine Witwe, war sofort um- und abgefallen, als nacheinander die Trude, die Cilly und schließlich sogar als Eideszeuge ein Mann, ein gewisser Franz Biberkopf, selbst Freund von Reinhold, bei ihr erschien und sie warnte. Ja, das tat Franz Biberkopf. »Frau Labschinsky –

so hieß natürlich Nelly –, ich tu das nicht, daß ich bei Sie komme, um meinen Freund, oder wer es ist, schlechtzumachen. Das beileibe nicht. Ich misch mich absolut nich in andere Leute ihre schmutzige Wäsche. Nanu, aber was recht ist, muß recht bleiben. Ein Weib nach dem andern auf die Straße stoßen, dazu steh ich nich grade. Und das ist auch die wahre Liebe nicht.«

Frau Labschinsky ließ verächtlich ihren Busen wogen: Reinhold, der soll sich mal nicht auf den Frack treten von wegen sie. Sie ist schließlichement auch keine Anfängerin mit Männer. Franz fuhr fort: »Das höre ich mit Freuden, das genügt mir. Dann werden Sie wohl auch Bescheid wissen. Denn Sie tun ein gutes Werk und darum ist es mir grade zu tun. Die Weiber tun einem leid, die doch auch Menschen sind wie wir, und dann Reinhold selbst. Der geht Ihnen daran kaputt. Darum trinkt er auch schon kein Bier und kein Schnaps, nur dünnen Kaffee, der verträgt nicht einen Tropfen. Dann soll er sich lieber zusammennehmen. Der hat einen guten Kern in sich.« »Hat er, hat er«, weinte Frau Labschinsky. Franz nickte ernst: »Und darum ist es mir zu tun, er hat schon viel durchgemacht, aber so gehts nicht weiter, und da müssen wir die Hand vorhalten.«

Frau Labschinsky gab dem Herrn Biberkopf zum Abschied ihre starke Pranke: »Ich verlaß mich auf Sie, Herr Biberkopf.« Sie konnte sich auf ihn verlassen. Reinhold zog nicht aus. Er war ein seßhafter Mensch, aber durchschauen ließ er sich nicht. Drei Wochen war er schon über den Termin mit Trude zusammen, Franz wurde täglich von dem Weibsbild zum Rapport gerufen. Franz jubelte: Jetzt ist bald die nächste fällig. Jetzt heißts Achtung. Und richtig: zitternd meldet ihm eines Mittags Trude, Reinhold ist schon zwei Abende in der feinen Kluft ausgegangen. Am Mittag drauf wußte sie schon, wer es war: eine gewisse Rosa, Knopflochnäherin, Anfang Dreißig, den Nachnamen wußte sie noch nicht, aber die Adresse. Na, dann ist ja alles im Lot, lachte Franz.

Doch mit des Geschickes Mächten ist kein ewiger Bund zu flechten. Und das Schicksal schreitet schnell. Tragen Sie, wenn Sie am Schreiten behindert sind, Leisers Schuh. Leiser ist das größte Schuhhaus am Platze. Und wenn Sie nicht schreiten wollen, fahren Sie: NSU ladet Sie zu einer Probefahrt im Sechszylinder ein. Grade an diesem Donnerstag ging Franz Biberkopf mal wieder allein durch die Prenzlauer Straße, weil ihm eingefallen war, er wollte seinen Freund Meck aufsuchen, den er schon lange nicht gesehen hatte, so im allgemeinen, und dann wollte er ihm auch erzählen von Reinhold und den Weibern, und Meck sollte zusehen und bewundern, wie er, der Franz, einen solchen Kerl an die Kandare kriegt, und wie er ihn rumreißt, und der muß sich an Ordnung gewöhnen und gewöhnt sich auch dran.

Und richtig, wie Franz mit seinem Zeitungskasten in die Kneipe schiebt, wen erblicken meine Augäpfel? Meck. Sitzt da mit zwei andern und präpelt. Setzt sich also Franz gleich daneben und präpelt auch, und sie genehmigen, wie die beiden andern weg sind, auf Franzens Einladung ein paar große Mollen, und Franz erzählt nun gurgelnd und schluk-kend und Meck hört nun gurgelnd und schluckend und staunend und mit Befriedigung, was es für Menschen gibt. Meck will es auch ganz für sich behalten, aber es ist doch eine tolle Kiste. Franz strahlt und erzählt, was er geleistet hat in der Sache, wie er dem Reinhold schon die Nelly, wat eine Frau Labschinsky war, abgetrieben hat, und er hat drei Wochen über den Termin bei der Trude bleiben müssen, und jetzt ist eine gewisse Rosa da, Knopflochnäherin, aber dieses Knopfloch nähn wir ihm ooch zu. Und so sitzt Franz da dick vor seiner Molle, sitzt im Fett. Lobt froh, ihr Kehlen, ihr jugendlichen Chöre, es geht ein Rundgesang an unserm Tisch herum, wiedebum, es geht ein Rundgesang an unserm Tisch herum. Dreimal drei ist neuheune, wir saufen wie die Schweiheine, dreimal drei und eins ist zehn, wir saufen nochmal een, zwo, drei, vier, sechs, sieben.

Wer steht am Schanktisch, Tranktisch, Gesangtisch, wer lächelt in die rauchige Gestankbude? Das dickste aller dicken Schweine, Herr von und zu Pums. Der lächelt, was er so lächeln nennt, aber seine Schweinsäuglein suchen. Müßte schon einen Besen nehmen und ein Loch in diesen Qualm schlagen, wenn er was sehen wollte. Da klettern drei auf ihn zu. Also das sind die Jungs, die immer Kompaniegeschäfte mit ihm zusammen machen, dufte Brüder. Gleiche Brüder, gleiche Kappen. Jung am Galgen gehangen ist besser, als alt Zigarrenstummel suchen. Sie kratzen sich die Köpfe zu viert, sie meckern zusammen, sie suchen in der Bude. Müssen einen Besen nehmen, wenn sie hier was sehen wollen, ein Ventilator tuts auch. Meck stößt Franzen an: »Sie sind nicht komplett. Die brauchen noch Leute für ihre Ware, der Dicke kann nicht genug Leute kriegen.« »Bei mir hat er auch schon getippt. Aber werde ich mich mit dem einlassen. Wat soll mir Obst? Hat wohl viele Ware, der?« »Weiß man, was der für Ware hat. Obst sagt er schon. Man muß nicht zuviel fragen, Franz. Aber ist gar nicht schlecht, sich an den zu halten, da fällt immer was ab. Ist ein Ausgekochter, der Alte, und die andern auch.«

Um acht Uhr 23 Minuten, 17 Sekunden tritt wieder einer an den Schanktisch, Tranktisch, einer, – eins, zwei, drei, vier, fünf, sechs, sieben, meine Mutter, die kocht Rüben – wer wird es sein? Sie sagen, der König von England. Nein, es ist nicht der König von England, wie er in großem Gefolge zur Parlamentseröffnung fährt, ein Zeichen für den Unabhängigkeitssinn der englischen Nation. Dieser ist es nicht. Wer ist es denn? Sind es die Delegierten der Völker, die in Paris den Kelloggpakt unterzeichneten, umringt von 50 Photographen, das richtige Tintenfaß konnte seines großen Umfangs wegen nicht herbeigebracht werden, man mußte sich mit einer Sèvresgarnitur begnügen? Auch diese sind es nicht. Es ist bloß, es latscht an, die grauen Wollstrümpfe hängen, Reinhold, eine sehr unscheinbare Gestalt, ein Junge mausgrau in mausgrau. Die kratzen sich zu fünften die Köpfe, suchen im Lokal. Müssen schon einen Besen nehmen, um hier was zu sehn, ein Ventilator täte es auch. Franz und Meck beobachten gespannt von ihrem Tisch die fünf Brüder, was sie machen werden und wie sie sich jetzt zusammen an einen Tisch setzen.

Nach einer Viertelstunde wird sich Reinhold eine Tasse Kaffee und eine Brause holen und wird dabei scharf in die Stube sehen. Und wer wird ihn dabei von der Wand her anlachen und ihm zuwinken? Beileibe nicht Dr. Luppe, der Nürnberger Oberbürgermeister, denn er hat an diesem Vormittag zum Dürertag die Begrüßungsansprache zu halten, nach ihm sprachen der Reichsinnenminister Dr. Keudell und der bayrische Kultusminister Dr. Goldenberger, auch diese beiden sind infolgedessen heut nicht hier anwesend und verhindert. Wrigley P.R. Kaubonbons bewirken gesunde Zähne, frischen Atem, bessere Verdauung. Es ist bloß Franz Biberkopf, der über die ganze Visage grinst. Mächtig freut er sich, daß Reinhold rankommt. Das ist ja sein Erziehungsobjekt, das ist ja sein Zögling, den kann er mal jetzt seinem Freund Meck servieren. Kuck mal an, wie der kommt. Den haben wir am Zügel. Mit seinem Kaffee und der Brause zieht Reinhold an, setzt sich zu ihnen, schnurrt in sich zusammen und stottert ein bißchen. Franz möchte ihm liebend gerne und neugierig auf den Busch klopfen, und Meck solls hören: »Wie gehts denn zu Hause, Reinhold, alles munter?« »Na ja, die Trude ist da, man gewöhnt sich.« Das sagt er so langsam, der tropft wie eine verstopfte Wasserleitung. Na, ist Franz glücklich. Er geht fast in die Höhe, so freut er sich. Das hat er geschafft. Wer denn, als wie icke. Und strahlt seinen Freund Meck an, der ihm Bewunderung nicht versagt. »Was, Meck, wir schaffen Ordnung in der Welt, wir schmeißen das Ding, uns soll einer kommen.« Franz klopft Reinholden auf die Schulter, die zurückzuckt: »Siehste woll, Junge, zusammennehmen muß man sich, dann geht es in der Welt. Ich sage immer: Zusammennehmen und durchhalten, dann soll einer kommen.« Und Franz kann sich gar nicht genug freuen über Reinhold. Ein reuiger Sünder ist besser als 999 Gerechte.

»Und was sagt denn Trude, staunt die nicht, wie alles friedlich geht? Und du, Mensch, biste nicht froh, daß du den ganzen Ärger los bist mit den Weibern? Reinhold, Weiber sind gut und können Spaß machen. Aber siehst du, wenn du mir fragst, was ich noch denke von die Weiber, dann sage ich:

nicht zu wenig davon, aber auch nicht zuviel. Wenns zuviel ist, dann wirds gefährlich, die Finger davon. Da kann ich ein Lied von singen.« Lied von der Ida, Paradiesgarten, Treptow, Segelschuh und dann weiter Tegel. Triumph, das ist verklungen, versunken, trinke. »Ich wer dir schon helfen, Reinhold, daß das funktionieren wird mit den Weibern, da brauchst du nicht zur Heilsarmee, besorgen wir alles besser. Na, prost Reinhold, eine Molle wirst du wohl noch vertragen.« Der stieß still mit seiner Kaffeetasse an: »Was kannst du da besorgen, Franz, warum, wieso?«

Donnerwetter, hätt ich mir bald verquatscht. »Ich mein bloß so, auf mich kannste dich verlassen, mußt dir ein Schnaps angewöhnen, leichter Kümmel.« Still der andere: »Du möchtest wohl bei mir den Doktor spielen?« »Warum nicht. In die Sachen kenn ich mir aus. Du weißt doch, Reinhold, ich habe dir geholfen mit die Cilly und vorher. Traust du mir nicht zu, daß ich dir nich jetzt auch beistehe? Franz ist noch immer Menschenfreund. Der weiß, wo der Weg langgeht.«

Reinhold blickt auf, sieht ihn mit seinen traurigen Augen an: »So, das weißt du.« Franz hält seinen Blick aus, läßt sich in seiner Freude nicht stören, der kann ruhig was merken, kann ihm nur gut bekommen, wenn er merkt, andere lassen sich nicht platt drücken. »Ja, hier Meck kann dir bestätigen, wir haben Erfahrungen hinter uns und darauf bauen wir auf. Und dann mit dem Schnaps; Reinhold, wenn du den verträgst, dann feiern wir hier ein Fest, auf meine Kosten, ich zahl den ganzen Salat.« Reinhold sieht noch immer Franzen an, der die Brust rausgedrückt hat, und den kleinen Meck, der ihn neugierig betrachtet. Reinhold senkt den Blick und sucht in seiner Tasse: »Du möchtest mir wohl zu einem Ehekrüppel zurechtkurieren?« »Prost, Reinhold, der Ehekrüppel soll leben, dreimal drei ist neune, wir saufen wie die Schweine, sing mit, Reinhold, aller Anfang ist schwer, doch ohne ihn kein Ende wär.«

Das Ganze halt. In Reihen formiert. Rechts schwenkt, marsch. Reinhold steigt aus seiner Kaffeetasse. Pums, der mit dem roten Fettgesicht, steht neben ihm, flüstert ihm was zu, Reinhold zuckt die Achsel. Dann bläst Pums durch den dicken Qualm und kräht fröhlich los: »Ich hab Sie schon mal gefragt, Biberkopf, wie ist das mit Sie, wollen Sie denn noch immerzu mit ihre Papierwaren laufen? Was verdient man denn dran, Stück zwei Pfennig, die Stunde fünf Pfennig, was.« Und dann gibts ein Hin- und Herstoßen, Franz soll einen Obst- oder Gemüsewagen mit übernehmen, Pums liefert die Waren, der Verdienst ist glänzend. Franz will und will wieder nicht, die ganzen Brüder bei Pums gefallen ihm nicht, die haun mir gewiß übers Ohr. Reinhold der Stotterer schweigt im Hintergrund. Wie ihn Franz fragt, was er meint, merkt er, daß der ihn immer angesehn hat und jetzt erst wieder in die Tasse kuckt. »Na, was meinst du, Reinhold.« Der stottert: »Ja, ich mach ja auch mit.« Und wie Meck sagt, warum denn nicht, Franz, will Franz es sich auch überlegen, er will nicht nein und nicht ja sagen, er will morgen mal herkommen oder übermorgen und mit Pums die Sache besprechen und wie es ist mit den Waren und Ware abholen, verrechnen und welche Gegend die beste ist für ihn.

Sind schon alle weggegangen, das Lokal ist schon fast leer, Pums weg, Meck und Biberkopf weg, nur am Ausschank steht noch ein Straßenbahner und verhandelt mit dem Wirt über Lohnabzüge, die sind zu hoch. Da hockt der Stotterer Reinhold noch auf seinem Platz. Drei leere Brauseflaschen stehn vor ihm, ein halb gefülltes Glas und die Kaffeetasse. Er geht nicht nach Hause. Zu Hause schläft die blonde Trude. Er denkt nach und grübelt. Er steht auf, schlurrt durch das Lokal, die Wollstrümpfe hängen ihm über Bord. Elend sieht der Mensch aus, gelbblaß, die klaffenden Linien um den Mund, die schrecklichen Querfalten über die Stirn. Er holt sich noch eine Tasse Kaffee und eine Limonade.

Verflucht ist der Mann, spricht Jeremia, der sich auf Menschen verläßt, der das Fleisch zu seiner Stütze macht und dessen Herz von Gott abfällt. Er gleicht einem Verlassenen in der Steppe und gewahrt es nicht, wenn Gutes kommt. Er weilt im Dürren, in der Wüste, auf salzigem Boden, der nicht bewohnt ist. Gesegnet, gesegnet, gesegnet ist der Mann, der auf Gott vertraut und dessen Zuversicht der Herr ist. Er gleicht einem Baum, der am Wasser gepflanzt ist und seine Wurzeln in den Bach streckt. Er gewahrt es nicht, wenn Hitze kommt, sondern seine Blätter bleiben grün, im Jahr der Dürre kann er unbesorgt sein, er hört nie auf, Frucht zu tragen. Das Herz ist trügerisch über alles und ist verderbt; wer mag es kennen?

Wasser im dichten schwarzen Wald, furchtbar schwarze Wasser, ihr liegt so stumm. Furchtbar ruhig liegt ihr. Eure Oberfläche bewegt sich nicht, wenn es um den Wald stürmt und die Kiefern ihr Biegen anfangen und die Spinnweben zwischen den Ästen zerreißen und das Splittern losgeht. Dann liegt ihr unten im Kessel, ihr schwarzen Wasser, die Äste fallen.

Der Wind zerrt an dem Wald, zu euch dringt der Sturm nicht herunter. Ihr habt auf eurem Boden keine Drachen, die Zeit der Mammute ist vorbei, nichts ist da, was einen erschrecken könnte, Pflanzen verwesen in euch, Fische, Schnecken regen sich. Weiter nichts. Aber obwohl das so ist, obwohl ihr nur Wasser seid, ihr seid unheimlich, schwarze Wasser, furchtbar ruhige Wasser.

Sonntag, den 8. April 1928

»Gibt es Schnee, vielleicht wird es noch mal weiß werden im April?« Franz Biberkopf saß am Fenster seiner kleinen Bude, stützte seinen linken Arm auf das Fensterbrett, legte den Kopf in die Hand. Es war nachmittags, Sonntag, warm, mollig in der Stube. Cilly hatte schon geheizt zu Mittag, jetzt schlief sie hinten im Bett mit ihrer kleinen Katze. »Gibt es Schnee? Ist so graue Luft. Wär ganz schön.«

Und wie Franz die Augen zumachte, hörte er Glocken läuten. Er saß minutenlang still, hörte sie läuten: Bum, bim

bim bum, bim bam, bumm bum bim. Bis er den Kopf von der Hand nahm und hörte: es waren zwei dumpfe und eine helle Glocke. Sie hörten auf.

Warum läuten sie jetzt, fragte er sich. Da fingen sie mit einmal wieder an, sehr stark, gierig, tosend. Es war ein furchtbarer Krach. Dann hörten sie auf. Mit einem Schlag war es still.

Franz nahm den Arm vom Fensterbrett, trat in die Stube. Cilly saß auf dem Bett, einen kleinen Spiegel in der Hand, hatte Lockennadeln zwischen den Lippen, summte freundlich, als Franz ankam. »Was ist denn heute los, Cilly. Ist Feiertag?« Sie arbeitete an ihrem Kopf. »Na ja, Sonntag.« »Nee, Feiertag?« »Vielleicht katholischer, weiß nicht.« »Weil doch die Glocken so doll läuten.« »Wo?« »Na eben.« »Hab nichts gehört. Hast du was gehört, Franz?« »Na ja. Hat ja gedröhnt ordentlich, son Krach.« »Du hast wohl geträumt, Mensch.« Mein Schreck. »Nee, ich hab nicht geträumt. Ich hab dagesessen.« »Bist wohl eingeduselt.« »Nee.« Er blieb dabei, war ganz starr, bewegte sich langsam, setzte sich auf seinen Platz am Tisch. »Was träumt man so was. Ich habs aber doch gehört.« Er goß einen Schluck Bier herunter. Der Schreck wich nicht.

Er sah zu Cilly herüber, die schon ganz weinerlich aussah: »Wer weeß, Cillyken, wem eben was passiert ist.« Und er fragte nach der Zeitung. Sie konnte lachen. »Ist doch jetzt nicht da, Sonntag niemals, Mensch.«

Er suchte in der Morgenzeitung, sah auf die Überschriften: »Lauter Kleinigkeiten. Nee, das ist alles nichts. Ist gar nichts passiert.« »Wenns bei dir läutet, Franz, da wirste wohl in die Kirche gehen.« »Ach, laß mir mit die Pfaffen. Da hab ick nischt mit im Sinn. Bloß, dat ist doch so komisch: man hört was, und wenn man nachsieht, nachher ist nichts.« Er dachte nach, sie stand neben ihm, liebkoste ihn. »Ich geh jetzt mal runter, Luft schnappen, Cilly. Kleenes Stündchen. Will mal hören, ob was passiert ist. Abends gibts die ›Welt‹ oder ›Montag Morgen‹, da muß ich doch mal zusehen.« »Na du, Franz, mit deinem Gegrübel. Wird drinstehen: een Müllwagen hat ne Panne gehabt am Prenzlauer Tor, und der ganze Müll ist runtergelaufen. Oder, warte mal: ein Zeitungshändler hat Geld zu wechseln gehabt und hat aus Versehen richtig rausgegeben.«

Franz lachte: »Na, nu geh ick. Adje, Cillyken.«

»Adjes, Franzeken.«

Darauf ist Franz langsam die vier Treppen heruntergegangen und hat Cilly nicht mehr wiedergesehen.

Sie hat in der Kammer gewartet bis fünf. Wie er nicht kam, ist sie auf die Straße gegangen und hat in den Kneipen bis zur Prenzlauer Ecke nach ihm gefragt. Da war er überall nicht gewesen. Aber er wollte doch in der Zeitung wo nachlesen nach seiner dämlichen Geschichte, dachte sie, was er geträumt hat. Irgendwo ist er doch hingegangen. An der Prenzlauer Ecke sagte die Wirtin: »Nee, hier war er nicht. Aber der Herr Pums hat nach ihm gefragt. Und dann hab ich ihm gesagt, wo Herr Biberkopf wohnt, da wird er wohl hingegangen sein.« »Nee, bei mir war keener.« »Hat vielleicht nicht gefunden.« »Ja.« »Oder hat ihn vor der Tür getroffen.«

Da saß Cilly bis zum späten Abend da. Die Kneipe füllte sich. Sie sah immer nach der Tür. Einmal lief sie auch nach Hause und kam wieder zurück. Bloß Meck kam, er tröstete sie und machte mit ihr ne Viertelstunde Spaß. Er sagte: »Der wird schon wiederkommen; der Junge ist Brotessen gewöhnt. Mach dir man keene Sorge, Cilly.« Aber während er das sagte, fiel ihm ein, wie Lina mal neben ihm gesessen hatte, und die hatte auch Franz gesucht, damals, wie das mit Lüders war, mit den Schnürsenkeln. Und er wäre selbst bald mitgegangen, als Cilly wieder auf die matschige dunkle Straße ging; aber er wollte der doch nicht angst machen, war vielleicht alles Quatsch.

Cilly suchte plötzlich in einem Zorn nach Reinhold; vielleicht hatte der wieder dem Franz ein Weibsbild eingeredet, Franz ließ sie einfach sitzen. Die Bude von Reinhold war verschlossen, kein Mensch da, nicht mal die Trude.

Sie zog langsam wieder in die Kneipe, Prenzlauer Ecke, immer wieder in die Kneipe. Es schneite, aber der Schnee zerfloß. Am Alex riefen die Zeitungshändler den ›Montag Morgen‹ aus, die ›Welt am Montag‹. Sie kaufte sich von einem fremden Händler ein Blatt, sah selbst hin. Ob wo was passiert wäre, ob er recht gehabt hat heut nachmittag. Na ja, ein Eisenbahnunglück in den Vereinigten Staaten, in Ohio, und Zusammenstoß von Kommunisten mit Hakenkreuzlern, nee, da macht Franz nicht mit, großes Schadenfeuer in Wilmersdorf. Wat soll ick damit. Sie schlenderte an dem strahlenden Haus von Tietz vorbei, ging über den Damm zur finsteren Prenzlauer Straße herüber. Sie ging ohne Schirm, war ganz eingeweicht. An der Prenzlauer Straße vor der kleinen Konditorei stand eine Gruppe Straßenmädchen unter Schirmen und versperrte die Passage. Dicht dahinter sprach sie ein Dicker ohne Hut an, der aus einem Hausflur trat. Sie ging rasch vorbei. Den nächsten nehme ich aber an, wat denkt denn der Junge. So wat Gemeines ist mir noch nicht vorgekommen.

Es war dreiviertel 10. Ein furchtbarer Sonntag. Um diese Zeit lag Franz schon in einer andern Stadtgegend auf dem Boden, den Kopf im Rinnstein, die Beine auf dem Trottoir.

Franz geht die Treppe runter. Eine Stufe, noch eine Stufe, noch eine Stufe, ne Stufe, Stufe, Stufe, vier Treppen, immer runter, runter, runter, noch runter. Dösig ist man, ganz verrammelt im Kopf. Kochste Suppe, Fräulein Stein, haste nen Löffel, Fräulein Stein – haste nen Löffel, Fräulein, kochste Suppe, Fräulein Stein. Nee, damit ist bei mir nichts zu machen, hab ich geschwitzt bei det Luder. Man muß mal an die Luft gehen. Treppengeländer, keene anständige Beleuchtung da, man kann sich ein Nagel einreißen.

Geht im 2. Stock die Türe auf, kommt ein Mann schwerfällig hinterher. Der muß aber ein Bauch haben, daß der so pustet, und noch dazu beim Runtersteigen. Unten steht Franz Biberkopf vor der Tür, die Luft ist grau und weich, wird bald schneien. Der Mann von der Treppe pustet neben ihm, ein kleiner, schwammiger Mann mit einem aufgeblasenen weißen Gesicht; einen grünen Filzhut hat er auf. »Ist wohl knapp bei Ihnen auf der Brust, Herr Nachbar?« »Ja, das Fett. Und das viele Treppensteigen.« Sie gehen zusammen die Straße lang. Der Kurzatmige pustet: »Heute schon fünfmal vier Treppen gegangen. Rechnen Sie aus: zwanzich Treppen, jede durchschnittlich dreißich Stufen, Wendeltreppen sind kürzer, aber die gehen sich noch schwerer, also dreißich Stufen, fünf Treppen, hundertfuffzich Stufen. Die rauf. Und runter.« »Eigentlich dreihundert. Denn runter strengt Sie ooch an, hab ich gemerkt.« »Stimmt, runter ooch.« »Würde ich mir ein andern Beruf aussuchen.«

Es schneit schwere Flocken, sie drehen sich, es ist schön zu sehen. »Ja, ich geh auf Inserat, und das muß ich nu schon. Das gibt nicht Alltag und Sonntag. Sonntag sogar am meisten. Sonntag inserieren die meisten, da versprechen sie sich am meisten von.« »Ja, weil man da Zeit hat, Zeitung zu lesen. Versteh ich ohne Brille. Schlägt in mein Fach.« »Inserieren Sie ooch?« »Nee, ich verkaufe bloß Zeitungen. Jetzt will ich mal eine lesen gehen.« »Na, ich habe schon alle gelesen. Son Wetter. Habn Se schon mal so was gesehn.« »April, gestern war noch schön. Passen Sie auf, morgen ist wieder ganz blank. Wetten?« Der verpustet sich wieder, die Laternen brennen schon, er holt an einer Laterne ein kleines Notizbuch ohne Deckel heraus, hält es ganz weit von sich ab, liest drin. Franz meint: »Wird Ihnen naß werden.« Der hört nicht, steckt das Heft wieder ein, das Gespräch ist zu Ende, Franz denkt, ich verabschiede mir. Da sieht der Kleine ihn an unter seinem grünen Hut: »Sagen Sie, Herr Nachbar, wovon leben Sie eigentlich?« »Warum meinen Sie? Ich bin Zeitungshändler, freier Zeitungshändler.« »So. Und davon verdienen Sie Ihr Geld?« »Na, es geht.« Was will der bloß, ne putzige Kruke. »Ja. Sie, ich hab das ooch immer gewollt, so irgendwo frei mein Geld verdienen. Muß doch schön sein, man macht, was man will, und wenn man tüchtig ist, dann geht es.« »Manchmal ooch nicht. Aber Sie loofen doch genug, Herr Nachbar. Heute am Sonntag, bei son Wetter, da loofen nicht viele.« »Richtig, richtig. Ich loofe den halben Tag. Und kommt nischt ein, kommt nischt ein. Die Leute sind knapp bei Geld heute.« »Was handeln Sie, Herr Nachbar, wenns erlaubt ist?« »Ich habe meine kleine Rente. Ich wollte nu mal, sehen Sie, ein freier Mann sein, arbeiten, mein Geld verdienen. Na, seit drei Jahren hab ich meine Pension, solange war ich bei der Post, und nu loof ick und loof ick. Also: ich lese in der Zeitung, und dann geh ich hin und seh mir an, was die Leute anzeigen.« »Vielleicht Möbel?« »Was es gibt, gebrauchte Büromöbel, Bechsteinflügel, olle Perserteppiche, Pianolas, Briefmarkensammlungen, Münzen, Nachlaßgarderobe.« »Sterben viele Leute.« »Janzer Schock. Na, dann geh ich rauf un seh mir an, und dann koof ich ooch.« »Und dann verkoofen Sie weiter, versteh.«

Darauf verstummte der Asthmatiker wieder, drückte sich in seinen Mantel, sie schlenderten durch den sanften Schnee. Da holte an der nächsten Laterne der dicke Asthmatiker ein Pack Postkarten aus seiner Tasche, sah Franzen betrübt an, drückte ihm zwei in die Hand: »Lesen Sie, Herr Nachbar.« Auf der Karte stand: »P. P. Datum des Poststempels. Zu meinem Bedauern muß ich von der gestern getroffenen Abmachung widriger Umstände wegen zurücktreten. Hochachtung. Bernhard Kauer.« »Kauer heißen Sie?« »Ja, ist mit einem Kopierapparat abgezogen. Den hab ich mir mal gekooft. Dat ist das einzige, was ich mir gekooft habe. Da mach ich mir die Abzüge alleine mit. Bis fuffzich kann man in der Stunde machen von.« »Wat Sie sagen. Na, wat soll denn det nu eigentlich.« Der Kerl ist nicht richtig im Oberstübchen, klappert auch so mit die Augen. »Lesen Sie doch: zurücktreten wegen widriger Umstände. Ich koofe und kanns dann nicht bezahlen. Ohne Bezahlung gebens die Leute nicht raus. Kann man ihnen ooch nicht verdenken. Und immer wieder loofe ich rauf und koofe und mache ab und freue mir, und die Leute freuen sich ooch, weil das Geschäft so glatt ging, und ich denk mir, was hab ich fürn Schwein, so schöne Sachen gibts, herrliche Münzensammlungen, könnt Sie was erzählen, Leute, die mit einmal kein Geld haben, und da komm ick ruff, seh mir alles an, und die erzählen mir auch gleich, was los ist, was det für ein Elend unter die Leute ist, wenn sie bloß ein paar Pfennig unter die Finger kriegten, bei Sie im Haus hab ich ooch was gekooft, die Leute habens so nötig, ne Wringmaschine und einen kleinen Eisschrank, freuen sich, wenn sie ihn los sind. Und dann geh ich runter, möchte ja ooch so gerne alles koofen, aber unten, da krieg ich dann die dicken Sorgen: keen Geld und keen Geld.« »Und für Absatz haben Sie doch woll eenen, der Ihnen das Zeug abnimmt.« »Lassen Sie man gut sein. Da hab ich mir die Kopiermaschine gekooft, da zieh ich mir die Postkarten ab. Fünf Pfennig kost mich jede Postkarte, das sind noch Spesen. Und denn Schluß und Punkt.«

Franz machte Riesenaugen: »Da platzen mir die Strümpe, Herr Nachbar. Det kann doch nich Ihr Ernst sein.« »Die Spesen, die – verringere ich manchmal, da spar ich fünf Pfennig und schmeiß gleich beim Rausgehen meine Karte den Leuten in ihren Briefkasten.« »Und loofen sich die Beene ab und haben knappe Luft, und wofür denn aber?«

Sie waren am Alexanderplatz.

Da war ein Auflauf, sie traten heran. Der Kleine sah zu Franz wütend auf: »Da leben Sie mal von fünfundachtzig Mark im Monat und kommen nicht weiter.« »Aber Mensch, Sie müssen sich um den Absatz bekümmern. Wenn Sie wollen, werde ich mir mal erkundigen bei meine Bekannten.« »Quatsch, hab ich Sie gar nicht beauftragt, ich mach meine Geschäfte alleene, mach keine Kompaniegeschäfte.« Sie waren mitten im Auflauf, es war eine gewöhnliche Schimpferei. Franz suchte den kleinen Mann, der war weg, verschwunden. Looft der weiter so rum, staunte Franz, ich bin platt wie ne Flunder. Wo ist denn nu bloß mein Unglück passiert? Er trat in eine kleine Kneipe, nahm einen Kümmel, blätterte im Vorwärts, Lokalanzeiger. Steht ooch nich mehr drin als in der Mottenpost, gibt da ein großes Rennen in England, Paris auch; vielleicht haben sie da mächtig auszahlen müssen. Kann ooch ein großes Glück gewesen sein, wenn einem die Ohren so klingen.

Und ist im Begriff, nach Hause zu gehen und kehrt zu machen. Da muß er mal über den Damm und sehen, was im

Gedränge los ist. Die große Bockwurst mit Salat! Hier, junger Mann, die große Bockwurst. Montag Morgen, die Welt, die Welt am Montag!

Wat sagen Sie zu die beede; die kloppen sich schon eine halbe Stunde rum, und keen Grund. Mensch, hier bleib ick bis morgen. Sie, Sie haben hier woll uffn Stehplatz abonniert, daß Sie sich so breitmachen. Nee, wat een Floh ist, der kann sich nicht breitmachen. Au Backe, kiek mal, der gibt ihm Saures.

Und wie Franz sich durchgedrängelt hat bis vorn, wer haut sich da mit wem? Zwei Jungen, die kennt er doch, das sind welche von Pums. Wat sagste nu. Klatsch hat der Lange den im Schwitzkasten, klatsch schmeißt er ihn in den Matsch. Junge, von dem läßt du dir schmeißen; bist ja minderwertig. Wat soll denn det Gedrängele, Sie. Au weih, Polente, die Grünen. Polente, Polente, verdrückt euch. Die Regencapes über, schieben sich zwei Grüne durch den Haufen. Schubb, ist der eine Ringer auf, im Gedränge, macht Beine. Der zweite, der Lange, der kommt nicht gleich hoch, der hat ne Wucht in die Rippen gekriegt, aber ne ordentliche. Da pufft sich Franz ganz vorn durch. Werd doch den Mann nicht liegen lassen, ist das ne Gesellschaft, keener faßt an. Und schon hat Franz ihn unter die Arme und rin zwischen die Leute. Die Grünen suchen. »Was is hier los?« »Haben sich zwei gehauen.« »Auseinandergehen, weitergehen.« Die krähen und kommen immer einen Posttag zu spät. Weitergehen, machen wir schon, Herr Wachtmeister, nur keene überflüssige Uffregung.

Franz sitzt mit dem Langen in der Prenzlauer Straße in einem schwachbeleuchteten Hausflur; nur zwei Nummern weiter ist das Haus, wo nach circa 4 Stunden ein Dicker ohne Hut raustreten wird und Cilly anquatschen wird; sie geht weiter, den nächsten wird sie bestimmt nehmen, son Schuft, der Franz, Gemeinheit.

Franz sitzt im Hausflur und schaukelt an dem faulen Emil: »Nun mach mal bloß, Mensch, daß wir in die Kneipe gehen können. Hab dir man nicht, wirst doch ne Wucht vertragen.

Wasch dir man ab, schleppst den ganzen Asphalt mit.« Sie gehen über die Straße. »Jetzt setz ich dir in der ersten besten Kneipe ab, Emil, ich muß nach Hause, meine Braut wartet.« Franz drückt ihm die Hand, da dreht sich der andere noch mal um: »Könntest mir eigentlich nen Gefallen tun, Franze. Ich muß heut Ware abholen mit Pums. Loof doch vorbei bei ihm, sind bloß drei Schritt, an der Straße. Geh doch.« »Was soll ich, Mensch, ich hab keine Zeit.« »Bloß bestellen, ick kann heut nicht, der wartet. Der kann nischt machen sonst.«

Flucht Franz, geht los, ein Wetter, immer machen, Mensch, ich will nach Hause, ich kann doch schließlich die Cilly ooch nicht warten lassen. So ein Affe, ich hab doch nicht meine Zeit gestohlen. Er rennt. An einer Laterne steht ein kleiner Mann, liest in einem Heft. Wer ist das eigentlich, den kenn ich doch. Da blickt der her, sofort auf Franz zu: »Ach Sie, Herr Nachbar. Sie sind doch der aus dem Haus, wo die Wringmaschine und der Eisschrank waren. Ja. Hier geben Sie die Karte ab, nachher, wenn Sie nach Haus gehen, sparen wir Porto.« Drückt Franz die Postkarte in die Hand, infolge widriger Umstände zurücktreten. Darauf wandert Franz Biberkopf ruhig weiter, die Postkarte wird er Cilly zeigen, ist ja gar nicht so eilig. Er freut sich über den verrückten Kerl, den kleinen Postfritzen, der immer rumlooft und kooft und hat keen Geld, aber ein Vogel hat er, das ist schon kein gewöhnlicher Piepmatz, das ist ein ausgewachsenes Huhn, wovon ne Familie leben kann.

»Tag, Herr Pums. n Abend. Wundern sich, daß ick zu Ihnen komme. Wat, wat soll ick Ihnen also sagen. Geh ick über den Alex. Ist da an der Landsberger Straße ne Keilerei. Ich denke, ich geh mal hin. Und wer haut sich da? Na? Ihr Emil, der Lange, mit einem Kleenen, der heißt wie ick, Franz, Sie werden schon wissen.« Worauf Herr Pums antwortet: er habe schon sowieso an Franz Biberkopf gedacht, er hab schon heut mittag gemerkt, daß zwischen den beiden was ist. »Also, der Lange kommt nicht. Sie springen da ein, Biberkopf.« »Wat du ick?« »Es geht auf sechs. Wir müssen um neun Ware abholen. Biberkopf, heut ist Sonntag, Sie haben sowieso nischt zu tun, Ihre Unkosten ersetze ich Ihnen, und dann gibt es noch drauf – na, sagen wir fünf Mark die Stunde.« Franz wird schwankend: »Fünf Märker.« »Na, ich bin im Druck, die beiden lassen mich im Stich.« »Der Kleine wird noch kommen.« »Also abgemacht, fünf Mark, Ihre Unkosten, na, fünf fuffzig, soll mir nicht drauf ankommen.«

Franz lacht innerlich furchtbar, wie er hinter Pums die Treppe runtergeht. Das ist aber ein glücklicher Sonntag, so was läuft einem nicht bald zwischen die Finger, das ist also doch wahr, die Glocken bedeuten was, jetzt werde ich einstreichen, na, am Sonntag fuffzehn Märker oder zwanzich, was habe ich eigentlich für Unkosten. Und freut sich, die Karte von dem Postfritzen knistert in seiner Tasche, vor der Haustür will er sich von Pums verabschieden. Da staunt der: »Nanu, ich denke, es ist abgemacht, Biberkopf.« »Ist ooch, ist ooch, auf mir ist Verlaß. Ick muß bloß rüber, wissen Sie, hähä, ich hab doch ne Braut, die Cilly, Sie kennen sie vielleicht von Reinhold, früher hat der ihr gehabt. Ich kann doch das Mädchen nicht den ganzen geschlagenen Sonntag alleen aufm Bau lassen.« »Nein, Biberkopf, ich kann Sie jetzt nicht weglassen, nachher zerschlägt sich alles, und ich steh da. Nein, wegen Weibersachen, so was, Biberkopf, das geht nicht, werden uns damit nicht das Geschäft verderben. Die läuft Ihnen nicht weg.« »Det weeß ick, da haben Se mal een wahres Wort gesagt, auf die kann ick mir verlassen. Aber gerade darum. Da werd ick ihr doch nicht sitzen lassen, und sie hört nischt und sieht nischt und weiß nischt. Was ich mache.« »Nun kommen Sie man, das findt sich schon.«

»Was mach ick?« dachte Franz. Sie gingen. Wieder die Ecke Prenzlauer Straße. Es standen schon hier und da Straßenmädchen, dieselben, die Cilly nach einigen Stunden sehen wird, als sie Franz sucht und sucht und herumirrt. Die Zeit rückt vor, es sammelt sich um Franz allerhand; er wird bald auf einem Wagen stehen, man wird ihn anfassen. Jetzt denkt er, wie er die Postkarte von dem verrückten Kerl rasch befördern kann und wie noch einen Moment rasch zu Cilly rauf, das Mädel wartet.

Er geht mit Pums in der Alten Schönhauser Straße zum Seitenflügel rauf, da ist sein Kontor, sagt Pums. Es ist auch Licht oben, die Stube sieht richtig aus wie ein Kontor mit Telephon, Schreibmaschinen. Ne ältere Frau mit strengem Gesicht kommt öfter in die Stube, wo Franz mit Pums sitzt: »Das ist meine Frau, Herr Franz Biberkopf, der will heute mal mitmachen.« Die geht raus, als wenn sie nichts gehört hat. Franz liest, während Pums an seinem Schreibtisch herumarbeitet und nur mal was nachsehen will, in einer B. Z., die auf dem Stuhl liegt: 3000 Seemeilen in einer Nußschale von Günther Plüschow, Ferien und Linienläufe, Lania ›Konjunktur‹, Piscatorbühne im Lessingtheater. Piscator selbst hat die Regie. Was ist Piscator, was Lania? Was Enveloppe und was Inhalt, also Drama? Keine Kinderehen mehr in Indien, ein Friedhof für preisgekröntes Vieh. Kleine Chronik: Bruno Walter dirigiert sein letztes Konzert in dieser Saison Sonntag, 15. April, in der Städtischen Oper. Das Programm bringt die Es-Dur-Sinfonie von Mozart, der Reinertrag ist für den Fonds des Gustav-Mahler-Denkmals in Wien bestimmt. Kraftwagenfahrer verh., 32 Jahr, Fahrschein 2 a, 3 b, sucht Stellung auf Privatgeschäft oder Lastwagen.

Herr Pums sucht auf dem Tisch Streichhölzer für seine Zigarre. Da öffnet die ältere Frau eine Tapetentür, und drei Männer kommen langsam rein. Pums sieht nicht auf. Das sind nun alles Pums' Leute, Franz schüttelt ihnen die Hand. Das Weib will wieder raus, da winkt Pums Franzen: »Sie, Biberkopf, Sie wollten doch einen Brief besorgt haben? Na, Klara, besorgs mal.« »Das ist aber hübsch von Sie, Frau Pums, wollen Sie mir wirklich den Gefallen tun? Also, ein Brief ist nicht, bloß die Karte, und dann an meiner Braut« – Und er sagt genau, wo er wohnt, schreibts auf ein Geschäftskuvert von Pums, und man soll der Cilly sagen, sie soll sich keine Sorge machen, und er kommt so um 10, und dann noch die Karte –

So, nu ist alles in Butter, er ist ordentlich erlöst. Das

magere böse Aas liest in der Küche das Kuvert, steckt es in das Feuer; den Zettel zerknautscht sie, schmeißt ihn in den Müllkasten. Dann kuschelt sie sich an den Herd, trinkt ihren Kaffee weiter, denkt an nichts, sitzt, trinkt, es ist warm. Und Biberkopfs Freude ist stürmisch, als nu noch anschliddert mit ner Schiebermütze, in der grünen dicken Soldatenkluft – wer denn? Wer hat denn solche Senkgruben im Gesicht? Wer latscht, als wenn er immer ein Bein nach dem andern aus dem dicken Lehm zieht? Na, Reinhold. Da fühlt sich Franz zu Hause. Na, das ist fein! Mit dir mach ich mit, Reinhold, kann kommen, was da will. »Wat, du machst mit?« Reinhold nöselt, latscht rum. »Dat is mal n Entschluß von dir.« Und dann fängt Franz an, von der Keilerei auf dem Alex zu erzählen, und wie er dem langen Emil geholfen hat. Die hören gierig zu, die vier, Pums schreibt noch immer, sie stoßen sich an, dann tuscheln sie zu zweit. Einer beschäftigt sich immer mit Franzen.

Um 8 Uhr geht die Fahrt los. Alle sind stark eingemummt, auch Franz kriegt einen Mantel. Er meint und strahlt, den möchte er gern behalten, und die Krimmermütze, Donnerwetter. »Warum nicht«, sagen sie, »mußt sie dir verdienen.«

Es geht los, stockfinster ist es draußen und ein furchtbarer Matsch. »Wat machen wir denn?« fragt Franz, wie sie auf der Straße stehen. Sie sagen: »Erst ein Auto haben oder zwei Autos. Und dann die Ware, Äppel und wat es gibt, die holen wir ab.« Sie lassen viele Autos vorbei, an der Metzer Straße stehen zwei, die nehmen sie, und dann rin und los.

Die beiden Autos fahren hintereinander gut ne halbe Stunde, im Dustern wird man aus der Gegend nicht klug, kann Weißensee sein oder Friedrichsfelde. Die Jungs sagen: der Alte will wohl erst was besorgen. Und dann halten sie vor einem Haus, es ist eine breite Allee, vielleicht ist es auch Tempelhof, die andern sagen, sie wissens ooch nich, sie geben mächtig Qualm.

Reinhold sitzt in diesem Auto neben Biberkopf. Was hat dieser Reinhold jetzt für ne andere Stimme! Er stottert nicht, spricht laut, sitzt straff wie ein Hauptmann; der Junge lacht sogar, die andern im Wagen hören auf ihn. Franz hat ihn unterm Arm: »Na, Junge, Reinhold [er flüsterts ihm in den Nacken unter den Hut], na, was sagste zu mir? Hab ich nicht recht gemacht mit die Weiber? Junge, was?« »Na ob, alles gut, alles gut.« Reinhold klatscht ihm auf das Knie; einen Schlag hat der Junge, was sagt man, hat der Junge eine Faust! Franz prustet: »Werden wir uns wegen ein Mädel uffregen, wat. Die müßte erst geboren werden, wat?«

Das Leben in der Wüste gestaltet sich oft schwierig.

Die Kamele suchen und suchen und finden nicht, und eines Tages findet man die gebleichten Knochen.

In einem Zuge fahren jetzt die beiden Autos, wie Pums mit einem Koffer wieder eingestiegen ist, durch die Stadt. Es ist knapp neun, da halten sie am Bülowplatz. Und jetzt gehen sie zu Fuß, getrennt, immer zwei und zwei. Sie gehen unter dem Stadtbahnbogen durch. Franz sagt: »Da sind wir ja bald an der Markthalle.« »Schon; aber erst abholen und dann rüberbringen.«

Plötzlich sind die vorderen nicht mehr sichtbar, es ist an der Kaiser-Wilhelm-Straße, dicht an der Stadtbahn, und dann ist Franz mit seinem Begleiter auch in einem schwarzen offenen Hausflur verschwunden. »Hier ists«, sagt der neben Franz, »die Zigarre kannste jetzt wegschmeißen.« »Warum denn?« Der preßt ihm den Arm, reißt ihm die Zigarre aus dem Mund: »Weil ick et sage.« Der ist über den dunklen Hof weg, ehe Franz was machen kann. Verstehste det, verstehste det, lassen einen im Dustern stehen, wo stecken die denn? Und wie Franz über den Hof tapert, blitzt schon eine Taschenlampe vor ihm auf, er ist geblendet, das ist Pums. »Sie, Sie, wat wollen Sie denn? Sie haben hier nichts zu suchen, Biberkopf, Sie stehen vorn, Sie passen auf. Gehen Sie zurück.« »Nanu, ich denk, ich soll abholen?« »Quatsch, gehen Sie zurück, hat Ihnen denn keiner was gesagt?«

Das Licht geht aus, Franz tapert zurück. Es zittert was in ihm, er schluckt: »Was ist det hier, wo stecken die nur hier?« Er steht schon an der vorderen Haustür, da kommen von hinten zwei an – Raub und Mord, die klauen, die brechen ein, ich will hier weg, weg von hier, eine Eisbahn, eine Rutschbahn, und weg in einem Bogen, auf dem Wasser bis zum Alexanderplatz – die halten ihn, einer ist Reinhold, der hat eine eiserne Klaue: »Hat man dir nischt gesagt? Hier stehste, paßt auf.« »Wer, wer sagt det?« »Mensch, quatsch nich, wir sind im Druck. Haste denn keen Grips; stell dir man nich. Jetzt stehste und pfeifst, wenn was ist.« »Ick...« »Halts Maul, Mensch«, und ein Hieb saust auf Franzens rechten Arm, daß er sich krümmt.

Franz steht allein im schwarzen Hausflur. Er zittert wirklich. Wat steh ich hier? Die haben mir richtig reingelegt. Der Hund hat mir gehauen. Die klauen hinten, wer weiß, was die klauen, das sind doch keene Obsthändler, das sind Einbrecher. Die lange Allee schwarzer Bäume, das eiserne Tor, nach dem Einschluß haben sich sämtliche Gefangenen zur Ruhe zu begeben, im Sommer ist es ihnen gestattet, bis zur Dunkelheit aufzubleiben. Das ist eine Kolonne, Pums kommandiert. Soll ich weg, soll ich nicht weg, soll ick, wat soll ick. Die haben mir hergelockt; sone Gauner. Ick muß Schmiere stehen.

Franz stand da, zitterte, befühlte seinen geknufften Arm. Krankheiten sollen Gefangene nicht verheimlichen, aber auch nicht erdichten; wird bestraft. Totenstill das Haus; vom Bülowplatz her Autotuten. Hinten über den Hof knackte und rumorte es, gelegentlich blitzte eine Taschenlampe auf, husch, ging einer mit einer Blendlaterne in den Keller. Die haben mir hier eingesperrt, lieber trockenes Brot und Salzkartoffeln, als hier stehen für sone Gauner. Mehrere Taschenlampen blitzten auf dem Hof, der Mann mit der Postkarte fiel Franz ein, merkwürdiger Kerl, merkwürdiger Kerl. Und er kam nicht weg vom Fleck, er war an die Stelle gebannt; seit Reinhold ihn geschlagen hatte, war das, da war er angenagelt. Er wollte, er mochte, aber es ging nicht, es ließ ihn nicht los. Die Welt ist von Eisen, man kann nichts machen, sie kommt wie eine Walze an, auf einen zu, da ist nichts zu machen, da kommt sie, da läuft sie, da sitzen sie drin, das ist ein Tank, Teufel mit Hörnern und glühenden Augen drin, sie zerfleischen einen, sie sitzen da, mit ihren Ketten und Zähnen zerreißen sie einen. Und das läuft, und da kann keiner ausweichen. Das zuckt im Dunkeln; wenn es Licht ist, wird man alles sehen, wie es daliegt, wie es gewesen ist.

Ich möchte weg, ich möchte weg, die Gauner, die Hunde, ich will das gar nicht. Er zog an seinen Beinen, das wär ja gelacht, wenn ich nicht wegkönnte. Er rührte sich. Als wenn mich einer in Teig geschmissen hätte und krieg das Zeug nicht los. Aber es ging, es ging. Schwer ging es, aber es ging. Ich komm vorwärts, die sollen nur klauen, ick mach mir dünne. Er zog den Mantel aus, ging auf den Hof zurück, langsam, ängstlich, aber den Mantel müßte er denen ins Gesicht schmeißen, ins Dunkel schmiß er den Mantel gegen das Hinterhaus. Da kamen wieder Lichter, zwei Mann liefen an ihm vorbei, mit Mäntel, ganze Bündel, beladen, die beiden Autos hielten vor dem Torweg; im Vorübergehen schlug einer der Männer wieder Franzen auf den Arm, ein eiserner Schlag: »Alles in Ordnung, was?« Das war Reinhold. Jetzt rannten zwei weitere Männer mit Körben vorbei und wieder zwei, hin und her, ohne Licht, an Franzen vorbei, in dem nichts vorging als Zähnebeißen, Fäusteballen. Sie fuhrwerkten wie die Wilden im Hof und über den Flur hin und her im Dustern, sonst hätten sie sich vor Franz erschreckt. Denn das war nicht mehr Franz, der da stand. Ohne Mantel, ohne Mütze, die Augen vorgetrieben, die Hände in den Taschen und lauernd, ob er ein Gesicht erkennt, wer ist dann das, wer ist das, kein Messer da, warte du, vielleicht in der Jacke, Jungekens, ihr kennt Franz Biberkopf nich, werdet ihr erleben, wenn ihr den anfaßt. Da rannten alle vier beladen hintereinander raus, und ein kleiner Runder faßt Franz am Arm: »Komm, Biberkopf, Abfahrt, alles im Lot.«

Und Franz zwischen andere in ein großes Auto verstaut. Reinhold sitzt neben ihm, der preßt Franz hart neben sich, das ist der andere Reinhold. Sie fahren drin ohne Licht. »Was drückst du mir«, flüstert Franz; kein Messer da.

»Halts Maul, halt die Fresse, Kerl; keiner sagt ein Mucks.« Das vordere Auto jagt; der Chauffeur vom zweiten Wagen sieht rechts zurück, gibt Gas, schreit nach rückwärts durch das offene Fenster: »Kommt wer nach.«

Reinhold steckt den Kopf zum Fenster raus: »Dalli, dalli, um die Ecke.« Der Wagen immer nach. Da sieht beim Schein einer Laterne Reinhold Franzens Gesicht: der strahlt, der hat ein glückliches Gesicht. »Wat lachste, Affe, du bist wohl ganz verrückt.« »Kann ick doch lachen, geht dir nischt an.« »Dat du lachst?« So ein Tagedieb, ein Achtgroschenjunge. Und plötzlich blitzt es durch Reinhold, woran er die ganze Fahrt nicht gedacht hatte: das ist der Biberkopf, der ihn hat sitzen lassen, der ihm die Weiber abtreibt, das ist ja bewiesen, dieses freche, dicke Schwein, und dem hab ick auch mal alles erzählt von mir. Plötzlich denkt Reinhold nicht an die Fahrt.

Wasser im schwarzen Wald, ihr liegt so stumm. Furchtbar ruhig liegt ihr. Eure Oberfläche bewegt sich nicht, wenn es im Wald stürmt und die Kiefern ihr Biegen anfangen und die Spinnweben zwischen den Ästen zerreißen und das Splittern losgeht. Der Sturm dringt nicht zu euch herunter.

Dieser Junge, denkt Reinhold, sitzt dick im Fett, und er denkt woll, das Auto hinten wird uns kriegen, und ich sitze hier, und er hat mir Reden gehalten, das Rindsvieh, von Weibern, und ich soll mir beherrschen.

Franz lacht lautlos weiter, er sieht nach rückwärts durch das kleine Autofenster auf die Straße, ja, das Auto verfolgt sie, sie sind entdeckt; warte, das ist ihre Strafe, und wenn ich selbst bei verschütt gehe, die sollen nicht mit mir umspringen, die Gauner, die Strolche, die Verbrecherbande.

Verflucht ist der Mann, spricht Jeremia, der sich auf Menschen verläßt. Er gleicht einem Verlassenen in der Steppe. Er weilt im Dürren auf salzigem Boden, der nicht bewohnt ist. Das Herz ist trügerisch und verderbt; wer mag es kennen?

Da hat Reinhold dem Mann ihm gegenüber ein heimliches Zeichen gegeben, im Wagen wechselt Finsternis und Licht, es wird eine Jagd. Heimlich hat Reinhold seine Hand an den Türdrücker dicht neben Franz geschoben. Sie sausen in eine breite Allee ein. Franz sieht noch nach rückwärts. Er wird mit einmal an der Brust gepackt, nach vorn gezerrt. Er will aufstehen, er schlägt in Reinholds Gesicht. Der ist aber grausig stark. Der Wind braust in den Wagen, Schnee fliegt hinein. Franz wird schräg über die Ballen gegen die offene Tür gestoßen, er greift schreiend nach Reinholds Hals. Da fährt ein Stockhieb von der Seite auf seinen Arm. Der zweite im Wagen versetzt ihm einen schiebenden Stoß gegen die linke Hüfte. Von den Tuchballen herunter wird Franz durch die offene Tür liegend geschoben; er klammert sich mit den Beinen an, woran er kann. Seine Arme halten den Wagentritt umschlungen.

Da trifft ihn ein Stockschlag auf den Hinterkopf. Gebückt über ihm stehend wirft Reinhold den Körper auf die Straße. Die Tür knallt zu. Das Verfolgerauto braust über den Menschen. Die Jagd geht im Schneetreiben weiter.

Freuen wir uns, wenn die Sonne aufgeht und das schöne Licht kommt. Das Gaslicht kann ausgehen, das elektrische. Die Menschen stehen auf, wenn ihr Wecker schnurrt, es hat ein neuer Tag begonnen. Wenn vorher der 11. April war, ist jetzt der 12., wenn es ein Sonntag war, ist jetzt ein Montag. Das Jahr hat sich nicht geändert, der Monat auch nicht, aber es ist eine Änderung eingetreten. Die Welt hat sich weitergewälzt. Die Sonne ist aufgegangen. Es ist nicht sicher, was diese Sonne ist. Die Astronomen beschäftigen sich viel mit diesem Körper. Er ist ja, sagen sie, der Zentralkörper unseres Planetensystems, denn unsere Erde ist nur ein kleiner Planet, und was sind eigentlich wir denn? Wenn so die Sonne aufgeht und man sich freut, sollte man eigentlich betrübt sein, denn was ist man denn, 300000mal so groß wie die Erde ist die Sonne, und was gibt es alles noch für Zahlen und Nullen, die alle nur sagen, daß wir eine Null sind oder gar nichts, völlig nichts. Eigentlich lächerlich, sich da zu freuen.

Und doch freut man sich, wenn das schöne Licht da ist, weiß und stark, und kommt auf den Straßen, in den Zimmern erwachen alle Farben, und die Gesichter sind da, die Züge. Es ist wohlig, Formen zu tasten mit den Händen, aber es ist ein Glück, zu sehen, Farben zu sehen, Linien. Und man freut sich und kann zeigen, was man ist, man tut, man erlebt. Wir freuen uns auch im April über das bißchen Wärme, wie freuen sich die Blumen, daß sie wachsen können. Es muß ein Irrtum, ein Fehler sein in den schrecklichen Zahlen mit den vielen Nullen.

Geh nur auf, Sonne, du erschreckst uns nicht. Die vielen Kilometer sind uns gleichgültig, der Durchmesser, dein Volumen. Warme Sonne, geh nur auf, helles Licht, geh auf. Du bist nicht groß, du bist nicht klein, du bist eine Freude.

Nun ist sie soeben froh aus dem Pariser Nordexpreß gestiegen, die kleine unscheinbare Gestalt im pelzbesetzten Mantel, mit ihren Riesenaugen und ihren kleinen Pekinesen Black und China im Arm. Photographen und Kurbelrummel. Leise lächelnd läßt Raquil alles über sich ergehen, freut sich am meisten über einen Strauß gelber Rosen der spanischen Kolonie, denn Elfenbein ist ihre Lieblingsfarbe. Mit den Worten: »Ich bin wahnsinnig neugierig auf Berlin« besteigt die berühmte Frau ihren Wagen und entschwindet der nachwinkenden Menschenmenge in der morgendlichen Stadt.

SECHSTES BUCH

*J*ETZT *seht ihr Franz Biberkopf nicht saufen und sich verstecken. Jetzt seht ihr ihn lachen: man muß sich nach der Decke strecken. Er ist in einem Zorn, daß man ihn gezwungen hat, es soll ihn keiner mehr zwingen, der Stärkste nicht. Er hebt gegen die dunkle Macht die Faust, er fühlt etwas gegen sich stehen, aber er kann es nicht sehen, es muß noch geschehen, daß der Hammer gegen ihn saust.*

Es ist kein Grund zu verzweifeln. Ich werde, wenn ich diese Geschichte weitererzähle und bis zu ihrem harten, schrecklichen, bitteren Ende geführt habe, noch oft das Wort gebrauchen: es ist kein Grund zu verzweifeln. Denn der Mann, von dem ich berichte, ist zwar kein gewöhnlicher Mann, aber doch insofern ein gewöhnlicher Mann, als wir ihn genau verstehen und manchmal sagen: wir könnten Schritt um Schritt dasselbe getan haben wie er und dasselbe erlebt haben wie er. Ich habe versprochen, obwohl es nicht üblich ist, zu dieser Geschichte nicht stille zu sein.

Es ist die grausige Wahrheit, was ich berichte von Franz Biberkopf, der ahnungslos von Hause wegging, wider seinen Willen bei einem Einbruch mitmachte und vor ein Auto geworfen wurde. Er liegt unter den Rädern, der unzweifelhaft die redlichsten Bemühungen gemacht hat, seinen ordentlichen erlaubten und gesetzlichen Weg zu gehen. Aber ist das nicht grade, um zu verzweifeln, welcher Sinn soll denn in diesem frechen, ekelhaften und erbärmlichen Unsinn liegen, welcher verlogene Sinn soll denn dahineingelegt werden und vielleicht gar ein Schicksal für Franz Biberkopf daraus gemacht werden?

Ich sage: es ist kein Grund zu verzweifeln. Ich weiß schon einiges, vielleicht sehen manche, die dies lesen, schon einiges. Eine langsame Enthüllung geht hier vor, man wird sie erleben, wie Franz sie erlebt, und dann wird alles deutlich sein.

Weil Reinhold so im Zuge war, machte er gleich weiter. Er kam erst Montag mittags nach Hause. Breiten wir, werte Brüder und Brüderinnen, den Schleier der Nächstenliebe 10 Quadratmeter über die zwischenliegende Zeit. Über die vorangehende konnten wir es leider nicht. Wir begnügen uns damit, festzustellen, daß, nachdem Montag früh pünktlich die Sonne aufgegangen war und dann allmählich der bekannte Rummel in Berlin losging – und Schlag ein Uhr mittags, also 13 Uhr, schmiß Reinhold die überfällige Trude aus seiner Stube, die seßhaft war und nicht wollte. Wie wohl ist mir am Wochenend, tulli tulli, wenn der Ziegenbock zur Ziege rennt, tulli tulli. Ein anderer Erzähler hätte dem Reinhold wahrscheinlich jetzt eine Strafe zugedacht, aber ich kann nichts dafür, die erfolgte nicht. Reinhold war heiter und zur Steigerung seiner Heiterkeit, zum Zwecke seiner zunehmenden Erheiterung schmiß er die Trude raus, die seßhafter Natur war und infolgedessen nicht wollte. Er selbst wollte eigentlich auch nicht, die Tat vollzog sich aber trotz seines Nichtwollens gewissermaßen automatisch, sie vollzog sich hauptsächlich unter Beteiligung seines Mittelhirns: Er war nämlich stark alkoholisiert. So stand dem Mann sogar noch das Schicksal bei. Die Alkoholtränkung gehört zu den Dingen, die wir der vergangenen Nacht überlassen haben, wir müssen nur noch rasch, um weiterzukommen, mit einigen Restbeständen aufräumen. Reinhold, dieser Schwächling, der für Franzen lächerlich war, der nie ein hartes oder energisches Wort zu einer Frau sagen konnte, konnte mittags 13 Uhr die Trude furchtbar verprügeln, ihr die Haare ausreißen, einen Spiegel an ihr zerschlagen, alles konnte er, und ihr zuletzt das Maul, als sie schrie, so blutig schlagen, daß es am Abend, wo sie mit dem Maul zum Doktor ging, schon kolossal verschwollen war. Das Mädchen hatte innerhalb weniger Stunden ihre ganze Schönheit eingebüßt, und zwar infolge der energischen Eingriffe von Reinhold, den sie deswegen auch haftbar machen wollte. Vorläufig mußte sie Salbe auf die

Lippen tun und die Klappe zumachen. Alles dieses konnte, wie gesagt, Reinhold, weil ein paar Glas Schnaps sein Großhirn narkotisierten und infolgedessen sein Mittelhirn freie Hand bekam, das bei ihm im ganzen tüchtiger war.

Er selbst, wie er am späten Nachmittag zwar bei üblem Befinden, aber doch bei sich war, er selbst stellte verdutzt einige begrüßenswerte Veränderungen in seiner Wohnung fest. Offenbar war Trude weg. Und zwar völlig. Denn der Korb war auch weg. Ferner war der Spiegel kaputt und jemand hatte ordinär auf den Boden gespuckt und zwar blutig. Reinhold besah sich den Schaden ringsherum. Sein eigner Mund war intakt, dann hatte die Trude gespuckt, und er hatte ihr die Schnauze zerkloppt. Was ihn in solche Hochstimmung und Hochachtung vor sich versetzte, daß er laut lachte. Er nahm sich einen Spiegelrest auf und sah sich drin an: Was Reinhold, das hast du geschafft, das hätt ich ja nie für möglich gehalten! Reinholdchen, Reinholdchen! Freute der sich. Er klopfte sich die Backen.

Er dachte nach: Hat sie vielleicht ein anderer rausgeschmissen, vielleicht der Franz? Die Sachen vom Abend und von der Nacht waren ihm noch nicht ganz klar. Er holte mißtrauisch seine Wirtin rein, das alte Kuppelweib, tippte bei der an: »War großer Krach heut bei mir, was?« Da legte die aber los: Er hätte es ganz richtig gemacht mit der Trude, die ist ein ganz faules Tier gewesen, die wollte sich nicht mal einen Unterrock alleine plätten. Was, die trägt Unterröcke, das konnte er nu schon gar nicht leiden. Er war es also selbst gewesen. Wie glücklich da der Reinhold war. Und da fiel ihm mit einmal auch alles ein vom Abend und von der Nacht. Eine feine Tour gemacht, viel geerbt, den dicken Franz Biberkopf reingelegt und hoffentlich haben sie ihn totgefahren und die Trude raus. Mensch, haben wir ein Konto!

Was wir jetzt machen? Erst mal schnieke einpuppen für den Abend. Da soll mir einer über Schnaps reden. Ich wollt nicht ran und wollt nicht ran und son Quatsch. Was das Kraft spart, was wir jetzt alles geschafft haben.

Wie er sich umzieht, kommt einer von Pums geschickt

rauf, flüstert und tuschelt und hat sich kolossal und steigt von einem Bein aufs andere und Reinhold soll mal gleich rüber ins Lokal kommen. Dauert aber eine gute Stunde, bis unser Reinhold runter macht. Heute gehts auf die Weiber, heute soll Pums alleine Pums machen. Drüben im Lokal haben die alle Angst in den Knochen, Reinhold hätte ihnen was eingebrockt mit Biberkopf. Wenn der nu nicht tot ist, verpfeift er uns alle. Und wenn der tot ist, Menschenskind, dann erst, dann sitzen wir ganz drin. Dann fragen sie bei ihm im Haus rum, und was da alles rauskommt.

Aber Reinhold ist glücklich und das Glück steht ihm bei. Mit dem ist nichts zu machen. Das ist der glücklichste Tag, seit er sich besinnen kann. Er hat jetzt Schnaps und kann sich Weiber holen und wegschicken, soviel er will. Er wird sie alle wieder los, das ist das Neuste und Großartigste. Er will gleich eine Tour machen, aber die Brüder bei Pums lassen ihn nicht weg, bis er versprochen hat, zwei drei Tage bei ihnen in Weißensee zu bleiben und sich zu verstecken. Sie müssen sehen, was eigentlich mit Franz los ist und was da für sie rausspringt. Na, das verspricht Reinhold.

Und hat es in derselben Nacht wieder vergessen und ist losgetürmt. Aber ihm passiert nichts. Die hocken in Weißensee in ihrem Bau und fürchten sich fürchterlich. Sie kommen heimlich am nächsten Tag und wollen ihn holen, aber er muß wieder zu einer gewissen Karla, die er gestern neu entdeckt hat.

Und Reinhold behält recht. Man bekommt nichts zu hören von Franz Biberkopf. Man sieht nichts und hört nichts von dem. Der Mann ist glatt von der Welt verschwunden. Soll uns recht sein. Und alle tippeln wieder an und beziehen vergnügt wieder ihre Quartiere.

In Reinholds Stube aber qualmt die gewisse Karla, eine ganz Strohblonde, die bringt ihm drei große Flaschen Schnaps mit. Er nippt immer ein bißchen dran, sie dafür mehr, manchmal sogar heftig. Er denkt: trink du mal, ich trinke erst, wenn meine Zeit ist, und dann heißt es für dich: adieu Sie.

Es gibt einige unter den Lesern, die besorgt sind um Cilly. Was wird aus dem armen Mädchen, wenn Franz nicht da ist, wenn Franz nicht lebt und tot ist und einfach nicht da ist? Oh, die wird sich schon durchschlagen, machen Sie sich keine Sorgen, um die müssen Sie sich gar keine Sorgen machen, die Sorte fällt immer wieder auf die Beine. Cilly zum Beispiel hat noch Geld für zwei Tage und am Dienstag erwischt sie dann, wie ichs mir gleich dachte, den Reinhold, der auf Freiersfüßen geht, der feinste Pinkel von Berlin Zentrum, mit einem richtigen seidenen Oberhemd. Und Cilly ist perplex und findet sich nicht raus, wie sie den sieht, ob sie nu wieder verliebt in den Kerl ist oder ob sie nicht mal gründlich mit dem abrechnen soll.

Sie trägt schon frei nach Schiller den Dolch im Gewande. Es ist zwar nur ein Küchenmesser, aber dem Reinhold will sie eins für seine Gemeinheiten geben, wohin ist egal. Da steht sie nun bei dem vor der Haustür und er quatscht freundlich, zwei rote Rosen, ein kalter Kuß. Und sie denkt: quatsch du bis morgen, nachher stech ich zu. Aber wohin? Das bringt sie jetzt in Verwirrung. Man kann doch nicht durch so schönen Stoff stechen, der Mann trägt eine so feine Kluft und die steht ihm einfach großartig. Er soll, sagt sie und tippelt neben ihm die Straße lang, er soll ihr den Franz abgetrieben haben. Denn warum? Der Franz kommt nicht nach Haus, er ist bis heut nicht gekommen, und passieren tut dem nichts und außerdem ist beim Reinhold die Trude weg. Dann ist also, das ist goldsicher und da kann er nichts sagen, der Franz mit der Trude weg, die hat Reinhold ihm aufgeredet, und das ist nu der Höhepunkt.

Reinhold staunt, wie sie das alles so rasch weiß. Na, sie war eben oben bei ihm und die Wirtin hat ihr gesagt von dem Krach mit der Trude. Du Lump, schimpft Cilly, und sie möchte sich Mut machen zu dem Küchenmesser, du hast jetzt schon wieder eine andere, das sieht man dir doch an.

Reinhold merkt auf 10 Meter Entfernung: 1. hat die kein Geld, 2. ist sie wütend auf Franz, und 3. liebt sie mir, den feinen Reinhold. In solcher Garderobe lieben ihn alle Weiber, besonders wenns eine Wiederholung ist, sogenannte Reprise. Da gibt er ihr zu Punkt 1 zehn Märker. Zu 2 schimpft er auf Franz Biberkopf. Wo der Kerl bloß steckt, er möchte das nämlich selbst wissen. [Gewissensbisse, wo sind Gewissensbisse, Orestes und Klytämnestra, Reinhold kennt beide Herrschaften nicht mal dem Namen nach, er möchte einfach, herzlich und innig, Franz ist mausetot und nicht aufzufinden.] Aber Cilly weiß auch nicht, wo Franz ist, und das spricht dafür, argumentiert Reinhold gerührt, daß der Mann hin ist. Und darauf sagt Reinhold zu Punkt 3 freundlich, betreffend Liebe im Wiederholungsfall: Jetzt bin ick besetzt, aber im Mai kannste mal wieder anfragen. Du hast wohln Vogel, schimpft sie und will es vor Freude nicht glauben. Bei mir ist alles möglich, strahlt er, verabschiedet sich und spaziert weiter. Reinhold, oh Reinhold, du bist mein Kavalier, Reinhold, du mein Reinhold, ich liebe ja nur dir.

Er dankt vor jeder Kneipe seinem Schöpfer, daß es Schnaps gibt. Wenn nun alle Kneipen zumachen oder Deutschland trocken gelegt wird, was mach ich dann? Na, da muß man sich rechtzeitig einen Vorrat zu Hause anlegen. Wollen wir gleich besorgen. Ein gerissener Junge bin ich, denkt er, wie er im Laden steht und verschiedene Sorten einkauft. Er weiß, er hat sein Großhirn und wenns nötig ist sein Mittelhirn.

So hat, jedenfalls vorläufig, die Nacht vom Sonntag zum Montag bei Reinhold geendet. Und wer noch fragt, ob Gerechtigkeit auf der Welt ist, der wird sich mit der Antwort bescheiden: vorläufig nicht, jedenfalls bis zu diesem Freitag nicht.

Sonntag Nacht, Montag, den 9. April

Das große Privatauto, in das Franz Biberkopf gelegt wird – ohne Bewußtsein, er hat Kampfer und Skopolaminmorphium bekommen – rast zwei Stunden. Dann ist man in Magdeburg. Nahe einer Kirche wird er ausgeladen, in der Klinik läuten die beiden Männer Sturm. Er wird noch in der

Nacht operiert. Der rechte Arm wird im Schultergelenk abgesägt, Teile vom Schulterknochen werden reseziert, die Quetschungen am Brustkorb und am rechten Oberschenkel sind, soweit man im Augenblick sagen kann, belanglos. Innere Verletzungen sind nicht ausgeschlossen, vielleicht ein kleiner Leberriß, aber viel kann es nicht sein. Abwarten. Hat er viel Blut verloren? Wo haben Sie ihn gefunden? Auf der x-y Chaussee, da war sein Motorrad, er muß von hinten angefahren sein. Das Auto haben Sie nicht gesehen? Nein. Wie wir ihn trafen, lag er da, wir haben uns in z getrennt, er war links gefahren. Kennen wir, sehr duster. Ja da ist es passiert. Die Herren bleiben noch hier? Ja, noch ein paar Tage; er ist mein Schwager, seine Frau wird heute oder morgen nachkommen. Wir logieren drüben, wenn wir benötigt werden. Vor der Tür des Operationssaals spricht der eine der beiden Herren noch einmal die Leute der Klinik: Die Sache ist ja scheußlich, aber wir legen Wert darauf, daß jedenfalls von Ihrer Seite keine Meldung der Geschichte erfolgt. Wir wollen abwarten, wenn er bei sich ist, wie er selbst darüber denkt. Er ist kein Freund von Prozessen. Er – hat selbst schon einen angefahren, seine Nerven –. Wie Sie wollen. Erst lassen Sie ihn mal durch sein.

Um elf ist Verbandswechsel. Es ist Montag vormittags – die Urheber des Malheurs krakehlen um diese Stunde, einschließlich Reinhold, fröhlich und schwerbesoffen bei ihrem Hehler in Weißensee –, Franz ist ganz wach, liegt in einem feinen Bett, in einem feinen Zimmer, die Brust ist ihm eng und furchtbar eingepackt, er fragt die Schwester, wo er ist. Die sagt, was sie von der Nachtschwester gehört hat und bei dem Gespräch vorhin aufgeschnappt hat. Er ist wach. Versteht alles, tastet nach seiner rechten Schulter. Die Schwester legt die Hand wieder zurück: ganz ruhig liegen. Da war in dem Straßenmatsch aus seinem Ärmel Blut gelaufen, er hatte es gefühlt. Dann waren Leute neben ihm, und in dem Moment geschah etwas in ihm. In dem Moment ereignete sich etwas in ihm. Was hatte sich in dem Moment in Franz ereignet? Er hatte eine Entscheidung getroffen. Bei den eisernen

Armschlägen Reinholds im Hausflur am Bülowplatz hatte er gezittert, der Boden zitterte unter ihm, Franz begriff nichts.

Als das Auto mit ihm fuhr, zitterte der Boden noch, Franz wollte es nicht merken, aber es war doch da.

Wie er dann im Matsch lag, 5 Minuten Unterschied, bewegte es sich in ihm. Es riß etwas durch, es brach durch und tönte, tönte. Franz ist steinern, er fühlt, ich bin überfahren, er ist kühl und ruhig. Franz merkt, ich geh vor die Hunde – und er gibt Befehle. Vielleicht geh ich kaputt, schadt nichts, aber ich geh nicht kaputt. Vorwärts. Man bindet ihm mit seinem Hosenträger den Arm ab. Dann wollen sie ihn ins Krankenhaus Pankow fahren. Aber er paßt wie ein Schießhund auf jede Bewegung: Nein, nicht ins Krankenhaus, und sagt eine Adresse. Welche Adresse? Elsasserstraße, Herbert Wischow, sein Kollege aus einer früheren Zeit, vor Tegel! Die Adresse ist im Moment da. Das bewegt sich in ihm, wie er im Matsch liegt, reißt durch, bricht durch, tönt und tönt. Im Moment ist der Ruck in ihm erfolgt, es gibt keine Unsicherheit.

Sie sollen mich nicht erwischen. Er ist sicher, Herbert wohnt noch da und ist jetzt zu Haus. Die Leute rennen durch das Lokal in der Elsasserstraße, sie fragen nach einem Herbert Wischow. Da steht schon ein schlanker junger Mann auf neben einer schönen schwarzen Frau, was ist los, was, draußen im Auto, rennt mit ihnen zum Auto raus, das Mädchen hinterher, das halbe Lokal mit. Franz weiß, wer jetzt kommt. Er befiehlt der Zeit.

Franz und Herbert erkennen sich, Franz flüstert ihm zehn Worte zu, die machen draußen Platz. Franz wird im Lokal hinten auf ein Bett gelegt, ein Arzt wird geholt, Eva, die schöne Schwarze, bringt Geld. Sie ziehen ihm andere Sachen an. Eine Stunde nach dem Überfall fährt man im Privatauto aus Berlin nach Magdeburg.

Am Mittag kommt Herbert in die Klinik, kann sich mit Franz verständigen. Franz wird keinen Tag überflüssig in der Klinik liegen, in einer Woche wird Wischow wiederkommen, Eva logiert inzwischen in Magdeburg.

Franz liegt eisern still. Er hat sich in der Gewalt. Er denkt keinen Finger breit rückwärts. Nur als um 2 Uhr nach der Visite die gnädige Frau gemeldet wird und Eva mit Tulpen eintritt, weint er hemmungslos, weint und schluchzt und Eva muß ihm das Gesicht mit einem Handtuch abwischen. Er leckt sich die Lippen, kneift die Augen, beißt sich auf die Zähne. Aber der Kiefer zittert ihm, er muß weiter schluchzen, so daß die Schwester draußen was hört, anklopft und Eva bittet, doch für heute zu gehen, das Wiedersehen strengt den Kranken sonst zu sehr an.

Am nächsten Tag ist er ganz ruhig, lächelt Eva entgegen. Nach 14 Tage holen sie ihn ab. Er ist wieder in Berlin. Er atmet wieder Berlin. Wie er die Häuser der Elsasserstraße wiedersieht, bewegt sich etwas in ihm, aber es kommt nicht zum Schluchzen. Er denkt an den Sonntag Nachmittag mit Cilly, an das Glockenläuten, Glockenläuten und hier bin ich zu Hause und mich erwartet etwas und ich habe etwas zu verrichten, es wird etwas geschehen. Das weiß Franz Biberkopf ganz genau und er bewegt sich nicht und läßt sich ruhig aus dem Wagen tragen.

Ich habe etwas zu tun, es wird etwas geschehen, ich rücke nicht aus, ich bin Franz Biberkopf. So trägt man ihn in das Haus, in die Wohnung seines Freundes Herbert Wischow, der sich Kommissionär nennt. Es ist dieselbe bedenkenlose Sicherheit, die nach dem Sturz aus dem Auto in ihm aufgetaucht war.

Auftrieb auf dem Schlachthof: Schweine 11 543, Rinder 2016, Kälber 920, Hammel 14450. Ein Schlag, hatz, sie liegen.

Die Schweine, die Rinder, die Kälber, sie werden geschlachtet. Es ist kein Grund, sich damit zu befassen. Wo bleiben wir? Wir?

Die Eva sitzt an Franzens Bett, Wischow kommt und kommt wieder: Wer ist das gewesen, Mensch, wie ist das gekommen? Franz rückt nicht aus. Er hat einen eisernen Kasten um sich gebaut, da sitzt er drin und läßt keinen ran.

Die Eva, Herbert und dessen Freund Emil sitzen zusammen. Seit Franz in der Nacht überfahren angekommen ist, ist ihnen der Mann nicht klar. Der ist doch nicht bloß vom Auto angefahren worden, da steckt doch was dahinter, was hat der um 10 Uhr da im Norden zu suchen, der handelt doch keine Zeitungen um 10 Uhr, wo da oben kein Mensch mehr läuft. Herbert bleibt für sich dabei: Franz hat ein Ding drehen wollen, dabei ist ihm was passiert, und jetzt schämt er sich, weil es mit seinem dreckigen Papierzeug nicht gegangen ist, und dann stecken noch andere dahinter, die er nicht verraten will. Eva ist seiner Meinung, er hat ein Ding drehen wollen, aber wie ist denn das passiert, jetzt ist er ein Krüppel. Werden wir schon rauskriegen.

Es kommt heraus, als Franz Eva seine letzte Adresse gibt und man soll seinen Korb herbringen, aber nicht sagen wohin. Darauf verstehen sich Herbert und Emil, die Wirtin will den Korb nicht hergeben, aber für 5 Mark macht sie es, und dann mäckert sie gleich weiter: hier fragen sie alle paar Tage nach Franz, wer denn, na von Pums und der Reinhold und so weiter. Also Pums. Jetzt wissen sie es. Die Kolonne von Pums. Eva ist außer sich, auch Wischow ist wütend: wenn er wieder mitmacht, warum mit Pums? Aber natürlich, nachher, dann sind wir ihm gut; mit dem geht er, na jetzt ist er ein Krüppel, ne halbe Leiche, sonst würde ich anders mit dem reden.

Eva hat es nur mit Gewalt durchgesetzt, daß sie mit dabei ist, wenn Herbert Wischow mit Franz abrechnet, auch Emil ist dabei, die Sache hat sie einen glatten Tausender gekostet.

»Na Franz«, Herbert fängt an, »nu biste ja so weit. Jetzt kannste schon uffstehen und denn – wat wirste denn machen? Haste dir schon überlegt?« Franz dreht ihm sein stoppliges Gesicht zu: »Na laß mir mal erst uff die Beene stehen.« »Na ja, wir drängeln nicht, mußt ja nicht glooben. Bei mir biste noch immer gut aufgehoben. Warum biste denn gar nicht mehr zu uns gekommen. Bist doch schon ein Jahr aus Tegel.« »Solange noch nicht.« »Na denn ein halbes. Willst nichts von uns wissen, was?«

Die Häuser, die rutschenden Dächer, ein hoher finsterer

Hof, es braust ein Ruf wie Donnerhall, juvivallerallera, so hat es angefangen.

Franz legt sich auf den Rücken, sieht zur Decke: »Ich habe Zeitung gehandelt. Wat könnt Ihr da mit mir anfangen.«

Emil mischt sich ein, brüllt: »Mensch, du hast nicht Zeitung gehandelt.« Son Betrüger. Eva begütigt; Franz merkt, es geht was vor, sie wissen etwas, was wissen sie. »Ich habe Zeitung gehandelt. Frage Meck.« Wischow: »Was Meck sagt, kann ich mir schon denken. Du hast Zeitung gehandelt. Pums Leute handeln auch mit Obst, son bißchen. Gehn auch mit Flundern. Das weeßte doch alleine.« »Ich aber nicht. Ich hab Zeitung gehandelt. Ich hab mein Geld verdient. Dann frage Cilly, die den ganzen Tag bei mir war, wat ich gemacht habe.« »Die zwei Mark den ganzen Tag, oder drei.« »Es sind ooch mehr; vor mir hats gereicht, Herbert.«

Die drin sind unsicher. Eva setzt sich zu Franz: »Sag mal, Franz, du hast doch Pums gekannt.« »Ja.« Franz denkt nicht mehr, sie fragen mich aus, Franz erinnert sich, er lebt. »Na und?« Eva streichelt ihn: »Sag doch, was mit Pums war.« Da fährt Herbert neben ihr schon heraus: »Sag doch ruhig raus, Mensch. Ich weeß doch, was mit Pums ist. Wo ihr in der Nacht wart. Glaubste, det weeß ich nicht. Na ja, da haste mitgemacht. Das geht mich ja nischt an. Das ist ja deine Sache. Zu denen gehst du, die kennstu, den Schubjack den alten, und bei uns läßt du dir nicht sehen.« Emil brüllt: »Siehste. Wir sind nur gut, wenn –« Herbert gibt ihm ein Zeichen. Franz weint. Es ist nicht so schlimm wie in der Klinik, aber auch furchtbar. Er schluchzt und weint und dreht den Kopf hin und her. Er hat einen Schlag auf den Kopf bekommen, man hat ihm einen Stoß vor die Brust gegeben, dann hat man ihn durch die Tür vor ein Auto geworfen. Das hat ihn überfahren. Sein Arm ist weg. Er ist ein Krüppel. Die beiden Männer gehen raus. Er schluchzt ruhig weiter. Eva wischt ihm immer mit dem Handtuch das Gesicht. Dann liegt Franz ruhig, hat die Augen geschlossen. Sie beobachtet ihn, denkt, er schläft. Da macht er die Augen auf, ist ganz wach, sagt: »Sag doch Herbert und Emil, sie sollen rin kommen.«

Die treten mit gesenkten Gesichtern ein. Da fragt Franz: »Was wißt ihr von Pums? Wißt ihr was von dem?« Die drei andern wechseln Blicke und verstehen nicht. Eva klopft seinen Arm. »Aber Franz, du kennst ihn doch auch.« »Na ich will wissen, was ihr von dem wißt.« Emil: »Daß er ein ganz ausgekochter Betrüger ist und bloß fünf Jahre hinter sich hat in Sonnenburg; lebenslänglich oder fuffzehn hat er verdient. Der mit seine Obstwagen.« Franz: »Der lebt gar nicht von Obstwagen.« »Nee, der ißt ooch Fleisch, aber tüchtig.« Herbert: »Aber Mensch, Franz, du bist doch nicht von gestern, das weeßte doch alleine, das siehste dem Mann doch an.« Franz: »Ich habe gedacht, der lebt vom Obsthandel.« »Na und was wolltest du denn am Sonntag, wie du mit dem gegangen bist.« »Wir wollten Obst abholen für die Markthalle.« Franz liegt ganz ruhig. Herbert bückt sich über ihn, um seine Miene zu sehen. »Und das hast du geglaubt?«

Franz weint wieder, jetzt ganz still, den Mund hat er geschlossen. Er ist die Treppe runtergegangen, ein Mann hat in seinem Notizbuch Adressen gesucht, dann war er bei Pums in der Wohnung und Frau Pums sollte Cilly einen Zettel schicken. »Natürlich hab ichs geglaubt. Dann hab ichs aber gemerkt, mich haben sie angestellt zum Schmierestehen und dann –«

Die drei blicken hin und her. Was Franz sagt, ist wahr, das ist ja aber gar nicht zu glauben. Eva rührt an seinen Arm: »Na was war dann?« Franz hat schon den Mund auf, jetzt es sagen, jetzt wird es raus sein, es wird bald gesagt sein. Und er sagt: »Dann hab ich nicht gewollt und dann haben sie mir aus dem Auto geschmissen, weil ein Auto hinterherkam.«

Still, nichts weiter sagen, und ich bin überfahren worden, ich hätte auch tot sein können, sie wollten mich umbringen. Er schluchzt nicht, er hält ganz an sich, die Zähne zusammen, die Beine gestreckt.

Die drei hören es. Jetzt hat er es gesagt. Es ist die lautere Wahrheit. Sie wissen es augenblicklich alle drei. Es ist ein Schnitter, der heißt Tod, hat Gewalt vom großen Gott.

Herbert fragt noch: »Sag mir bloß noch, Franz, wir gehen

bald raus: zu uns biste nicht gekommen, weil du Zeitung handeln wolltest?«

Er kann nicht sprechen, er denkt: Ja, ich wollte anständig bleiben. Ich bin anständig geblieben bis zuletzt. Da müßt ihr euch nicht drüber kränken, daß ich nicht her kam. Ihr seid meine Freunde geblieben, ich hab keinen von euch verraten. Er liegt stumm, sie gehen raus.

Die sitzen dann, wie Franz wieder sein Schlafmittel genommen hat, in der Kneipe unten und kriegen die Worte nicht aus dem Munde. Sie sehen sich nicht an. Eva zittert nur so. Das Mädel hat den Franz haben wollen, wie er mit der Ida ging, der ließ aber die Ida nicht, obwohl die schon auf den Breslauer aus war. Sie ist gut mit ihrem Herbert, sie hat alles von ihm, was sie will – aber sie hängt noch immer an Franzen.

Wischow läßt heißen Grog anfahren, sie gießen ihn alle drei gleich runter. Wischow bestellt neuen. Ihre Kehlen bleiben zu. Eva hat eisige Hände und Füße, alle Augenblick gießt es ihr kalt über den Hinterkopf und Nacken, sogar die Oberschenkel werden ihr frostig, sie schlägt sie übereinander. Emil hat den Kopf breit auf die Arme gestemmt, er kaut vor sich, lutscht an seiner Zunge, schluckt die Spucke runter, dann muß er auf den Boden qualstern. Herbert Wischow, der junge, sitzt stramm auf dem Stuhl, wie auf einem Pferd; er sieht aus wie ein Leutnant vor seiner Truppe, das Gesicht bewegungslos. Sie sitzen alle hier nicht im Lokal, sie stecken nicht in ihrer Haut, Eva heißt nicht Eva, Wischow nicht Wischow, Emil nicht Emil. Es ist eine Mauer um sie eingerissen, eine andere Luft, eine Finsternis ist eingeströmt. Sie sitzen noch am Bette von Franz. Es geht ein Schauer von ihnen zum Bett von Franz.

Es ist ein Schnitter, der heißt Tod, hat Gewalt vom großen Gott. Heut wetzt er das Messer, es schneidt schon viel besser.

Herbert dreht sich zum Tisch um, ist heiser: »Wer war es denn bloß?« Emil: »Wer denn?« Herbert: »Wer hat ihn rausgeschmissen.« Eva: »Das versprichste, Herbert, wenn du den faßt.« »Brauchst mir nicht zu sagen. Daß so was auf der

Erde rumlooft. Aber, aber.« Emil: »Mensch, Herbert, kannste dir so wat denken.«

Nichts hören davon, gar nicht dran denken. Eva zittern die Knie, sie bettelt: »Herbert, mach doch wat, Emil.« Aus dieser Luft heraus. Es ist ein Schnitter, der heißt Tod. Herbert schließt: »Wat machen, wennste nicht weeßt, was ist. Erst kriegen wir raus, was ist. Eventuell, eventuell lassen wir die ganze Lumpenbande von Pums hochgehen.« Eva: »Und Franz geht mit hoch?« »Eventuell, sage ich, machen wir det. Franz war nicht dabei, nicht richtig, det sieht ein Blinder, det gloobt ihm jeder Richter. Det ist nachzuweisen: den haben sie vort Auto geschmissen. Sonst hätten siet nicht gemacht.« Er fährt zusammen, sone Hunde. Ist det zu denken. Eva: »Mir sagt er vielleicht, wers ist.«

Wer aber wie ein Klotz liegt und nichts ist aus ihm rauszuholen, das ist Franz. Laß ruhen, laß ruhen. Der Arm ist ab, der wächst nicht mehr. Sie haben mir aus dem Wagen geschmissen, den Kopf haben sie mir noch gelassen, wir müssen vorwärts, wir müssen durch, den Karren aus dem Dreck. Erst mal krauchen können.

Er wird überraschend schnell an diesen warmen Tagen lebendig. Er soll noch nicht aufstehen, aber er steht schon auf, und es geht. Herbert und Emil, die dauernd gut bei Kasse sind, gönnen ihm, was er will und was der Doktor für nötig hält. Und Franz will auf die Beine kommen, er ißt und trinkt, was an ihn rankommt, und fragt nicht, wo sie das Geld herhaben.

Es gibt inzwischen Gespräche zwischen ihm und den andern, aber nichts von Belang, an die Pumssache rühren sie nicht vor ihm. Sie sprechen von Tegel und viel von der Ida. Von der sprechen sie mit Anerkennung und mit Trauer, daß es solchen Verlauf mit ihr genommen hat, war noch so jung, aber Eva sagt auch, das Mädel war auf tiefer Ebene. Es ist zwischen ihnen alles so wie vor Tegel, und keiner weiß oder redet davon, daß inzwischen die Häuser gewackelt haben und die Dächer wollten abrutschen, und Franz hat auf dem Hof gesungen und hat geschworen, so wahr er Franz Biberkopf heißt: er will anständig bleiben, und die Sachen von früher sind aus und zu Ende.

Franz liegt und sitzt ruhig bei ihnen. Es kommen noch allerhand alte Bekannte, bringen ihre Mädchen und Frauen mit. Man rührt an nichts, man unterhält sich mit Franz so, als wenn er eben aus Tegel entlassen ist und einen Unfall gehabt hat. Wobei, fragen die Jungens nicht. Die wissen, was ein Betriebsunfall ist, können sie sich schon denken. Man kommt ins Gedränge, und schon hat man eine blaue Bohne im Arm oder hat die Beine gebrochen. Na, immer noch besser als in Sonnenburg bei Wassersuppe oder an der Schwindsucht krepiert. Ist doch klar.

Derweilen haben auch die bei Pums Lunte gerochen, wo Franz ist. Denn wer hat Franzens Korb abgeholt? Das haben sie rasch festgestellt, und den kennen sie doch. Und bevor Wischow noch was merkt, haben die raus, daß Franz Biberkopf bei ihm liegt, ist ja auch sein Freund von früher und hat bloß einen Arm verloren bei der Geschichte, son Schwein hat der gehabt, weiter ist nichts, der Junge ist also noch auf den Beinen, und wer weiß, der kann einen verpfeifen. Es fehlt nicht viel, da wären sie über Reinhold hergefallen, daß der so blödsinnig war und setzt ihnen einen Kerl wie den Franz Biberkopf in die Kolonne. Aber gegen den Reinhold soll mal richtig einer was machen, früher nicht und jetzt schon gar nicht, sogar der alte Pums kommt nicht ran an den. Der Junge kuckt einen ja schon so an, daß einem angst werden kann, das gelbe Gesicht und die schrecklichen Querfalten auf der Stirn. Der ist nicht gesund, der wird keine 50 alt, aber denen was fehlt, die sind am gefährlichsten. Dem ist zuzutrauen, daß er mal kaltlächelnd in die Tasche faßt und losknallt.

Die Sache mit Franz und daß der am Leben geblieben ist aber bleibt gefährlich. Bloß Reinhold wackelt mit dem Kopf und sagt: Nur nich aufregen. Der wird sich schwer hüten und sich melden. Wenns ihm an dem eenen Arm noch nich genug ist, dann wird er sich melden. Na, von uns aus. Hat ja vielleicht noch eenen Kopp zu verlieren.

Sie brauchen keine Furcht vor Franz zu haben. Einmal

setzen zwar Eva und Emil zusammen dem Franz zu, der soll sagen, wos gewesen ist und wers gewesen war, und wenn er nichts allein kann gegen den, so werden ihm schon welche beistehen, dafür gibts schon Leute in Berlin. Der aber wird leise, wenn man ihm damit kommt, winkt ab: laßt man. Dann wird er blaß, atmet heftig, wenn er bloß nicht wieder anfängt zu weinen: das hat doch keinen Zweck, davon zu sprechen, wozu denn, der Arm wächst mir auch nicht davon, wenn ich könnte, ich geh überhaupt weg von Berlin, aber was soll ein Krüppel machen? Eva: »Das ist ja nicht darum, Franz, du bist doch kein Krüppel, aber das kann man doch nicht zulassen, wie sie dir hergerichtet haben, vom Auto runter.« »Davon wächst mir der Arm auch nicht.« »Aber dann solln sie zahlen.« »Was?«

Emil legt sich vor: »Entweder haun wir dem Betreffenden den Schädel ein oder die von seinem Verein, wenn er in einem drin ist, haben allesamt an dich zu zahlen. Das machen wir schon mit dem Verein ab. Entweder stehn da andere für ihn grade, oder Pums und der Verein schmeißt ihn raus, und die solln mal sehen, wo sie Anschluß kriegen und wie sie hochgehen. Der Arm muß bezahlt werden. Ist der rechte. Die müssen dir ne Rente dafür zahlen.« Franz schüttelt den Kopf. »Was heißt hier Kopfschütteln. Wir schlagen dem den Schädel ein, der das gemacht hat, und das ist ein Verbrechen, und wenn man das nicht anzeigen kann fürs Gericht, dann müssen wirs machen.« Eva: »Franz war in keenem Verein, Emil. Du hörst doch, er wollte grade nich mitmachen, und darum haben sies gemacht.« »Das ist sein gutes Recht, braucht er auch nich. Seit wann kann man einen zwingen zu was? Wir sind doch keene wilde Völkerschaft. Dann sollen sie zu die Indianer gehen.«

Franz schüttelt den Kopf: »Was ihr für mich bezahlt habt, kriegt ihr wieder auf Heller und Pfennig.« »Wolln wir gar nich, haben wir nich nötig, brauchen wir nich. Die Sache muß in Ordnung kommen, Donnerwetter. So was kann doch nich liegenbleiben.«

Eva sagt auch entschieden: »Nee Franz, das bleibt nich

liegen, dir haben sie die Nerven kaputt gemacht, deswegen kannst du bloß nich ja sagen. Aber auf uns kannst du dir verlassen: uns hat Pums nicht die Nerven kaputt gemacht. Sollst mal hören, was Herbert sagt: das gibt noch ein Blutbad in Berlin, daß die Leute staunen werden.« Emil nickt: »Garantiert.«

Franz Biberkopf blickt geradeaus, denkt: das geht mich nichts an, was die sagen. Und wenn die was machen, das geht mich auch nichts an. Davon wächst mir der Arm nicht, und das ist auch ganz richtig, daß der Arm weg ist. Der mußte ab, da gibts nichts gegen zu bellen. Und das ist noch nicht das letzte.

Und er überdenkt, wie alles gewesen ist: Der Reinhold hat einen Haß auf ihn gehabt, weil er ihm das Weib nicht abgenommen hat, und darum schmeißt er ihn aus dem Wagen raus, und da liegt er in der Klinik in Magdeburg. Und er wollte anständig bleiben, und so ist es jetzt gekommen. Und er streckt sich im Bett, ballt die Faust auf der Bettdecke: so ist es gekommen, genau so. Wir werden weiter sehen. Werden wir.

Und Franz verrät nicht, wer ihn vors Auto geschmissen hat. Seine Freunde sind ruhig. Sie denken, eines Tages wird ers doch sagen.

Franz ist nicht k. o., und sie kriegen ihn nicht k. o.

Die Pumskolonne, die in Geld schwimmt, ist aus Berlin verschwunden. Zwei von ihnen gondeln in die Gegend von Oranienburg auf ihre Klitsche, Pums geht nach Altheide ins Bad wegen Asthma, läßt seine Maschine ölen. Reinhold süffelt leicht, täglich immer ein paar Schnäpschen, der Mann genießt, er gewöhnt sich dran, man muß auch mal was haben von seinem Leben, und kommt sich ganz dumm vor, daß er solange ohne das existiert hat, bloß mit Kaffee und Limonade, was beinah kein Existieren war. Dieser Reinhold hat ein paar Tausender liegen, was keiner weiß. Damit möchte er was machen, aber weiß erst nicht was. Bloß nicht auf die Klitsche wie die andern. Da hat er sich ein feines Weib aufgegabelt, die auch mal beßre Tage gesehn hat, und für die mietet er einen piekfeinen Bau an der Nürnberger Straße, und da kann er dann unterkriechen, wenn er den dicken Wilhelm spielen will oder vielleicht wo die Luft nicht sauber ist. So ist alles schön und glatt, er hat seinen Fürstenbau im Westen, nebenbei natürlich die alte Bude mit einem Weibstück drin, alle paar Wochen ein anderes, das Theater kann der Junge nicht lassen.

Wie sich nun Ende Mai einmal ein paar von der Pumskolonne in Berlin treffen, quasseln sie auch über Franz Biberkopf. Wegen dem, haben sie gehört, hats ein Gerede im Verein gegeben. Der Herbert Wischow macht die Leute gegen uns rebellisch, wir wären Schweinehunde, der Biberkopf hätte gar nicht mit uns mitmachen wollen, da hätten wirs mit Gewalt versucht, und nachher haben wir ihn noch dazu aus dem Wagen geschmissen. Aber wir haben sagen lassen: er wollte uns verpfeifen, von Gewalt ist keine Rede, den hat keiner angefaßt, aber nachher ist uns nichts weiter übriggeblieben. Sie sitzen da und schütteln die Köpfe, Krach mit dem Verein möchte keiner haben. Da sind einem ja die Hände gebunden, und man liegt auf der Straße. Und da meinen sie: Man muß seinen guten Willen zeigen, für den Franz muß man sammeln, weil er sich doch schließlich anständig gezeigt hat, man muß für eine Erholung sorgen für den, und was das Krankenhaus gekostet hat. Nicht lumpen lassen.

Reinhold bleibt dabei: Den Kerl muß man ganz totschlagen. Die andern sind nicht dagegen, eigentlich nicht, aber so bald findet sich keiner dazu, und schließlich kann man ja auch das arme Luder so rumlaufen lassen mit dem einen Arm. Man weiß nicht, wenn man mit dem anfängt, wies weitergeht, der Kerl hat ja ausgesuchtes Schwein. Na, sie legen Geld zusammen, ein paar Hunderter, bloß Reinhold gibt keinen Pfennig, und einer muß rauf zu Biberkopf, aber wenn der Herbert Wischow nicht da ist.

Franz liest friedlich die Mottenpost und dann die Grüne

Post, die ihm am besten gefällt, weil da nichts Politisches drinsteht. Er studiert die Nummer vom 27. November 27, ist schon lange her, noch vor Weihnachten, da war die polnische Lina, was mag die machen? Da wird in der Zeitung der neue Schwager des Exkaisers getraut, 61 Jahr ist die Prinzessin, der Junge 27, das wird sie eine Stange Gold kosten, denn Prinz wird er doch nicht. Kugelsichere Panzerwesten für Kriminalbeamte, daran glauben wir schon lange nicht.

Mit einmal zankt sich Eva draußen mit einem, mit einem rum, nanu, die Stimme kenn ich doch. Sie will den nicht reinlassen, muß doch selber nachsehen. Und Franz öffnet, die Grüne Post in der Hand. Da ist es Schreiber, der mit war bei Pums.

Nanu, was ist los? Eva schreit in die Stube: »Franz, der kommt bloß rauf, weil er weiß, Herbert ist nicht hier.« »Was willst du, Schreiber, was von mir, was willst du?« »Hab ich Evan gesagt, und sie läßt mir nicht rein. Warum, bist du hier Gefangener?« »Nee, bin ich nicht.« Eva: »Ihr habt ja bloß Angst, daß er euch verpfeift. Laß den nicht rin, Franz.« Franz: »Was willst du also, Schreiber? Komm mit rin, Eva, laß ihn man.«

Sie sitzen in der Stube von Franz. Die Grüne Post liegt auf dem Tisch, der neue Schwager des Exkaisers wird getraut, zwei Männer halten ihm von hinten die Krone über den Kopf. Löwenjagd, Hasenjagd, der Wahrheit die Ehre. »Warum wollt ihr mir Geld geben? Ich hab doch gar nicht mitgeholfen?« »Mensch, du hast doch Schmiere gestanden.« »Nee, Schreiber, ich hab nicht Schmiere gestanden, ich hab von nichts gewußt, ihr habt mich da hingestellt, ich weeß nicht, was ich da machen sollte.« Bin ich froh, daß ich da raus bin, ich steh nicht mehr auf dem finstern Hof, ich zahle ihm noch was dafür, daß ich nicht dasteh. »Nee, ist ja Quatsch, und Angst braucht ihr nicht vor mir zu haben, ick hab noch mein Lebtag keinen verpfiffen.« Eva zeigt Schreiber die Faust: Es gibt aber noch andere, die aufpassen. Mensch, daß du es riskiert hast, hier raufzukommen. Da kannst du was besehn von Herbert.

Plötzlich geht etwas Schreckliches vor. Eva hat gesehn, wie Schreiber in die Hosentasche faßt. Der will nämlich das Geld rausholen und Franzen mit den Scheinen locken. Aber Eva hat die Bewegung mißverstanden. Die denkt, der will einen Revolver rausholen und der soll den Franz abknallen, damit er nichts sagt, der soll den Franz ganz hinmachen. Und schon steht sie vom Stuhl auf, weiß wie die Wand, das Gesicht fürchterlich aufgerissen, kreischt gellend, in einer Tour, fällt über ihre eigenen Beine, steht wieder auf. Franz fährt hoch, Schreiber fährt hoch, wat is denn los, wat hat die, Menschenskind. Sie läuft um den Tisch rum zu Franz, rasch, wat mach ick bloß, der wird schießen, Tod, es ist zu Ende, alles vorbei, Mörder, die Welt geht unter, ick will nicht sterben, nicht den Kopp ab, alles vorbei.

Sie steht, läuft, fällt, steht vor Franz, weiß, brüllend, schlakkert am ganzen Körper: »Jeh hinters Vertiko, Mörder, zu Hilfe, zu Hilfe.« Sie brüllt mit faustgroßen Augen: »Hilfe.« Den beiden Männern gießt es eisig durch die Knochen. Franz weiß nicht, was los ist, er sieht nur die Bewegung, wat wird denn kommen – da versteht er: Schreiber hat die rechte Hand in der Hosentasche. Und Franz kommt ins Wackeln. Es ist wie auf dem Hof beim Schmierestehen, es soll wieder losgehen. Aber er will nicht, ich sage Ihnen, der will nicht, er will sich nicht unters Auto schmeißen lassen. Er stöhnt. Er macht sich von Eva los. An der Erde liegt die Grüne Post, der Bulgare wird getraut mit einer Prinzessin. Ick muß mal sehn, wir müssen zuerst mal den Stuhl in die Hand kriegen. Er stöhnt laut. Da er nur noch Schreiber sieht und nicht nach dem Stuhl, schmeißt er den Stuhl um. Wir müssen mal den Stuhl nehmen und gegen den gehen. Wir müssen mal – im Auto nach Magdeburg, sie läuten Sturm an der Klinik, Eva schreit immer, nanu, wir retten uns schon, wir kommen vorwärts, dicke Luft, wir dringen durch. Er bückt sich nach dem Stuhl. Da saust der entsetzte Schreiber zur Tür raus, entsetzt, die sind ja hier alle verrückt. Auf dem Korridor öffnen sich Türen.

An der Kneipe unten haben sie das Geschrei und das

Poltern gehört. Zwei Mann sind gleich rauf, treffen auf der Treppe den Schreiber, wie der an ihnen vorüberläuft. Der hat aber den Kopf oben und ruft und winkt: Rasch einen Arzt, Schlaganfall. Und ist weg, der gerissene Hund.

Oben liegt Franz ohnmächtig in der Stube neben dem Stuhl. Eva kauert seitlich zwischen Fenster und Vertiko, kauert und kreischt, als wenn sie ein Gespenst gesehen hat. Sie legen Franzen vorsichtig aufs Bett. Die Wirtin kennt schon Evas Zuständen. Sie gießt ihr Wasser über den Kopf. Dann sagt die Eva leise: »Ne Semmel.« Die Männer lachen: »Ne Semmel will die.« Die Wirtin hebt sie an den Schultern hoch, sie setzen sie auf einen Stuhl: »Das sagt sie immer, wenn sie das hat. Das ist aber kein Schlaganfall. Sind bloß die Nerven und die Plage mit dem kranken Mann. Der ist ihr wohl hingefallen. Warum steht denn der auch auf. Der muß immer aufstehn, und da regt sie sich denn auf.« »Na, was schreit denn der: Schlaganfall?« »Wer?« »Na, der vorbeikam eben auf der Treppe.« »Na, weil das ein Dusel ist. Ich kenn doch meine Eva, schon fünf Jahre. Ihre Mutter ist auch so. Wenn die kreischt, hilft auch bloß Wasser.«

Wie Herbert am Abend nach Hause kommt, gibt er Eva einen Revolver, für alle Fälle, und nicht erst warten, bis der andere schießt, dann ist zu spät. Er selbst macht sich gleich auf die Strümpfe, fragt nach Schreiber, natürlich nicht zu finden. Die Pumsleute sind alle in Ferien, will sich auch keiner in die Sache einmischen. Schreiber natürlich auch über alle Berge. Das Geld für Franzen hat er sich eingesteckt und ist nach Oranienburg auf seine Klitsche. Den Reinhold schwindelt er noch an: Biberkopf hat kein Geld genommen, aber die Eva hat mit sich reden lassen, der hat er es zugesteckt, und die wird schon machen. Na also.

Es ist Monat Juni geworden in Berlin trotz alledem. Das Wetter bleibt warm und regnerisch. Viele Dinge gehen in der Welt vor. Das Luftschiff Italia mit dem General Nobile ist abgestürzt und funkt, wo es liegt, nämlich nordöstlich von Spitzbergen, wo aber schwer ranzukommen ist. Ein anderes

Flugzeug hatte mehr Glück, das ist in einem Zuge von Franzisko bis Australien in 77 Stunden und ist glatt gelandet. Dann der König von Spanien, der streitet sich mit seinem Diktator Primo, na, wir wollen hoffen, die Sache gibt sich wieder. Angenehm berührt, und zwar gleich auf den ersten Blick, eine badisch-schwedische Verlobung: da hat eine Prinzessin aus dem Streichholzland bei einem Prinzen von Baden Feuer gefangen. Wenn man bedenkt, wie weit Baden und Schweden auseinanderliegen, so wird man staunen, wie das so piff paff auf solche Entfernung geht. Ja, die Frauen sind meine schwache Seite, sie sind die Stelle, wo ich sterblich bin, küß ich die erste, denk ich an die zweite und schau verstohlen schon zur dritten hin. Ja ja, die Frauen sind meine schwache Seite, was soll ich tun, ich kann doch nichts dafür, und geh ich einmal an den Frauen pleite, dann schreib ich ausverkauft an meine Herzenstür.

Und Charlie Amberg fügt hinzu: Ich reiß mir eine Wimper aus und stech dich damit tot. Dann nehm ich einen Lippenstift und mach dich damit rot. Und wenn du dann noch böse bist, weiß ich nur einen Rat: ich bestelle mir ein Spiegelei und bespritz dich mit Spinat. Du du du du, dann bestell ich mir ein Spiegelei und bespritz dich mit Spinat.

Es bleibt also warm und regnerisch, mittags bis 22 Grad Celsius. Bei dieser Witterung erscheint auch der Mädchenmörder Rutowski in Berlin vor dem Schwurgericht und soll sich reinwaschen. Daran knüpft sich die Frage: ist die getötete Else Arndt die entflohene Gattin eines Seminarschulrats? Denn der hält es brieflich für möglich, vielleicht für wünschenswert, daß die ermordete Else Arndt seine Ehefrau ist. Bejahendenfalls will er vor Gericht wichtige Aussagen machen. Es liegt in der Luft eine Sachlichkeit, es liegt in der Luft eine Sachlichkeit, es liegt in der Luft, und es liegt in der Luft, in der Luft. Es liegt in der Luft was Idiotisches, es liegt in der Luft was Hypnotisches, es liegt in der Luft, es liegt in der Luft, und es geht nicht mehr raus aus der Luft.

Am nächsten Montag aber wird die elektrische Stadtbahn eröffnet. Das nimmt die Reichsbahndirektion zum Anlaß, um erneut auf die Gefahren, Achtung, Vorsicht, nicht einsteigen, zurückbleiben, Sie machen sich strafbar.

Erhebe dich, du schwacher Geist, und stell dich auf die Beine

Es gibt Ohnmachten, die sind nichts anderes als Tode im lebendigen Körper. Franz Biberkopf wird in seiner Ohnmacht wieder ins Bett gelegt, er liegt, liegt in die warmen Tage hinein und stellt fest: ich bin dicht am Sterben, ich fühls, am richtigen Verrecken. Wenn du jetzt nichts tust, Franz, nichts Wirkliches, Endgültiges, Durchgreifendes, wenn du nicht einen Knüppel in die Hand nimmst, einen Säbel, und um dich schlägst, wenn du nicht, kann sein womit, losrennst, Franz, Franzeken, Biberköpfchen, altes Möbel, dann ist es aus mit dir, restlos! Dann kannst du Grieneisen bestellen zum Maßnehmen.

Sein Stöhnen: ich will nicht und will nicht und werde nicht krepieren. Er kuckt die Stube an, die Wanduhr tickt, ich bin noch da, noch bin ich da, sie wollen mir auf den Leib rücken, Schreiber hat mich fast abgeknallt, aber das soll nicht passieren. Franz hebt den einen Arm, der ihm geblieben ist: das soll nicht passieren.

Und die wirkliche Angst jagt ihn auf. Er bleibt nicht liegen. Und wenn er auf der Straße verreckt, er muß aus dem Bett, er muß raus. Herbert Wischow ist mit der schwarzen Eva nach Zoppot. Sie hat einen zahlungsfähigen Kavalier älteren Jahrgangs, einen Börsianer, den sie ausbeutet. Herbert Wischow ist inkognito mit, das Mädchen arbeitet gut, sie sehen sich täglich, vereint marschieren und getrennt schlafen. Um die schöne Sommerzeit marschiert Franz Biberkopf wieder auf die Straße, er wieder ganz allein der alleinige Franz Biberkopf, wacklig, aber er geht. Die Kobraschlange, seht, sie kraucht, sie läuft, ist beschädigt. Es ist noch die alte Kobraschlange, wenn auch mit schwarzen Ringen um die Augen, und das dicke Tier ist mager und eingefallen.

Einiges ist dem alten Burschen, der sich jetzt durch die Straßen schleppt, um nicht in der Bude zu verrecken, einiges ist dem alten Burschen, der vor dem Tod wegläuft, doch schon klarer als vorher. Das Leben hat ihm doch etwas genützt. Jetzt schnüffelt er in der Luft, beschnüffelt die Straßen, ob sie ihm noch gehören, ob sie ihn annehmen wollen. Er begafft die Litfaßsäulen, als wären die ein Ereignis. Ja, mein Junge, jetzt läufst du nicht breit auf zwei Beinen, jetzt krallst du dich an, klammerst dich fest, jetzt nimmst du soviel Zähne, Finger, wie du hast, zusammen und hältst dich fest, bloß um nicht abgeschmissen zu werden.

Ein höllisches Ding, nicht, das Leben? Hast es schon einmal gewußt, im Lokal von Henschke, als sie dich rausschmeißen wollten mit deine Binde und der Kerl dich angriff, und du hattest ihm gar nichts getan. Und ich hab gedacht, die Welt ist ruhig, es ist Ordnung da, und es ist etwas nicht in Ordnung, die stehen da drüben so schrecklich. Das war im Moment, hellseherisch.

Und nun komm her, du, komm, ich will dir etwas zeigen. Die große Hure, die Hure Babylon, die da am Wasser sitzt. Und du siehst ein Weib sitzen auf einem scharlachfarbenen Tier. Das Weib ist voll Namen der Lästerung und hat 7 Häupter und 10 Hörner. Es ist bekleidet mit Purpur und Scharlach und übergüldet mit Gold und edlen Steinen und Perlen und hat einen goldenen Becher in der Hand. Und an ihrer Stirn ist geschrieben ein Name, ein Geheimnis: die große Babylon, die Mutter aller Greuel auf Erden. Das Weib hat vom Blut aller Heiligen getrunken. Das Weib ist trunken vom Blut der Heiligen.

Franz Biberkopf aber zieht durch die Straßen, er trabt seinen Trab und gibt nicht nach und will nichts weiter, als mal ordentlich zu Kraft kommen, stark in den Muskeln. Es ist warmes Sommerwetter, Franz zieht sich von Kneipe zu Kneipe.

Er weicht der Hitze aus. In der Kneipe fahren vor ihm die großen Mollen Bier an.

Die erste Molle sagt: Ich komme aus dem Keller, aus Hopfen und Malz. Jetzt bin ich kühl, wie schmeck ich?

Franz sagt: Bitter, schön, kühl.

Ja, ich kühl dich, ich kühle die Männer, dann mach ich ihnen warm, und dann nehme ich ihnen die überflüssigen Gedanken weg.

Überflüssige Gedanken?

Ja, die Mehrzahl aller Gedanken sind überflüssig. Etwa nicht? – Ob. Recht sollst du haben.

Ein kleiner Schnaps steht hellgelb vor Franz. Wo haben sie dir hergeholt? – Gebrannt haben sie mir, Mensch. – Du beißt, Kerl, du hast Krallen. – Nanu, dafür bin ich dochn Schnaps. Hast wohl lange keinen gesehen? – Nee, war beinah tot, du Schnäpschen, ich bin beinah tot gewesen. Abgefahren ohne Retourbillett. – So siehste auch aus. – Siehste aus, quatsch doch nich. Wollen dir mal nochmal probieren, komm mal ran. Ah, du bist gut, du hast Feuer, Feuer hast du, Kerl. – Der Schnaps rieselt ihm durch die Kehle: son Feuer.

Der Rauch von dem Feuer steigt in Franzen auf, macht ihm den Hals trocken, er muß noch eine Molle nehmen: Du bist die zweite Molle, ich hab schon eene genommen, was willst du mir sagen? – Dicker, erst schmeck an mir, dann kannst du reden. – Also.

Da sagt die Molle: Paß mal auf, du, wenn du noch zwee Mollen trinkst und noch een Kümmel und noch eenen Grog, dann quillst du auf wie Erbsen. – So? – Ja, dann wirst du wieder dick, wie siehst du denn aus, Mensch? Kannst du denn so unter die Menschen laufen? Schluck nochmal.

Und Franz packt die dritte: Ich schluck schon. Kommt eene nach der andern. Immer Ordnung halten.

Er fragt die vierte: Wat weeßt du, Liebling? – Die gröhlt bloß wonnig. Franz gießt sie sich hinter: Glaube ich. Alles, was du sagst, Liebling, glaub ich. Bist mein Schäfken, wir gehen zusammen uff die Weide.

So ist zum drittenmal Franz Biberkopf nach Berlin gekommen. Das erstemal wollten die Dächer abrutschen, die Juden kamen, er wurde gerettet. Das zweitemal betrog ihn Lüders, er soff sich durch. Jetzt, das drittemal, der Arm ist ihm ab, aber er wagt sich kühn in die Stadt. Mut hat der Mann, doppelten und dreifachen Mut.

Herbert und Eva haben ihm ein schönes Gelddepot hinterlassen, der Kneipwirt unten bewahrt es auf. Aber Franz nimmt nur ein paar Pfennig, dazu beschließt er: von dem Geld will ich nichts nehmen, ich muß mir selbständig machen. Er geht auf die ›Wohlfahrt‹ und verlangt Unterstützung. »Da müssen wir erst recherchieren.« »Und was mach ich inzwischen?« »Kommen Sie in ein paar Tagen wieder.« »In ein paar Tagen kann einer verhungert sein.« »So rasch verhungert keiner in Berlin, damit kommen sie alle. Gibt außerdem kein Geld, bloß Marken, und die Miete bezahlen wir von hier, und die Wohnung stimmt doch?«

Da geht Franz wieder runter von der ›Wohlfahrt‹, und wie er unten ist, fallen ihm die Schuppen von den Augen: recherchieren, sag mal, recherchieren, die werden vielleicht auch nach meinem Arm recherchieren und wie das gekommen ist. Er steht vor einem Zigarrenladen und grübelt: die werden fragen, was mit meinem Arm ist, wer bezahlt hat und wo ich gelegen habe. Das können die fragen. Und dann, wovon ich die letzten Monate gelebt habe. Warte mal.

Er grübelt und zieht weiter: was macht man da? Wen soll ich jetzt fragen, wie soll ich das jetzt machen, und von die ihrem Geld will ich auch nich leben.

Da sucht er zwei Tage zwischen Alex und Rosenthaler Platz herum nach Meck, mit dem könnt er sprechen; und am zweiten Abend findet er ihn auch am Rosenthaler Platz. Sie kucken sich an. Franz will ihm die Hand schütteln – wie haben sie sich damals nach der Lüdersgeschichte begrüßt, die Freude, und jetzt – Meck gibt ihm zögernd die Hand, drückt nicht. Franz will wieder anfangen mit der linken Hand zu schütteln, da macht der kleine Meck so ein ernsthaftes Gesicht; was hat der Junge, hab ich dem was getan? Und sie gehen die Münzstraße rauf und gehen und gehen, und wieder zurück die Rosenthaler Straße, und Franz wartet immer, ob Meck nicht nach dem Arm fragen wird. Aber nicht mal danach fragt er, der sieht immer beiseite. Vielleicht seh ich dem zu dreckig aus. Da fängt Franz lustig an und fragt nach der Cilly, was die macht.

Ach, der gehts gut, wie solls der nicht gut gehen, und Meck erzählt lang und breit von der. Franz strengt sich an, zu lachen. Und noch immer fragt der nicht nach dem Arm, und da leuchtet es plötzlich in Franz, und er fragt: »Du verkehrst wohl noch in die Kneipe da in der Prenzlauer?« Macht Meck geringschätzig: »Ja, manchmal.« Da weiß Franz und geht langsam und bleibt hinter Meck zurück: dem hat Pums was erzählt von mir oder Reinhold oder Schreiber, und der hält mich auch für einen Einbrecher. Und wenn ich jetzt sprechen wollte, müßte ich ihm alles erzählen, aber da kann er lange warten, das tu ich nicht.

Und Franz gibt sich einen Ruck und steht vor Meck: »Na, Gottlieb, dann wolln wir uns verabschieden, ick muß nach Haus, ein Krüppel muß früh in die Klappe.« Meck sieht ihn zum erstenmal voll an, nimmt die Pfeife aus dem Mund, will ihn was fragen, aber Franz winkt ab, ist nichts zu fragen, und hat ihm schon die Hand gegeben und ist weg. Und Meck kratzt sich den Kopf und denkt, den muß ich mir mal vorknöppen, und ist unzufrieden mit sich.

Franz Biberkopf marschiert über den Rosenthaler Platz, freut sich und sagt: Was soll det ganze Quatschen, ich muß Geld verdienen, was soll mich Meck, ich muß zu Geld kommen.

Da hättet ihr Franz Biberkopf sehen sollen, wie er sich auf die Jagd gemacht hat nach Geld. Es war etwas Neues, Wütendes in ihm. Eva und Herbert hatten ihm ihre Stube zur Verfügung gestellt, aber Franz möchte eine eigene Bude, sonst kommt er nicht in Gang. Es kommt ein verfluchter Augenblick, wie

Franz eine Bude hat und die Wirtin ihm die Anmeldung auf den Tisch legt. Da sitzt unser Franz und muß wieder grübeln: da werd ich raufschreiben, ich heiße Biberkopf, und sofort werden die nachsehen in ihre Kästen, und dann telephonieren sie nach dem Präsidium, und dann heißt es, kommen Sie mal her, und warum lassen Sie sich gar nicht sehen, und was ist denn los mit Ihrem Arm, wo haben Sie gelegen, wer hat bezahlt, und alles stimmt nicht.

Und er wütet über dem Tisch: Fürsorge, brauch ich Fürsorge und Wohlfahrt. Ich will das nicht, das gehört sich nich für einen freien Mann; und er schreibt, während er noch grübelt und wütet, einen Namen auf den Meldezettel, erst Franz, und hat dabei das Revier vor Augen und die Fürsorge in der Grunerstraße und das Auto, aus dem sie ihn geworfen haben. Er betastet durch die Jacke seinen Schulterstumpf, sie werden nach dem Arm fragen, sollen sie tun, macht mir nichts aus, verflucht nochmal, ich tus.

Und dick wie mit einem Stock haut er seine Buchstaben über das Papier; ich bin noch nie ein Feigling gewesen, und was mein Name ist, den laß ich mir von keinem stehlen, so heiß ich, so bin ich geboren, und so bleib ich: Franz Biberkopf. Dicker Buchstabe nach Buchstabe, das Tegeler Gefängnis, die Allee, die schwarzen Bäume, die Gefangenen sitzen da, kleben, tischlern, flicken. Noch einmal eintunken, ich mach einen Punkt über dem i. Ich fürcht mich nicht vor den Grünen und vor den Bullen mit der Blechmarke. Ich bin ein freier Mann oder keiner.

Es ist ein Schnitter, der heißt Tod.

Den Meldezettel gibt Franz der Wirtin, so, das wäre besorgt und erledigt. Erledigt. Und jetzt ziehn wir die Hosen hoch, machen die Beine stramm und marschieren rein nach Berlin.

Kleider machen Leute und ein anderer Mensch kriegt auch andere Augen

An der Brunnenstraße, wo sie Untergrund ausschachten, ist ein Pferd in den Schacht gefallen. Die Leute stehen schon eine halbe Stunde rum, die Feuerwehr rückt mit einem Wagen an. Die legt einen Gurt dem Pferd um den Bauch. Das steht auf lauter Leitungsröhren und Gasröhren, wer weiß, ob es sich nicht ein Bein gebrochen hat, es zittert und wiehert, man sieht von oben bloß den Kopf. An einer Winde ziehn sie es hoch, das Tier schlägt mächtig.

Franz Biberkopf und Meck sind dabei. Franz springt in die Grube zu dem Feuerwehrmann, schiebt das Pferd mit nach vorne ab. Meck und alle staunen, was Franz mit dem einen Arm kann. Sie beklopfen das schweißige Tier, dem ist nichts passiert.

»Franz, was sagt man, du hast Mut, und wo hast du die Kraft her in dem einen Arm?« »Weil ich Muskeln habe; wenn ich will, dann kann ich schon.« Sie ziehn die Brunnenstraße runter, sie haben sich eben zum erstenmal wieder getroffen. Meck hat sich an Franz rangeschmissen. »Ja, Gottlieb, das kommt vom guten Essen und Trinken. Und soll ich dir erzählen, was ich noch mache?« Den werd ich mal gründlich abfahren lassen, der Meck soll mich nicht noch mal anquatschen. Für sone Freunde dank ich. »Also hör mal zu, ich hab jetzt fein zu tun. Ich stehe in einem Zirkus aufm Rummelplatz in der Elbingerstraße und schreie Hoppepferdchen aus, einmal rum die Damen und Herren fuffzich Pfennig, und an der Romintenerstraße dahinten, da bin ich der stärkste Mann mit einem Arm, aber erst seit gestern, da kannste mit mir boxen.« »Mensch, mit einem Arm boxen.« »Komm hin und du wirst sehen. Wo ich oben nicht decken kann, mach ich Beinarbeit.« Franz veräppelt den schön, Meck staunt.

Sie ziehen ihren alten Trott zum Alex herunter, ein bißchen durch die Gipsstraße, wo Franz ihn zum Alten Ballhaus führt: »Det ist renoviert, da kannste mir tanzen sehen und an der Bar.« Meck weiß nicht, wie ihm wird: »Wat ist denn bloß mit dir, sag mal.« »Stimmt, ick fang wieder an wie früher. Na warum denn nicht. Haste wat dagegen. Komm mal rin; kuck mal zu, wie ick mit einem Arm tanze.« »Neenee, schon lieber in Münzhof.« »Ooch gut; so lassen sie uns ooch nich rin; aber komm mal Donnerstag oder Sonnabend. Na, du denkst wohl, ich mach einen Eunuch, weil sie mir einen Arm abgeschossen haben.« »Wer hat geschossen?« »Ich habe da ne Schießerei gehabt mit Bullen. Det war eigentlich um gar nichts, det war da hinten am Bülowplatz, da wollten en paar klauen, anständige Kerls, aber haben hatten sie nichts und woher nehmen. Sag ich dir, ich geh draußen lang, seh, was geschoben wird und richtig an der Ecke so zwei Verdächtige hinten mit ein Rasierpinsel uffm Hut. Soll ick dir sagen: ich in das Haus, flüstre dem Jungen das, der Schmiere steht, aber die wollen nicht weg, wegen zwei Bullen noch lange nicht. Du das waren Jungs, und erst müssen sie die Ware weg haben. Da kommen dir dann die Bullen an und wollen das Haus beschnuppern. Da muß wohl einer wat gemerkt haben im Haus, Pelzwaren, wat für Weiber, wenn die Kohlen knapp sind. Da legen wir uns denn in Hinterhalt, und wie die Bullen rin wollen, wat sag ich, kriegen sie die Haustür nicht auf. Die andern machen natürlich hinten raus. Und dann, wie die Bullen mit dem Schlosser wat probieren, schieße ich durchs Schlüsselloch. Wat sagste, Meck?« »Wo war det?« Dem bleibt die Spucke weg. »In Berlin um die Ecke, in de Kaiserallee.« »Mach doch keen Quatsch.« »Na, ich hab blind geschossen. Die aber richtig, durch die Tür. Gekriegt haben sie mir doch nich. Bis die die Tür aufgekriegt haben, waren wir über alle Berge. Bloß mein Arm. Siehst ja.« Meck meckert: »Wat is?« Gib ihm Franz großartig die Hand: »Na auf Wiedersehn, Meck. Und wenn du mal was brauchst, ich wohne – das sage ich dir noch. Und gute Geschäfte.«

Ab durch die Weinmeisterstraße. Meck ganz gebrochen: Entweder veräppelt mir der Kerl – oder ich muß mal Pums fragen. Die haben mir doch was ganz anderes erzählt.

Und Franz wandert durch die Straßen nach dem Alex zurück.

Wie der Schild des Achilles aussah, womit bewaffnet und geschmückt er in den Kampf zog, kann ich nicht genau beschreiben, kann mich nur noch dunkel auf Armschienen und Beinschienen besinnen.

Aber wie Franz aussieht, der jetzt in einen neuen Kampf zieht, das muß ich sagen. Also Franz Biberkopf hat seine alten, verstaubten, vom Pferdevieh mit Dreck beschmissenen Sachen an, eine Schiffermütze mit einem verbogenen Anker drauf, Jacke und Hose brauner abgetragener Bowel.

Er ist in den Münzhof rin und nach 10 Minuten, eine Molle runter, mit einer von einem andern sitzengelassenen, noch ziemlich frischen Person raus, und mit die spaziert er, weil es drin muffig und draußen sehr schön ist, wenn auch ein bißchen nießlig, durch die Weinmeisterstraße und Rosenthalerstraße.

Und Franz, das Herz geht ihm auf, soviel Schwindel und Betrug sieht er, wohin er guckt! Ein anderer Mensch, andere Augen. Als wenn er jetzt erst Augen hätte! Das Mädel und er, die lachen sich krumm, was sie alles sehen! Es ist sechs Uhr, schon etwas drüber, es regnet, es pladdert, Gott sei Dank, die kleine Kruke hat einen Schirm.

Die Budike, sie gucken durchs Fenster.

»Da verkooft der Budiker sein Bier. Paß mal uff, wie der verschänkt. Haste gesehn, Emmi, hastet gesehn: Schaum bis da!« »Na, wat is dabei?« »Schaum bis da? Schwindel ist! Schwindel! Schwindel! Und recht hat er, der Junge ist patent. Ick freu mir.« »Ne du! Dann is es doch n Gauner!« »Patent ist der Junge!«

Spielwarengeschäft:

»Donnerwetter, Emmi, weißte, wenn ich hier stehe und mir det kleine Zeug ansehe, kuck mal, dann sag ich schon nich mehr: ich freue mir. Son Mist, und seine bemalten Eier, du, die haben wir als kleine Kinder mit Mutter zusammen kleben müssen. Wat die dafür bezahlt haben, det will ick dir jar nich sagen.« »Na siehste.« »Det sind Schweine. Am besten die Scheiben einschlagen. Plunder. Arme Leute ausnützen ist eine Gemeinheit.«

Damenmäntel. Da will er vorbeigehen, bremst sie. »Denn wenn du wissen willst, davon kann ich dir nu wieder ein Lied singen. Damenmäntel nähen. Du. Für die feinen Damen. Wat gloobst du, wat man kriegt für son Ding?« »Komm doch, Mädel, will ich gar nich wissen. Wenn du dirs geben läßt.« »Nu, nu halt mal die Luft an, wat willst du denn machen.«

»Wäre ich ja ein Ochse, wenn ich mir ein paar Pfennig bieten ließe. nen Seidenmantel will ich alleene tragen, det sag ich.« »Na sag das mal.« »Und dafür sorg ich, daß ich ein Seidenmantel trage. Sonst bin ich ein Ochse, und er hat recht, daß er mir seine acht Groschen in die Hand drückt.« »Is ja Quatsch.« »Weil ich dreckige Hosen habe? Weeste Emmi, det is von ein Pferd, det war in den Schacht gefallen von der Untergrund. Nee, bei mir ist nichts zu machen mit acht Groschen, ich brauch vielleicht dausend Mark.« »Und die kriegste?»

Die lauert ihn an. »Hab sie nicht, sag ich bloß, aber ich – krieg sie, und keine acht Groschen.« Sie hängt sich schwer an ihn, staunt und ist beglückt.

Amerikanische Schnellbügelanstalt, offenes Schaufenster, zwei dampfende Plättbretter, im Hintergrund mehrere weniger amerikanische Männer, sitzend und rauchend, vorn in Hemdsärmeln der junge schwarze Schneider. Franz läßt seinen Blick drüber gehn. Er jauchzt: »Emmi, kleene Emmi, det ick dir heut gefunden habe, ist doch zu schön.« Sie versteht den Mann noch nicht, aber ist mächtig geschmeichelt; eiweih kann sich der andere, der sie sitzengelassen hat, ärgern. »Emmi, süße Emmi, kuck dir bloß den Laden an.« »Na, viel verdient der nicht bei, beim Bügeln.« »Wer?« »Der kleene Schwarze.« »Nee, der nicht, aber die andern.« »Die da? Das kannste nicht wissen. Ich kenn die nicht.« Franz jauchzt: »Ich hab die ooch noch nicht gesehen, aber ich kenn die. Kuck sie dir an. Und den Herrn Besitzer; vorn bügelt er, und hinten – macht er was anderes.« »Absteige?« »Vielleicht ooch, nee, det sind ja alles Gannofen. Wem gehören denn die Anzüge, die da hängen? Möchte bloß en Bulle mit der Blechmarke sein und den fragen, paß uff, wie die lange Beine machen.« »Wat!« »Geklaute Sachen, bloß abgestellt! Schnellbügelanstalt! Feine Jungs, wat! Wie die qualmen! Machen sich das Leben bequem.«

Sie spazieren weiter. »Mußte ooch so machen, Emmi, wie die. Is das einzig Wahre. Bloß nicht arbeiten. Schlag dir das ausm Kopp mitm Arbeiten. Vons Arbeiten kriegst du Schwielen an die Hände, aber keen Geld. Höchstens noch ein Loch in Kopf. Vons Arbeiten is noch keen Mensch reich geworden, sag ich dir. Nur vom Schwindeln. Siehste ja.«

»Und wat machst du denn?« Sie ist voller Hoffnung. »Komm mal weiter, Emmi; ich sag dirs schon.« Sie sind wieder mitten im Gewühl der Rosenthalerstraße, ziehen durch die Sophienstraße in die Münzstraße ein. Franz geht. Die Trompeten blasen neben ihm einen Marsch. Es ist die Schlacht geschlagen wohl auf dem freien Feld, rätätätä, ratätäta, rätätätä, wir haben die Stadt gewonnen und das ganze viele schwere Geld genommen geklommen, ratätätä, tätäta tätä!

Sie lachen zu zweit. Das Mädel, das er aufgefischt hat, hat Kaliber. Sie heißt zwar bloß Emmi, aber Fürsorge und Ehescheidung hat sie hinter sich. Sie sind beide in großartiger Verfassung. Emmi fragt: »Wo haste denn den andern Arm.« »Der liegt zu Haus bei meine Braut, die wollt mich nicht weglassen, da hab ich ihr den Arm als Pfand lassen müssen.« »Na hoffentlich ist der ooch so lustig wie du.« »Na ob. Haste noch nicht gehört: ich hab ein Geschäft mit meinem Arm uffgemacht, da steht der Arm auf einem Tisch und schwört den ganzen Tag: Nur wer arbeitet, soll essen. Wer nicht arbeitet, soll Hunger leiden. Das schwört mein Arm den ganzen Tag, Eintritt ein Groschen, und die Proleten kommen an und freuen sich drüber.« Sie hält sich den Bauch, er lacht auch: »Du reißt mir noch den andern Arm aus, Mensch.«

Ein anderer Mensch kriegt auch einen anderen Kopf

Da ist durch die Stadt ein merkwürdiger kleiner Wagen gefahren: auf einem Fahrgestell ein Gelähmter, der hebelt sich mit den Armen vorwärts. An dem Wägelchen sind eine Masse bunte Wimpel, und die Schönhauser Allee fährt er lang, alle Ecken hält er, die Leute sammeln sich um ihn, dann verkauft sein Gehilfe Postkarten für zehn Pfennig:

»Weltreisender! Johann Kirbach, geboren 20. Februar 1874 zu München-Gladbach, bis zum Ausbruch des Weltkrieges gesund und schaffensfreudig, wurde meinem arbeitsreichen Streben durch einen rechtsseitigen Schlaganfall ein Ziel gesetzt. Jedoch erholte ich mich wieder so weit, daß ich allein stundenweit gehen konnte, um meinen Beruf auszuführen. Dadurch wurde meine Familie vor der größten Not geschützt. Im November 1924 jauchzte die ganze rheinische Bevölkerung, als die Staatsbahn von der drückenden belgischen Besatzung befreit wurde. Viele deutsche Brüder hatten sich vor Freude einen Rausch angetrunken, was für mich das Verhängnis wurde. Ich befand mich an dem Tage auf dem Heimwege, als keine 300 Meter von meiner Wohnung entfernt ich von einem aus der Wirtschaft kommenden Trupp Männer umgeworfen wurde. Der Fall war so unglücklich, daß ich auf Lebzeiten ein Krüppel bin und nie wieder gehen kann. Ich beziehe keine Rente oder sonstige Unterstützung. Johann Kirbach.«

In dem Lokal, wo Franz Biberkopf an diesen schönen Tagen herumspioniert, denn er sucht irgendeine Gelegenheit, eine frische, handfeste, was einen weiterbringt, da hat ein ganz grüner Bursche den Wagen mit dem Gelähmten am Bahnhof Danziger Straße gesehn. Und fängt nun im Lokal ein Geschrei darüber an und was sie auch mit seinem Vater gemacht haben, der hat einen Brustschuß, und jetzt hat er knappe Luft, aber mit einmal soll das bloß Nervenleiden sein, und die Rente haben sie ihm gekürzt, und nächstens kriegt er gar keine mehr.

Das Gequassele hört sich ein anderer junger Bursch mit ner großen Jockeymütze an, der sitzt auf derselben Bank wie er, hat aber kein Bier vor sich. Der Bursche hat einen Unterkiefer wie ein Boxer. Der macht: »Puh! Die Krüppel – für die sollten sie überhaupt keinen Sechser geben.« »So siehste aus. Erst rausholen inn Krieg und dann nich zahlen.« »Gehört sich ooch so, Mensch. Wenn du woanders ne Dummheit machst, kriegste du ooch nich noch was druff gezahlt. Wenn sich ein kleiner Junge an den Wagen hängt und nachher fällt er runter und bricht sich ein Bein, kriegt er ooch keenen Pfennig. Warum denn: ist doch alleene so dämlich.« »Wie Krieg war, Mensch, hast du ja noch gar nicht gelebt, warst ja noch in die Windeln.« »Quatsch, Quatsch, der Blödsinn in Deutschland ist, daß sie Unterstützung zahlen. Da loofen die Tausende rum, tun nischt, und dafür kriegen sie noch Geld.«

Mischen sich andere am Tisch ein: »Na nu halt dir aber wirklich mal senkrecht, Willi. Wat arbeitst du denn?« »Nischt. Ich tu ooch nischt. Und wenn sie mir noch lange wat zahlen, tu ich noch länger nischt. Bleibt darum doch immer Blödsinn, wenn sie mir wat geben.« Die andern lachen: »Det is nu ein Quasselkopf.«

Franz Biberkopf sitzt mit am Tisch. Der Junge drüben mit der Jockeymütze hat die Hände frech in den Taschen, kuckt ihn an, wie er dasitzt mit seinem einen Arm. Ein Mädel umarmt Franzen: »Du, du hast doch ooch bloß einen Arm. Sag mal, wat kriegste Rente.« »Wer will denn det wissen?« Das Mädel lockt den Jungen drüben: »Der da. Der interessiert sich davor.« »Nee, davor verinteressiere ich mir jarnicht. Ich sage bloß: wer so dämlich war inn Krieg gehen – na Schluß.« Das Mädel zu Franz: »Jetzt fürcht er sich.« »Vor mir nicht. Vor mir braucht er sich nicht zu fürchten. Sag ich doch ooch, sag ich doch nischt anders. Weeste du, wo mein Arm ist, der hier, der ab ist? Den hab ich mir in Spiritus setzen lassen, und jetzt steht er bei mir zu Haus ufm Spind und sagt zu mir den ganzen Tag runter: Tag Franz. Du Hornochse!«

Haha. Das ist ne Marke, feine Nummer. Ein Älterer hat

aus seinem Zeitungspapier ein paar dicke Stullen ausgepackt, die zerschneidet er mit seinem Taschenmesser, stopft sich die Stücke in den Mund: »Ich war nicht im Krieg, mir haben sie die ganze Zeit eingesperrt in Sibirien. Na, und nu bin ick zu Haus bei Muttern und hab Reißmichtüchtig. Wenn die nu kommen und wollen mir das Stempelgeld nehmen, Mensch, ihr seid wohl ganz übergefahren?« Der Junge: »Wovon haste denn Rheumatismus? Vom Handel auf der Straße, stimmts? Wenn du kranke Knochen hast, handelst eben nicht auf der Straße.« »Dann werd ich vielleicht Lude.« Der Junge haut auf den Tisch vor das Stullenpapier. »Jawoll. Dann ist das richtig. Und da is gar nicht zu lachen. Sollste mal sehen von meinem Bruder seine Frau, meine Schwägerin, sind propre Leute, könnens mit jedem aufnehmen, glaubste, die haben sich geniert, haben sich den Dreck zahlen lassen, Stempelgeld? Der is nach Arbeit rumgeloofen, und sie hat nicht gewußt, wohin mit die paar Pfennig, und zwei kleine Jöhren zu Haus. Kann die Frau doch nicht arbeiten gehen. Da hat sie mal een kennengelernt, und dann hat sie vielleicht auch mal nen andern kennengelernt. Bis er wat gemerkt hat, mein Bruder. Da hat er mir geholt und hat gesagt, ich soll kommen und zuhören, wat er mit seine Frau abzumachen hat. Da ist er aber ann richtigen gekommen. Na, det Theater hätt ihr hören müssen. Der ist wie ein begossener Pudel abgezogen. Dem hat sie mit seine paar dreckigen Kröten ne Rede gehalten, det er man so gewackelt hat, mein Bruder, der Herr Gemahl. Der soll nich wieder nach oben kommen.« »Kommt nich mehr ruff?« »Der möcht schon. Nee, sie will mit son dämliches Luder nichts zu tun haben, ein Kerl, der stempeln geht und noch die Schnauze aufreißt, wenn ein anderer Geld verdient.«

Da sind sie alle so ungefähr einer Meinung. Franz Biberkopf sitzt neben dem Jungen, den sie Willi nennen, und prostet ihn an: »Wißt Ihr, Ihr seid bloß zehn bis zwölf Jahr jünger als wir, aber Ihr seid hundert Jahr schlauer als wir. Kinder, hätt ick mir getraut so zu reden, wie ich zwanzig war. Donnerlüttchen, da heißt es bei den Preußen: Hände an die Hosennaht.« »Machen wir ooch. Bloß nicht an unsere eigene.« Gelächter.

Der Raum ist voll; der Kellner macht eine Tür auf, eine enge Hinterstube ist frei. Da rückt der ganze Tisch ran unter das Gaslicht. Es ist sehr heiß, die Stube ist voll Fliegen, ein Strohsack liegt auf dem Boden, er wird hochgekippt, aufs Fensterbrett, zum Lüften. Das Gerede geht weiter. Der Willi sitzt dazwischen und gibt nicht nach.

Da hat der grüne Junge, der vorhin abgefallen war, am Handgelenk Willis eine Armbanduhr entdeckt und staunt immer, daß die aus Gold ist: »Die haste aber billig gekooft.« »Drei Märker.« »Hat einer geklaut.« »Jeht mich nischt an. Willste ooch eene?« »Nee. Danke. Damit mir einer erwischt, und dann heißt es: wo haben Sie die Uhr her?« Willi lacht um sich: »Der fürcht sich vorn Diebstahl.« »Nu hör mal uff du.« Willi legt einen Arm über den Tisch: »Der hat wat gegen meine Uhr. Für mich ist det ne Uhr, die geht und aus Gold ist.« »Für drei Märker.« »Dann will ick dir mal wat anders zeigen. Gib mir mal dein Seidel. Sag mal, wat is det?« »Ein Seidel.« »Richtig, Seidel zum Trinken.« »Werd ich nicht nein sagen.« »Und das hier?« »Das ist die Uhr. Mensch, du spielst wohl den Dummen.« »Det ist ne Uhr. Das ist kein Stiebel und kein Kanarienvogel, aber wenn du willst, kannst du da ooch Stiebel dazu sagen, det kannste machen, wie du willst, det liegt ganz bei dir.« »Versteh ick nicht. Wo willste raus?« Willi scheint aber zu wissen, was er will, er nimmt den Arm weg, faßt ein Mädel an und sagt: »Du geh mal.« »Wat denn? Wieso denn?« »Na geh mal hier bloß so an die Wand lang.« Sie will nicht. Die andern rufen ihr zu: »Geh doch mal, Mensch, hab dir doch nicht.«

Dann steht sie auf, sieht Willi an, geht an die Wand. »Hu du oller Brauner!« »Geh«, schreit Willi. Die streckt ihm lang die Zunge raus und marschiert, mit dem Steiß wackelnd. Man lacht. »Jetzt kommst du wieder her. Also: wat hat die gemacht?« »Die hat dir die Zunge rausgestreckt!« »Wat noch?« »Geloofen is sie.« »Jut. Geloofen.« Das Mädel mischt sich ein: »Etsch, nee. Det war getanzt.« Der Ältere vor seinen

Stullen: »Det war nich getanzt. Seit wann ist det getanzt, wenn einer den Hintern rausstreckt.« Das Mädel: »Wenn du deinen rausstreckst, nicht.« Zwei rufen: »Geloofen ist sie.« Willi lacht siegreich und hört sich das an: »Na also, und ich sag: sie ist marschiert.« Der grüne Junge ärgerlich: »Na wat is denn nu los?«

»Janischt is los. Da siehste doch, geloofen, getanzt, marschiert, wie du willst. Det verstehst du noch immer nicht. Denn will ick dirs vorkauen. Dies ist ein Seidel vorher, aber du kannst auch Spucke dazu sagen, dann müssen vielleicht alle Spucke dazu sagen, getrunken wird aber doch daraus. Und wenn die marschiert, dann ist sie marschiert oder geloofen oder getanzt; wat det aber war, haste ja selber gesehen. Mit deine Augen. Das wars, was du gesehen hast. Und wenn wer einem ne Uhr wegnimmt, denn is det noch lange nich gestohlen. Siehste, jetzt verstehste mir. Weggenommen ist sie, aus der Tasche oder aus ner Auslage, ausm Laden, aber gestohlen? Wer sagt denn det?« Willi setzt sich zurück, hat die Hände wieder in den Hosentaschen: »Ick eben nich.« »Und wat sagst du?« »Hörste doch. Ich sage: weggenommen. Hat seine Besitzer gewechselt.« Tablo. Willi steckt sein Boxerkinn vor und sagt nichts. Die andern denken nach. Es ist etwas Unheimliches an der Tafel erschienen.

Willi attackiert plötzlich Franzen, den Einarmigen, mit seiner scharfen Stimme. »Du hast zu den Preußen gemußt, bist im Krieg gewesen. Det heißt für mich Freiheitsberaubung. Aber die hatten Gerichte und Polizei für sich, und weil sie die hatten, haben sie dir das Maul verbunden, und jetzt heißt es nicht Freiheitsberaubung, wie du Ochse denkst, sondern Dienstpflicht. Und die mußte leisten, wie die Steuern, wo du auch nicht weißt, wo die hinkommen.«

Das Mädel knaut: »Mach doch bloß keene Politik. Det is nischt fürn Abend.« Der Grüne meckert und zieht sich aus der Situation: »Mit son Quatsch. Da ist mir det Wetter viel zu schön.« Willi hetzt ihn raus: »Dann geh uff die Straße. Du gloobst, Kerl, die Politik is bloß hier in die Stube und ick mach sie dir vielleicht vor. Die brauch mir grade zum Vormachen. Die kotzt dir auf den Kopf, Junge, wo du gehst. Wenns dir gefallen läßt, heißt es.« Einer schreit: »Schwamm drüber, halte Schnauze.«

Zwei neue Gäste kommen. Das Mädel wippt niedlich, schlängelt sich an der Wand lang, wackelt mit dem Steiß, etscht süß zu Willi herüber. Er springt auf, tanzt mit ihr einen frechen Wackelschieber, sie knutschen sich, Zehnminutenbrenner, festgemauert in der Erden steht die Form aus Mehl gebrannt. Keiner kuckt her. Franz, der Einarmige, fängt an seinen dritten Becher hinunterzugießen, er streicht seinen Schulterstumpf. Der Stumpf brennt, brennt, brennt. Verfluchter Junge, dieser Willi, verfluchter Junge, verfluchter Junge. Die Kerls schleppen den Tisch raus, schmeißen den Strohsack zum Fenster raus, einer ist mit ner Ziehharmonika angezogen, der sitzt aufm Schemel an der Tür, nudelt. Mein Johannes, ach der kann es, mein Johannes ist der Inbegriff des Mannes.

Sie scherbeln lustig, haben die Jacken ausgezogen, saufen, quatschen, schwitzen. Wenn es keiner kann, dann kann mein Mann Johann es. Da steht Franz Biberkopf auf, zahlt und sagt zu sich: Ick bin nicht mehr jung genug dazu, um zu schwofen, ick habe ooch keine Lust dazu, ick muß zu Geld kommen. Wo icks herkriege, ist mir egal.

Mütze auf und raus.

Zwei sitzen mittags in der Rosenthalerstraße, löffeln Erbssuppe, einer hat die B.Z. neben sich, lacht: »Entsetzliche Familientragödie in Westdeutschland.« »Wieso, wat is da zu lachen.« »Hör mal weiter zu. Ein Vater wirft seine drei Kinder ins Wasser. Drei auf einmal. Ein rabijater Kerl.« »Wo is det?« »Hamm, Westfalen. Det is ein Aufwaschen. Mensch, dem muß es bis da gewesen sein. Aber auf den kann man sich verlassen. Wart mal, wollen mal sehen, wat er mit der Frau gemacht hat. Die wird er doch ooch –. Nee, die hat es alleen, die hat es schon selber vorher getan. Wat sagste? Ne lustige Familie, Max, die versteht zu leben. Brief von der Frau: Betrüger! Überschrift mit Ausrufungszeichen, det soll er hören. »Da ich das Leben so weiterzuführen leid bin, hab ich den Entschluß gefaßt, in den Kanal zu gehen. Nimm dir einen Strick und häng dich auf. Julie. Punkt.« Er krümmt sich vor Lachen: »Es herrscht keene Eintracht in der Familie: sie in den Kanal und er den Strick. Die Frau sagt: häng dich uff, und er schmeißt die Kinder ins Wasser. Der Mann kann nicht hören. Aus die Ehe konnte nischt werden.«

Es sind zwei ältere Leute, Bauarbeiter von der Rosenthaler Straße. Der andere mißbilligt, was der eine redet. »Det ist ein trauriger Fall, wenn du sowat auf dem Theater siehst oder im Buch liest, dann heulste.« »Du vielleicht. Aber Maxe, wird eener über sowat heulen, warum denn?« »Die Frau, drei Kinder, nu hör schon uff.« »Wie ick bin, mir macht det Spaß, der Mann gefällt mir, die Kinder können einem ja leid tun, aber so mit einemmal, auf einen Tisch die ganze Familie kalt machen, ick hab Respekt davor, und dann –«. Er platzt wieder los: »Dann find ick det, du kannst mir klein schlagen, ick find det nu mal so furchtbar komisch, wie die sich noch bis zuletzt zanken. Die Frau sagt, einen Strick soll er nehmen, und er sagt: grade nicht, Julie, und schmeißt die Kinder rin.«

Der andere hat sich seine Stahlbrille aufgesetzt, liest die Geschichte nochmal. »Der Mann lebt. Den haben sie gefaßt. Na. Ick möchte nicht in dem seine Haut stecken.« »Wer weeß. Du weeßt gar nischt.« »Det weeß ick aber nu doch.« »Weeßtu. Von dem kann ick mir schon denken. Der sitzt in der Zelle, raucht seinen Tabak, wenn er welchen kriegt, und sagt: Ihr könnt mir alle.« »So, dann weeßte was. Gewissensbisse, mein Junge. Der heult in de Zelle oder sagt gar nichts. Der kann nicht einschlafen. Mensch, du redest dir geradezu in ne Sünde rein.« »Det bestreite ick nu eben ganz entschieden. Der kann ausgezeichnet schlafen. Wenn det ein so rabiater Kerl ist, dann schläft der auch gut und ißt und trinkt vielleicht besser als draußen. Da garantier ich für.« Der andere sieht ihn ernst an. »Dann ist det eben ein ganz roher Hund. Wenn man sonen köpft, da geb ich meinen Segen zu.« »Hast du auch recht. Würd er ooch sagen, haste ganz recht.« »Nu hör schon auf mit dem Mist. Ick bestell mir Gurke.« »Is doch interessant sone Zeitung. Ein rabiater Hund, vielleicht tut ihm aber doch schon die Geschichte leid, manch einer übernimmt sich in der Arbeit.« »Ich esse Gurke und Schweinskopf.« »Ick ooch.«

Ein anderer Mensch braucht auch einen anderen Beruf oder auch gar keinen

Wenn Sie das erste Loch im Ärmel bemerken, dann wissen Sie, es ist höchste Zeit, sich um einen neuen Anzug zu kümmern. Wenden Sie sich dann sofort an die richtige Stelle, die Ihnen in übersichtlichen Lagern und hellen schönen Räumen, an breiten Tischen all die Kleidungsstücke zeigen wird, die Sie notwendig brauchen.

»Ich kann nischt machen, Sie können sagen, Frau Wegner, was Sie wollen: ein Mann mit einem Arm, und noch der rechte, is geliefert.« »Det kann ick nich anners leugnen, es is schwer, Herr Biberkopf. Darum brauch man aber doch nich so japsen und son Gesicht zu ziehen. Mensch, wird einem ja ordentlich bange vor Ihnen.« »Na wat soll ick denn mit einem Arm?« »Stempeln gehn oder machen sich doch einen kleenen Stand auf.« »Was fürn Stand?« »Zeitung oder Schnittwaren oder verkaufen Sie Sockenhalter oder Halsbänder vor Tietz oder wo.« »Zeitungskeller?« »Oder Obst, Obstwaren.« »Ich bin zu alt dazu, da muß einer jünger sein.«

Das ist eine Sache von früher, da geh ich nicht mehr ran, da mag ich nicht mehr ran und das ist abgemacht und erledigt.

»Sie müssen eene Braut haben, Herr Biberkopf, die wird Sie schon alles sagen und Ihnen beistehen, wo es nottut. Die kann am Wagen mitziehn oder am Stand verkoofen, wenn Sie mal wegmüssen.«

Mütze auf, runter, alles Quatsch, nächstens binde ich mir nen Leierkasten um und geh dudeln. Wo ist Willi?

»Tag, Willi.« Nachher sagt Willi: »Nee, viel machen kannste nich. Aber wenn du schlau bist, kannste doch noch was. Wenn ich dir zum Beispiel täglich was gebe, was zu verkoofen oder unter der Hand abzusetzen und du hast gute Freunde und ihr könnt dicht halten, dann setzt du das ab und du verdienst schön mit.«

Und das will Franz. Durchaus will er das. Er will auf eigene Beine stehen. Was rasch Geld bringt, will er. Arbeiten, Quatsch. Auf Zeitungen spuckt er, kriegt ne Wut, wenn er diese Kalbsköppe, die Zeitungshändler sieht, und manchmal staunt er, wie einer so dämlich sein kann und sich abrackern und andere dicht daneben fahren Auto. Sollte mir passen. Das war einmal, mein Junge. Tegeler Gefängnis, Allee schwarzer Bäume, die Häuser wackeln, die Dächer wollen einem aufn Kopf fallen und ich muß anständig werden! Komisch, der Franze Biberkopf muß durchaus anständig sein, was sagste dazu, da schlägste lang hin. Komisch, ich muß nen Zuchthausknall gehabt haben, Manoli links rum. Geld her, Geld verdient, Geld braucht der Mensch.

Jetzt seht ihr Franz Biberkopf als einen Hehler, einen Verbrecher, der andere Mensch hat einen andern Beruf, er wird bald noch schlimmer werden.

Es ist ein Weib, bekleidet mit Purpur und Scharlach und übergüldet mit edlen Steinen und Perlen und hat einen goldenen Becher auf der Hand. Sie lacht. An ihrer Stirn steht ihr Name geschrieben, ein Geheimnis, die große Babylon, die Mutter der Hurerei und aller Greuel auf Erden. Sie hat das Blut der Heiligen getrunken, vom Blut der Heiligen ist sie trunken. Die Hure Babylon sitzt da, das Blut der Heiligen hat sie getrunken.

Was für eine Kluft trug Franz Biberkopf, wie er bei Herbert Wischow wohnte?

Was trägt er jetzt? Auf einem Tisch für bare 20 Mark gekauft einen tadellosen Sommeranzug. Für besondere Feierlichkeiten ein eisernes Kreuz links, das trägt er als Legitimation für seinen Arm, genießt die Hochachtung der Passanten und den Ärger der Proleten.

Wie ein wohlgenährter biederer Kneipwirt oder Schlächtermeister sieht er aus, Bügelfalten, Handschuh, steifer runder Hut. Für Überraschungen hat er Papiere bei sich, falsche, auf einen gewissen Franz Räcker, der 1922 bei den Unruhen umgekommen ist und dem seine Papiere schon vielen geholfen haben. Was auf dem Papier steht, weiß Franz alles auswendig, auch wo die Eltern wohnen, wann sind die geboren, wieviel Geschwister haben Sie, was arbeiten Sie, wann haben Sie zuletzt gearbeitet, und was so ein Bulle plötzlich fragen kann, das weitere wird sich schon ergeben.

Im Juni ist das passiert. Im wunderschönen Monat Juni hat sich der Schmetterling entwickelt, nachdem er seine Verpuppung hinter sich hatte. Und Franz floriert schon leidlich, als Herbert Wischow und Eva aus Zoppot aus dem Bad kommen. Im Bad war allerhand passiert, davon läßt sich viel erzählen, das erfährt Franz mit Genuß. Evas Börsianer hatte Pech. Im Spiel gings ihm gut, aber gerade am Tag, wo er 10000 Mark von der Bank abgeholt hat, soll er in seinem Hotelzimmer bestohlen werden, während er mit Eva soupiert. Wie sowas nur möglich ist. Das Zimmer ist sauber mit Nachschlüssel geöffnet, die goldene Uhr ist weg, ferner 5000 Mark, die er offen im Nachtkasten liegen gelassen hat. Das war nu eine besondere Nachlässigkeit, aber wer denkt denn auch an sowas. Daß in einem solchen erstklassigen Hotel sich Diebe einschleichen können, wo hat denn der Portier die Augen, ich werde Sie verklagen, ist denn hier keine Aufsicht, wir bürgen nicht für Wertsachen auf den Zimmern. Der Mann tobt mit Eva, weil sie ihn so rasch zum Souper gedrängt hatte, warum denn, bloß um den Herrn Baron zu sehen, nachstens küßt du ihm noch die Hände vor Ehrfurcht, schickst ihm eine Bonbonniere, aus meiner Tasche. Jetzt bist du unfein, Ernstchen. Und die 5000 Mark? Kann ich dafür? Ach, wir wollen nach Hause. Da sagt der Bankier wütend: kein schlechter Einfall, bloß weg hier.

So wohnt Herbert wieder in der Elsasser Straße, und Eva muß ein feines Zimmer im Westen beziehen, das ist ihr nichts Neues, sie denkt, es dauert nur einige Zeit, dann hat er genug von mir, dann gehts wieder nach der Elsasser.

Schon in der Eisenbahn, wo sie mit dem Bankier sitzt und

seine Liebkosungen im Coupé 1. Klasse mit Langeweile und Scheinwonne über sich ergehen läßt, träumt sie: was macht bloß der Franz. Und wie der Bankier vor Berlin rausgeht und sie allein im Coupé sitzt, fährt sie zusammen und ängstigt sich: der Franz ist wieder weg. Welche Freude und Überraschung und Maulaufreißen dann bei Herbert und Eva und Emil, wie dann am 4. Juli [Mittwoch], wie da reinkommt, wer, na, man kann sich schon denken. Proper, geleckt, das E. K. an die Heldenbrust geklebt, die Augen braun tierisch treuherzig wie immer, warme Männerfaust und starker Händedruck: Franz Biberkopf. Nu halt dir senkrecht. Jetzt verlierste die Balance. Emil kennt die Veränderung schon, er weidet die Schäfchen seiner Augen an Herbert und Eva. Franz ist ein feiner Pinkel. »Junge, du wäscht dir woll die Beene mit Sekt?« so freut sich Herbert. Eva sitzt und versteht nicht. Den rechten Ärmel trägt Franz leer in der Tasche, der Arm ist jedenfalls nicht nachgewachsen. Sie umhalst ihn und küßt ihn. »Gott, Franzeken, wir haben nu dagesessen und haben uns den Kopp zerbrochen, wat macht der Franze, ist uns Angst gewesen, det gloobste nicht.« Franz geht rum, küßt Eva, küßt den Herbert, auch Emil: »Son Quatsch, sich um mir zu ängstigen.« Er blinzelt listig: »Und wie gefall ick euch, als Heldenkrieger, mits Bobbyjackett?« Eva jubiliert: »Wat is bloß los, wat is bloß los, ick freu mir doch so, wie du aussiehst.« »Un ick doch ooch.« »Und – mit wem jehste denn, Franzeken?« »Jehen? Ach so. Nee nee. Damit ist nichts. Ick habe keene.« Und legt los und erzählt und verspricht Herbert, er gibt ihm das ganze Geld wieder, auf Heller und Pfennig, jeden Sechser, in paar Monaten is alles abgezahlt. Da lachen Herbert und Eva. Einen braunen Tausender schwenkt Herbert vor Franzens Augen: »Willst ihn haben, Franz?« Eva bettelt: »Nimm ihn, Franz.« »Ausgeschlossen. Haben wir nicht nötig. Höchstens begießen wir alle den Tausender unten, det können wir.«

Auch ein Mädchen taucht auf, Franz Biberkopf ist wieder komplett

Sie geben Franzen den Segen für alles, was er tut. Eva, die Franzen noch immer liebt, möchte ihm gern ein Mädel zuschanzen. Er sträubt sich, det Mädel kenn ich, nee, det kennste nich, Herbert kennt sie ooch nich, von woher kennste sie denn, nee, sie ist doch noch gar nicht lange in Berlin, die is aus Bernau, da is sie immer bloß abends mal rübergekommen am Stettiner Bahnhof, da hab ich sie mal getroffen und hab ihr gesagt: du kommst unter die Räder, Kind, wenn de det nich läßt und immer rüberfährst, hier in Berlin kann sich keener so halten. Hat sie gesagt und gelacht, sie will sich ja bloß amüsieren. Na siehste, Franz – Herbert kennt die Geschichte schon, Emil ooch –, eenmal sitzt sie dann da um 12 im Café. Ick geh ran und frag ihr: na, wat machste fürn Gesicht, Mädel, mach man hier keene Wellen. Da heult sie mir wat vor, hat sie uff die Wache gemußt, hat keene Papiere gehabt, mündig ist sie ooch noch nicht, nach Hause traut sie sich nicht. Wo sie in Stellung ist, haben sie sie rausgeschmissen, weil die Polizei gefragt hat, und die Mutter hat ihr ooch rausgeschmissen. Sagt sie: Bloß weil ick mir ein bißchen amüsier? Wat soll man abends in Bernau?

Emil hört wie immer mit aufgestützten Armen zu und sagt dazu: »Da hat das Mädel ganz recht. Ick kenn Bernau ooch. Abends is da nischt los.«

Eva: »Na, nu kümmere ick mir ein bißchen um das Mädel; nachm Stettiner Bahnhof darf sie mir nich mehr hin.«

Herbert raucht eine Importe: »Wenn du ein Mann bist, der wat versteht, Franz, dann kannste, wer weeß, aus dem Mädel wat machen. Ich hab sie gesehen. Hat Rasse.«

Emil meint: »Bißchen jung, aber Rasse hat sie. Feste Knochen.« Sie kübeln weiter.

Von diesem Mädchen, das prompt am nächsten Mittag an seine Tür klopft, ist Franz auf den ersten Blick entzückt. Eva hat ihn lecker gemacht, er möchte auch Eva eine Freude tun.

Aber die ist auch wirklich schnieke, prima, eins a, so was stand noch nicht drin in seinem Kochbuch. Sie ist eine kleine Person, sieht im weißen leichten Kleidchen mit bloßen Armen wie ein Schulmädchen aus, hat sanfte, langsame Bewegungen, ist unmerklich gleich neben ihm. Sie ist kaum eine halbe Stunde da, da kann er sich das kleine Luder nicht mehr aus seiner Stube wegdenken. Emilie Parsunke heißt sie eigentlich, aber heißen möchte sie lieber Sonja, so hat Eva immer zu ihr gesagt, weil sie so russische Backenknochen hat. »Und Eva«, meint das Mädel bettelnd, »Eva heißt ja auch nicht Eva, die heißt auch Emilie wie ich. Hats mir ja selbst gesagt.«

Franz schaukelt sie auf seinem Schoß und beguckt sich das zierliche, aber straffe Wunder und staunt, was ihm der liebe Gott für Glück ins Haus schickt. Das geht im Leben rauf und runter, wunderbar. Den Mann, der Eva so getauft hat, kennt er, das war er selbst, sie war sein Mädel vor der Ida, wär er lieber bei Eva geblieben. Na, nu hat er die hier.

Die heißt aber bei ihm bloß einen Tag Sonja, dann bettelt er, er kann so fremde Namen nicht leiden. Wenn sie aus Bernau is, kann sie ja auch anders heißen. Er hätte ja schon viele Mädels gehabt, das kann sie sich ja wohl denken, aber noch keene, die Marie hieß. Sone möchte er gern haben. Da nennt er sie denn nun ›sein Miezeken‹.

Und es dauert nicht lange – so in den Juli rein –, da erlebt er mit ihr was Schönes. Es kommt kein Kind an, und sie ist auch nicht krank. Es ist was anderes, was Franz bis an die Knochen geht, aber es wird nicht schlimm. Damals fährt Stresemann nach Paris, oder fährt er vielleicht nicht hin, in Weimar stürzt die Decke vom Telegraphenamt ein, und vielleicht gondelt auch ein stellungsloser Kerl seiner Braut nach, die ist mit einem andern nach Graz gefahren, und dann wird der Kerl die beiden totschießen und sich selber eine Kugel in den Kopf. Solche Dinge passieren bei jeder Witterung, auch das große Fischsterben in der Weißen Elster gehört dazu. Wenn man so was liest, staunt man; ist man dabei, so kommts einem gar nicht so großartig vor; passiert eigentlich in jedem Haus was.

Franz steht oft vor der Pfandkammer Alte Schönhauser Straße, drin in der Präpelstube verhandelt er mit dem und jenem, man kennt sich, Franz studiert die Zeitungsrubrik: Einkäufe, Verkäufe; mittags trifft er sich mit Mieze. Da fällt ihm einmal auf, daß Mieze so sehr abgehetzt zu Aschinger am Alex kommt, wo sie essen. Sie sagt, sie hat verschlafen – aber irgend was stimmt ihm bei dem Mädel nicht. Er vergißt es auch wieder, das Mädel ist so zart, daß mans nicht glauben kann, und in ihrer Stube ist alles so sauber und manierlich mit Blumen und Läppchen und Bändern wie bei einem kleinen Mädchen. Und immer ist schön gelüftet und mit Lavendelwasser gespritzt, daß er eine ordentliche Freude hat, wenn sie abends zusammen nach Hause kommen. Und im Bett, da ist sie sanft wie eine Feder, jedesmal so ruhig und zart und glücklich wie zuerst. Und immer ist sie ein bißchen ernst, und ganz wird er aus ihr nicht klug: Ob die was denkt, wenn sie so dasitzt und gar nichts tut, und was sie denkt. Fragt er sie, so sagt sie immer und lacht: sie denkt gar nichts. Man kann doch nicht den ganzen Tag was denken. Das findet er nu auch.

Aber da ist an der Tür draußen ein Briefkasten mit Franzens Namen, dem falschen: Franz Räcker, denn den gibt er immer für Inserate und für die Post an. Da erzählt ihm nun einmal Mieze: sie hat deutlich gehört, wie der Briefträger am Vormittag was in den Kasten geworfen hat, und wie sie hingeht, ist nichts drin. Franz wundert sich und fragt, was das sein soll. Da meint Mieze, den Brief muß eben einer rausgeangelt haben; das sind die Leute von drüben, die kucken immer durch das Guckloch, und da werden sie gesehen haben, wie der Briefträger kommt, und dann haben sie ihn eben rausgeholt. Franz kriegt einen roten wütenden Kopf, denkt: nanu, sind da welche hinter mir her, und geht abends rüber. Klopft, steht da eine Frau, sagt gleich, sie will mal ihren Mann holen. Das ist ein alter Mann – die Frau ist jünger, der Mann wohl 60, die Frau 30. Den fragt Franz, ob hier vielleicht ein Brief abgegeben ist, irrtümlicherweise, für ihn. Sieht der Mann seine Frau an: »Ist hier ein Brief abgegeben? Ick komm eben nach Hause.« »Nee, bei mir ist keener abgegeben.« »Wann solls gewesen sein, Mieze?« »So gegen elf; der kommt immer gegen elf.« Sagt die Frau: »Ja, der kommt immer gegen elf. Aber das Fräulein nimmt doch immer selber die Post ab, wenn welche kommt, der klingelt doch immer.« »Woher wissen Sie denn det so genau? Ick hab ihn mal getroffen auf der Treppe, und dann hat er mir einen gegeben; den hab ich ooch in den Kasten getan.« »Det weeß ich nicht, ob Sie den in den Kasten getan haben. Bloß daß er ihn Ihnen gegeben hat, hab ich gesehen. Na, wat solln wir denn nu dabei?« Franz: »Also, hier ist keen Brief vor mir, Räcker ist mein Name, hier ist kein Brief abgegeben worden?« »Jott behüte, wie werd ick denn Briefe für fremde Leute annehmen. Briefkasten haben wir nicht, sehen Sie, wie oft kommt der Mann zu uns!« Franz zieht mißmutig mit Mieze ab, hebt die Mütze: »Tschuldigen Sie man, Nabend.« »Nabend, Nabend.«

Franz und Mieze reden dann hin und her von der Sache. Franz überlegt, ob die Leute ihn vielleicht bespitzeln, er will mal Herbert und Eva davon erzählen. Er schärft Mieze ein, dem Briefträger zu sagen, er soll klingeln. »Ich tu es, Franzeken, aber manchmal kommt ein Neuer, Aushilfe.«

Und wie nach ein paar Tagen Franz eines Mittags nach Hause kommt, unversehens, Mieze ist schon zu Aschinger gegangen, da erfährt Franz die Lösung, etwas ganz Neues – ebendas, was ihm in die Knochen fährt, aber sehr weh tut es ihm doch nicht. Er geht in die Stube, die ist natürlich leer, sauber, aber eine Schachtel mit feinen Zigarren steht für ihn da, Mieze hat einen Zettel draufgelegt: ›für Franzeken‹, und zwei Flaschen Allasch. Franz ist glücklich, er denkt, wie dat Mädel mit dem Geld haushält, so was müßte man heiraten, und ist ganz voll Wonne, und was sagste, einen kleinen Piepmatz hat sie mir ooch gekauft, det is ja, als wenn ich Geburtstag hätte, na warte, mein Mäusken, ich will dir ooch. Und er sucht in seinen Taschen nach Geld, da klingelts, ja, das ist der Briefträger, kommt heute aber verflucht spät, ist ja schon 12, werd ich ihm mal selbst sagen.

Und Franz geht auf den Korridor, öffnet die Tür, horcht ins Haus, kein Briefträger da. Er wartet, kommt nicht, na, vielleicht sitzt der bei jemand. Franz nimmt den Brief raus und geht in die Stube. Da liegt in dem offenen Kuvert noch ein geschlossener Brief, und dabei ein Zettel, eine verstellte Querschrift: »Falsch abgegeben«, und ein unleserlicher Name. Der ist also doch von drüben gekommen, hinter wem spionieren die nu her. Der geschlossene Brief ist adressiert an: »Sonja Parsunke, bei Herrn Franz Räcker.« Det ist aber merkwürdig, von wem kriegt sie denn die Briefe, aus Berlin, ist ein Mann. Und schreibt da einer, es geht eisig durch Franz: »Herzgeliebter Schatz, wie lange läßt du einen auf Antwort lauern –« Er kann nicht weiterlesen, sitzt – und da stehen die Zigarren, der kleene Kanarienbauer.

Und da geht Franz runter, geht nicht zu Aschinger, geht zu Herbert und ist ganz weiß und zeigt dem den Brief. Der tuschelt nebenan mit Eva. Dann kommt auch schon Eva rein, schenkt Herbert noch einen Kuß, schiebt ihn ab und hängt sich Franzen an den Hals: »Na, Franzeken, krieg ich ooch n Kuß?« Der glotzt sie an. »Laß mir doch.« »Franzeken, nen Kuß. Wir sind doch alte Freunde.« »Na, Mensch, wat is denn, benimm dir, was soll sich Herbert denken.« »Den hab ick eben rausgeschmissen; komm mal, kannst ihn suchen.« Sie führt Franzen durch die Stube, Herbert ist weg, nu ja, soll er weg sein. Eva macht die Tür zu: »Dann kannste mir doch n Kuß schenken.« Dann schlingt sie sich um ihn, sie ist im Moment in einem wilden Brand.

»Mädel, Mädel«, keucht Franz, »du bist wohl verückt, was willste denn von mir?« Aber sie ist außer sich, er kann auch nichts machen gegen sie, staunt, stößt sie weg. Dann schaltet sich in ihm etwas um! Er weiß nicht, was los ist mit Eva, es ist eine einzige Wut und Wildheit in ihnen beiden. Mit Bissen in den Armen und an den Hälsen liegen sie nachher nebeneinander, sie mit dem Rücken quer über seine Brust.

Franz grunzt: »Du, ist wirklich Herbert nicht da?« »Gloobst es nicht.« »Ist doch ne Schweinerei von mir, gegen meinen Freund.« »Du bist son süßer Mann, ick bin so verliebt in dir, Franz.« »Mensch, und du wirst lauter Flecke kriegen da oben am Hals.« »Ick könnt dir ufffressen, so gern hab ick dir. Und wie du vorhin ankamst, mit dem Brief, Mensch, ich wär dir beinah vor Herbert an den Hals gesprungen.« »Eva, wat wird bloß Herbert sagen, wenn er die Flecke sieht nachher, das wird grün und blau.« »Weeß er ja gar nicht. Ich geh nachher zu meinem Bankier, und dann sag ick, ick habs von dem.« »Det is schön, Eva, na, denn biste meine gute Eva. Ich kann sone Schweinerei nicht leiden. Aber wat sagt der Bankier, wenn der det sieht?« »Und wat sagt die Tante und die Großmutter, Mensch, bist du ängsterlich, sowat.«

Dann hat die Eva sich zurechtgelegt, den Franz beim Kopf gefaßt, noch mächtig abgeknutscht, auch an seinen Schulterstumpf hat sie ihre heißen Backen gelegt. Dann nimmt sie den Brief, zieht sich an, setzt sich den Hut auf: »Jetzt geh ick, weeßte, was ick mache, ich gehe jetzt zu Aschinger und red mit der Mieze.« »Nee, Eva, warum denn?« »Weil ick will. Bleib mal hier. Ich bin bald wieder da. Laß mir doch meinen Willen, Mensch. Ich werd mir doch um son junges Mädel kümmern können, die keine Erfahrung hat und hier in Berlin. Also Franz –« Und küßt ihn nochmal und wäre beinah wieder in Hitze geraten, aber sie richtet sich auf und läuft weg. Franz versteht nichts.

Das ist einhalb zwei Uhr; um einhalb drei ist sie schon wieder da, ernst, ruhig, aber zufrieden, hilft Franzen, der eingeschlafen ist, in seine Sachen, wischt ihm das verschwitzte Gesicht mit ihrem Parfüm ab. Dann legt sie los, sitzt auf der Kommode, raucht Zigaretten: »Also die Mieze, hat die gelacht, Franz. Ich laß auf die nischt kommen.« Da staunt Franz. »Nee, Franz, aus dem Brief mach ick mir gar nichts. Sie hat noch bei Aschinger gesessen und auf dir gewartet. Dann hab ick ihr den Brief gezeigt. Und dann hat sie gefragt, ob du dich nicht über den Schnaps gefreut hast und über den Kanarienvogel.« »Na ja.« »Nu hör mal zu. Ich kann dir sagen, die hat nicht mit der Wimper gezuckt. Die hat mir tadellos gefallen. Det ist ein gutes Mädel. Ich hab dir keinen Bowel angeschmiert.« Franz ist finster und ungeduldig; was denn eigentlich ist. Eva hopst runter, klopft ihm aufs Knie: »Bist ein süßer, Franzeken. Verstehste denn nicht. n Mädel will doch ooch was für ein Mann tun. Wat hat sie denn davon, wenn du den ganzen Tag rumgehst, Geschäfte machst und so, und sie kocht dir Kaffee, macht die Stube und weiter nischt. Die will dir wat schenken, die will wat haben von dir, det du dir freust. Und darum macht sie det.« »Darum? Det läßt du dir aufdrehen. Darum betrügt sie mir?« Da wird Eva ernst: »Von Betrügen ist keene Rede. Das hat sie gleich gesagt: kommt nicht in Frage. Wenn ihr da einer schreibt, da is nischt dabei, Franz, das kommt vor, daß mal einer hängen bleibt, und dann schreibt er, det is dir doch keene Neuigkeit, na.«

Langsam, langsam geht Franz ein Licht auf. Ah, da bin ich, so läuft der Hase. Sie merkt, daß er zu verstehen anfängt. »Natürlich. Wat denn. Sie will Geld verdienen. Und hat sie nicht recht? Ick verdien mir auch mein Geld. Und det et ihr nich paßt, sich grade von dir ernähren zu lassen, wo du noch obendrein nich so richtig kannst mit dem Arm.« »So so.« »Hat sie mir gleich gesagt. Hat nicht mit der Wimper gezuckt. Du, det ist ein feines Mädel, auf die kannste dir verlassen. Du sollst dir schonen, sagt sie, wo du det alles gehabt hast dies Jahr. Und vorher, Mensch, ist et dir doch auch nich besonders gegangen, draußen, Tegel, weeßt schon. Sie würde sich ja schämen, dich so abrackern zu lassen. Da arbeitet sie für dir. Traut sich bloß nichts zu sagen.«

»So so«, nickt Franz und hat den Kopf auf die Brust sinken lassen. »Du glaubst gar nicht«, Eva ist bei ihm, streichelt ihm den Rücken, »wie das Mädel an dir hängt. Mir willste ja nicht. Oder – willste mir, Franz?«

Er faßt sie um die Taille, sie setzt sich vorsichtig auf seinen Schoß, er kann sie ja nur mit einem Arm festhalten, er drückt seinen Kopf an ihre Brust, sagt leise: »Du bist ein gutes Weib, Eva, bleib bei Herbert, der kanns brauchen, ist ein guter Kerl.« Vor Ida war sie seine Freundin, nicht daran rühren, nicht nochmal anfangen; Eva versteht. »Und dann gehst du jetzt zu Mieze, Franzeken. Sie sitzt noch immer bei Aschinger oder ist vor der Tür. Sie will nicht mehr nach Haus kommen, wenn du sie nicht willst.«

Sehr still, sehr zart hat Franz sich von Eva verabschiedet. Vor Aschinger an der Seite vor einem Photographenkasten sieht er die kleine Mieze stehn, am Alex. Franz stellt sich auf die andere Seite, vor den Bauzaun, und sieht sie lange von hinten an. Sie geht zur Ecke, Franz verfolgt sie mit den Blicken. Es ist eine Entscheidung, es ist eine Wendung. Seine Füße setzen sich in Bewegung. Er sieht sie an der Ecke im Profil. Wie klein sie ist. Sie hat braune Haferlschuh. Paß auf, jetzt wird sie gleich einer anquatschen. Die kleine stumpfe Nase. Sie sucht. Ja, von drüben bin ich gekommen, von Tietz her, hat mich aber nicht gesehen. Ein Brotwagen von Aschinger steht im Weg. Franz geht am Bauzaun entlang bis zur Ecke, wo die Sandhaufen liegen; sie machen Zement. Jetzt wird sie ihn sehen können, aber sie sieht nicht rüber. Ein älterer Herr kuckt sie immer an, sie sieht an ihm vorbei, wandert weiter nach Loeser und Wolff zu. Franz geht über den Damm. Er ist immer zehn Schritt hinter ihr und wird in der Entfernung festgehalten. Es ist ein sonniger Julitag, eine Frau bietet ihm einen Strauß Blumen an, er gibt 20 Pfennig und hat die Blumen in der Hand und geht noch nicht näher. Noch immer nicht. Aber die Blumen riechen schön, sie hat ihm heute welche in die Stube gestellt und einen Kanarienbauer und einen Schnaps.

Da wendet sie. Hat ihn sofort gesehen, er hat Blumen in der Hand, er ist doch gekommen. Und fliegt auf ihn zu, ihr Gesicht glüht, einen Augenblick glüht, flammt es auf, wie sie die Blumen in seiner linken Hand sieht. Dann blaßt es ab, es bleiben rote Flecken zurück.

In ihm paukt das Herz. Sie faßt ihn unter den Arm, sie gehen über das Trottoir nach der Landsberger Straße rüber und sagen kein Wort. Sie schielt öfter nach den Feldblumen, die er in der Hand hält, aber Franz geht aufrecht mit ihr. Der Autobus 19 donnert vorbei, gelb, zweistöckig, von oben bis unten besetzt, an dem Bauzaun rechts klebt ein altes Plakat. Reichspartei für Gewerbetreibende und Kaufleute, man kommt nicht über den Damm, die Wagen vom Polizeipräsidium her haben grade Durchfahrt. Drüben an der Säule mit ›Persil‹ fühlt Franz, daß er noch den Blumenstrauß hat, und will ihn ihr geben. Und während seine Augen auf seine Hand sehen, fragt er sich noch, seufzt es in ihm, es ist noch nicht entschieden: geb ich ihr die Blumen, geb ich ihr sie nicht? Ida, was hat das mit Ida zu tun, Tegel, ich hab das Mädel so lieb.

Und auf der kleinen Insel mit der Persilsäule muß er ihr die Blumen in die Hand drücken. Sie hat oft bittend zu ihm aufgeblickt, er hat nicht gesprochen, jetzt umklammert sie seinen linken Unterarm und hält seine Hand hoch, drückt sie an ihr Gesicht, das wieder aufflammt. Die Hitze von ihrem Gesicht strömt in ihn. Dann steht sie allein da, läßt den Arm schlaff sinken, ihr Kopf legt sich wie von selbst auf die linke Schulter. Sie haucht Franzen zu, der sie erschrocken um die Hüfte hält. »Nischt, Franz. Laß man.« Und sie gehen schräg über den Damm, wo man das Kaufhaus Hahn abreißt, und weiter. Mieze marschiert schon wieder ganz stramm. »Wat stehste denn, Mieze?« Sie preßt Franzens Arm: »Ich habe mir so geängstigt vorhin.« Sie dreht den Kopf beiseite, die Tränen sind ihr in die Augen geschossen, aber das Mädel kann sehr rasch lachen, bevor er was merkt, es waren schreckliche Stunden.

Oben auf seiner Stube sind sie, das Mädel sitzt in ihrem weißen Kleid vor ihm auf dem Schemel, die Fenster haben sie aufgemacht, es ist glühheiß geworden, eine ganz dicke Schwüle, in Hemdsärmeln sitzt er auf dem Sofa, sitzt und sieht sich immer das Mädel an. Wie er in sie verliebt ist; ich bin ja so froh, daß sie da ist, was hast du für hübsche Händchen, Mädel, ich kauf dir auch ein Paar Glacés, paß mal auf, und dann sollst du ne Bluse kriegen, mach was du willst, es ist ja so schön, daß du da bist, ich bin ja so froh, daß du wieder da bist, Mensch. Und er wühlt seinen Kopf auf ihrem Schoß. Er zieht sie herüber zu sich, kann sich nicht genugtun, sie anzusehen, zu drücken, das Mädel zu fühlen. Jetzt bin ich wieder ein Mensch, jetzt bin ich wieder ein Mensch, nee, ick laß dir nicht, ick laß dir nicht, und da kann passieren, was will. Er macht den Mund auf: »Mädel, Miezeken, du kannst machen, wat du willst, ich laß dir nicht.«

Wie glücklich sie sind. Sie sehen sich, die Schultern umschlungen, den Kanarienvogel an. Mieze sucht nach ihrer Tasche, zeigt Franzen den Brief von heut mittag: »Und über den Quatsch haste dir uffgeregt, wat der schreibt?« Sie zerknautscht ihn, schmeißt ihn rückwärts auf die Erde: »Mensch, von sowat kann ich dir n ganzes Paket geben.«

Verteidigungskrieg gegen die bürgerliche Gesellschaft

Und in den nächsten Tagen geht Franz Biberkopf mit großer Ruhe spazieren. Er ist nicht mehr so wild bei seinem dunklen Geschäftemachen, beim Schieben von Hehler zu Hehler oder zum Käufer. Er spuckt drauf, wenn ihm was nicht gelingt. Franz hat Zeit, Geduld und Ruhe. Wenn das Wetter besser wäre, würde er tun, was ihm Mieze und Eva sagt: nach Swinemünde fahren und sich was gönnen; aber mit dem Wetter ist nichts los, das regnet und gießt und nieselt jeden Tag, kalt ist es auch, in Hoppegarten sind ganze Bäume abgerissen, wie muß es da draußen sein. Franz ist dick mit Mieze und geht mit ihr ein und aus bei Herbert und Eva. Einen besser situierten Herrn hat Mieze auch schon, Franz kennt ihn, Franz gilt als ihr Ehemann, mit dem Herrn und einem andern kommt er gelegentlich gern zusammen, man ißt und trinkt freundschaftlich zu dritt.

Auf welcher Höhe steht jetzt unser Franz Biberkopf! Wie gut geht es ihm, wie hat sich alles gewandelt! Er war schon dicht am Tode, wie hat er sich gehoben! Welch sattes Geschöpf ist er jetzt, dem nichts fehlt, nichts am Essen, Trinken, nichts an der Kleidung. Ein Mädel hat er, das ihn glücklich macht, Geld hat er, mehr als er verbraucht, seine ganze Schuld an Herbert hat er schon abgetragen, Herbert, Emil, Eva sind seine Freunde, sie meinen es gut mit ihm. Tagelang sitzt er bei Herbert und Eva herum, erwartet Mieze, fährt zum Müggelsee raus, wo er mit zwei andern zusammen rudert: denn Franz wird von Tag zu Tag geschickter und stärker im linken Arm. Ab und zu horcht er an der Münzstraße, an der Pfandkammer herum.

Du hast geschworen, Franz Biberkopf, du willst anständig bleiben. Du hast ein dreckiges Leben geführt, du warst unter die Räder gekommen, zuletzt hast du die Ida umgebracht und hast dafür gesessen, das war fürchterlich. Und jetzt? Sitzst auf demselben Fleck, Ida heißt Mieze, der eine Arm ist dir ab, paß auf, du kommst auch noch ins Saufen, und alles fängt dann nochmal an, dann aber schlimmer, und dann ists aus.

– Quatsch, kann ich dafür, hab ick mir dazu gedrängt, Lude zu sein? Quatsch, sage ich. Ich habe getan, wat ick konnte, ich habe mein Menschenmögliches getan, ich hab mir den Arm abfahren lassen, dann soll eener kommen. Ick hab einfach die Neese voll. Hab ich nicht gehandelt, bin ich nicht rumgeloofen von Morgen bis Abend? Nu hats geschnappt bei mir. Nee, ick bin nich anständig, ick bin ein Lude. Da schäm ich mir gar nicht für. Und wat bist du denn, wovon lebst du, vielleicht von wat anderes als von andere Menschen? Quetsch ick etwa jeman aus?

– Du wirst im Zuchthaus enden, Franz, du kriegst von einem ein Messer inn Bauch.

– Soll er machen. Vorher hat er meins probiert.

Das Deutsche Reich ist eine Republik, und wers nicht glaubt, kriegt eins ins Genick. In der Köpenicker Straße an der Michaelkirchstraße ist Versammlung, der Saal ist lang und schmal, Arbeiter, junge Männer mit Schillerkragen und grünen Kragen sitzen auf Stuhlreihen hintereinander, Mädchen und Frauen, Broschürenverkäufer gehen herum. Auf dem Podium hinterm Tisch zwischen zwei andern steht ein dicker Mann mit halbkahlem Kopf, hetzt, lockt, lacht, reizt.

»Schließlicherweise sind wir nicht dazu da, um aus dem Fenster rauszureden. Das können die im Reichstag tun. Hat mal einer einen von unsere Genossen gefragt, ob er nicht inn Reichstag will. Inn Reichstag, mit der Goldkuppel drauf und Klubsessel drin. Hat er gesagt: Weeste, Genosse, wenn ick det mache und geh inn Reichstag, dann wär da bloß noch ein Lump mehr. Zum Schornstein rausreden, dazu haben wir keine Zeit, da verpufft alles. Da sagen die Kommunisten ohne Listen: wir wollen Entlarvungspolitik treiben. Was dabei herauskommt, haben wir gesehen; die Kommunisten sind selbst korrumpiert worden, wir brauchen kein Wort zu verlieren an die Entlarvungspolitik. Das ist Schwindel, und was da zu entlarven ist, das sieht in Deutschland ein Blinder, und dazu braucht man nicht inn Reichstag zu gehen, und wer das nicht so sieht, dem ist eben nicht zu helfen, nicht mit Reichstag und nicht ohne Reichstag. Daß die Quatschbude zu nichts gut ist, als um das Volk einzuseifen, das wissen alle Parteien außer den sogenannten Vertretern des arbeitenden Volkes.

Unsere guten Sozialisten. Na, es gibt nu schon religiöse Sozialisten dabei, und das ist nu noch der Punkt auf dem i: die müssen alle religiös werden, sollen man alle zum Pfaffen laufen. Denn ob der Mann, zu dem sie laufen, Pfaffe ist oder Bonze, ist egal; die Hauptsache: es wird pariert. [Zuruf: Und geglaubt.] Das sowieso. Die Sozialisten wollen nichts, wissen nichts, können nichts. Sie haben im Reichstag immer die meisten Stimmen, aber was sie damit machen sollen, wissen sie nicht, ja doch, auf Klubsessel sich setzen und Zigarren rauchen und Minister werden. Und dazu haben dann die Arbeiter ihre Stimme hergegeben, ihre Groschen am Zahlabend aus der Tasche rausgeholt: es werden noch fuffzich oder hundert Männer auf Kosten der Arbeiter dick. Die Sozialisten erobern nicht die staatspolitische Macht, sondern die staatspolitische Macht hat die Sozialisten erobert. Man wird alt wie eine Kuh und lernt noch immer was dazu, aber solche Kuh wie der deutsche Arbeiter soll noch geboren werden. Immer wieder nehmen deutsche Arbeiter den Stimmzettel in die Hand, gehen ins Lokal und geben ihn ab und denken, damit ist es getan. Sie sagen: wir wollen im

Reichstag unsere Stimme erschallen lassen; na, da können sie lieber gleich einen Gesangverein gründen.

Genossen und Genossinnen, wir nehmen keinen Stimmzettel in die Hand, wir wählen nicht. Uns ist an sonem Sonntag ne Landpartie gesünder. Und warum? Weil der Wähler festgelegt wird auf die Gesetzlichkeit. Gesetzlichkeit aber ist die grobe Gewalt, die Brachialgewalt der Herrschenden. Die Wahlpfaffen wollen uns verleiten, da gute Miene zu machen, sie wollen vertuschen, sie wollen verhindern, daß wir merken, was Gesetzlichkeit ist und was der Staat ist, und wir können durch keine Löcher und keine Türen in den Staat hinein. Höchstens als Staatsesel und Lastenträger. Und darauf habens die Wahlpfaffen abgesehen. Die wollen uns ködern und zu Staatseseln erziehen. Sie haben es bei der Mehrzahl der Arbeiterschaft längst erreicht. Wir sind in Deutschland im Geiste der Gesetzlichkeit erzogen. Aber Genossen, man kann nicht Feuer und Wasser verbinden, das soll der Arbeiter wissen.

Die Bürgerlichen und die Sozialisten und die Kommunisten schreien in einem Chor und freuen sich: Aller Segen kommt von oben. Vom Staat, vom Gesetz, von der hohen Ordnung. Es ist aber auch danach. Für alle, die im Staat leben, sind Freiheiten in der Verfassung festgelegt. Da liegen sie fest. Die Freiheit, die wir brauchen, die gibt uns niemand, die müssen wir uns nehmen. Diese Verfassung will die vernünftigen Menschen aus der Verfassung bringen, aber was macht ihr, Genossen, mit Freiheiten, die auf dem Papier stehen, mit geschriebenen Freiheiten? Wenn ihr wo eine Freiheit braucht, kommt ein Grüner, haut euch aufn Kopp; schreist du: wat soll det, in der Verfassung steht so und so, sagt er: Quatsch nich, Krause, und recht hat er; der Mann kennt keine Verfassung, sondern sein Reglement, und den Knüppel hat er dazu, und da hast du das Maul zu halten.

Es wird bald keine Möglichkeit zu Streiks bei den wichtigsten Industrien geben. Ihr habt die Guillotine der Schlichtungsausschüsse bekommen, unter der könnt ihr euch frei bewegen.

Genossen und Genossinnen, es wird gewählt und wieder gewählt und wird gesagt, dasmal wirds besser, paßt mal auf, strengt euch nur an, macht Propaganda zu Haus, im Betrieb, noch fünf Stimmen, noch zehn Stimmen, noch zwölf Stimmen, warte mal, dann sollste sehen, dann wirste was erleben. Ja, ihr könnt was erleben. Es ist doch nur ein ewiger Kreislauf der Blindheit, es bleibt doch nur alles beim alten. Der Parlamentarismus verlängert das Elend der Arbeiterschaft. Sie reden auch von einer Krise der Justiz, und man muß die Justiz reformieren, reformieren an Haupt und Gliedern, die Richterschaft soll erneuert werden, sie soll republikanisch gemacht werden, staatserhaltend, gerecht. Wir wollen keine neuen Richter. Wir wollen statt dieser Justiz überhaupt keine andere Justiz. Wir stürzen die ganzen Staatseinrichtungen durch die direkte Aktion. Wir haben die Mittel dazu: Verweigerung der Arbeitskraft. Alle Räder stehen still. Aber das ist kein Lied zum Singen. Wir, Genossen und Genossinnen, lassen uns nicht einlullen durch Parlamentarismus, Fürsorge, den ganzen sozialpolitischen Schwindel. Wir kennen nur Feindschaft gegen den Staat –, Gesetzlosigkeit und Selbsthilfe.«

Franz geht mit dem schlauen Willi in dem Raum herum, hört zu, kauft sich Broschüren, stopft sie sich in die Tasche. Er ist nicht für Politik, Willi paukt auf ihn ein, Franz hört neugierig zu, er faßt es mit den Fingern, es berührt ihn, dann berührt es ihn wieder nicht. Aber er läßt den Willi nicht.

– Die bestehende Gesellschaftsordnung gründet sich auf die wirtschaftliche, politische und soziale Versklavung des werktätigen Volkes. Sie findet im Eigentumsrecht, dem Monopol des Besitzes, und im Staat, dem Monopol der Macht, ihren Ausdruck. Nicht die Befriedigung der natürlichen menschlichen Bedürfnisse, sondern die Aussicht auf Gewinn ist die Grundlage der heutigen Produktion. Jeder Fortschritt der Technik steigert den Reichtum der besitzenden Klasse ins Ungemessene, in schamlosem Gegensatz zum Elend breiter Gesellschaftsteile. Der Staat dient dem Schutz der Privilegien der besitzenden Klasse und zur Niederhaltung der breiten Massen, er wirkt mit allen Mitteln der List und Gewalt für die Aufrechterhaltung des Monopols und der Klassenunterschiede. Mit der Entstehung des Staats beginnt die Zeit der künstlichen Organisation von oben nach unten. Jetzt wird der einzelne zur Marionette, ein totes Rad in einem ungeheuren Mechanismus. Wacht auf! Wir erstreben nicht wie alle andern die Eroberung der politischen Macht, sondern ihre radikale Beseitigung. Arbeitet nicht mit in den sogenannten gesetzgebenden Körperschaften: der Sklave soll da nur veranlaßt werden, seiner eigenen Sklaverei den Stempel des Gesetzes aufzudrücken. Wir verwerfen alle willkürlich gezogenen politischen und nationalen Grenzen. Der Nationalismus ist die Religion des modernen Staates. Wir verwerfen jede nationale Einheit: dahinter verbirgt sich die Herrschaft der Besitzenden. Wacht auf! –

Franz Biberkopf schluckt daran, was ihm Willi zu schlukken gibt. Es gibt eine Debatte nach einer Versammlung, wo sie in dem Lokal sitzenbleiben und mit einem älteren Arbeiter in Streit geraten. Willi kennt den schon, und der Arbeiter glaubt, Willi ist Kollege aus demselben Betrieb wie er, und will ihn drängen, mehr Agitation zu treiben. Der freche Willi lacht immer dazu und lacht: »Mensch, seit wann bin ich dein Kollege. Ich arbeite doch nicht für die Schlotbarone.« »Na, denn tu was, wo du bist, wo du arbeitest.« »Da brauch ich nischt zu tun. Wo ich arbeite, da wissen sie alle schon lange, was sie zu tun haben.« Willi biegt sich vor Lachen über den Tisch. Quatsch, kneift Franzen ins Bein, nächstens wird einer mit dem Kleistertopp rumloofen und für die ihre Plakate ankleben. Er lacht den Arbeiter an, der lange eisengraue Haare hat und die Brust offen trägt: »Weeste, du verkoofst doch die Zeitungen, den Pfaffenspiegel, Schwarze Fahne, Atheist; haste denn schon mal ringekuckt, wat da drinsteht?« »Na hör mal, Genosse, du kannst ooch mal deine Klappe halb so groß aufmachen. Ick, ich werde dir mal zeigen, was ich selber geschrieben habe.« »Na laß man. Da muß man ja ordentlich Respekt vor dir haben. Aber nächstens liest du vielleicht ooch, was du geschrieben hast, und hältst dir dran. Also hier steht: Kultur und Technik. Paß uff: ›Ägyptische Sklaven bauten ohne Maschinen jahrzehntelang an einem Königsgrab, europäische Arbeiter schuften mit Maschinen jahrzehntelang an einem Privatvermögen. Fortschritt? Vielleicht. Aber für wen?‹ Na. Nächstens werde ick ooch arbeiten, damit Krupp in Essen oder Borsig tausend Mark mehr im Monat hat, son Berliner König. Mensch, Genosse, wenn ich dir recht betrachte, wie kommst du mir überhaupt vor? Du willst ein Mann der direkten Aktion sein. Wo ist die denn bei dir? Ick seh nischt. Siehst du wat, Franz?« »Laß doch, Willi.« »Nee, sag doch, Mensch, ob du siehst, wo der Unterschied zwischen dem Genossen hier und von einem von der S.P.D. ist.«

Der Arbeiter setzt sich fest in seinen Stuhl. Willi: »Für mich ist kein Unterschied, Genosse, das kann ich dir sagen. Bloß im Papier ist der Unterschied, in der Zeitung. Meinethalben, schön, sollt ihr haben, was ihr denkt. Wat macht ihr aber damit, siehste, danach frage ich. Und wenn du mich nu fragst, was du machst, da sag ich geradezu: dasselbe wie einer aus der S.P.D. Genau, akkurat dasselbe; stehst an der Drehbank, trägst deine sechs Dreier nach Hause, und deine Aktiengesellschaft verteilt Dividende, von deiner Arbeit. Europäische Arbeiter schuften mit Maschinen jahrzehntelang an einem Privatvermögen. Vielleicht haste det allein geschrieben.«

Der graue Arbeiter läßt seine Augen von Franz zu Willi hin und her gehen, er sieht sich wieder um, und hinten am Schanktisch stehen noch welche, der Arbeiter rückt dichter an den Tisch, flüstert: »Na, wat macht ihr?« Willi blitzt Franzen an: »Sag du.« Aber Franz will erst nicht, er sagt, ihn interessieren keine politischen Unterhaltungen. Der graue Anarchist hält aber bei der Stange: »Das ist hier keine politische Unterhaltung. Wir unterhalten uns bloß über uns. Was hast du denn für Arbeit?«

Franz rückt auf seinem Stuhl hoch und faßt nach seinem Bierseidel, den Anarchisten kuckt er fest an. Es ist ein Schnitter, der heißt Tod, ich muß auf den Bergen weinen und heulen und bei den Herden in der Wüste klagen, denn sie sind so verheert, daß niemand da wandelt, es ist beides, Vögel des Himmels und das Vieh, alles weg.

»Was ich arbeite, kann ich dir sagen, Kollege, denn Genosse bin ich nicht. Ich geh rum, ich tu ein bißchen, aber arbeiten tu ich nicht, ich laß andere für mich arbeiten.«

Was quatscht der, die wollen mir foppen. »Dann biste also Unternehmer, haste Angestellte, wieviel haste denn? Und was willste denn bei uns, wenn du Kapitalist bist?« Ich will Jerusalem zum Steinhaufen und zur Wohnung der Schakale machen und will die Städte Judas wüste machen, daß niemand drinnen wohnen soll.

»Mensch, siehste nicht, ich hab bloß einen Arm. Der andere ist ab. Das hab ich dafür bezahlt, daß ich gearbeitet habe. Darum will ich nischt mehr wissen von anständiger Arbeit, verstehste?« Verstehste det, verstehste det, haste die Oogen zu sehen, soll ick dir ne Brille koofen, glotz mir man an. »Nee, det versteh ich noch immer nicht, Kollege, wat du nu für Arbeit machst. Wenn det nu keene anständige Arbeit ist, dann ist et eine unanständige.«

Schlägt Franz auf den Tisch, zeigt mit dem Finger auf den Anarchisten, stößt mit seinem Kopf gegen ihn vor: »Siehste, er hats begriffen. Grade det ist es. Unanständige Arbeit. Deine anständige Arbeit ist ja Sklaverei, det haste ja selbst gesagt, und das ist die anständige Arbeit. Und det hab ick mir gemerkt.« Gemerkt auch ohne dir, dazu brauch ich dir gar nicht, du Pflaumenweicher, Zeitungsschmierer, Quasselstrippe.

Der Anarchist hat spitze weiße Hände, er ist Feinmechaniker, er sieht seine Fingerkuppen an und denkt: ist gut, daß man solche Lumpen entlarvt, kompromittieren einen, ich werd noch einen holen, damit er das anhört. Er steht auf, Willi hält ihn zurück: »Wohin, Kollege? Sind wir schon fertig? Mach doch det erst ab mit dem Kollegen hier, wirst doch nicht kneifen.« »Ick geh ja bloß noch einen holen, der zuhören soll. Ihr seid zwei gegen einen.« »Wat hier, wirste einen holen, will ich gar keenen haben. Sag du doch, wat sagste hier zu dem Kollegen Franz?« Der Anarchist setzt sich wieder, dann werden wir die Sache alleine schmeißen: »Also der ist nicht Genosse, und Kollege ist er ooch nicht. Denn er arbeitet ja nicht. Stempeln scheint er ooch nicht zu gehen.«

Verhärtet sich Franzens Gesicht, seine Augen blicken rasend: »Nee, det tut er nicht.« »Dann ist er nicht mein Genosse und nicht mein Kollege und auch kein Erwerbsloser. Dann frag ich bloß, und alles andere geht mir nichts an: wat sucht er hier?« Hat Franz sein entschlossenstes Gesicht: »Darauf hab ich bloß gelauert, det du sagst und fragst: wat willst du hier. Hier verkoofst du Zettel und Zeitungen und Broschüren, und wenn ick dir danach frage, wie es damit steht, was drin steht, dann sagst du: wie kommste dazu, zu fragen? Was suchste hier? Haste nicht geschrieben und selbst gesagt von der verfluchten Lohnsklaverei und daß wir Ausgestoßene sind und uns nicht bewegen können?« Wacht auf, Verdammte dieser Erde, die stets man noch zum Hunger zwingt. »So, dann haste aber nicht weiter zugehört. Daß ich von der Arbeitsverweigerung gesprochen habe. Dazu muß einer erst arbeiten.« »Die verweigere ich.« »Das nützt uns nichts. Da kannst du dir ja einfach ins Bett legen. Von Streik hab ich geredet, Massenstreik, Generalstreik.«

Franz hebt seinen Arm und lacht, er ist in Wut. »Und was du machst, das nennst du direkte Aktion: rumgehen, Zettel ankleben, Reden halten? Und inzwischen gehst du hin und machst die Kapitalisten stärker? Du Genosse, du Rindvieh, da drehste für die Granaten, womit sie dir totschießen, das willst du mir predigen? Willi, wat sagste nu! Ich schlag lang hin.« »Ich frage dir nochmal, wat arbeitest du?« »Dann sag ich dir nochmal: nischt! Dreck! Gar nischt! Ich werd euch was! Ick darf doch nicht. Nach deine eigene Theorie. Ich mach doch keinen Kapitalisten stärker. Ich pfeife überhaupt auf das ganze Gemeckere, auf deine Streiks und auf deine Männekens, die kommen sollen. Selbst ist der Mann. Ich mache allein, wat ich brauche. Ick bin Selbstversorger! Nanu!«

Der Arbeiter schluckt an seiner Brause, nickt: »Na, denn versuchs man alleene.« Franz lacht und lacht. Der Arbeiter: »Und das hab ich dir nu schon drei dutzendmal gesagt: alleene kannste nischt machen. Wir brauchen Kampforganisation. Wir müssen in die Massen Verständnis dafür tragen, für die Gewaltherrschaft des Staates und für das Wirtschaftsmonopol.« Und Franz lacht und lacht. Es rettet uns kein höheres Wesen, kein Gott, kein Kaiser, kein Tribun, uns von dem Elend zu erlösen, können nur wir selber tun.

Sie sitzen sich wortlos gegenüber. Der alte Arbeiter im grünen Kragen stiert Franzen an, der sieht ihm hart in die Augen, wat kuckste, Junge, wirst aus mir nicht klug, wat. Der Arbeiter öffnet den Mund: »Ich sage dir, ich seh schon: an dir, Genosse, ist jedes Wort verloren. Du bist vernagelt. Da wirste dir den Kopp einrennen. Du kennst nicht die Hauptsache beim Proletariat: Solidarität. Det kennste nicht.« »Na, weißte, Kollege, jetzt nehmen wir gleich unsern Hut und gehen los, was, Willi. Ist wohl schon genug. Du redst ja doch immer ein und dasselbe.« »Ja, das tu ich auch. Ihr könnt in den Keller gehen und euch vergraben. Aber in Versammlungen dürft ihr nicht gehen.« »Entschuldigen Sie man, Meester. Wir hatten grade ein halbes Stündchen Zeit. Und nu bedanken wir uns ooch schön. Wirt, zahlen. Paß uff, jetzt zahle ich: drei Bier, zwei Schnaps, ne Mark zehn, da, ick zahle, direkte Aktion.«

»Wat biste eigentlich, Kollege?« Der läßt nicht locker. Franz streicht den Restbetrag ein: »Ick? Lude. Siehstet mir nich an?« »Na, weit weg davon stehste nich.« »Ick. Lude, verstehste. Hab ick gesagt oder nicht? Also. Willi, sag du, wat du bist.« »Geht den nischt an.« Donnerwetter, det sind Strolche, wirklich. Det kann stimmen. So hab ich die taxiert. Die Strolche haben mich zum besten gehalten, die Luder, die wollten sich an mir reiben. »Ihr seid Abschaum vom Kapitalistensumpf. Haut bloß ab. Ihr seid noch nicht mal Proletarier. Sowat nennt man Lumpen.« Franz ist schon aufgestanden: »Wir gehen aber nicht ins Asyl. Guten Tag, Herr direkte Aktion. Machen Sie nur die Kapitalisten recht dick. Antreten sieben Uhr morgens, in die Knochenmühle, fünf Groschen in die Lohntüte für Muttern.« »Daß ihr euch nicht wieder sehen laßt.« »Nee, du direkte Quatschaktion, wir verkehren mit Kapitalistenknechte nicht.«

Ruhig rausspaziert. Auf der staubigen Straße gehen die beiden Arm in Arm. Willi atmet tief: »Den haste schön abgeseilt, Franz.« Er wundert sich, daß Franz einsilbig ist. Franz ist grimmig, merkwürdig, Franz ist mit Haß und Wut aus dem Saal gestiegen, es gärt in ihm, er weiß nicht warum.

Sie treffen Mieze im Mokka-fix in der Münzstraße, wo großer Trubel ist. Franz muß mit Mieze nach Haus, er muß mit ihr sprechen, mit ihr sitzen. Er erzählt ihr von dem Gespräch mit dem grauen Arbeiter. Mieze ist sehr sanft zu ihm, aber er will nur von ihr wissen, ob er recht geredet hat. Sie lächelt, versteht nicht, streichelt seine Hände, der Vogel ist aufgewacht, Franz seufzt, sie kann ihn nicht beruhigen.

Damenverschwörung, unsere lieben Damen haben das Wort, das Herz Europas altert nicht

Und das Politische hört bei Franz nicht auf. [Warum? Was quält dich? Wogegen verteidigst du dich?] Er sieht da was, er sieht was, er will denen ins Gesicht schlagen, sie reizen ihn immerfort, er liest in der ›Roten Fahne‹, im ›Arbeitslosen‹. Bei Herbert und Eva erscheint er öfter mit Willi. Aber die mögen den Kerl nicht. Franz mag ihn auch nicht sehr, aber man kann mit dem Jungen reden, er ist ihnen doch allen über in Politik. Wenn Eva Franzen bettelt, er soll doch den Kerl lassen, den Willi, der ihm bloß Geld abnimmt und sonst nischt weiter als ein Taschendieb ist, dann ist Franz ganz ihrer Meinung; Franz hat wirklich nischt mit Politik zu tun, die war ihm sein Lebelang über. Aber heute verspricht er, den Willi laufen zu lassen, und morgen spaziert er wieder mit dem Bengel und nimmt ihn mit zum Rudern.

Eva sagt zu Herbert: »Wenn es nicht Franz wär und er hätt

nicht so Schlamassel mit dem Arm gehabt, dann würde ich schon wissen, wie ich den kurier.« »Na?« »Das kann ich dir versprechen, der geht keine zwei Wochen mehr mit dem grünen Jungen, der ihn ja bloß ausmistet. Denn wer geht denn mit dem. Erstens, ich wär an Miezes Stelle imstande und ließ den verschütt gehn.« »Wen, den Willi?« »Den Willi oder auch den Franz. Det wär mir egal. Aber sie sollens merken. Wenn einer im Kittchen sitzt, dann wird er sich wohl doch überlegen, wer recht gehabt hat.« »Du bist aber ordentlich rabiat auf den Franz, Eva.« »Na, hab ich ihm darum die Mieze zugeschanzt, und sie plagt sich ab mit den beiden Kerlen, die sie hat, damit Franz seine Dinger macht. Nee, ein bißchen hören muß der Franz nu ooch. Nu hat er bloß einen Arm, wo soll das hin? Da will er Politik machen und ärgert das Mädel.« »Ja, die ärgert sich mächtig. Hat sie mir gestern auch gestoßen. Sitzt da, wartet, er soll kommen. Schließlich, wat hat son Mädel von ihrem Leben.« Eva küßt ihn: »Geht mir ganz genau so. Na, du sollst mal so wegbleiben und son Quatsch machen, in Versammlungen loofen! Herbert!« »Na, wat wär denn, Mäuschen?« »Erst kratz ich dir die Augen aus, und dann kannste mir im Mondschein besuchen.« »Det tu ich ja gern, Mäuschen.« Sie klapst ihn auf den Mund, lacht, dann schüttelt sie den Herbert: »Ich sag dir, ich laß mir nicht das Mädel, die Sonja, so ruinieren, dazu ist sie mir zu gut. Als ob sich der Mensch nicht schon genug die Finger verbrannt hat, und bringt ihm nicht fünf Pfennig ein.« »Na, mach mal wat mit unserm Franzeken. Solange ich den Jungen kenne, ist er gut und lieb gewesen, aber auf den kannste einreden wie auf ne Wand, er hört nicht.« Eva denkt, wie sie ihn umworben hat, als Ida kam, und nachher, wie sie ihn gewarnt hat, was hat sie von dem Mann gelitten, sie ist auch jetzt nicht glücklich.

»Mir ist bloß nicht klar«, sagt sie und steht mitten in der Stube, »da hat der Mann diese Geschichte mit Pums gehabt, und das waren Verbrecher, und er rührt dir keinen Finger. Er hats ja jetzt gut, aber ein Arm ist schließlich ein Arm.« »Mein ich ooch.« »Er will davon nicht sprechen, das ist so gut wie sicher. Jetzt werd ich dir mal was sagen, Herbert. Die Mieze kennt die Sache natürlich mit dem Arm. Bloß wo es war und wer, det weeß sie auch nicht. Ich hab sie schon gefragt. Weeß nicht und möcht auch nicht dran rühren. Ist son bißchen pflaumenweich, die Mieze. Na, vielleicht macht sie sich jetzt Gedanken drüber, wenn sie so alleene dasitzt und wartet, und unser Franz, wo der ist, und natürlich kann er bei sowas reinfallen. Die Mieze, die weint schon genug, natürlich nicht vor ihm. Der Mann rennt in sein Unglück. Der soll sich um seine Sache bekümmern. Die Mieze muß den hetzen auf die Pumssache.« »Au weih.« »Das ist besser. Das sag ich. Det gehört sich für Franz. Und wenn er ein Messer nimmt oder eine Pistole, hat er da nicht recht?« »Von mir aus schon lange. Ich hab doch selbst genug rumgefragt. Pumsleute halten absolut dicht; da weeß keener was.« »Wird schon wer sein, der wat weeß.« »Na, wat willste denn?« »Darum soll sich Franz kümmern, nicht um den Willi und die Anarchisten und Kommunisten und det ganze Dreckzeug, das keen Geld bringt.« »Verbrenn dir man nich die Finger, Eva.«

Evas Verhältnis ist nach Brüssel, da kann sie die Mieze zu sich einladen und ihr alles zeigen, wie es bei ganz feinen Leuten ist. Denn so was kennt Mieze noch nicht. Der Mann ist so verrückt nach der Eva, daß er sogar ein kleines Kinderstübchen für sie eingerichtet hat, wo zwei Äffchen wohnen. »Du denkst wohl, Sonja, det is für die Äffchen? Jawoll, Kuchen. Die hab ich bloß ringesetzt, weil det son hübsches Stübchen ist, nicht, und die Äffchen, davor schwärmt der Herbert, und det macht dem immer son Spaß, wenn er so herkommt.« »Wat, den bringste her, Mensch?« »Wat schadt dat? Der Olle kennt den, ist mächtig eifersüchtig, na, det is ja gerade schön. Gloobste, wenn der nicht eifersüchtig wäre, hätte er mir schon längst loofen gelassen. Der Mensch will ja ein Kind von mir, stell dir vor, dafür ist das Stübchen!« Sie lachen, es ist ein molliges, buntbemaltes, bebändertes Stübchen, mit einem niedrigen Kinderbett. An den Stangen des Bettes klettern die Äffchen rauf und runter; Eva nimmt eines an ihre Brust, sie blickt verschleiert vor sich: »Hätt ihm ooch schon den Gefallen getan mit dem Kind, aber von ihm mag ich keins. Nee, von ihm nicht.« »Na, und Herbert will keins.« »Nee, ich möchte eins von Herbert. Oder von Franz. Bist böse, Sonja?«

Sonja tut aber etwas ganz anderes, als Eva glaubt. Sonja kreischt, hat ein aufgerissenes Gesicht, schiebt das Äffchen von Evas Brust weg und umarmt heftig, glücklich, selig, wonnig die Eva, die nicht versteht und das Gesicht wegdreht, denn Sonja will sie immer küssen. »Na komm doch, Eva, komm doch. Ich bin doch nicht böse, ich freue mich, daß du ihn magst. Sag mal, wie gern hast du ihn? Ein Kind möchtst du von ihm, na, sags ihm doch.« Eva kriegt es fertig, das Mädel von sich wegzudrängen. »Bist du verrückt, Mensch. Sag mal bloß, Sonja, was ist mit dir? Sag mal aufs Wort: willste ihn mir zuschanzen?« »Nee, warum denn, ick möcht ihn doch behalten, det is mein Franz. Aber du bist doch meine Eva.« »Wat bin ich?« »Meine Eva, meine Eva.«

Und Eva kann sich nicht wehren, Sonja küßt sie auf Mund, Nase, Ohren, Nacken; Eva hält still, dann, wie Sonja ihr Gesicht in Evas Brust wühlt, hebt Eva stark Sonjas Kopf hoch: »Mensch, du bist schwul.« »Gar nicht«, stammelt die und entzieht wieder ihren Kopf Evas Händen, legt ihn an Evas Gesicht, »ich hab dich gern, ich hab das noch gar nicht gewußt. Vorhin, wie du sagst, du willst von ihm ein Kind –.« »Na, was denn, Mensch? Da biste tückisch geworden?« »Nee, Eva. Ich weeß doch nicht.« Und Sonja hat ein glührotes Gesicht und sieht die Eva von unten an: »Du möchst wirklich von ihm ein Kind?« »Wat is denn mit dir?« »Möchste von ihm eins?« »Nee, ich habs bloß gesagt.« »Ja, du willst doch eins, du sagst bloß so, du willst, du willst.« Und wieder wühlt sich Sonja an Evas Brust und preßt Eva an sich und summt wonnig: »Das ist so schön, daß du von ihm ein Kind willst, ach, ist das schön, ich bin so glücklich, ach, bin ich glücklich.«

Da führt Eva die Sonja in das Nebenzimmer, legt sie auf die Chaiselongue: »Du bist doch schwul, Mensch.« »Nee, ich bin nicht schwul, ich hab noch nie eine angefaßt.« »Aber mir möchste doch anfassen.« »Ja, weil ich dich so lieb habe und weil du von ihm ein Kind haben willst. Und das sollste von ihm haben.« »Du bist verückt, Mädel.« Die ist ganz mitgerissen und hält Evas Hände fest, die aufstehen will: »Ach, sag doch nicht nein, du willst doch von ihm eins, du mußt es mir versprechen. Du versprichst es mir, du bekommst ein Kind von ihm.« Eva muß sich mit Gewalt von Sonja losmachen, die schlaff daliegt, die Augen geschlossen hält und mit den Lippen schmatzt.

Sonja steht dann auf, sitzt neben Eva am Tisch, wo das Hausmädchen ihnen Frühstück mit Wein serviert. Für Sonja bringt sie Kaffee und Zigaretten, Sonja träumt noch verklärt und wirr vor sich. Sie hat wie immer ein weißes einfaches Kleid an; Eva geht in einem schwarzseidenen Kimono. »Na, Mädel, Sonja, kann man jetzt mit dir wat Vernünftiges reden?« »Kann man immer.« »Und wie gefällts dir bei mir?« »Na, wie.« »Siehste. Und den Franz hast du doch gern?« »Ja.« »Na, ich meine, wenn du den Franz gern hast, dann paß doch mal auf den Jungen auf. Der läuft da rum, wo nicht gut ist, und immer mit dem Willi, dem Lausejungen.« »Ja, der gefällt ihm.« »Und du?« »Ick? Mir gefällt er ooch. Wenn er Franzen gefällt, gefällt er mir ooch!« »So biste nu, Mädel, du hast eben keine Augen, du bist noch zu jung. Die Gesellschaft ist nicht für Franz, sag ich dir, det sagt Herbert ooch. Det is ein Lausejunge. Der verführt den Franz. Hat der nicht schon an seinem Arm genug?«

Sonja blaßt im Moment ab, läßt die Zigarette im Mundwinkel sinken, legt sie hin, fragt leise: »Wat is denn los? Gottes willen.« »Wer weeß, wat los is. Ick loof nich hinter Franzen her und du ja ooch nicht. Na ick weeß, du hast ja ooch keine Zeit. Aber laß dir man erzählen, wo er hingeht, wat erzählt er denn?« »Och, bloß Politik, det versteh ick nicht.« »Und siehste, det macht er, Politik und nischt als Politik bei de Kommunisten und Anarchisten und son Gesindel, die keene heile Hose uffn Hintern haben. Mit sowat looft Franz. Und det gefällt dir, Mensch, dafür arbeitest du?« »Ich kann doch Franz nicht sagen: geh dahin und geh dahin; Eva, det kann man doch nich.« »Wennste nich so klein wärst und noch nich zwanzig, sollte man dir eins hinter die Löffel geben. Mit einmal hast du ihm nischt zu sagen. Soll der noch mal unter die Räder kommen?« »Er kommt nicht unter die Räder, Eva. Ich paß auf.« Merkwürdig, die kleine Sonja hat Tränen in den Augen und stützt den Kopf auf, Eva sieht das Mädel an und wird aus ihr nicht klug; liebt die ihn denn so sehr? »Da haste Rotwein, Sonja, mein Oller pichelt immer Rotwein, komm.«

Sie trichtert der Kleinen ein halbes Glas ein, dabei kullert eine Träne der Kleinen die Backe herunter, und der ihr Gesicht bleibt immer so traurig. »Noch ein Schluckchen, Sonja.« Eva setzt das Glas hin, streichelt Sonja die Backen und denkt, die wird wieder hitzig werden. Aber die stiert immer vor sich, steht auf, stellt sich vor das Fenster und sieht raus. Eva stellt sich neben die Sonja, aus dem Mädel wird kein Schwein klug. »Det mußte dir nich so zu Herzen nehmen mit Franzen, Sonjaken, wat ick gesagt habe, so iss doch nicht gemeint. Du sollst ihn doch bloß nicht mit dem dußligen Willi loofen lassen, Franz ist so ein gutmütiges Schaf, siehste, soll er sich doch lieber um Pums kümmern und wer ihm den Arm abgefahren hat und da wat machen.« »Ich will uffpassen«, sagt leise die kleine Sonja und legt, ohne den Kopf aufzuheben, einen Arm um Eva, und da stehen sie fast fünf Minuten. Eva denkt: der gönn ich den Franz, sonst keiner einzigen.

Nachher toben sie durch die Zimmer mit den Äffchen, Eva zeigt alles, Sonja bestaunt, was es gibt: die Toiletten Evas, die Möbel, die Betten, die Teppiche. Träumen Sie von der schönen Stunde, in der man Sie zur Pixavonkönigin krönt? Kann man hier roochen? Na ob. Ich bin erstaunt, wie Sie es vermögen, eine solche Qualitätszigarette in solcher Preislage schon Jahre hindurch auf den Markt zu bringen; ich muß Ihnen zu meiner eigenen Freude gestehen. Du, das riecht aber! Der wundervolle Duft der weißen Rose, dezent, wie ihn die kultivierte deutsche Frau fordert, und doch stark genug, die ganze Fülle zu entwickeln. Ach, das Leben der amerikanischen Filmdiva ist in Wirklichkeit ein wesentlich anderes, als die Legenden, die sie umgeben, vermuten lassen. Der Kaffee kommt, Sonja singt ein Lied:

Bei Abrudpanta trieb ihr Wesen Der Banditen wilde Schar, Doch ihr Hauptmann Guito Gut und edeldenkend war. Einst traf er im dunklen Walde Des von Marschan Töchterlein, Bald es durch die Bäume hallte: Ewig, ewig bin ich dein!

Doch bald waren sie entdecket, Große Jagdgesellschaft naht. Schrecklich aus dem Glück erwecket, Wissen sie nicht Rat noch Tat; Und der Vater flucht der Armen. Auch der Hauptmann wird bedroht. Vater, fleht sie, habt Erbarmen, Mit ihm geh ich in den Tod.

Bald im finstern Turme schmachtet Guito, o schrecklich Sein! Isabella danach trachtet, Den Geliebten zu befrein. Und es sollte ihr gelingen, Bald war er am sichern Ort; Kaum entgangen seinen Schlingen, Kann verhindern er den Mord.

Hin zum Schlosse eilt er wieder Mit dem Weib, das er befreit, Doch kniet Isabella nieder, An dem Altar schon, bereit, Hart gezwungen, ›Ja‹ zu sprechen Zu dem ihr verhaßten Bund, Da verkündet das Verbrechen Guito mit bleichem Mund.

Eine Todesohnmacht strecket Isabella bleich dahin, Ach, kein Kuß sie mehr erwecket! Und mit stolzem edlen Sinn Hat zum Vater er gesprochen: Ich verschuld nicht ihren Tod, Du hast ihr das Herz gebrochen, Hast gebleicht der Wangen Rot.

Als der Hauptmann sie sieht wieder Auf der stillen Totenbahr, Neigt aufs Antlitz er sich nieder, Wird noch Leben da gewahr. Schnell trägt er zu aller Schrecken Die Geliebte mit sich fort, Wo sie wieder sollt erwecken, Jetzt ist er ihr Schutz und Hort.

Doch sie müssen sich jetzt flüchten, Nirgends haben sie mehr Ruh; Hart verfolgt von den Gerichten, Schwören sie sich beide zu: Selbst nun wollen wir uns stellen. Wenn der Giftbecher geleert, Gott wird unser Urteil fällen. Oben werden wir verklärt.

Sonja und Eva wissen, es ist ein gewöhnliches Lied vom Wochenmarkt, vor einer Bildertafel wird es gedudelt; aber sie müssen beide weinen, wie es aus ist, und können sich nicht gleich ihre Zigaretten wieder anstecken.

Aus mit der Politik, aber das ewige Nichtstun ist noch viel gefährlicher

Und Franzeken Biberkopf sumpft noch ein bißchen weiter in der Politik. Der schneidige Willi hat nicht viel Geld, er ist ein scharfer heller Kopf, aber unter den Taschendieben ein Anfänger, und darum mistet er Franz aus. Er war mal Fürsorgezögling, da hat ihm einer was erzählt von Kommunismus und daß das nischt is, und ein vernünftiger Mensch gloobt nur an Nietzsche und Stirner und tut, was ihm Spaß macht; alles andere ist Stuß. Da hat der gerissene höhnische Kerl jetzt ein mächtiges Spaßvergnügen daran, in politische Versammlungen zu gehen und aus dem Saal heraus Opposition zu machen. Aus den Versammlungen fischt er sich Leute raus, mit denen er Geschäfte machen will oder die er bloß verhohnepipelt.

Franz läuft nur noch ein bißchen mit dem. Dann ist es aus, überhaupt mit der Politik, auch ohne Mieze und Eva.

Er sitzt da eines Spätabends am Tisch mit einem älteren Tischler, den sie in einer Versammlung kennengelernt haben; Willi steht derweil am Ausschank und hat einen andern vor. Franz hat den Arm aufgestützt auf den Tisch, den Kopf in der linken Hand und hört sich das an, was der Tischler sagt, der sagt: »Weeßte, Kollege, ich bin bloß hingegangen in die Versammlung, weil meine Frau krank ist, und die kann mir abends nicht zu Hause brauchen, die braucht ihre Ruhe, um Uhre acht nimmt sie Schlag achten ihre Schlaftablette und den Tee, und dann muß ich duster machen, wat soll ich denn oben. Da kann man zum Kneipenleben kommen, wenn einer eine kranke Frau hat.«

»Gib sie doch ins Krankenhaus, Mensch. Zu Hause is doch nischt.«

»War ja schon ins Krankenhaus. Hab ick schon wieder rausgeholt. Das Essen hat sie da nicht geschmeckt, und besser ist es ooch nicht geworden.«

»Ist woll sehr krank, deine Frau?«

»Die Gebärmutter ist angewachsen an den Mastdarm und sowat. Und dann haben sie sie schon operiert, aber es hilft nischt. Im Leib. Und nu sagt der Arzt, es ist bloß nervös, und da hat sie nischt mehr. Aber sie hat doch Schmerzen, heult den ganzen Tag.«

»Sowat.«

»Der schreibt ihr noch bald gesund, paß man uff. Schon zweimal hat sie zum Vertrauensarzt sollen, weeßte, aber kann ja nich hin. Der schreibt ihr noch gesund. Wenn einer kranke Nerven hat, denn is er gesund.«

Franz hört sich das an, er ist auch krank gewesen, der Arm ist ihm abgefahren, er hat in Magdeburg in der Klinik gelegen. Er braucht das alles nicht, das ist eine andere Welt. »Noch ein Bier gefällig?« »Hier.« »Ein Bier.« Der Tischler sieht Franzen an. »Du gehörst nicht zur Partei, Kollege?«

»Früher mal. Jetzt nicht mehr. Hat ja keenen Zweck.«

Der Wirt setzt sich an ihren Tisch, begrüßt den Tischler mit »Nabend, Ede« und fragt nach den Kindern, und dann tuschelt er: »Mensch, du wirst doch vielleicht nich wieder politisch werden.«

»Reden wir grade von. Denk gar nicht dran.« »Na, det is schön von dir. Ick sage, Ede, und mein Junge sagt dasselbige wie ick: mit Politik verdienen wir keenen Sechser, det bringt uns nicht hoch, bloß andere.«

Da sieht der Tischler ihn mit verkniffenen Augen an: »So, det sagt der kleene August also auch schon.«

»Der Junge ist gut, sag ick dir; dem kannste doch nischt vormachen, da soll erst einer kommen. Wir wollen verdienen. Und – et geht auch ganz schön. Nur nich brummen.«

»Na Prost, Fritze. Ick gönne dir alles.«

»Ick pfeife auf den ganzen Marxismus, uff Lenin und Stalin und die ganzen Brüder. Ob mir eener Kredit gibt, Pinke und wie lange und wie viel – siehste, darum dreht sich die Welt.«

»Na, du hasts zu wat gebracht.« Darauf sitzen Franz und der Tischler stumm. Der Wirt quasselt noch, aber der Tischler kollert:

»Ick versteh von Marxismus nischt. Aber paß mal uff, Fritze, so einfach, wie du dir det ausmalst in deinem Hirnkasten, ist das nicht. Wat brauch ick Marxismus oder wat die andern sagen, die Russen, oder der Willi mit Stirner. Kann ooch falsch sein. Wat ick nötig habe, kann ick mir jeden Tag an die Finger abzählen. Ick wer doch verstehen, wenn mir einer den Buckel vollhaut, was det bedeutet. Oder wenn ick heute drin bin in meine Bude, und morgen fliege ich raus, keene Aufträge da, der Meister bleibt, der Herr Chef natürlich auch, bloß ick muß raus und uff die Straße und muß stempeln. Und – wenn ick drei Göhren habe und die gehen in die Gemeindeschule, die älteste hat krumme Beine von der englischen Krankheit, wegschicken kann ich ihr nich, vielleicht kommt sie in der Schule mal ran. Vielleicht kann meine Frau ooch uffs Jugendamt loofen oder weeß ick, die Frau hat zu tun, jetzt ist se ja krank, die ist sonst tüchtig, steht mit Bücklingen, und lernen tun die Göhren ooch gerade so ville wie wir, kannste dir ein Bild machen. Siehste. Und det kann ick doch ooch verstehen, wenn andere Leute ihre Kinder die fremden Sprachen lernen, und im Sommer fahren sie ins Bad, und wir haben noch nicht die Groschen, det sie ein bißchen raus können nach Tegel. Und krumme Beine kriegen die feinen Kinder so bald überhaupt nicht. Und wenn ick zum Doktor muß und ick hab Reißen, dann sitzen wir zu dreißig dick zusammen im Wartezimmer, und nachher fragt er mir: det Reißen werden Sie wohl schon vorher ooch gehabt haben, und wie lange sind Sie denn da in Arbeit, und haben Sie Ihre Papiere gekriegt? Mir gloobt er noch lange nicht, und dann gehts zum Vertrauensarzt, und wenn ick etwa mal verschickt werden will von der Landesversicherung, wofür sie einem immer Abzüge machen, na ick sag dir, da mußt du den Kopp unterm Arm tragen, bis sie dir verschicken. Fritze, det versteh ick allens ohne Brille. Da müßte eener dochn Kamel fürn Zoologischen Garten sein, wenn er det nich versteht. Und dazu brauch keen Mensch heutzutage Karl Marx. Aber Fritze, aber aber: wahr ist es doch.«

Und der Tischler hebt seinen grauen Kopf und sieht den

Wirt groß an. Er steckt seine Pfeife wieder in den Mund, qualmt und wartet, was einer antworten wird. Der Wirt knurrt, spitzt die Lippen, sieht unzufrieden aus: »Mensch, hast ja recht. Meine Jüngste hat ooch krumme Beene, hab ooch keen Geld fürs Land. Aber schließlich: Arme und Reiche hats immer gegeben. Das ändern wir zwee beide ooch nicht.«

Der Tischler pafft gleichmütig: »Bloß: der soll arm sein, wer Lust dazu hast. Ja, sollen die andern vor mir arm sein. Ick hab nu eben keine Lust dazu. Wird einem eben uff die Dauer über.«

Sie sprechen ganz ruhig, schlucken langsam ihr Bier. Franz horcht immer. Willi kommt vom Schanktisch herüber. Franz muß aufstehen, seinen Hut nehmen, gehen: »Nee, Willi, ick will heut früh in die Klappe. Du weeßt doch, von gestern.«

Und Franz marschiert allein die heiße staubige Straße lang, rumm di bum di dummel di dei. Rumm di bum di dummel di dei. Warte warte nur ein Weilchen, bald kommt Haarmann auch zu dir, mit dem kleinen Hackebeilchen macht er Leberwurst aus dir, warte, warte nur ein Weilchen, bald kommt Haarmann auch zu dir. Verflucht, wo geh ich lang, verflucht, wo geh ich lang. Und er steht und kann nicht über den Damm, dann macht er kehrt, marschiert die heiße Straße zurück, an dem Lokal vorbei, wo die noch drin sitzen, wo der Tischler beim Bier sitzt. Ich geh nicht rein in das Haus. Der Tischler hat die Wahrheit gesagt. So ist die Wahrheit. Was mach ich mit Politik, mit dem ganzen Mist. Hilft mir nichts. Hilft mir nichts.

Und Franz marschiert wieder die heißen, staubigen, unruhigen Straßen lang. August. Am Rosenthaler Platz wird es voller, einer steht mit Zeitungen da, Berliner Arbeiter-Zeitung, Marxistische Feme, ein tschechischer Jude als Knabenschänder, 20 Knaben verführt, trotzdem keine Verhaftung, hab ich auch gehandelt. Furchtbare Hitze heute. Und Franz steht, kauft dem Mann die Zeitung ab, das grüne Hakenkreuz an der Spitze, der einäugige Invalide von der ›Neuen Welt‹, Trink, trink, Brüderlein trink, lasse die Sorgen zu Haus, trink, trink, Brüderlein trink, lasse die Sorgen zu Haus, meide den Kummer und meide den Schmerz, dann ist das Leben ein Scherz, meide den Kummer und meide den Schmerz, dann ist das Leben ein Scherz.

Und er geht weiter um den Platz herum, in die Elsasser Straße hinein, Schnürsenkel, Lüders, meide den Kummer und meide den Schmerz, dann ist das Leben ein Scherz, meide den Kummer und meide den Schmerz, dann ist das Leben ein Scherz. Es ist schon lange her, Weihnachten voriges Jahr, Mensch, ist das lange her, hier hab ich bei Fabisch gestanden, ausgerufen, was war das für ein Bowel, Dinger für den Schlips, Schlipshalter, und Lina, Lina, die polnische, die dicke, hat mich abgeholt.

Und Franz marschiert, er weiß nicht was er will, auf den Rosenthaler Platz zurück und steht vor Fabisch an der Haltestelle, gegenüber Aschinger. Und wartet. Ja das will er! Er steht da und wartet und fühlt wie eine Magnetnadel – nach Norden! Nach Tegel, Gefängnis, Gefängnismauer! Da will er hin. Da muß er hin.

Und dann geschieht es, daß die 41 kommt, hält, und Franz steigt ein. Er fühlt, das ist richtig. Abfahrt, und fährt, und die Elektrische fährt ihn nach Tegel. Er bezahlt 20 Pfennig, die Fahrkarte hat er, er fährt nach Tegel, es geht wie geschmiert, es ist eine Sache. Wohl fühlt er sich! Es ist wahr, daß er hinfährt. Brunnenstraße, Uferstraße, Alleen, Reinickendorf, es ist wahr, das gibt es alles, da fährt er hinein, es steht da. Und hier ist es richtig! Und wie er sitzt, wird es immer wahrer, immer strenger, immer gewaltiger. So tief ist die Genugtuung, die er empfindet, so stark, so bezwingend ist die Wohltat, daß Franz sitzt, die Augen schließt und von einem machtvollen Schlaf verschlungen wird.

Die Elektrische hat im Finstern das Rathaus passiert. Berliner Straße, Reinickendorf West, Tegel, Endstation. Der Schaffner weckt ihn, hilft ihm hoch: »Weiter gehts nicht. Wo wollten Sie denn hin?« Franz torkelt hinaus: »Tegel.« »Na, denn sind Sie da.« Der hat aber schwer geladen, so versaufen die Invaliden ihre Rente.

Den Franz hat das gewaltige Schlafbedürfnis so erfaßt, daß er auf dem Platz, über den er streicht, hinsegelt auf die erste Bank hinter einer Laterne. Eine Schupostreife weckt ihn, drei Uhr, sie tut ihm nichts, der Mann sieht anständig aus, er hat schwer geladen, aber die können ihn ausplündern. »Sie dürfen hier nicht schlafen, wo wohnen Sie denn?«

Dann hat Franz genug. Er gähnt. Er will in die Baba. Ja, das ist Tegel, wat wollte ick noch hier, wollte ick wat hier, seine Gedanken laufen ineinander, ick muß in die Klappe, weiter gibts da nischt. Traurig döst er: Ja, ja, das ist Tegel, er weiß nicht, was damit ist, ja da hat er mal früher gesessen. Ein Auto. Wat war es noch, wat wollt ick in Tegel. Sie, Sie wecken mir, wenn ick schlafen tu.

Und der gewaltsame Schlaf kommt wieder und reißt ihm die Augen auf und Franz weiß alles.

Und da ist ein Gebirge und der alte Mann steht auf und sagt zu seinem Sohn: Komm mit. Komm mit, sagt der alte Mann zu seinem Sohn und geht und der Sohn geht mit, geht hinterdrein ins Gebirge hinein, hinauf, hinunter, Berge, Täler. Wie lange gehts noch, Vater? Das weiß ich nicht, wir gehen bergauf, bergunter, ins Gebirge, komm nur mit. Bist du müde, Kind, magst du nicht mit? Ach, in bin nicht müde; wenn du willst, daß ich mitkomme, geh ich schon mit. Ja, komm nur. Bergauf, bergab, Täler, es ist ein langer Weg, es ist Mittag, da sind wir. Sieh dich um, mein Sohn, da steht ein Altar. Ich fürcht mich, Vater. Warum fürchtest du dich, Kind? Du hast mich früh geweckt, wir sind rausgegangen, wir haben den Hammel vergessen, den wir schlachten wollten. Ja, den haben wir vergessen. Bergauf, bergab, die langen Täler, das haben wir vergessen, der Hammel ist nicht mitgekommen, da ist der Altar, ich fürchte mich. Ich muß den Mantel ablegen, hast du Furcht, mein Sohn? Ja, ich fürcht mich, Vater. Ich fürcht mich auch, Sohn, komm näher heran, fürcht dich nicht, wir müssen es tun. Was müssen wir tun?

Bergauf, bergab, die langen Täler, ich bin so früh aufgestanden. Fürcht dich nicht, Sohn, tu es gern, komm näher heran zu mir, ich hab den Mantel schon abgelegt, ich kann meine Ärmel nicht mehr blutig machen. Ich fürcht mich doch, weil du das Messer hast. Ja, das Messer hab ich, ich muß dich ja schlachten, ich muß dich opfern, der Herr befiehlt es, tu es gern, mein Sohn.

Nein, ich kann es nicht tun, ich schreie, faß mich nicht an, ich will nicht geschlachtet werden. Jetzt liegst du auf den Knien, schrei doch nicht, mein Sohn. Ja, ich schreie. Schrei nicht; wenn du nicht willst, kann ich es nicht tun, wolle es doch. Bergauf, bergab, warum soll ich nicht mehr nach Hause gehen. Was willst du zu Hause, der Herr ist mehr als zu Hause. Ich kann nicht, doch ich kann, nein ich kann nicht. Rück näher, sieh, ich hab schon das Messer da, blick es an, es ist ganz scharf, es soll an deinen Hals. Soll es durch meine Kehle? Ja. Dann sprudelt das Blut? Ja. Der Herr befiehlt es. Willst du es? Ich kann doch nicht, Vater. Komm doch bald, ich darf dich nicht morden; wenn ist es tue, muß es so sein, als wenn du es selbst tust. Ich selbst tue? Ah. Ja, und keine Furcht haben. Ah. Und das Leben nicht lieben, dein Leben, denn du gibst es für den Herrn hin. Rück näher. Der Herr unser Gott will es? Bergauf, bergab, ich bin so früh aufgestanden. Du willst nicht feige sein? Ich weiß, ich weiß, ich weiß! Was weißt du, mein Sohn? Setz mir das Messer an, warte, ich will meinen Kragen zurückschlagen, der Hals soll ganz frei sein. Du scheinst was zu wissen. Du mußt nur wollen und ich muß es wollen, wir werden es beide tun, dann wird der Herr rufen, wir werden ihn rufen hören: Hör auf. Ja; komm her, gib deinen Hals. Da. Ich hab keine Furcht, ich tue es gern. Bergauf, bergab, die langen Täler, da setz das Messer, schneid zu, ich werde nicht schreien.

Und der Sohn legt den Hals zurück, der Vater tritt hinter ihn, drückt ihm auf die Stirn, mit der Rechten führt er das Schlachtmesser vor. Der Sohn will es. Der Herr ruft. Sie fallen beide auf das Gesicht.

Wie ruft die Stimme des Herrn? Hallelujah. Durch die

Berge, durch die Täler. Ihr seid mir gehorsam, hallelujah. Ihr sollt leben. Hallelujah. Hör auf, wirf das Messer in den Abgrund. Hallelujah. Ich bin der Herr, dem Ihr gehorcht und immer und allein gehorchen müßt. Hallelujah. Hallelujah. Hallelujah. Hallelujah. Hallelujah. Hallelujah. Hallelujah. Hallelujah, luja, luja, lujah, hallelujah, lujah, hallelujah.

»Mieze, Mulleken, Mulleken kleenes, schimpf mir doch ordentlich aus.« Franz will die Mieze auf seinen Schoß ziehen. »Aber sag doch wat. Wat hab ick denn getan, weil ick mir verspätet habe gestern abend?« »Mensch, Franz, du machst dir noch unglücklich, mit wem du dir einläßt.« »Wieso denn?« »Der Chauffeur muß dir die Treppe ruffbringen. Und ick sag dir noch wat, aber keen Wort, und da liegste und pennst.« »Sag dir ja, bin in Tegel gewesen, jawoll, alleene, janz alleene.« »Nu sag mal, Franz, ist det wahr?« »Ganz alleene. Ick hab mal da ein paar Jährchen abzumachen jehabt.« »Na ist denn noch wat?« »Nee, alles abgemacht bis uffn letzten Tag. Ick wollt mir det mal ansehen, und darum brauchste doch nicht böse zu sein, Mulleken.«

Sie sitzt dann bei ihm, sieht ihn zärtlich wie immer an: »Du, mach doch keene Politik.« »Ick mach keene Politik.« »Gehst ooch nicht in Versammlungen?« »Ich denk, ich geh nich hin.« »Dann sagstet mir?« »Ja.«

Dann legt Mieze ihren Arm um Franzens Schulter, hat ihren Kopf an seinem, sie sagen nichts.

Und wieder gibt es nichts Zufriedeneres als unsern Franz Biberkopf, der die Politik zum Deibel schickt. Wird er sich den Kopf daran einrennen. Da sitzt er in den Lokalen, singt und spielt Karten, und Mieze hat schon einen Herrn kennengelernt, der ist beinah so reich wie Eva ihrer, aber schon verheiratet, was noch besser ist, der macht ihr eine feine Bude aus zwei unmöblierten Zimmern zurecht.

Und dem, was Mieze will, entweicht Franz dann auch nicht. Eva überfällt ihn eines Tages in seiner Bude, und warum denn nicht, wenn Mieze es selbst will, aber Eva, wenn du nun wirklich wat Kleines kriegst, Mensch, wenn ick was kriege, mein Oller der baut mir zehn Schlösser, würde der sich vorkommen.

Die Fliege krabbelt hoch,
der Sand fällt von ihr ab, bald wird
sie wieder brummen

Es ist ja gar nicht viel zu erzählen von Franz Biberkopf, man kennt den Jungen schon. Was eine Sau tun wird, wenn sie in den Kofen kommt, kann man sich schon denken. Bloß hat es sone Sau besser als ein Mensch, weil die nämlich aus einem Stück Fleisch und Fett ist, und was mit der weiter passieren kann, ist nicht viel, wenns Futter langt: höchstens kann sie nochmal werfen, und am Ende ihres Lebens steht das Messer, was schließlich auch nicht besonders schlimm und aufregend ist: bevor sie was merkt – und was merkt son Vieh – ist sie schon hin. Ein Mensch aber, der hat Ihnen Augen, in dem steckt viel drin und alles durcheinander; der kann den Deibel denken und muß denken [der hat einen schrecklichen Kopf], was ihm passieren wird.

So lebt unser ganz dicker, ganz lieber einarmiger Franz Biberkopf, Biberköppchen, seinen Trott in den Monat August rein, der ist noch leidlich temperiert. Und det Franzeken kann schon ganz hübsch rudern mit dem linken Arm, und von der Polizei hört er auch nichts, obwohl er sich gar nicht mehr meldet, die machen da eben auf dem Revier auch ihre Sommerferien, Gott, schließlich hat son Beamter ooch bloß zwee Beene, und für die paar Pimperlinge, die die verdienen, reißen sie sich ooch keen Bein aus, und warum soll eener rumloofen und suchen: wat ist denn mit dem Franz Biberkopf, wat Biberkopf, ausgerechnet Biberkopf, und warum hat der bloß einen Arm, vorher hat er doch zwee gehabt; laß den man in den Akten schimmeln, ein Mensch hat schließlich noch andere Sorgen.

Bloß sind die Straßen da, da hört man und sieht man allerhand, fällt einem von früher wat ein, was man gar nicht will, und dann zieht sich das Leben so hin, Tag um Tag, und heute kommt was, dann verpaßt mans, morgen kommt wieder was, man vergißt es wieder, es geschieht immer was mit einem. Das Leben wird sich schon richtig machen, träumt er, duselt er. Da kann man sich an einem warmen Tag vom Fenster eine Fliege fangen und in einen Blumentopf setzen und Sand drüberpusten: wenn es ne gesunde richtige Fliege ist, krabbelt sie wieder raus und das ganze Drüberpusten macht ihr nichts. Das denkt sich Franz manchmal, wie er das sieht und was anderes sieht, mir geht es gut, was geht mich das an und geht mich das an, und die Politik geht mir nichts an und wenn die Menschen so dämlich sind, sich ausbeuten zu lassen, kann ick nichts für. Wer soll sich für alle Leute den Kopp zerbrechen.

Nur vom Saufen muß ihn Mieze stark zurückhalten, das ist der wunde Punkt beim Franz. Der hat ein so eingeborenes Bedürfnis zu saufen, das steckt in ihm und kommt immer wieder raus. Er sagt: dann setzt man Fett an und denkt nicht soviel. Herbert aber meint zu Franzen: »Mensch, sauf nicht soviel. Du bist ein Glückspilz. Kuck, wat biste gewesen? Zeitungshändler. Jetzt, ein Arm haste ja nicht, jetzt haste deine Mieze, dein Auskommen, wirste doch nicht wieder anfangen zu saufen wie damals bei der Ida.«

»Kommt gar nicht in Frage, Herbert. Wenn ick saufe, ists ja bloß die freie Zeit. Du sitzt, und wat machste: trinkst und dann trinkste noch eenen und noch eenen. Und außerdem, kuck mir an, ick vertrags.« »Mensch, du sagst, du verträgsts. Na ja, dick biste wieder ganz schön, aber kuck dir mal in Spiegel an, wat du für Oogen hast.« »Wat für Oogen?« »Na faß doch an, Säcke wien oller Mann; wie alt biste denn, machst dir alt mitm Trinken, vom Trinken wird man alt.«

»Lassen wir det. Was gibts Neues bei euch? Wat machste denn, Herbert?« »Es geht bald wieder los, wir haben zwei neue Jungs, machen sich fein. Kennste Knopp, der wo Feuer schlucken kann? Siehste, der hat sich die Jungs rangeholt. Sagt er zu die: wat, ihr wollt mit mir mitmachen? Müßt mal erst zeigen, wat ihr könnt. Achtzehn, neunzehn Jahre alt. Also Knopp steht drüben an der Danziger Ecke und sieht zu, was die können. Haben die n altes Weib uffm Kieker, da haben sie zugesehen, wie die Geld uff die Bank abholt. Die immer hinterher. Knopp denkt, die geben ihr mal irgendwo ein kleenen Schups und dann ein Griff und adje Sie. Nee, die lauern jeduldig, und dann loofen sie mit, wo sie wohnt, und da stehen sie schon, wo sie antippelt, die Olle, und kucken ihr ins Gesicht. Na, sind Sie Madame Müller, so heeßt sie nämlich wirklich, und dann quatschen sie wat mit der, bis drüben die Elektrische ankommt, und dann Pfeffer ins Gesicht, die Tasche weg, die Tür zugeschmissen, rüber übern Damm. Knopp schimpft und sagt, det war ganz überflüssig, det die in die Elektrische müssen; eh die die Haustür uffkriegt und bevor da einer weeß, wer et war, konnten sie ruhig drüben in die Kneipe sitzen. Machen sich ja verdächtig durch das Loofen.« »Sind wenigstens balde abgesprungen?« »Ja. Und dann haben die beeden, wie der Knopp so rumnörgelt, noch wat gemacht: haben den Knopp mitgenommen und dann einfach ein Mauerstein genommen um neun Uhr abends und in die Romintener Straße Scheibe in ein Uhrgeschäft eingetöppert, mit der Hand rin und los. Und nicht gekriegt. Die Jungs sind frech wie Oskar, mitten im Gedränge nachher stehengeblieben. Ja, die könn wir brauchen.« Franz läßt den Kopf sinken: »Kesse Jungs.« »Na du brauchst et ja nicht.« »Nee – ick brauch et nicht. Und für später zerbrech ick mir nicht den Kopp.« »Bloß det Saufen lassen, Franz.«

Franzens Gesicht zittert: »Warum nich saufen, Herbert, wat wollt ihr denn alle von mir. Ick kann doch nischt, ick kann nischt, ick bin hundert Prozent Invalide.« Er blickt Herberten in die Augen, seine Mundwinkel sind runtergezogen: »Weeßte, an mir mäkeln sie alle rum, der eene sagt: ick soll nicht saufen, der andere sagt, geh nicht mit Willi, der andere sagt: Mensch, laß bloß die Politik.« »Politik, dagegen hab ick nu wieder nischt, det kannste.«

Und da lehnt sich Franz in seinem Stuhl zurück und sieht immer wieder seinen Freund Herbert an und der denkt: Dem looft das Gesicht auseinander und das ist ein gefährlicher Kerl, so gutmütig unser Franz sonst ist. Franz flüstert, stößt ihn mit dem ausgestreckten Arm an: »Mir haben sie zum Krüppel gemacht, Herbert, siehste mich, ick bin zu nischt gut.« »Nu mach mal hallwege. Nu sag det mal Eva oder der Mieze.« »Zum Bettliegen, ja, det weeß ick. Aber du, du bist doch wat, da machste wat und die Jungs.« »Na und du, wenn du durchaus willst, dann kannste ooch mit dein Arm Geschäfte machen.« »Haben sie mir ja nicht gelassen. Hat die Mieze ja auch nicht gewollt. Hat sie mir breit geschlagen.« »Dann mach doch, fang einfach wieder an.« »Ja, jetzt heißt es wieder, fang an. Hör uff und fang an. Als wenn ick son Hündchen bin: ruff uffn Tisch, runter vom Tisch, ruff uffn Tisch.«

Herbert gießt zwei Kognaks ein; ick muß der Mieze mal wat stoßen, der Junge ist nicht koscher, die soll sich vorsehen, mal kriegt der wieder seine Wut und dann gehts wie mit Ida. Franz stürzt sein Glas runter: »Ick bin ein Krüppel, Herbert; kuck dir den Ärmel an, nischt drin. Wat gloobst du, wie mir die Schulter weh tut in der Nacht; nich schlafen kann man.« »Dann gehste zum Doktor.« »Will ick nich, will ick nich, will von keen Doktor wat wissen, ick hab noch genug von Magdeburg.« »Dann wer ick der Mieze sagen, sie soll mit dir wegfahren und dann kommste raus aus Berlin und in andere Luft.« »Laß mir man saufen, Herbert.« Herbert flüstert an seinem Ohr: »Det dus mit Mieze so machst wie mit Ida!« Franz horcht: »Wat?« »Ja.« Siehste, jetzt kuckste mir an, kiek mir man an, hast noch nicht genug gehabt von deine vier Jahre. Franz ballt seine Faust vor Herberts Nase: »Mensch, du bist wohl?« »Nee, ick nich. Du!«

Eva hat an der Tür gehorcht, sie will weggehen, kommt im schicken hellbraunen Kostüm rein, gibt Herbert einen Puff: »Laß ihn doch saufen, Kerl, bist verrückt.« »Mensch, du siehst ja nicht. Soll et wieder kommen wie früher?« »Bist übergefahren, halt det Maul.«

Franz sieht stier zu Eva rüber.

Und nach einer halben Stunde fragt er Miezen auf seiner Stube: »Wat sagste, kann ich saufen?« »Ja, aber nicht zuviel.

Nicht zuviel.« »Willst du dich denn vielleicht auch besaufen?« »Ja, mit dir.« Franz jubelt: »Mensch, Mieze, du willst dir besaufen, du warst ja noch nie besoffen?« »Doch. Komm, wir wollen uns besaufen. Gleich.«

Und eben war er traurig, und jetzt sieht Franz, wie sie flackert, und das ist dasselbe wie neulich, als sie mit Eva anfing und mit dem Kind. Und da steht Franz neben ihr, son liebes Mädel, son gutes Mädel, ist so klein neben ihm, die kann er in seine Jacke stecken, sie umschlingt ihn, er hält sie um die Hüfte mit seinem linken Arm, und da – und da –.

Und da ist Franz weg, nur eine Sekunde. Sein Arm liegt um ihre Hüfte geschlungen und ist ganz starr. Aber in Gedanken hat Franz mit dem Arm eine Bewegung machen müssen. Sein Gesicht ist dabei steinhart. Er hat in Gedanken – ein kleines Holzinstrument – in der Hand gehalten und von oben her – einen Schlag gegen Mieze geführt, gegen ihren Brustkorb, einmal, zweimal. Und hat ihr die Rippen zerbrochen. Krankenhaus, Friedhof, der Breslauer.

Franz läßt die Mieze los, und sie weiß nicht, was er hat, sie liegt neben ihm auf der Erde, und er brummelt und quatscht und heult und küßt sie und weint, und sie weint mit und weiß nicht warum. Und dann bringt sie zwei Buddeln Schnaps, und er sagt immer »nee, nee«, aber das macht selig, selig, Jott, amüsieren sich die beiden, lachen die. Mieze soll schon lange zu ihrem Kavalier, was soll das Mädel machen, sie bleibt bei ihrem Franz, sie kann nicht stehen, geschweige laufen. Sie schluckt Franzen aus dem Mund weg seinen Schnaps und er will ihn wieder haben, aber ihr fließt er schon aus der Nase. Und dann kichern sie und er schnarcht schwer in den hellen Tag hinein.

Von wo tut mir die Schulter so weh, mir haben sie den Arm abgehauen.

Von was tut mir die Schulter so weh, mir tut die Schulter so weh. Wo ist Mieze hin. Die hat mir allein hier liegenlassen.

Mir haben sie den Arm abgehauen, weg damit, Schulter weh, Schulter. Verfluchte Hunde, mein Arm ist ab, die habens gemacht, die Hunde, die sinds gewesen, Hunde, Arm ab, und mir haben sie liegengelassen. Die Schulter, die Schulter tut mir weh, die haben sie mir drangelassen, wenn sie gekonnt hätten, hätten sie mir ooch die Schulter abgerissen. Hätten sie mir ooch die Schulter abgerissen. Hätten sie mir ooch die Schulter abgerissen, tät sie mir nicht so weh, verflucht. Sie haben mir nich umgebracht, die Hunde, det is ihnen vorbeigelungen, damit haben sie bei mir keen Glück gehabt, die Aasstücker, aber nu is es ooch nicht gut, nu kann ick liegen und keen Mensch is da und wer soll denn det Gebrüll anhören: mir tut der Arm so weh, die Schulter, die Hunde hätten mich lieber ganz überfahren sollen. Jetzt bin ich ein halber Mensch. Meine Schulter, meine Schulter, ick kanns nich mehr aushalten. Die verfluchten Aasstücker, die Aasstücker, mir haben sie ruiniert, wat soll ick machen, wo is bloß Mieze, hier lassen sie mir liegen. Au, au weih, au, auh auh.

Die Fliege krabbelt und krabbelt, sie sitzt im Blumentopf, der Sand rieselt von ihr ab, der macht ihr nichts aus, sie schüttelt ihn weg, sie streckt den schwarzen Kopf vor, sie kriecht heraus.

Da sitzt am Wasser die große Babylon, die Mutter der Hurerei und aller Greuel auf Erden. Wie sie sitzt auf einem scharlachroten Tier und sieben Häupter hat und zehn Hörner, das ist zu sehen, das mußt du sehen. Jeder Schritt von dir freut sie. Trunken ist sie vom Blut der Heiligen, die sie zerfleischt. Das sind die Hörner, mit denen sie stößt, sie kommt aus dem Abgrund und führt in die Verdammnis, da sieh sie an, die Perlen, den Scharlach, den Purpur, die Zähne, wie sie sie fletscht, die dicken prallen Lippen, über die ist das Blut geflossen, damit hat sie getrunken. Hure Babylon! Goldgelbe giftige Augen, wampiger Hals! Wie sie dich anlacht.

Vorwärts, Schritt gefaßt, Trommelgerassel und Bataillone

Achtung, Mensch, wenn Granaten kommen, gibts Dreck, vorwärts, Beene hoch, schlankweg durch, ick muß raus, vorwärts, mehr als die Knochen können mir nicht zerschlagen werden, dummdrummdumm, Schritt gefaßt, eins zwei, eins zwei, links rechts, links rechts, links rechts.

Da marschiert Franz Biberkopf durch die Straßen, mit festem Schritt, links rechts, links rechts, keine Müdigkeit vorschützen, keine Kneipe, nichts saufen, wir wollen sehen, eine Kugel kam geflogen, das wollen wir sehen, krieg ich sie, liege ich, links rechts, links rechts. Trommelgerassel und Bataillone. Endlich atmet er auf.

Es geht durch Berlin. Wenn die Soldaten durch die Stadt marschieren, eiwarum, eidarum, ei bloß wegen dem Tschingdarada bumdara, ei bloß wegen dem Tschingdarada, dada.

Die Häuser stehen still, der Wind weht wo er will. Eiwarum, eidarum, ei bloß wegen dem Tschingdaradada.

In seinem dreckigen dumpfen Bau – dreckiger Bau, ei warum, ei darum, dumpfer Bau, ei darum, ei bloß wegen dem Tschingdarada – sitzt Reinhold, der Kunde von der Kolonne Pums, wenn die Soldaten durch die Stadt marschieren, schauen die Mädchen aus Fenstern und Türen, liest Zeitung, links rechts, links rechts, gilt sie mir oder gilt sie dir, liest von den Olympischen Spielen, eins zwei, und daß Kürbiskerne ein Bandwurmmittel sind. Das liest er sehr langsam, laut gegen sein Stottern. Wenn er alleine ist, geht es auch gut. Er schneidet sich das aus mit dem Kürbis, wenn die Soldaten durch die Stadt marschieren, denn er hat mal einen Bandwurm gehabt, wahrscheinlich hat er noch immer einen, vielleicht ist es derselbe, vielleicht ist es ein neuer, der alte hat gejungt, man muß mal das versuchen mit den Kürbiskernen, die Haut also muß man mitessen, nicht schaben. Die Häuser stehen still, der Wind weht wo er will. Skatkongreß in Altenburg, spiel ich nich. Eine Weltreise, sämtliche Unkosten nur 30 Pfennig pro Woche, nu wieder son aufgelegter Schwindel. Wenn die Soldaten durch die Stadt marschieren, schauen die Mädchen aus Fenstern und Türen, ei warum ei darum, ei bloß wegen dem Tschingdarada bumdarada bum. Es klopft, herein.

Spring auf, marsch, marsch. Reinhold im Moment in die Tasche, Revolver. Eine Kugel kam geflogen, gilt sie mir oder gilt sie dir. Sie hat ihn weggerissen, er liegt mir zu den Füßen, als wärs ein Stück von mir, als wärs ein Stück von mir. Da steht er: Franz Biberkopf, Arm hat er ab, Kriegsinvalide, der Kerl ist besoffen, oder nicht. Macht er eine Bewegung, knall ich ihn nieder.

»Wer hat dir hier ringelassen?« »Deine Wirtin«, Offensive, Offensive. »Die, det Aas, ist die verrückt?« Reinhold an die Tür. »Frau Tietsch! Frau Tietsch! Wat is det? Bin ick zu Hause oder bin ick nich zu Hause? Wenn ick sage, ick bin nicht zu Hause, bin ich eben nich zu Hause.« »Schuldigen Sie, Herr Reinhold, mir hat keener wat gesagt.« »Dann bin ick nich zu Hause, Donnerwetter. Dann können Sie mir ja ick wees nich wen ins Haus lassen.« »Dann haben Sies woll zu meiner Tochter gesagt; die looft runter und sagt nichts.«

Er zieht die Tür zu, Revolver fest. Die Soldaten. »Wat willste bei mir? Wat haben wir beieinander ververloren?« Er stottert. Welcher Franz ist das? Wirst es bald wissen. Dem Mann ist vor einiger Zeit der Arm abgefahren worden, das war mal ein anständiger Mann, läßt sich eidlich bezeugen, jetzt ist er Lude, wollen wir noch erörtern, durch wessen Schuld. Trommelgerassel, Bataillone auf, nu steht er da. »Mensch, Reinhold, du hast doch ein Revolver.« »Und?« »Wat willste damit? Wat du willst?« »Ick? Nischt!« »Na. Denn kannste ihn ja weglegen.« Reinhold legt den Revolver vor sich auf den Tisch. »Wozu kommste nu zu mir?« Da steht er, da ist er, der hat mir im Hausflur geboxt, der hat mir rausgeworfen ausm Wagen, vorher war gar nichts, war noch Cilly da, bin die Treppe runtergegangen. Das steigt auf. Mond über dem Wasser, greller blendender am Abend, Glockenläuten. Jetzt hat er einen Revolver.

»Setz dir doch, Franz, sag mal, du hast woll gekübelt?« Weil der so stier guckt, der muß besoffen sein, der kann das Saufen nicht lassen. Das wird es sein, der ist besoffen, aber den Revolver hab ich ja. Ei bloß wegen dem Tschingdarada bumdarada bum. Da setzt sich Franz. Und sitzt. Der grelle Mond, das ganze Wasser strahlt. Jetzt sitzt er bei Reinhold. Das ist der Mann, dem er geholfen hat mit die Mädels, ein Mädel nach dem andern hat er ihm abgenommen, dann wollt er ihn kriegen Schmiere zu stehen, aber gesagt hat er nichts, und jetzt bin ick Lude, und wer weeß, wie es mit Mieze gehen wird, und das ist die Sachlage. Aber das ist alles gedacht. Es geschieht nur eins: Reinhold, Reinhold sitzt da.

»Ich wollt dir bloß sehen, Reinhold.« Det wollt ich; den ansehen, ansehen genügt schon, da sitzen wir. »Haste vor, Daumen anlegen, wat, erpressen, von wegen damals? Wat?« Stillgehalten, nich gezuckt. Junge, geradeaus marschiert, nanu son paar Granaten. »Erpressung, wat? Wieviel willste denn? Wir sind gewappnet. Det du Lude bist, wissen wir ooch.« »Det bin ick. Wat soll ick denn machen mit een Arm?« »Also wat willste?« »Gar nischt, gar nischt.« Bloß richtig sitzen, festhalten, das ist Reinhold, so schleicht er herum, bloß nicht umschmeißen lassen.

Aber es ist schon ein Zittern in Franz. Es waren drei Könige, die zogen aus dem Morgenland, die hatten Weihrauch und den schwenkten sie, immer schwenkten sie den. Die hüllen einen in Rauch. Reinhold überlegt: entweder ist der Kerl besoffen, dann wird er bald gehen und weiter ist nichts, oder der will doch was. Nee, der will was, aber was, der will nicht erpressen, aber was denn. Reinhold holt Schnaps und denkt, so werd ich meinen Franz rauslocken. Wenn den bloß nicht der Herbert hergeschickt hat, ausbaldowern und dann uns verschütt gehen lassen. In dem Augenblick, wo er die beiden blauen Gläschen hinstellt, sieht er, daß Franz zittert. Der Mond, der weiße Mond, er ist grell über dem Wasser hochgestiegen, da kann keener raufsehen, ick bin blind, wat is mit mir. Kuck, der kann nicht mehr. Der hält sich steif, aber kann nicht mehr. Und da hat Reinhold eine Freude und nimmt langsam den Revolver vom Tisch und steckt ihn sich in die Tasche und gießt ein und sieht wieder: dem zittern die Pfoten, der hatn Tatterich, das ist ein Schlappjeh, die Großschnauze, der fürcht sich vorm Revolver oder vor mir, na ick tu ihm nichts. Und Reinhold ist sehr sehr ruhig, freundlich, jawoll. Wonne, wie der dies Zittern sieht, nee, der is nich besoffen, der Franz, der hat Furcht, der klappt zusammen, der macht sich noch in die Hosen, der wollt vor mir eine große Schnauze riskieren.

Und Reinhold fängt von Cilly an zu erzählen, als wenn wir uns gestern gesehen hätten, die war noch mal wieder bei mir durchpassiert, ein paar Wochen, ja das gibt es, wenn ich eine mal ein paar Monate nicht gesehen habe, dann kann ich sie schon mal wieder haben, ne Reprise, das ist eine komische Sache. Dann holt er Zigaretten und ein Pack schweinische Bilder, und dann Photographien, Cilly ist auch bei, mit Reinhold zusammen.

Franz kann nichts sagen, er sieht immer bloß auf Reinholds Hände, der hat zwei Hände, zwei Arme, er hat bloß einen, mit den zwei Händen hat ihn Reinhold untern Wagen geschmissen, ach warum, ach darum, müßt ich nicht den Kerl totschlagen, ach bloß wegen dem Tschingdarada. Herbert meint, aber das mein ick alles nicht, was mein ick bloß. Ick kann nichts, ick kann gar nichts. Ick muß doch, ick wollt doch wat tun, ach bloß wegen dem Tschingdarada bumdarada – ich bin überhaupt keen Mann, ein Hahnepampen. Er sinkt in sich zusammen und dann bebt er wieder auf, er schluckt Kognak, und dann noch eenen, hilft alles nichts, und dann sagt Reinhold leise, leise: »Ick, ick möcht mal, Franz, ick möcht mal deine Wunde sehen.« Ei bloß wegen dem Tschingdarada bumdarada. Da schlägt Franz Biberkopf – das ist es – die Jacke auf, zeigt den Stumpf mit dem Hemdärmel, Reinhold verzerrt das Gesicht: sieht eklig aus, Franz schlägt die Jacke zu: »Früher wars schlimmer.« Und dann kuckt Reinhold weiter seinen Franz an, der nichts sagt und nichts kann und ist so dick wie ein Schwein und kann nicht das Maul aufmachen, und Reinhold muß den weiter begrinsen und hört nicht auf.

»Du, trägste immer den Ärmel so in der Tasche? Steckste den immer rein oder ist der angenäht?« »Nee, der, den steck ich immer rein.« »Mit die andere Hand? Nee, wohl, wenn de dich noch nicht angezogen hast?« »Na mal so und mal so; wenn ick die Jacke anhabe, gehts nicht so gut.« Reinhold steht neben Franz, zupft an dem Ärmel. »Mußte aber immer uffpassen, daß du nischt in die rechte Tasche steckst. Nachher kann man da leicht was klauen.« »Bei mir nich.« Reinhold denkt noch immer nach: »Sag mal, wie machste det eigentlich mitm Paletot, det muß doch ganz unbequem sein. Zwee leere Ärmel.« »Is ja Sommer. Det kommt erst im Winter.« »Det wirste noch merken, wird nich schön sein. Kannste dir eigentlich nicht ein künstlichen Arm koofen, wenn einer das Bein ab hat, macht er sich doch ooch een falschet an.« »Weil er sonst nich loofen kann.« »Kann man sich een falschen Arm anschnallen, sieht besser aus.« »Nee, nee, drückt bloß.« »Ich würd mir eenen koofen, oder vielleicht den Ärmel ausstopfen. Komm doch, machen wir mal.« »Wozu, ich will nich, Mensch.« »Loofste doch nicht mit son schlappen Ärmel rum, sieht doch ganz schön aus, brauch keener zu merken.« »Wat soll ick denn damit. Ich will nich.« »Komm doch, Holz ist falsch. Paß uff, paar Strümpfe oder Hemden rin, paß uff.«

Und Reinhold ist dabei, zieht den leeren Ärmel raus, faßt rein und ist an seiner Kommode und fängt an, reinzustopfen, Strümpfe, Taschentücher. Franz wehrt sich. «Wozu denn, Mensch, hat doch keen Halt, wird ne Wurscht, laß mir doch.« »Nee. Kann dir sagen, det mußte von einem Schneider machen lassen, det muß von einem gespannt werden, sieht noch mal so gut aus, loofste doch nich als Krüppel rum, haste nur die Hand in der Tasche.« Die Strümpfe fallen wieder raus: »Ja, det is Schneiderarbeit. Ick kann Krüppel nich leiden, Krüppel ist vor mir ein Mensch, der zu nischt taugt. Wenn ick nen Krüppel sehe, sag ich: denn mal lieber ganz weg damit.«

Und Franz hört und hört, nickt viel. Das Zittern läuft über

ihn, ohne daß ers will. Er ist wo auf dem Alex bei dem Einbruch, es ist alles weg von ihm, das muß mit dem Unfall zusammenhängen, das sind die Nerven, da wolln wir doch sehen. Aber es reißt und schauert weiter. Auf, los, runter, adiö Reinhold, ich muß türmen, Fuß gefaßt, rechts, links, rechts, links, Tschingdarada.

Da kommt der dicke Franz Biberkopf zu Hause an und ist bei Reinhold gewesen, und seine Hand und Arm zittert und schüttelt noch immer, die Zigarette fällt ihm aus dem Mund, wie er nach Haus kommt. Und da sitzt Mieze oben bei ihm mit ihrem Kavalier und hat auf Franz gewartet, weil sie mit dem Kavalier zwei Tage weg sein will.

Er zieht sie beiseite. »Wat habe ick denn von dir?« »Wat soll ick denn machen, Franz? O Jott, Franz, was ist denn?« »Nischt, schieb man ab.« »Ich bin heut abend wieder da.« »Schieb ab.« Er brüllt beinah. Da kuckt sie nach dem Kavalier, schenkt Franz rasch einen Kuß in den Nacken und ist raus. Und unten klingelt sie Eva an: »Wenn du Zeit hast, komm doch her zu Franz. Wat er hat? Ick weeß ja nicht. Komm doch.« Aber nachher kann Eva nicht, Herbert schimpft mit ihr den ganzen Tag herum, sie kann nicht ab.

Derweil sitzt unser Franz Biberkopf, die Kobraschlange, der eiserne Ringer, allein, ganz allein, derweil sitzt der an seinem Fenster, krallt seine Hand um das Fensterbrett und denkt nach, ob es nicht Quatsch, verfluchter Mist ist, daß er auf Reinhold seine Bude gegangen ist, und das soll der Deibel holen, und das ist Quatsch, wenn die Soldaten durch die Stadt marschieren, Quatsch is es, Verbohrtheit, und da muß ich raus, ich muß was anderes machen. Und derweilen denkt er schon, ick mach es doch, ich muß hin, det jeht nicht so weiter, der hat mir blamiert, die Jacke hat er mir ausgestopft, ick kann det keenem Menschen sagen, ist so wat vorgekommen.

Und Franz legt den Kopf fest gegen das Brett und gräbt sich ein und schämt sich, schämt sich bitter: det mache ick, det hab ick mir gefallen lassen, son Idiot bin ick, ick muß zittern vor dem Kerl. Und die Scham ist so groß und so stark. Franz knirscht, er könnt sich zerreißen, das hab ich nicht gewollt, ich bin doch keen Feigling, wenn ich ooch bloß eenen Arm habe.

Ick muß hin zu dem. Und gibt sich aus. Das ist schon Abend, wo Franz so weit ist und vom Stuhl aufsteht. Er kuckt sich im Zimmer um, da steht Schnaps, hat Mieze hingestellt, trink ich nicht. Ick will mir nich schämen. Soll man die Augen von Franz sehen. Ick – geh hin zu ihm. Rum di bum, Kanone, Posaune. Vorwärts, runter, die Jacke an, die hat er mir ausstopfen wollen, ick setz mir vor ihn, da zittert ooch keene Miene bei mir.

Berlin! Berlin! Berlin! Tragödie auf dem Meeresgrund, U-Boot gesunken. Besatzung erstickt. Und wenn sie erstickt sind, dann sind sie tot, da soll keen Hahn nach krähen, dann ist es vorbei, dann ist es aus, Schwamm drüber. Marsch, marsch. Zwei Militärflugzeuge abgestürzt. Dann sind sie runter, dann sind sie tot, da hat keen Hahn nach zu krähen, was tot ist, ist tot.

»Juten Abend, Reinhold. Jawoll siehste, da bin ick wieder.« Der kuckt Franzen an: »Wer hat dir ringelassen?« »Mir? Keener. Die Tür war offen, bin ick einfach ringekommen.« »So, und klingeln kannste nich.« »Bei dir werd ich doch nich klingeln, bin doch nich besoffen.«

Und dann sitzen die beiden gegenüber, rauchen, und Franz Biberkopf zittert nicht und hält sich steif und freut sich, daß er lebt, und das ist der beste Tag, seit er unter den Wagen fiel, und das war das Beste, was er gemacht hat seit damals: hier zu sitzen, verflucht, das ist schön. Und das ist besser als Versammlungen und beinah besser – besser als die Mieze. Ja, das ist das Schönste von allem: der schmeißt mir nich um.

Da ist es acht Uhr abends, wo Reinhold Franzen ins Gesicht sieht: »Franz, du weeßt doch, was wir beide miteinander abzumachen haben. Sag mal, willste wat von mir, dann sag es mal ganz offen heraus.« »Wat hab ick mit dir abzumachen?« »Mit dem Auto.« »Det hat ja keenen Zweck, davon wächst mir der Arm nich wieder. Und dann –« Franz schlägt mit der Faust auf den Tisch: »Dann war es gut. Es ging nicht so weiter mit mir. Det mußte mal kommen.« Hoho, so weit sind wir, so weit waren wir schon lange. Reinhold sondiert: »Du meenst, mit dem Straßenhandel.« »Jawoll, damit ooch. Ick hatt een Vogel im Kopp. Na, nu is er raus.« »Und der Arm is ab.« »Dann hab ick noch eenen, und dann hab ick noch eenen Kopp und noch zwei Beene.« »Wat machste? Drehste alleene Dinger oder mit Herbert?« »Mit een Arm? Da kann ick nischt machen.« »Aber weeßte, bloß Lude sein, det is doch zu langweilig.«

Und Reinhold denkt und kuckt den an, wie der so dick und stark dasitzt: Mit dem Jungen möcht ich spielen. Der setzt sich uff die Hinterbeene. Dem muß man die Knochen knakken. Der eene Arm genügt noch nicht bei dem.

Und sie fangen von Weibern an und Franz erzählt von Mieze, die hieß früher Sonja, die verdient gut und ist ein braves Mädel. Da denkt Reinhold: Das ist schön, die nehme ick ihm weg und dann schmeiß ick ihn ganz und gar in den Dreck.

Denn wenn auch die Würmer Erde fressen und die hinten immer wieder rauslassen, so fressen sie sie immer wieder von neuem. Und da können die Biester keinen Pardon geben, wenn man ihnen heute den Magen vollstopft, morgen müssen sie schon wieder ran und müssen schnappen. Das ist mit dem Menschen so wie mit dem Feuer: wenn es brennt, muß es fressen, und wenn es nicht fressen kann, geht es aus, muß es ausgehen.

Franz Biberkopf freut sich über sich selbst, wie er da hat sitzen können, ohne Zittern und ganz ruhig und festlich freudig wie neugeboren. Und wie er mit Reinhold runtergeht, findet er es wieder: Wenn die Soldaten durch die Stadt marschieren, rechts, links, es ist schön, zu leben, das sind alles meine Freunde, was hier geht, hier schmeißt mich keiner hin, das soll einer versuchen. Ei warum, ei darum, schauen die Mädchen aus Fenstern und Türen.

»Ick geh tanzen«, sagt er zu Reinhold. Der fragt: »Kommt

deine Mieze mit?« »Nee, die is mit ihren Gönner weg uff zwee Tage.« »Wenn sie wiederkommt, denn geh ick mit.« »Schönchen, wird sich freuen.« »Na, na?« »Wenn ick dir sage; die beißt dir nicht.«

Franz ist gewaltig lustig, er hat die Nacht, der Neugeborene, Glückliche, durchgetanzt, erst im Alten Ballhaus, dann im Lokal bei Herbert, und die freuen sich alle mit ihm, er aber mit sich am meisten. Und am innigsten liebt er, während er mit Eva tanzt, liebt er zwei: die eine ist seine Mieze, die er gern da hätte, der andere ist – Reinhold. Aber er wagt es nicht zu sagen. Die ganze herrliche Nacht, wo er tanzt mit der und jener, liebt er diese beiden, die nicht da sind, und ist glücklich mit ihnen.

Die Faust liegt auf dem Tisch

Hier sieht jeder, der so weit gelesen hat, welche Wendung eingetreten ist: die Wendung nach rückwärts, und sie ist bei Franz beendet. Franz Biberkopf, der Starke, die Kobraschlange, ist wirklich wieder auf der Bildfläche erschienen. Es ging nicht leicht, aber er ist wieder da.

Er schien schon da zu sein, als er Miezens Lude wurde und frei herumspazierte mit einem goldenen Zigarettenetui und einer Ruderklubmütze. Aber jetzt ist er erst ganz da, wie er so jauchzt und keine Furcht mehr hat. Jetzt schwanken bei ihm keine Dächer mehr, und sein Arm, na, das hat er davon. Der Sparren aus dem Kopf ist ihm glücklich rausoperiert. Er ist jetzt Lude und wird wieder ein Verbrecher sein, aber weh tut ihm das alles nicht, im Gegenteil.

Und es ist alles wie am Anfang. Aber man wird sich auch klar sein, es ist nicht die alte Kobraschlange. Das ist unser alter Franz Biberkopf, man sieht es schon, nicht mehr. Das erstemal betrog ihn sein Freund Lüders, und er kippte aus den Pantinen. Das zweitemal hat er Schmiere stehen sollen, aber er wollte nicht, da hat ihn Reinhold aus dem Auto geschmissen und glatt überfahren. Jetzt ist es für Franz genug, es wäre für jeden einfachen Menschen genug. Er geht nicht ins Kloster, er reißt sich nicht kaputt, er geht auf den Kriegspfad, er wird nicht nur Lude und Verbrecher, sondern jetzt heißt es: nu grade. Jetzt werdet ihr Franz sehen, nicht wie er allein tanzt und sich sättigt und sich seines Lebens freut, sondern im Tanze, im Rasseltanz mit etwas anderm, das soll zeigen, wie stark es ist und wer stärker ist, Franz oder das andere.

Einen Eid hat Franz Biberkopf laut getan, als er aus Tegel kam und wieder die Beine setzen konnte: ich will anständig sein. Den Eid hat man ihn nicht halten lassen. Jetzt will er sehen, was er überhaupt noch zu sagen hat. Er will fragen, ob und warum ihm sein Arm abgefahren werden mußte. Vielleicht, wer weiß, wie es bei so einem im Kopf aussieht, vielleicht will Franz sich von Reinhold seinen Arm wieder holen.

SIEBENTES BUCH

HIER *saust der Hammer, der Hammer gegen Franz Biberkopf.*

Pussi Uhl, die Hochflut der Amerikaner, schreibt sich Wilma mit W oder V?

Am Alexanderplatz murksen und murksen sie weiter. In der Königstraße Ecke Neue Friedrichstraße wollen sie über dem Schuhhaus Salamander das Haus abreißen, daneben das brechen sie schon ab. Die Fahrt unter dem Stadtbahnbogen Alex wird enorm schwierig: es werden neue Pfeiler für die Eisenbahnbrücke eingebaut; man kann da heruntersehen in einen schön ausgemauerten Schacht, wo die Pfeiler ihre Füße hinsetzen.

Wer in den Stadtbahnhof will, muß eine kleine Holztreppe rauf- und runtersteigen. Das Wetter in Berlin ist kühler, es pladdert oft, darunter haben die Autos und Motorräder zu leiden, jeden Tag kommen welche ins Rutschen, dabei karambolieren sie, es gib Schadenersatzklagen und so, öfter brechen sich auch Menschen dabei allerhand, das kommt vom Wetter. Kennen Sie die Schicksalstragödie des Fliegers Beese-Arnim? Der ist heute von der Kriminalpolizei vernommen worden, er ist der Haupttäter bei der Schießerei in der Wohnung der alten ausgeleierten Hure Pussi Uhl; sie ruhe in Frieden. Beese, Edgar, hat in der Wohnung der Uhl so wild geschossen, es ging ihm, sagen die Kriminalisten, immer sehr merkwürdig. Einmal im Krieg hat man ihn 1700 Meter heruntergeschossen, daher die Schicksalstragödie des Fliegers Beese-Arnim, aus 1700 Meter abgeschossen, um sein Erbe betrogen, unter falschem Namen im Zuchthaus; die letzte Sache kommt noch. Wie er abgeschossen ist, geht er nach Haus, und da knöpft ihm ein Versicherungsdirektor sein Geld ab. Es war aber ein Hochstapler, und so ist auf die einfachste Weise das Geld von dem Flieger zu dem Hochstapler gewandert, und der Flieger hatte kein Geld mehr. Von dem Augenblick an nennt sich Beese Auclaire. Er schämt sich vor seiner Familie, weil er so im Dreck sitzt. Das haben alles heute morgen die Bullen auf dem Präsidium ermittelt und aufgeschrieben. Da steht denn auch noch drin, daß er jetzt auf die Bahn des Verbrechens geriet. Einmal wurde er zu zweieinhalb Jahren Zuchthaus verknackt und, weil er sich damals Krachtowil nannte, nachher nach Polen abgeschoben. Alsdann scheint sich in Berlin die besonders miese und undurchsichtige Geschichte mit der Pussi Uhl entwickelt zu haben. Die Pussi Uhl hat ihn hier unter besonderen Zeremonien, von denen wir lieber nicht sprechen wollen, getauft ›von Arnim‹, und was er noch ausgefressen hat, hat er ausgefressen als von Arnim. Am Dienstag, den 14. August 1928, hat so von Arnim der Pussi Uhl eine Kugel in den Leib praktiziert, warum und wie, darüber hält das Gelichter dicht, die plaudern nicht aus der Schule und wenn sie vorm Henker stehen. Denn warum sollen sies den Bullen erzählen, die ihre Feinde sind? Man weiß nur, bei der Geschichte spielt der Boxer Hein eine Rolle, und wer ein Menschenkenner sein will, der vermütelt irrtümlicherweise: das war ein Eifersuchtsdrama. Ich persönlich nehme Gift darauf, daß da keine Eifersucht bei ist. Oder wenn Eifersucht, Eifersucht unterbaut mit Geld, Geld aber die Hauptsache. Beese, sagt die Kriminalpolizei, ist völlig zusammengebrochen; wers glaubt, wird selig. Der Junge, können Sie mir glauben, ist, wenn überhaupt, so höchstens zusammengebrochen, weil die Bullen ihm jetzt nachforschen werden, und besonders, weil er sich ärgert, daß er die olle Uhl abgeknallt hat. Denn wovon soll er jetzt leben; er denkt: wenn mir das Luder bloß nich wegstirbt. Damit wissen wir genug von der Schicksalstragödie des Fliegers Beese-Arnim, und 1700 Meter abgeschossen, um sein Erbe betrogen, unter falschem Namen ins Zuchthaus.

Die Hochflut der Berlin besuchenden Amerikaner hält an. Unter den vielen Tausenden, die die deutsche Metropole besuchen, befinden sich auch zahlreiche prominente Persönlichkeiten, die aus dienstlichen oder privaten Gründen Berlin aufgesucht haben. So hält sich der Chefsekretär der amerikanischen Delegation der interparlamentarischen Union, Dr. Call aus Washington, hier auf [Hotel Esplanade], dem in einer Woche noch eine Anzahl amerikanischer Senatoren folgen werden. Ferner trifft in den nächsten Tagen der Chef des New Yorker Feuerwehrwesens, John Keylon, in Berlin ein, wo er, wie der frühere Staatssekretär des Arbeitsamtes Davis, im Hotel Adlon Wohnung nehmen wird.

Aus London ist der Präsident des Weltverbandes für religiöses, liberales Judentum, dessen Tagung in Berlin vom 18.–21. August stattfindet, Claude G. Montefiore, eingetroffen; er wohnt mit seiner ihn begleitenden Mitarbeiterin Lady Lilly H. Montague im Hotel Esplanade.

Da das Wetter so überaus schlecht ist, empfiehlt es sich, wir gehen lieber in ein Haus, die Zentralmarkthalle, aber da ist großer Lärm, man wird von den Handwagen beinahe umgerissen und die Kerls rufen nicht mal. Da fahren wir lieber auf das Arbeitsgericht in der Zimmerstraße und frühstücken da. Wer sich viel mit den kleinen Existenzen befaßt hat – und schließlich ist ja auch Franz Biberkopf kein berühmter Mann –, fährt auch gern mal nach dem Westen und sieht, was es da gibt.

Zimmer Nr. 60 Arbeitsgericht, Erfrischungsraum; eine ziemlich kleine Stube mit Ausschank, Expreßkaffeekocher; an der Tafel steht »Mittagstisch: legierte Reissuppe, Rindsrouladen [lauter r] 1 Mark.« Ein junger, dicker Herr mit einer Hornbrille sitzt auf einem Stuhl und verzehrt den Mittagstisch. Man sieht ihn an und stellt fest: er hat einen dampfenden Teller mit Roulade, Soße und Kartoffel vor sich stehen und ist dabei, alles hintereinander zu verschlingen. Seine Augen wandern hin und her über den Teller, dabei nimmt ihm keiner was weg, sitzt keiner in der Nähe, er sitzt ganz allein an seinem Tisch, aber doch in Sorge, zerschneidet, drückt an seinem Futter und schiebt es sich in den Mund, rasch, eins, eins, eins, eins, und während er arbeitet, eins rin, eins raus, eins rin, eins raus, während er schneidet, quetscht und schlingt, schnüffelt, schmeckt und schluckt, betrachten seine Augen, beobachten seine Augen den immer kleineren Rest auf dem Teller, bewachen ihn rundherum wie zwei bissige Hunde und taxieren seinen Umfang. Noch eins rin, eins raus. Punkt, jetzt ist fertig, jetzt steht er auf, schlapp und dick, der Kerl hat alles glatt aufgefressen, jetzt kann er auch zahlen. Er faßt in die Brusttasche und schmatzt: »Fräulein, was machts?« Dann geht der dicke Kerl raus, schnauft, macht sich hinten den Hosenbund locker, damit der Bauch gut Platz hat. Dem liegen gut drei Pfund im Magen, lauter Eßwaren. Jetzt gehts damit los in seinem Bauch, die Arbeit, jetzt hat der Bauch damit zu schaffen, was der Kerl reingeschmissen hat. Die Därme wackeln und schaukeln, das windet sich und schlingt wie Regenwürmer, die Drüsen tun, was sie tun können, sie spritzen ihren Saft in das Zeug hinein, spritzen wie die Feuerwehr, von oben fließt Speichel nach, der Kerl schluckt, es fließt in die Därme ein, auf die Nieren erfolgt der Ansturm, wie im Warenhaus bei der Weißen Woche, und sachte, sachte, sieh mal an, fallen schon Tröpfchen in die Harnblase, Tröpfchen nach Tröpfchen. Warte, mein Junge, warte, balde gehst du denselben Gang hier zurück an die Tür, wo dransteht: Für Herren. Das ist der Lauf der Welt.

Hinter den Türen verhandeln sie. Hausangestellte Wilma, wie schreiben Sie sich, ich dachte, Sie schreiben sich mit einem V, hier stehts, na, da wollen wir mal ein W machen. Sie ist sehr frech geworden, sie hat sich ungebührlich benommen, packen Sie Ihre Sachen, machen Sie, daß Sie rauskommen, dafür sind Zeugen da. Sie tut das nicht, sie hat zu viel Ehrgefühl. Bis zum 6., einschließlich drei Tage Differenz, zehn Mark bin ich bereit zu zahlen, meine Frau liegt in der Klinik. Sie können beanspruchen, Fräulein, es sind im Streit 22 Mark 75, ich stelle aber fest, ich kann mir schließlich nicht alles gefallen lassen. »Gemeines Aas, gemeines Tier«, da kann meine Frau geladen werden, wenn sie wieder auf ist, die Klägerin selbst ist patzig geworden. Parteien schließen folgenden Vergleich.

Chauffeur Papke und der Filmverleiher Wilhelm Totzke. Was ist das für eine Sache, es ist eben auf den Tisch gelegt worden. Also schreiben Sie mal: Es erscheint persönlich der Filmverleiher Wilhelm Totzke, nee, ich habe bloß Vollmacht von ihm, schön, und Sie sind als Chauffeur tätig gewesen, also verhältnismäßig kurze Zeit, bin gegengestoßen mit dem Wagen, bringen Sie mir die Schlüssel, Sie haben mit dem Wagen also Malheur gehabt, was sagen Sie dazu? Am 28. war der Freitag, er sollte die Chefin abholen aus dem Admiralsbad, es war an der Viktoriastraße, die können bezeugen, daß er völlig betrunken war. Er ist in der ganzen Gegend als Trunkenbold bekannt. Schlechtes Bier trinke ich schon sowieso nicht; es war ein deutscher Wagen, die Reparatur kostet 387,20 Mark. Was war denn das für ein Zusammenstoß? Im Moment rutsche ich schon, hat keine Vierradbremse, mit meinem Vorderrad an sein Hinterrad. Wieviel haben Sie an dem Tag getrunken, Sie werden doch zum Frühstück getrunken haben, war zum Chef, da bekomme ich Essen, der Chef sorgt für das Personal sehr, weil er ein netter Mensch ist. Wir machen den Mann auch nicht für den Schaden haftbar, aber die fristlose Kündigung; er hat infolge Trunkenheit solche Fehlgriffe begangen. Holen Sie Ihre Klamotten ab; die liegen in der Viktoriastraße im Dreck. Und da hat der Chef durchs Telefon gesagt: Das ist ein großer Affe, der hat den Wagen kaputt gemacht. Das konnten Sie doch nicht hören, ja Ihr Apparat spricht so laut, wenn der Mann keine andere Bildung hat; außerdem hat er telefoniert, ich hab das Reserverad gestohlen, ich bitte, daß die Zeugen vernommen werden. Ich denke gar nicht daran, Sie sind beide gleich schuld, der Chef hat Ochse gesagt oder Affe, mit Vorname, wollen Sie sich vergleichen mit 35 Mark, dreiviertel zwölf, jetzt ist noch Zeit, Sie können ihn anrufen, eventuell soll er um dreiviertel eins herkommen.

Vor der Türe unten in der Zimmerstraße steht ein Mädchen, die ist hier bloß vorbeigekommen, die hebt den Regenschirm hoch und steckt einen Brief in den Kasten. In dem Brief steht: Lieber Ferdinand, Deine beiden Briefe dankend erhalten. Habe mich doch reichlich getäuscht in Dich, dachte nicht, daß es eine solche Wendung mit Dir nehmen würde. Nun, Du mußt doch selbst sagen, um uns fest zu binden, sind wir noch beide reichlich jung zu. Ich glaube daß mußt du doch schließlich einsehen. Du hast vielleicht gedacht, daß ich auch solch Mädchen bin wie alle Andern, aber da hast du dich geschnitten, mein Junge. Oder denkst du vielleicht ich bin eine reiche Partie? Aber da bist du auch auf dem falschen Wege. Ich bin aber nur Arbeitermädel. Dies sage ich dir, damit du dir danach richten kannst. Hätte ich gewußt, was darraus werden würde hätte ich mit der schreiberei gar nicht erst angefangen. Also jetzt weißt du meine Meinung, richte dich danach, du mußt ja wissen wie es in Dir aussieht. Mit Gruß Anna.

Ein Mädchen sitzt in demselben Haus, Quergebäude, in der Küche; die Mutter ist einholen gegangen, das Mädchen schreibt heimlich am Tagebuch, sie ist 26 Jahre alt, arbeitslos. Der letzte Eintrag vom 10. Juli lautete: Seit gestern nachmittag geht es mir wieder besser; aber der guten Tage sind jetzt immer so wenige. Ich kann mich zu keinem aussprechen, wie ich möchte. Darum habe ich mich nun entschlossen, alles aufzuschreiben. Wenn meine Zustände auftreten, dann bin ich zu nichts fähig, die geringsten Kleinigkeiten bereiten mir große Schwierigkeiten. Alles, was ich dann sehe, ruft immer neue Gedanken in mir hervor, und ich komme von diesen nicht los, bin dann auch sehr aufgeregt und kann mich nur schwer zwingen, irgend etwas zu tun. Eine große innere Unruhe treibt mich hin und her, und doch bringe ich nichts fertig. Zum Beispiel: frühmorgens, wenn ich erwache, dann möchte ich gar nicht aufstehen; aber ich zwinge mich doch dazu und spreche mir selbst Mut zu. Aber schon das Anziehen macht mir dann Mühe und dauert sehr lange, weil mir dabei schon wieder so viele Vorstellungen im Kopf rumgehen. Ich werde immer von dem Gedanken geplagt, irgend etwas verkehrt zu tun und dadurch Schaden zu verursachen. Oftmals, wenn ich ein Stück Kohle in den Herd lege und ein Funken springt dabei hoch, so erschrecke ich und muß dann erst alles an mir untersuchen, ob auch nichts Feuer gefangen hat und ich womöglich damit ruiniere und mir unbemerkt so ein Feuer entstehen könnte. Und so geht es dann den ganzen

Tag; alles, was ich tun muß, erscheint mir sehr schwer, und wenn ich mich dann doch dazu zwinge, es zu tun, so dauert es trotz der Mühe, die ich mir gebe, es schnell zu tun, sehr lange. So geht dann der Tag herum, und geschafft habe ich nichts, weil ich bei jeder Hantierung in Gedanken so lange verweilen muß. Wenn ich dann trotz aller Anstrengung doch nicht zurechtkomme im Leben, dann werde ich verzweifelt und weine dann sehr. Dieser Art waren meine Zustände immer, sie traten zuerst in meinem 12. Lebensjahre auf. Von meinen Eltern wurde alles für Verstellung gehalten. Mit 24 Jahren versuchte ich mein Leben zu beenden, dieser Zustände wegen, wurde aber gerettet. Damals hatte ich noch keinen Geschlechtsverkehr und setzte nun auf diesen meine Hoffnung, leider vergebens. Ich habe nur mäßig Verkehr gehabt und die letzte Zeit will ich gar nichts mehr davon wissen, weil ich mich auch körperlich so schwach fühle.

14. August. Seit einer Woche geht es mir wieder sehr schlecht. Ich weiß nicht, was aus mir werden soll, wenn das so bleibt. Ich glaube, daß ich, wenn ich niemanden auf der Welt hätte, mir unbedenklich den Gashahn aufdrehen würde, aber so kann ich das meiner Mutter nicht antun. Aber ich wünsche mir wirklich sehr, daß ich eine schwere Krankheit bekommen möchte, an der ich dann sterben würde. Ich habe alles so niedergeschrieben, wie es wirklich in mir aussieht.

Der Zweikampf beginnt! Es ist Regenwetter

Jedoch aus welchem Grunde [ich küsse Ihre Hand, Madame, ich küsse], aus welchem Grunde, mal nachdenken, nachdenken, Herbert in Filzpantinen denkt auf seiner Stube, und es regnet, es drippelt und drippelt, man kann gar nicht runtergehen, die Zigarren sind alle, kein Zigarrenfritze im Haus, aus welchem Grunde regnet es nur im August, der ganze Monat schwimmt einem weg, der pladdert weg wie nischt, aus welchem Grunde geht der Franz nu zu dem Reinhold und quatscht und quatscht von dem? [Ich küsse Ihre Hand,

Madame, und keine geringere als Sigrid Onegin erfreute durch ihren Gesang, bis er die Sache voll aufgab, sein Leben einsetzte und damit sein Leben gewann]. Er wird schon wissen warum, aus welchem Grunde, wird der schon wissen, und dann regnet es immerzu, er kann ja auch hierherkommen.

»Mensch, daß du deswegen grübelst, sei doch froh, Herbert, det er die olle Politik gelassen hat – wenn der sein Freund ist, vielleicht.« »Nanu, Eva, sein Freund, machen Sie mal einen Punkt, Fräulein. Weeß ick doch besser. Der will wat von dem, der will wat–« [Aus welchem Grund jedoch, der Verkauf wird zugegeben von der Generalverwaltung, so daß der Preis als angemessen zu betrachten ist.] »Der will wat und wat der will und warum er da rumgeht und immer quatscht davon: – der will sich einen holen von da! Der will sich da lieb Kind machen, paß uff, Eva, und wenn er drin ist, macht er ›päng, päng‹, keener weeß, wie et war.« »Gloobst du?« »Etwa nich, Mensch.« Die Sache ist klar, ich küsse Ihre Hand, Madame, son Regen. »Klärchen, Mensch, Goldklärchen.« »Gloobst du, Herbert? Det war mir ooch schon gleich bißchen unheimlich, det man sich den Arm abfahren läßt und nachher geht er noch ruff.« »Klärchen! Haben wir!« Ich küsse. »Herbert, meenst dus wirklich, soll man gar nischt verlauten lassen zu ihm davon, mal so tun, als wir merken gar nischt, sind ganz blind?« »Wir sind Kamele, mit uns kann man machen.« »Ja, Herbert. Det is bei ihm das Richtige, machen wir, müssen wir. Det ist ja so ein komischer Kerl.« Der Verkauf zugegeben von der Generalverwaltung, so daß der erzielte Preis, aus welchem Grunde jedoch, aus welchem Grunde, nachdenken, nachdenken, der Regen.

»Paß mal uff, Eva, dicht halten können wir schon, aber aufpassen müssen wir doch. Was meenste, wenn die bei Pums Lunte riechen? Na?« »Sag ick doch, hab ick mir gleich gedacht, oh Gott, warum geht er denn hin mit eenem Arm.« »Weil et gut is. Bloß uffpassen muß man doch scharf, und die Mieze ooch.« »Wer ick ihr sagen. Wat könn wir da machen?« »Den nich aus die Oogen lassen, den Franz.« »Wenn ihr

Oller ihr bloß Zeit läßt.« »Soll ihm n Laufpaß geben.« »Der redt ja von Heiraten.« »Hahaha. Da muß ick mir mal verpusten. Wat will der? Und Franz?« »Ist ja Quatsch, sie läßt den Ollen quatschen, warum nicht.« »Soll lieber uff Franzen uffpassen. Der sucht sich seinen Mann raus bei der Bande und paß mal uff, eines Tages kommt hier einer tot angefahren.« »Gotteswillen, Herbert, hör doch uff.« »Mensch, Eva, braucht ja nich Franz zu sein. Also die Mieze soll uffpassen.« »Ick wer mich ooch kümmern. Weeßte, det is aber noch viel schlimmer als die Politik.« »Verstehste nich, Eva. Det versteht ein Weibsbild nicht, Eva, ick sag dir, et geht los mit Franz. Jetzt macht er Trab.«

Ich küsse Ihre Hand, Madame, erzwang sich das Leben, gewann sein Leben, indem er es voll einsetzte, einen August haben wir dies Jahr, kuck mal, det pladdert und pladdert.

»Wat will er bei uns? Ick hab gesagt, er is verrückt, er is woll dämlich, jawoll hab ick ihm gesagt, wenn man bloß eenen Arm hat und kommt und will bei uns mitspielen. Und er.« Pums: »Na, wat sagt er denn?« »Wat er sagt: der lacht und grient, der is eben kreuzdämlich, der muß een Klapps von damals haben. Ick denk erst, ick hör nich recht. Wat, sag ick, mit dem Arm? Nanu, warum nicht, grient der, er hat Kraft genug in dem andern, ich soll mal sehen, er kann stemmen, schießen, sogar klettern, wenns sein muß.« »Is denn wahr?« »Geht mich doch nischt an. Der gefällt mir nicht. Wollen wir denn son Kerl haben? Du etwa, Pums, können wir bei der Arbeit noch brauchen. Überhaupt, wenn ick den mit sein Bullengesicht sehe, nee, hör uff.« »Na, wenn du meinst. Von mir aus. Muß nu gehen, Reinhold, Leiter besorgen.« »Aber ne feste, Stahl oder so. Zum Schieben oder Klappen. Und nich in Berlin.« »Weeß.« »Und die Flasche. Hamburg oder Leipzig.« »Ick erkundige mir schon.« »Und wie kriegen wir sie her?« »Laß mir man machen.« »Den nehm ick nich, wie gesagt, den Franz.« »Reinhold, wat den Franz angeht, ick gloobe, der is uns bloß eene Last, aber da kümmern wir uns nich drum, mach det mit ihm alleene ab.« »Wart doch,

Mensch, gefällt dir denn det Gesicht von dem? Stell dir vor: ick schmeiß ihn aus dem Wagen und der kommt an, hier oben ruff, ick denk: bei mir stimmt wat nich im Kopp, steht der Mensch da, stell dir vor, is det keen Kameel, und bibbert, und wozu kommt denn det Kameel erst ruff. Und nachher grient er und will partu mit.« »Nu mach det ab mit ihm wie du willst. Laß mir schon gehen.« »Vielleicht will der uns ooch verpfeifen, wat.« »Kann ooch sein, kann ooch sein. Weeßte, denn hältste dir am besten den Kerl vom Leibe, das ist schon das Beste. Nabend.« »Der verpfeift uns. Oder wenns mal duster ist, dann knallt er eenen ab.« »Nabend, Reinhold, ich muß ja los. Die Leiter.«

Is een Hornochse, der Biberkopf, aber der will wat von mir. Spielt den Scheinheiligen. Will mit mir anbandeln oder wat. Da biste aber falsch gewickelt, wenns du gloobst, ick mach nischt. Dir laß ick über mein Absatz stolpern. Schnaps, Schnaps, Schnabus, heiße Hände macht der Schnabus, ist gut. Tante Paula liegt im Bett und ißt Tomaten. Eine Freundin hat ihr dringend zugeraten. Wenn der gloobt, ick muß mir um ihn kümmern, wir sind keine Invalidenversicherung. Soll er gehen, wenn er bloß eenen Arm hat, und soll Marken kleben. [Latscht in der Stube rum, bekuckt sich die Blumen.] Da hat man Blumentöppe und det Weib kriegt zwei Mark extra jeden Ersten und kann die Töppe ooch gießen, wie det schon wieder aussieht, lauter Sand. Sone dumme Triene, faules Aas, kann nur Geld schlucken. Der muß ick aber die Würmer aus die Neese ziehen. Noch einen Schnabus. Det hab ick von dem gelernt. Vielleicht nehm ick das Luder mit, warte mal, det kann dir blühen, wennste durchaus willst. Denkt vielleicht, ich fürcht mir vor ihm. So siehste aus, Karlchen. Der kann kommen. Geld braucht der nicht, der Kerl, det muß er mir nicht vormachen, da ist die Mieze und dann is der Lausejunge ooch noch da, der brammsige Herbert, der olle Bock, da sitzt er schon mittenmang im Saustall. Wo sind die Stiebel, dem tret ick die Beene kaput. Komm man ran, an meine Brust, Herzeken. Immer ran, dichte ran, Jungeken, an die Bußbank, bei mir ist ne Bußbank, kannste büßen.

Und er latscht in seiner Stube rum, tupft mit dem Finger auf die Blumentöpfe, kost zwei Mark und die gießt nicht. Uff die Bußbank, mein Junge, det is mal schön, daß du kommst. Nach der Heilsarmee, da krieg ick den ooch hin, der soll man nach der Dresdener Straße, da muß er auf die Bußbank, das Schwein mit seine großen Glubschoogen, der Ludewig, das Vieh, dat is ja ein Vieh, da sitzt et vorn, det Vieh, und betet, und ick kuck zu, is zum Schieflachen.

Und warum soll er nicht auf die Bußbank, der Franz Biberkopf? Ist die Bußbank kein Platz, wo er hingehört? Wer sagt das?

Was läßt sich gegen die Heilsarmee sagen, wie kommt Reinhold dazu, ausgerechnet dieser Reinhold, sich mausig zu machen über die Heilsarmee, wo der Kerl doch selber mal, was sag ich mal, öfter, wenigstens fünfmal nach der Dresdener Straße gelaufen ist, und in was fürm Zustand, und sie haben ihm geholfen. Also, da hing ihm die Zunge aus dem Hals, und die haben ihn repariert, natürlich nicht, damit er solch Strolch ist.

Halleluja, halleluja, Franz hat es erlebt, den Gesang, den Ruf. Das Messer kam an seine Kehle, Franz, halleluja. Er bietet seinen Hals an, er will sein Leben suchen, sein Blut. Mein Blut, mein Inneres, so kommt es endlich heraus, das war eine lange Reise, bis es kam, Gott, war das schwer, da ist es, da hab ick dir, warum wollt ich nicht auf die Bußbank, wär ick nur früher gekommen, ach, ich bin ja da, ich bin angelangt.

Warum soll Franz nicht auf die Bußbank, wann wird der selige Augenblick kommen, wo er sich hinschmeißt vor seinem schrecklichen Tod und den Mund aufmacht und singen darf mit vielen andern hinter ihm:

Komm, Sünder, zu Jesu, o, zögere doch nicht, wach auf, du Gebundener, wach auf, komm ans Licht, ein völliges Heil kannst du haben, noch heut, o glaub, und das Licht zieht dann ein und die Freud. Chor: Denn der siegreiche Heiland, der bricht jedes Band, der siegreiche Heiland, der bricht jedes

Band und führt zum Siege mit mächtiger Hand, und führt zum Siege mit mächtiger Hand. Musik! Blasen, schmettern, dschingdaradada: Der bricht jedes Band und führt zum Siege mit mächtiger Hand. Trara, trari, trara! Schrumm! Dschingdaradada!

Franz gibt nicht nach, dem läßt es keine Ruhe, der fragt nach Gott und die Welt nicht, als wenn der Mensch besoffen ist. In Reinholds Stube schleicht er sich mit den andern Pumsbrüdern, die ihn nicht haben wollen. Aber Franz haut um sich und zeigt ihnen die eine Faust, die ihm geblieben ist, und schreit: »Wenn ihr mir nich gloobt und fürn Betrüger hält und ick will euch verpfeifen, dann laßt es doch bleiben. Brauch ick euch, wenn ick wat machen will? Kann ick ooch zu Herbert gehen und wo ick will.« »Na, mach doch.« »Mach doch! Hast du nötig, du Affe, mir ›mach doch‹ zu sagen. Kuck dir mein Arm an, du, da hat mir der da, der Reinhold, ausm Auto transportiert, aber mitm Schwung. Det hab ick ausgehalten, und jetzt bin ick hier, und dann hast du nicht zu sagen ›mach doch‹. Wenn ick zu euch komme und sage: ick mach mit, dann müßt ihr wissen, wer Franz Biberkopf ist. Betrogen hat er noch keen Menschen, da kannste rumfragen wo du willst. Ick pfeif drauf, wat gewesen ist, der Arm ist hin, euch kenn ich, hier tret ich an, und det ist der Grund, und jetzt weeßt du vielleicht.« Der kleine Klempner versteht noch immer nicht. »Denn möcht ick bloß wissen, warum du jetzt mit eenmal willst und damals biste mit Zeitungen geloofen am Alex, und dir sollte mal eener kommen: mit uns mitmachen.«

Franz setzt sich in seinen Stuhl zurecht und sagt lange nichts, die auch nicht. Geschworen hat er, er will anständig sein, und ihr habt gesehen, wie er wochenlang anständig gewesen ist, aber das war nur eine Gnadenfrist. Er wird in Verbrechen hineingerissen, er will nicht, er wehrt sich, es geht über ihn, er muß müssen. Lange sitzen sie und sagen nichts.

Dann meint Franz: »Wenn du dir erkundigen willst, wer Franz Biberkopf ist, dann geh mal nach der Landsberger Allee nachm Kirchhof, da liegt eene. Dafür hab ick vier Jahr abgemacht. Det war noch mein guter Arm, der das gemacht hat. Dann bin ich mit Zeitung gegangen. Ich dachte, ich will anständig sein.«

Und Franz stöhnt leise, schluckt: »Meinen Denkzettel, den siehste. Wenn du den weg hast, dann hörste auf mit Zeitungshandeln und mit noch mehr. Darum komm ick her.« »Wir sollen dir woll den Arm wieder ganz machen, weil wirn kaputt gemacht haben.« »Det könnt ihr nicht. Maxe, für mich ist schon genug, daß ich hier sitze und nicht am Alex rumloofe. Ick mach Reinhold keenen Vorwurf, frag ihn mal, ob ick schon ein einziges Mal wat gesagt habe. Wenn ick im Wagen sitze und ein Verdächtiger ist bei, weeß ick ooch, wat ick tue. Jetzt wollen wir nischt mehr reden von meine Dämelei. Wenn du mal ne Dämelei machst, Max, denn wünsch ick dir, dat du ooch wat lernst dabei.« Damit nimmt Franz seinen Hut und geht aus der Stube. So steht es also.

Drin sagt Reinhold und gießt sich aus seinem Taschenkännchen ein Schnäpschen ein: »Für mich ist det nu endgiltig abgemacht. Wenn ick det erstemal mit dem fertig geworden bin, werd ick ooch weiter fertig werden. Ihr könnt ja sagen, es ist riskant, mit dem hier anzufangen. Aber erstens steckt er schon mächtig drin: Lude ist er, das gibt er selbst zu, anständig sein ist aus bei dem. Ist bloß die Frage: warum geht er zu uns und nicht zu Herbert, was sein Freund ist. Weiß ich nicht. Denk mir allerhand. Jedenfalls wären wir Dussel, wenn wir nicht mit so einem Herrn Franz Biberkopf fertig werden. Soll ruhig mitmachen bei uns. Ist er tückisch, kriegt er eins aufs Hauptgebäude. Ich sage grade: er soll man kommen.« Und darauf kommt Franz.

Einbrecherfranz, Franz liegt nicht unterm Auto, er sitzt jetzt drin, obenauf, er hats geschafft

Anfang August sind die sogenannten Herren Verbrecher noch in Ruhe und in Reservestellung, mit Erholung und Kleinkram beschäftigt. Bei einigermaßen schönem Wetter wird man, jedenfalls als Kenner und Fachmann, nicht grade einbrechen oder überhaupt sich anstrengen. Das übernimmt man für den Winter, da muß man raus aus dem Bau. Franz Kirsch zum Beispiel, der bekannte Geldschrankknacker, ist schon vor acht Wochen, Anfang Juli, mit einem andern aus der Strafanstalt Sonnenburg entwichen. Sonnenburg, der Name kann noch so schön sein, ist eben für Erholungszwecke wenig geeignet, und nun hat er sich in Berlin ganz schön erholt, hat acht leidliche ruhige Wochen hinter sich und wird vielleicht an irgendeine Arbeit denken. Da gibts eine Komplikation, so ists im Leben. Muß der Mann Elektrische fahren. Kommen die Bullen, jetzt Ende August, in Reinickendorf-West, holen ihn runter von der Elektrischen, und aus ists mit der Erholung, kann nichts mehr machen. Sind aber noch viele draußen, die werden also langsam loslegen.

Ich gebe noch vorher rasch die Wetterlage nach den Meldungen der öffentlichen Wetterdienststelle für Berlin. Allgemeine Wetterlage: Das westliche Hochdruckgebiet hat seinen Einfluß bis nach Mitteldeutschland ausgedehnt und allgemein eine Besserung des Wetters herbeigeführt. Der südliche Teil des Hochdruckgebietes wird bereits wieder abgebaut. Wir müssen also damit rechnen, daß die eingetretene Besserung des Wetters nicht von Bestand sein wird. Am Sonnabend wird das Hochdruckgebiet noch unser Wetter bestimmen, und es wird ziemlich gutes Wetter herrschen. Eine Depression, die sich jetzt über Spanien entwickelt, wird jedoch am Sonntag in den Ablauf unseres Wetters eingreifen.

Berlin und Umgebung: Teils wolkig, teils heiter, schwache Luftbewegung, langsam ansteigende Temperaturen. In Deutschland: Im Westen und Süden bewölkt, im übrigen Deutschland wolkig bis heiter, im Nordosten noch etwas windig, allmähliche Wiedererwärmung.

Bei dieser sehr mäßigen Witterung setzt sich die Kolonne Pums, unser Franz dabei, langsam in Bewegung, auch die der Kolonne angeschlossenen Damen sind dafür, daß sich die Kavaliere etwas die Beine vertreten, denn nachher können sie auf die Straße gehen, und gerne tut das keine, wenn sie es nicht grade muß. Na, es heißt erst mal den Markt studieren,

Abnehmer finden, wenn Konfektion nicht geht, muß man sich auf Pelzwaren legen, die Damen denken, das ist im Nu gemacht, die machen immer ein und dasselbe, son Handwerk ist bald gelernt, aber sich umstellen, wenn die Konjunktur schlecht ist, dafür haben die keene Verstehste, da können die nich mitreden.

Pums hat einen Klempner kennengelernt, der sich auf Sauerstoffgebläse versteht, den haben wir also, dann ist ein verkrachter Koofmich da, der elegant aussieht, arbeiten tut das Luder ja nich, drum hat ihn die Mutter rausgeschmissen, aber gaunern kann er, und der kennt Geschäfte, und den kann man überall hinschicken, und denn kann er sich umsehen und eine Tour vorbereiten. Pums sagt zu den Veteranen seiner Kolonne: »Im Grunde haben wirs ja nicht nötig, mit Konkurrenz zu rechnen, das gibts natürlich bei uns wie überall, wir stören uns schon nicht. Wenn wir aber nicht uff gute Leute sehen und die ihr Handwerk verstehen und wat es für einen Apparat gibt, dann kommt man natürlich gewaltig ins Hintertreffen. Dann kann man sich einfach aufs Klauen verlegen, dazu brauchen wir nicht sechs, acht Mann stark zu sein, kann jeder für sich.«

Weil sie nun auf Konfektion und Pelz aus sind, muß sich alles, was Beene hat, in Trab setzen und so Geschäfte finden, wo man leicht wat absetzen kann, ohne det man viel gefragt wird, und wo ooch die Kriminalpolizei nicht gleich visitiert. Kann ja alles umgearbeitet werden, kann man ja anders nähen, kann man ja schließlicherweise ooch bloß mal erst verstauen. Mal erst finden.

Nämlich mit seinem Hehler in Weißensee ist Pums nie fertig. Wenn einer so arbeitet wie der, mit dem kann man keine Geschäfte machen. Leben und leben lassen. Gut. Aber weil er im letzten Winter verloren haben will – sagt er! –, weil er zugesetzt haben will, und er hat Schulden und wir haben uns im Sommer amüsiert, darum nachträglich von einem Geld zu verlangen und einem was vorjammern: er hat sich verspekuliert! Dann hat er sich eben verspekuliert, dann ist er ein Rindvieh, schlechter Koofmich, versteht eben nischt vons

Jeschäft, der Kerl, dann ist er nischt für uns. Müssen wir uns eben en andern suchen. Ist natürlich leichter gesagt als getan, aber muß sein, und um sowat kümmert sich in der ganzen Bande bloß unser oller Pums. Es ist doch merkwürdig, überall wo man hört, kümmern sich die andern Jungs auch drum, wat aus die Ware wird, denn vom bloßen Klauen is noch keener satt geworden; muß doch noch zu Geld gemacht werden, aber, wie gesagt: bloß bei Pums legen sie sich alle uff die Bärenhaut und sagen: »Pums, der ist da, der wird schon machen.« Wird er, tut er ooch. Wat ist aber los, wenn Pums nich kann? Ha! Immer kann Pums doch ooch nich. Kann doch Pums ooch mal wat passieren, is ooch bloß ein Mensch. Dann könnt ihr sehen, na ja, wohin damit, könnt ihr sehen, nutzt euch der ganze Einbruch nischt. Heutzutage geht es in der Welt nicht bloß mit Stemmeisen und Gebläse, heute muß alles Geschäftsmann sein.

Darum kümmert sich Pums auch nicht bloß ums Sauerstoffgebläse, wie es so weit ist Anfang September, sondern wer nimmt mir meine Ware ab. Damit hat er schon im August angefangen. Und wenn du wissen willst, wer Pums ist: er ist stiller Teilhaber von gut fünf kleinen Pelzwarengeschäften, Kürschnerläden – wo, ist egal –, und dann hat er Geld mit zugegeben zun paar Bügelstuben, amerikanische, mit Plättbrett im Schaufenster, und ein Schneider mit Hemdsärmeln steht dabei, der klappt die Bretter immer rauf und runter, das dampft, aber hinten hängen die Anzüge, na ja, auf die kommts eben an, das sind die Anzüge, auf die es ankommt, und von wo man die herhat, na, da sagt man eben: von Kunden, die haben sie gestern hergebracht zum Aufbügeln und Umändern, hier sind die Adressen, wenn ein Bulle rinkommt zum Nachsehen, stimmt alles. So hat unser guter dicker Pums schon vorgesorgt für den Winter, und da müssen wir doch sagen, jetzt kanns losgehen. Wenn was passiert, für alles kann keen Mensch vorsorgen; ohne ein bißchen Schwein gehts nicht, darüber wollen wir uns nicht den Kopp zerbrechen.

Nu mal weiter im Text. Also es ist Anfang September, und

unser eleganter Strolch, der auch Tierstimmenimitator ist – das werden wir aber nicht erleben –, Waldemar Heller nennt sich das Luder und ein Heller ist er wirklich, der hat in der Kronenstraße und in der Neuen Wallstraße ausbaldowert, bei den großen Konfektionen, wo wat zu haben ist. Er kennt Ein- und Ausgang, Vordertür, Hintertür, wer wohnt oben, wer wohnt unten, wer schließt, wo sind die Steckuhren. Spesen ersetzt Pums. Mal muß Heller auch als Einkäufer für eine Posener Firma kommen, die sich eben erst etabliert hat; na, die Leute wollen sich erst nach der Posener Firma erkundigen, schön, können sie, ick wollte auch bloß sehen, wie hoch bei euch die Decke ist, wenn man nächstens von oben runterkommt.

Bei dieser Partie, Nacht Sonnabend zum Sonntag, ist Franz zum erstenmal dabei. Er hat es geschafft. Franz Biberkopf, er sitzt im Auto, sie wissen alle, was zu tun ist, er hat seine Rolle wie sie. Es geht ganz geschäftsmäßig, Schmiere muß ein anderer stehen, das heißt: es ist eigentlich kein richtiges Schmierestehen, drei Jungs sind einfach abends vorher in der Buchdruckerei ein Stock höher eingeschlichen, die Leiter und das Gebläse haben sie in Kisten hinten raufgetragen, hinter den Papierballen verstaut, den Wagen hat einer abgefahren, um 11 schließen sie den andern auf, keen Aas merkt im Haus was, sind ja lauter Büroräume und Geschäfte. Dann sitzen sie friedlich bei der Arbeit, einer immer am Fenster, kuckt raus, einer kuckt auf den Hof, dann geht es los mit Gebläse am Fußboden, über ein halb Meter im Quadrat, das besorgt der Klempner mit der Schutzbrille. Wie sie durch das Holz von der Decke durch sind, knattert es, unten poltert es, das ist aber nichts, das sind Bröckel von dickem Stuck, die runterfallen, die Decke platzt von der Hitze, sie schieben in die erste Öffnung einen feinen Seidenschirm durch, da fallen die Klumpen rein, das heißt die meisten, alle kann man doch nicht abfangen. Aber es passiert nichts, unten ist alles schwarz und mucksstill.

Um 10 steigen sie ein, erst der elegante Waldemar, weil er

das Lokal kennt. Geht von der Strickleiter runter wie eine Katze, der Kerl macht das zum erstenmal, hat keine Spur von Angst, das sind so die Windhunde, die haben das meiste Glück, natürlich so lange, bis es schief geht. Und dann muß noch einer runter, die Stahlleiter ist bloß 2,50 Meter hoch, langt nicht an die Decke, unten schleppen sie Tische, dann langsam die Leiter runter, auf den obersten Tisch gestellt, und da wären wir. Franz bleibt oben, liegt auf dem Bauch über dem Loch, rafft mit seinem Arm wie ein Fischer die Tuchballen, die sie raufreichen, legt sie hinter sich, wo ein anderer schon steht. Franz ist stark. Reinhold, der mit dem Klempner unten ist, staunt selbst, was Franz kann. Drollige Sache, mit einem Einarmigen ein Ding drehen. Sein Arm faßt wie ein Kran, das ist eine kolossale Bombe, ein doller Kloben. Nachher schleppen sie die Körbe runter. Obwohl unten im Hofausgang einer aufpaßt, macht Reinhold Patrouille. Zwei Stunden, dann ist alles glatt, der Wächter geht durchs Haus, bloß dem Mann nichts tun, der wird doch nichts merken, wär schön dumm, wird der für seine paar Pimperlinge, die er kriegt, sich totschießen lassen, na siehste, da zoppt er ab, is ein ordentlicher Mann, dem lassen wir einen blauen Schein bei seine Steckuhr liegen. Dann ist es zwei, halb drei kommt das Auto. Inzwischen frühstücken die oben noch schön, nur nicht zuviel Schnaps, nachher macht wer Lärm, und dann ist einhalb drei. Zwei Mann haben heute mit der Kolonne ihr erstes Ding gedreht, Franz und der elegante Waldemar. Rasch werfen die beiden noch eine Münze, Waldemar gewinnt, er hat das Siegel auf die heutige Tour zu drücken, er muß nochmal die Leiter runter, in das finstere ausgeplünderte Lager, und da kauert er sich hin, zieht die Hosen ab und drückt auf den Fußboden, was er im Bauch hat.

Und wie sie um ein halb vier abgeladen haben, drehen sie rasch noch ein Ding, denn so jung kommen wir nicht nochmal zusammen, und wer weiß, wann wir uns wiedersehen am grünen Strand der Spree. Verläuft alles glatt und gut. Bloß bei der Rückfahrt überfahren sie einen Hund, grade das muß ihnen passieren, was den Pums übernatürlich aufregt, weil der Hunde mag, und der schimpft auf den Klempner, der den Chauffeur macht, er kann doch tuten, sone Töle haben sie auf die Straße gejagt, weil sie die Steuer nicht bezahlen können, und dann kommst du und fährst ihn noch tot. Reinhold und Franz lachen furchtbar, wie sich der Alte künstlich aufregt übern Köter, der ist wirklich schon ein bißchen schwach im Kopf. Das war ein schwerhöriger Hund, ich hab getutet, jawoll, einmal, und seit wann gibt es schwerhörige Hunde, na, vielleicht machen wir kehrt und fahren ihn ins Krankenhaus, quatsch doch nich, paß lieber uff, ick kann det nich leiden, sowat bringt Unglück. Darauf stößt Franz den Klempner in die Seite: der meint Katzen. Alles brüllt vor Lachen.

Und zwei Tage sagt Franz Biberkopf nischt zu Hause, was gewesen ist. Erst wie ihm Pums zwei Hunderter zuschickt, und wenn er sie nicht braucht, kann er sie ja wiedergeben, da lacht Franz, die kann er immer brauchen, und wenn ich sie Herbert geben soll für Magdeburg. Und zu wem wird er gehen, wem guckt er zu Haus unter die Augen, wem denn, wemchen denn, na, wem denn bloß? Für wen, für wen hab ich mein Herze rein gehalten? Für wen, für wen, für dich allein, heut nacht kommt mir das Glück entgegen, drum lad ich dich verwegen ein, heut nacht will ich dich heiß beschwören, daß wir gehören uns allein. Miezeken, mein goldenes Miezeken sieht aus wie eine Braut aus Marzipan, und die goldenen Schuhchen, und da stehst du und wartest, wat denn dein Franz für Umstände macht mit der Brieftasche. Die klemmt er sich zwischen die Knie, und dann zieht er Geld raus, ein paar Lappen, und die hält er ihr hin, legt sie auf den Tisch, strahlt sie an und ist so zart zu ihr, wie er nur kann, der große Junge, und hält ihre Finger fest, was hat die für süße dünne Fingerchen!

»Na, Mieze, Miezeken?« »Wat is, Franz?« »Na nischt ist; ick freu mir über dich.« »Franz.« Kann die kucken, kann die eenen Namen sagen. »Ick freu mir, weiter nischt. Kuck mal, Mieze, det is ja so komisch im Leben. Ick habs ganz anders wie andere Leute. Die gehts gut, die loofen herum und rennen und verdienen und machen sich schön. Und ick – ick kann ja nich wie die. Ich muß mir meine Pelle ankucken, meine Jacke, den Ärmel, der Arm fehlt mir.« »Franzeken, bist mein gutes Franzeken.« »Nu ja, kuck mal, Miezeken, det is nu mal so, und det werde ich nicht ändern, kann keener ändern, aber wenn du det nu rumträgst mit dir und is wie ne offene Stelle.« »Nu ja, Franzeken, wat is denn bloß, ick bin doch ooch noch da, und is doch alles lange gut, und fang doch nicht wieder an damit.« »Tu ick nich. Grade darum, ick tu es nich.« Und lächelt ihr von unten ins Gesicht, und das glatte straffe hübsche Gesicht und so schöne bewegliche Augen hat das Mädel: »Da kuck mal, wat uffn Tisch liegt, die Lappen. Hab ick verdient, Mieze, – schenk ick dir.« Na, wat nu. Wat machst du fürn Gesicht, warum denn, kuckt das Geld so an, beißt doch nicht, schönes Geld. »Hastet verdient?« »Ja, siehste, Mädel, hab ick geschafft. Ich muß arbeiten, sonst geht es nicht mit mir. Sonst geh ich kaputt. Erzählst nicht weiter, mit Pums und Reinhold wars, Sonnabend nacht. Sag Herbert nicht und Eva auch nicht. Mensch, wenn die wat hören, für die bin ick dot.« »Wo hastet her?« »Ding gedreht, Mausken, sag doch, mit Pums, na wat denn, Mieze? Und det schenk ick dir. Krieg ickn Kuß, na, wat sagste?«

Sie hält den Kopf auf der Brust, dann legt sie die Backe an seine, küßt ihn, hält sich an ihm fest, sagt nichts. Sieht ihn nich an: »Das schenkste mir?« »Ja, Mensch, wem denn?« Ist det ein Mädel, macht die een Theater. »Warum – willst du mir denn Geld schenken?« »Na, willste keens?« Sie bewegt die Lippen, macht sich von ihm los, jetzt sieht Franz: die sieht aus wie damals aufm Alex, als sie vom Aschinger kamen, die wird käsig, die macht schlapp. Da sitzt sie schon aufm Stuhl und kuckt die blaue Tischdecke an. Wat is nu, wird een Mensch aus die Weiber klug. »Mädel, willste denn nich, ick hab mir darauf gefreut, kuck doch mal an, da können wir ne Reise machen, Mensch, wohin.« »Ist wahr, Franzeken.«

Und legt den Kopf auf die Tischkante, und die weint, das Mädel weint, was is denn nu bloß los mit die? Franz streichelt ihr den Nacken und ist so freundlich gut zu ihr, so herzensgut, für wen, für wen hab ich mein Herze rein gehalten, für wen, für wen allein. »Mädel, meine Mieze, wenn wir ne Reise machen können, denn willste, willste denn nich mit mir fahren?« »Doch«, und dann hebt sie den Kopf auf, dat süße glatte Gesichtchen und der ganze Puder eine Soße mit den Tränen, und legt einen Arm um Franzens Hals und drückt ihr Gesichtchen an seins, und dann läßt sie es rasch los, als wenn sie was beißt, und flennt wieder über die Tischkante, aber davon sieht man nichts, das Mädel ist ganz still, die gibt nichts von sich. Wat hab ick denn nu wieder falsch gemacht, die will nicht, daß ich arbeite. »Komm, heb doch det Köppchen hoch, komm doch, kleenes Köppchen, warum weenste denn?« »Willste, willste«, die biegt rasch aus, »willste mir los werden, Franz?« »Mächen, Gottes willen.« »Willstet nich, Franzeken?« »Nee, Gottes willen.« »Warum loofste denn; verdien ick dir nich genug; ich verdien doch genug.« »Mieze, ick will dir ja bloß wat schenken.« »Nee, ick will nich.« Und legt wieder den Kopf an die harte Tischkante. »Na, Mieze, soll ick denn jar nischt tun? Ich kann nicht so leben.« »Sag ick nich, brauchst doch bloß nich wegen Geld. Ick will et nich haben.«

Und Mieze sitzt auf, faßt ihren Franz um und sieht ihm wonnig ins Gesicht und plappert so lauter süßen Quatsch und bettelt und bettelt: »Will et nich haben, will et nich haben.« Und warum er denn nichts sagt, wenn er was will, aber Mädel, ich hab doch, ich brauch doch nischt. »Und soll ick gar nischt tun?« »Ich tu doch, wozu bin ich denn sonst da, Franzeken.« »Aber ick – ick ...« Sie umhalst ihn. »Ach, loof mir nich weg.« Sie plappert und küßt und lockt ihn: »Schenk et weg, gib es Herbert, Franz.« Franz ist so selig bei dem Mädel, hat die eine Haut, da kann er nischt sagen, es war Quatsch, daß er ihr was sagte von Pums, na natürlich, davon versteht sie nischt. »Du versprichst mir, Franz, das tust du nich mehr.« »Ich tus ja auch nicht wegen Geld, Mieze.« Und da erst fällt ihr ein, was ihr Eva gesagt hat, und sie soll auf Franz aufpassen.

Da wird ihr etwas heller, er tut es also wirklich nicht wegen Geld, und vorhin das mit dem Arm, er muß immer an seinen Arm denken. Und es stimmt, was er sagt mit dem Geld, daran liegt ihm nichts, das hat er ja von ihr, soviel er braucht. Sie denkt und denkt und hält ihn in den Armen.

Liebesleid und -lust

Und ist, wie Franz sie abgeküßt hat, auf der Straße und hin zu Eva. »Franz hat mir zweihundert Märker gebracht. Weeßte woher? Von die da, du weeßt doch.« »Pums?« »Ja, hat mir selbst gesagt; wat soll ick machen?«

Eva ruft Herbert rein, Franz war Sonnabend mit Pums unterwegs. »Hat er gesagt wo?« »Nee, aber wat soll ick nu machen?« Herbert staunt: »Sieh mal eener an, macht er direkt mit die mit.« Eva: »Verstehste det, Herbert?« »Nee. Doll.« »Wat machen wir nu?« »Immer lassen. Gloobste, dem liegt am Geld? Da haste, wat ick sage. Der geht scharf ran, von dem erleben wir bald wat.« Eva steht der Mieze gegenüber, das blasse Hurchen, das sie von der Invalidenstraße aufgelesen hat; sie erinnern sich beide eben, wo sie sich zuerst gesehen haben: die Kneipe neben dem Baltikumhotel. Eva sitzt mit einem Provinzler drin, die hats nich nötig, aber sie liebt eben Extratouren, und dann viele Mädchen und drei, vier Jungen. Und um 10 zottelt Kriminalstreife Mitte an, und alle rüber zur Wache Stettiner Bahn, im Gänsemarsch rüber, Zigaretten in der Schnauze, frech wie Oskar. Die Bullen marschieren vorn und hinten, die besoffene Wanda Hubrich, die olle, natürlich an der Spitze, und dann der Krakeel drüben, und Mieze, Sonja heult sich bei Eva aus, weil nu alles rauskommt in Bernau, dann haut der eine Grüne der besoffenen Wanda die Zigarette aus der Hand, und die zieht allein ab in die Arrestzelle und schmeißt zu und schimpft drin.

Eva und Mieze sehen sich an, Eva stachelt: »Du wirst jetzt uffpassen müssen, Mieze.« Mieze bettelt sie an: »«Wat soll ick bloß machen?« »Det ist deiner, da muß ein Mensch allein wissen, wat er zu machen hat.« »Ick weeß ja nich.« »Na heul bloß nich, Mensch.« Herbert strahlt: »Ich sag euch, der Junge is gut, und det freut mir, det er jetzt rangeht, der hat einen Plan, det is ein ganz Geriebener.« »Jott, Eva.« »Heul doch nich, nich heulen, Mensch, ick paß ooch schon uff.« Du verdienst wirklich den Franz nich. Nee, die nich, sich so zu haben. Wat nu det dämliche Stück heult, die Pute. Ick hau ihr noch eens hinter die Löffel.

Trompeten! Die Schlacht ist im Gang, die Regimenter marschieren, trara, trari, trara, die Artillerie und die Kavallerie, und die Kavallerie und die Infanterie, und die Infanterie und die Fliegerei, trari, trara, wir ziehen in feindliches Land hinein. Worauf Napoleon sagte: Vorwärts, vorwärts, ohne Unterlaß, oben ist trocken und unten naß. Aber wenn unten ist trocken geworden, erobern wir Mailand, und ihr kriegt ein Orden, trari, trara, trari, trara, wir ziehen an, wir sind bald da, o welche Lust, Soldat zu sein.

Mieze braucht nicht lange zu heulen und zu überlegen, was sie zu tun hat. Es kommt selbst an sie heran. Da sitzt in seiner Bude der Reinhold, sitzt bei seiner feinen Freundin, geht durch die Geschäfte, die Pums für den Absatz eingerichtet hat, und hat noch Zeit, sich was zu überlegen. Der Kerl langweilt sich unaufhörlich, das bekommt dem nicht gut. Wenn der Geld hat, bekommts ihm nicht, und der Suff ist ihm auch nicht gut, dem ist schon besser, er latscht in der Kneipe rum, horcht, arbeitet und trinkt Kaffee. Und nu sitzt, wenn er zu Pums kommt oder wo er hinkommt, immer dieser Franz da und ihm vor der Nase, der Dussel, der Freche, mit dem einen Arm, und beißt den dicken Wilhelm raus und hat noch immer nicht genug und spielt den Scheinheiligen, als wenn der Ochse keine Fliege anrühren könnte. Und so gewiß, wie zweimal zwei vier ist, will der was von mir. Und das Luder is immer vergnügt, und wo ick bin und wo ick arbeite, da ist er ooch. Na, da wollen wir uns mal Luft schaffen. Wollen wir uns mal Luft schaffen.

Was macht denn aber der Franz? Der? Na, was wird er machen? Geht in der Welt herum, ist Ihnen die vollste Ruhe und Friedfertigkeit, was sich denken läßt. Mit dem Jungen können Sie machen, was Sie wollen, der fällt immer auf die Beine. Gibt solche Leute, viel ja nicht, aber gibt.

In Potsdam, da bei Potsdam ist einer gewesen, den haben sie nachher den lebenden Leichnam genannt. War auch solche Nummer. Der Kerl, ein gewisser Bornemann, hat es fertiggebracht, wie er schon ganz abgebaut hat und an seine 15 Jährchen Zuchthaus knabbert, türmt er, also der Mann türmt, übrigens war doch nicht bei Potsdam, war bei Anklam, Gorke hieß das Nest. Da trifft unser Bornemann auf seinem Spaziergang aus Neugard einen Toten, schwimmt im Wasser, in der Spree, und Neugard, nee Bornemann aus Neugard, sagt: »Ick bin eigentlich schon tot«, geht hin, steckt dem seine Papiere ein, und nu ist er tot. Und Frau Bornemann: »Was soll ich denn? Da ist doch weiter nichts zu machen, der ist tot, und obs mein Mann ist, na, Gott sei Dank ist ers, verloren ist ja an son Mann nischt, wat hat man denn von dem, halbet Leben sitzt so eener, weg mit Schaden.« Mein Ottochen, Achgottochen, ist aber gar nicht tot. Der kommt nach Anklam, und weil er gerade gemerkt hat, das Wasser ist wat Schönes, und er hat nun eine Vorliebe für Wasser, da wird er Fischhändler, handelt mit Fische in Anklam und heißt Finke. Bornemann gibts nu nicht mehr. Geschnappt haben sie ihn aber doch. Und wieso und wie, da halten Sie sich fest auf Ihrem Stuhl.

Muß ausgerechnet seine Stieftochter rüberkommen nach Anklam in Stellung, man denke sich, wo die Welt so groß ist, zieht die gerade nach Anklam und trifft den wiederauferstandenen Fisch, der ist nun schon 100 Jahre da und ist aus Neugard raus, und inzwischen ist son Mädel groß geworden und ist von zu Hause geflogen, und natürlich, er erkennt sie gar nicht, aber sie ihn. Sagt sie zu ihm: »Sagen Sie mal, du bist doch unser Vater?« Sagt er: »I wo, bei dir piepts wohl?« Und wie sies nicht glaubt, ruft er noch seine Frau und seine, sage und schreibe, fünf Kinder, die könnens auch bezeugen:

»Finke ist er, Fischhändler.« Otto Finke, das weiß ja jeder im Dorf. Das weiß ja nu ein jeder, Herr Finke heißt der Mann, der andere, der gestorben ist, der heißet Bornemann.

Sie aber, er hat ihr nichts getan, ihr ist damit nichts bewiesen. Weggegangen ist das Mädel, was geht in einer weiblichen Seele vor, der Vogel sitzt ihr fest im Kopf. Sie schreibt einen Brief nach Berlin an die Kriminalpolizei, Abt. 4a: »Ich habe von Herrn Finke mehrmals gekauft, aber da ich seine Stieftochter bin, so betrachtet er sich nicht als meinen Vater und betrügt meine Mutter, denn er hat fünf Kinder von einer andern.« Die Vornamen dürfen die Kinder zum Schluß behalten, hinten aber sind sie angeschmiert. Hundt heißen sie, mit dt, nach ihrer Mutter, und sind auf einmal allesamt uneheliche Kinder, für die der Paragraph des Bürgerlichen Gesetzbuches da ist: Ein uneheliches Kind und dessen Vater gelten als nicht verwandt.

Und so wie dieser Finke ist Ihnen Franz Biberkopf die völligste Ruhe und Friedfertigkeit. Den Mann hat mal eine Bestie angefallen und hat ihm einen Arm abgebissen, aber dann hat er sie gestaucht, daß sie raucht und faucht und hinter ihm kraucht. Keiner, der mit Franz geht, bis auf einen, sieht, wie er die Bestie hat gestaucht, daß sie kraucht und raucht und hinter ihm faucht. Franz geht auf so straffen Beinen, er trägt seinen Dickschädel so gerade. Obwohl er nichts tut wie die andern, hat er so helle Augen. Aber der eine, dem er schon gar nichts getan hat, der fragt: »Wat will der? Der will wat von mir.« Der sieht alles, was die andern nicht sehen, und versteht alles. Der muskulöse Nacken von Franz sollte ihm eigentlich nichts tun, die straffen Beine, Franzens guter Schlaf. Aber sie tun ihm doch was, er kann dazu nicht stille sein. Er muß darauf antworten. Und wie?

Wie auf einen Windhauch ein Tor aufgeht und aus der Hürde eine Masse Vieh herausrennt. Wie eine Fliege einen Löwen reizt, der mit seinen Pranken nach ihr schlägt und übergräßlich gräßlich brüllt.

Wie ein Wächter einen kleinen Schlüssel nimmt, einen kleinen Ruck am Riegel macht, und eine Schar von Verbrechern kann heraus, und da wandert hin Mord, Totschlag, Einbruch, Diebstahl, Raubmord.

Reinhold geht hin und her in seiner Bude, in der Kneipe am Prenzlauer Tor, denkt nach, denkt vor, denkt hin, denkt her. Und eines Tages, wo er weiß, Franz ist mit dem Klempner zusammen und sie begutachten eine neue Idee, was da schon rauskommen wird, geht er zu Mieze rauf.

Und die kriegt zum erstenmal den Menschen zu Gesicht. Da ist nichts zu sehen an dem Kerl, Mieze, hast schon recht, sieht nicht schlecht aus, der Junge, ein bißchen traurig, schlapp, auch ein bißchen krank, so gelblich. Aber nicht schlecht.

Aber kuck ihn doch genau an, gib ihm auch dein Händchen und vertiefe dich, tus mal, in sein Gesicht. Das ist ein Gesicht, Miezeken, das wichtiger für dich ist als alle Gesichter, die es sonst gibt, wichtiger als Eva ihres, ja wichtiger sogar als deinem geliebten Franzeken seins. Der kommt nu die Treppe herauf, und es ist ja heut wie alle Tage, Donnerstag, den 3. September, kuck an, du fühlst gar nichts, weißt gar nichts, ahnst nicht dein Geschick.

Was ist das denn, Mieze klein aus Bernau, dein Geschick? Bist gesund, verdienst Geld, liebst den Franz, und darum kommt jetzt die Treppe herauf und steht vor dir und tätschelt deine Hand Franzens Geschick und – nun ist es – deins auch. Sein Gesicht brauchst du nicht genau anzusehen, bloß die Hand, seine beiden Hände, die beiden unscheinbaren Hände in grauem Leder.

Der Reinhold ist in seiner feinen Kluft, und Mieze weiß erst nicht, wie sie zu ihm sein soll, ob Franz ihn vielleicht raufgeschickt hat, oder vielleicht ist das eine Falle von Franz, aber das kann nicht stimmen. Da sagt er schon, Franz darf gar nicht wissen, daß er oben war, der ist sehr empfindlich. Es ist nämlich darum, er wollte mal mit ihr sprechen, es geht doch eigentlich schwer mit Franz, wo der doch den Schaden an dem einen Arm hat, und ob er das so nötig hat, zu arbeiten, dafür interessieren sie sich alle. Da ist Mieze nu schon zu schlau, und sie weiß, was Herbert gesagt hat, was Franz da will, und sagt: Nee, verdienen, wenns darum ist, sehr nötig hat er es nicht, da gibts schon Leute, die ihm behilflich sind. Aber vielleicht genügts ihm nicht, ein Mann will ooch arbeiten. Meint Reinhold: Sehr richtig, soll er ooch. Ist ja bloß, ist schwierig, wat sie tun, ist ja keene gewöhnliche Arbeit, das können nicht mal alle, die zwei gesunde Arme haben, leisten. Na, das Gespräch geht hin und her, Mieze weiß nicht recht, was er will, da sagt Reinhold und bittet, ihm doch einen Kognak einzuschenken: Er wollt sich bloß nach den finanziellen Umständen erkundigen, und wenn es so ist, dann werden sie auch alle Rücksicht auf den Kollegen nehmen, versteht sich. Und dann trinkt er noch einen Kognak, da fragt er: »Kennen Sie mir eigentlich, Fräulein? Hat er Ihnen noch nichts von mir erzählt?« »Nee«, meint die, wat will der Mann nu bloß, wenn doch die Eva da wäre, die versteht sich besser auf solche Gespräche wie ich. »Wir kennen uns nämlich schon lange, Franz und ich, da hat er Sie noch nich gehabt, da waren noch andere da, die Cilly.« Darauf will er vielleicht raus, der will ihn bei mir schlecht machen, det is eener mit Ärmel. »Na, warum soll der nicht andere gehabt haben. Ick hab ooch eenen andern gehabt, darum ist er noch immer meiner.«

Sie sitzen ganz ruhig visavis, Mieze auf dem Stuhl, Reinhold auf dem Sofa, und sie machen es sich beide bequem. »Na gewiß is et ihrer; aber Fräulein, Sie glooben doch nicht etwa, daß ick Ihn den aussperren will, wer mir beherrschen. Det waren bloß komische Dinge mit ihm und mir, hat er Ihnen davon nischt erzählt?« »Komische, wat denn?« »Det waren ganz komische Dinge, Fräulein. Ich muß Ihnen etwas offen sagen: der Franz, wenn der bei uns in der Kolonne ist, dann is et bloß meinetwegen, bloß for mir und wegen die Geschichten; denn wir beede haben immer dicht gehalten, wo es ging. Da könnt ich Ihnen die komischsten Dinge erzählen.« »So. Na, aber haben Sie denn keene Arbeit, daß Sie hier sitzen können und erzählen?« »Fräulein, sogar der liebe Jott macht manchmal een Feiertag; da müssen wir Menschen doch mindestens zwei machen.« »Na, ich glaub, Sie machen ooch drei.« Sie lachen beide. »Da werden Sie nicht unrecht haben; ick spar meine Kraft auf, Faulheit verlängert das Leben, woanders gibt man dann wieder zuviel Kraft ab.« Da lächelt sie ihn an: »Dann muß man sparsam sein.« »Sie wissen Bescheid, Fräulein. Der eine Mensch ist darin so, der andere so. Also wissen Sie, Fräulein, Franz und ick, wir haben immer Weiber ausgetauscht, was sagen Sie nu?« Und legt den Kopf auf die Seite, nippelt an seinem Glas und wartet, was die Kleine sagen wird. Ist eine hübsche Person, die, die werden wir bald haben, wie kneif ich der erst ins Bein.

»Det müssen Sie Ihrer Großmutter erzählen mit Weiber austauschen. Das hat mir mal eener erzählt, det machen sie in Rußland, Sie sind woll von da, bei uns gibts det nich.« »Wenn ick Ihn aber sage.« »Dann is et noch immer Quatsch mit Soße.« »Dann kann et Ihnen Franz sagen.« »Det müssen ja schöne Weiber gewesen sein, für fuffzich Pfennig, wat, ausm Asyl, wat?« »Nu machen Sie ein Punkt, Fräulein, so sehn wir nicht aus.« »Sagen Sie mal, wozu quatschen Sie mir det eigentlich vor? Wat verfolgen Sie eigentlich damit für Absichten bei mir?« Kuck einer die Kröte an. Aber nett ist die, die hängt an dem, fein is det. »Nischt, Fräulein, wat Absichten. Nu, een bißchen informieren will ick mir [süße Kröte, Pankow, Pankow, kille kille hoppsassa], Pums hats mir direkt uffgetragen, na, nu werd ick mir denn verabschieden, kommen Sie nich mal in unsern Verein?« »Wenn Sie da ooch immer sone Geschichten erzählen.« »Ist ja nicht schlimm, Fräulein, ich dachte, Sie wissen schon alles. Na, denn noch wat Geschäftliches. Der Pums hat gesagt, wenn ick zu Ihnen ruffkomme und Sie wegen Geld und so frage, wo der Franz so empfindlich ist wegen sein Arm, det Sie da nischt weitersagen. Der Franz braucht det nich zu wissen. Ick hätt mir ja ooch im Haus danach erkundigen können, ick dachte mir bloß, warum denn die Heimlichkeit. Sie sitzen oben, denn geh ick schon lieber offen und direkt ruff zu Ihnen und frage.« »Ick soll ihm nischt sagen?« »Nee, besser nicht. Na, wenn Sie durchaus wollen, können wir schließlich auch nichts dagegen. Wie Sie wollen. Na, auf Wiedersehen.«

»Nee, rechts ist der Ausgang.« Ein feines Weib, det Ding wird gemacht, toi toi toi.

Da hat das kleine Miezeken in der Stube am Tisch nichts gesehen und nichts gemerkt und denkt nur, wie sie das Schnapsglas da stehen sieht – ja, was denkt sie, eben hat sie was gedacht, jetzt stellt sie das Glas weg, weiß nichts. Ich bin so aufgeregt, der Kerl hat mir so aufgeregt, bibbert alles an mir. Erzählt der eine Geschichte. Wollt der bloß, wat wollt der bloß damit. Sieht auf das Glas, das im Schrank steht, das letzte rechts. Bibbert alles an mir, mal hinsetzen, nee, nicht aufs Sofa, da hat der gefleetzt, auf den Stuhl. Und setzt sich auf den Stuhl, sieht auf das Sofa, wo der gesessen hat. So schrecklich aufgeregt, was ist det bloß, beide Arme und in der Brust, alles bibbert einem. Der Franz ist doch nicht son Schweinehund, daß sie Weiber tauschen. Von dem Kerl, dem Reinhold, gloob ich det, aber Franz, der – den haben sie überall den Dummen spielen lassen, wenns überhaupt wahr ist.

Sie kaut an ihren Nägeln. Wenns wahr ist; aber der Franz, der ist ein bißchen dumm, der läßt sich zu alles benutzen. Darum haben sie ihn ausm Auto geschmissen. Sone Brüder sind det. In son Verein geht der.

Sie kaut und kaut an ihren Nägeln. Der Eva sagen? Ick weeß nicht. Franzen sagen? Ick weeß nicht. Ick sag es gar keinem. Es war gar keiner hier.

Sie schämt sich, sie legt die Hände auf den Tisch, beißt sich in den Zeigefinger. Es hilft nicht; brennt im Hals. Nachher machen sies mit mir ebenso, die verkoofen mir ooch.

Ein Leierkasten dudelt auf dem Hof los: Ich hab mein Herz in Heidelberg verloren. Hab ick ooch, hab mein Herz verloren, und jetzt ist es futsch, und plärrt los über ihren Schoß, det is hin, ich hab keens mehr, ick kann sehen, wat ich mache, und wenn sie mir durch den Kakao ziehen, kann ich ooch nischt machen. Aber det tut mein Franz nicht, det ist keen Russe, daß der Weiber austauscht, det is alles Quatsch.

Sie steht am offenen Fenster, hat einen blaukarierten Schlafrock an und singt mit dem Leiermann: Ich hab mein

Herz in Heidelberg verloren [det is eine falsche Gesellschaft, der hat recht, daß er die ausräuchert] in einer lauen Sommernacht [wann kommt er denn nach Hause, ich geh ihm entgegen über die Treppe]. Ich war verliebt bis über beide Ohren [ich sag ihm keen Wort, mit sone Schlechtigkeiten werd ich nicht kommen, keen Wort, keen Wort. Ich hab ihn so lieb. Na, meine Bluse werd ick mir anziehen]. Und wie ein Röslein hat ihr Mund gelacht. Und als wir Abschied nahmen vor den Toren, beim letzten Kuß, da hab ichs klar erkannt [Und det stimmt, wat Herbert und Eva sagt: die merken jetzt wat, und bei mir wollen sie bloß hören, obs stimmt, da können sie lange horchen, müssen sich eine Dumme suchen], daß ich mein Herz in Heidelberg verloren, mein Herz, es schlägt am Neckarstrand.

Glänzende Ernteaussichten, man kann sich aber auch verrechnen

Geht in der Welt rum, immer in der Welt rum, immer in der Welt rum, ist Ihnen die vollste Ruhe und Friedfertigkeit. Mit dem Jungen können Sie machen, was Sie wollen, der fällt immer auf die Beine. Gibt solche Leute. In Potsdam ist einer gewesen, in Gorke bei Anklam, der hieß Bornemann, türmt also ausm Zuchthaus, kommt an die Spree. Schwimmt da wer im Wasser.

– »Nu rutschen wir mal zusammen, Franz, wie ist es damit, wie heeßt die eigentlich, deine Braut?« »Mieze, weeßte doch, Reinhold, früher hieß sie Sonja.« »So, die zeigste wohl nicht. Ist wohl zu fein für uns.« »Nanu, ich hab doch keene Menagerie, daß ich die zeigen muß. Die looft doch über die Straße. Hat ihren Gönner, verdient schönes Geld.« »Bloß zeigen tust sie nicht.« »Was heißt da zeigen, Reinhold. Das Mädel hat zu tun.« »Kannst sie doch mal mitbringen, soll hübsch sein.« »Soll schon sein.« »Möcht sie mal sehn, möchtst woll nicht?« »Na weeßte, Reinhold, wir haben so früher Geschäfte gemacht, die weeßte, über Stiebel und Pelzkragen.« »Det soll ja nicht mehr sin.« »Nee, det is nich mehr. Für sone Schweinerei bin ich nicht zu haben.« »Ist ja gut, Mensch, hab ja bloß gefragt.« [Der Hund, immer noch Schweinerei, redet noch immer von Schweinerei. Warte nur, Junge.]

Wie der Bornemann also ans Wasser kam, im Wasser eine frische Leiche schwamm. In Bornemanns Haupt da ein Lichtlein glomm. Aus der Tasche zog er alle seine Papier und gab sie ihm und gab sie ihr. Das ist zwar schon erzählt vorhin, jedoch ist es jetzt ein Gedächtnisgewinn. Dann band er die Leiche an einen Baum, sie wär davongeschwommen, und man fände sie kaum. Er selbst fuhr darauf schnurstracks mit der Kleinbahn nach Stettin, nahm ein Billett, und wie er ankam in Berlin, ruft er aus einer Kneipe Mutter Bornemann an, sie soll rasch kommen, es wär einer da. Sie bracht ihm Geld und Kleider, er flüsterte ihr was, dann mußte er scheiden, leider. Sie versprach die Leiche zu identifizieren, er werde ihr Geld schicken, wenn er welches hätte, aber habe du mal. Dann mußte er rasch, rasch wandern, sonst findet die Leiche noch ein anderer.

»Det wollt ick bloß wissen, Franz, hast ihr wohl sehr gern.« »Nu hör schon uff von den Mächens und dem Quatsch.« »Erkundige mir ja bloß. Das kann dir doch nicht beißen.« »Nee, beißt mir nicht, Reinhold, bloß bei dir, du bist doch mal ein Strolch.« Franz lacht, der andere auch. »Wie ist es denn mit deiner Kleinen, Franz. Kannste mir wirklich nich mal zeigen?« [Siehste, wat du doch für ein kleener Schäker bist, Reinhold, mir haste ausm Auto geschmissen, aber jetzt kommste.] »Na, wat möchste denn, Reinhold?« »Möchte gar nischt. Mal sehen möcht ich ihr.« »Möchst mal sehen, ob sie mir gern hat? Ick sag dir, die ist vom Kopf bis zur Hacke ein Herz, ein Herz for mir, das Mädel. Die kennt nur Lieben und Gernhaben und weiter nischt. Weeßte, Reinhold, wie verrückt die ist, davon kannst du dir gar keenen Begriff machen. Kennst doch die Eva?« »Na, Mensch.« »Siehste, und von die, will die Mieze ... na, ick sag dir nicht.« »Wat is denn bloß, na sag doch.« »Nee, det ist gar nicht zu denken, aber so ist sie, det haste noch nicht gehört, Reinhold, det ist mir ooch noch nicht im ganzen Geschäft vorgekommen.« »Na, wat is bloß? Mit die Eva?« »Ja, du hältst aber dicht, also die will, det Mädchen, die Mieze: die Eva soll von mir ein Kleenes haben.«

Bumm. Sie sitzen beide und kucken sich an. Franz schlägt sich auf den Schenkel und platzt heraus. Reinhold lächelt, fängt an zu lächeln, bleibt stecken.

Dann heißt der Kerl also Finke, geht nach Gorke, wird Fischhändler. Kommt eines schönen Tages seine Stieftochter, ist in Stellung in Anklam und will Fische koofen, geht mitm Netz in der Hand zu Finke und sagt.

Reinhold lächelt, fängt zu lächeln an, bleibt stecken: »Die ist vielleicht schwul?« Franz klatscht weiter seine Beine und kichert: »Nee, die liebt mir.« »Det kann ick mir nich denken.« [So wat gibt es, nicht zu glauben, und der Dussel hat das, und dann grient er noch.] »Was sagt denn die Eva dazu?« »Sind ja befreundet, die zwei, die kennt ihr schon, kenne ja die Mieze durch die Eva.« »Nu haste mir aber ganz lecker gemacht, Franze. Nu sag mal, kann ick die Mieze nich mal sehen, zwanzig Meter Entfernung, von meinetwegen durchs Gitter, wenn dir bange ist.« »Mensch, mir ist ja gar nicht bange! Die ist ja goldtreu und süß, det kannste dir gar nicht denken. Du weeßt doch, ich habe dir damals gesagt, du sollst uffhören mit die vielen Mädchens, det ruiniert die Gesundheit, das halten die besten Nerven nicht aus. Davon kriegt eener Gehirnschlag. Da mußte dir zusammennehmen, wär so gut for dir. Nu sollste mal wirklich sehen, wie ick recht habe, Reinhold. Ich zeig sie dir mal.« »Sie soll mir aber nicht sehen.« »Warum nicht?« »Nee, ick möchte nicht. Du zeigst sie mir so.« »Machen wir, Mensch, ick freu mir. Det wird dir guttun.«

Und dann ist es drei Uhr nachmittags, über die Straßen gehen Franz und Reinhold, Emailleschilder jeder Art, Emaillewaren, deutsche und echte Perserteppiche, auf 12 Monatsraten, Läuferstoffe, Tisch- und Diwandecken, Steppdecken, Gardinen, Stores Leisner und Co., lesen Sie die Mode für Sie, wenn nicht, fordern Sie postwendend kostenlose Zustellung, Achtung, Lebensgefahr, Hochspannung. Sie gehen in Franzens Haus. Jetzt gehst du in mein Haus: mir geht es gut, an mich kann nichts ran, das sollst du sehen, wie ich dastehe, mein Name ist Franz Biberkopf.

»Und jetzt leise gehen, ick schließ mal auf, ob sie da ist. Nee. Da, hier wohn ick, aber sie muß gleich kommen. Jetzt paß mal uff, wie wirs machen, det is das reine Theater, aber det du dir nicht muckst.« »Ick wer mir hüten.« »Det beste ist: du legst dir hier ins Bett, Reinhold, det wird ja nicht benutzt bei Tag, ick paß schon uff, daß sie nicht rangeht, und dann kuckste oben durch den Gazeschleier. Leg dir man hin, kannste sehen?« »Det schon. Aber ick muß mir doch die Stiefel ausziehen.« »Ist schon besser. Paß mal uff, die stell ich dir uffn Korridor, und nachher, wenn du gehst, nimmst sie dir alleene.« »Mensch, Franz, wenn det nich schief geht.« »Haste Angst? Weeßte, ick hab nicht mal Angst, wenn sie wat merkt, die sollste kennen.« »Nee, soll mir nicht merken.« »Leg dir man. Die kann jeden Augenblick kommen.«

Emailleschilder, Emaillewaren jeder Art, deutsche und recht echte persische Perserteppiche, Perser und Perserteppiche, fordern Sie kostenlose Zustellung.

Da sagte in Stettin der Kriminalkommissar Blum: »Woher kennen Sie denn den Mann? Woran haben Sie den, wieso, Sie müssen ihn doch woran erkannt haben?« »Es ist doch mein Stiefvater.« »Na, dann wollen wir mal hinfahren nach Gorke. Und wenns stimmt, dann nehmen wir ihn gleich mit.«

An der Wohnungstür schließt einer. Und Franz auf dem Korridor: »Na, kriegste een Schreck, Mieze? Na, Kleene, da bin ick. Da komm mal rin. Auf det Bett leg man nischt. Da hab ick ne Überraschung for dir drin.« »Da kuck ich mal gleich nach.« »Halt, erst schwören! Mieze, Hand hochhalten, schwören, alle aufstehen, mußt nachsprechen: Ich schwöre.« »Ich schwöre.« »Daß ich nicht ans Bett gehen werde.« »Daß ich nicht ans Bett gehen werde.« »Bis ich sage.« »Bis ich hinlaufe.« »Hier bleibste. Nochmal schwören: Ich schwöre.« »Ich schwöre, daß ich nicht ans Bett gehen werde.« »Bis ich dir selbst rinlege.«

Da ist sie ernst, hängt sich an seinen Hals und bleibt da lange. Er merkt, es ist was mit ihr, und will sie zur Tür rausdrängen auf den Korridor, die Sache geht heute nicht. Aber sie bleibt stehen: »Ick geh nicht ans Bett, laß schon.« »Wat hat denn mein Miezeken, mein Miezekätzchen, Mulleken?«

Sie drängt auf das Sofa, da sitzen sie nebeneinander, umschlungen, sie sagt nichts. Dann murmelt sie unten, zieht an seinem Schlips, dann geht es los: »Franzeken, kann ick dir wat sagen?« »Aber natürlich, Miezeken.« »Et is mit meinen Ollen, da ist wat gewesen.« »Na, Mulleken.« »Da.« »Nu, was denn, Mulleken?« Arbeitet am Schlips, wat det Mädel hat, muß der heute grade daliegen.

Sagt der Kriminalkommissar: »Wieso heißen Sie denn Finke? Haben Sie Papiere?« »Na, da brauchen Sie bloß uffs Standesamt rüberzugehen.« »Was aufm Standesamt ist, geht uns nischt an.« »Papiere hab ick ooch.« »Schön, und die nehmen wir mal erst mit. Und draußen steht noch ein Beamter aus Neugard, der hat nämlich einen gewissen Bornemann aus Neugard auf seinem Flügel gehabt, wollen den mal reinlassen.«

»Franzeken, da hat der Olle die letzten Male immer seinen Neffen dagehabt, det heißt, den hat er gar nicht eingeladen, der ist bloß gekommen.« Franz murmelt und wird kalt: »Versteh schon.« Sie läßt ihr Gesicht nicht von seinem Gesicht: »Kennste ihn, Franze?« »Woher denn?« »Ich dachte. Na, der war immer da, dann ist er auch mal mitgekommen.« Franz zittert, es wird schwarz vor seinen Augen: »Warum sagste mir denn nischt, Mensch?« »Ich dachte, ich krieg ihn los. Und warum denn, wenn einer bloß so daneben looft.« »Na und jetzt...« Das Mundzucken an seinem Hals wird stärker, dann wird da was naß, sie ist ganz angeklammert an Franz, das Mädel hält sich an mir fest, das ist so ihre bockige Art, die sagt nischt, und aus der wird keen Aas klug, und warum heult die bloß, und jetzt liegt der da, am liebsten nehme ich einen Stock und hau aufs Bett, daß der nicht mehr uffsteht, verfluchte Ziege, mir so zu blamieren. Aber er zittert. »Was ist denn nu?« »Nischt, Franzeken, hab doch keine Sorge, tu mir bloß nischt, ist ja gar nichts gewesen. Da ist er wieder mitgekommen, hat gelauert den ganzen Morgen, bis ick runterkomme von dem Ollen, und dann steht er da, und ick muß mit ihm fahren und muß und muß.« »Und du natürlich, du mußt ooch.« »Ich, ich muß ooch, wat soll ich denn machen? Franz, wenn einer einem so zusetzt. Und ist so ein junger Mensch. Und dann...« »Wo wart ihr denn?« »Vorhin immer durch Berlin, Grunewald, ick weeß alleene nicht, dann gegangen, und ick bitt ihn immer, er soll doch gehen. Und er weint und bettelt wie son Kind und fällt vor mir hin, ist son junger Mensch, Schlosser.« »Na, dann soll er doch arbeeten, der faule Kerl, statt rumzuloofen.« »Weiß nicht. Nicht böse, Franz.« »Ich weeß ja noch immer nicht, was los ist. Warum weenste denn, Mensch?« Da sagt sie wieder nischt, drückt sich bloß an und arbeitet an seinem Schlips. »Nich böse, Franz.« »Bist verliebt in den Kerl, Mieze?« Sagt nichts. Wie angst ihm ist, wie kalt bis zu den Füßen. Er flüstert ihr in die Haare, von Reinhold weiß er nichts mehr: »Bist in den verliebt?« Sie ist umschlungen Leib an Leib mit ihm, er fühlt sie ganz, aus ihrem Mund kommt: »Ja.« Ah, ah, er hats gehört, ja. Er will sie loslassen, soll ich hauen, Ida, der Breslauer, jetzt kommt es, sein Arm wird lahm, er ist gelähmt, aber sie hält ihn fest wie ein Tier, wat will die, sagt nichts, hält ihn fest, hat ihr Gesicht an seinem Hals, er sieht steinern über sie zum Fenster.

Franz rüttelt an ihr, brüllt: »Wat wiste? Laß mir nu endlich los.« Wat soll ich mit die Töle. »Da bin ich ja, Franzeken. Bin dir doch nich weggeloofen, ick bin noch da.« »Loof doch weg, will dir ja gar nicht.« »Brüll nicht, ach Gott, was hab ich gemacht.« »Loof doch zu dem, wenn du den liebst, du Aas.« »Ich bin keen Aas, sei doch jut, Franzeken, ich hab ihm ja schon gesagt, es geht nicht, und ick gehör ja dir.« »Ich will dir ja gar nicht. Ich will so eene nich.« »Ich gehör ja dir, hab ick ihm gesagt, und dann hab ick weggemacht, und du sollst mir trösten.« »Mensch, du bist woll verrückt! Laß mir los! Verrückt! Weil du in den verliebt bist, soll ick dir noch trösten.« »Ja, det sollste, Franzeken, ich bin doch deine Mieze, und du hast mir lieb, dann kannste mir doch trösten, ach, jetzt geht der rum, der Junge und ...« »Nee, nu mach mal n Punkt, Mieze! Du mußt hin zu dem, hol dir den.« Da kreischt Mieze, und er kriegt sie gar nicht los. »Ja, du gehst hin, und du läßt mir los.« »Nee, det tu ick nich. Denn haste mir nich lieb, denn magst du mir nich, wat hab ick gemacht.«

Da gelingt es Franz, seinen Arm freizukriegen, sich loszumachen, sie rennt ihm nach, im Augenblick dreht sich Franz um, schlägt ihr ins Gesicht, daß sie zurücktaumelt, dann stößt er gegen ihre Schulter, sie fällt, er über sie und schlägt mit seiner einen Hand, wo es trifft. Die winselt, sie windet sich, oh oh, der haut, der haut, sie hat sich rumgeworfen auf den Bauch und das Gesicht. Wie er aufhört, sich verpustet, die Stube dreht sich um ihn, dreht sie sich rum, rappelt sie sich auf: »Keinen Stock, Franzeken, ist genug, keinen Stock.«

Da sitzt sie mit gerissener Bluse, das eine Auge zu, Blut aus der Nase und verschmiert die linke Backe und das Kinn.

Der Franz Biberkopf aber, – Biberkopf, Lieberkopf, Zieberkopf, keinen Namen hat der –, die Stube dreht sich, die Betten stehen da, an einem Bett hält er sich fest. Da liegt Reinhold drunter, der Kerl, der liegt da mit Stiebeln und macht een Bett dreckig. Wat hat der hier zu suchen? Der hat doch seine Stube. Den hol ick raus, den setzen wir raus, machen wir, m. w. mit m weichen w. Und schon gondelt Franz Biberkopf, Zibanerkopf, Niberkopf, Wiedekopf hopst an das Bett, faßt den durch die Decke an den Kopf, der bewegt sich, die Decke geht hoch, Reinhold sitzt auf.

»Nu mal raus, Reinhold, raus du, kuck dir die an, und dann raus mit dir.«

Miezens aufgerissener Mund, Erdbeben, Blitz, Donner, die Gleise durchgerissen, verbogen, der Bahnhof, die Wärterhäuschen umgeworfen, Tosen, Rollen, Qualm, Rauch, nichts zu sehen, alles hin, hin, weggeweht senkrecht, quer.

»Wat ist, was is kaputt?«

Schreien, Schreien unaufhörlich aus ihrem Mund, qualvolles Schreien, gegen das hinter dem Rauch auf dem Bett, eine Schreimauer, Schreilanzen gegen das da, höher hin, Schreisteine.

»Maul halten, wat is kaputt, hör uff, das Haus kommt zusammen.«

Quellendes Schreien, Schreimassen, gegen das da, keine Zeit, keine Stunde, kein Jahr.

Und schon hat Franzen die Schreiwelle erfaßt. Ein Tobtobtobsüchtiger. Er schwenkt am Bett einen Stuhl, der stürzt, kracht hin aus der Hand. Dann schräg hin über Mieze, die noch aufsitzt und egalweg gellt, gellt und kreischt und kreischt, und er hält ihr von hinten den Mund zu, wirft sie auf den Rücken, kniet über ihr, legt sich auf der Brust über ihr Gesicht. Die – bring – ich – um.

Das Kreischen hört auf, sie strampelt nach oben mit den Beinen. Reinhold zerrt Franzen beiseite: »Mensch, erstickst ihr ja.« »Deiner Wege, Kerl.« »Stehst uff. Uff.« Er kriegt Franzen ab, die liegt unten auf dem Bauch, wirft den Kopf um, wimmert und röchelt, schlägt mit den Armen. Franz stammelt: »Kuck dir det Luder an, det Luder. Wen willste hauen, du Luder?« »Du gehst ab, Franz, ziehst dir die Jacke an und kommst erst ruff, wenn du dir verpustet hast.« Mieze winselt unten, schlägt die Augen auf; das rechte Lid ist rot, zugeschwollen. »Zopp ab, Mensch, schlägst ihr noch dot. Zieh die Jacke an. Da.«

Franz schnauft, keucht, läßt sich in die Jacke reinhelfen.

Da richtet sich Mieze auf, spuckt Schleim, will sprechen, sie richtet sich hoch, sitzt, rasselt: »Franz.« Der hat die Jacke an. »Da haste den Hut.«

»Franz ...« die schreit nicht mehr, die hat ne Stimme, spuckt. »Ick – ick – ick geh mit.« »Nee, bleiben Sie man, Fräulein, ick helf Sie schon nachher.« »Franzeken, komm, ick – geh mit.«

Der steht, dreht den Hut auf dem Kopf, schmeckt, keucht, spuckt, geht zur Tür. Krach. Zu.

Die Mieze stöhnt, kommt auf die Beine, den Reinhold stößt sie weg, dann tastet sie sich durch die Tür. An der Korridortür kann sie nicht weiter, Franz ist raus, der ist schon die Treppe runter. Reinhold trägt sie in die Stube. Wie er sie auf das Bett legt, sie keucht, richtet sie sich allein auf, klettert herunter, spuckt Blut, drängt nach der Tür. »Raus, raus.« Sie bleibt in einem: »Raus, raus.« Ihr eines Auge immer starr auf ihn. Sie läßt die Beine herunterhängen. Son Gesabber. Das Gesabber ekelt ihn, ich halt mir hier nich uff, nachher kommen noch die Leute, und ick hab ihr so zugericht. Wat geht mir der Mist an. Morgen, Fräulein, Hut uffn Deetz, ab durch die Mitte.

Unten wischt er sich das Blut von seiner linken Hand ab, olles Gesabbere, lacht laut: dazu hat er mir nach oben genommen, son Theater, son Dussel. Dazu legt er mir in sein Bett rein mit Stiebeln. Jetzt kriegt der Dussel die Platze. Der hat ein Kinnhaken weg, wo rennt der jetzt rum?

Und gondelt ab. Emailleschilder, Emaillewaren aller Art. War schön da oben, war sehr schön. Son Dussel, haste gut gemacht, mein Sohn, danke schön, mal immer so weiter. Ich lach mir schief.

Darauf saß Bornemann wieder in Stettin im Polizeigewahrsam. Sie holten seine Frau, die richtige Dame. Herr Kommissar, lassen Sie man die Frau in Ruh, die hat geschworen, wat richtig ist. 2 Jahre krieg ich noch zu, das macht mir nischt aus.

Und das ist ein Abend auf der Stube von Franz. Sie lachen. Sie liegen sich in den Armen, küssen sich, sind sich herzensgut. »Da hätt ich dir beinah umgebracht, Mieze. Wie hab ick dir hergericht, Mensch.« »Det schadt nischt. Det du bloß wiedergekommen bist.« »Ist der gleich weg, der Reinhold?« »Ja.« »Fragst mir gar nicht, Mieze, warum er da war?« »Nee.« »Wistet gar nicht wissen?« »Nee.« »Aber Mieze.« »Nee. Es ist ja nicht wahr.« »Wat denn?« »Du willst mir an den verkoofen.« »Wat.« »Es ist doch nicht wahr.« »Aber Miezeken.« »Ich weeß et, und denn is ja gut.« »Es ist mein

Freund, Mieze, aber ein Schweinekerl mit Mächen. Dem wollt ick mal zeigen, wat ein anständiges Mädel ist. Det sollt er sehen.« »Na gut.« »Haste mir ooch noch lieb. Oder bloß den Kerl da?« »Ick bin deine, Franz.«

Mittwoch, den 29. August

Und sie läßt ihren Gönner zwei ganze Tage warten, die benutzt sie bloß, bei ihrem geliebten Franz zu sein, mit ihm nach Erkner und Potsdam zu fahren und mit ihm gut zu sein. Sie hat jetzt ihr Geheimnis mit dem, und jetzt mehr als früher, das kleine Biest, und fürchtet sich auch gar nicht, was ihr geliebter Franz da anstellt bei den Pumsleuten: sie wird auch was unternehmen. Sie wird sich mal allein da umsehen, wer da eigentlich ist, aufm Ball oder Kegelfest. Zu die nimmt sie Franz ja nicht mit, Herbert nimmt seine Eva mit, aber Franz sagt: det ist nicht für dich, mit sone Toppsäue will ich dir nicht zusammenhaben.

Aber Sonjaken, Miezeken will was für Franzen tun, unser kleines Kätzchen will was für ihn tun, schöner als Geldverdienen ist das. Sie wird alles herauskriegen und ihn beschützen.

Und wie der nächste Ball ist, wo die Pumskolonne mit ihren Freunden nach Rahnsdorf macht, geschlossene Gesellschaft, ist eine bei, die keiner kennt, der Klempner hat sie eingeführt, es ist seine, eine Maske trägt sie, und einmal tanzt sie sogar mit Franzen, aber bloß einmal, nachher riecht der das Parfüm. Es ist in Müggelhort, abends kommen Lampions im Garten, ein Sterndampfer fährt ab, knüppeldick voll, die Kapelle bläst einen Abschiedstusch, wie er losfährt, aber sie tanzen und trinken drin noch bis um nach drei.

Und da schwimmt Miezeken mit dem Klempner rum, der sich dicke tut, was er für eine feine Braut hat; sie sieht Pums und seine Gnädige, und Reinhold, wie er betrübt sitzt – über den fallen immer Launen –, und den eleganten Koofmich. Um zwei gondelt sie im Auto mit dem Klempner ab; er kann sich im Auto noch an ihr wild küssen, warum nicht, sie weiß nun schon mehr, es wird sie nicht umschmeißen. Was Miezeken weiß? Wie die Pumse alle aussehen, darum kann er sie knutschen, sie bleibt doch Franzen seine, es geht in die Nacht hinein, in soner Nacht haben die Kerle ihren Franz aus dem Wagen geschmissen, und jetzt holt er sich den, und der wird schon wissen, wer es ist, und die fürchten sich alle vor ihm, warum wär sonst der Reinhold raufgekommen, und das ist ein frecher Kerl, mein Franz, ein goldiger Junge, ich könnte den Klempner totküssen, so lieb ich den Franz, ja, knutsch mir nur, ich beiß dir die Zunge ab, Mensch, gondelt der mit seiner Karre, der fährt uns noch inn Graben, hurra, war det himmlisch heute nacht bei euch, soll ich nu rechts oder links fahren, fahren Sie, wie Sie wollen, bistu ne süße Kruke, Mieze, na, schmeck ich dir, Karl, nimmste mir ooch öfter mit, hoppla, der Dussel, der ist besoffen, der fährt uns noch in die Spree.

Das ist nicht möglich, dann müßt ich ja ersaufen, ich habe noch viel zu tun, ich habe meinem lieben Franz zu folgen, ich weiß nicht, was er tun will, er weiß nicht, was ich will, und das soll still bleiben zwischen uns beiden, solange er will und ich will, wir wollen beide dasselbe, dasselbe wollen wir beide, oh, ist das heiß, küsse mir mehr, da, halte mir fest, Karl, ich zerfließe ja, ich zerfließe, Mensch.

Karelein, Karelein, du sollst mein Schönster sein, auf der Allee schießen die schwarzen Eichen vorbei, 128 Tage vom Jahr schenke ich dir, jeder mit einem Morgen, mit einem Mittag, mit einem Abend.

Es kamen aber auf den Friedhof da zwei blaue Schupo gegangen pipopa. Sie setzten sich auf einen Leichenstein fein und fragten, wo sie vorüberkamen, nach einem gewissen Kasimir Brodowicz, ob sie den gesehen hätten. Er hat vor 30 Jahren etwas verbrochen, man weiß aber nicht genau was, und da wird wohl noch weiter was geschehen, man ist nie sicher bei die Brüder, und jetzt wollen wir von ihm einen Fingerabdruck machen und sein Längenmaß bestimmen, und am besten ihn vorher fassen, man führe ihn uns vor, trari trara.

Die Hosen zieht sich Reinhold hoch, latscht auf seinem Bau hin und her, dem bekommt die Ruhe und das viele Geld nicht. Seine letzte Braut hat er weggeschickt, die feine mag er jetzt auch nicht.

Man muß mal wat anders machen. Er möcht was mit Franz anfangen. Jetzt geht das Kamel wieder rum und strahlt und protzt mit seine Braut; als wenn da was bei ist. Vielleicht nehm ich ihm die doch weg. War neulich eklig mit ihrem Gesabber.

Der Klempner, mit Namen Matter, der Polizei freilich unter dem Namen Oskar Fischer bekannt, macht ein erstauntes Gesicht, als Reinhold ihn nach Sonja fragt. Schlankweg fragt der nach Sonja, und ohne weiteres gesteht Matter, na, wenn dus weißt, dann weißt dus eben. Da legt Reinhold seinen Arm um Matters Taille und fragt: ob Matter sie ihm mal abtreten will für eine kleine Partie. Da stellt sich heraus, daß Sonja Franzen gehört und nicht Mattern. Na, dann kann Matter ihm das Mädel mal für eine Autofahrt verschaffen, nach Freienwalde.

»Dann mußte Franzen fragen und nich mir.« »Franzen kann ich nicht fragen, mit dem hab ich was von früher, und mir mag sie nicht, glaub ick. Det hab ick gemerkt.« »Dazu geb ich mir aber nicht her. Wenn ick sie vielleicht alleene will.« »Na, kannste ja. Bloß für eine Fahrt.« »Von mir aus kannste alle Weiber haben, Reinhold, die ooch, aber woher nehmen und nicht stehlen.« »Na, mit dir looft sie doch. Du, Karl, wenn du einen braunen Lappen kriegst von mir.« »Immer her damit.«

Zwei blaue Schupo setzten sich auf einen Stein und fragten alle, die vorübergingen, und hielten alle Autos an: ob sie nicht einen gesehen haben, der ein gelbes Gesicht hat und schwarze Haare. Der wird von ihnen gesucht. Was er getan hat oder tun wird, das wissen sie nicht, es steht im Polizeibericht. Es hat ihn aber keiner gesehen oder will ihn keiner gesehen haben. Da müssen die beiden Schupo noch weiter gehen die Alleen entlang, und zwei Bullen gesellen sich ihnen bei.

Am Mittwoch, den 29. August 1928, nachdem dieses Jahr schon 242 Tage verloren hat und schon nicht mehr viel zu verlieren hat – und die sind unwiderruflich hin mit einer Fahrt nach Magdeburg, mit einer Wiederherstellung und Genesung, mit Reinholds Schnapsanpassung, Miezes Auftauchen, und sie machen ihren ersten diesjährigen Einbruch, und Franz ist wieder der strahlende Friede und die vollste Friedfertigkeit –, da schießt der Klempner mit der kleinen Mieze in die Landschaft. Ihm hat sie gesagt, nämlich dem Franz, sie fährt mit ihrem Gönner. Warum sie fährt, weiß sie nicht. Sie will nur Franzen helfen, aber wie, weiß sie nicht. Sie hat in der Nacht geträumt: ihr Bett und Franzens stehen in dem Wohnzimmer ihrer Wirtsleute unter der Lampe, und dann bewegt sich der Vorhang vor der Tür, und etwas Graues, eine Art Gespenst, wickelt sich langsam daraus, kommt in das Zimmer. Ach, seufzte sie, und dann saß sie im Bett auf, und Franz schlief fest nebenan. Ich helf ihm, ihm passiert nichts, und dann legte sie sich wieder hin, komisch, wie unsere Betten nach vorn in das Wohnzimmer rollen.

Ruck, sind sie in Freienwalde, hübsch in Freienwalde, ist ein Badeort, hat einen hübschen Kurgarten mit gelbem Kies, gehen viele Leute drauf. Wen werden sie wohl da treffen, wie sie grade Mittag gegessen haben neben dem Kurgarten auf der Terrasse?

Erdbeben, Blitz, Blitz, Donner, Gleise aufgerissen, der Bahnhof um, Rollen, Qualm, Rauch, alles hin, Schwaden, nichts zu sehen, Schwaden, quellendes Schreien ... ich bin deine, ich bin doch dein.

Laß ihn kommen, laß ihn sitzen, ick fürcht mir vor dem nicht, vor dem nu grade nicht, dem seh ich ruhig ins Gesicht. »Das ist Fräulein Mieze; kennste ihr schon, Reinhold?« »Flüchtig. Freut mir sehr, Fräulein.«

Und so sitzen sie im Kurgarten in Freienwalde; es spielt einer schön Klavier im Lokal. Da sitze ich in Freienwalde, und der sitzt mir gegenüber.

Erdbeben, Blitz, Schwaden, alles hin, aber es ist schön, daß wir den getroffen haben, den hole ich aus, über alles, was bei

Pums war, und was Franz macht, bei dem kann mans schaffen mit Jieprigmachen; zappeln lassen, dann kommt der. Mieze träumt, wie ihr das Glück wohlgesinnt ist. Der Klavierspieler singt: Sag mir oui, mein Kind, das ist französisch, Sag mir ja, na und auch auf chinesisch, Wie du willst, das ist ganz egal, Die Liebe ist doch international. Sag mirs durch die Blume, durch die Nase, Sag mirs leise oder in Ekstase, Sag mir oui, sag yes oder sag ja, – Und alles andere, was du willst, ist da!

Ein paar Schnäpse ziehen an, jeder genehmigt ein Schlukkerchen. Mieze verrät, daß sie auf dem Ball war, darauf gibt es ein großartiges Gespräch. Der Herr Kapellmeister am Klavier spielt auf allgemeinen Wunsch: In der Schweiz und in Tirol, Text von Fritz Roller und Otto Stransky, Musik von Anton Profes. In der Schweiz und in Tirol, ja da fühlt man sich so wohl. Denn in Tirol gibts warme Milch von der Kuh, und in der Schweiz gibts eine Jungfrau, juhu! Bei uns, da gibt es – sein wir ehrlich, sowas schwerlich, und darum finde ich so herrlich die Schweiz und auch Tirol! Holoroidi! Zu beziehen durch jede Musikalienhandlung. Holoroidi, lacht Miezeken, jetzt denkt mein süßer Franz, ick bin bei meinem Ollen, aber – ick bin bei ihm selber, und er merkt es nicht.

Dann wollen wir nachher in der Gegend rumfahren, mits Auto. Das will Karl, Reinhold und Mieze, rückwärts Mieze, Reinhold und Karl, und auch Reinhold, Karl, Mieze, alle miteinander wollen es. Muß da das Telephon kommen und ein Kellner rufen: Herr Matter an den Apparat, hast du nicht vorher mit die Oogen geplinkt, Reinhold, Jungeken, na sagen wir nichts, Mieze lächelt ja auch, ihr habt beide nichts dagegen, das scheint ja einen vergnügten Nachmittag zu geben. Da kommt Karlchen schon wieder, och Karelein, Karelein, du, du sollst mein Schönster sein, haste Wehwehchen, nee, ick muß rasch nach Berlin, du bleibst doch, Mieze, ick muß, man kann nich wissen, und gibt die Mieze noch een Kuß und nischt ausplaudern, Karl, werd ick denn, Mäuschen, jeder Mann, wenn er kann, macht ne Extratour, Wiedersehen Reinhold, fröhliche Ostern, fröhliche Pfingsten. Runter den Hut vom Ständer, der ist ab.

Da sitzen wir. »Wat sagen Sie nu dazu.« »Na Fräulein, deswegen hätten Sie neulich nicht so schreien brauchen.« »Det war bloß der Schreck.« »Aber vor mir.« »Man gewöhnt sich an Menschen.« »Sehr schmeichelbar.« Wie das kleine Luder die Augen dreht, feines süßes Aas, wetten, die krieg ick heute noch; da kannste warten, mein Junge, bloß zappeln will ich dir lassen und dann sollste mir alles erzählen, was du weißt. Macht der Oogen. Hat woll ein ganzen Baum Sellerie gefressen.

Dann hat sich der Klavierspieler ausgesungen und das Klavier ist müde, will auch schlafen gehen, da wandern Reinhold und Mieze die Hügel rauf, ein bißchen in den Wald. Und sprechen dies und das und gehen Arm in Arm, und der Junge ist gar nicht übel. Und wie sie um sechs wieder im Kurgarten sind, wartet der Karl auf sie, ist schon wieder im Auto zurück. Wollen wir denn schon nach Hause, abends ist Vollmond, wir gehen zusammen inn Wald, ist ja so schön, machen wir. Und um acht wandern sie zu dritt in den Wald rauf, und Karl muß noch rasch ins Hotel die Zimmer bestellen und nach dem Auto sehen. Wir treffen dich nachher im Kurgarten.

In diesem Wald sind viele Bäume, viele Menschen gehen drin Arm in Arm, es gibt auch einsame Wege. Sie gehen träumend nebeneinander. Mieze will immer was fragen, aber sie weiß nicht was, es geht sich ja so schön Arm in Arm mit dem Menschen, ach ich frage ihn ein andermal, es ist solch schöner Abend. Gott, was muß Franz von mir denken, ich will bald raus aus dem Wald, es geht sich hier so schön. Reinhold hat sie untergefaßt, der hat einen rechten Arm, der Mann geht links, Franz geht immer rechts, es ist eigentümlich so zu gehen, so ein kräftiger starker Arm, was das für ein Kerl ist. Sie gehen zwischen Bäumen, der Boden ist weich, Franz hat einen guten Geschmack, ich werde sie ihm ausspannen, einen Monat gehört sie mir und da kann er machen was er will. Wenn er was will, kriegt er bei der nächsten Tour eins rin, daß er das Aufstehen vergißt, ein schönes Weib, ein kesses Weib, und ist ihm treu.

Sie gehen und sprechen von dem und von dem. Es wird dunkler. Es ist besser zu sprechen; Mieze seufzt, es ist so gefährlich, zu gehen ohne zu sprechen und nur den andern zu fühlen. Sie blickt immer auf den Weg und wo es hinausgeht. Ich weiß nicht, was ich mit ihm will; Jotte doch, was will ich eigentlich mit dem. Sie gehn im Kreise. Heimlich führt Mieze zur Chaussee zurück. Mache die Augen auf, du bist da.

Es ist acht Uhr. Er zieht seine Taschenlampe, es geht ins Hotel, der Wald liegt hinter uns, die Vöglein, ach, die Vöglein, die sangen all so wunderschön, wunderschön. Es zittert in ihm. Das war ein merkwürdiger stiller Weg. Er hat helle Augen. Er geht friedlich neben ihr. Der Klempner wartet einsam auf der Terrasse. »Hast die Zimmer?« Reinhold sieht sich nach Mieze um; sie ist weg. »Wo ist die Dame?« »Auf ihr Zimmer.« Er klopft. »Die Dame hat bestellt, sie ist schlafen gegangen.«

Es zittert in ihm. War das schön. Der dunkle Wald, die Vögel. Was will ick eigentlich von dem Mädel. Was hat der Franz für ein feines Mädel; ich möchte sie haben. Reinhold sitzt mit Karl auf der Terrasse; sie rauchen dicke Zigarren. Sie lächeln sich an: Eigentlich, wat solln wir hier? Können eigentlich ooch zu Hause schlafen. – Reinhold atmet noch immer tief und langsam, zieht langsam an seinem Glimmstengel, der dunkle Wald, wir gehen im Kreise, sie führt mich wieder zurück: »Wenn du willst, Karl. Ick bleib die Nacht hier.«

Und dann marschieren sie beide noch an den Waldrand und sitzen da und kucken den Autos nach. In diesem Wald sind viele Bäume, man geht auf weichem Boden, viele Menschen gehen da Arm in Arm, wat bin ick für ein Schweinehund.

Sonnabend, den 1. September

Das ist Mittwoch, den 29. August 1928.

Nach drei Tagen wiederholt sich alles. Der Klempner fährt mit einem Auto an, Mieze – Mieze hat gleich ja gesagt, als er fragte, ob sie wieder nach Freienwalde wolle und der Reinhold möchte auch mit. Ich werde stärker sein diesmal, denkt sie, wie sie sich ins Auto setzt, ich gehe nicht mit ihm in den Wald. Sie hat gleich ja gesagt, denn Franz war so betrübt den letzten Tag, und er sagt nicht warum und ich muß es wissen und ich muß dahinter kommen. Er hat Geld von mir, er hat alles, ihm fehlt nichts, was dem Mann bloß Kummer macht.

Reinhold sitzt im Auto neben ihr, hat gleich den Arm um ihre Hüfte. Ist schon alles vorbedacht: heute fährst du zum letztenmal von deinem geliebten Franz weg, heut bleibste bei mir, solange wie ich will. Bist die fünfhundertste oder tausendste Frau, die ick habe, ging alles gut und in Ordnung bisher, wird auch jetzt in Ordnung gehen. Sie sitzt da und weiß nicht wiės weiter geht, ich weiß es und das ist gut.

Das Auto lassen sie in Freienwalde vor dem Gasthof stehen, Karl Matter geht allein mit Mieze durch Freienwalde spazieren, es ist Sonnabend der 1. September und 4 Uhr. Reinhold möchte noch eine Stunde im Gasthof schlafen. Nach sechs kriecht Reinhold raus, pusselt am Auto, dann gießt er einen hinter die Binde, zieht ab.

Im Wald, Mieze ist glücklich. Karle ist so nett und wovon der alles erzählen kann, der hat ein Patent und das hat ihm die Firma, wo er gearbeitet hat, abgeknöpft, so werden die Angestellten betrogen, das müssen sie schon vorher schriftlich geben und die Firma ist Millionär drauf geworden, und er macht bloß bei Pums so mit, weil er jetzt ein neues Modell baut, das macht alles hinfällig und nichts, was die Firma zusammengestohlen hat. Son Modell kost viel Geld, er kanns der Mieze nicht verraten, ist ein ganz großes Geheimnis, wird alles in der Welt anders, wenn das glückt, die ganzen Straßenbahnen, Feuerwehr, Müllabfuhr, alles, eignet sich für alles, überhaupt alles. Sie erzählen sich von ihrer Autofahrt am Maskenball, auf der Allee schießen die Eichen vorbei, 128 Tage vom Jahr schenk ich dir, jeden mit einem Morgen, einem Mittag, einem Abend.

»Juhu, juhu«, schreit der Reinhold durch den Wald. Das ist Reinhold, sie antworten: »Juhu, juhu.« Karl versteckt sich woanders, aber Mieze wird ernster, wie Reinhold ankommt.

Da standen die beiden blauen Schupo vom Steine auf. Und sagten, die Beobachtung wäre ergebnislos verlaufen und verkrümelten sich, wir können nichts tun, hier ereignen sich ja doch nur belanglose Sachen, wir können nur schriftliche Meldung an die Behörde machen. Und wenn sich etwas ereignen sollte, dann wird mans schon sehn, dann wirds an der Litfaßsäule stehn.

Im Walde aber gingen da allein Mieze und Reinhold, ein paar Vöglein zirpten und piepten leise. Oben die Bäume fingen zu singen an.

Es sang ein Baum, dann sang ein anderer Baum, dann sangen sie zusammen, dann hörten sie wieder auf, dann sangen sie über den Köpfen der beiden.

Es ist ein Schnitter, der heißt Tod, hat Gewalt vom großen Gott. Nun wetzt er das Messer, jetzt schneidt es schon besser.

»Ach, wie ich mir freue, wirklich, daß ich nu wieder in Freienwalde bin, Reinhold. Wissen Sie noch vorgestern, war doch hübsch, war det nich hübsch.« »Bloß ein bißchen kurz, Fräulein. Sie waren wohl müde, ick hab bei Sie angeklopft, Sie haben nicht aufgemacht.« »Die Luft brennt einem und die Autofahrt und alles.« »Na, war et nich ooch ein bißchen hübsch?« »Natürlich, wie meinen Sie?« »Ick mein bloß, wenn man so geht. Und mit einem so hübschen Fräulein.« »Hübsches Fräulein, machen Sie man hallwege. Ich sage ja nicht: hübscher Herr.« »Daß Sie mit mir gehen –« »Wat is damit?« »Na, ich denke mir, an mir is doch nicht weiter viel abzusehen. Daß Sie mit mir gehen, Frollein, können Sie mir glauben, det freut mir wirklich.« Ein goldiger Junge. »Haben Sie eigentlich keine Freundin?« »Freundin, wat nennt sich heute alles Freundin.« »Nanu.« »Na ja. Da gibt es allerhand. Det kennen Sie nicht, Fräulein. Sie haben da einen Freund, der ist solide, und der tut was für Sie. Aber ein Mädchen, dat will sich bloß amüsieren, een Herz, sowat hat das nicht.« »Da haben Sie aber Pech.« »Sehen Sie, Fräulein, daher kommt det ooch mit dem – na mit dem Weibertausch. Aber det möchten Sie ja nich hören.« »Och, reden Sie man. Wie war det denn?« »Det kann ick Ihnen genau sagen und det wern Sie ooch jetzt verstehn. Können Sie ein Weib länger halten als ein paar Monate oder paar Wochen, wenn nischt an die ist? Na? Vielleicht treibt sie sich rum oder ist nischt an ihr, versteht nischt, mischt sich in allet in oder vielleicht sauft?« »Is ja eklig.« »Sehen Sie, Mieze, so is mir doch gegangen. Und so gehts einem. Lauter Bruch, Abfall, Bowel. Det is aus ein Müllkasten geholt. Möchten Sie mit sowat verheiratet sein? Na, ick nich ne Stunde. Na, dann hält mans son bißchen aus, vielleicht paar Wochen, nachher gehts eben nicht, dann muß sie gehen und ick sitz wieder da. Is nich schön. Aber hier is schön.« »Bißchen Abwechslung is wohl ooch bei?« Reinhold lacht: »Wie meinen Sie det, Mieze?« »Na, na, andere möchten Sie ooch mal?« »Warum nicht, nanu, sind doch alles Menschen.«

Sie lachen, sie gehen Arm in Arm, erster September. Die Bäume hören nicht auf zu singen. Es ist ein langes Predigen.

Ein jegliches, ein jegliches hat seine Zeit und alles Vornehmen unter dem Himmel hat seine Stunde, ein jegliches hat sein Jahr, geboren werden und sterben, pflanzen und ausrotten, das gepflanzt ist, ein jegliches, jegliches hat seine Zeit, würgen und heilen, brechen und bauen, suchen und verlieren, seine Zeit, behalten und wegwerfen seine Zeit, zerreißen und zunähen, schweigen und reden. Ein jegliches hat seine Zeit. Darum merkt ich, daß nichts Besseres ist, als fröhlich sein. Besseres als fröhlich sein. Fröhlich sein, laßt uns fröhlich sein. Es ist nichts Besseres unter der Sonne als lachen und fröhlich sein.

Reinhold hat Miezes Hand, er geht an ihrer Rechten, was er für einen starken Arm hat. »Wissen Sie Mieze, eigentlich hab ick gar keen Mut gehabt, Sie mal einzuladen, von damals, wissen schon.« Und dann gehen wir eine halbe Stunde, sprechen wenig. Es ist gefährlich, lange zu gehen und nicht zu sprechen. Aber man fühlt seinen rechten Arm.

Wo setz ich die süße Kruke bloß hin, det is ne ganz besondere Marke, und vielleicht spar ick mir das Mädel noch auf, man muß genießen, vielleicht spar ick mir das Mädel noch auf, man muß genießen, vielleicht schlepp ick ihr ins Hotel und in der Nacht, in der Nacht, wenn der Mondschein erwacht. »Sie haben ja lauter Narben an der Hand, und tätowiert sind Sie ooch, an der Brust ooch?« »Jawoll, wollen Sie mal sehen?« »Warum tätowieren Sie sich denn?« »Kommt drauf an, wo, Fräulein.« Mieze kichert, schaukelt in seinem Arm: »Kann mir denken, hab ooch mal einen gehabt, vor Franzen, wat der sich allens bemalt hat, ist nicht zu sagen.« »Tut weh, ist aber schön. Wollen Sie mal sehen, Fräulein?« Da läßt er ihren Arm, knöpft sich rasch die Brust auf, zeigt die Brust, da. Ist ein Amboß, ein Lorbeerkranz drum. »Nu decken sich doch mal zu, Reinhold.« »Da, kuck ihn ruhig an.« Die Flamme in ihm, die blinde Gier, er packt ihren Kopf, preßt ihn ran an seine Brust: »Küssen, du, küssen, mußt küssen.« Sie küßt nicht, ihr Kopf bleibt da gedrückt liegen unter seinen Händen: »Lassen Sie mich doch los.« Er läßt sie los: »Hab dir doch nich, Mensch.« »Ick geh los.« Son Aas, ich krieg dir an den Hals, wie redt det Stück mit mir. Er zieht sich das Hemd vor. Die krieg ich noch, die tut sich, immer mit die Ruhe, sachte, Junge. »Hab dir doch nischt getan, knöpp mir schon zu. So. Na, wirst ja woll schon ein Mann gesehn haben.«

Was will ich eigentlich bei dem Kerl hier, hat mir das Haar zerzaust, ist ja ein Rowdy, ich schiebe ab. Hat alles seine Zeit. Jegliches, jegliches.

»Sein Sie man nicht so, Fräulein, das war nur so ein Augenblick. Momentchen, wissen Sie, es gibt im Menschenleben manchesmal Momente.« »Darum brauchen Sie mir doch nicht an den Kopp zu fassen.« »Nicht schimpfen, Mieze.« Ick faß dir noch wo anders hin. Die wilde Hitze ist schon wieder da. Wenn ick die bloß anfasse. »Mieze, wollen wir wieder Frieden halten?« »Na denn, benehmen Sie sich aber.« »Gemacht.« Arm in Arm. Er lächelt sie an, sie lächelt gegen das Gras. »War nicht so schlimm, Mieze, was? Wir bellen bloß so, wir beißen nicht.« »Ich überleg mir, wozu haben Sie da einen Amboß? Manche haben ne Frau da, oder ein Herz oder sowas, aber ein Amboß.« »Na wat denken Sie, Mieze?« »Nischt. Ich weeß doch nich.« »Is mein Wappen.« »Amboß?« »Ja. Da muß sich eener rufflegen.« Er grinst sie an. »Sie sind aber ein Schwein. Da hätten Sie sich doch lieber ein Bett ruffmachen sollen.« »Nee, Amboß ist besser. Amboß ist besser.« »Sind Sie Schmied?« »Een bißchen ooch. Unser eens ist alles. Aber das verstehen Sie noch nicht so richtig mit dem Amboß, Mieze. Mir darf keiner zu nahe kommen, Fräulein, sonst brennts gleich. Aber müssen nicht glauben, daß ich gleich beiße, und Ihnen schon lange nicht. Wir gehen doch hier so hübsch und ich möchte mir ooch gern setzen, in ne Kute.« »Ihr seid wohl alle sone Jungs da bei Pums?« »Kommt drauf an, Mieze, gut Kirschen essen ist nicht mit uns.« »Na, und wat machen Sie da alles?« Wie krieg ich dir erst in ne Kute, und keen Mensch geht hier. »Ach, Mieze, das fragste am besten deinen Franz, der weeß alles genau so gut wie ich.« »Aber sagen dut der nischt.« »Gut ist das. Schlau ist der. Besser nischt sagen.« »Aber mir.« »Wat willste denn wissen?« »Wat Ihr macht?« »Krieg ich ooch ein Kuß?« »Wenn dus mir sagst.«

Da hat er sie in den Armen. Zwei Arme hat der Junge. Und wie der pressen kann. Jegliches seine Zeit, pflanzen und ausrotten, suchen und verlieren. Ich krieg keine Luft. Der läßt nicht los. Ist das heiß. Laß doch. Wenn der noch paarmal so macht, bin ich hin. O jeh, der muß mir doch erst sagen, was mit Franz ist, wat Franz eigentlich will und was alles gewesen ist und was die denken. »Jetzt läßte mir los, Reinhold.« »Also.« Und läßt sie los, steht, fällt vor ihr auf den Boden, küßt ihre Schuhe, der ist wohl verrückt, küßt ihre Strümpfe, weiter rauf, ihr Kleid, ihre Hände, jegliches seine Zeit, rauf zum Hals. Sie lacht, schlägt um sich: »Weg, geh weg, Mensch, bist wohl verrückt.« Wie der glüht, dir muß man unter die Brause stellen. Er atmet und keucht, er will sich an ihren Hals anwühlen, stammelt, aber das ist nicht zu verstehen, er geht allein weg von ihrem Hals, der ist wie ein Stier. Sein Arm liegt an ihrem, sie gehen, die Bäume singen. »Kuck, Mieze, da ist ne schöne Kute, die ist für uns gebaut –

kuck mal. Ne Wochenendskute. Da hat einer drin gekocht. Wollen wir mal raus machen. Macht man sich die Hosen drin dreckig.« Soll ick mir setzen. Vielleicht redt er aber dann besser. »Na, meinetwegen. Een Mantel runter wärs schöner.« »Wart mal, Mieze, zieh mir die Jacke aus.« »Hübsch von dir.«

Da liegen sie schräg abwärts in einer Grasmulde, sie stößt mit dem Fuß eine Konservenbüchse weg, sie dreht sich auf den Leib, legt ruhig einen Arm über seine Brust. Da wären wir. Sie lächelt ihn an. Wie er die Weste von seiner Brust wegschiebt und der Amboß durchscheint, zieht sie den Kopf nicht weg. »Jetzt erzählst du mir was, Reinhold.« Er drückt sie an seine Brust, da wären wir, schön, da ist das Mädel, geht alles in Ordnung, feines Mädel, pikfein, die behalt ick lange, da kann der Franz schreien, wat er will, früher kriegt er sie nicht. Und Reinhold rutscht abwärts, und zieht Miezen über sich, schlingt sie in seine Arme und küßt ihren Mund. Er saugt sich ein, kein Gedanke bei ihm, nur Wonne, Gier, Wildheit, und da ist jeder Handschlag vorgeschrieben und möge keiner kommen, hier etwas zu hindern. Dann bricht es und splittert es und dagegen kann kein Orkan oder Steinschlag etwas, das ist ein Geschoß aus einer Kanone, eine Mine, die fliegt. Was entgegenfliegt, schlägt es durch, preßt es beiseite, weiter, es geht weiter weiter.

»Ach nicht so fest, Reinhold.« Der macht mir schwach; wenn ich mir nicht zusammennehme, dann hat der mir. »Mieze.« Er blinzelt rauf, läßt sie nicht los: »Na, Miezeken.« »Na, Reinhold.« »Wat studierste an mir?« »Du, dat is doch schlecht von dir, wat du mit mir machst. Wie lange kennste Franzen?« »Deinen Franz?« »Ja.« »Deinen Franz, na, is es noch deiner?« »Wem denn seiner?« »Na, wer bin ick denn?« »Wieso?« Sie will ihren Kopf an seiner Brust verstecken, aber er preßt den Kopf hoch: »Na, wer bin ick?« Sie wirft sich an ihn, preßt seinen Mund, er glüht wieder auf, ein bißchen bin ich ihm ooch gut, wie er sich streckt, glüht. Es gibt keine Wassermassen, keine Riesenschläuche der Feuerwehr, die das löschen können, die Glut schlägt aus dem Haus, wächst von innen. »So, nu läßt du mir wieder los.« »Wat willste, Mädel?« »Nischt. Bei dir sein.« »Na also. Ich bin ooch deiner, nicht? Haste dir mit Franz verkracht?« »Nee.« »Bist verkracht mit ihm, Mieze?« »Nee, erzähl mir lieber wat von ihm, du kennst ihn doch schon lange.« »Kann dir nichts erzählen von dem.« »Och.« »Ich erzähl nischt, Mieze.« Er packt sie, wirft sie beiseite, sie ringt mit ihm: »Nee, ick will nicht.« »Sei doch nicht bockig, Mädel.« »Ick will auf, man wird ganz dreckig hier.« »Und wenn ick dir nu wat erzähle?« »Ja, dat is schön.« »Wat krieg ich denn, Mieze?« »Wat du willst.« »Alles?« »Na – wollen sehen.« »Alles?« Ihre Gesichter sind beisammen, glühen; sie sagt nichts, ich weiß selbst nicht, was ich tun werde, durch ihn schießt es, Gedanken weg, keine Gedanken, Bewußtlosigkeit.

Er richtet sich auf, Gesicht abwaschen, puh, der Wald, ja man wird hier dreckig. »Ick werd dir wat erzählen von dein Franz. Den kenn ick schon lange. Weeßte, Mensch, det is ne besondere Nudel. Aus de Kneipe kenn ick den, Prenzlauer Allee. Letzten Winter. Der hat mit Zeitungen gehandelt und denn hat er wohl eenen da gekannt, den Meck, richtig. Da hab ick ihn kennengelernt. Dann haben wir zusammen gesessen, und von de Mädels hab ick dir ja schon erzählt.« »Det ist wahr?« »Ob det wahr ist. Aber er ist ja ein Dussel, der Biberkopf, der Dusselkopp, damit kann er sich nicht rühmen, det stammt von mir, denkst woll, der hat mir Weiber zugeschanzt? Ach Gott, seine Weiber. Nee, wenns nach dem geht, hätten wir zur Heilsarmee gemacht, damit ick mir bessere.« »Besserst dir aber nich, Reinhold.« »Nee, siehste ja. Mit mir ist nischt zu machen. Mir muß man schon verbrauchen, wie ick bin. Det ist sicher wie Amen in der Kirche und daran ist nischt zu ändern. Aber an dem, Mieze, an dem kannste wat ändern. Mieze, dein Lude, du bist doch ein hübsches Stück. Mädel, wie kannste dir bloß son Kerl ausbuddeln, mit eenem Arm, son hübsches Mädel, du kriegst doch zehn an jedem Finger?« »Nu quatsch nich, Mensch.« »Na ja, Liebe ist blind auf beede Oogen, aber sowat! Weeßte, wat der bei uns jetzt will, dein Lude? Jetzt will er den dicken

Wilhelm spielen bei uns. Ausgerechnet bei uns. Erst wollt er mir auf die Bußbank schicken, Heilsarmee, det is ihm vorbeigelungen. Und nu.« »Nee, mußt nicht so schimpfen auf den. Det kann ich nich hören.« »Kille, kille, weeß ja, is dein lieber Franz, dein Franzeken, noch immer? Wat?« »Tut dir doch nischt, Reinhold.«

Jegliches seine Zeit, jegliches, jegliches. Schrecklicher Kerl das, soll mir loslassen, von dem will ich nichts wissen, der braucht mir nischt zu erzählen. »Nee, tut uns nischt, soll ihm schwer fallen, Mieze. Da haste aber ne feine Nummer erwischt an dem, Mieze. Hat er dir mal wat erzählt von sein Arm? Wat? Bist doch seine Braut, oder gewesen! Komm her, Miezeken, bist mein süßer Schatz, hab dir nich.« Was mach ick bloß, ick will den nich. Pflanzen hat seine Zeit und ausrotten, nähen und zerreißen, weinen und tanzen, klagen und lachen. »Komm doch, Mieze, wat willste mit dem, mit son Fatzke. Bist mein Süßes. Stell dir doch nich. Weil du bei dem bist, biste noch keine Gräfin. Freu dir, daß du den los bist.« Freu dir doch, warum soll ick mir freuen. »Und jetzt kann er jaulen, jetzt hat er keene Mieze mehr.« »Nu mach mal een Punkt, und drück mir nich so, Mensch, ich bin nich von Eisen.« »Nee, aus Fleisch, aus scheenes Fleesch, Mieze, gib mir deen Schnuteken.« »Wat is denn det, Mensch, du sollst mir doch nich drücken. Bild dir doch keene Schwachheiten ein. Wo bin ick deine Mieze?«

Raus aus der Kute. Hut unten gelassen. Der wird mir hauen, ich renne. Und schon – er hat sich noch nicht aus der Kute erhoben – schreit sie, schreit ›Franz‹ und rennt. Da ist er auf und rennt und in einem Satz überrennt er sie, er in Hemdsärmeln. Beide hin an einen Baum, liegen. Sie strampelt, er ist über ihr, hält ihr den Mund: »Schreist du, Aas, schreist schon wieder, warum schreiste denn, tu ick dir wat, biste still, na? Er hat dir die Knochen neulich ganz gelassen. Paß uff, bei mir gehts anders.« Er zieht die Hand von ihrem Mund. »Ick schrei nich.« »So, denn is es gut. Und jetzt stehste uff, du, und kommst retour und holst dein Hut. Jek vergreife mir an keenem Weib. Solange ick lebe, hab ick det nich jemacht. Aber mußt mir nicht in Rasche bringen. Da gehts lang.«

Er geht hinter ihr.

»Haste dir nich mausig zu tun mit dem Franz, du, wenn du ooch seine Hure bist.« »Ich geh jetzt los.« »Wat heißt hier losgehen, bist wohl übergefahren, du weeßt woll nich, mit wem du sprichst, so kannste mit dein Fatzke reden.« »Ick – weeß nich, wat ick soll.« »In die Kute gehn und gut sein.«

Wenn man ein Kälbchen schlachten will, bindet man ihm einen Strick um den Hals, geht mit ihm an die Bank. Dann hebt man das Kälbchen hoch, legt es auf die Bank und bindet es fest.

Sie marschieren zur Kute. Er sagt: »Leg dir hin.« »Ick?« »Wenn du schreist! Mädel, ick hab dir gern, ick wär sonst nicht hergekommen, ich sag dir: wenn du ooch seine Hure bist, biste noch keine Gräfin. Mach mit mir kein Klamauk, du. Weeßte, det is noch keenem gut bekommen. Da kann er nu Mann oder Frau oder Kind sein, da bin ick kitzlig. Da kannste ja mal bei dein Lude ankloppen. Der kann dir wat erzählen. Wenn er sich nich scheniert, der. Aber von mir kannstet ja ooch hören. Dir kann ichs ja sagen, damit du weißt, wer er ist. Und wo du dran bist, wennste mit mir anfängst. Der wollte ooch mal, wat er hier oben in seine Birne hat. Vielleicht woll ooch uns verpfeifen. Der is mal Schmiere gestanden, wo wir gearbeitet haben. Und er sagt, er macht nicht mit, er is ein anständiger Mensch. Hat keene Bollen in die Strümpfe, der. Da sag ich, du mußt mit. Und da muß er mit ins Auto und ick weeß noch nicht, wat ick mit dem Kerl mache, der hat auch schon immer ein großes Maul, und warte mal, da kommt ein Auto hinter uns her und ich denke, nu sieh dir mal vor, mein Junge, du mit deim Dicketun anständig sein gegen uns. Und raus ausm Wagen. Jetzt weeßt ja, wo er sein Arm hat.«

Eisige Hände, eisige Füße, der war es. »Jetzt legste dir hin, und bist lieb, wie sich det gehört.« Das ist ein Mörder. »Du gemeiner Hund, du Schuft.« Er strahlt: »Siehste. Nu schrei dir man aus.« Nun wirste parieren. Sie brüllt, sie weint: »Du

Hund, den wolltest du umbringen, den haste unglücklich gemacht, und jetzt willste mir haben, du Saukerl.« »Ja, det will ick.« »Du Saukerl. Dir spuck ick an.« Er hält ihr den Mund zu: »Willste nu?« Sie ist blau, zerrt an seiner Hand: »Mörder, Hilfe, Franz, Franzeken, komme.«

Seine Zeit! Seine Zeit! Jegliches seine Zeit. Würgen und heilen, brechen und bauen, zerreißen und zunähen, seine Zeit. Sie wirft sich hin, um zu entweichen. Sie ringen in der Kute. Hilfe Franz.

Det Ding werden wir schon drehen, deinem Franz werden wir mal einen Spaß machen, da hat er was für die ganze Woche. »Ick will weg.« »Da will mal weg. Hat schon mancher mal weg gewollt.«

Er kniet von oben über den Rücken, seine Hände sind um ihren Hals, die Daumen im Nacken, ihr Körper zieht sich zusammen, zieht sich zusammen, ihr Körper zieht sich zusammen. Seine Zeit, geboren werden und sterben, geboren werden und sterben, jegliches.

Mörder sagst du, und mir lockst du her, und willst mir vielleicht an der Nase rumziehen, Stücke, da kennste Reinholden gut.

Gewalt, Gewalt, ist ein Schnitter, vom höchsten Gott hat er die Gewalt. Laß mir los. Sie wirft sich noch, sie zappelt, sie schlägt hinten aus. Das Kind werden wir schon schaukeln, da können Hunde kommen und können fressen, was von dir übrig ist.

Ihr Körper zusammen zusammen zieht sich ihr Körper, Miezes Körper. Mörder sagt sie, das soll sie erleben, das hat er dir wohl aufgetragen, dein süßer Franz.

Darauf schlägt man mit der Holzkeule dem Tier in den Nacken und öffnet mit dem Messer an beiden Halsseiten die Schlagadern. Das Blut fängt man in Metallbecken auf.

Es ist acht Uhr, der Wald ist mäßig dunkel. Die Bäume schaukeln, schwanken. War eine schwere Arbeit. Sagt die noch wat? Die japst nicht mehr, das Luder. Das hat man davon, wenn man mit son Aas ein Ausflug macht.

Gestrüpp rübergeworfen, Taschentuch an den nächsten

Baum, damit man es wieder findet, mit die bin ick fertig, wo ist Karl, muß den herkriegen. Nach einer guten Stunde mit Karl zurück, was das fürn Schlappier ist, zittert der Kerl, hat weiche Knie, mit sone Anfänger soll man arbeiten. Es ist ganz finster, sie suchen mit Taschenlampen, da ist das Taschentuch. Sie haben Spaten aus dem Auto. Der Körper wird eingebuddelt, Sand drauf, Gestrüpp rauf, bloß keene Fußspuren, Mensch, immer wegwischen, na halt dir senkrecht, Karl, tust ja so, als ob du selber schon dran bist.

»Also, da hast du meinn Paß, einen guten Paß, Karle, und hier ist Geld und du machst dir dünne, solange wie dicke Luft ist. Geld kriegst du, keene Sorge. Adresse immer an Pums. Ich fahr wieder retour. Mir hat keener gesehen und dir kann keener wat tun, du hast dein Alibi. Gemacht, los.«

Die Bäume schaukeln, schwanken. Jegliches, jegliches.

Es ist stockfinster. Ihr Gesicht ist erschlagen, ihre Zähne erschlagen, ihre Augen erschlagen, ihr Mund, ihre Lippen, ihre Zunge, ihr Hals, ihr Leib, ihre Beine, ihr Schoß, ich bin deine, du sollst mir trösten, Polizeirevier Stettiner Bahn, Aschinger, mir wird schlecht, komm doch, wir sind gleich zu Hause, ich bin deine.

Die Bäume schaukeln, es fängt an zu blasen. Huh, hua, huh – uu – uh. Die Nacht geht weiter. Ihr Leib erschlagen, ihre Augen, ihre Zunge, ihr Mund, komm doch, wir sind gleich zu Hause, ich bin deine. Ein Baum kracht, der steht am Rand. Huh, hua, huh, uu, uh, das ist der Sturm, der kommt mit Trommeln und Flöten, jetzt liegt er oben über dem Wald, jetzt läßt er sich runter, wenn es heult, is er unten. Das Wimmern kommt vom Gestrüpp. Das ist, als wenn etwas geritzt wird, das heult wie ein eingesperrter Hund und quiekt und winselt, hör mal wie das winselt, den muß einer getreten haben, aber mitm Absatz, jetzt hörts schon wieder auf.

Huh, hua, huh-uu-uh, der Sturm kommt wieder an, es ist Nacht, der Wald steht ruhig, Baum neben Baum. Sie sind in Ruhe hochgewachsen, sie stehen wie eine Herde beisammen, wenn sie so dicht beisammen stehen, kommt der Sturm nicht so leicht an sie ran, nur die außen müssen dran glauben und die Schwachen. Aber halten wir zusammen, jetzt stillgestanden, es ist Nacht, die Sonne ist weg, huh, huah, uu, huh, es fängt wieder an, er ist da, er ist jetzt unten und oben und ringsherum. Gelbrotes Licht am Himmel und wieder Nacht, gelbrotes Licht, Nacht, das Winseln und Pfeifen wird stärker. Die am Rand sind, wissen was ihnen bevorsteht, die winseln, und die Gräser, aber die können sich biegen, die können flattern, aber was können die dicken Bäume. Und plötzlich weht der Wind nicht mehr, das hat er aufgegeben, das tut er nicht mehr, sie quieken noch von ihm, was will er jetzt tun.

Wenn man ein Haus umschmeißen will, kann man es nicht mit der Hand machen, man muß eine Ramme nehmen oder unten Dynamit eingraben. Der Wind macht nichts weiter als seine Brust ein bißchen weit. Paßt mal auf, er zieht den Atem ein, dann bläst er aus, huh, huah, uh-uu-huh, dann zieht er ein, dann bläst er aus, huh, huah, uu-uh-huh. Jeder Atem ist schwer wie ein Berg, bläst er aus, huh, huah, uu-huh, der Berg wird angerollt, zurückgerollt, bläst er aus, huh, huah, uu-huh. Hin und zurück. Der Atem ist ein Gewicht, eine Kugel, die stößt und fährt gegen den Wald. Und wenn der Wald auf den Hügeln wie eine Herde steht, der Wind umrennt die Herde und braust durch.

Jetzt geht das: Wumm-wumm, ohne Trommel und ohne Flöten. Die Bäume schwingen rechts und links. Wumm-wumm. Aber sie können den Takt nicht halten. Wenn die Bäume grade links sind, geht es dazu wumm nach links über, sie knicken um, knacken, knastern, knattern, bersten, prasseln, dumpfen um. Wumm macht der Sturm, nach links mußt du. Huhhuah, uu, huh, zurück, das ist vorbei, er ist weg, man muß nur den rechten Moment abpassen. Wumm, da kommt er wieder, Achtung, wumm, wumm, wumm, das sind Fliegerbomben, er will den Wald abreißen, er will den ganzen Wald erdrücken.

Die Bäume heulen und schaukeln sich, es prasselt, sie brechen, es knattert, wumm, es geht ans Leben, wumm,

wumm, die Sonne ist weg, stürzende Gewichte. Nacht, wumm wumm.

Ich bin deine, komm doch, wir sind bald da, ich bin deine. Wumm wumm.

ACHTES BUCH

Es hat nichts genutzt. Es hat noch immer nichts genutzt. Franz Biberkopf hat den Hammerschlag erhalten, er weiß, daß er verloren ist, er weiß noch immer nicht, warum.

Franz merkt nichts und die Welt geht weiter

Zweiter September. Franz geht rum wie sonst, fährt mit dem kessen Koofmich ins Freibad Wannsee. Am dritten, am Montag, wundert er sich, ist doch Miezeken nicht da, gesagt hat sie auch nichts, die Wirtin kann sich auf nichts besinnen, hat auch nicht telephoniert. Na, hat vielleicht einen Ausflug gemacht mit ihrem hohen Freund und Gönner, wird er sie wohl bald abladen. Warten wir noch bis Abend.

Ist Mittag, Franz sitzt zu Hause, klingelts, Rohrpost, von ihrem Gönner, an Mieze. Nanu, was ist das, ich denke, die ist da, oder was ist los. Ich mach den Brief auf: »und wundere mich, Sonja, daß du nicht mal anrufst. Gestern und vorgestern habe ich wie verabredet im Büro auf dich gewartet.« Was ist das, wo steckt die.

Franz auf, Hut gesucht, versteh ich nicht, mal runter zu dem Herrn, Taxe. »Die ist nicht bei Ihnen gewesen? Wann war sie denn zuletzt hier? Freitag? So.« Die beiden sehen sich an. »Sie haben doch einen Neffen, ist der vielleicht mit?« Der Herr wird wild, was, der soll mir gleich herkommen, bleiben Sie mal hier. Sie trinken langsam Rotwein. Der Neffe kommt. »Das ist der Bräutigam der Sonja, weißt du, wo sie ist?« »Ich, was ist los?« »Wann haste sie zuletzt gesehen?« »Aber das ist ja gar nicht mehr wahr, vor zwei Wochen so.« »Stimmt. Das hat sie mir erzählt. Nachher nicht?« »Nein.« »Und nichts gehört?« »Gar nicht, warum denn, was ist denn los?« »Der Herr hier wird dir selbst sagen.« »Sie ist weg, seit Sonnabend, keine Silbe gesagt, alles liegt, keine Silbe wohin.« Der Gönner: »Hat vielleicht ne Bekanntschaft gemacht.« »Glaub nicht.« Sie trinken zu dritt Rotwein. Franz sitzt still: »Ich glaube, man muß ein bißchen warten.«

Ihr Gesicht erschlagen, ihre Zähne erschlagen, ihre Augen erschlagen, ihre Lippen, ihre Zunge, ihr Hals, ihr Leib, ihre Beine, ihr Schoß erschlagen.

Am nächsten Tag ist sie nicht da. Ist sie nicht da. Es liegt alles wie sies gelassen hat. Ist sie nicht da. Ob Eva was weiß. »Haste Krach mit ihr gehabt, Franz?« »Nee, vor zwei Wochen, ist aber alles gut.« »Ne Bekanntschaft?« »Nee, hat mir erzählt vom Neffen von ihrem Herrn, aber der ist da, ich hab ihn gesehen.« »Vielleicht, man müßte den mal beobachten, vielleicht ist sie doch bei dem.« »Gloobste?« »Man müßte aufpassen. Bei Mieze weiß man nicht. Die hat ihre Launen.«

Sie ist nicht da. Franz tut zwei Tage nichts, denkt, ich werde der nicht nachlaufen. Dann hört er nichts und hört nichts und dann läuft er einen ganzen Tag hinter dem Neffen her und am nächsten Mittag, wie die Wirtin von dem Neffen ausgegangen ist, schiebt Franz und der elegante Koofmich rasch in die Wohnung, die Tür geht leicht auf mitm Haken, kein Mensch in der Wohnung, in seinem Zimmer lauter Bücher, nischt von einem Weibsbild, feine Bilder an der Wand, Bücher, die ist nicht hier, ick kenn ihren Puder, riecht ja nicht so, komm los, nischt mitnehmen, laß die arme Frau, lebt vom Zimmervermieten.

Wat ist los. Franz sitzt auf seiner Stube. Stundenlang. Wo ist Mieze. Die ist weg, läßt nichts von sich hören. Wat sagt man. Alles durcheinandergewühlt in der Stube, Bett auseinandergenommen, wieder zusammengelegt. Die läßt mir sitzen. Ist nicht möglich. Ist nicht möglich. Läßt mir sitzen. Hab ick wat getan, hab ihr nischt getan. Det mit dem Neffen hat sie mir nicht nachgetragen.

Wer kommt? Eva. »Sitzt im Dustern, Franz, steck doch das Gas an.« »Die Mieze läßt mir sitzen. Ist das möglich?« »Laß man det, Mensch. Sie kommt schon wieder. Sie hat dir gern, wird dir nich wegloofen, ich kenn doch Menschen.« »Weeß ick alles. Denkst du, ick gräme mir darum? Die kommt schon.« »Siehste. Wird irgend wat sein mit det Mächen, hat wen getroffen von früher, macht sone kleene Spritztour, ich kenn die von früher, wo du sie noch gar nicht gekannt hast, det macht die, hat ihre Einfälle.« »Komisch is et doch. Ick weeß nich.« »Hat dir doch lieb, Mensch. Kuck doch mal, faß mir uffn Bauch, Franz.« »Was ist?« »Na, von dir, weeßt doch, wat Kleenes. Sie hats doch gewollt, die Mieze.« »Wat?« »Na ja.«

Franz drückt seinen Kopf gegen Evas Leib: »Von Mieze. Laß mir setzen. Ist nicht möglich.« »Na, paß uff, Franz, wenn sie wiederkommt, die wird een Gesicht machen.« Da heult Eva selber. »Na siehste, Eva, wer hier uffgeregt ist? Bist du doch.« »Ach, mir macht det so kaputt. Ich versteh det Mädel nich.« »Nu muß ick dir schon trösten, Mensch.« »Nee, et sind bloß die Nerven, kommt vielleicht von det Kleene.« »Paß mal uff, wenn die zurückkommt, die macht dir noch Theater deswegen.« Die gibt das Heulen nicht auf: »Wat wolln wir bloß machen, Franz, ist so gar nicht ihre Art.« »Erst sagste: die macht det so, macht ne Spritztour mit eenem, und nachher ist det nich ihre Art.« »Ich weeß nich, Franz.«

Eva hält Franzens Kopf im Arm. Sie sieht auf Franzens Kopf runter: die Klinik in Magdeburg, den Arm haben sie dem abgefahren, die Ida hat er totgeschlagen, Gott, was ist mit dem Mann. Ist ein Unglück mit dem Mann. Die Mieze wird tot sein. Hinter dem ist was her! Mit der Mieze ist was passiert. Sie fällt auf einen Stuhl. Sie hebt die Hände entsetzt. Franz kriegt einen Schreck. Sie schluchzt und schluchzt. Sie weiß, hinter dem ist was, der Mieze ist was passiert.

Er dringt auf sie ein, sie sagt nichts. Dann nimmt sie sich zusammen: »Das Kind laß ich mir nich abnehmen. Und da kann sich Herbert uffn Kopp stellen.« »Sagt er denn wat?« Sechs Meilen Gedanken übersprungen. »Nee. Er denkt, ist von ihm. Aber ick behalt es.« »Is gut, Eva; ick steh Pate.« »Daß du so gute Laune hast, Franz.« »Weil an mir so bald keener rankommt. Nu sei doch vergnügt, Eva. Und, ick werde doch meine Mieze kennen? Die kommt nich untern Omnibus, det klärt sich.« »Sollst recht haben. Wiedersehn, Franzeken.« »Na, n Kuß.« »Det du so vergnügt bist, Franz.«

Wir haben Beene, wir haben Zähne, wir haben Oogen, wir haben Arme, da soll eener kommen, der soll uns beißen, der soll Franzen beißen, da soll eener kommen. Der hat zwei Arme, der hat zwei Beene, der hat Muskeln, der haut alles in Klumpen. Soll einer Franzen kennen, der ist kein Hahnepampen. Wat wir hinter uns haben, wat wir vor uns haben, da soll eener mitkommen, da trinken wir eins drauf, zweie drauf, neun drauf.

Wir haben keine Beene, o weh, wir haben keine Zähne, wir haben keine Oogen, wir haben keine Arme, da kann jeder kommen, der kann Franzen beißen, der ist n Hahnepampen, o weh, der kann sich nicht wehren, der kann nur trinken.

»Ich tu wat, Herbert, ich kann det nich ansehen.« »Wat wiste denn tun, Mädel?« »Ick kann det nich ansehen, der Mann merkt nischt, der sitzt da und sagt, die kommt und kommt, und ick seh jeden Tag in der Zeitung nach, steht nischt drin. Hast wat gehört?« »Nee.« »Kannste nich mal rumhören, ob eener wat geheert, geheert von eenem?« »Is ja alles Bruch, Eva, wat du sagst. Wat dir an der Geschichte schleierhaft ist, det is mir eigentlich gar nicht schleierhaft. Wat is bloß? Det Mädel is ihm weg. Gotte doch, da reißt man sich ooch keen Been aus. Kriegt schon ne andere.« »Würdste woll bei mir ooch so reden?« »Nu mach een Punkt, Eva. Aber wenn eene so ist.« »Is nich so. Die hab ick ihm gebracht, ich hab schon im Schauhaus nachgesehn, paß uff, Herbert, der is wat passiert. Das ist ein Unglück mit Franz, Mensch. Hinter dem is was. Hast du denn gar nischt gehört, Mensch?« »Ich weeß ja nicht wat.« »Na, manchmal sagt eener doch was, im Verein. Hat sie einer gesehn? Die kann doch nich aus der Welt sein. Ick – wenn die nich bald da is, ick geh hin und geh uffs Präsidium.« »Det machste! Da gehst du hin!« »Lach nich, det mach ick. Ick muß die holen, Herbert, da ist wat passiert, die ist nicht von alleene weg, von mir geht sie nicht so weg und von Franzen ooch nich. Und er merkt et nich.« »Ick kann det alles gar nicht hören, det is alles Bruch, und jetzt gehen wir ins Kino, Eva.«

Im Kino sehen sie sich ein Stück an.
Als im 3. Akt der edle Kavalier scheinbar von einem Banditen niedergemacht wird, seufzt Eva. Und wie Herbert zur Seite sieht, rutscht sie grade vom Sitz und ist Ihnen ohnmächtig. Sie gehen nachher stumm Arm in Arm durch die Straßen. Herbert staunt: »Dein Oller wird ein Vergnügen an dir haben, wenn du so bist.« »Der hat den erschossen, haste gesehn, Herbert?« »War ja nur scheinbar, ne Mache, hast ja nich uffgepaßt. Und dann zitterste noch.« »Du mußt wat machen, Herbert, et geht nicht so weiter.« »Du mußt verreisen, sags deinem Ollen, du bist krank.« »Nee, wat machen. Mach doch, Herbert, du hast doch Franzen ooch geholfen, wie det mit dem Arm war, nu mach doch jetzt ooch! Ich bitte dir doch!« »Ick kann nich, Eva, wat soll ick denn?« Sie weint. Er muß sie ins Auto setzen.

Franz braucht nicht betteln zu gehen, Eva steckt ihm was zu, von Pums bekommt er, für Ende September ist wieder was verabredet. Gegen Ende September kommt der Klempner Matter wieder. Er war im Ausland, auf Montage oder so. Wie er Franzen wiedersieht, sagt er, er war auf Erholung, Lunge ist schlecht. Und sieht elend aus, und erholt hat er sich auch gar nicht. Franz sagt, daß Mieze weg ist, die hat er doch gekannt; aber er soll keinem was erzählen, da gibt es nur Leute, die lachen sich n Ast, wenn einem eine weglooft. »Also nischt an den Reinhold, mit dem hab ick früher Weibersachen gehabt, der würde sich schieflachen, wenn der was hört. Ne andere«, lächelt Franz, »hab ick ooch noch nich, will ooch keene.« Er sieht über der Stirn, um den Mund traurig aus. Er biegt aber den Kopf kräftig in den Nacken und den Mund drückt er zusammen.

Es ist viel Betrieb in der Stadt. Tunney ist Weltmeister geblieben, aber die Amerikaner sind eigentlich nicht vergnügt dabei, der Mann gefällt ihnen nicht. Er war in der 7. Runde bis 9 zu Boden. Dann wird Dempsey groggy. Das ist Dempseys letzter großer Schlag. Die Sache war 4 Uhr 58 aus, 23. September 1928. Man kann von der Geschichte hören und vom Flugrekord Strecke Köln-Leipzig, und dann soll es einen Wirtschaftskrieg zwischen Apfelsinen und Bananen geben. Aber man hört sich das mit zugekniffenen Augen durch die kleine Luke an.

Wie schützt sich die Pflanze gegen Kälte? Viele Gewächse können selbst einem leichten Frost keinen Widerstand entgegensetzen. Andere sind imstande, in ihren Zellen Schutzmittel gegen die Kälte zu bilden, die chemischer Natur sind. Der wichtigste Schutz ist Umwandlung der in den Zellen enthaltenen Stärke in Zucker. Die Verwendbarkeit mancher Nutzpflanzen wird allerdings durch diese Zuckerbildung nicht sehr erhöht, wofür die durch das Erfrieren süß werdenden Kartoffeln den besten Beweis liefern. Es gibt aber auch Fälle, wo der durch die Frostwirkung hervorgerufene Zuckergehalt einer Pflanze oder Frucht diese erst verwendungsfähig macht, wie zum Beispiel die Wildfrüchte. Läßt man diese Früchte solange am Strauch, bis leichte Fröste eintreten, so bilden sie alsbald so viel Zucker, daß ihr Geschmack verändert und wesentlich verbessert wird. Dasselbe gilt für die Hagebutten.

Was macht es aus, wenn zwei Berliner Paddler in der Donau ertrunken sind, oder Nungesser ist abgestürzt mit seinem ›Weißen Vogel‹ bei Irland. Was schreien die auf der Straße aus, für 10 Pfennig kauft man es, schmeißt es weg, läßt es wo liegen. Den ungarischen Ministerpräsidenten wollten sie lynchen, weil er einen Bauernjungen mit seinem Auto überfahren hat. Wenn sie ihn gelyncht hätten, hätte die Überschrift gelautet: »Lynchung des ungarischen Ministerpräsidenten bei der Stadt Kaposvar«, das hätte das Geschrei vermehrt, die Gebildeten hätten statt Lynchung Lunching gelesen und darüber gelacht, die andern 80 Prozent hätten gesagt: schade so wenig, oder wenn schon, geht mir nichts an, müßte man eigentlich hier auch machen.

Es wird viel gelacht in Berlin. Bei Dobrin, an der Ecke Kaiser-Wilhelm-Straße, sitzen drei um einen Tisch, ein dikker Kloß, ein lustiger und seine Kleene, son molliges Ding, wenn sie bloß nicht immer so kreischt, wenn sie lacht, und dann noch eener, das ist sein Freund, mit dem ist nichts los, für den zahlt der Dicke, hört bloß zu und muß mitlachen. Sind bessere Leute. Die mollige Nutte knutscht ihren Knallprotzen alle fünf Minuten auf den Mund und schreit: »Ideen hat der Mann!« Dann lutscht er ihr am Hals, dauert gute zwei Minuten. Was der andere, der zukuckt sich dabei denkt, geht sie nischt an. Der Knallprotz erzählt: »Da sagt die zu ihm: Was haben Sie jetzt mit mir gemacht? Sagt sie zu ihm: Was haben Sie jetzt gemacht? Als dritte Sache könnte ich noch erzählen: Peng.« Der Begleiter grinst: »Du bist doch ein ganz ausgekochtes Aas.« Der Knallprotz mit Vergnügen: »Nicht so ausgekocht, wie du dußlig bist.« Sie trinken Bouillon, der Dicke muß wieder erzählen.

»Kommt ein Angler an ein Teich, sitzt da ein Mädel, sagt er zu ihr: ›Na, wie ist, Fräulein Fischer, wann gehen wir zusammen fischen?‹ Sagt sie: ›Ich heiß ja gar nicht Fischer, ich heiß Vogel.‹ ›Na, um so besser.‹« Alle drei brüllen. Der Dicke erklärt: »Bei uns gibts nämlich heute gemischte Suppe.« Die Nutte: »Ideen hat der Mann!«

»Hör mal, kennste das. Sagt ein Fräulein: ›Sagen Sie, was heißt eigentlich: a propo?‹ ›A propo? Von vorn herein!‹ ›Sehn Sie‹, sagt die, ›hab ick mir doch gleich gedacht, daß dat wat Unanständiges ist! Kchch!‹« Es ist sehr gemütlich, fidel, das Fräulein muß sechsmal austreten. »Da sprach das Huhn zum Hahahahn, ach laß mich auch mal rahahan. Ober, zahlen, ick zahle drei Kognak, zwei Schinkenbrote, drei Bouillon mit drei Gummilatschen.« »Gummilatschen, det war Zwieback.« »Na, sagen Sie Zwieback, sag ick Gummilatschen. Haben Sie nich kleener? Bei uns zu Haus liegt nämlich ein Kleener in de Wiege, dem steck ick immer ein Groschen in Mund zum Lutschen. So. Na Maus, komm. Die Lachstunde ist beendet, zur Kasse, auf nach Kassel.«

Gehen auch manche Frauen und Mädchen über die Alexanderstraße und den Platz, die tragen einen Fötus im Bauch, der ist gesetzlich geschützt. Und während draußen die Frauen und Mädchen schwitzen bei der Hitze, sitzt der Fötus ruhig in seinem Winkel, bei ihm ist alles richtig temperiert, er spaziert über den Alexanderplatz, aber manchem Fötus wird es nachher schlecht gehen, soll nicht zu früh lachen.

Dann laufen andere Menschen da rum, klauen, wos wat gibt, einige haben den Darm voll, andere überlegen, wie sie ihn vollkriegen. Das Kaufhaus Hahn ist ganz runter, sonst stecken alle Häuser voll Geschäfte, sieht aber bloß aus, als ob es Geschäfte sind, tatsächlich sind es lauter Rufe, Lockrufe, Gezwitscher, knick knack, Zwitschern ohne Wald.

Und ich wandte mich und sah an alles Unrecht, das geschah unter der Sonne, und siehe da, es waren Tränen derer, so Unrecht litten und hatten keinen Tröster, und die ihnen unrecht taten, waren zu mächtig. Da lobte ich die Toten, die schon gestorben waren.

Die Toten lobte ich. Jegliches seine Zeit, zunähen und zerreißen, behalten und wegwerfen. Die Toten lobte ich, die unter den Bäumen liegen, die schlafen.

Und wieder schlüpft Eva an: »Franz, willst du nicht endlich was machen? Jetzt sind drei Wochen rum, weißtu, wenn du meiner wärst und kümmerst dir so wenig.« »Ich kann es keinem sagen, Eva, du weißt es und Herbert und dann noch der Klempner, sonst keiner. Ich kann es keinem sagen, lachen mir doch aus. Und anzeigen geht doch nich. Wenn du mir nischt geben willst, Eva, dann laß et. Ick – geh – ooch wieder arbeeten.« »Daß du gar nicht betrübt bist, keene Träne, – Mann, ich könnte an dir rütteln, ich kann doch nichts machen.« »Ick ooch nich.«

Es kommt Luft in die Sache, die Verbrecher verzanken sich

Anfang Oktober gibt es die von Pums gefürchtete Auseinandersetzung in der Kolonne. Es dreht sich um Geld. Pums hält wie immer den Vertrieb der Waren für die Hauptsache bei einer Kolonne, Reinhold und andere, Franz mit, den Erwerb.

Danach und nicht nach dem Vertrieb soll die Verteidigung geregelt werden, man unterschiebt Pums dauernd zu hohe Einnahmen, der Mann mißbraucht sein Monopol in seinen Hehlerbeziehungen, die zuverlässigen Hehler wollen mit keinem andern was zu tun haben als mit Pums. Die Kolonne sieht, obwohl Pums sehr nachläßt und alle möglichen Kontrollen zugesteht: es muß was erfolgen. Sie sind mehr für genossenschaftlichen Betrieb. Er sagt: das habt ihr. Aber das glauben sie eben nicht.

Es kommt der Einbruch in der Stralauer Straße. Obwohl Pums gar nicht mehr aktiv arbeiten kann, macht der Mensch da mit. Es ist eine Verbandstoffabrik, in der Stralauer Straße Hofgebäude. Man hat ausbaldowert, in dem Tresor im Privatkontor sind Gelder. Das soll ein Schlag gegen Pums sein: keine Ware, sondern Geld. Beim Verteilen von Geld wirds ja keinen Schwindel geben. Darum hängt sich Pums auch selbst ran. Sie steigen zu zweit die Feuerleiter rauf, schrauben in Ruhe das Schloß an der Vordertür des Kontors ab. Der Klempner setzt an. Alle Kontorschränke werden angeknackt, nur ein paar Mark liegen rum, Briefmarken, zwei Benzintanks auf dem Korridor, kann man brauchen. Dann warten sie auf die Arbeit von Karlchen, vom Klempner. Muß es dem passieren, daß er sich beim Tresor die Hand am Gebläse verbrennt, nicht mehr kann. Reinhold versucht, hat aber keine Übung, Pums nimmt ihm das Gebläse aus der Hand, geht auch nicht. Die Sache wird brenzlich. Sie müssen abbrechen, der Wächter muß bald kommen.

Sie nehmen in Wut die Benzintanks, übergießen alle Möbel, auch den verfluchten Tresor, schmeißen Streichhölzer rein. Pums wird triumphieren, nicht? Aber das gönnen sie dem nicht. Ein bißchen zu früh das Streichholz hingeschmissen, ein bißchen angesengt den Pums, das schaffen sie doch! Der Kerl hat überhaupt nischt hier zu suchen. Der ganze Rücken wird ihm verbrannt, auf der Treppe rennen sie, winken: »Wächter«, Pums ist grade noch ins Auto gekommen. Eine Lehre hat der Junge von der Geschichte, wat sagste. Wo aber Geld herkriegen.

Pums kann lachen. Waren sind und bleiben besser. Man muß Spezialist sein. Was machen. Pums wird als Ausbeuter, als Unternehmer, als Gauner verschrien. Aber man kann nicht wissen, treibt mans mit ihm zu weit, mißbraucht der seine Verbindungen und bildet eine neue Kolonne. Im Sportverein am Donnerstag wird er erklären, ich tue, was ich kann, ich kann, wenn ihr wollt, schriftliche Rechnungen vorlegen, eben, beweisen kann man dem nichts, und wenn wir nicht mitwollen, werden sie im Verein sagen, da können wir nichts für, wenn ihr nicht mitwollt, der Mann tut, wat er kann, und wenn schon ein bißchen mehr für ihn abfällt, habt euch man nich, dafür habt ihr eure Mädels, die verdienen, und der hat seine Olle und nen Dreck. Also wird man sich weiter mit dem schleppen, son verfluchter Ausbeuter und Unternehmer.

Auf den Klempner, der in der Stralauer Straße versagt hat, und sie waren alle Neese, auf den entlädt sich die ganze Wut. So einen Fuscher können wir nicht brauchen. Der hat sich die Hand verbrannt, doktert herum, hat immer gut gearbeitet und hört jetzt nur immer Schimpferei.

Mit mir können sie machen, denkt der, und grimmt rum. Mir haben sie ringelegt bei meinem Geschäft, wie ick eens hatte; ick sauf ein bißchen und schon brüllt meine Frau, und wie Silvester ist und ick komm nach Haus, wer ist nicht da? Det Luder. Kommt erst um sieben an, hat mit ein anderm geschlafen, dann hat die mir betrogen. Dann hab ick keen Geschäft mehr und keene Frau. Und mit die kleine Mieze, son Hund, der Reinhold. Die war mein, die wollte nicht zu dem, die ist mit mir zum Fest gefahren, die Allee lang, die kann küssen, und dann hat er sie mir weggenommen, weil ick een armes Luder bin. Und son Hund, dann hat er sie abgemurkst, der Mörder, weil die ihn nicht wollte, und jetzt beißt er den dicken Wilhelm raus, und ick verbrenn mir die Hand, und ick hab ihm noch tragen helfen. Det is ja een Schwerer, een richtiger Mörder. Und am liebsten hätt ick die Sache noch ganz uff mir genommen, für son Schuft. Son Ochse, wie ich bin.

Paßt auf den Klempnerkarl auf, in dem Manne geht was vor

Der Klempnerkarl sieht sich um, mit wem er sprechen kann. In der Alexanderquelle gegenüber Tietz sitzt er, zwei Fürsorgezöglinge neben ihm und dann einer, von dem man nicht weiß, was er ist, er sagt, er macht allerhand Geschäfte, was sich grade findet, sonst ist er gelernter Stellmacher. Der kann gut zeichnen, sie sitzen zusammen am Tisch, essen Bockwurst, und der junge Stellmacher malt in sein Notizbuch lauter freche Bilder, Weiber und Männer und sowas. Die Zöglinge freuen sich mächtig, der Klempnerkarl kuckt rüber und denkt, der kann fein zeichnen. Die drei Jungen lachen in einer Tour, die beiden Zöglinge sind übermütig, die waren nämlich eben in der Rückerstraße, da war Aushebung, und sie sind richtig noch hinten rausgewischt. Da geht der Klempnerkarl an den Ausschank.

Und gehen da grade zwei Männer langsam durchs Lokal, kucken sich rechts und links um, sprechen mit einem, der zieht die Papiere raus, die kucken rein, reden ein paar Worte, und schon stehen die beiden Männer am Tisch bei den drei, die kriegen einen Schreck, machen aber nich Mucks, sagen keine Silbe. Immer ruhig weiter sprechen, natürlich sind das Bullen, das sind die von der Rückerdiele, die haben uns gesehen. Und da malt der Stellmacher, als wär nischt, seine Schweinereien weiter, und schon flüstert der eine von den Bullen ihm zu: »Kriminalpolizei«, schlägt seine Jacke auf, Blechmarke an der Weste. Nebenan macht der mit den beiden auch so. Die haben keine Papiere, der Stellmacher hat einen Krankenschein und dann einen Brief von einem Mädchen, müssen alle drei mit aufs Revier Kaiser-Wilhelm-Straße. Die Jungs sagen oben gleich, was mit ihnen ist, staunen aber Bauklötze, wie die Bullen ihnen sagen, sie haben sie überhaupt gar nicht gesehen in der Rückerstraße, war bloß Zufall, daß sie sie da getroffen haben in der Alexanderquelle. Na, dann hätten wirs gar nicht gesagt, daß wir ausgerückt sind, die lachen allesamt. Der Bulle klopft ihnen auf die Schulter:

»Wird sich aber der Hausvater freuen, wenn ihr wiederkommt.« »Och, der ist ja in Urlaub.« Der Stellmacher steht im Wachraum bei den Schupos, der kann sich richtig rausreden, seine Adresse stimmt, bloß daß er so weiche Hände für einen Stellmacher hat, das leuchtet dem einen Bullen nicht ein, der dreht immer seine Hände hin und her, aber ich hab ja ein ganzes Jahr keine Arbeit, soll ich Ihnen sagen, wofür ich Sie halte, für einen Schwulen, für een warmen Bruder, weiß ja gar nicht, was det is.

Und nach einer Stunde zieht er wieder in das Lokal ein. Der Klempnerkarl lungert da herum am Tisch, der Stellmacher schmeißt sich gleich ran an ihn.

»Wovon lebst du?« Das ist 12 Uhr, wie Karl den ausfragt. »Wovon. Wat machstu denn?« »Soll man machen, was man kriegt.« »Hast woll keine Traute, mir wat zu sagen?« »Na, Stellmacher bist du ooch nich.« »So gut wie du Klempner bist, bin ick Stellmacher.« »Det sag man nich. Kuck ma meine Hand, verbrannt, mach sogar ooch Schlosserarbeiten.« »Da haste dir vielleicht den Finger bei verbrannt, bei det Geschäft, wat?« »Geschäft! Rausgekommen is nischt bei.« »Mit wem arbeitst du denn?« »Kleener Schäker, möchst mir ausfragen.« Karl fragt den Stellmacher: »Bist in eenem Verein?« »Schönhauser Viertel.« »So, in dem Kegelklub.« »Kennste ooch.« »Soll ick den Kegelklub nich kennen. Frag doch mal, ob sie mir nich kennen, Klempnerkarl, ist noch der Maurer Paule da?« »Na ob, wat du sagst, den kennst du, ist ja mein Freund.« »Waren mal zusammen in Brandenburg.« »Stimmt. So so. Hör mal, denn kannste mir vielleicht 5 Mark geben, ich hab keenen Groschen, meine Wirtin schmeißt mir sonst raus, und in die Augustherberge, da geh ich nicht, immer dicke Luft.« »Fünf Mark, kannste haben. Wenns weiter nischt is.« »Schön Dank. Na, wolln wir nich auch mal über ein Geschäft reden?«

Der Stellmacher ist ein Windbeutel, mal hat ers mit Weibern, mal mit Jungs. Wenn ihm das Wasser am Hals steht, pumpt er oder klaut. Er, der Klempner und noch einer aus dem Schönhauser Verein machen sich selbständig und ran an die Gewehre und mal fix ein paar Dinger gedreht. Wo was zu holen ist, stößt ihnen wer aus dem Verein vom Stellmacher. Erst klauen sie Motorräder, und so haben sie Bewegungsfreiheit und können sich die Umgebung ansehen. Dann ist man auch nicht auf Berlin beschränkt, wenn man mal was vorhat und sich draußen zufällig was findet.

Ein Ding, was die drehen, ist sehr putzig. In der Elsasser Straße ist ein Konfektionsgeschäft, und in dem Verein sind ein paar Schneider, die können Sachen gut unterbringen. Und wie man da mal zu dritt vor dem Geschäft steht Uhre drei in der Nacht, steht da auch der Wächter und sieht sich sein Haus an. Fragt der Stellmacher, was so in dem Haus los ist, die andern kommen mit ins Gespräch, man kommt auf Diebstähle zu sprechen, und das ist jetzt eine ganz gefährliche Zeit, viele Kunden tragen Revolver in der Tasche, und wenn man sie erwischt, knallen sie einen nieder. Na, auf sowas, sagen die drei andern, würden sie sich gar nicht einlassen; ist denn überhaupt da oben in der Konfektionsbude was zu haben? Nanu, da steht doch alles voll Sachen, Herrengarderobe, Mäntel, was Sie wollen. Na, da müßte man doch eigentlich mal ruffgehen und sich neu einpuppen. »Ihr seid wohl übergeschnappt, ihr werdt dem Mann doch keene Schwierigkeiten machen.« »Schwierigkeiten, wer sagt hier Schwierigkeiten. Der Herr Nachbar ist schließlich ooch ein Mensch, zu dicke hat ers ooch nicht, wat zahlen die dir denn fürs Uffpassen hier, Kollege?« »Die, wissen Sie, da müssen Sie gar nicht nach fragen. Wenn man 60 ist und seine paar Pfennig Rente hat und nichts mehr machen kann, dann können sie mit einem machen, was sie wollen.« »Sag ich doch, steht der olle Mann hier in der Nacht, holt sich Reißen, im Krieg waren Sie wohl ooch?« »Landsturm, in Polen, aber nicht geschippt, müssen Sie nich glooben, wir haben in Graben gemußt.« »Brauchen Sie mir sagen. War ja bei uns ooch so, immer rin in den Graben, wer noch nicht den Kopp unterm Arm trägt, dafür stehst du ooch hier, Kollege, und paßt uff, daß keener dem feinen Herrn da oben wat klaut. Wat meinste, Nachbar, wollen wir wat machen da? Wo sitzte denn, Nachbar?« »Nee

nee, wissen Sie, det is mir zu ängstlich, nebenan ist die Wohnung vom Herrn, wenn der wat hört, der hat son leichten Schlaf.« »Wir sind mucksstill, sag ich dir. Komm man, wir trinken een Kaffee mit dir, hast doch n Kocher, erzählen uns was. Brauchste für den zu sorgen, für son fettet Schwein.«

Sitzen sie nachher richtig oben zu viert bei dem Wächter, im Kontor, trinken Kaffee, der Stellmacher ist der Schlauste, der erzählt sich leise was mit dem Wächter, inzwischen schleichen die beiden wohin, holen sich was zusammen. Der Wächter will immer aufstehen, muß ja seine Tour machen, der will von det ganze Geschäft nichts wissen, schließlich meint der Stellmacher: »Laß doch die beiden machen, wenn du nichts merkst, kann dir doch keener kommen.« »Wat heißt: nichts merkst.« »Weeßte, wat wir machen: ich binde dir fest, du bist überfallen, bist ja ein oller Mann, wat kannst du dir wehren, wenn ick dir wirklich jetzt ein Tuch überschmeiße, ehe du wat merkst, haste een Knebel zwischen die Zähne und die Beine gebunden.« »Nanu.« »Na ja, mach doch keine Umstände, wirst du dir für son Protzen, für son dickes Schwein, ein Loch in Kopp schlagen lassen? Komm, wir trinken den Topp aus, und dann, wir verrechnen übermorgen, wo wohnste, schreib mal auf, redlich geteilt, Hand druff.« »Wieviel wird denn bei rauskommen?« »Kommt drauf an, wat die holen. 100 Mark kriegste sicher.« »200.« »Gemacht.« Dann qualmen sie, trinken den Topp aus, dann haben sie alles zusammen, nu mal erst ein sicheres Auto, der Klempner telephoniert, sie haben Glück, in einer halben Stunde ist das Soren-Auto vor der Tür.

Dann kommt der Spaß: der alte Wächter setzt sich in seinen Lehnstuhl, der Stellmacher nimmt Kupferdraht und bindet ihm die Beine zusammen, aber nicht zu fest. Der Mann hat Krampfadern, da unten ist er empfindlich. Er wickelt ihm den Arm zusammen mit Telephondraht, und jetzt fangen sie schon an, zu dritt mit dem alten Mann zu ulken, wieviel er haben will, vielleicht dreihundert oder 350. Und dann holen sie zwei Knabenhosen und einen derben Sommermantel. Mit den Knabenhosen binden sie den Wächter an den Sessel, der sagt, das sei jetzt schon genug. Aber sie veräppeln ihn mehr, er wehrt sich, da kriegt er ein paar Backpfeifen runter, und bevor er schreien kann, hat er den Mantel über den Kopf und noch zur Vorsicht ein Handtuch vor die Brust gebunden. Sie schleppen die Ware in das Auto. Der Stellmacher schreibt zwei Pappschilder: »Vorsicht! Frisch gebunden!« Die hängt er dem Wächter vorn und hinten an. Dann schieben sie ab. So bequem sind wir schon lange nicht zu Geld gekommen.

Dem Wächter aber wird angst, und er kocht vor Wut in seiner Verschnürung. Wie komm ich hier los, und dann haben die die Türen aufgelassen, können noch andere reinkommen und klauen. Die Hände kriegt er nicht frei, aber der Draht an den Beinen geht auseinander, wenn man bloß was sehen könnte. Da krümmt sich der alte Mann und marschiert mit kleinen Schritten, den Sessel hinter sich am Rücken wie eine Schnecke ihr Gehäuse, marschiert blind durch das Kontor, die Hände fest am Leib, die kriegt er nicht über, und den dicken Mantel über den Kopf kriegt er nicht ab. Da hat er sich immer mit Kopfstößen bis zur Tür nach dem Flur durchgetastet, aber durch die Tür kann er nicht, und nun gerät er in eine fürchterliche Wut, er geht rückwärts, und dann schlägt er nach vorn und nach der Seite mit seinem Sessel gegen die Tür. Der Sessel geht nicht ab, aber die Tür kracht, es schallt in dem stillen Haus. Immer wieder geht der blinde Wächter vor und zurück, kracht und ballert gegen die Tür, es muß einer kommen, ick will was sehen, die Hunde sollens erleben, ick muß den Mantel abhaben, schreit Hilfe, aber der Mantel ist vor. Das dauert keine zwei Minuten, da ist der Herr Besitzer wach. Auch aus dem 2. Stock kommen Leute. Da setzt sich der alte Mann grade rückwärts hin auf seinen Sessel und hängt schief, ist ohnmächtig. Und der Radau dann, und sie haben eingebrochen, den Mann haben sie gebunden, wat nimmt man ooch son alten Mann, wolln sparen, sparn immer am falschen Ende.

Der Jubel bei der kleinen Kolonne.

Mensch, brauchen wir Pums und Reinhold und den ganzen Stunk.

Es kommt aber zum Klappen und ganz anders, wie sie denken.

Es kommt zum Klappen, Klempnerkarl geht verschütt und packt aus

Reinhold geht in der Prenzlauer Kneipe auf den Klempner zu und verlangt, der soll zu ihnen kommen, sie haben einen Schlosser gesucht, aber keinen gefunden. Karl soll zu ihnen kommen. Sie gehen ins Hinterzimmer, Reinhold sagt: »Warum willste nich kommen? Wat machste denn überhaupt? Wir haben schon gehört.« »Weil ick mir von euch nicht triezen lasse.« »Du hast eben wat anderes.« »Det geht euch nischt an, wat ick habe.« »Det seh ich, daß du Pinke hast, aber erst mitmachen bei uns, Geld verdienen, und dann Adje Sie, det gibts nich.« »Heeßt hier, gibts nich! Erst brüllt ihr, ich kann nischt, und dann heißt es uff eenmal: der Karl muß kommen.« »Muß ooch kommen, wir haben keenen, dann gib das Geld raus, wo du früher mitgemacht hast. Gelegenheitsarbeiter brauchen wir nich.« »Det Geld mußt dir schon von mir holen, Reinhold, det hab ick nich mehr.« »Dann haste eben mitzumachen.« »Det tu ick nich, und det hab ick dir schon gesagt.« »Karl, du weeßt doch, wir schlagen dir jeden einzelnen Knochen kaputt, wir lassen dir bei lebendigem Leib verhungern.« »Gelacht. Hast woll einen sitzen. Hältst mir woll für sone gewisse kleine Sau, mit der du machen kannst, wat du willst.« »So so, Mensch. Jetzt zieh mal ab. Ob du ne Sau bist oder nich, ist mir egal. Überleg dir die Sache. Wollen mal wieder vorsprechen.« »Schöneken.« Es ist ein Schnitter.

Reinhold überlegt sich mit den andern, was zu machen ist. Sie sind ohne Schlosser kaltgestellt, dabei ist die Saison günstig, Reinhold hat Aufträge von zwei Hehlern, die hat er glücklich dem Pums abgetrieben. Sie sind einer Meinung, dem Klempnerkarl muß man inn Schwitzkasten nehmen, det is ein Betrüger, der fliegt eventuell ausm Verein.

Der Klempner merkt, es ist was gegen ihn in Gang. Er

sucht Franzen auf, der sitzt viel auf seiner Bude, Franz soll ihm was verraten oder ihm beistehen. Franz sagt: »Erst haste uns ringelegt da oben in der Stralauer Straße, und dann läßte uns sitzen, nu hör man uff.« »Weil ick mit Reinhold nischt zu tun haben will. Det is ein Hund, det weeßtu nich.« »Der ist gut.« »Du bist ein Ochse, du weeßt ja gar nischt von der Welt, du hast ja keene Oogen.« »Quatsch mir nich den Kopp voll, Karl, ich hab schon so genug, wir wollen arbeiten, und du läßt uns sitzen. Und sieh dir vor, sag ich dir, et geht schief mit dir.« »Von Reinholden? Kuck mal, wie ick da lache! So weit reiß ick det Maul uff. Da wackelt mein Bauch. So stark wie der bin ick ooch. Der hält mir wohl für ne kleine Sau, ick sag mal gar nischt. Der soll kommen.« »Zopp ab, aber ick sag dir, seh dir vor.«

Und da will es der Zufall, daß der Klempner mit seinen beiden Kollegen zwei Tage drauf in der Friedenstraße ein Ding dreht und dabei verschütt geht. Der Stellmacher wird auch gefaßt, nur der dritte, der Schmiere steht, ist in Sicherheit. Sie haben auf dem Präsidium auch bald raus, daß Karl bei dem Einbruch in der Elsasser Straße bei war, Fingerabdrücke sind an den Kaffeetassen genug.

Warum bin ick aber verschütt gegangen, denkt Karl, wie haben die Bullen denn das rausgekriegt? Das war bloß der Hund, der Reinhold, der hats ihnen gestoßen! Aus Wut! Weil ick nicht mit ihm gemacht habe. Der Hund will mir kaltstellen, so ein Strolch, der hat uns in die Falle gelockt. So ein riesengroßer Strolch, det is noch nich dagewesen. Dem Stellmacher schickt er einen Kassiber zu, Reinhold ist schuld, hat gezinkt, ich sage, er ist bei gewesen. Der Stellmacher nickt ihm im Gang zu. Läßt sich Karl beim Vernehmungsrichter melden, und noch im Präsidium sagt er: »Reinhold war dabei, ist vorher ausgekniffen.«

Den Reinhold haben sie prompt am Nachmittag. Er leugnet alles, er kann sein Alibi nachweisen. Er ist wutblaß, wie er beim Vernehmungsrichter die beiden andern sieht und ihnen gegenübersteht, und die Hunde sagen aus, er war auch bei dem Konfektionseinbruch. Der Richter hört sich das an, sieht die Gesichter, die Sache ist nicht sauber, die haben eine Wut aufeinander. Richtig, nach zwei Tagen kommt raus, Reinholds Alibi stimmt, er ist Lude, aber mit der Sache hat er nichts zu tun.

Es ist Anfang Oktober.

Da wird Reinhold wieder entlassen, die Bullen wissen, er ist nicht sauber, sie werden ihn doppelt beobachten. Die beiden, den Stellmacher und Karl, fährt der Vernehmungsrichter an, sie sollen hier keine Flausen aufbringen, der Reinhold hat sein Alibi nachgewiesen. Darauf schweigen sie alle beide.

Karl sitzt in seiner Zelle und kocht. Sein Schwager, der Bruder seiner geschiedenen Frau, mit dem er gut steht, besucht ihn. Durch den bekommt er einen Anwalt, er besteht darauf, einen Anwalt zu haben, einen tüchtigen in Strafsachen. Den fragt er, wie er ihn ein bißchen ausgehorcht hat, ob er was versteht, fragt ihn, wie es ist, wenn man einen Toten begraben hilft. »Wieso, warum?« »Wenn man einen findet, der ist tot, und man gräbt ihn ein?« »Vielleicht einen, den ihr verstecken wollt, von der Polizei erschossen oder wie?« »Na ja, jedenfalls, wenn man ihn nicht selbst umgebracht hat und man möcht nicht, daß er gefunden wird. Kann einem da was passieren?« »Na, haben Sie den Toten gekannt, haben Sie einen Vorteil davon, wenn Sie ihn eingraben?« »Vorteil gar nicht, aus Freundschaft, man hilft bloß, er liegt da, der ist tot, man möcht nicht, daß er gefunden wird.« »Von der Polizei gefunden? Eigentlich ist das bloß Fundunterschlagung. Aber wie ist er denn umgekommen?« »Weeß ick nich. War nich dabei. Führe nur andern ihre Sachen an. Hab auch nich mitgeholfen. Auch nischt gewußt davon, gar nischt. Liegt da und ist tot. Und nun heißt es, faß mit an, wollen ihn eingraben.« »Wer sagt Ihnen denn das?« »Eingraben? Na, irgendeiner. Ick will bloß wissen, wat is mit mir denn? Hab ick da wat verbrochen, wenn ick mithelfe eingraben?« »Wissen Sie, wissen Sie. So, wie Sie das darstellen, eigentlich nicht, oder nicht viel. Wenn Sie gar nicht beteiligt waren, auch gar kein Interesse daran hatten. Warum haben Sie denn aber mitgeholfen?« »Mit angefaßt, sage ja, aus Freundschaft, aber das is ja egal, jedenfalls war ich gar nich beteiligt, hab auch gar kein Interesse daran gehabt, daß er gefunden wird oder nich gefunden.« »War wohl unter euch vom Ring sone Art Feme-mord?« »Na ja.« »Mensch, Mensch, die Finger davon. Ich weiß noch immer nicht, was Sie wollen.« »Ist schon gut, Herr Rechtsanwalt, was ich wissen wollte, weß ick schon.« »Wollen Sie mir die Sache nicht genauer erzählen?« »Wills mir noch überschlafen.«

Und dann liegt Klempnerkarl die Nacht auf seinem Bett und will schlafen und schlafen und kann nicht und wütet in sich: Jetzt bin ich der größte Dussel von der Welt, jetzt hab ich den Reinhold verpfeifen wollen, und jetzt hat der sicher schon was bemerkt, und der ist gar nicht mehr da, der hat lange Beene gemacht. Ein Dussel bin ich. So ein Strolch, so ein Schuft, läßt mir hopps gehen, aber ick sage es, den wer ick kriegen.

Dann will die Nacht gar nicht vergehen dem Karl, wann macht es denn zum erstenmal bum, mir is alles egal, auf bloßes Helfen und Beerdigen gibts gar nichts, und wenn schon die paar Monat, der kriegt lebenslänglich, der kommt nicht mehr raus, wenn sie ihm nicht überhaupt die Rübe abhacken. Wann kommt der Vernehmungsrichter, wie spät mags sein, inzwischen sitzt der Reinhold im Zug und rückt aus. Son Strolch ist noch nicht dagewesen, und dabei ist der Biberkopf sein Freund, und wovon soll der leben, mit einem Arm, mit den Kriegsinvaliden springen sie ooch so um.

Dann wird es lebendig im panoptischen Bau, Karl hängt gleich seine Signalstange raus, um 11 ist er beim Richter. Na, der macht ein Gesicht. »Auf den sind Sie aber scharf. Den zeigen Sie nun glücklich zum zweitenmal an. Wenn Sie sich bloß nicht in die Nesseln setzen, Mann.« Dann macht Karl aber so genaue Angaben, daß mittags ein Auto genommen wird, der Vernehmungsrichter selbst einsteigt, zwei starke Kriminalpolizisten dazu, Karl zwischen ihnen, die Hände gefesselt. Es geht nach Freienwalde.

Da fahren sie die alten Wege. Ist schön zu fahren. Verflucht, wenn man bloß wüßte, wie man rauskommt aus det Auto. Die Hunde haben einen gefesselt, nichts zu machen. Revolver haben sie auch. Nichts zu machen, nichts zu machen. Fahren, fahren, die Allee schießt vorbei. 180 Tage schenk ich dir, Mieze, auf meinem Schoß, ein liebes Mädel, ist ein Strolch, der Reinhold, der geht über Leichen, na warte mal, Junge. Mal noch an Mieze denken, ich beiß dir in die Zunge, die kann knutschen, wo wollen wir langfahren, rechts rüber oder links, mir egal, son liebes Mädel.

Sie gehen über den Hügel, sie kommen in den Wald.

Hübsch in Freienwalde, ist ein Badeort, ein kleiner Kurort. Den Kurgarten haben sie wieder sauber mit gelbem Kies bestreut, da hinten ist das Lokal mit der Terrasse, da haben wir drei gesessen. In der Schweiz und in Tirol, ja da fühlt man sich wohl, denn in Tirol gibts warme Milch von der Kuh, und in der Schweiz gibts eine Jungfrau, juhu. Dann ist der mit ihr losgetürmt, für ein paar Lappen bin ich losgeschoben, an son Strolch det arme Mächen verkoofen, für den sitz ick jetzt.

Das ist der Wald, der ist herbstlich, es ist sonnig, die Wipfel bewegen sich nicht. »Wir müssen hier langgehen, er hat ne Taschenlampe gehabt, ist nicht leicht zu finden, aber wenn ich die Stelle sehe, ich kenne die schon wieder, war ganz frei, und eine Tanne stand ganz schräg und dann ne Kute.« »Kuten gibts viel.« »Na warten Sie man, Herr Kommissar. Wir sind schon zu weit geloofen, vom Gasthaus warens knapp 20 Minuten oder 25. So weit wars nicht.« »Sie sagen doch, Sie sind gerannt.« »Aber erst im Wald, auf der Straße natürlich nicht, wär doch uffgefallen.«

Und dann ist da die freie Stelle, die schräge Tanne steht da, es steht noch alles wie an dem Tage. Ich bin deine, ihr Herz erschlagen, Augen erschlagen, Mund erschlagen, wollen wir nich noch ein Stück gehen, drück nich so fest. »Das ist die schwarze Tanne, stimmt.«

Es kamen Männer über das Land geritten, sie saßen auf kleinen braunen Pferden, sie kamen von weit her. Sie fragten immer, wo die Straße wäre, bis sie an das Wasser kamen, an den großen See, da stiegen sie vom Pferd. Die Pferde banden sie an eine Eiche, sie sprachen Gebete an dem Wasser, sie warfen sich auf den Boden, dann nahmen sie ein Boot und fuhren über das Wasser. Sie sangen den See an, sie sprachen zum See. Sie wollten keinen Schatz suchen in dem See, sie wollten nur verehren den großen See, ein Häuptling von ihnen lag unten. Darum, darum diese Männer.

Die Polizisten hatten Spaten mit, Klempnerkarl ging herum und zeigte die Stelle. Sie stießen die Schippen ein und schon, wie sie einstießen, war der Boden locker, dann gruben sie noch tiefer, schmissen die Erde hoch, der Boden war durchwühlt, Tannenzapfen lagen in der Tiefe, Klempnerkarl steht und kuckt und kuckt und wartet. Es war da, da war es doch, da haben sie das Mädel eingebuddelt. »Aber wie tief wars denn?« »Ein Viertelmeter, mehr nicht.« »Müßten wir ja schon haben.« »Da wars aber, graben Sie man weiter.« »Graben Sie man, graben Sie man, wenn aber nischt da ist!« Der Boden ist durchwühlt, grünes Gras schaufeln sie aus der Tiefe raus, hier haben welche erst gestern oder heute gebuddelt. Jetzt muß sie doch kommen, er hält sich schon immer die Nase zu, mit dem Ärmel, die muß schon ganz übergegangen sein, wieviel Monat sind das und geregnet hats auch. Der eine, der unten buddelt, fragt rauf: »Was hatte sie denn fürn Kleid an?« »Ein dunklen Rock, rosa Bluse.« »Seide?« »Vielleicht Seide, aber hellrosa.« »Etwa so?« Und da hat der eine der Männer eine Spitzenkante in der Hand, es ist Erde dran, das Stück ist schmierig, aber es ist rosa. Er zeigt es dem Richter: »Vielleicht vom Ärmel.« Die graben weiter. Es ist klar: hier hat was gelegen. Gestern oder vielleicht heute hat man hier gebuddelt. Karl steht da: das stimmt also, der hat Lunte gerochen, hat die ausgegraben, hat sie vielleicht irgendwo ins Wasser geschmissen, det is eener. Der Richter spricht abseits mit dem Kommissar, das Gespräch dauert lange, der Kommissar macht sich Notizen. Dann gehen sie zu dritt zum Auto zurück; der eine Mann bleibt an der Stelle.

Der Richter fragt Karlen im Gehen: »Also wie Sie kamen, war das Mädel schon tot?« »Ja.« »Wie wollen Sie das beweisen?« »Warum?« »Na, wenn Ihr Reinhold nu sagt, Sie haben sie umgebracht, oder Sie haben geholfen?« »Tragen hab ick geholfen. Warum soll ick denn das Mädel umbringen?« »Aus demselben Grunde, aus dem er es umgebracht hat, oder umgebracht haben soll.« »Ick war doch gar nicht mit ihr zusammen abends.« »Aber nachmittags doch.« »Aber doch nachher nicht. Da hat sie doch noch gelebt.« »Das wird ein schweres Alibi.«

Im Wagen fragt der Richter Karlen: »Wo waren Sie denn am Abend oder in der Nacht nach der Sache mit dem Reinhold?« Verflucht, na ich sags. »Ich war verreist, er hat mir seinen Paß gegeben, ich bin weggemacht, damit, wenns rauskommt, ich kann ja mein Alibi nachweisen.« »Merkwürdig. Und warum machen Sie denn das, das ist ja ganz doll, waren Sie so befreundet?« »Ooch. Ich bin ooch ein armer Kerl und der hat mir Geld gegeben.« »Und jetzt ist er nicht mehr Ihr Freund, oder hat er kein Geld mehr?« »Der mein Freund? Nee, Herr Richter. Sie wissen ja, warum ich sitze, wegen der Wächtersache und so. Der hat mir verpfiffen.«

Der Richter und der Kommissar sehen sich an, das Auto flitzt, taucht in Chausseelöcher, springt auf, die Allee schießt vorbei, hier bin ich mit ihm gefahren, 180 Tage schenk ich dir. »Da ist wohl was zwischen Ihnen passiert, die Freundschaft ist in die Brüche gegangen?« »Ja, wie das so ist [der will mir uffn Zahn fühlen, nee, auf den Kalmus piepen wir nich, halt stopp, ick weeß]. Dat is nämlich so, Herr Richter: der Reinhold ist een ganz Rabiater und mir wollt er eben ooch beiseite schaffen.« »Nanu, hat er denn was unternommen gegen Sie?« »Nee. Aber er machte so Bemerkungen.« »Weiter nichts?« »Nee.« »Na, wollen mal sehen.«

Die Leiche der Mieze wird nach zwei Tagen etwa einen Kilometer entfernt von der Kute gefunden, im selben Wald. Gleich, wie die Zeitungen über den Fall berichten, melden sich zwei Gärtnereigehilfen, die einen einzelnen Mann durch den Wald in der Gegend mit einem mächtig schweren Koffer haben gehen sehen. Die beiden haben sich unterhalten, was der wohl da schleppt, nachher hat sich der Mann verpustet und in die Kute gesetzt. Wie sie nach einer halben Stunde zurückkamen, saß er auch noch da, in Hemdsärmeln. Den Koffer haben sie da nicht gesehen, der stand wohl unten. Sie beschreiben den Mann leidlich, Größe etwa 1,75, sehr breit in den Schultern, schwarzer steifer Hut, hellgrauer Sommeranzug, Jackett Pfeffer und Salz, zieht die Beine, als ob er nicht ganz gesund ist, sehr hohe Stirn mit Querfalten. In der Gegend, die die beiden Gehilfen angaben, sind viele Kuten, die Polizeihunde bringen nicht weiter, da werden alle Gruben, die in Betracht kommen, aufgeschaufelt. In einer stößt man schon nach ein paar Spatenstichen auf einen großen braunen Karton, der mit Bindfäden verschnürt ist. Wie die Kommissare ihn öffnen, liegen drin weibliche Kleidungsstücke, ein zerrissenes Hemd, lange helle Strümpfe, ein braunes, altes Wollkleid, schmutzige Taschentücher, zwei Zahnbürsten. Der Karton ist zwar naß, aber nicht durchgeweicht; das Ganze sieht aus, als ob es noch nicht lange da liegt. Unverständlich. Die Tote hatte doch eine rosa Bluse.

Und bald hinterher findet man in einer anderen Kute den Koffer, die Leiche sitzt drin in Hockerstellung. Sie ist fest mit Jalousiebändern verschnürt. Abends schwirren Meldungen in alle Reviere, auswärtigen Polizeistationen, Beschreibungen des mutmaßlichen Täters und so weiter.

Der Reinhold weiß gleich damals, wie er im Präsidium vernommen war, was die Glocke geschlagen hat. Und nun reißt er noch den Franz rein. Warum kann ders nicht gewesen sein. Was kann der Klempnerkarl beweisen. Ob mir einer gesehen hat in Freienwalde, ist zweifelhaft. Vielleicht hat mir einer gesehen, im Gasthaus, auf dem Weg, schadt nicht, man versuchts, Franz muß weg, sieht aus, als ob er mit drin ist.

Reinhold ist gleich am Nachmittag, wie er aus dem Präsidium raus ist, bei Franzen oben, der Klempnerkarl verpfeift uns, mach dir dünn. Und Franz hat in einer Viertelstunde gepackt, Reinhold hilft ihm, sie fluchen zusammen auf Karl, dann bringt Eva Franzen bei der Toni, einer alten Freundin in

Wilmersdorf, unter. Reinhold fährt im Auto mit nach Wilmersdorf, sie kaufen zusammen Koffer, Reinhold will ins Ausland, er braucht einen riesigen, zuerst will er einen Schrankkoffer, dann lieber einen Holzkoffer, den größten, den er tragen kann, uff Gepäckträger verlaß ich mir nicht, die bespitzeln einen, meine Adresse kriegste, Franz, grüß Evan.

Das furchtbare Prager Unglück, 21 Tote bereits geborgen, 150 Personen verschüttet. Dieser Trümmerhaufen war noch wenige Minuten vorher ein siebenstöckiger Neubau, jetzt liegen unter ihm noch viele Tote und Schwerverletzte. Der ganze Eisenbetonbau im Gewicht von 800000 Kilogramm stürzte in die zwei Stockwerke unter der Erde. Der in der Straße diensthabende Wachmann warnte, als er das Krachen vom Bau hörte, die Fußgänger. Er sprang geistesgegenwärtig auf einen heranfahrenden Wagen der Straßenbahn und zog selbst die Bremse. Über dem Atlantik toben gewaltige Stürme. Auf dem Ozean ist die Situation augenblicklich so, daß ein Sturmtief nach dem andern von Nordamerika in östlicher Richtung heranzieht, während die beiden Hochs, die in Mittelamerika und zwischen Grönland und Irland sitzen, festgehalten werden. Die Zeitungen bringen schon jetzt seitenlange Artikel über den ›Graf Zeppelin‹ und seinen bevorstehenden Flug. Jede Einzelheit der Konstruktion des Luftschiffs, die Persönlichkeit des Kommandanten und die Aussichten, die für den Erfolg des Unternehmens bestehen, werden aufs ausführlichste erörtert und der deutschen Tüchtigkeit ebenso wie den Leistungen der Zeppelinluftschiffe begeisterte Leitartikel gewidmet. Es ist trotz aller Propaganda, die für Flugzeuge gemacht werde, anzunehmen, daß das Luftschiff das Flugverkehrsmittel der Zukunft darstelle. Aber der Zeppelin fliegt nicht los, Eckener will ihn nicht unnütz gefährden.

Der Koffer ist geöffnet, in dem Mieze lag. Sie war die Tochter eines Straßenbahnschaffners aus Bernau. Sie waren drei Kinder zu Haus, die Mutter ging dem Mann durch und ging aus dem Haus, warum, weiß man nicht. Mieze saß da allein und hatte alles zu tun. Abends fuhr sie manchmal nach Berlin und ging in Tanzlokale, zu Lestmann und gegenüber, und paarmal nahm sie einer mit ins Hotel, dann war es zu spät, dann traute sie sich nicht nach Haus, dann blieb sie in Berlin, und dann traf sie Evan und es ging weiter. Sie waren auf dem Revier an der Stettiner Bahn. Ein freundliches Leben fing für Mieze an, die sich erst Sonja nannte, sie hatte viele Bekannte und manchen Freund, aber nachher blieb sie immer mit einem vereint, das war ein einarmiger starker Mann, den Mieze auf einen Blick lieb gewann und ist ihm gut geblieben bis an ihr Ende. Ein schlimmes Ende, ein trauriges Ende, das Mieze am Ende traf. Warum, warum, was hat sie verbrochen, sie kam aus Bernau in den Strudel von Berlin, sie war nicht unschuldig, gewiß nicht, aber von inniger, unauslöschlicher Liebe zu ihm, der ihr Mann war und den sie betreute wie ein Kind. Sie wurde zerschlagen, weil sie dastand, zufällig neben dem Mann, und das ist das Leben, ist schwer zu denken. Sie fuhr nach Freienwalde, um ihren Freund zu schützen, dabei wurde sie erwürgt, erwürgt, war hin, erledigt, und das ist das Leben.

Und dann nimmt man einen Abdruck von ihrem Hals und Gesicht, und sie ist nur noch ein Kriminalfall, ein technischer Vorgang, wie man einen Telephondraht legt, soweit ist sie hin. Man macht eine Moulage von ihr, malt alles in natürlichen Farben an, das ist täuschend ähnlich, eine Art Zelluloid. Und da steht Mieze, ihr Gesicht und Hals, in einem Aktenschrank, komm doch, komm doch, wir sind bald zu Hause, Aschinger, sollst mir trösten, ich bin deine. Sie steht hinter Glas, ihr Gesicht erschlagen, ihr Herz erschlagen, ihr Schoß erschlagen, ihr Lächeln erschlagen, sollst mir trösten, komm doch.

Und ich wandte mich und sah an alles Unrecht, das geschah unter der Sonne

Franz, warum seufzt du, Franzeken, warum muß Eva immer anschlüpfen und dich fragen, was du denkst, und kriegt keine Antwort und muß immer weg ohne Antwort, warum bist du beklommen, und duckst dich, duck duck, kleiner Winkel, kleiner Vorhang, und du machst nur kleine, winzige Schritte? Du kennst das Leben, du bist nicht gestern auf die Erde gefallen, du hast einen Geruch für die Dinge und du merkst was. Du siehst nichts, du hörst nichts, aber du ahnst es, du wagst nicht, die Augen darauf zu richten, du schielst beiseite, aber du fliehst auch nicht, dazu bist du zu entschlossen, du hast die Zähne zusammengebissen, du bist nicht feige, aber du weißt nicht, was geschehen kann und ob du es auf dich nehmen kannst, deine Schultern stark genug sind, es auf sich zu nehmen.

Wieviel hat Hiob, der Mann aus dem Land Uz, gelitten, bis er alles erfuhr, bis nichts mehr auf ihn fallen konnte. Aus Saba fielen Feinde ein und schlugen seine Hirtin tot, das Feuer Gottes fiel vom Himmel und verbrannte Schafe und Hirten, die Chaldäer töteten seine Kamele und ihre Treiber, seine Söhne und Töchter saßen im Hause ihres ältesten Bruders, ein Wind wurde von der Wüste hergeschickt, er stieß die vier Ecken des Hauses um und die Knaben wurden getötet.

Das war schon viel, aber es war noch nicht genug. Sein Kleid hat Hiob zerrissen, die Hände hat er sich zerbissen, das Haupt hat er sich zerrauft, Erde hat er über sich gehäuft. Aber es war noch nicht genug. Mit Geschwüren wurde Hiob geschlagen, von der Fußsohle bis zum Schenkel trug er Geschwüre, er saß im Sand, der Eiter floß von ihm, er nahm einen Scherben und schabte sich.

Die Freunde kamen an und sahen ihn, Eliphas von Theman, Bildad von Suah und Zopfar von Nama, sie kamen von weit her, um ihn zu trösten, sie schrien und weinten fürchterlich, Hiob erkannten sie nicht, so furchtbar war Hiob geschlagen, der sieben Söhne und drei Töchter gehabt hatte und

7000 Schafe, 3000 Kamele, 500 Joch Rinder, 500 Eselinnen und sehr viel Gesinde.

Du hast nicht soviel verloren wie Hiob aus Uz, Franz Biberkopf, es fährt auch langsam auf dich herab. Und schrittchenweise ziehst du dich heran an das, was dir geschehen ist, tausend gute Worte gibst du dir, du schmeichelst dir, denn du willst es wagen, du bist entschlossen, dich zu nähern, zum Äußersten entschlossen, aber oh weh auch zum Alleräußersten? Nicht das, oh nicht das. Du sprichst dir zu, du liebst dich: oh komm, es geschieht nichts, wir können doch nicht ausweichen. Aber in dir will es, will es nicht. Du seufzt: wo krieg ich Schutz her, das Unglück fährt über mich, woran kann ich mich festhalten. Es kommt näher! Und du näherst dich, wie eine Schnecke, du bist nicht feige, du hast nicht nur starke Muskeln, du bist Franz Biberkopf, du bist die Kobraschlange. Sieh, wie sie sich schlängelt, zentimeterweise gegen das Untier, das dasteht und greifen will.

Du wirst keine Gelder verlieren, Franz, du selbst wirst bis auf die innerste Seele verbrannt werden! Sieh, wie die Hure schon frohlockt! Hure Babylon! Und es kam einer von den sieben Engeln, die die sieben Schalen halten, und redete: Komm, ich will dir zeigen die große Babylon, die an vielen Wassern sitzt. Und da sitzt das Weib auf einem scharlachroten Tier und hat einen goldenen Becher in der Hand, an ihrer Stirn geschrieben ein Name, ein Geheimnis. Das Weib ist trunken vom Blut der Heiligen.

Du ahnst sie jetzt, du fühlst sie. Und ob du stark sein wirst, ob du nicht verloren gehst.

Im schönen hellen Zimmer im Gartenhaus Wilmersdorfer Straße sitzt Franz Biberkopf und wartet.

Die Kobraschlange ringelt, liegt in der Sonne, wärmt sich. Ist alles langweilig, und er ist kräftig, und er möchte was tun, man liegt rum, sie haben noch nicht verabredet, wo sie sich treffen wollen, die dicke Toni hat ihm eine dunkle Hornbrille besorgt, ich muß mir eine ganz neue Kluft besorgen, vielleicht mach ich mir ooch einen Schmiß über die Backe. Da rennt einer unten über den Hof. Hat ders aber eilig. Bei mir kommt nischt zu spät. Wenn die Leute sich nicht so beeilen würden, würden sie nochmal so lange leben und dreimal so viel erreichen. Beim Sechstagerennen ist es dasselbe, die treten und treten, immer mit die Ruhe, die Leute haben Geduld, die Milch wird schon nicht überkochen, das Publikum kann pfeifen, wat verstehen die davon.

Es klopft auf dem Korridor. Nanu, warum klingeln die nich. Verflucht, ich geh aus der Bude raus, die hat ja bloß ein Ausgang. Mal horchen.

Schrittchenweise ziehst du dich heran, tausend gute Worte gibst du dir, du schmeichelst dir, du lockst dich, du bist zum Äußersten bereit, nicht zum Alleräußersten, ach, nicht zum Alleräußersten.

Mal horchen. Wat is det. Die kenn ick doch. Die Stimme kenn ich doch. Kreischen, Weinen, Weinen. Mal sehen. Schreck, mein Schreck, woran denkst du? Woran denkt man alles. Die kenn ick doch. Eva.

Die Tür ist auf. Draußen steht Eva, die dicke Toni hat die Arme um die. Winseln, Jammern, was is mit das Mädchen. Woran denkt man alles, was ist geschehen, Mieze schreit, Reinhold liegt im Bett. »Tag Eva, na Eva, Mädel, na wat is, nu gib dir doch, ist wat passiert, wird doch nicht so schlimm sein.« »Laß mir los.« Wie die grunzt, hat woll Keile gekriegt, die hat eener vermöbelt, warte mal. Die hat dem Herbert wat gesagt, der Herbert weiß von det Kind. »Hat dir gehauen, der Herbert?« »Laß mir, faß mir nicht an, Mensch.« Wat macht die für Oogen. Jetzt will sie von mir nichts wissen, hat sie doch selbst gewollt. Wat is denn bloß los, wat hat die bloß, kommen noch Leute, mal die Tür abriegeln. Die Toni steht da, macht und tut mit Eva: »Sei gut, Eva, sei gut, gib dir doch, sag mal, wat is, komm rin, wo ist denn Herbert?« »Ich geh nich rin, ich geh nich rin.« »Na komm ma, wir setzen uns, ich koch Kaffee. Geh ab, Franz.« »Warum soll ich denn abgehen, ich hab doch nischt getan.«

Da macht Eva große Augen, schreckliche Augen, als will sie ein fressen, da kreischt die, faßt Franzen an die Weste:

»Der soll mitkommen, der soll mit rin, der kommt hier mit, du kommst mir mit rin!« Was ist mit die los, det Weib is verrückt, hat der eener wat erzählt. Dann bibbert Eva auf dem Sofa neben der fetten Toni. Und das Mädel sieht aufgedunsen aus und fliegt, das kommt von dem Zustand, dabei hat sie das von mir und ich werde ihr doch nichts tun. Da legt Eva die Arme um die dicke Toni, flüstert ihr was ins Ohr, kann erst nicht sprechen und dann bringt sie es raus. Und jetzt fährt wat in die Toni. Die schlägt die Hände zusammen und Eva bibbert und holt ein zerknautschtes Papier aus der Tasche, die sind wohl ganz übergefahren, machen die mit mir Theater oder nicht, wat steht denn in der Zeitung, vielleicht von unsere Sache in der Stralauer Straße, Franz steht auf, brüllt, det sind dämliche Weiber. »Affen ihr. Macht mit mir keen Theater, ihr haltet mir für euren Affen.« »Um Gotteswillen, um Gotteswillen«, sitzt die Dicke da, Eva bibbert immer vor sich und sagt nichts und winselt und zittert. Da reißt Franz über den Tisch der Dicken die Zeitung weg.

Sind da zwei Bilder neben einander, was, was, furchtbarer, furchtbarer gräßlicher Schreck, det bin – ick doch, det bin ick doch, warum denn, wegen de Stralauer Straße, warum denn, gräßlicher Schreck, det bin ick doch und denn Reinhold, Überschrift: Mord, Mord an einer Prostituierten bei Freienwalde, Emilie Parsunke aus Bernau. Mieze! Wat is denn det. Ick. Hinterm Ofen sitzt ne Maus, die muß raus.

Seine Hand krampft das Blatt. Er läßt sich langsam runter auf den Sessel, er sitzt ganz in sich zusammengezogen. Was steht auf dem Blatt. Hinterm Ofen sitzt ne Maus.

Da gaffen die zwei Weiber, die weinen, die glotzen rüber, die zwei, wat is los, Mord, wie is det, Mieze, ick bin verrückt, wie is det, was heißt det. Seine Hand hebt sich wieder auf den Tisch, da steht es in der Zeitung, mal nachlesen: mein Bild, ick, und Reinhold, Mord, Emilie Parsunke aus Bernau, in Freienwalde, wie kommt die nach Freienwalde. Was is denn das für ne Zeitung, die Morgenpost. Die Hand geht auf mit dem Papier, die Hand geht runter mit dem Papier. Eva, was macht Eva, die hat ihren Blick gewechselt, die fährt zu ihm rüber, sie heult nicht mehr: »Na, Franz?« Eine Stimme, einer spricht, ich muß was sagen, zwei Weiber, Mord, wat is Mord, in Freienwalde, ick habe sie ermordet in Freienwalde, ick war noch nie in Freienwalde, wo is det überhaupt. »Nu sag doch, Franz, wat sagste.«

Franz sieht sie an, seine großen Augen sehen sie an, er hält das Blatt auf der flachen Hand, sein Kopf zittert, er liest und spricht, stoßweise, es knarrt. Mord bei Freienwalde, Emilie Parsunke aus Bernau, geboren 12. Juni 1908. »Is Mieze, Eva.« Er kratzt sich die Backe, sieht Eva an, sein weiter, leerer, ungefüllter Blick, man kann nicht hineinsehen. »Is die Mieze, Eva. Ja. Wat – sagste, Eva. Die is tot. Darum haben wir sie nich gefunden.« »Und du stehst druff, Franz.« »Ick?«

Er hebt wieder das Blatt, sieht rein. Is mein Bild.

Sein Oberkörper schaukelt. »Um Gotteswillen, um Gotteswillen, Eva.« Ihr wird ängstlicher und ängstlicher, sie hat einen Stuhl neben seinen Sessel geschoben. Er schaukelt immer seinen Oberkörper. »Um Gotteswillen, Eva, um Gotteswillen.« Und schaukelt immer so weiter. Jetzt fängt er an zu pusten und zu blasen. Jetzt hat er schon ein Gesicht, als obs ihn lächert. »Um Gotteswillen, wat wollen wir machen, Eva, wat wolln wir machen.« »Und warum ham sie dir denn da abgemalt?« »Wo?« »Da.« »Na, weeß nich. Gotteswillen, wat is denn det, wie kommt denn det, haha, is komisch.« Und jetzt blickt er sie hilflos zitternd an und sie freut sich, das is auch ein menschlicher Blick, ihr steigen wieder die Tränen aus den Augen, auch die Dicke fängt zu winseln an, dann legt sich sein Arm an ihren Rücken, seine Hand liegt auf ihrer Schulter, sein Gesicht ist an ihren Hals gepreßt, Franz winselt: »Wat is det, Eva, wat is mit unser Miezeken los, wat is denn passiert, die is tot, mit der is wat passiert, jetzt is es raus, die is nich weg von mir, die hat einer umgebracht, Eva, unser Miezeken hat eener umgebracht, mein Miezeken, wat is denn los, is denn det wahr, sag mir, det is nich wahr.«

Und er denkt an Miezeken, da steigt etwas auf, eine Angst

steigt auf, ein Schrecken winkt herüber, es ist da, ist ein Schnitter, heißt Tod, er kommt gegangen mit Beilen und Stangen, er bläst ein Flötchen, dann reißt er die Kiefer auseinander, dann nimmt er die Posaune, wird er die Posaune blasen, wird er die Pauken schlagen, wird der schwarze furchtbare Sturmbock kommen, wumm, immer sachte, rumm.

Eva sieht das langsame Knirschen, Mahlen seiner Kiefer. Eva hält Franzen. Sein Kopf zittert, seine Stimme kommt, der erste Ton knarrt, dann wird es leiser. Es ist kein Wort geworden.

Unter dem Auto lag er, das war wie jetzt, da ist eine Mühle, ein Steinbruch, der schüttet immer über mich, ich nehme mich zusammen, ich kann mich halten, wie ich will, es nutzt nichts, es will mich kaputt machen, und wenn ich ein Balken aus Eisen bin, es will mich kaputt brechen.

Franz knirscht und murmelt. »Es wird was kommen.« »Was wird kommen?« Was ist das für eine Mühle, die Räder drehen sich, eine Windmühle, eine Wassermühle. »Sieh dir vor, Franz, sie suchen dir.« Und ich soll sie umgebracht haben, ick, er zittert wieder, sein Gesicht kommt wieder ins Lächeln, ick hab sie einmal gehauen, die denken woll, weil ich die Ida hingemacht habe. »Bleib sitzen, Franz, geh nich runter, wo willste denn hin, sie suchen dir, sie kennen dir mit dem Arm.« »Sie kriegen mir nicht, Eva, wenn ick nich will, kriegen sie mich nicht, kannst dich druff verlassen. Ich muß runter, an die Litfaßsäule. Ich muß det sehen. Ich muß det lesen im Lokal, in die Zeitungen, wat die schreiben, wie det war.« Und dann steht er vor Eva, starrt sie an, bringt kein Wort raus, wenn er jetzt bloß nicht lachen wird: »Kuck mir an, Eva, ist denn wat an mir, kuck mir an.« »Nee, nee«, sie schreit und hält ihn fest. »Na kuck mir an, ist wat an mir, an mir muß wat sinn.«

Nee, nee, sie schreit und heult, und er geht zur Tür, lächelt, nimmt seinen Hut von der Kommode, ist raus.

Und siehe da, es waren Tränen derer, die Unrecht litten und hatten keinen Tröster

Franz hat einen künstlichen Arm, den trägt er sonst selten, jetzt geht er damit auf die Straße, die falsche Hand in der Manteltasche, links die Zigarre. Er ist schwer aus der Wohnung gekommen. Eva hat gebrüllt und sich vor ihm hingeschmissen an der Korridortür, er hat ihr versprochen, nicht auszurücken und sich vorzusehen, er hat gesagt: »Ick komm zum Kaffee wieder ruff«, und dann ist er runtergegangen.

Man hat Franz Biberkopf nicht erwischt, solange er nicht erwischt sein wollte. Es gingen immer zwei Engel neben ihm zur Rechten und zur Linken, die lenkten den Blick von ihm ab.

Nachmittags ist er um vier zum Kaffee oben. Herbert ist auch da. Da hören sie zum ersten Male Franzen lange sprechen. Er hat in der Zeitung unten gelesen, auch von seinem Freund, dem Klempnerkarl, hat er gelesen, daß er sie verpfiffen hat. Er weiß nicht, warum der das gemacht hat. Und der Klempnerkarl war auch mit in Freienwalde, wo sie die Mieze hin verschleppt haben. Das hat Reinhold mit Gewalt gemacht. Der hat sich ein Auto genommen und ist vielleicht ein Stück mit Mieze gefahren und dann ist Karl eingestiegen und sie haben sie zusammen festgehalten und nach Freienwalde geschleppt, vielleicht in der Nacht. Vielleicht haben sie sie schon unterwegs umgebracht. »Und warum hat Reinhold das gemacht?« »Der hat mir unter das Auto geschmissen, nu könnt ihrs ja wissen, der ist es gewesen, aber schadt nichts, ich bin ihm nicht böse darum, der Mensch muß wat lernen, wenn er nichts lernt, weiß er nichts. Dann läuft man wie ein Hornochse rum und von der Welt weiß man nichts, ick bin ihm nicht böse, nee nee. Jetzt wollte er mir unterkriegen, er hat gedacht, mir hat er in der Tasche, und das ist nicht gewesen, das hat er gemerkt, und darum hat er mir die Mieze genommen und hat das an die getan. Was kann die aber davor.« Darum, ei warum, ei darum. Trommelgerassel, Bataillon marsch, marsch. Wenn die Soldaten durch die Stadt marschieren, ei warum, ei darum, ei bloß wegen dem Tschingderada bumderada bum.

So bin ich bei ihm einmarschiert, und so hat er geantwortet, und es war verflucht und war falsch, daß ich marschierte.

Es war falsch, daß ich marschierte, falsch, falsch.

Aber das macht nichts aus, das macht jetzt nichts mehr aus.

Herbert reißt die Augen auf, Eva bringt keinen Ton raus. Herbert: »Warum hast du die Mieze nichts gesagt davon?« »Ich bin nicht schuld dran, dagegen kann man nichts machen, ebensogut hätte der mich totschießen können, wie ich auf seine Stube war. Das sag ich euch, dagegen gibts nichts.«

Sieben Häupter und zehn Hörner, in der Hand einen Becher voll Greul. Die werden mir nu schon ganz kriegen, dagegen gibts nun nischt mehr zu machen!

»Hättst du een Ton gesagt, Mensch, ich sag dir, die Mieze, die lebt heute noch, bloß een anderer, der hätte n Kopp unterm Arm.« »Ich bin nicht schuld dran. Was so einer tut, das kannste nie wissen. Du kannst ooch nich wissen, was er jetzt tut, das kriegste nich raus.« »Ick krieg et raus.« Eva bettelt: »Geh nich ran an den, Herbert, ick hab ooch Angst.« »Wir sehen uns schon vor. Erst mal rauskriegen, wo der steckt, und ne halbe Stunde druff, dann haben ihn die Bullen.« Franz winkt: »Du läßt die Finger von dem, Herbert, der gehört dir nicht. Gibst mir die Hand drauf?« Eva: »Gib sie ihm, Herbert. Und wat willst du denn tun, Franz?« »Wat liegt an mir. Mir könnt ihr aufn Misthaufen schmeißen.«

Und dann geht er rasch in die Ecke, stellt sich mit dem Rücken gegen sie.

Und ein Schluchzen, Schluchzen, Wimmern hören sie, er weint um sich und die Mieze, sie hören es, Eva weint und schreit über den Tisch, das Blatt mit ›Mord‹ liegt noch auf dem Tisch, Mieze ist ermordet, keiner hat was getan, das ist über sie gefallen.

Da lobte ich die Toten, die schon gestorben waren

Schon gegen Abend ist Franz Biberkopf wieder unterwegs. Fünf Sperlinge fliegen auf dem Bayrischen Platz über ihn. Es sind fünf erschlagene Bösewichte, die Franz Biberkopf schon öfter getroffen haben. Sie erwägen, was sie mit ihm machen sollen, was sie über ihn beschließen sollen, wie sie ihn ängstlich, unsicher machen sollen, über welchen Balken sie ihn stolpern lassen wollen.

Der eine schreit: Da geht er. Kuckt, er hat einen falschen Arm, er gibt die Partie noch nicht verloren, er möchte nicht erkannt sein.

Der zweite: Was hat der feine Herr schon alles ausgefressen. Das ist ein Schwerverbrecher, den müßten sie einlochen, dem gehört lebenslänglich. Ein Weib umbringen, mausen, einbrechen, und ein anderes Weib, da ist er auch dran schuld. Wat will er denn jetzt noch?

Der dritte: Der bläst sich uff. Der markiert den Unschuldigen. Der spielt den Anständigen. Kuckt euch das Luder an. Wenn ein Bulle kommt, wollen wir ihm den Hut runterschmeißen.

Der erste nochmal: Wat soll denn son Kerl länger leben. Ich bin im Zuchthaus krepiert nach neun Jahren. Ich bin noch jünger gewesen wie der, da war ich schon tot, da konnte ich nicht mehr piep sagen. Nimm den Hut ab, Affe, nimm deine dämliche Brille runter, bist doch keen Redakteur, du Ochse, du kennst ja nicht mal das Einmaleins, dann setzt du dir ne Hornbrille uff wien Gelehrter, paß uff, wie sie dir kriegen.

Der vierte: Nu schreit doch nicht so. Wat wollt ihr denn mit dem machen. Kuckt euch doch den an, hat einen Kopf, geht auf zwei Beinen. Wir kleinen Spatzen, uffn Hut können wir ihm machen.

Der fünfte: Blafft ihn doch an. Der spinnt, bei dem sitzt eine Schraube locker. Der geht mit zwei Engels spazieren, sein Schatz ist ne Moulage uffm Präsidium, macht doch wat mit dem. Schreit doch.

Da schwirren sie, schreien, schnattern über seinen Kopf. Und Franz hebt seinen Kopf, seine Gedanken sind zerrissen, die Vögel zanken und schimpfen weiter.

Es ist herbstlich, im Tauentzienpalast spielen sie die ›Letzten Tage von Franzisko‹, fünfzig Tanzschönheiten sind im Jägerkasino, für einen Fliederstrauß darfst du mich küssen. Da findet Franz: Mein Leben ist zu Ende, mit mir ist es aus, ich habe genug.

Die Elektrischen fahren die Straßen entlang, sie fahren alle wohin, ich weiß nicht, wo ich hinfahren soll. Die 51 Nordend, Schillerstraße, Pankow, Breitestraße, Bahnhof Schönhauser Allee, Stettiner Bahnhof, Potsdamer Bahnhof, Nollendorfplatz, Bayrischer Platz, Uhlandstraße, Bahnhof Schmargendorf, Grunewald, mal rin. Guten Tag, da sitz ick, die können mir hinfahren, wo sie wollen. Und Franz fängt an, die Stadt zu betrachten wie ein Hund, der eine Fußspur verloren hat. Was ist das für eine Stadt, welche riesengroße Stadt, und welches Leben, welches Leben hat er schon in ihr geführt. Am Stettiner Bahnhof steigt er aus, dann zieht er die Invalidenstraße lang, da ist das Rosenthaler Tor. Fabisch Konfektion, da hab ick gestanden, ausgerufen, Schlipshalter vorige Weihnachten. Nach Tegel fährt er mit der 41. Und wie die roten Mauern auftauchen, links die roten Mauern, die schweren Eisentore, ist Franz stiller. Das ist von meinem Leben, und das muß ich betrachten, betrachten.

Die Mauern stehen rot, und die Allee zieht davor lang, die 41 fährt dran vorbei, General-Pape-Straße. West-Reinickendorf, Tegel, Borsig hämmert. Und Franz Biberkopf steht vor den roten Mauern, geht auf die andere Seite, wo die Kneipe ist. Und die roten Häuser hinter den Mauern fangen an zu zittern und zu wallen und die Backen aufzublasen. An allen Fenstern stehen Gefangene, stoßen die Köpfe gegen die Stangen, die Haare sind ihnen auf ein halb Millimeter geschoren, elend sehen sie aus, mit Untergewicht, alle Gesichter sind grau und struppig, sie rollen die Augen und sie klagen. Da stehn Mörder, Einbruch, Diebstahl, Fälschung, Notzucht, die ganzen Paragraphen, und klagen mit grauen Gesichtern, da sitzen sie, die Grauen, jetzt haben sie Miezen den Hals eingedrückt.

Und Franz Biberkopf irrt um das riesige Gefängnis, das immer zittert und wallt und nach ihm ruft, über die Äcker, durch den Wald, wieder weg auf die Straße mit den Bäumen.

Dann ist er auf der Straße mit den Bäumen. Ich hab Miezen nicht umgebracht. Ich hab es nicht getan. Ick hab hier nischt zu suchen, dat is vorbei, ick hab mit Tegel nischt zu tun, ick weeß nich, wie alles gekommen is.

Es ist schon abends sechs, da sagt sich Franz, ich will zu Mieze, ich muß auf einen Friedhof hin, da haben sie sie eingebuddelt.

Die fünf Verbrecher, die Spatzen, sind wieder bei ihm, die sitzen oben auf einer Telegraphenstange und schreien runter: Geh hin zu ihr, du Strolch, hast du denn Mut, schämst du dich nicht, zu ihr hinzugehen? Sie hat nach dir gerufen, wie sie in der Kute lag. Kuck sie dir an auf dem Friedhof.

Für die Ruhe unserer Toten. In Berlin starben 1927 ohne Totgeborene 48742 Personen.

4570 an Tuberkulose, 6443 an Krebs, 5656 an Herzleiden, 4818 an Gefäßleiden, 5140 an Gehirnschlag, 2419 an Lungenentzündung, 961 an Keuchhusten, 562 Kinder starben an Diphtherie, an Scharlach 123, an Masern 93, es starben 3640 Säuglinge. Geboren wurden 42696 Menschen.

Die Toten liegen auf dem Friedhof in ihren Gärten, der Wärter geht mit seinem Stock, sticht Papierfetzen auf.

Es ist halb sieben, noch ganz hell, da sitzt auf ihrem Grab vor einer Buche eine ganz junge Frau im Pelzmantel ohne Hut, senkt den Kopf und spricht nicht. Sie hat schwarze Glacés an, einen Zettel in der Hand, ist ein kleines Kuvert, Franz liest: »Ich kann nicht mehr leben. Grüßt noch einmal meine Eltern, mein süßes Kind. Mir ist das Leben zur Qual. Nur Bieriger hat mich auf dem Gewissen. Er soll sich gut amüsieren. Mich hat er nur als Spielball benutzt und ausgesogen. Ein großer gemeiner Lump. Wegen ihn bin ich nur nach

Berlin gekommen, und er allein hat mich unglücklich gemacht, ein ruinierter Mensch bin ich geworden.«

Franz gibt ihr das Kuvert wieder: »O weh, o weh: Ist Mieze hier?« Nicht traurig sein, nicht traurig sein. Er weint: »O weh, o weh, wo ist meine kleine Mieze?«

Da ist ein Grab wie ein großer weicher Diwan, ein gelehrter Professor liegt drauf, der lächelt zu ihm herab: »Was bekümmert Sie, mein Sohn?« »Ich wollte Mieze sehen. Ich komm hier bloß lang.« »Sehn Sie, ich bin schon tot, man muß das Leben nicht zu schwer nehmen und den Tod auch nicht. Man kann sich alles erleichtern. Wie ich genug hatte und krank wurde, was hab ich gemacht? Meinen Sie, ich werde warten, bis ich mich durchliege? Wozu? Ich habe die Morphiumflasche neben mich stellen lassen, und dann habe ich gesagt, man soll Musik machen, Klavier spielen, Jazzmusik, die neuesten Schlager. Ich hab mir aus Platon vorlesen lassen, das große Gastmahl, das ist ein schönes Gespräch, und heimlich habe ich mir währenddessen unter der Bettdecke Spritze nach Spritze gegeben, habe sie gezählt, die dreifach tödliche Dosis. Und immer hab ich noch das Klimpern gehört, lustig, und mein Vorleser sprach vom alten Sokrates. Ja, es gibt kluge Menschen und weniger kluge Menschen.«

»Vorlesen, Morphium? Wo ist bloß Mieze?«

Schrecklich, unter einem Baum hängt ein Mann, seine Frau steht daneben, jammert, wie Franz kommt: »Kommen Sie doch rasch, schneiden Sie ihn ab. Er will nicht in seinem Grab bleiben, immer steigt er wieder auf die Bäume und hängt schief.« »O Gott, o Gott, warum denn?« »Mein Ernst war so lange krank, ihm konnte keiner helfen, und sie haben ihn auch nicht verschicken wollen, sie haben immer gesagt, er verstellt sich. Da ist er in den Keller gegangen und hat sich einen Nagel und einen Hammer mitgenommen. Ich hab noch gehört, wie er im Keller hämmert, ich denk, was macht er, ist gut, daß er was arbeitet und nicht immer so rumsitzt, vielleicht baut er einen Kaninchenstall. Dann ist er am Abend nicht raufgekommen, da hab ich Angst gekriegt und denke, wo bleibt er, sind denn die Kellerschlüssel schon oben, die waren noch nicht oben. Dann sind die Nachbarn runtergegangen, und dann haben sie die Schupo geholt. Er hat sich einen starken Nagel in der Decke eingeschlagen, dabei war er so dünn, aber er wollte sicher gehen. Was suchen Sie, junger Mann? Wat winseln Sie denn? Wollen Sie sich umbringen?«

»Nee, mir ist meine Braut umgebracht worden, ich weiß aber nicht, ob sie hier liegt.«

»Ach, suchen Sie man da hinten rum, da sind die Neuen.«

Dann liegt Franz am Weg neben einem leeren Grab, er kann nicht brüllen, er beißt in die Erde: Mieze, was haben wir denn gemacht, warum haben sie das mit dir gemacht, du hast doch nichts getan, Miezeken. Was kann ich machen, warum schmeißt man mich nicht auch in son Grab, wie lang geht das noch mit mir?

Und dann steht er auf, kann schlecht gehen, rafft sich zusammen, schwankt zwischen den Gräberreihen raus.

Da steigt Franz Biberkopf, der Herr mit dem steifen Arm, draußen in ein Auto, und das trägt ihn nach dem Bayrischen Platz. Eva hat viel, viel, viel mit ihm zu tun. Eva hat tagelang, nächtelang mit ihm zu tun. Er lebt nicht und er stirbt nicht. Herbert läßt sich wenig blicken.

Es kommen noch ein paar Tage Jagd von Franz und Herbert hinter Reinhold her. Es ist Herbert, der sich schwer bewaffnet hat und überall rumhorcht und den Reinhold fassen will. Franz will erst nicht, dann beißt er an, es ist seine letzte Medizin auf dieser Welt.

Die Festung ist ganz eingeschlossen, die letzten Ausfälle werden gemacht, es sind aber nur Scheinmanöver

Es geht in den November. Der Sommer ist lange zu Ende. Der Regen hat sich in den Herbst hineingezogen. Sehr weit zurück sind die Wochen, wo die wonnige Glut auf den Straßen lag, die Menschen gingen in leichten Kleidern, die Frauen gingen wie in Hemden; ein weißes Kleid, eine enganliegende Kappe trug Franzens Mädel, die Mieze, die einmal nach Freienwalde fuhr, dann kam sie nicht wieder, das war im Sommer. Das Gericht verhandelt gegen Bergmann, der ein Parasit am Wirtschaftsleben und gemeingefährlich und skrupellos war. Der Graf Zeppelin kommt bei unsichtigem Wetter über Berlin an, sternklar ist der Himmel, als er 2,17 Friedrichshafen verläßt. Um das schlechte Wetter, das aus Mitteldeutschland gemeldet wurde, zu umgehen, nimmt das Luftschiff seinen Weg über Stuttgart, Darmstadt, Frankfurt am Main, Gießen, Kassel, Rathenow. Um 8,35 ist es über Nauen, 8,45 über Staaken. Kurz vor 9 Uhr erscheint der Zeppelin über der Stadt, trotz des regnerischen Wetters waren die Dächer mit Schaulustigen besetzt, die das Luftschiff mit Jubel begrüßten, das seine Schleifenfahrt über den Osten und Norden der Stadt fortsetzte. 9,45 fiel in Staaken das erste Landungsseil.

Franz und Herbert streifen durch Berlin; sie sind meist von Haus weg. Franz ist in den Herbergen der Heilsarmee, in den Männerheimen, paßt auf, wandert durch die Augustherberge Auguststraße. Er sitzt in der Dresdener Straße, bei der Heilsarmee, wo er mit Reinhold war. Sie singen Liederbuch Nr. 66: Sag, warum noch warten, mein Bruder? Steh auf und komm eilend herzu! Dein Heiland ruft dich schon lange, Gern schenkt er dir Frieden und Ruh. Chor: Warum? Warum? Warum kommst du nicht herzu? Warum? Warum willst du nicht Frieden und Ruh? Fühlst du nicht im Herzen, o Bruder, Des Geistes lebendigen Zug? Willst du nicht Erlösung von Sünde? O eile zu Jesu im Flug! Sag, warum noch warten, mein Bruder? Schnell nahet dir Tod und Gericht! O komm, weil die Pforte noch offen Und Jesu Blut jetzt für dich spricht!

Franz geht nach der Fröbelstraße ins Asyl, in die Palme, ob er Reinholden findet. Er legt sich in die Bettstelle, den Drahtvater, heute in die, morgen in die, Haarschneiden 10 Pfennig, Rasieren fünf, da sitzen sie, bringen ihre Papiere in Ordnung, Handel mit Schuh und Hemden, Mensch, du bist wohl das erstemal hier, ausziehen gibts nicht, denn kannste morgen früh suchen, wat du noch hast, die Stiebel, kuck mal, jeden Stiebel mußte einzeln in ein Bettfuß stellen, sonst stehlen sie dir alles, sogar das Gebiß. Willste dir tätowieren lassen? Und Ruhe, Nacht. Schwarze Ruhe, Schnarchen wie in ner Sägefabrik, ich hab ihn nicht gesehen. Ruhe. Bimm bimm bimm, was ist, Gefängnis, ich hab gedacht, ich bin in Tegel. Wecken. Da hauen die sich. Wieder raus auf die Straße, Uhre 6, die Weiber stehen da, warten auf ihren Liebsten, gehen mit ihm in die Kaschemme, verspielen ihr Bettelgeld.

Reinhold ist nicht da, das ist Quatsch, daß ich ihn suche, der ist wieder auf Weiberjagd, Elfriede, Emilie, Karoline, Lili; braune Haare, blonde Haare.

Und Eva sieht abends das starre Gesicht von Franz, der kennt keine Liebkosung, kein gutes Wort, der ißt und spricht wenig, Schnaps und Kaffee gießt er in sich. Er liegt bei ihr auf dem Sofa und heult und heult. »Wir kriegen ihn nicht.« »Mensch, laß ihn doch.« »Wir kriegen ihn nicht. Wat könn wir machen, Eva?« »Mensch, du mußt det lassen, det hat ja keen Sinn, du machst dir zuschanden dabei.« »Du weeßt nicht, wat wir machen. Det – hast du nicht erlebt, Eva, det verstehst du nicht, Herbert versteht et ein bißchen. Wat solln wir machen. Ich möcht ihn schon haben, ich möcht in die Kirche gehn und uff die Knie beten, wenn ick ihn kriege.«

Aber das ist alles nicht wahr. Und es ist alles nicht wahr; die ganze Jagd auf Reinhold ist nicht wahr, und das ist ein Stöhnen und eine unheimliche Angst. Eben werden die Würfel über ihn geworfen. Er weiß, wie sie fallen werden. Alles wird seinen Sinn bekommen, einen unerwarteten schrecklichen Sinn. Das Versteckspiel dauert nicht mehr lange, lieber Junge.

Er belauert Reinholds Wohnung, seine Augen sind für nichts da, er sieht fort und fühlt nichts. Es gehen viele an dem Haus vorbei, einige gehen rein. Er ist selbst reingegangen, reingezogen, ei bloß wegen dem Tschingderada bumderada bum.

Das Haus schlägt ein Gelächter an, wie es ihn dastehn sieht.

Es möchte sich bewegen, um seine Nachbarn, Quer- und Seitenflügel zusammenzurufen, um sich den anzusehn. Da steht einer mit einer Perücke und einem künstlichen Arm, ein Kerl, der glüht, ist mit Schnaps gefüllt, steht und brabbelt was.

»Guten Tag, Biberkopfchen. Wir haben den 22. November. Noch immer Regenwetter. Willste dir ein Schnupfen holen, willste nicht lieber in deine geliebte Kneipe gehen, Kognak genehmigen?«

»Rausgeben!«

»Reingehen!«

»Rausgeben den Reinhold!«

»Geh nach Wuhlgarten, hast ein Nervenklapps.«

»Rausgeben!«

Dann arbeitet Franz Biberkopf eines Abends in dem Haus, versteckt Petroleumkanne und Flasche.

»Komm raus, versteckst dich, giftiges Luder, geiler Hund. Hast kein Mut, rauszukommen!«

Das Haus: »Nach wem rufst du, wenn er doch nicht da ist. Komm doch rein, kannst dir doch umsehen.«

»Ich kann nicht in alle Löcher kucken.«

»Der ist nicht hier, wird doch nicht so verrückt sein und hier sein.«

»Gib ihn mir heraus. Es wird dir schlecht gehen.«

»Ich höre immer: schlecht gehen. Kerl, geh nach Hause, schlaf dir aus, hast einen sitzen, das kommt, weil du nischt ißt.«

Am nächsten Morgen gleich hinter der Zeitungsfrau ist er da.

Die Laternen sehen ihn laufen, sie schaukeln sich: »Eia weia, es gibt Feuer.«

Qualm, Stichflammen aus den Bodenluken. Um 7 ist die Feuerwehr da, Franz sitzt da schon bei Herbert und ballt die Fäuste: »Ick weeß nischt und du weeßt nischt, det brauchste mir nich zu sagen, jetzt hat er keine Bleibe, jetzt kann er suchen. Jawoll, angesteckt.«

»Mensch, da wohnt er doch nicht mehr, der wird sich hüten.«

»Det war sein Bau, der weeß, wenn et brennt, det war ick. Den haben wir ausgeräuchert, paß auf, wie er jetzt ankommen wird.«

»Ick weeß nich, Franzeken.«

Aber Reinhold kommt nicht heraus, Berlin klappert und rollt und lärmt weiter, in den Zeitungen steht nicht, daß sie ihn haben, der ist entkommen, der ist ins Ausland, den kriegen sie nie.

Und da steht Franz vor Eva und heult und biegt sich. »Ick kann nischt machen, und ick muß es aushalten, der kann mir kaputt machen, das Mädel hat er abgemurkst, und ick steh da wie ein Hahnepampen. Son Unrecht. Son Unrecht.«

»Franz, det is doch nich anders.« »Ick kann nischt machen. Ich bin kaputt.« »Warum bist du denn kaputt, Franzeken?« »Ich hab gemacht, wat ick konnte. Son Unrecht, son Unrecht.«

Da gehen die beiden Engel neben ihm, Sarug und Terah sind ihre Namen, und sprechen miteinander, Franz steht im Gedränge, geht im Gedränge, er ist stumm, sie aber hören ihn wild heulen. Bullen gehen vorbei auf Streife, sie erkennen Franz nicht. Zwei Engel gehen neben ihm.

Warum gehen zwei Engel neben Franz, und was ist das für ein Kinderspiel, wo gehen Engel neben einem Menschen, zwei Engel am Alexanderplatz in Berlin 1928 neben einem ehemaligen Totschläger, jetzigen Einbrecher und Zuhälter. Ja, diese Geschichte von Franz Biberkopf, von seinem schweren, wahren und aufhellenden Dasein ist nun so weit vorgeschritten. Deutlicher und deutlicher, je mehr sich Franz Biberkopf bäumt und schäumt, wird alles. Es naht der Punkt, wo alles erhellt wird.

Die Engel sprechen neben ihm, ihre Namen sind Sarug und Terah, und ihr Gespräch lautet, während Franz sich die Auslagen bei Tietz betrachtet:

»Was meinst du, Terah, was würde geschehen, wenn man diesen Menschen sich überließe, ihn stehen ließe und er würde gefaßt?« Sarug: »Im Grunde würde es nicht viel ausmachen, ich glaube, man wird ihn so oder so fassen, das ist unausbleiblich. Er hat sich drüben das rote Gebäude angesehen, er hat recht, in ein paar Wochen sitzt er drin.« Terah: »Dann meinst du, wir sind eigentlich überflüssig?« Sarug: »Ein bißchen meine ich es, – wenn es uns doch nicht erlaubt ist, ihn hier ganz wegzunehmen.« Terah: »Du bist noch ein Kind, Sarug, du siehst das hier erst ein paar tausend Jahre. Und wenn wir den Menschen hier wegnehmen und ihn woanders hin versetzen, in ein anderes Dasein, hat er getan, was er hier tun konnte? Auf 1000 Wesen und Leben, mußt du schon wissen, kommen 700, nein 900 Verhinderungen.« »Und was für ein Grund ist denn, Terah, gerade diesen zu beschützen, es ist ein gewöhnlicher Mensch, ich sehe nicht, warum wir ihn beschützen.« »Gewöhnlich, ungewöhnlich, was ist das? Ist ein Bettler gewöhnlich und ein Reicher ungewöhnlich? Der Reiche ist morgen ein Bettler und der Bettler morgen ein Reicher. Dieser Mann hier ist dicht daran, sehend zu werden. So weit sind viele gekommen. Aber er ist auch daran, hörst du, er ist dicht daran, fühlend zu werden. Sieh, Sarug, wer viel erlebt, wer viel erfährt, hat leicht die Neigung, nur zu wissen und dann – zu entweichen, zu sterben. Er mag dann nicht mehr. Die Bahn des Erlebens hat er durchmessen, dabei ist er müde geworden, sein Körper und seine Seele haben sich daran abgemüdet. Verstehst du das?«

»Ja.«

»Aber nachdem man vieles erlebt und erkannt hat, noch festzuhalten, nicht hinabzusteigen, nicht zu sterben, sondern sich auszustrecken, hinzustrecken, zu fühlen, nicht auszuweichen, sondern sich zu stellen mit seiner Seele und standzuhalten, das ist etwas. Du weißt nicht, Sarug, wie du geworden bist, was du bist, was du warst und wie du dazu kommen konntest, hier mit mir zu gehen und andere Wesen zu beschützen.« »Das ist wahr, Terah, das weiß ich nicht, mein Gedächtnis ist mir ganz genommen.« »Es kommt dir langsam wieder. Man ist nie stark von sich aus, von sich allein, man hat schon etwas hinter sich. Stärke will erworben sein, du weißt nicht, wie du sie erworben hast, und so stehst du jetzt da, und dir sind Dinge keine Gefahren mehr, die andere umbringen.«

»Aber er will uns ja nicht, dieser Biberkopf, du sagst ja selbst, er will uns abschütteln.« »Er möchte sterben, Sarug, es hat noch niemand einen sehr großen Schritt getan, diesen furchtbaren Schritt getan, ohne zu wünschen, er möchte sterben. Und du hast recht, es erliegen da auch die meisten.« »Und bei diesem hier hast du Hoffnung?« »Ja, weil er stark und unverbraucht ist, und weil er schon zweimal standgehalten hat. So wollen wir bei ihm bleiben, Terah, ich möchte dich selbst darum bitten.« »Ja.«

Ein junger Doktor, Bombenfigur, sitzt vor Franz: »Guten Tag, Herr Klemens. Verreisen Sie, nach Todesfällen kommt das öfter vor. Man muß eine andere Umgebung aufsuchen, das ganze Berlin wird Sie jetzt bedrücken, Sie brauchen ein anderes Klima. Wollen Sie sich nicht ein bißchen zerstreuen? Sie sind seine Schwägerin, hat er jemand zur Begleitung?« »Ich kann auch so fahren, wenns sein muß.« »Muß; ich sage Ihnen, Herr Klemens, ist das einzige, was da zu machen ist: Ruhe, Erholung, ein bißchen Ablenkung; Ablenkung, aber nicht zuviel. Das schlägt gleich ins Gegenteil um. Immer mit Maß. Jetzt ist noch überall die beste Saison; wo wollen Sie denn hin?« Eva: »Kräftigungsmittel, sind die nicht auch gut, Lezithin, und dann besserer Schlaf?« »Schreibe ich Ihnen alles auf, warten Sie mal, Adalin.« »Adalin hab ich schon gegeben.« [Brauch das Giftzeug nicht.] »Dann nehmen Sie Phanodorm, abends eine Tablette mit Pfefferminztee; Tee ist gut, dann wird das Mittel schneller aufgenommen. Und dann gehen Sie mit ihm inn Zoo.« »Nee, ich bin nicht für Tiere.« »Na, dann inn Botanischen Garten, bißchen Zerstreuung, aber nicht zuviel.« »Schreiben Sie ihm doch noch ein Nervenmittel auf, für Kräftigung.« »Vielleicht könnte man ihm bißchen Opium geben für die Stimmung.« »Ich trink schon, Herr Doktor.« »Nee, lassen Sie mal, Opium ist doch was anderes, aber ich gebe Ihnen hier Lezithin, ein neues Präparat, Gebrauchsanweisung steht drauf. Und dann Bäder, beruhigende Bäder, Sie haben doch Badeeinrichtung, gnädige Frau?« »Alles da, natürlich, Herr Doktor.« »Also, sehen Sie, das ist der Vorteil von den neuen Wohnungen. Da sagt man natürlich. Bei mir war das nicht so natürlich. Ich habe mir alles einbauen lassen, hat klotziges Geld gekostet, das Zimmer auch mit Malerei, würden staunen, wenn Sie das sehen, das haben Sie hier nicht. Also Lezithin und Bäder, jeden zweiten Vormittag eines, und dann noch einen Masseur, ordentlich durchkneten alle Muskeln, daß der Mensch ordentlich in Bewegung kommt.« Eva: »Ja, das ist richtig.« »Ordentlich kneten, passen Sie auf, dann wird Ihnen schon freier, Herr Klemens. Passen Sie auf, kommen schon aufn Damm. Und dann verreisen.« »Ist nicht leicht mit ihm, Herr Doktor.« »Macht nichts; wird schon. Also, Herr Klemens, wie ist es?« »Was denn?« »Nicht den Kopf sinken lassen, immer regelmäßig einnehmen und das Schlafmittel und die Massage.« »Wird besorgt, Herr Doktor; auf Wiedersehen, und ich danke auch vorläufig.«

»Nu haste dein Willen gehabt, Eva.« »Ick hol dir denn die Bäder und die Nervenmedizin.« »Ja, hol man.« »Und du bleibst oben solange.« »Schön. Schöneken, Eva.«

Dann zieht sich Eva den Mantel an und geht runter. Und nach einer Viertelstunde geht auch Franz.

Die beginnende Schlacht. Wir fahren in die Hölle mit Pauken und Trompeten

Das Schlachtfeld lockt, das Schlachtfeld!

Wir fahren in die Hölle mit Pauken und Trompeten, für diese Welt haben wir nichts übrig, sie kann uns bleiben gestohlen mitsamt allem, was drauf und drunter und drüber ist. Mit ihren ganzen Menschen, mit Männern und Frauen, mit dem ganzen höllischen Gelichter, es ist auf keinen zu bauen. Wenn ich ein Vöglein wär, nähm ich ein Haufen Dreck, schmeiß es mit beiden Füßen hinter mich und flieg weg. Wenn ich ein Pferd wäre, ein Hund, eine Katz, da kann einer nichts besseres machen, als seinen Mist auf die Erde fallen lassen und dann möglichst rasch davon.

Es ist nichts los auf dieser Welt, ich habe keene Lust, mich wieder zu besaufen, das könnt ich schon, saufen, saufen und saufen, und dann fängt doch der höllische Dreck von vorn an. Der liebe Gott hat die Erde gemacht, das soll mir ein Pfaff sagen, wozu. Aber er hat sie doch noch besser gemacht, als die Pfaffen wissen, er hat uns erlaubt, auf den ganzen Zauber zu pissen, und hat uns zwei Hände gegeben und einen Strick dazu, und da weg mit dem Dreck, das können wir, dann ist der höllische Mist vorbei, viel Vergnügen, mein Segen, wir fahren in die Hölle mit Pauken und Trompeten.

Wenn ich den Reinhold könnte fassen, dann wäre meine Wut vorbei, dann könnte ich ihn beim Genick fassen und ihm das Genick brechen und ihn nicht leben lassen, und mir ging es dann besser, und ich wäre dann satt, und es wäre recht, und ich hätte Ruh. Aber der Hund, der mir soviel angetan hat, der mich zum Verbrecher wieder hat gemacht, mir den Arm gebrochen hat, der lacht irgendwo in der Schweiz über mich. Erbärmlich wie ein lumpiger Hund lauf ich rum, er kann mit mir machen, was er will, kein Mensch steht mir bei, nicht mal die Kriminalpolizei, die will mich noch fassen, als hätte ich die Mieze umgebracht, und das hat noch der Schuft gemacht, daß er mich da hat mit reingelegt. Der Krug geht so lange zu Wasser, bis er bricht. Ich hab genug ausgehalten und getan, mehr kann ich nicht. Es kann mir keiner absprechen, daß ich mich nicht habe gewehrt. Aber was zuviel ist, ist zuviel. Weil ich aber Reinhold nicht kann töten, bring ich mich selber um. Ich fahr in die Hölle mit Pauken und Trompeten.

Wer ist es, der hier auf der Alexanderstraße steht und ganz langsam ein Bein nach dem andern bewegt? Sein Name ist Franz Biberkopf, was er getrieben hat, ihr wißt es schon. Ein Ludewig, ein Schwerverbrecher, ein armer Kerl, ein geschlagener Mann, er ist jetzt dran. Verfluchte Fäuste, die ihn geschlagen haben! Schreckliche Faust, die ihn ergriffen hat! Die andern Fäuste schlugen und ließen ihn los, da war eine Wunde, da war er bloß, die konnte heilen, Franz blieb, wie er war, und konnte weitereilen. Jetzt, die Faust läßt nicht los, die Faust ist ungeheuer groß, sie wiegt ihn mit Leib und Seele ein, Franz geht mit kleinen Schritten und weiß: mein Leben ist nicht mehr mein. Ich weiß nicht, was ich jetzt tun muß, aber mit Franz Biberkopf ist es aus und Schluß.

Es ist November, spät abends gegen neun, die Brüder treiben sich auf der Münzstraße rum, und der Lärm von der Elektrischen und vom Autobus und von den Zeitungsschreiern ist groß, die Schupos gehen aus der Kaserne mit den Gummiknüppeln los.

In der Landsberger Straße marschiert ein Zug mit roten Fahnen: Wacht auf, Verdammte dieser Erde.

›Mokka fix‹, Alexanderstraße, gute unerreichte Zigarren, gepflegte Biere in f. Kannen, jegliches Kartenspiel ist streng verboten, wir bitten die geehrten Gäste, auf die Garderobe selbst zu achten, weil ich für nichts aufkomme. Der Wirt. Frühstück von 6 Uhr früh bis 1 Uhr mittag 75 Pfennig, eine Tasse Kaffee, 2 gekochte Eier und ein Butterbrot.

In der Kaffeeklappe Prenzlauer Straße setzt sich Franz hin, sie jubeln ihm zu: »Herr Baron!« Sie ziehen ihm die Perücke ab, er schnallt den künstlichen Arm ab, bestellt sich Bier, den Mantel legt er sich über die Knie.

Drei Mann sind da, die haben graue Gesichter, und richtig, sind Sträflinge, sind wohl ausgerückt, quatschen in einer Tour, quatschen kariert.

Ich also hab Durst und sage mir, warum so weit gehen, ist da ein Keller, wohn Polacken drin, zeig ihnen meine Wurst und die Zigaretten, die fragen ooch gar nicht, woher ick die habe, koofen, geben mir Schnaps, ick laß alles da. Und morgens paß ick uff, wie sie weggehen, ick rin in den Keller, Haken hab ich bei mir, ist noch alles da, meine Wurst und Zigaretten, und ick los damit. Feines Geschäft, wat?

Polizeihunde, wat die schon können. Fünf Mann sind bei uns durch die Mauer abgezogen. Wie, det kann ick dir genau sagen. Beide Seiten sind die Wände mit Blech beschlagen, Eisenblech, gut acht Millimeter. Die gehen aber durch den

Boden durch, nanu, Zementboden, graben ein Loch, immer abends und von da unter die Mauern. Dann kommen die Polizeischiens und sagen: wir hätten das hören müssen. Na, wir haben geschlafen. Werden wir sowat hören, warum grade wir?

Lachen, Heiterkeit, o du fröhliche, o du selige, es geht ein Rundgesang an unserm Tisch herum, widebum.

Und dann kommt natürlich nachher wer an, Herr Polizeiwachtmeister, Oberwachtmeister Schwab, will sich wichtig tun und sagt: er hat das schon alles vorgestern gehört, aber er war auf einer Dienstreise. Dühnstreise. Wenn wat los ist, waren sie immer uff Dühnstreise. Ne Molle, mir ooch, drei Zigaretten.

Ein junges Mädchen kämmt einem langen blonden Mann die Haare am Tisch, er singt: »O Sonnenburg, o Sonnenburg.« Und wie eine Pause ist, legt er los, er muß von der Sonne was singen:

»O Sonnenburg, o Sonnenburg, wie grün sind deine Blätter. War im Sommer achtundzwanzig, saß nicht in Berlin und Danzig, saß auch nicht in Königsberg, wo saß ich denn? Mensch, weeßtet nich: in Sonnenburg, in Sonnenburg.

O Sonnenburg, wie grün sind deine Blätter. Du bist ein Zuchthaus durch und durch, da herrscht vor allem früh und spät Humanität. Da schlägt man nicht, kujoniert man nicht, malträtiert man nicht, schikaniert man nicht, da hat man, was der Mensch gebraucht, wenn er trinkt, wenn er ißt, wenn er raucht.

Schöne Federn in den Betten, Branntwein, Bier und Zigaretten, Mensch, bei uns da läßt sich leben, unsere Aufsicht hat sich uns ergeben mit Herz und mit Hand, wir wollen den Beamten Militärstiefel geben, ihr sollt uns Zigaretten geben, mit Herz und mit Hand. Ihr sollt uns saufen lassen mit Herz und mit Hand, wir wollen euch verkaufen lassen Militärstiefel, Uniformen noch aus dem Krieg, die werden wir nicht umarbeiten, die könnt Ihr gleich verkaufen, das Geld davon können wir brauchen, weil wir arme Gefangene sind.

Es gibt ein paar stolze Kollegen, die wollen uns denunzieren, die wollen wir die Knochen zerbrechen, die solln sichs überlegen, entweder sollen sie sich mit uns amüsieren oder wir wollen sie polieren und sie sollen mal von uns was probieren, was nicht von Pappe ist.

Von Pappe ist alleen der Herr Direktor, warum, der merkt noch lange nischt. Neulich ist einer angekommen, der wollte revidieren durch und durch die freie Strafanstalt Sonnenburg, es ist ihm schlecht bekommen. Wie ist es ihm bekommen, wie ist es ihm bekommen, das sollt Ihr jetzt vernehmen. Wir sind in der Kneipe zusammen, zwei Beamte saßen bei uns bei, und wie wir waren mitten in der Kneiperei, wer kommt, ja wer kommt denn da, ja wer kommt denn da.

Das ist bum bum, das ist bum bum, das ist der Herr Revisor, was sagt ihr denn nu da? Prost sagen wir, hoch sollste leben, Revisorchen soll leben, an die Decke sollste kleben, einen Kognak sollste nehmen, setz dir zu mir daneben.

Was sagt denn der Revisor? Ich bin der Herr Revisor, bum bum steht er da, ich bin der Herr Revisor, bum bum steht er da, ich lasse euch alle einsperren, Sträflinge und Beamte, ihr habt jetzt nichts zu lachen, ihr habt euch auf was gefaßt zu machen, bum bum steht er da, bum bum steht er da, bum bum.

O Sonnenburg, o Sonnenburg, wie grün sind deine Blätter, wir haben ihn geärgert grün und blau, da ist er gegangen zu seiner Frau und hat sich ausgewütet; bum bum steht er da, bum bum steht er da, bum bum der Herr Revisor. Ach Mensch, jetzt biste Neese, ach sei uns man bloß nich beese.«

Braune Hose und schwarze Tuchjacke! Einer zieht aus einem Paket eine braune Zuchthausjacke raus. Meistbietend zu versteigern, rücksichtslos herabgesetzte Preise, braune Woche, eine Jacke, billig zu haben, kost ein Kognak. Wer braucht sie grade? Heiterkeit, Freude, o du fröhliche, o du selige, Bruder, deine Liebste heißt, trinken wir noch eins. Dann ein Paar Segeltuchschuh, mit den örtlichen Verhältnissen in Zuchthäusern vertraut, mit Strohsohlen dran, zum Türmen geeignet, dann noch ne Decke. Mensch, die haste aber beim Hausvater abgeben sollen.

Die Wirtin schleicht rein, macht leise die Tür zu: Nicht so laut, sind Gäste vorn. Einer sieht nachm Fenster. Sein Nachbar lacht: Fenster ausgeschlossen. Wenn die Luft dick ist, kuck mal –. Und er faßt unter den Tisch, hebt am Boden eine Klappe hoch: Keller und dann am besten gleich uffn Nachbarhof, brauchst nicht zu klettern, alles glatte Wege. Bloß n Hut uff behalten, sonst fällste uff.

Ein Alter knurrt: »War schön das Lied, was du gesungen hast. Gibt aber noch andere. Sind ooch nich falsch. Kennste das hier?« Er zieht ein Blatt raus, Schreibpapier, zerfetzt, unsicher beschrieben: »Der tote Sträfling.« »Aber nicht zu traurig!« »Was heißt traurig. Ist wahr und stimmt so gut wie deins.« »Nu weene man nich, nu weene man nich, in die Röhre stehn Klöße, drum weene man nich.«

»Der tote Sträfling. Arm zwar, aber jugendfreudig, schritt er einst den Pfad des Rechtes, heilig war ihm alles Edle, fremd war ihm Gemeines, Schlechtes. Doch des Unglücks böse Geister standen an der Lebenswende, einer bösen Tat verdächtigt fiel er Häschern in die Hände. [Die Jagd, die Jagd, die verfluchte Jagd, mir haben die verfluchten Hunde gejagt, wie haben sie mir gejagt, haben mir fast umgebracht. Das geht, man weiß sich nicht zu retten, immer weiter, immer weiter, man weiß nicht, so schnell kann man nicht rennen, man rennt, was man kann, und zuletzt kommt einer doch ran. Jetzt haben Sie Franzen, jetzt schmeiß ick mir hin, jetzt bin ich soweit, na, prost Mahlzeit denn, prosteken.]

All sein Schreien, sein Beteuern, all sein Zorn konnt ihn nicht retten, gegen ihn war Schein und Zeugnis, sicher waren ihm die Ketten. Zwar die weisen Richter irrten [die Jagd, die Jagd, die verfluchte Jagd], als sein Urteil sie gesprochen [wie haben die verfluchten Hunde mir gejagt], doch was half ihm seine Unschuld, als sein Ehrenschild gebrochen. Menschheit, Menschheit, ruft er mit ersticktem Weinen, warum wollt ihr mich zertreten, niemals tat ich Unrecht einem. [Das geht, man weiß sich nicht zu retten. Und weiter und weiter, man rennt, so schnell kann man nicht rennen und tut, was man kann.]

Als er aus des Kerkers Mauern wieder kam als fremder Wandrer, war die Welt nicht mehr dieselbe, und er selbst war auch ein andrer. Irrte an des Stromes Ufer, doch gebrochen war die Brücke, krank am Herzen, voller Groll triebs ihn in die Nacht zurücke. Niemand wollte Brot ihm geben [die Jagd, die Jagd, die verfluchte Jagd], und da war er ungeduldig, half sich selbst und ging ans Leben. Diesmal war er wirklich schuldig.

[Schuldig, schuldig, schuldig, ah, das ist es, muß man werden, mußte man werden, müßte man noch tausendmal mehr werden!] Solche Tat bestraft man strenger, so gebeut Moral und Sitte, nach der Zuchthauszelle wieder lenkt er jammernd seine Schritte. [Franz, hallelujah, du hörst es, tausendmal mehr schuldig werden, tausendmal mehr schuldig werden.] Ja, noch einen Sprung ins Freie, Rauben, Morden, Guterjagen, und die Menschheit, diese Bestie, einfach fühllos niederschlagen. Er war fort, doch kam bald wieder, schwerbelastet. Rasch vergänglich war der letzte Rausch und Sünde und die Strafe lebenslänglich. [Die Jagd, die Jagd, die verfluchte Jagd, er hatte recht, das hat er recht gemacht.]

Doch nun kennt er keine Klage, läßt sich schelten, läßt sich treten, biegt er stumm ins Joch den Rücken, lernet heucheln, lernet beten. Tut mit Stumpfsinn seine Arbeit, Tag für Tag, das immer Gleiche, lang schon war sein Geist zerbrochen, eh er selber eine Leiche. [Die Jagd, die Jagd, die verfluchte Jagd, die haben mir immerfort gejagt, ich hab immer mein Bestes getan, ich bin jetzt in den Dreck gefahren und bin nicht dran schuld, was sollt ich denn tun. Ich heiße Franze Biberkopf, und das bin ich noch immer, aufgepaßt.]

Heut hat er den Lauf vollendet, bei des Lenzes Frühlingshelle legt man ihn ins Grab hinunter, des Gefangenen beste Zelle. Und die Zuchthausglocke läutet ihm den letzten Scheidegruß, ihm, der für die Welt verloren in dem Zuchthaus sterben muß. [Aufgepaßt, geehrte Herren, Franze Biberkopf kennt ihr noch nicht, der verkooft sich nicht fürn Sechser, wenn der in sein Grab muß fahren, hat er an jedem Finger einen, der ihn beim lieben Gott muß anmelden und drin sagen muß: erst kommen wir und dann kommt Franze. Kannst dir nicht wundern, lieber Gott, daß der mit son großen Vorspann kommt angeritten, den haben sie selber so gejagt, jetzt kommt er in ner großen Equipage, der ist soh kleen auf der Erde gewesen, nu muß er im Himmel mal zeigen, was er ist.]«

Die singen und klönen noch an dem Tisch, Franze Biberkopf hat bisher gedöst, jetzt ist er munter und frisch. Er macht sich wieder zurecht, seinen Arm bindet er um, den haben wir im Krieg verloren, immer geht es in den Krieg. Der Krieg hört nicht uff, solange man lebt, die Hauptsache ist, daß man uff die Beene steht.

Dann steht Franz an der Eisentreppe der Kaffeeklappe, auf der Straße. Und draußen fusselt es, es drippelt und gießt, es ist dunkel und solch Betrieb auf der Prenzlauer Straße. Und da ist ein Auflauf in der Alexanderstraße gegenüber, Schupo dabei. Und da wendet Franz und geht langsam darauf zu.

Am Alexanderplatz steht das Polizeipräsidium

Es ist zwanzig nach neun Uhr. Im Lichthof des Präsidiums stehen ein paar Menschen und sprechen. Sie erzählen sich Witze und vertreten sich die Beine. Ein junger Kommissar kommt und grüßt. »Jetzt ist zehn nach neun, Herr Pilz, haben Sie wirklich moniert, wir brauchen den Wagen um neun Uhr.« »Es ist eben wieder ein Kollege oben und telephoniert die Alexanderkaserne an; wir haben gestern vormittag den Wagen angemeldet.« Ein neuer kommt: »Ja, sie sagen, der Wagen ist abgeschickt, fünf vor neun, hätte sich verfahren, sie schicken einen andern.« »So was, verfahren, und wir können warten.« »Na, ich frage, wo bleibt denn der Wagen, sagt der: wer redet da überhaupt, ich sage Sekretär Pilz, sagt er, hier ist Leutnant so und so. Sag ich: Also ich sollte anfragen, Herr Leutnant, im Auftrage von Herrn Kommissar, wir haben gestern angemeldet von der Abteilung Wagen für eine Aushebung um neun Uhr, die Anmeldung ist schriftlich erfolgt, ich sollte bitten um Feststellung, ob die schriftliche Anmeldung vorliegt. Da müssen Sie hören, wie er gleich liebenswürdig wurde, der Herr Leutnant, also natürlich ist alles unterwegs, da ist ein Malheur gewesen und so weiter.«

Die Wagen fahren ein. Auf einen Wagen steigen Herren und Damen ein, Kriminalbeamte, Kommissare und weibliche Beamte. Das ist der Wagen, auf dem nachher Franz Biberkopf zwischen 50 Männern und Frauen hier einfahren wird, die Engel werden ihn verlassen haben, sein Blick wird anders als der, mit dem er die Kaffeeklappe verließ, aber die Engel werden tanzen, ihr Herren und Damen, ob ihr gläubig oder ungläubig seid, es wird geschehen.

Der Wagen mit den männlichen und weiblichen Zivilisten ist unterwegs, kein Kriegswagen, aber ein Gefährt des Kampfes und des Gerichts, ein Lastwagen, auf Bänken sitzen die Menschen, über den Alexanderplatz fährt er zwischen den harmlosen Geschäftswagen und Autodroschken, die Leute auf dem Kriegswagen sehen alle gemütlich aus, es ist unerklärter Krieg, sie fahren in Ausübung ihres Berufes, einige rauchen ruhig Pfeifen, einige Zigarren, die Damen fragen: Der eine Herr da vorn ist wohl von der Presse, da steht morgen alles in der Zeitung. So fahren sie zufrieden die Landsberger Straße rechts rauf, sie fahren hinten herum zu ihren Zielen, sonst wissen die Lokale schon vorher, was ihnen bevorsteht. Die Leute aber, die unten gehen, sehen den Wagen gut. Sie sehen nicht lange hin, das ist etwas Schlimmes, Erschreckendes, rasch ist es vorüber, sie wollen Verbrecher fangen, schrecklich, daß es so was gibt, wir wollen ins Kino.

An der Rückerstraße steigen sie aus, der Wagen bleibt stehen, sie gehen zu Fuß die Straße rauf. Die kleine Straße ist leer, der Trupp wandert über das Trottoir, da ist die Rückerdiele.

Die Haustür besetzt, Posten vor den Eingang, Posten gegenüber, alle andern ins Lokal. n Abend, der Kellner lächelt, kennen wir schon. Trinken die Herren was? Danke, keine Zeit; abkassieren, Aushebung, alle mit aufs Präsidium.

Lachen, Proteste, so was, haben Sie sich nicht so, Schimpfen, Lachen; immer gemütlich sein, ich hab ja Papiere, dann freuen Sie sich doch, ne halbe Stunde sind Sie wieder da, was nützt uns das, ich hab zu tun, reg dir nicht uff, Otto, freie Besichtigung vom Präsidium mit Nachtbeleuchtung. Immer rin in die gute Stube. Der Wagen proppenvoll, einer singt: Wer hat bloß den Käse zum Bahnhof gerollt, das ist ne Frechheit, wie kann man so was tun, denn er war noch nicht verzollt; die Polizei hat sich hineingelegt, jetzt ist sie böse sehr und grollt, weil man hat den Käse zum Bahnhof gerollt.

Der Wagen fährt ab, alles winkt: Wer hat bloß den Käse zum Bahnhof gerollt.

Na, das ging wie geschmiert. Wir gehen zu Fuß. Ein eleganter Herr über den Damm, grüßt, Hauptmann vom Revier, der Herr Kommissar? Sie gehen in einen Hausflur, die übrigen verteilen sich, Treffpunkt Prenzlauer, Ecke Münz.

Die Alexanderquelle ist dickvoll, es ist Freitag, wer Lohn hat, geht mal einen heben, Musik, Radio, am Ausschank vorbei schieben sich die Bullen, der junge Kommissar spricht mit einem Herrn, die Kapelle hört auf: Aushebung, Kriminalpolizei, alles kommt mit zum Präsidium. Sie sitzen um die Tische, lachen und lassen sich nicht stören, sie schwatzen weiter, der Kellner bedient weiter. Ein Mädel schreit und weint zwischen zwei andern im Gang: Ick bin doch da abgemeldet, und die hat mir noch nich gemeldet, na dann bleibste eben ne Nacht da, was ist denn dabei, ich geh nicht mit, ich laß mir von kein Grünen anfassen, bloß kein Blaukoller, Sie, davon ist noch keiner gesund geworden. Lassen Sie mir doch raus, wat heißt hier raus, wenn Sie dran sind, können Sie raus, der Wagen ist eben erst weg, dann könnt ihr mehr Wagen einstellen, zerbrechen Sie sich bloß nicht unsern Kopf. Ober, eine Pulle Sekt zum Beenewaschen. Sie, ick muß zur Arbeit, ick hab hier zu tun bei Lau, wer bezahlt mich die Stunde, na, jetzt müssen Sie jedenfalls mit, ick muß uff meine Baustelle, det is Freiheitsberaubung, hier müssen alle mit, du gehst mit, Mensch, reg dir doch nicht uff, die Leute müssen eben ne Aushebe machen, sonst wissen sie doch nich, wozu sie da sind.

Es geht in Schüben raus, die Wagen fahren immer zum Präsidium hin und her, die Bullen gehen hin und her, auf der Damentoilette ist Geschrei, eine Jungfrau liegt am Boden, ihr Kavalier steht dabei, was macht denn bloß der Kavalier in der Damentoilette. Das Mädel hat Krämpfe, sehen Sie doch; die Bullen lächeln, haben Sie Papiere, na, stimmt, dann bleiben Sie mal bei ihr da. Da schreit die noch weiter, passen Sie uff, wenn alles leer ist, steht sie uff und die beiden tanzen Tango. Ick sage, wer mir anfaßt, kriegt ein Kinnhaken, der zweite wäre Leichenschändung. Das Lokal ist fast leer. An der Tür steht ein Mann, den haben zwei Schupos gefaßt, er brüllt: ich war in Manchester, in London, in New York, so was passiert nicht in keine Großstadt, so was gibts nicht in Manchester, in London. Sie bringen ihn auf den Trab. Immer weg uffn Damm, wie befinden Sie sich, danke, grüßen Sie Ihren verstorbenen Ziehhund.

Um einviertel elf, als die Ausräumung schon weit gediehen ist und nur noch hinten, wo die Stufen raufführen, und seitlich in der Ecke ein paar Tische besetzt sind, kommt einer rein, obwohl eigentlich schon lange keiner mehr rein soll. Die Schupos sind energisch und lassen keinen durch, aber ab und zu kuckt doch ein Mädel durch das Schaufenster: Ich hab mir doch verabredet, nee Frollein, da müssen Sie um zwölf wiederkommen, solange wird Ihr Schatz wohl uffm Präsidium sein. Der alte Herr aber hat draußen den letzten Schub mitangesehn, zuletzt haben noch im Türeingang die Schupos mit dem Knüppel dreingeschlagen, weil mehr rauswollten als in den Wagen gingen, jetzt ist der Wagen ab, es hat sich etwas gelichtet. Und ruhig geht der Mann durch die Tür an den beiden Bullen vorbei, die jeder nach der andern Seite sehen, weil da schon wieder welche ins Lokal wollen, und sie schimpfen sich mit den Schupos. Von der Kaserne kommt grade auch unter großem Hallo der andern Straßenseite ein Zug von Schupos, die Leute ziehen sich im Marschieren die

Koppel fester. Da geht der graue Mann durchs Lokal, verlangt Bier am Ausschank und geht damit die Stufen rauf, wo noch immer die Frau in der Damentoilette schreit, und die andern, die paar, die lachen und quasseln und tun, als wenn sie die ganze Geschichte nichts angeht.

Der Mann sitzt auf einem Stuhl, allein an einem Tisch, schluckt sein Bier, sieht ins Lokal runter. Da stößt sein Fuß an etwas, was neben der Wand auf dem Boden liegt; kuck einer an, er greift runter, ein Revolver, hat einer beiseitegelegt, ist nicht schlecht, jetzt hab ich zwei. An jedem Finger einen, und wenn der liebe Gott fragt, warum, dann sagst du: ich komm mit ner großen Equipage, wat man unten nich gehabt hat, kann man oben haben. Die heben hier aus, das ist so richtig, was die machen. Weil einer mal stark gefrühstückt hat im Präsidium, sagt er, wir müssen mal eine große Aushebe machen, muß mal wieder was geschehen, was nachher in der Zeitung steht. Die oben müssen ja schließlich ooch merken, daß wir arbeiten, und vielleicht will einer in ne höhere Gehaltsstufe und seine Frau braucht ein Pelz, darum fassen sie die Leute an und grade Freitag, wo sie die Lohntüte gekriegt haben.

Der Mann hat den Hut aufbehalten, die rechte Hand steckt in der Tasche, die linke hat er auch in der Tasche, wenn er nicht grade nach dem Bier greift. Ein Bulle mit dem Borstenpinsel auf dem Jägerhütchen zieht aufmunternd durch das Lokal, überall leere Tische, Zigarettenschachteln auf der Erde, Zeitungspapier, Schokoladenpapier: Alles fertigmachen, der letzte kommt gleich. Er fragt den alten Herrn: »Haben Sie schon bezahlt?« Der knurrt und kuckt gradeaus: »Ick bin eben erst ringekommen.« »Na, das hätten Sie nicht nötig gehabt, aber mit müssen Sie ooch.« »Det lassen Sie man meine Sorge sein.« Der Bulle, ein fester, breitschultriger Mann, sieht ihn von oben an, wie kuckt der Kerl in die Welt, der will Späne machen. Er sagt nichts, geht langsam die Stufen runter durch das Lokal, da trifft ihn der funkelnde Blick des Alten, Mensch, hat der Oogen, mit dem stimmt was nicht. Er geht an die Tür, wo die andern stehn, sie flüstern miteinander, sie gehen zusammen raus. Ein paar Minuten später geht die Tür wieder auf. Die Bullen kommen zurück: Jetzt der Rest, los, alles mit. Der Kellner lacht: »Nächstes Mal nehmen Sie mir ooch mit, ich möcht mir mal den Schwindel oben bei euch ansehn.« »O, in ner Stunde haben Sie wieder zu tun, passen Sie uff, draußen stehn schon welche vom ersten Transport, die wollen rin.«

»Los, Herr, Sie müssen noch mit.« Der meint mir. Wenn du einmal eine Braut hast, der von Herzen du vertraut hast, fragst du nicht nach wo und wann, wenn sie nur recht küssen kann.

Der Herr regt sich nicht. »Sie, Sie sind wohl schwerhörig, Sie sollen aufstehen, sage ich Ihnen.« Du bist mir vom Lenz gesendet, denn bevor ich dich gekannt, hab ich meine Kunst verschwendet. Erst sollen mehr kommen, mit dem einen ist mir nicht geholfen, meine Equipage hat fünf Pferde.

Da stehen schon drei Schupos an der Treppe, der erste kommt rauf, die Bullen ziehen durchs Lokal. Der junge, lange Kommissar an der Spitze, die habens sehr eilig. Mir haben sie genug gejagt, ich hab getan, was ich konnte, bin ich ein Mensch oder bin ich kein Mensch.

Und da zieht er die linke Hand aus der Tasche und steht nicht auf und drückt sitzend ab auf den ersten Schupo, der eben wütend auf ihn losstürzt. Krach. So haben wir alles auf Erden erledigt, so fahren wir in die Hölle mit Trompeten, mit Pauken und Trompeten.

Der Mann taumelt beiseite, Franz steht auf, er will an die Wand, sie rennen in Massen von der Tür ins Lokal. Das ist ja schön, alle rin. Er hebt den Arm, da ist einer hinter ihm, Franz wirft ihn mit der Schulter beiseite, da schmettert ihm ein Schlag über die Hand, ein Schlag über das Gesicht, ein Schlag über den Hut, ein Schlag über den Arm. Mein Arm, mein Arm, ich hab bloß einen Arm, sie schlagen mir meinen Arm kaputt, wat mach ich, sie schlagen mir tot, erst Miezen, dann mir. Hat alles keenen Zweck. Alles keenen Zweck, alles alles keenen Zweck.

Und taumelt neben dem Geländer hin.

Und ehe er weiterschießen kann, neben dem Geländer hingetaumelt ist Franz Biberkopf. Hat aufgegeben, hat verflucht das Dasein, hat die Waffen gestreckt. Liegt da.

Die Bullen und die Schupos schieben den Tisch und die Stühle beiseite, knien neben dem hin, drehen ihn auf den Rücken, der Mann hat einen künstlichen Arm, hat zwei Revolver, wo sind die Papiere, wart mal, der trägt ja ne Perücke. Und Franz Biberkopf öffnet die Augen, wie sie ihn an den Haaren ziehen. Da schütteln sie an ihm, zerren ihn an den Schultern hoch, sie stellen ihn auf die Beine, er kann stehen, er muß stehen, den Hut stülpen sie ihm auf. Es sitzt draußen schon alles im Wagen, da führen sie Franz Biberkopf durch die Tür raus mit ner Fessel am linken Arm. Ein Radau ist in der Münzstraße, eine Menschenmasse, drin hats geknallt, paß auf, jetzt kommt er, der wars. Den verwundeten Schupo haben sie schon vorher per Auto abtransportiert.

Dies also ist der Wagen, auf dem vorhin um halb zehn die Kommissare, Kriminalbeamten und die Beamtinnen vom Präsidium losgefahren sind, sie fahren ab, Franz Biberkopf sitzt drauf, die Engel haben ihn verlassen, so wie ich schon berichtet habe. Auf dem Lichthof im Präsidium sind die Schübe abgeladen, auf einer kleinen Treppe gehts hinten hoch auf einen großen, langen Korridor, die Frauen kommen in ein Zimmer für sich, und wer entlassen ist und seine Papiere haben gestimmt, der muß durch die Sperre raus zwischen den Bullen, die untersuchen noch jeden an der Brust, an den Hosen bis runter zu den Stiebeln, die Männer lachen, das ist ein Schimpfen und Drängen in dem Korridor, der junge Kommissar und die Beamten gehen hin und her und beruhigen, und sie sollen Geduld haben. Die Schupos halten die Türen besetzt, auf die Toilette geht keiner ohne Begleitung.

Drin an den Tischen sitzen Beamte in Zivil, fragen die Leute aus, sehen die Papiere durch, wenn einer welche hat, schreiben auf großen Bogen: Tatort, Amtsgerichtsbezirk, Ergreifungsort, Polizeiamt, 4 Kpv. Also wie heißen Sie, Einlieferungsanzeige, zuletzt verhaftet gewesen wann, nehmen

Sie mir doch erst, ich muß uff Arbeit, der Polizeipräsident, Abteilung 4, eingeliefert vormittags, nachmittags, abends, Vor- und Zuname, Stand oder Beruf, Geburtstag, Monat, Jahr, Geburtsort, wohnungslos, war nicht imstande, eine Wohnung anzugeben, die Wohnungsangabe erwies sich durch Lokalrecherche als unzutreffend. Sie müssen eben warten, bis Ihr Revier geantwortet hat, so rasch geht das nicht, die haben da auch bloß zwei Hände, und außerdem da haben sie schon Leute gehabt, die haben eine Adresse angegeben, die hat auch gestimmt und da wohnt auch einer, der heißt wie sie – bloß wenn einer hingeht, dann ist ein anderer da und der hat bloß seine Papiere gehabt, hat sie ihm geklaut, oder war sein Freund oder sonst eine Schiebung. Anfrage beim Steckbriefregister, Entnahme der Graukarte, Graukarte ist nicht vorhanden. Beweisstücke, die bei den Akten verbleiben, und Gegenstände, die mit der vorliegenden oder einer andern Straftat in Zusammenhang stehen, Gegenstände, mit denen der Festgenommene sich oder andern ein Leid antun könnte, zur Person gehörige Gegenstände, Stock, Schirm, Messer, Revolver, Schlagring.

Sie bringen Franz Biberkopf an. Es ist vorbei mit Franz Biberkopf. Sie haben ihn gefaßt. Sie führen ihn an einer Fessel. Er hat den Kopf auf der Brust hängen. Sie wollen ihn unten vernehmen, parterre, im Zimmer vom diensthabenden Kommissar. Aber der Mann spricht nicht, er ist starr, er faßt öfter nach seinem Gesicht, ihm ist das rechte Auge von einem Schlag mit dem Gummiknüppel zugeschwollen. Er läßt den Arm auch rasch fallen, da hat er auch ein paar Hiebe weg.

Unten über den finstern Hof nach der Straße zu wandern Entlassene, das gondelt Arm in Arm mit den Mädchen über den Lichthof. Wenn du einmal eine Braut hast, der von Herzen du vertraut hast, und so ziehn wir, ziehn wir, ziehn wir mit Gesang von das eine in das andere Restaurant. Ich erkenne die Richtigkeit obiger Verzeichnisse an, Unterschrift, ist festgenommen, Name und Dienstnummer des Beamten, der die Sachen verpackt hat. Zum Amtsgericht

Berlin Mitte, Abteilung 151, dem Herrn Vernehmungsrichter IA.

Zuletzt wird Franz Biberkopf vorgestellt und festgehalten. Dieser Mann hat bei der Aushebung in der Alexander-Quelle geschossen, er hat aber auch sonst gegen das Strafgesetzbuch verstoßen. Man fand den Mann in der Alexander-Quelle hingestreckt und hat in einer halben Stunde aufgedeckt, daß der Polizei neben acht anderen steckbrieflich Gesuchten und den unvermeidlichen Fürsorgezöglingen ein besonders guter Fang gelungen war. Denn der Mann, der da nach dem Schießen hingesunken war, hatte einen künstlichen rechten Arm und trug eine graue Perücke. Und daran und an seiner Photographie, die man besaß, hat man rasch entdeckt, daß sich dahinter ein Mann versteckt, der in die Mordsache mit der Prostituierten Emilie Parsunke in Freienwalde verwickelt war und als Mittäter in Betracht kam, der wegen Totschlag und Zuhälterei vorbestrafte Franz Biberkopf.

Er hatte sich schon längere Zeit der Meldepflicht entzogen, nun haben wir den einen, den anderen werden wir dann auch bald kriegen.

NEUNTES BUCH

*U*ND *jetzt ist Franz Biberkopfs irdischer Weg zu Ende. Es ist nun Zeit, daß er zerbrochen wird. Er fällt der dunklen Macht in die Hände, die Tod heißt und die ihm als Aufenthaltsort passend erscheint. Aber er erfährt, was sie über ihn meint, auf eine Weise, die er nicht erwartet hat und die alles übersteigt, was ihn bisher betroffen hat.*

Sie redet Fraktur mit ihm. Sie klärt ihn über seine Irrtümer, seinen Hochmut und seine Unwissenheit auf. Und damit stürzt zusammen der alte Franz Biberkopf, es ist beendet sein Lebenslauf.

Der Mann ist kaputt. Es wird noch ein anderer Biberkopf gezeigt, dem der alte nicht das Wasser reicht und von dem zu erwarten ist, daß er seine Sache besser macht.

Reinholds schwarzer Mittwoch, aber dieses Kapitel kann man auslassen

Und wie die Polizei vermutet: »Nu haben wir den einen, den andern werden wir auch bald kriegen«, so geschieht es. Nur nicht ganz, wie sie sich denken. Sie denken, den kriegen wir bald. Aber – sie haben ihn schon, er ist durch dasselbe rote Präsidium gegangen, hat andere Zimmer und Hände passiert, er sitzt schon in Moabit.

Denn bei Reinholden geht alles rasch, und der hat bündig Schluß gemacht. Der Junge liebt nicht langes Zappeln. Wissen wir doch noch, wie ers damals mit Franzen gemacht hat; ein paar Tage weiß Reinhold, was der mit ihm spielt, und schon legt er ihn um.

Der Reinhold hat eines Abends nach der Motzstraße gemacht, und dann sagt er, die Mordplakate mit Belohnung hängen an der Litfaßsäule, ich muß was fingern und mir erwischen lassen mit falsche Papiere, Handtaschenraub oder so was. Gefängnis ist das Sicherste bei dicke Luft. Was auch alles glückt, bloß der feinen Dame haut er gar zu stark in die Fresse. Aber macht nichts, denkt Reinhold, bloß weg von der Bildfläche. Und im Präsidium ziehen sie ihm die falschen Papiere raus, polnischer Taschendieb Moroskiewicz, ab mit dem nach Moabit, die merken im Präsidium nicht, wen sie haben, der Junge hat ja noch nie gesessen, und wer hat gleich jedes Signalement im Kopf. Und in aller Lautlosigkeit geht denn auch seine Verhandlung vor sich, heimlich, still und leise, wie er durchs Präsidium geschlichen ist. Aber weil er ein von Polen gesuchter Taschendieb ist, und son Strolch geht auf die Straße in eine feine Gegend und schlägt mir nichts dir nichts die Menschen nieder und reißt einer Dame die Handtasche weg, das ist ja unerhört, wir leben ja nicht in Russisch-Polen, was haben Sie sich eigentlich dabei gedacht, darauf gehört eine exemplarische Strafe, und er kriegt vier Jahr

Zuchthaus und fünf Jahre Ehrverlust, Stellung unter Polizeiaufsicht und was es sonst alles gibt, der Schlagring wird eingezogen. Der Angeklagte trägt die Kosten des Verfahrens, wir machen eine Pause von zehn Minuten, es ist überheizt, bitte währenddessen die Fenster zu öffnen, haben Sie noch was zu sagen?

Reinhold hat natürlich nichts zu sagen, Revision behält er sich vor, er ist froh, daß man so mit ihm redet, hier kann einem nichts passieren. Und nach zwei Tagen ist alles überstanden, alles, alles, und wir sind wieder über den Berg. Verfluchter Mist mit der Mieze und mit diesem Ochsen, dem Biberkopf, aber wir habens doch fürs erste geschafft, was wir wollten, halleluja, halleluja, halleluja.

So weit ist nun alles geschehen, und wie sie Franzen fassen und ins Präsidium fahren, da sitzt also der richtige Mörder, der Reinhold, schon in Brandenburg, und keiner denkt an ihn, und der ist versunken und vergessen, und die Welt könnte untergehen, so leicht würde den keiner ermitteln. Den plagen keine Gewissensbedenken, und wenn es so ginge, wie er es sich denkt, so sitzt er noch heut da oder ist auf Transport entwischt.

Es ist aber in der Welt so eingerichtet, daß die dämlichsten Sprichworte recht behalten, und wenn ein Mensch glaubt, nu ist gut, dann ist noch lange nicht gut. Der Mensch denkt und Gott lenkt, und der Krug geht so lange zu Wasser, bis er bricht. Wie sie auch den Reinhold erwischen, und wie er bald seinen harten strengen Weg zu gehen hat, will ich gleich erzählen. Aber wen das nicht interessiert, der lasse die nächsten Seiten einfach aus. Die Dinge in diesem Buch Berlin-Alexanderplatz vom Schicksal Franz Biberkopfs sind richtig, und man wird sie zweimal und dreimal lesen und sich einprägen, sie haben ihre Wahrheit, die zum Greifen ist. Aber der Reinhold hat seine Rolle hier ausgespielt. Nur weil er die kalte Gewalt ist, an der sich nichts in diesem Dasein verändert, will ich sie noch in ihrem letzten schweren Kampf zeigen. Hart und steinern werdet ihr ihn bis zuletzt sehen, unbewegt zieht dieses Leben hin, – wo sich Franz Biberkopf beugt und zuletzt wie ein Element, das von gewissen Strahlen getroffen wird, in ein anderes Element übergeht. Ach, es ist leicht zu sagen: wir sind alle Menschen. Wenn es einen Gott gibt, – nicht nur verschieden sind wir vor ihm wegen unserer Bosheit oder Güte, wir haben alle eine andere Natur und ein anderes Leben, in Art und Herkunft und Hinkunft sind wir verschieden. Nun hört das Letzte noch von Reinhold.

Da muß der Reinhold in Brandenburg im Zuchthaus mit einem zusammenarbeiten in der Mattenweberei, der auch Pole ist, der aber wirklich, und der auch wirklich ein Taschendieb ist, ein ganz gerissener, und der kennt den Moroskiewicz. Wie der hört: Moroskiewicz, und den kenn ich doch, und wo ist er denn, sieht er Reinhold und sagt: Nanu, der hat sich so verändert, und wie ist das möglich. Und dann tut er so, als weiß er nischt und kennt ihn gar nich, und dann macht er sich auf der Toilette an Reinhold ran, wo sie qualmen, und gibt dem eine halbe Zigarette und spricht mit dem, und da kann der überhaupt gar nicht richtig Polnisch. Dem Reinhold aber hat das polnische Gespräch gar nicht gefallen, er drückt sich aus der Mattenweberei, der Werkmeister nimmt ihn, weil er manchmal Schwäche markiert, als Abträger in den Zellenflügel mit, da kommen die andern weniger an ihn ran. Der Dluga, der Pole, läßt aber nicht nach. Reinhold schreit: Fertige Arbeit raus! von Zelle zu Zelle. Und wie sie mit dem Meister bei Dlugas Zelle sind und der Meister grade die Matten zählt, flüstert der Dluga dem Reinhold zu, er kennt einen Moroskiewicz aus Warschau, auch Taschendieb, ist das ein Verwandter von dir? Reinhold kriegt einen Schreck, schiebt dem Polen in Päckchen Tabak zu, geht weiter: Fertige Arbeit raus.

Der Pole freute sich über seinen Tabak, und an der Sache ist was dran, und fängt an, den Reinhold zu erpressen, denn der hat immer von hintenrum etwas Geld.

Und die Sache könnte für Reinhold furchtbar gefährlich werden, aber diesmal hat er noch Schwein. Er pariert den Schlag. Er verbreitet: der Dluga, sein Landsmann, will Lampen machen, der weiß was von ihm. Und mitten in der Freistunde gibt es eine fürchterliche Prügelei, auch Reinhold fällt fürchterlich über den Polen her. Dafür kriegt er eine Woche Arrest, kahle Zelle, nur am dritten Tag Bettzeug und warmes Essen. Und dann kommt er raus und findet alles ganz ruhig und zahm.

Und dann legt sich unser Reinhold allein rein. Die Weiber brachten ihm zeit seines Lebens Unglück und Glück, die Liebe bricht ihm jetzt auch das Genick. Die Geschichte mit Dluga hat ihn in große Erregung und Wut gebracht, daß er hier sitzen muß endlos, und er muß sich triezen lassen von so einem Kerl, und keine Freude hat man, und man ist so allein, das gräbt sich in ihn von Woche zu Woche tiefer ein. Und wie er so länger sitzt und am liebsten möcht er den Dluga erschlagen, da hängt er sich an einen Menschen, einen Einbrecher, der auch zum erstenmal in Brandenburg ist und der im März zur Entlassung kommen soll. Erst vereinigen sich beide im Tabakgeschäft und im Schimpfen auf Dluga, dann werden sie ganz innig und richtige Freunde, wies Reinhold noch nie gehabt hat, und wenns auch kein Weib ist, sondern bloß ein Junge, es ist doch schön, und Reinhold freut sich im Zuchthaus von Brandenburg: so hat die verfluchte Sache mit Dluga mir noch was Gutes gebracht. Bloß schade ist es, daß der Junge bald fort muß.

»Die schwarze Tuchmütze muß ich noch so lange tragen und die braune Jacke, und wenn ich hier sitze, wo bist du dann, mein kleener Konrad?« Konrad heißt der Junge oder nennt sich so, ist aus Mecklenburg und hat die Anlage, ein ganz Schwerer zu werden. Von den beiden, mit denen er zusammen in Pommern Einbrüche gemacht hat, sitzt einer hier mit zehn Jahr. Und wie die beiden an einem schwarzen Mittwoch, am Abend vor Konrads Entlassung, nochmal im Schlafraum zusammen sind und Reinhold sich rein umbringt, daß er nu hier wieder ganz allein ist und keinen Menschen hat – aber findt sich schon einer, und paß uff, Reinhold, du kommst ooch bald auf Außenkommando nach Werder oder woanders –, da kann sich Reinhold nicht beruhigen, und dem geht das nicht ein, und das geht ihm nicht ein, daß das mit ihm so schief gegangen ist, diese dämliche Ziege, die Mieze, und der Hornochse Franz Biberkopf, wat gehen mir denn sone Dofköppe, sone Kamele an, und ich könnte jetzt draußen der feine Mann sein, hier sitzen ja lauter arme Knöppe, die nicht weiter können. Da kriegt der Reinhold geradezu einen Stich und winselt und jammert und bettelt den Konrad an, nimm mir doch mit, nimm mir doch mit. Der tröstet ihn, so gut er kann, aber es geht nicht, man kann hier keinem raten zum Ausrücken.

Sie haben eine kleine Flasche Spiritus aus der Tischlerei gekriegt, von einem Polier, Konrad gibt Reinhold die Flasche, der trinkt, Konrad auch. Es ist nicht möglich, zu türmen, da sind erst jetzt zwei getürmt oder wollten wenigstens türmen, aber da ist nur der eine bis auf die Neuendorfer Straße gekommen und wollte mit einem Fuhrwerk mit, da hat ihn schon die Patrouille gefaßt, der Mensch hat ja ooch so geblutet von den verfluchten Glasscherben, die sie oben auf die Mauern gemacht haben, den haben sie ins Lazarett legen müssen, wer weeß, ob dem seine Hände wieder ganz werden. Und der andere, na, der war schlauer, der hat bloß das Glas gemerkt, und schon ist er hopps wieder runter in den Hof.

»Nee, es ist nischt mit Türmen, Reinhold.« Und da ist Reinhold ganz zerknirscht und weich, und vier Jahr soll er hier noch sitzen, und alles wegen sone Dämelei in der Motzstraße und wegen sone Sau, die Mieze, und dem Ochsen, dem Franz. Und er schluckt von dem Tischlerspiritus, da wird ihm schon wohler, die Sachen haben sie schon rausgelegt, das Messer oben auf die Bündel, der Abschluß ist vorbei, zweimal rum, der Riegel vor, die Betten sind gebaut. Da flüstern sie auf Konrads Bett zusammen, Reinhold hat seine trübselige Stunde: »Mensch, ick sag dir, wo du in Berlin hingehst. Wenn du raus bist, du gehst zu meiner Braut, wer weeß, von wem die jetzt die Braut ist, ick sage dir ihre Adresse, und du gibst mir Bescheid, du weeßt schon. Und dann erkundige dir, wat aus meine Geschichte geworden ist, du weeßt doch, der

Dluga hat ja was gemerkt. Da hab ick in Berlin son Kerl gekannt, son ganz dämlichen, Biberkopf hieß der, Franz Biberkopf –«

Und er flüstert und erzählt und hält den Konrad fest, der die Ohren aufsperrt und immer ja sagt und nu bald alles weiß. Er muß dem Reinhold ins Bett helfen, so weint der vor Wut und Verlassenheit und Ärger über sein Schicksal, und daß er nischt machen kann und sitzt in der Falle. Da nützt nichts, daß Konrad sagt, was sind vier Jahr; Reinhold will nicht und will nicht, und er kann es nicht ertragen und kann so nicht leben, es ist der richtige Zuchthausknall.

Das ist der schwarze Mittwoch. Am Freitag ist Konrad bei Reinholds Braut in Berlin und wird herzlich aufgenommen und kann tagelang bloß erzählen und hat auch Geld von ihr. Das ist Freitag, und am Montag ist für Reinhold alles vorbei. Da trifft Konrad in der Seestraße einen Freund, mit dem war er früher in Fürsorge, der ist jetzt arbeitslos. Und dem fängt Konrad an zu prahlen, wies ihm geht, zahlt für ihn in der Kneipe, und dann ziehen sie mit Mädels in ein Kino. Konrad erzählt wüste Geschichten von Brandenburg. Wie sie die Mädels los sind, sitzen sie noch die halbe Nacht auf der Bude von dem Freund, und das ist schon die Nacht zum Dienstag, wo Konrad sagt, wer Reinhold ist, Moroskiewicz nennt er sich bloß, und das ist ein feiner Junge, so was findt man draußen so bald nicht, der wird gesucht wegen schwere Sachen, wer weiß, wieviel Belohnung auf den seinen Kopf steht. Und das hat er kaum gesagt, da weiß er schon, daß es dumm war, aber der Freund verspricht hoch und heilig, nichts zu sagen, aber Mensch, wir halten dicht, und er kriegt auch noch 10 Mark von Konrad.

Dann kommt der Dienstag, da steht dieser Freund im Präsidium parterre und sieht an Plakaten, obs auch stimmt, wer gesucht wird, ob der Reinhold, so heißt der, ob der wirklich dabei ist, und ob Belohnung drauf steht, oder ob der Konrad nicht einfach aufgeschnitten hat.

Und ganz platt ist er und glaubt erst gar nicht, wie er den Namen liest, Gottes willen, Mord an einer Prostituierten

Parsunke in Freienwalde, da steht der Name wirklich bei, ob der das ist, Gottes willen, 1000 Belohnung, Mensch, 1000 Mark. Das fährt ihm so in die Knochen, 1000 Mark, daß er gleich losgeht und am Nachmittag mit seiner Freundin wiederkommt, die sagt, sie hat schon Konrad getroffen, und der hat nach ihm gefragt, ja, dem schwant was, was soll man machen, soll mans machen, Mensch, wie kannste dir besinnen, das ist ja ein Mörder, was geht das dir an, und Konrad, was machste dir aus Konrad, den triffste so bald nicht wieder, und warum, woher will der wissen, daß dus warst, und das Geld, denk mal, 1000 Mark, und du gehst stempeln und überlegst dir bei 1000 Mark. »Ob ers ooch ist?« »Na komm, wir gehen rin.«

Drin gibt Konrad dem Kommissar vom Dienst klipp und klar an, was er weiß, Moroskiewicz, Reinhold, Brandenburg, – woher ers weiß, sagt er nicht. Da er keine Papiere hat, muß er und seine Freundin zunächst mal dableiben. Dann – ist alles gut.

Wie Konrad am Sonnabend nach Brandenburg fährt, um Reinhold zu besuchen, und er hat allerhand zum Mitbringen bei sich von Reinholds Braut und von Pums, liegt da im Abteil eine Zeitung, das ist eine alte Zeitung, von Donnerstag abend, da steht auf der ersten Seite: »Der Mörder von Freienwalde gefaßt. Unter falschem Namen im Zuchthaus.« Der Zug rattert unter Konrad, die Schienen stoßen, der Zug rattert. Von wann ist die Zeitung, was ist das für eine, Lokalanzeiger, Donnerstag abend.

Sie haben ihn. Er ist nach Berlin abgeführt worden. Das hab ich gemacht.

Die Weiber und die Liebe haben dem, Reinhold, zeit seines Lebens Unglück und Glück gebracht, so haben sie ihm zuletzt auch das Verhängnis gebracht. Nach Berlin haben sie ihn transportiert, er hat sich wie ein Rasender aufgeführt. Es fehlte nicht viel, so hätten sie ihn in dieselbe Anstalt gebracht, wo sein ehemaliger Freund Biberkopf saß. So wartet er denn, wie er sich in Moabit beruhigt hat, wie sein Prozeß läuft und was von drüben kommen wird, von dem Franz Biberkopf, der sein Helfershelfer oder Anstifter ist, aber man weiß noch nicht, was aus dem überhaupt werden wird.

Irrenanstalt Buch, festes Haus

Im Polizeigefängnis, im panoptischen Bau vom Präsidium, vermuten sie zwar erst, Franz Biberkopf schiebt einen Ball, spielt den Verrückten, weil er weiß, daß es um die Rübe geht, dann sieht sich aber der Arzt den Gefangenen an, man bringt ihn ins Lazarett nach Moabit, auch da ist kein Wort aus ihm herauszukriegen, der Mann ist scheinbar wirklich verrückt, er liegt ganz starr, plinkt nur wenig mit den Augen. Als er zwei Tage die Nahrung verweigert hat, fährt man ihn nach Buch heraus, in die Irrenanstalt, auf das feste Haus. Das ist in jedem Fall richtig, denn beobachtet muß der Mensch sowieso werden.

Sie haben den Franz erst in den Wachsaal gesteckt, weil er immer splitternackt dalag und sich nicht hat zugedeckt, sogar das Hemd riß er sich immer ab, das war das einzige Lebenszeichen, das Franz Biberkopf einige Wochen gab. Die Augen hielt er immer fest zugepreßt, er lag ganz steif, und jede Nahrung hat er verweigert, so daß man ihn mit der Schlundsonde hat füttern müssen, wochenlang nur Milch und Ei und etwas Kognak dabei. Dabei schmolz der kräftige Mann sehr zusammen, ein einzelner Wärter konnte ihn leicht ins Badewasser tragen, das ließ sich Franz gern gefallen, und im Badewasser pflegte er sogar ein paar Worte zu sagen, auch die Augen zu öffnen, zu seufzen und zu stöhnen, aber all den Tönen war nichts zu entnehmen.

Die Anstalt Buch liegt ein Stück hinter dem Dorf, das feste Haus liegt außerhalb der Häuser der andern, die nur krank sind und nichts verbrochen haben. Das feste Haus liegt im freien Gelände, auf dem offenen, ganz flachen Land, der Wind, der Regen, der Schnee, die Kälte, der Tag und die Nacht, die können das Haus umdrängen mit aller Kraft und mit aller Macht. Keine Straßen halten die Elemente auf, es sind nur wenige Bäume und Sträucher, dann stehen noch ein paar Telegraphenstangen da, aber sonst sind nur Regen und Schnee, Wind, Kälte, Tag und Nacht da.

Wumm wumm, der Wind macht seine Brust weit, er zieht den Atem ein, dann haucht er aus wie ein Faß, jeder Atem schwer wie ein Berg, der Berg kommt an, krach, rollt er gegen das Haus; rollt der Baß. Wumm wumm, die Bäume schwingen, können nicht Takt halten, es geht nach rechts, sie stehen noch links, nun knackt er sie über. Stürzende Gewichte, hämmernde Luft, Knackern, Knistern, Krache, wumm wumm, ich bin deine, komm doch, wir sind bald da, wumm, Nacht, Nacht.

Franz hört das Rufen. Wumm wumm, hört nicht auf, kann schon aufhören. Der Wärter sitzt an seinem Tisch und liest, ich kann ihn sehen, er läßt sich durch das Geheul nicht stören. Ich lieg auch schon lang. Die Jagd, die verfluchte Jagd, die haben mir holter di polter gejagt, ich bin an Arm und Beinen zerbrochen, mein Genick ist hin und zerbrochen. Wumm wumm, das kann wimmern, ich lieg schon lang, ich steh nicht auf, Franz Biberkopf steht nicht mehr auf. Und wenn die Posaune vom Jüngsten Gericht bläst, Franz Biberkopf steht nicht auf. Da können sie schreien, was sie wollen, können mit der Sonde kommen, jetzt bohren sie die Sonde mir schon durch die Nase, weil ich nicht den Mund aufmachen will, aber einmal bin ich doch verhungert, was können die mit ihre Medizin, können machen, was sie wollen. Sauzeug, das verfluchte, das habe ich jetzt hinter mir. Jetzt trinkt der Wärter sein Glas Bier, das hab ich auch hinter mir.

Wumm Schlag, wumm Schlag, wumm Sturmbock, wumm Torschlag. Im Wuchten und Rennen, Krachen, Schwingen kommen die Gewaltigen des Sturms zusammen und beraten, es ist Nacht, wie man es macht, daß Franz erwacht, nicht daß sie ihm die Glieder zerbrechen wollen, aber das Haus ist so dick, und er hört nicht, was sie rufen, und würde er näher bei ihnen draußen sein, dann würde er sie fühlen und würde Mieze hören schrein. Dann ginge sein Herz auf, sein Gewissen würde erwachen, und er stünde auf, und es wäre gut, jetzt weiß man nicht, was man tut. Wenn man ein Beil hat und schlägt in hartes Holz hinein, dann fängt auch der älteste Baum an zu schrein. Aber dies starre Liegen, Sichverkneifen, Sichversteifen in das Unglück, das ist das Schlimmste auf der Welt. Wir dürfen nicht nachlassen, entweder wir brechen mit dem Sturmbock in das feste Haus ein, wir zerschlagen die Fenster, oder wir heben Dachluken auf; wenn er uns fühlt, wenn er das Schreien hört, von Mieze das Schreien, das bringen wir mit, dann lebt er und weiß schon besser, was ist. Wir müssen ihn ängstigen und erschrecken, er soll keine Ruh haben in seinem Bett, wie heb ich ihm schon die Decke auf, wie weh ich ihn schon auf den Boden, wie blase ich dem Wärter das Buch und das Bier vom Tisch, wumm wumm, wie werf ich ihm die Lampe um, die Glühbirne schmeiß ich hin, vielleicht gibt es dann Kurzschluß im Haus, vielleicht bricht dann Feuer aus, wumm wumm, Feuer im Irrenhaus, Feuer auf der festen Station.

Franz stopft sich die Ohren zu, macht sich steif. Um das feste Haus wechselt Tag und Nacht, helles Wetter, Regen.

An der Mauer steht ein junges Fräulein aus dem Dorf, unterhält sich mit einem Wärter: »Sieht man, daß ich geweint habe?« »Nee, bloß die eine Backe ist dick.« »Der ganze Kopf, der Hinterschädel, alles. Ja.« Sie weint, holt sich ein Taschentuch aus dem Täschchen, das Gesicht zieht sich sauer zusammen. »Dabei hab ich gar nichts weiter gemacht. Ich sollte zum Bäcker gehen, was holen, kenn ich das Fräulein und frag ihr, was sie macht, sagt sie mir, sie geht heut zum Bäckerball. Kann man denn immer zu Hause sitzen bei dem schlechten Wetter. Und sie hat noch ein Billett und will mich mitnehmen. Kost kein Pfennig. Ist doch nett von dem Fräulein, nicht?« »Aber ja.« »Aber da müssen Sie meine Eltern hören, meine Mutter. Ich soll nicht gehen. Warum denn nicht, ist doch ein anständiger Ball, und man will sich doch auch mal amüsieren, was hat man denn vom Leben. Nee, du kommst nicht weg, ist so schlechtes Wetter, und der Vater ist krank. Und ich geh doch weg. Da hab ich solche Keile gekriegt, ist das hübsch?« Sie weint, pliert vor sich. »Der ganze Hinterschädel tut einem weh. Jetzt wirst du uns also den Gefallen tun, sagt meine Mutter, und bleibst hier. Das ist doch allerhand. Warum soll ich denn nicht weggehen, ich bin doch 20 Jahr alt, am Sonnabend und Sonntag geh ich weg, sagt meine Mutter, na ja, wenn es nu mal am Donnerstag ist und das Fräulein die Karte hat.« »Wenn Sie wollen, ich kann Ihnen ein Taschentuch geben solange.« »Ach, ich habe schon sechs Stück vollgeweint; Schnupfen hab ich auch, den ganzen Tag weinen, und was soll ich dem Fräulein denn sagen, ich kann doch nicht mit der Backe in den Laden gehn. Ich wollt bloß weggehn, ich möchte auch andere Gedanken haben, mit dem Sepp jetzt, mit Ihrem Freund. Jetzt hab ich ihm geschrieben, es ist aus mit uns, er antwortet mir nicht, nun ists aus.« »Lassen Sie den doch. Den können Sie jeden Mittwoch in der Stadt mit ner andern sehen.« »Ich hab ihn sehr gern. Darum wollt ich weggehen.«

Auf Franzens Bett setzt sich ein Alter mit Schnapsnase. »Mensch, mach doch die Oogen uff, mir kannste doch hören. Ich schieb ooch son Ball. Home, sweet home, weeßte, süßes Heim, det is for mir unter die Erde. Wenn ich nicht zu Hause bin, will ick unter die Erde. Die Mikrozephalen wollen mir zum Troglodyten machen, Höhlenwesen, in diese Höhle soll ich wohnen. Du weeßt doch, wat ein Troglodyt ist, das sind wir, wacht auf, Verdammte dieser Erde, die stets man noch zum Hungern zwingt, als Opfer seid ihr gefallen im Kampf, in heiliger Liebe zum Volke, ihr gabt euer Alles hin für das Volk und Leben und Glück und Freiheit. Det sind wir, Mensch. In prunkvollen Räumen schmaust der Despot, die Unrast im Wein ersäufend, doch drohende Zeichen schreibt eine Hand schon längst auf der üppigen Tafel. Ick bin Autodidakt, wat ich gelernt hab, hab ich von mir, alles ausm Gefängnis, Festung, jetzt sperren sie mir hier ein, sie entmündigen das Volk, ich bin ihnen zu gemeingefährlich. Ja, das bin ich. Ich bin Freidenker, das kann ich dir sagen, du siehst mir hier sitzen, ich bin der ruhigste Mann von der Welt, aber wenn man mir reizt. Es kommt eine Zeit, und das Volk erwacht, das mächtige, kraftvolle, freie, so ruht denn, ihr Brüder, edel und groß habt ihr für uns euch geopfert.

Weeßte, du, Kollege, mach mal die Oogen uff, damit ick merke, daß du mir zuhörst – so ist gut, mehr brauchste nicht, ick verrat dir schon nicht –, wat haste denn gemacht, einen abgemurkst von die Tyrannen, Tod euch, den Henkern, den Despoten, stimmt an. Weeßte, du liegst und liegst, und ick kann die ganze Nacht nicht schlafen, das macht immer draußen wumm wumm, hörste det ooch, die schmeißen noch nächstens die ganze Bude um. Die haben recht. Ich hab heut nacht gerechnet, die ganze Nacht, wieviel Drehungen macht die Erde in einer Sekunde um die Sonne, ich rechne und rechne, ich denke, es sind 28, und dann kommt mir vor, meine Olle schläft neben mir, und da wecke ich ihr, sie sagt: Ollerchen, reg dir nich uff, war aber bloß geträumt. Mir haben sie eingesperrt, weil ich trinke, aber wenn ich trinke, bin ich zornig, zornig, aber bloß über mich, und dann muß ich alles kaputt schlagen, was mir in die Quere kommt, weil ich eben nich Herr über meinen Willen bin. Ich gehe mal wegen meine Rente aufs Amt, sitzen die Pachulken in der Stube, lutschen an ihrem Federhalter und kommen sich vor wie große Herren. Ich und die Türe uffgerissen und gesagt, da sagen sie: was wollen Sie denn, wer sind Sie überhaupt hier? Da hau ich auf den Tisch: Sie wünsch ich gar nicht zu sprechen, mit wem hab ich denn die Ehre, ich bin Schögel, ich bitte ums Telephonbuch, ich wünsche den Regierungspräsidenten. Und da habe ich die Bude kurz und klein geschlagen, und zwei haben auch noch dran geglaubt von die Pachulken.«

Wumm Schlag, wumm Schlag, wumm Sturmbock, wumm Torschlag. Wuchten und Rammen, Krachen und Schwingen. Wer ist denn dieser verlogene Kerl, Franz Biberkopf, ein Wiedehopf, ein Gliedertropf, der möchte warten, bis mal Schnee fällt, dann, meint er, sind wir weg und kommen nicht wieder. Was der schon denkt, son Kerl kann ja nicht denken, hat ja keine Grütze in seinem Deetz, der will hier liegen und will bocken. Dem werden wir aber die Suppe versalzen, wir haben Knochen aus Eisen, Krach Tor paß auf, knack Tor, Loch im Tor, Riß im Tor, paß auf, kein Tor, leeres Loch, Höhle, wumm wumm, paß auf, wumm wumm.

Ein Klappern, es geschieht ein Klappern im Sturm, in dem Wehen und Blasen wird ein Klappern laut, ein Weib dreht ihren Hals auf einem scharlachfarbenen Tier. Sie hat sieben Köpfe und zehn Hörner. Sie schnattert und hat ein Glas in der Hand, sie höhnt, sie lauert auf Franz, den Sturmgewaltigen prostet sie zu: schnarr, schnarr, regen Sie sich ab, meine Herren, es lohnt nicht sehr um den Mann, ist nicht viel los mit dem Kerl, hat ja bloß noch einen Arm, und Fleisch und Fett ist nicht an ihm dran, der ist bald kalt, dem legen sie schon Wärmkruken ins Bett, und ich hab auch schon sein Blut, er hat selber nur noch ein bißchen davon, damit kann er sich nicht mehr wichtig tun. I wo, ich sage, regen Sie sich ab, meine Herren.

Vor Franzens Augen geschieht das. Die Hure bewegt ihre sieben Köpfe, schnattert und nickt. Das Tier setzt unter ihr seine Füße, schaukelt den Kopf.

Traubenzucker und Kampferspritzen, aber zuletzt mischt sich ein anderer ein

Franz Biberkopf kämpft mit den Ärzten. Er kann ihnen den Schlauch nicht wegreißen, er kann ihn sich nicht aus der Nase ziehen, sie gießen Öl auf den Gummi, und die Sonde rutscht ihm in den Rachen und den Schlund, und die Milch und Eier fließen in seinen Magen. Aber wenn die Fütterung vorbei ist, fängt Franz an zu würgen und zu brechen. Das ist mühsam und schmerzlich, aber es geht, auch wenn man einem die Hände anbindet und man sich nicht den Finger in den Rachen stecken kann. Man kann bald alles erbrechen, was man will, und wir werden sehen, wer seinen Willen behält, sie oder ich, und ob mir noch einer zwingen wird auf dieser verfluchten

Welt. Ich bin nicht für die Ärzte ihre Versuche da, und was mit mir los ist, wissen sie doch nicht.

Da setzt Franz es durch und wird schwächer und schwächer. Sie probieren es mit ihm auf alle Weise, sprechen ihm zu, fühlen seinen Puls, legen ihn hoch, legen ihn niedrig, man macht ihm Koffein- und Kampferinjektionen, Traubenzukker und Kochsalz spritzen sie ihm in die Adern, die Aussichten der Darmeinläufe werden an seinem Bett besprochen, und vielleicht soll man ihn doch extra Sauerstoff atmen lassen, die Maske kriegt er ja nicht ab. Er denkt, was kümmern sich die hohen Herren Ärzte um mir. Da sterben jeden Tag in Berlin 100 Menschen, und wenn einer krank ist, will kein Doktor zu einem kommen, wenn man nicht grade viel Geld hat. Nun kommen sie alle angelaufen, aber die kommen gar nicht an, weil sie mir helfen wollen. Denen bin ich heute so schnurz, wie ich gestern schnurz war, denen bin ich vielleicht interessant, und darum ärgern sie sich über mir, daß sie mit mir nicht fertig werden. Und das wollen sie sich nich gefallen lassen, aber partout nicht, Sterben ist gegen die Hausordnung hier, gegen die Anstaltsdisziplin. Wenn ich krepiere, kriegen sie vielleicht einen reingewürgt, und außerdem wollen sie mir nachher den Prozeß noch machen wegen Mieze und was noch, dazu muß ich erst mal grade auf die Beine stehen, das sind mir die richtigen Henkersknechte, nicht mal Henker, Knechte vom Henker, Zutreiber, und dann gehen sie noch rum im Doktormantel und schämen sich nich.

Das ist ein höhnisches Tuscheln unter den Eingesperrten auf der Station, wenn wieder Visite war und Franz liegt da wie vorher, und die haben sich abgeplagt mit dem, immer neue Spritzen, den stellen sie noch nächstens ganz auf den Kopf, jetzt wollen sie schon Blutübertragung auf den machen, aber woher Blut, so dumm ist keener hier, daß er sich von die läßt Blut abzapfen, sollen doch den armen Kerl zufrieden lassen, des Menschen Wille ist sein Himmelreich, und was einer will, das will er eben. Das ganze Haus fragt bloß noch, was kriegt denn heut unser Franz für ne Spritze, und sie lachen sich eins hinter die Ärzte, denn bei dem nützt es eben nicht, da kommen sie nicht durch, das ist ein harter Junge, der ist von die härtsten, der zeigts ihnen allen, der weeß, was er will.

Die Herren Ärzte ziehen sich im Ordinationszimmer weiße Mäntel an, es sind der Herr Oberarzt, Assistenzarzt, Volontärarzt, Medizinalpraktikant, und sie sagen alle: es ist ein Stuporzustand. Die jüngeren Herren haben eine besondere Auffassung von diesem Zustand: sie sind geneigt, das Leiden von Franz Biberkopf für psychogen zu halten, also seine Starre nimmt von der Seele ihren Ausgang, es ist ein krankhafter Zustand von Hemmung und Gebundenheit, den eine Analyse schon klären würde, vielleicht als Rückgang auf älteste Seelenstufen, wenn – das große Wenn, das sehr bedauerliche Wenn, schade, dies Wenn stört erheblich – wenn Franz Biberkopf sprechen würde und sich mit ihnen am Versammlungstisch niederlassen würde, um gemeinsam mit ihnen den Konflikt zu liquidieren. Die jüngeren Herren haben mit Franz Biberkopf ein Locarno im Auge. Von diesen jüngeren Herren, den beiden Volontären und dem Medizinalpraktikanten, kommt nach der Visite vormittags und nachmittags je einer in den kleinen vergitterten Wachsaal zu Franz und versucht, nach besten Kräften mit ihm eine Unterhaltung in die Wege zu setzen. Sie schlagen zum Beispiel die Ignorierungsmethode ein: sie reden ihm so zu, als wenn er alles hört, und das ist auch richtig, und als wenn man ihn verlocken könnte, so aus seiner Isolierung herauszukommen und die Sperre zu durchbrechen.

Als das nicht recht geht, setzt ein Volontär es durch, daß man von der Anstalt herüber einen Elektrisierapparat bringt, und daß man Franz Biberkopf faradisiert, und zwar am Oberkörper, und zuletzt den faradischen Strom besonders an die Kiefergegend ansetzt, an den Hals und den Mundboden. Die Partie müßte nun besonders erregt und gereizt werden.

Die älteren Ärzte sind frische Leute, weltkundig, die sich gerne die Beine vertreten, um nach dem festen Haus zu spazieren, sie lassen alles zu. Der Herr Oberarzt sitzt im Ordinationszimmer am Tisch vor den Akten, der Oberpfleger reicht sie ihm von links herüber, die beiden jungen

Herren, die junge Garde, Assistenzarzt und Medizinalpraktikant, stehen am vergitterten Fenster, und man plaudert hin und her. Die Schlafmittelliste ist durchgesehen, der neue Pfleger hat sich vorgestellt und ist mit dem Oberpfleger raus, die Herren sind unter sich, sie blättern im Protokoll vom letzten Kongreß in Baden-Baden. Der Oberarzt: »Nächstens glauben Sie auch, daß die Paralyse seelisch bedingt ist und die Spirochäten sind zufällige Läuse im Gehirn. Die Seele, die Seele, o moderne Gefühlskiste! Medizin auf Flügeln des Gesanges.«

Die beiden Herren schweigen und lächeln innerlich. Die alte Generation spricht viel, von einem gewissen Alter an lagert sich im Gehirn Kalk ab und lernt man nichts zu. Der Oberarzt pafft, unterschreibt weiter, spricht weiter:

»Sehen Sie, Elektrizität ist schon gut, schon besser wie das Gequatsche. Aber nehmen Sie einen schwachen Strom, so nützt der nichts. Und nehmen Sie einen starken, dann können Sie was erleben. Kennt man ausm Krieg, Starkstrombehandlung, Mann Gottes. Das ist nicht erlaubt, moderne Folter.« Da fassen sich die jungen Herren ein Herz und fragen, was soll man machen etwa im Fall Biberkopf? »Erstens stellt man eine Diagnose, und wenn möglich die richtige. Außer der unbestreitbaren Seele – wir kennen doch unsern Joethe und Chamisso auch noch, wenns auch ein bißchen lange her ist –, außer dieses gibt es noch Nasenbluten, Hühneraugen und gebrochene Beine. Die muß man behandeln, wie ein anständiges gebrochenes Bein oder ein Hühnerauge es von einem Doktor verlangt. Mit einem kaputten Bein können Sie machen, was Sie wollen, das heilt nicht auf Zureden, und da können Sie noch Klavier zu spielen, das heilt nicht. Das will, man soll ne Schiene anlegen und die Knochen richtig einrenken, dann gehts sofort. Mit einem Hühnerauge ists nicht anders. Das verlangt, man soll pinseln oder sich bessere Stiefel kaufen. Letzteres ist teurer, aber zweckmäßiger.« Die Weisheit der Pensionsberechtigung, geistige Gehaltsstufe null. »Also was soll man tun in diesem Fall Biberkopf, was meinen Herr Oberarzt?« »Die richtige Diagnose stellen. Die heißt hier, nach meiner freilich längst überlebten Diagnostik, katatoner Stupor. Übrigens, falls sich nicht sogar ein ganz grober organischer Befund dahinter versteckt, etwas im Gehirn, eine Geschwulst, etwas im Mittelhirn, Sie wissen, was wir bei der sogenannten Kopfgrippe gelernt haben, wenigstens wir Älteren. Vielleicht erleben wir noch ne Sensation im Sektionssaal, wär nicht zum erstenmal.« »Katatoner Stupor?« Sollte sich selbst mal neue Stiefel kaufen. »Ja, was so mit Starre daliegt, diese Schweißausbrüche, und dann zwinkert das gelegentlich und beobachtet uns ausgezeichnet, aber sagen tuts nichts, und essen tuts auch nicht, sieht uns nach Katatonie aus. Der Herr Simulant oder ein Psychogener kippt schließlich doch aus den Pantinen. Verhungern, so weit läßt ders nicht kommen.« »Und was bessert sich für den Mann bei dieser Diagnose, Herr Oberarzt, hilft ihm doch auch nichts?« Den haben wir jetzt gut im Schwitzkasten. Der Oberarzt lacht heftig raus, steht auf; der Oberarzt tritt ans Fenster, klopft dem Assistenzarzt auf die Schulter: »Na, erstens wird er von euch beiden verschont, lieber Kollege. Dann kann er wenigstens ruhig pennen. Das ist für den ein Vorteil. Glauben Sie nicht, daß den das nicht schließlich auch langweilt, was Sie und der andere Kollege ihm vorbeten? Wissen Sie übrigens, worauf ich nu meine Diagnose eisern stützen werde? Sehen Sie, jetzt hab ichs. Der hätte doch längst zugegriffen, Menschenskind, wenn es bei dem die sogenannte Seele wäre. Wenn so ein ausgekochter Zuchthäusler sieht, da kommen so junge Herren an, die natürlich nen Dreck von mir wissen – verzeihen Sie, wir sind ja unter uns –, die wollen mir gesund beten, für so einen Jungen sind Sie ein gefundenes Fressen. Das kann er brauchen. Und was er dann tut, schon längst getan hätte? Sehen Sie, Kollege, hätte der Junge Verstand und Berechnung –« Jetzt glaubt das blinde Huhn endlich ein Korn gefunden zu haben; wie es gackert, gackert. »Er ist ja gehemmt, Herr Oberarzt, es ist ja auch nach unserer Ansicht eine Sperrung, aber durch seelische Momente bedingt, – Verlust des Kontaktes mit der Realität, nach Enttäuschungen, Versagungen, dann kindliche

Triebansprüche an die Realität, fruchtlose Versuche den Kontakt wiederherzustellen.« »Quatsch, seelische Momente. Dann würde er eben andere seelische Momente haben. Dann hört er auf mit der Sperre und der Hemmung. Die schenkt er Ihnen beiden als Weihnachtsgeschenk. In einer Woche steht er auf mit Ihrer Hilfe, Gott, was sind Sie für ein großer Gesundbeter, gepriesen die neue Therapie, Sie schicken ein Huldigungstelegramm an Freud nach Wien, die Woche drauf geht der Junge mit Ihrer Unterstützung aufm Korridor spazieren, Wunder, Wunder, halleluja; noch ne Woche, dann kennt er sich aufm Hof aus, und noch ne Woche, ist er mit Ihrer wohlwollenden Hilfe hinter Ihrem Rücken halleluja heidi und davon.« »Versteh ich nicht, müßte man mal versuchen, glaub ich nicht, Herr Oberarzt.« [Ich weiß alles, du weißt nichts, gack gack, wir wissen alles.] »Aber ich. Werden Sie noch lernen. Das müssen Sie erlebt haben. Na, nu quälen Sie den mal nicht, glauben Sie mir schon, hat doch keinen Zweck.« [Werde mal nach Haus 9 rüber, diese Grünschnäbel, wer nur den lieben Gott läßt walten, wieviel Uhr ist es eigentlich.]

Besinnungslos und abwesend ist Franz Biberkopf, sehr weiß, gelblich, mit Wasserschwellungen an den Knöcheln, Hungerödem, er riecht nach Hunger, nach dem süßlichen Azeton, wer in den Raum tritt, merkt gleich, hier geht was Besonderes vor.

Eine tiefe Stufe hat schon Franzens Seele erreicht, sein Bewußtsein ist nur manchmal da, da verstehen ihn die grauen Mäuse, die oben im Magazin wohnen, und die Eichhörnchen und Feldhasen, die draußen herumspringen. Die Mäuse sitzen in ihrem Bau, zwischen dem festen Haus und der großen Zentrale von Buch. Da schwirrt von Franzens Seele was an und irrt und sucht und zischelt und fragt und ist blind und kehrt zurück in das Gehäuse, das noch hinter der Mauer im Bett liegt und atmet.

Die Mäuse laden Franzen ein, mit ihnen zu essen und nicht traurig zu sein. Was ihn betrübt mache. Da stellt sich heraus, daß es für ihn nicht leicht ist, zu sprechen. Sie drängen ihn, er möchte doch ein ganzes Ende machen. Der Mensch ist ein häßliches Tier, der Feind aller Feinde, das widrigste Geschöpf, das es auf der Erde gibt, noch schlimmer als die Katzen.

Er sagt: Es ist nicht gut, in einem Menschenleib zu leben, ich will lieber kauern unter der Erde, über die Felder laufen und fressen, was ich finde, und der Wind weht, und der Regen fällt, und die Kälte kommt und vergeht, das ist besser als in einem Menschenleib leben.

Die Mäuse laufen, Franz ist eine Feldmaus und gräbt mit.

Im festen Haus liegt er im Bett, die Ärzte kommen und halten seinen Leib bei Kraft, inzwischen er immer tiefer verblaßt. Sie sagen selbst, er ist nicht mehr zu halten. Was in ihm Tier war, läuft auf dem Felde.

Jetzt schleicht etwas aus ihm fort und tastet und sucht und macht sich frei, was er sonst nur selten und dämmernd in sich gefühlt hat. Das schwimmt über die Mauselöcher weg, sucht um die Gräser, tastet in den Boden, wo die Pflanzen ihre Wurzeln und Keime verborgen halten. Da spricht etwas mit ihnen, sie können es verstehen, es ist ein Wehen hin und her, ein Klopfen, es ist, als wenn Keime über den Boden fallen, Franzens Seele gibt ihre Pflanzenkeime zurück. Es ist aber eine schlechte Zeit, kalt und gefroren, wer weiß, wieviel angehen werden, aber Platz ist auf den Feldern, viele Keime hat Franz in sich, jeden Tag weht er aus dem Haus und schüttet neue Keime aus.

Der Tod singt sein langsames, langsames Lied

Die Sturmgewaltigen sind jetzt still, es hat ein anderes Lied begonnen, das Lied kennen sie alle und den, der es singt. Wenn der seine Stimme erhebt, sind sie immer still, sogar die, die die Ungestümsten auf der Erde sind.

Der Tod hat sein langsames, langsames Lied begonnen. Er

singt wie ein Stammler, jedes Wort wiederholt er; wenn er einen Vers gesungen hat, wiederholt er den ersten und fängt noch einmal an. Er singt, wie eine Säge zieht. Ganz langsam fährt sie an, dann fährt sie tief ins Fleisch, kreischt lauter, heller und höher, dann ist sie mit einem Ton zu Ende und ruht. Dann zieht sie langsam, langsam wieder zurück und knirscht, und höher, fester wird ihr Ton und kreischt, und ins Fleisch fährt sie hinein.

Langsam singt der Tod.

»Es ist Zeit für mich, zu erscheinen bei dir, weil ja schon aus dem Fenster die Samen fliegen und du dein Laken ausschüttelst, als wenn du dich nicht mehr hinlegst. Ich bin kein bloßer Mähmann, ich bin kein bloßer Sämann, ich habe hier zu sein, weil es gilt für mich, zu bewahren. O ja! O ja! O ja!«

O ja, das singt am Ende jeder Strophe der Tod. Und wenn er eine starke Bewegung macht, singt er auch O ja, weil es ihm Freude macht. Die es aber hören, machen dann die Augen zu, es ist nicht zu ertragen.

Langsam, langsam singt der Tod, die böse Babylon hört ihm zu, die Sturmgewaltigen hören ihm zu.

»Ich stehe hier und habe zu registrieren: Der hier liegt und sein Leben und seinen Körper preisgibt, ist Franz Biberkopf. Wo er auch ist, weiß er, wohin er geht und was er will.«

Das ist gewiß ein schöner Gesang, aber hört dieses Franz, und was soll das heißen: das singt der Tod? So gedruckt im Buch oder laut vorgelesen ist es etwas wie Poesie, Schubert hat ähnliche Lieder komponiert, der Tod und das Mädchen, aber was soll das hier?

Ich will nur die lautere Wahrheit sagen, die lautere Wahrheit, und diese Wahrheit ist: Franz Biberkopf hört den Tod, diesen Tod, und hört ihn langsam singen, der wie ein Stotterer singt, immer mit Wiederholungen, und wie eine Säge, die ins Holz fährt.

»Ich habe hier zu registrieren, Franz Biberkopf, du liegst und willst zu mir. Ja, du hast recht gehabt, Franz, daß du zu mir kamst. Wie kann ein Mensch gedeihen, wenn er nicht den Tod aufsucht? Den wahren Tod, den wirklichen Tod.

Du hast dich dein ganzes Leben bewahrt. Bewahren, bewahren, so ist das furchtsame Verlangen der Menschen, und so steht es auf einem Fleck, und so geht es nicht weiter.

Als Lüders dich betrog, hab ich zum erstenmal mit dir gesprochen, du hast getrunken und hast dich – bewahrt! Dein Arm zerbrach, dein Leben war in Gefahr, Franz, gesteh es, du hast in keinem Augenblick an den Tod gedacht, ich schickte dir alles, aber du erkanntest mich nicht, und wenn du mich errietst, du bist immer wilder und entsetzter – vor mir davongerannt. Dir ist nie in den Kopf gekommen, dich zu verwerfen und was du begonnen hast. Du hast dich in Stärke hineingekrampft, und noch immer nicht ist der Krampf verdampft, und es nützt doch nichts, hast selber gefühlt, es nützt doch nichts, es kommt der Augenblick, da nützt es nichts, der Tod singt dir kein sanftes Lied und legt dir kein würgendes Halsband um. Ich bin das Leben und die wahre Kraft, du willst dich endlich, endlich nicht mehr bewahren.«

»Was? Was! Was meinst du von mir, was willst du mit mir machen?«

»Ich bin das Leben und die wahrste Kraft, meine Kraft ist stärker als die dicksten Kanonen, du willst nicht in Ruhe vor mir irgendwo wohnen. Du willst dich erfahren, du willst dich erproben, das Leben kann sich ohne mich nicht lohnen. Komm, nähere dich mir, damit du mich siehst, Franz, sieh, wie du unten in einem Abgrund liegst, ich will dir eine Leiter zeigen, da findest du einen neuen Blick. Du wirst jetzt zu mir herübersteigen, ich halt sie dir hin, du hast zwar nur einen einzigen Arm, aber greif fest zu, deine Beine treten fest, greif zu, tritt auf, komm heran.«

»Ich kann im Dunkeln keine Leiter sehen, wo hast du sie denn, kann auch mit meinem einen Arm nicht klettern.«

»Du kletterst nicht mit dem Arm, du kletterst mit den Beinen.«

»Ich kann mich nicht festhalten, es hat keinen Sinn, was du verlangst.«

»Du willst nur nicht näher heran zu mir. Dann will ich dir Licht machen, dann findest du hin.«

Da nimmt der Tod den rechten Arm hinter dem Rücken hervor, und es zeigt sich, warum er ihn hinter dem Rücken versteckt hat.

»Wenn du nicht Mut hast, im Finstern zu kommen, ich mach dir Licht, kriech näher heran.«

Da blitzt ein Beil durch die Luft, es blitzt, es erlischt.

»Kriech näher, kriech näher!«

Und wie er das Beil schwingt, von oben hinter seinem Kopf nach vorn schwingt und weiter vor in einem Bogen, in einem Kreis, den der Arm beschreibt, scheint ihm das Beil zu entsausen. Aber schon hebt sich seine Hand hinter seinem Kopf vor, sie schwingt wieder ein Beil. Es blitzt, es fällt, es fallbeilt im Halbbogen vorn vor durch die Luft, schlägt ein, schlägt ein, ein neues saust, ein neues saust, ein neues saust.

Schwing hoch, fall nieder, hack ein, schwing hoch, schlag nieder, hack ein, schwing, fall, hack, schwing fall hack, schwing hack, schwing hack.

Und im Blitzen des Lichts und während es schwingt und blitzt und hackt, kriecht Franz und tastet die Leiter, schreit, schreit, schreit Franz. Und kriecht nicht zurück. Schreit Franz. Der Tod ist da.

Franz schreit.

Es schreit Franz, kriecht an und schreit.

Er schreit die ganze Nacht. Ist in Marsch gekommen, Franz.

Er schreit in den Tag hinein.

Er schreit in den Vormittag hinein.

Schwing fall hack.

Schreit in den Mittag hinein.

Schreit in den Nachmittag hinein.

Schwing fall hack.

Schwing, hack, hack, schwing, schwing hack, hack, hack.

Schwing, hack.

Schreit in den Abend, in den Abend. Die Nacht kommt.

Schreit in die Nacht, Franz in die Nacht.

Sein Körper schiebt sich weiter vor. Es werden auf dem Block geschlagen von seinem Körper Stück um Stück. Sein

Körper schiebt sich automatisch vor, muß sich vorschieben, er kann nicht anders. Das Beil wirbelt in der Luft. Es blitzt und fällt. Er wird Zentimeter um Zentimeter zerhackt. Und jenseits, jenseits der Zentimeter, da ist der Körper nicht tot, da schiebt er sich vor, langsam weiter vor, es fällt nichts runter, lebt alles weiter.

Die draußen an seinem Bett vorübergehen, an seinem Bett stehen und ihm die Lider anheben, ob die Reflexe erhalten sind, die seinen Puls fühlen, der wie ein Faden ist, die hören nichts von dem Geschrei. Sie sehen nur: Franz hat den Mund geöffnet, und glauben, er hat Durst, und flößen ihm vorsichtig ein paar Tropfen ein, wenn er sie nur nicht erbricht, es ist schon gut, daß er die Zähne nicht mehr zusammenbeißt. Wie ist es nur möglich, daß ein Mensch so lange leben kann.

»Ich leide, ich leide.«

»Es ist gut, daß du leidest. Nichts ist besser, als daß du leidest.«

»Ach, laß mich nicht leiden. Mach doch ein Ende.«

»Es nützt nicht zu enden. Es geht jetzt zu Ende.«

»Mach doch ein Ende. Du hast es in der Hand.«

»Ich habe nur ein Beil in der Hand. Alles andere hast du in der Hand.«

»Was hab ich in der Hand? Mach doch ein Ende.«

Jetzt brüllt die Stimme und hat sich ganz und gar verändert.

Der maßlose Grimm, unbändige Grimm, der tolle unbändige, der ganz maßlose rollende Grimm.

»Dahin ist es gekommen, daß ich hier stehe und so mit dir spreche. Daß ich wie ein Schinder und Henker stehe und an dir würgen muß wie an einem giftigen, schnappenden Tier. Hab dich gerufen immer wieder, hältst mich für einen Schallplattenapparat, fürn Grammophon, das man andreht, wenns einem Spaß macht, dann hab ich zu rufen, und wenn du genug hast, stellst du mich ab. Dafür hältst du mich, oder davor hältst du mir. Halt mir nur davor, aber jetzt siehste, det Ding is anders.«

»Wat hab ick denn gemacht. Hab ick mir nicht genug gequält. Ich kenne keenen Menschen, dems gegangen ist wie mir, so jämmerlich, so erbärmlich.«

»Du warst nie da, Dreckkerl du. Ick habe mein Lebtag keenen Franz Biberkopf gesehn. Als ick dir Lüders schickte, haste die Augen nich aufgemacht, biste zusammengeklappt wie ein Taschenmesser und dann haste gesoffen, Schnaps und Schnaps und nischt als Saufen.«

»Ick wollte anständig sein, der hat mir betrogen.«

»Ich sag, du hast die Augen nicht aufgemacht, du krummer Hund! Schimpfst über Gauner und Gaunerei und kuckst dir die Menschen nich an und fragst nich, warum und wieso. Was bistu fürn Richter über die Menschen und hast keene Oogen. Blind bist du gewesen und frech dazu, hochnäsig, der Herr Biberkopf aus dem feinen Viertel, und die Welt soll sein, wie er will. Ist anders, mein Junge, jetzt merkst dus. Die kümmert sich nicht um dir. Als dir der Reinhold packte, unters Auto schmiß, der Arm wurde dir abgefahren, nicht mal zusammengeklappt ist unser Franz Biberkopf. Wie der noch unter die Räder liegt, schwört der: ick will stark sein. Sagt nich: nu mal überlegen, nu mal den Grips zusammennehmen – nee, der sagt: ich will stark sein. Und nicht merken willst du, daß ich zu dir rede. Aber jetzt hörste mir.«

»Nichts merken, warum? Wat denn?«

»Und zuletzt Mieze, – Franz, Schande, Schande, sag: Schande, schrei Schande!«

»Ich kann nicht. Ich weiß ja nicht, warum?«

»Schrei Schande. Sie ist zu dir gekommen, war lieblich, hat dich beschützt, hat Freude an dir gehabt, und du? Was war dir ein Mensch, son Mensch wie eine Blume, und du gehst hin und prahlst mit ihr vor Reinhold. Vor dir der Jipfel aller Jefühle. Du willst ja bloß stark sein. Bist glücklich, daß du mit Reinhold fechten kannst, und daß du ihm über bist und hingehst und ihn reizt mit ihr. Das überlege dir, ob du nicht selbst schuld bist, wenn sie nicht lebt. Und keine Träne um sie geweint, die für dich gestorben ist, für wen denn.

Nur geklönt: ›Ich‹ und ›Ich‹ und ›das Unrecht, das ich erleide‹ und wie edel bin ich, wie fein, und man läßt mich nicht zeigen, was für einer ich bin. Sag Schande. Schrei Schande!«

»Ick weeß ja nich.«

»Den Krieg jetzt haste verloren, Jungeken. Mein Sohn, mit dir is aus. Kannst einpacken. Laß dir einmotten. Bei mir biste abgemeldet. Da kannste heulen und piepen, wat du willst. Son Luder. Hat ein Herz gekriegt und ein Kopp und Augen und Ohren, und er denkt, ist gut, wenn er anständig ist, was er anständig nennt, und sieht nichts und hört nichts und lebt druff los und merkt nichts, man kann tun, was man will.«

»Wat denn, wat soll man denn?«

Brüllen des Todes: »Nischt sag ick dir, quatsch mir nich an. Hast ja kein Kopp, hast keine Ohren. Bist ja nich geboren, Mensch, bist ja garnich uff die Welt jekomm. Du Mißgeburt mit Wahnideen. Mit freche Ideen, Papst Biberkopf, der mußte geboren werden, damit wirs merken, wie alles ist. Die Welt braucht andere Kerle als dir, hellere und welche, die weniger frech sind, die sehen, wie alles ist, nicht aus Zucker, aber aus Zucker und Dreck und alles durcheinander. Du Kerl, dein Herz her, damit es aus mit dir ist. Damit ichs in den Dreck schmeiße, wos hingehört. Die Schnauze kannste vor dir behalten.«

»Laß mir doch noch. Laß mir besinnen. Noch ein bißchen. Ein bißchen.«

»Dein Herz raus, Kerl.«

»Ein bißchen.«

»Ich hols mir, du.«

»Ein bißchen.«

Und jetzt hört Franz das langsame Lied des Todes

Blitzen Blitzen Blitzen, das Blitzen Blitzen hört auf. Hacken Fallen Hacken, das Hacken Fallen Hacken hört auf. Es ist die zweite Nacht, die Franz geschrien hat. Fallen Hacken hört auf. Er schreit nicht mehr. Blitzen hört auf. Seine Augen blinzeln. Er liegt steif. Das ist ein Raum, ein Saal, Menschen gehen. Du mußt den Mund nicht zukneifen. Sie gießen ihm Warmes in den Mund. Kein Blitzen. Kein Hacken. Wände. Bißchen, ein bißchen, was denn. Er schließt die Augen.

Und wie Franz die Augen zugemacht hat, fängt er an, etwas zu tun. Ihr seht nicht, was er tut, ihr denkt bloß, der liegt und vielleicht ist der bald hin, der rührt ja kein Finger. Der ruft und zieht und wandert. Der ruft alles zusammen, was zu ihm gehört. Er geht durch die Fenster auf die Felder, er rüttelt an den Gräsern, er kriecht in die Mauselöcher: Raus, raus, was is denn hier, is was von mir hier? Und schüttelt an dem Gras: Raus aus dem Kartoffelsalat, wat soll der Quatsch, hat alles keen Sinn, ich brauch euch, ich kann keenen beurlauben, bei mir is zu tun, mal lustig, ich brauch alle Mann.

Sie gießen ihm Bouillon ein, er schluckt, erbricht nicht. Er will nicht, er möchte nicht erbrechen.

Das Wort des Todes hat Franz im Mund und das wird ihm keiner entreißen, und er dreht es im Mund, und es ist ein Stein, ein steinerner Stein, und keine Nahrung quillt daraus. In dieser Lage sind zahllose Menschen gestorben. Es hat da kein Weiter für sie gegeben. Sie haben nicht gewußt, daß sie sich nur noch einen einzigen Schmerz antun müssen, um weiterzukommen, daß nur ein kleiner Schritt nötig war, um weiterzukommen, aber den Schritt konnten sie nicht tun. Sie wußten es nicht, es kam nicht rasch, nicht rasch genug, es war eine Schwäche, eine Verkrampfung von Minuten, Sekunden, und schon waren sie hinüber, wo sie nicht mehr Karl, Wilhelm, Minna, Franziska hießen – satt, finster satt, rotglühend in Wut und Verzweiflungsstarre schliefen sie hinüber. Sie wußten nicht, sie brauchten nur noch weißzuglühen, dann wären sie weich geworden, und alles wäre neu gewesen.

Herankommen lassen – die Nacht, und sie kann noch so schwarz und wie Nichts sein. Herankommen lassen die schwarze Nacht, die Äcker, auf denen der starre Frost liegt, die hartgefrorenen Chausseen. Herankommen lassen die einsamen Ziegelhäuser, aus denen das rötliche Licht kommt, herankommen lassen die frierenden Wanderer, die Kutscher auf den Gemüsewagen, die in die Stadt wollen, und die Pferdchen davor. Die großen, flachen, stummen Ebenen, über die die Vorortzüge und die D-Züge fahren und im Dunkel weißes Licht nach beiden Seiten auswerfen. Herankommen lassen die Menschen auf dem Bahnhof, der Abschied des kleinen Mädchens von seinen Eltern, es fährt mit zwei älteren Bekannten, über das große Wasser geht es, wir haben schon Tickets, aber Gott son kleines Mädchen, na, sie wird sich schon drüben einleben, soll brav bleiben, dann wird es gut gehen. Herankommen lassen und aufnehmen die Städte, die alle auf einer Strecke liegen, Breslau, Liegnitz, Sommerfeld, Guben, Frankfurt an der Oder, Berlin, der Zug fährt durch sie von Bahnhof zu Bahnhof, die Städte tauchen in den Bahnhöfen auf, die Städte mit ihren großen und kleinen Straßen. Berlin mit der Schweidnitzer Straße, mit dem großen Ring der Kaiser-Wilhelm-Straße, Kurfürstenstraße, und überall sind Wohnungen, in denen sich die Menschen wärmen, sich lieb ansehen, kalt nebeneinander sitzen, Dreckbuden und Kneipen, wo einer Klavier spielt, Puppchen, so ein oller Schlager, als wenn es 1928 nichts Neues gibt, zum Beispiel ›Madonna, du bist schöner‹ oder ›Ramona‹.

Herankommen lassen – die Autos, die Droschken, du weißt, in wie vielen hast du gesessen, es hat gerattert, du warst allein, oder es saß einer neben dir oder zwei, Auto Nummer 20147.

Es wird ein Brot in den Ofen geschoben.

Der Ofen steht im Freien, bei einem Bauernhaus, hinten ist ein Acker, das Ding sieht aus wie ein kleiner Ziegelhaufen. Die Frauen haben eine Menge Holz gesägt, Reisig zusammengeschleppt, das liegt jetzt neben dem Ofen, sie stopfen es rein. Jetzt kommt eine mit den großen Formen über den Hof, der Teig ist drauf. Ein Junge reißt die Ofentür auf, das glüht drin, glüht, glüht, kolossal, eine Hitze, sie schieben mit Stangen die Bleche rein, das Brot wird drin aufgehen, das Wasser wird verdunsten, der Teig wird sich bräunen.

Franz sitzt halb auf. Er hat geschluckt, er wartet, es ist

fast alles wieder bei ihm, was draußen rumgelaufen war. Er zittert, was hat der Tod gesagt. Er muß wissen, was der Tod gesagt hat. Die Tür geht auf. Nu wirds kommen. Das Theater, es geht los. Den kenn ich. Lüders, auf den hab ich gewartet.

Und sie kommen rein, mit Zittern erwartet. Was kann mit Lüders sein. Franz hat Zeichen gegeben, man hat gedacht, er ist knapp auf der Brust vom Waagerechtliegen, aber er will sich bloß höher legen und mehr aufrecht. Denn die kommen jetzt. Jetzt liegt er hoch. Man los.

Und sie kommen einzeln. Lüders, ein ärmlicher Kerl, son kleines Männlein. Will mal sehn, wat mit dem ist. Er geht mit Schnürsenkeln die Treppe rauf. Ja, das haben wir gemacht. Man verkommt in seinen Lumpen, immer noch die alte Kluft aus dem Krieg, Makkoschnürsenkel, Madam, ick wollt bloß fragen, könn Sie mir nicht eine Tasse Kaffee geben, wat is mit ihrem Mann, wohl im Felde gefallen; stülpt sich den Hut auf: Also, man raus mit das Kleingeld. Det is Lüders, der war mit mir. Die Frau hat ein glühendes Gesicht, die eine Backe von ihr ist schneeweiß, sie kramt im Portemonnaie, sie krächzt, die purzelt um. Er wühlt in den Kästen: Olles Blechzeug, ich muß rennen, sonst schreit die noch. Über den Korridor, die Tür zugedrückt, die Treppe runter. Ja, er hats gemacht. Klaut. Klaut viel. Mir geben sie den Brief, ist von ihr, wat is nu mit mir, mir sind einmal die Beine abgehackt, mir sind die Beine abgehackt, warum denn, ich kann nicht aufstehen. Wollen Sie einen Kognak, Biberkopf, wohl ein Trauerfall, ja, warum darum, warum sind mir die Beine abgehackt, ich weeß es nicht. Muß ihn mal fragen, muß ihn mal anreden. Hör mal, Lüders, guten Morgen, Lüders, wie gehts dir, nich gut, mir ooch nich, komm doch mal her, setz dir mal auf den Stuhl, nu geh doch nich, wat hab ich dir denn groß getan, nu geh doch nich.

Herankommen lassen. Herankommen lassen die schwarze Nacht, die Autos, die hartgefrorenen Chausseen, der Abschied des kleinen Mädchens von seinen Eltern, es fährt mit einem Mann und einer Frau und wird sich schon drüben einleben, soll brav bleiben, dann wird alles gut gehen. Herankommen lassen.

Reinhold! Ah! Reinhold, pih Deibel! Das Luder, da bist du, wat willste hier, willst dir vor mir wichtig tun, dir wascht kein Regen rein, du Strolch, du Mörder, du Schwerverbrecher, nimm die Pfeife aus die Schnauze, wennste mit mir redst. Det is gut, daß du kommst, du hast mir gefehlt, komm, du Dreckkerl, haben sie dir noch nicht gefaßt, ein blauen Mantel haste? Paß uff, in dem gehste verschütt. »Wat bist du denn, Franz?« Ich, du Strolch? Kein Mörder, weeßte, wen du gemordet hast? »Und wer hat mir das Mädel gezeigt, und wer hat sich aus dem Mädel nischt gemacht, und ich muß mir unter die Bettdecke legen, du Großschnauze, wer war denn das?« Darum brauchste sie doch noch nicht umzubringen. »Wat is dabei, hast sie nicht etwa ooch beinah krumm geschlagen, du? Und dann soll noch da eine gewisse Gewisse sein, die in der Landsberger Allee liegt, die is ooch nicht von allein da aufn Kirchhof gekommen. Na, wat is nu? Jetzt sagste nischt! Wat sagt nu der Herr Franz Biberkopf, von Profession Großschnauze?« Mir haste unters Auto geschmissen, den Arm haste mir abfahren lassen. »Haha ha, kannst dir ja einen aus Pappe anbinden. Wenn du son Ochse bist und läßt dich mit mir ein.« Ein Ochse? »Na merkste nich, daß du ein Ochse bist. Jetzt biste in Buch und spielst den wilden Mann und mir gehts gut, wer is nu ein Ochse?«

Und da geht er, und das höllische Feuer blitzt dem aus den Augen und ihm wachsen Hörner aus dem Kopf und der kreischt: »Box doch mit mir, komm, zeig, wat du bist, Franzeken, Franzeken Biberkopf, Biberköpfchen, ha!« Und Franz preßt die Lider. Ich hätte mit ihm nichts machen sollen, ich hätte nicht kämpfen sollen mit dem. Warum hab ick mir in den verbissen.

»Komm doch, Franzeken, zeig doch, wer du bist, hast du Kraft?«

Ich hätt nicht kämpfen sollen. Er triezt mir, er reizt mir noch immer, oh, das ist ein Verfluchter, ich hätt es nicht gesollt. Gegen den komm ich nicht auf, ich hätt es nicht gesollt.

»Kraft mußte haben, Franzeken.«

Ich hätte keine Kraft haben müssen, gegen den nicht. Ick seh es, es war ja falsch. Was hab ich alles gemacht. Weg, weg mit dem.

Er geht nicht.

Weg, weg mit –

Franz brüllt, er ringt die Hände: Ich muß einen andern sehn, kommt kein anderer, warum bleibt der stehen?

»Ich weeß es, mir magste nich, schmeck nicht schön. Kommt gleich ein anderer!«

Herankommen lassen. Herankommen lassen. Die großen, flachen, stummen Ebenen, die einsamen Ziegelhäuser, aus denen rötliches Licht kommt. Die Städte, die an einer Strecke liegen, Frankfurt an der Oder, Guben, Sommerfeld, Liegnitz, Breslau, die Städte tauchen an den Bahnhöfen auf, die Städte mit ihren großen und kleinen Straßen. Herankommen lassen die fahrenden Droschken, die gleitenden, schießenden Autos.

Und Reinhold geht, und dann steht er wieder und blitzt Franzen an: »Na, wer kann nu wat, wer hat gesiegt, Franzeken?«

Und Franz zittert: Ick hab nicht gesiegt, ick weeß es.

Herankommen lassen.

Kommt gleich ein anderer.

Und Franz sitzt höher, hat die Faust geballt.

Es wird ein Brot in den Ofen gesteckt, ein riesiger Ofen. Die Hitze ist ungeheuer, der Ofen kracht.

Ida! Jetzt ist er weg. Gott sei Dank, Ida, daß du kommst. Das war aber der größte Lump, den es auf der Welt gibt. Ida, ist gut, daß du kommst, der hat mir gereizt und getriezt, wat sagst du dazu, mir ist es schlecht gegangen, ick sitz jetzt hier, weeßte, wo det is, Buch, die Irrenanstalt, zur Beobachtung oder ick bin schon verrückt. Ida, komm doch, dreh mir nicht den Rücken zu. Wat macht sie bloß? Sie steht in der Küche.

Ja, in der Küche steht das Mädel. Die pusselt da, die wischt wohl Teller ab. Aber wat knickt die immer so zusammen, knickt immer in der Seite zusammen, als ob sie ein Hexenschuß hat. Als ob sie einer haut, in die Seite. Hau doch nicht, Mensch, das ist ja unmenschlich, nicht doch, Mensch, laß doch das sein, laß doch das Mädel, oh zu, oh ja, wer haut denn die, die kann ja nicht stehen, steh doch grade Mädel, dreh dir um, kuck mir doch an, wer haut dir denn so furchtbar.

»Du, Franz, du hast mir ja totgehauen.«

Nee nee, det hab ick nicht gemacht, det is gerichtlich bewiesen, ick habe bloß Körperverletzung, ich war nicht schuld dran. Sag det nicht, Ida.

»Ja, du hast mir totgehauen. Paß auf, Franz.«

Er schreit, nee nee, er preßt die Hand zu, er schlägt den Arm vor die Augen, er sieht es doch.

Herankommen lassen. Herankommen lassen die fremden Wanderer, sie tragen Kartoffelsäcke auf dem Rücken, ein Junge fährt einen Handkarren hinter denen, ihm frieren die Ohren, es ist 10 Grad unter Null. Breslau mit der Schweidnitzer Straße, mit der Kaiser-Wilhelm-Straße, Kurfürstenstraße.

Und Franz stöhnt: Da ist es schon besser tot sein, wer kann das aushalten, da soll doch einer kommen und mir totschlagen, ich hab das nicht gemacht, ich hab das ja nicht gewußt. Er wimmert, er lallt, sprechen kann er nicht. Der Wärter versteht, daß er was will. Er fragt. Der Wärter gibt ihm einen Schluck warmen Rotwein; die andern beiden Kranken, die im Saal sind, bestehen darauf, er muß den Rotwein warmmachen.

Ida knickt weiter. Knick doch nicht weiter, Ida, ich war doch in Tegel dafür, ich hab meine Strafe weg. Da knickt sie nicht mehr, da setzt sie sich hin, da drückt sie ihren Kopf runter, sie wird immer kleiner und schwärzer. Da liegt sie – im Sarg und – bewegt sich nicht.

Das Ächzen, das Ächzen von Franz. Seine Augen. Der Wärter setzt sich zu ihm, hält ihm die Hand. Das soll einer wegmachen, den Sarg soll einer wegschieben, ich kann doch nicht aufstehen, ich kanns doch nicht.

Und er bewegt die Hand. Aber der Sarg bewegt sich nicht. Er langt ja nicht ran. Da weint Franz in Verzweiflung. Und stiert und stiert verzweifelt daraufhin. Und in seinen Tränen und in der Verzweiflung verschwindet der Sarg. Aber Franz weint immer weiter.

Worüber aber, meine Damen und Herren, die ihr dies lest, weint Franz Biberkopf? Er weint darüber, daß er leidet und was er erleidet, und auch über sich. Daß er dies getan hat alles und so gewesen ist, darüber weint Franz Biberkopf. Jetzt weint Franz Biberkopf über sich.

Es ist der helle Mittag, im Haus wird Essen ausgetragen, der Essenwagen fährt unten ab in die Anstalt zurück, die Küchenwärter und zwei Leichtkranke aus dem Landhaus schieben ihn.

Da, am Mittag, ist Mieze bei Franz. Sie hat ein ganz ruhiges, sanftes Gesicht. Sie geht im Straßenkleid und hat eine enganliegende Kappe auf, die über die Ohren geht und die Stirn bedeckt. Ganz voll, ruhig und innig sieht sie Franzen an, so wie er sie kennt, wenn er sie mal auf der Straße oder im Lokal traf. Wie er sie bittet, sie möchte näherkommen, nähert sie sich. Er will, daß sie ihm die Hände gibt. Sie gibt ihm die Hände beide in seine eine. Sie hat Lederhandschuh an. Zieh dir doch die Handschuh aus. Sie zieht sie sich aus, gibt ihm die Hände. Komm doch her, Mieze, sei doch nicht so fremd und schenk mir einen Kuß. Da kommt sie ruhig dicht ran, blickt ihn innig und innig an und küßt ihn. Bleib hier, sagt er zu ihr, ich brauch dich, du mußt mir helfen. »Ich kann nicht, Franzeken. Ick bin ja dot, du weeßt doch.« Bleib doch hier. »Ich möcht so gern, ick kann ja nicht.« Und sie küßt ihn wieder. »Du weeßt doch, Franz, von Freienwalde. Und bist mir nicht böse, wat?«

Sie ist weg. Franz windet sich. Er reißt, er sperrt die Augen auf. Er kann sie nicht sehen. Wat hab ich gemacht. Warum hab ich sie nicht mehr. Hätt ich sie nicht Reinholden gezeigt, hätt ich mich nicht mit dem eingelassen. Wat hab ich gemacht. Und jetzt.

Er bringt ein Stammeln heraus aus seinem furchtbar verzerrten Gesicht: Sie soll wiederkommen. Der Wärter versteht nur ›wieder‹ und gießt ihm noch Wein in seinen offenen, trockenen Mund. Franz muß trinken, was bleibt ihm übrig.

In der Hitze liegt der Teig, der Teig geht auf, die Hefe treibt ihn, Blasen bilden sich, das Brot geht hoch, es bräunt sich.

Die Stimme des Todes, die Stimme des Todes, die Stimme des Todes:

Was nützt alle Stärke, was nützt alles Anständigsein, o ja, o ja, blick hin auf sie. Erkenne, bereue.

Was Franz hat, wirft sich hin. Er hält nichts zurück.

Hier ist zu schildern, was Schmerz ist

Hier ist zu schildern, was Schmerz und Leid ist. Wie Schmerz brennt und zerreißt. Denn der Schmerz ist es, der herangekommen ist. Es haben viele in Gedichten den Schmerz beschrieben. Alle Tage sehen die Kirchhöfe den Schmerz.

Hier ist zu beschreiben, was der Schmerz mit Franz Biberkopf tut. Franz hält nicht stand, er gibt sich hin, er wirft sich zum Opfer hin an den Schmerz. In die brennende Flamme legt er sich hinein, damit er getötet, vernichtet und eingeäschert wird. Es ist zu feiern, was der Schmerz mit Franz Biberkopf tut. Hier ist zu sprechen von der Vernichtung, die der Schmerz vollbringt. Abbrechen, niederkappen, niederwerfen, auflösen, das tut er.

Jegliches hat seine Zeit: würgen und heilen, brechen und bauen, weinen und lachen, klagen und tanzen, suchen und verlieren, zerreißen und zumachen. Es ist die Zeit zum Würgen, Klagen, Suchen, und Zerreißen.

Franz ringt und wartet auf den Tod, auf den gnädigen Tod.

Er denkt, der Tod, der gnädige, beendende naht jetzt. Er zittert, wie er sich gegen Abend wieder aufrichtet, um ihn zu empfangen.

Zum zweitenmal kommen sie da an, die ihn am Mittag niedergeworfen haben. Franz sagt: Es soll alles geschehen, das bin ich, abgeht mit euch Franz Biberkopf, nehmt mich mit.

Mit tiefem Beben empfängt er das Bild des jämmerlichen Lüders. Der böse Reinhold latscht auf ihn zu. Mit tiefem Beben empfängt er Idas Worte, Miezes Gesicht, sie ist es, nun ist alles erfüllt. Franz weint und weint, ich bin schuldig, ich bin kein Mensch, ich bin ein Vieh, ein Untier.

Gestorben ist in dieser Abendstunde Franz Biberkopf, ehemals Transportarbeiter, Einbrecher, Ludewig, Totschläger. Ein anderer ist in dem Bett gelegen. Der andere hat dieselben Papiere wie Franz, sieht aus wie Franz, aber in einer anderen Welt trägt er einen neuen Namen.

Das also ist der Untergang des Franz Biberkopf gewesen, den ich beschreiben wollte vom Auszug Franzens aus der Strafanstalt Tegel bis zu seinem Ende in der Irrenanstalt Buch im Winter 1928–29.

Jetzt hänge ich noch einen Bericht an von den ersten Stunden und Tagen eines neuen Menschen, der dieselben Papiere hat wie er.

Abzug der bösen Hure, Triumph des großen Opferers, Trommlers und Beilschwingers

In der kahlen Landschaft, vor den roten Mauern der Anstalt, auf den Feldern liegt schmutziger Schnee. Da trommelt es und trommelt weiter. Verloren hat die Hure Babylon, der Tod ist Sieger und trommelt sie davon.

Die Hure keift und spektakelt und sabbert und schreit: »Was ist mit dem, was hast du von dem Kerl, Franz Biberkopf, koch ihn dir sauer, deinen Gottlieb Schulze.«

Der Tod schlägt seinen Trommelwirbel: »Ich kann nicht sehen, was du in deinem Becher hast, du Hyäne. Der Mann Franz Biberkopf ist hier, ich habe ihn ganz und gar zerschlagen. Aber weil er stark und gut ist, soll er ein neues Leben tragen, geh aus dem Weg, wir haben hier beide nichts mehr zu sagen.«

Und wie sie bockt und weiter geifert, bewegt sich der Tod, setzt sich in Fahrt, sein grauer riesiger Mantel flattert auf, da werden Bilder und Landschaften sichtbar, die um ihn schwimmen, ihn von den Füßen bis zur Brust umwinden. Und Schreie, Schüsse, Lärm, Triumph und Jubel um den Tod. Triumph und Jubel. Das Tier unter dem Weib scheut, schlägt um sich.

Der Fluß, die Beresina, marschierende Legionen.

Marschieren an der Beresina die Legionen, die eisige Kälte, der eisige Wind. Sie sind aus Frankreich herübergekommen, der große Napoleon führt sie an. Der Wind bläst, der Schnee wirbelt, die Kugeln sausen. Sie schlagen sich auf dem Eis, sie stürmen, sie fallen. Und immer die Rufe: Es lebe der Kaiser, lebe der Kaiser! Das Opfer, das Opfer, das ist der Tod!

Und Rollen von Eisenbahnen, Kanonen krachen, Platzen der Handgranaten, Sperrfeuer, Chemin des dames und Langemarck, Lieb Vaterland magst ruhig sein, lieb Vaterland magst ruhig sein. Die Unterstände verschüttet, hingesunken die Soldaten. Der Tod rollt seinen Mantel, singt: O ja, o ja.

Marschieren, marschieren. Wir ziehen in den Krieg mit festem Schritt, es gehen mit uns 100 Spielleute mit, Morgenrot, Abendrot, leuchtest uns zum frühen Tod, 100 Spielleute trommeln, widebum widebum, gehts uns nicht grade, so gehts uns krumm, widebum widebum.

Der Tod rollt den Mantel und singt: O ja, o ja.

Ein Ofen brennt, ein Ofen brennt, vor einem Ofen steht eine Mutter mit sieben Söhnen, das Stöhnen des Volkes ist hinter ihnen, sie sollen den Gott ihres Volkes abschwören. Sie strahlen und stehen friedlich da. Wollt ihr abschwören und euch unterwerfen? Der erste sagt nein und erleidet die Qualen, der zweite sagt nein und erleidet die Qualen, der dritte sagt nein und erleidet die Qualen, der vierte sagt nein und erleidet die Qualen, der fünfte sagt nein und erleidet die Qualen, der sechste sagt nein und erleidet die Qualen, der siebente sagt nein und erleidet die Qualen. Die Mutter steht da und ermutigt die Söhne. Zuletzt sagt sie nein und erleidet die Qualen. Der Tod rollt den Mantel und singt: O ja, o ja.

Das Weib mit den sieben Köpfen zerrt an dem Tier, das Tier kommt nicht hoch.

Marschieren, marschieren, wir ziehen in den Krieg, es ziehen mit uns 100 Spielleute mit, sie trommeln und pfeifen, widebum widebum, dem einen gehts grade, dem andern gehts krumm, der eine bleibt stehen, der andere fällt um, der eine rennt weiter, der andere liegt stumm, widebum widebum.

Jubel und Schreien, Marschieren zu sechsen und zu zweien und zu dreien, marschiert die französische Revolution, marschiert die russische Revolution, marschieren die Bauernkriege, die Wiedertäufer, sie ziehen alle hinter dem Tod einher, es ist ein Jubel hinter ihm her, es geht in die Freiheit, die Freiheit hinein, die alte Welt muß stürzen, wach auf, du Morgenluft, widebum widebum, zu sechsen, zu zweien, zu dreien, Brüder, zur Sonne, zur Freiheit, Brüder, zum Lichte empor, hell aus dem dunklen Vergangenen leuchtet uns Zukunft hervor, Schritt gefaßt und rechts und links und links und rechts, widebum widebum.

Der Tod rollt den Mantel und lacht und strahlt und singt: O ja, o ja.

Die große Babylon kann endlich ihr Tier hochzerren, es kommt in Trapp, es rast über die Felder, es sinkt in den Schnee. Sie dreht sich um, heult gegen den strahlenden Tod. Unter dem Tosen bricht das Tier in die Knie, das Weib schwankt über dem Hals des Tiers. Der Tod zieht seinen Mantel zu. Er singt und strahlt: O ja, o ja. Das Feld rauscht: O ja, o ja.

Aller Anfang ist schwer

In Buch haben den todblassen, bettlägerigen Mann, der einmal Franz Biberkopf war, die Kriminalbeamten und die Ärzte, wie er zu sprechen und blicken anfängt, viel ausgefragt, die Kriminalbeamten, um zu ermitteln, was er alles auf dem Kerbholz hat, die Ärzte wegen der Diagnose. Von den

Kriminalbeamten hat dieser Mann gehört, daß sie einen Reinhold haben, der früher in seinem Leben, in seinem früheren Leben eine Rolle gespielt hat. Sie erzählen von Brandenburg und ob er auch einen Moroskiewicz kennt und wo der sich aufhält. Er hat sich alles mehrfach erzählen lassen und ist ganz still dabei. Man hat ihn einen Tag ganz in Ruhe gelassen. Es ist ein Schnitter, der heißt Tod. Nun wetzt er das Messer, jetzt schneidt es schon besser. Hüt dich, blau Blümlein.

Vor dem Kriminalkommissar hat er am nächsten Tag seine Aussage gemacht, er hat nichts mit der alten Sache in Freienwalde zu tun. Wenn dieser Reinhold etwas anderes sagt, dann – irrt er. Der zusammengeschmolzene weiße Mann soll sein Alibi von damals zusammenbringen. Es dauert Tage, bis das möglich wird. Alles wehrt sich in dem Mann, diesen Weg zurückzugehen. Der ist wie versperrt. Er bringt stöhnend einige Daten heraus. Er stöhnt, man soll ihn lassen. Er blickt ängstlich wie ein Hund vor sich. Der alte Biberkopf ist hin, der neue schläft und schläft noch. Er belastet diesen Reinhold mit keinem Wort. Wir liegen alle unter einem Beil. Wir liegen alle unter einem Beil.

Die Angaben bestätigen sich, sie stimmen überein mit den Aussagen von Miezes Gönner und dessen Neffen. Die Ärzte kommen mehr ins klare. Die Diagnose Katatonie tritt in den Hintergrund. Es war ein psychisches Trauma, anschließend eine Art Dämmerzustand, der Mann ist familiär nicht sauber, daß er mit dem Alkohol auf Duzfuß steht, sieht man ihm an. Schließlich ist der ganze Diagnosenstreit schnurz, simuliert hat der Kerl bestimmt nicht, er hat einen Klaps gehabt, der nicht von schlechten Eltern war, und das ist die Hauptsache. Also nu mal Punkt, Schluß, und er fällt für die Schießerei in der Alexanderquelle unter Paragraph 51. Neugierig, ob wir den wiederkriegen.

Der wacklige Mann, den sie nach dem Gestorbenen Biberkopf nennen, weiß nicht, wie er im Haus rumgeht, ein bißchen als Essenträger fungiert und gar nicht mehr ausgefragt wird, weiß nicht, daß noch allerhand hinter ihm umgeht. Da knabbern die Kriminalbeamten daran, was das mit seinem

Arm gewesen ist, wo er den verloren hat, wo er in Behandlung war. Sie fragen in der Magdeburger Klinik nach, das sind ja olle Kamellen, aber die Bullen interessieren sich für olle Kamellen, sogar wenn sie zwanzig Jahre alt sind. Sie kriegen aber nichts raus, wir sind ja am fröhlichen Ende, der Herbert ist auch ein Zuhälter, die Jungs haben alle feine Mädchen, auf die schieben sie alles ab, von da wollen sie alles Geld herhaben. Dabei glaubt das keiner von den Bullen, vielleicht haben die auch Geld von den Mädchen dann und wann, aber zwischendurch arbeitet man doch auch selbständig. Darüber schweigen sich die Brüder aus.

Das Gewitter, auch das Gewitter geht an dem Mann vorüber, soll ihm für diesmal alles verziehen werden. Du hast für diesmal eine Rückfahrtkarte bekommen, mein Sohn.

Das ist der Tag, wo man ihn entläßt. Die Polizei läßt ihn nicht im Zweifel, sie wird ihn auch draußen beschatten. Aus der Kammer wird gebracht, was dem alten Franz gehört hat, und er bekommt alles wieder in die Hände, er zieht sich die Sachen wieder an, an der Jacke ist noch Blut, da hat ihm ein Schupo mit dem Knüppel übern Kopf gehauen, den falschen Arm will ich nicht, die Perücke gehört Ihnen auch, können Sie behalten, wenn sie hier mal Theater spielen, bei uns gibts alle Tage Theater, da tragen wir aber keine Perücke, den Entlassungsschein haben Sie, adieu, Herr Oberpfleger, na, besuchen Sie uns mal, wenn schönes Wetter ist in Buch, wird jemacht und schönen Dank, ich schließe Ihnen auf.

Das, das haben wir also auch hinter uns.

Lieb Vaterland, magst ruhig sein,
ich hab die Augen auf und
fall nicht rein

Zum zweitenmal verläßt jetzt Biberkopf ein Haus, in dem er gefangengehalten war, wir sind am Ende unseres weiten Wegs und machen mit Franz zusammen noch einen einzigen kleinen Schritt.

Das erste Haus, das er verließ, war die Strafanstalt in Tegel. Verängstigt stand er an der roten Mauer, und als er sich losmachte und die 41 kam und mit ihm nach Berlin fuhr, da standen die Häuser nicht still, die Dächer wollten über Franz fallen, er mußte lange gehen und sitzen, bis alles um ihn ruhig war und er stark genug war, um hier zu bleiben und wieder anzufangen.

Jetzt ist er kraftlos. Das feste Haus kann er nicht mehr sehen. Aber siehe, wie er am Stettiner Bahnhof aussteigt, am Vorortbahnhof, und vor ihm das große Baltikumhotel liegt, bewegt – sich – nichts. Die Häuser halten still, die Dächer liegen fest, er kann sich ruhig unter ihnen bewegen, er braucht in keine dunklen Höfe zu kriechen. Ja, dieser Mann – wir wollen ihn Franz Karl Biberkopf nennen, um ihn von dem ersten zu unterscheiden, Franz hat bei der Taufe auch den zweiten Namen bekommen, nach seinem Großvater, dem Vater seiner Mutter –, dieser Mann geht jetzt langsam die Invalidenstraße rauf, an der Ackerstraße vorbei, nach der Brunnenstraße zu, an der gelben Markthalle vorbei, und sieht sich ruhig die Läden und Häuser an und wie die Menschen hier rumrennen, und lange habe ich das alles nicht gesehen, und jetzt bin ich wieder da. Biberkopf war lange weg. Jetzt ist Biberkopf wieder da. Euer Biberkopf ist wieder da.

Herankommen lassen, herankommen lassen die weiten Ebenen, die roten Ziegelhäuser, in denen Licht brennt. Herankommen lassen die frierenden Wanderer, die Säcke auf dem Rücken tragen. Es ist ein Wiedersehn, mehr als ein Wiedersehn.

Er setzt sich in der Brunnenstraße in eine Kneipe, nimmt eine Zeitung. Ob wo sein Name steht oder Miezens oder Herberts oder Reinholds? Nichts. Wo soll ich hingehn, wo werd ich hingehn? Eva, ich will Eva sehn.

Sie wohnt nicht mehr bei Herbert. Die Wirtin macht auf: Herbert ist verschütt gegangen, die Bullen haben all seine Sachen durchsucht, er ist nicht wiedergekommen, die Sachen stehen oben auf dem Boden, sollen sie verkloppt werden, ich werde mal fragen. Franz Karl trifft Evan im Westen in der

Wohnung von ihrem Gönner. Sie nimmt ihn auf. Sie nimmt den Franz Karl Biberkopf gern auf.

»Ja, Herbert ist verschütt gegangen, er hat zwei Jahre Knast gekriegt, ich tu für ihn, was ich kann, nach dir haben sie auch viel gefragt, erst in Tegel, und wat machst du, Franz?« »Mir gehts ganz gut, ich bin aus Buch raus, sie haben mir den Jagdschein gegeben.« »Ich habs neulich in der Zeitung gelesen.« »Was die noch alles zu schreiben haben. Aber ich bin schwach, Eva. Anstaltskost ist Anstaltskost.«

Eva sieht seinen Blick, einen stillen, dunklen, suchenden Blick, den hat sie noch nie an Franzen gesehn. Sie sagt von sich nichts, ihr ist ja auch was passiert, was ihn angeht, aber er ist sehr lahm, sie sucht ihm eine Stube, sie hilft ihm, er soll nichts tun. Er sagt selber, wie er in der Stube sitzt und sie gehen will: Nee, jetzt kann ick nichts tun.

Und was er dann tut? Er fängt langsam an, auf die Straße zu gehen, er geht in Berlin herum.

Berlin, 52 Grad 31 nördliche Breite, 13 Grad 25 östliche Länge, 20 Fernbahnhöfe, 121 Vorortbahn, 27 Ringbahn, 14 Stadtbahn, 7 Rangierbahn, Elektrische, Hochbahn, Autobus, es gibt nur a Kaiserstadt, es gibt nur a Wien. Frauensehnsucht in drei Worten, drei Worte schließen alles Sehnen der Frauen in sich ein. Stellen Sie sich vor, daß eine Neuyorker Firma ein neues kosmetisches Mittel ankündigt, das einer gelblichen Netzhaut jene frische bläuliche Farbe verleiht, die nur die Jugend hat. Die schönste Pupille vom tiefen Blau bis zum samtenen Braun kann man aus Tuben beziehen. Wozu so viel Geld für Pelzreinigung ausgeben.

Er geht durch die Stadt. Da sind viele Dinge, die einen gesund machen können, wenn nur das Herz gesund ist.

Zuerst der Alex. Den gibts noch immer. Zu sehen ist an dem nichts, war ja eine furchtbare Kälte den ganzen Winter, da haben sie nicht gearbeitet und alles stehen gelassen, wie es stand, die große Ramme steht jetzt am Georgenkirchplatz, da buddeln sie den Schutt vom Kaufhaus Hahn aus, viele Schienen haben sie da eingekloppt, vielleicht wirds ein Bahnhof.

Und auch sonst ist viel los am Alex, aber Hauptsache: er ist da. Und da laufen sie immer rüber, und es ist ein furchtbarer Dreck, denn der Magistrat von Berlin ist so vornehm und human und läßt den ganzen Schnee sich selber sachte peu à peu in Dreck auflösen, daß mir den keener anrührt. Wenn die Autos fahren, kannste in den nächsten Hausflur springen, sonst kriegste gratis eine Mülladung gegen den Zylinder und riskierst noch ne Klage wegen Mitnahme von öffentlichem Eigentum. Unser altes ›Mokka-fix‹ ist geschlossen, an der Ecke ist ein neues Lokal, heißt ›Mexiko‹, Weltsensation: der Küchenchef am Grill im Fenster, Indianerblockhaus, und um die Alexanderkaserne haben sie einen Bauzaun gemacht, wer weiß, was da los ist, da brechen sie Läden aus. Und die Elektrischen sind knüppeldick voll Menschen, die haben alle was zu tun, und der Fahrschein kostet noch immer 20 Pfennig, eine fünftel Reichsmark in bar; wenn man will, kann man auch 30 zahlen oder sich einen Fordwagen kaufen. Hochbahn fährt auch, da gibts keine erste und zweite Klasse, bloß nur dritte, da sitzen alle schön auf Polstern, wenn sie nicht stehen, was auch vorkommt. Eigenmächtiges Aussteigen auf der Strecke bei Strafe bis 150 Mark untersagt; wird man sich schwer hüten, auszusteigen, riskiert man ja einen elektrischen Schlag. Bewunderung ein Schuh erregt, der ständig mit Ägü gepflegt. Schnelles Ein- und Aussteigen erbeten, bei Andrang in den Mittelgang treten.

Das sind alles schöne Sachen, die einem Menschen auf die Beine helfen können, selbst wenn er ein bißchen schwach ist, wenn nur das Herz gesund ist. Nicht an der Tür stehen bleiben. Na, und gesund ist ja Franz Karl Biberkopf, wären alle nur so taktfest wie er. Würde sich auch gar nicht lohnen, von einem Mann eine so lange Geschichte zu erzählen, wenn er nicht mal fest auf den Beinen steht. Und als ein fliegender Buchhändler eines Tages bei schauerlichem Regenwetter auf der Straße stand und über seine schlechten Einnahmen wetterte, trat Cäsar Flaischlen an den Bücherkarren. Er hörte sich das Gewettere ruhig an, dann klopfte er dem Mann auf beide nasse Schultern und sagte: »Laß das Gewettere, hab

Sonne im Herzen«, so tröstete er ihn und verschwand. Dies war der Anlaß zu dem berühmten Sonnengedicht. Solche Sonne, eine andere freilich, hat auch Biberkopf in sich, und ein Gläschen Schnaps dazu und viel Malzextrakt in die Suppe gerührt, das bringt ihn langsam auf den Damm. Mit diesen Zeilen erlaube ich mir auch, Ihnen einen Anteil von einem ausgezeichneten Fuder 1925er Trabener Würzgarten anzubieten zum Vorzugspreise von Mark 90 für 50 Flaschen einschließlich Emballage ab hier, oder 1,60 Mark pro Flasche ohne Glas und Kiste, die ich zum berechneten Preis zurücknehme. Dijodyl bei Arteriosklerose. Biberkopf hat keine Arteriosklerose, er fühlt sich nur noch schwach, er hat ja unbändig gefastet in Buch, das ging bis dicht an den Hungertod, und da braucht es Zeit, bis sich einer auffüllt. Darum braucht er auch keinen Magnetopathen aufzusuchen, wohin ihn Eva schicken will, weil er ihr mal geholfen hat.

Und wie Eva nach einer Woche mal mit ihm auf Miezes Grab geht, bekommt sie gleich Stoff, sich zu wundern, und merkt, wie es ihm besser geht. Nichts von Weinen, bloß eine Handvoll Tulpen legt er hin, streichelt das Kreuz, und schon nimmt er Evan untern Arm und ab mit ihr.

Gegenüber sitzt er mit ihr in der Konditorei, ißt Bienenstich, Mieze zu Ehren, weil die davon nicht genug haben konnte, schmeckt wirklich ganz gut, aber zu berühmt auch nicht. Nun wären wir also bei unsere kleine Mieze gewesen, und zuviel soll man nich auf Kirchhöfe gehen, da erkältet man sich, vielleicht nächstes Jahr wieder, wenn sie Geburtstag hat. Siehste, Eva, ich habs nicht nötig, kannst mir glauben, zu Mieze zu laufen, für mich ist die auch ohne Friedhof da, und Reinhold auch, ja Reinhold, den vergesse ich nich, und wenn mir auch der Arm wieder anwächst, den vergeß ich nich. Gibt schon Sachen, da muß man ein Haufen Klamotten sein und kein Mensch, wenn man die vergißt. So redet Biberkopf mit der Eva und ißt Bienenstich.

Seine Freundin wollte Eva früher werden, aber jetzt, jetzt will sie selbst nicht mehr. Die Sache mit Mieze und dann das

Irrenhaus, das war ihr zu viel, so gut sie ihm ist. Und das Kleine, das sie von ihm erwartet hatte, ist auch nicht gekommen, sie hat gekippt, es wär so schön gewesen, es hat nicht sollen sein, aber schließlich ist es auch das Beste und besonders, wo Herbert nicht da ist, und ihrem Gönner ist es auch zehnmal lieber, sie hat kein Kleines, denn schließlich ist es dem guten Mann klar geworden, das Kleine könnte auch von einem andern sein, kann man ihm nicht übelnehmen.

So sitzen sie ruhig nebeneinander und denken rückwärts und vorwärts, essen Bienenstich und einen Mohrenkopf mit Schlagsahne.

Und Schritt gefaßt und rechts und links und rechts und links

Wir sehen den Mann noch bei dem Prozeß gegen Reinhold und den Klempner Matter, beziehungsweise Oskar Fischer, wegen Mord, beziehungsweise Begünstigung, an der Emilie Parsunke aus Bernau am 1. September 1928 in Freienwalde bei Berlin. Biberkopf ist nicht angeklagt. Der einarmige Mann erweckt allgemein Interesse, großes Aufsehen, Mord an seiner Geliebten, das Liebesleben in der Unterwelt, er war nach ihrem Tode geistig erkrankt, stand im Verdacht der Mittäterschaft, tragisches Schicksal.

In der Verhandlung sagt der einarmige Mann aus, der, wie die Gutachten sagen, jetzt wieder ganz hergestellt und vernehmungsfähig ist: Die Tote, er nennt sie Mieze, hat kein Verhältnis mit Reinhold gehabt, Reinhold und er waren gut befreundet, aber Reinhold hat eine furchtbare, unnatürliche Sucht nach Frauen gehabt, und so ist das gekommen. Ob Reinhold Sadist von Anlage war, weiß er nicht. Er vermutet, Mieze wird sich dem Reinhold in Freienwalde widersetzt haben, und da hat er es in seiner Wut getan. Wissen Sie was von seiner Jugend? Nein, da habe ich ihn nicht gekannt. Erzählt hat er Ihnen auch nichts? Hat er getrunken? Ja, damit ist es so: früher hat er nicht getrunken, aber zuletzt hat er damit angefangen, wieviel, weiß er nicht, früher konnte er nicht einen Schluck Bier vertragen, nur immer Brause und Kaffee.

Weiter kriegen sie kein Wort über Reinhold vom Biberkopf raus. Nichts von seinem Arm, nichts von ihrem Streit, von ihrem Kampf, ich hätte es nicht sollen, ich hätt mich mit dem nicht einlassen sollen. Im Zuschauerraum sitzt Eva und mehrere von den Pumsleuten. Reinhold und Biberkopf fixieren sich. Kein Mitleid hat der Einarmige mit dem auf der Anklagebank zwischen den beiden Wachtmeistern, dem es an den Kragen geht, nur eine merkwürdige Anhänglichkeit. Ich hatt einen Kameraden, einen bessern gibt es nicht. Ich muß ihn ansehen und immer ansehen, es ist mir nichts wichtiger als dich ansehen. Die Welt ist aus Zucker und Dreck gemacht, ich kann dich ruhig und ohne zu plinkern ansehn, ich weiß, wer du bist, ich treffe dich hier, mein Junge, auf der Anklagebank, draußen treffe ich dich noch tausendmal, aber davon wird mir das Herz noch lange nicht zu Stein.

Reinhold hat vor, wenn ihm irgend was in die Quere kommt bei der Verhandlung, die ganze Pumsindustrie bloßzustellen, er will sie alle reinlegen, wenn sie ihn reizen, er hat das in der Hinterhand besonders für den Fall, daß Biberkopf sich vor dem Richter dicktun will, dieser Hund, wegen dem alles gekommen ist. Dann sitzen aber da im Zuschauerraum die Pumsleute auf den Bänken, das ist die Eva, das sind ein paar Kriminalbeamte, die Bullen kennen wir. Und da wird er ruhiger, zögert und überlegt sich. Man ist auf seine Freunde angewiesen, mal kommt man doch raus, und drin braucht man sie auch, und den Bullen machen wir schon lange keine Freude. Und dann benimmt sich der Biberkopf merkwürdig anständig. Der soll ja in Buch gesessen haben. Komisch, wie sich der Dussel verändert hat, komischer Blick, als wenn er die Augen nicht drehn kann, sind ihm wohl eingerostet in Buch, und so langsam spricht er. Bei dem haperts oben noch immer. Biberkopf weiß, als Reinhold nichts aussagt, daß er dem nichts zu danken hat.

Zehn Jahre Zuchthaus für Reinhold, Totschlag im Affekt,

Alkohol, triebhafter Charakter, verwahrloste Jugend. Reinhold nimmt die Strafe an.

Im Zuschauerraum schreit jemand auf bei der Urteilsverkündigung und schluchzt dann laut. Es ist Eva, der Gedanke an Mieze hat sie überwältigt. Biberkopf dreht sich auf der Zeugenbank um, wie er sie hört. Dann sackt er auch schwer in sich zusammen und hält sich die Hand vor die Stirn. Es ist ein Schnitter, der heißt Tod, ich bin deine, lieblich ist sie zu dir gekommen, hat dich beschützt, und du, Schande, schrei Schande.

Dem Biberkopf wird gleich nach dem Prozeß eine Stelle als Hilfsportier in einer mittleren Fabrik angeboten. Er nimmt an. Weiter ist hier von seinem Leben nichts zu berichten.

Wir sind am Ende dieser Geschichte. Sie ist lang geworden, aber sie mußte sich dehnen und immer mehr dehnen, bis sie jenen Höhepunkt erreichte, den Umschlagspunkt, von dem erst Licht auf das Ganze fällt.

Wir sind eine dunkle Allee gegangen, keine Laterne brannte zuerst, man wußte nur, hier geht es lang, allmählich wird es heller und heller, zuletzt hängt da die Laterne, und dann liest man endlich unter ihr das Straßenschild. Es war ein Enthüllungsprozeß besonderer Art. Franz Biberkopf ging nicht die Straße wie wir. Er rannte drauflos, diese dunkle Straße, er stieß sich an Bäume, und je mehr er ins Laufen kam, um so mehr stieß er an Bäume. Es war schon dunkel, und wie er an Bäume stieß, preßte er entsetzt die Augen zu. Und je mehr er sich stieß, immer entsetzter klemmte er die Augen zu. Mit zerlöchertem Kopf, kaum noch bei Sinnen, kam er schließlich doch an. Wie er hinfiel, machte er die Augen auf. Da brannte die Laterne hell über ihm, und das Schild war zu lesen.

Er steht zum Schluß als Hilfsportier in einer mittleren Fabrik. Er steht nicht mehr allein am Alexanderplatz. Es sind welche rechts von ihm und links von ihm, und vor ihm gehen welche, und hinter ihm gehen welche.

Viel Unglück kommt davon, wenn man allein geht. Wenn

mehrere sind, ist es schon anders. Man muß sich gewöhnen, auf andere zu hören, denn was andere sagen, geht mich auch an. Da merke ich, wer ich bin und was ich mir vornehmen kann. Es wird überall herum um mich meine Schlacht geschlagen, ich muß aufpassen, ehe ich es merke, komm ich ran.

Er ist Hilfsportier in einer Fabrik. Was ist denn das Schicksal? Eins ist stärker als ich. Wenn wir zwei sind, ist es schon schwerer, stärker zu sein als ich. Wenn wir zehn sind, noch schwerer. Und wenn wir tausend sind und eine Million, dann ist es ganz schwer.

Aber es ist auch schöner und besser, mit andern zu sein. Da fühle ich und weiß ich alles noch einmal so gut. Ein Schiff liegt nicht fest ohne großen Anker, und ein Mensch kann nicht sein ohne viele andere Menschen. Was wahr und falsch ist, werd ich jetzt besser wissen. Ich bin schon einmal auf ein Wort reingefallen, ich habe es bitter bezahlen müssen, nochmal passiert das dem Biberkopf nicht. Da rollen die Worte auf einen an, man muß sich vorsehen, daß man nicht überfahren wird, paßt du nicht auf auf den Autobus, fährt er dich zu Appelmus. Ich schwör sobald auf nichts in der Welt. Lieb Vaterland, kannst ruhig sein, ich hab die Augen auf und fall so bald nicht rein.

Sie marschieren oft mit Fahnen und Musik und Gesang an seinem Fenster vorbei, Biberkopf sieht kühl zu seiner Türe raus und bleibt noch lange ruhig zu Haus. Halt das Maul und fasse Schritt, marschiere mit uns andern mit. Wenn ich marschieren soll, muß ich das nachher mit dem Kopf bezahlen, was andere sich ausgedacht haben. Darum rechne ich erst alles nach, und wenn es so weit ist und mir paßt, werde ich mich danach richten. Dem Mensch ist gegeben die Vernunft, die Ochsen bilden statt dessen eine Zunft.

Biberkopf tut seine Arbeit als Hilfsportier, nimmt die Nummern ab, kontrolliert Wagen, sieht, wer rein- und rauskommt.

Wach sein, wach sein, es geht was vor in der Welt. Die Welt ist nicht aus Zucker gemacht. Wenn sie Gasbomben werfen, muß ich ersticken, man weiß nicht, warum sie geschmissen haben, aber darauf kommts nicht an, man hat Zeit gehabt, sich drum zu kümmern.

Wenn Krieg ist, und sie ziehen mich ein, und ich weiß nicht warum, und der Krieg ist auch ohne mich da, so bin ich schuld, und mir geschieht recht. Wach sein, wach sein, man ist nicht allein. Die Luft kann hageln und regnen, dagegen kann man sich nicht wehren, aber gegen vieles andere kann man sich wehren. Da werde ich nicht mehr schrein wie früher: das Schicksal, das Schicksal. Das muß man nicht als Schicksal verehren, man muß es ansehen, anfassen und zerstören.

Wach sein, Augen auf, aufgepaßt, tausend gehören zusammen, wer nicht aufwacht, wird ausgelacht oder zur Strecke gebracht.

Die Trommel wirbelt hinter ihm. Marschieren, marschieren. Wir ziehen in den Krieg mit festem Schritt, es gehen mit uns hundert Spielleute mit, Morgenrot, Abendrot, leuchtest uns zum frühen Tod.

Biberkopf ist ein kleiner Arbeiter. Wir wissen, was wir wissen, wir habens teuer bezahlen müssen.

Es geht in die Freiheit, die Freiheit hinein, die alte Welt muß stürzen, wach auf, die Morgenluft.

Und Schritt gefaßt und rechts und links und rechts und links, marschieren, marschieren, wir ziehen in den Krieg, es ziehen mit uns hundert Spielleute mit, sie trommeln und pfeifen, widebum widebum, dem einen gehts grade, dem andern gehts krumm, der eine bleibt stehen, der andere fällt um, der eine rennt weiter, der andere liegt stumm, widebum widebum.

Ende

Mein Buch ›Berlin Alexanderplatz‹ 1932

Der Lesezirkel hat mich eingeladen, an einem seiner Abende über die Entstehung und den Stil meines 1929 erschienenen epischen Werks ›Berlin Alexanderplatz‹ zu sprechen und Stellung zu nehmen zu den kritischen Äußerungen zu dem Buch, die in der Presse laut geworden sind. Ich habe angenommen und folge auch gerne dem Wunsch, meinem Vortrag einige Worte vorauszuschicken.

Es wäre eine lange Geschichte zu erzählen, wie ich zum Stoff und zu dem Grundmotiv des Buches kam. Hier will ich nur sagen: mein ärztlicher Beruf hat mich viel mit Kriminellen zusammengebracht. Ich hatte auch vor Jahren eine Beobachtungsstation für Kriminelle. Von da kam manches Interessante und Sagenswerte. Und wenn ich diesen Menschen und vielen ähnlichen da draußen begegnete, so hatte ich ein eigentümliches Bild von dieser unserer Gesellschaft: wie es da keine so straffe formulierbare Grenze zwischen Kriminellen und Nichtkriminellen gibt, wie an allen möglichen Stellen die Gesellschaft – oder besser das, was ich sah – von Kriminalität unterwühlt war. Schon das war eine eigentümliche Perspektive.

Dann etwas anderes. Ich kenne den Berliner Osten seit Jahrzehnten, weil ich hier aufgewachsen bin, zur Schule ging, später auch hier meine Praxis begann. Während ich früher sehr viel von der Phantasie hielt, und zwar von einer möglichst schrankenlosen Phantasie, wurde im letzten Jahrzehnt der Blick, eigentlich mehr die Aufmerksamkeit, für meine eigene Umgebung und für die Landschaft, in der ich mich bewegte, den Berliner Osten, geschärft. Hier sah ich nun einen interessanten und so überaus wahren und noch nicht ausgeschriebenen Schlag von Menschen. Ich habe diesen

Menschenschlag zu den verschiedensten Zeiten und in den verschiedensten Lagen beobachten können, und zwar beobachten in der Weise, die die einzig wahre ist, nämlich indem man mitlebt, mithandelt, mitleidet. Ich habe den Frieden hier gesehen, im Krieg sah ich sie gelegentlich, wenn ich auf Urlaub kam, und dann war ich wieder mitten zwischen ihnen beim Spartakusaufstand 1919, in der Inflation und in der Folgezeit. Wie ich die Menschen sah, davon gibt das Buch eine Probe.

Ich habe weiter eine philosophische, ja metaphysische Linie zu berühren. Jedem meiner größeren epischen Werke geht eine geistige Fundamentierung voraus. Das epische Werk ist in einer künstlerischen Form, möchte ich sagen, die Weiterführung und Konkretisierung, auch die Erprobung der bei der geistigen Vorarbeit erreichten Gedankenposition. So daß in der Regel am Schluß solchen epischen Werkes meine Gedankenposition bereits wieder überwunden und erschüttert ist. Es beginnt mit einer Sicherheit und endet mit einer neuen Frage. Hier nun, als grundbetont und Fundament des Buches ›Alexanderplatz‹, lautet meine Position so, und ich habe sie in der vorangegangenen naturphilosophischen Schrift ›Das Ich über der Natur‹ dargelegt: Diese Welt ist eine Welt zweier Götter. Es ist eine Welt des Aufbaus und des Zerfalls zugleich. In der Zeitlichkeit erfolgt diese Auseinandersetzung, und wir sind daran beteiligt. Jetzt erfolgt der Anschluß dieser philosophischen Gedankenreihe an die frühere von der Kriminalität. Die Gesellschaft ist von Kriminalität unterwühlt, so sagte ich. Was heißt das? Es ist Ordnung und Auflösung da. Aber es ist nicht wahr, daß die Ordnung, ja auch nur die Form und die Existenz real wäre ohne die Auflösungsneigung und die faktische Zerstörung. Da geht denn also in dem Buch ›Berlin Alexanderplatz‹ Franz Biberkopf aus dem Gefängnis. Er ist von Natur gut, was man so nennt, und obendrein ist er ein gebranntes Kind und fürchtet das Feuer. Und wie er in die Welt geht, siehe da, er will anständig sein, er will die Gesetze dieser Welt, wie er sie sich denkt, ehrlich und treu ausführen, – und – es – geht nicht! Es geht nicht. Schlag um Schlag fällt auf ihn nieder und erledigt den Mann; ich könnte auch sagen, erledigt diese Gedankenposition.

Vom Stil des Buches und den kritischen Auseinandersetzungen nur ein paar Bemerkungen. Immer wieder, besonders jetzt nach Erscheinen der englischen und amerikanischen Übersetzung, weist man auf Joyce hin. Aber ich habe Joyce nicht gekannt, als ich das erste Viertel des Buches schrieb. Später hat mich ja sein Werk, wie ich auch öfter gesagt und geschrieben habe, entzückt, und es war ein guter Wind in meinen Segeln. Dieselbe Zeit kann unabhängig voneinander Ähnliches, ja Gleiches an verschiedenen Stellen erzeugen. Das ist nicht weiter schwer verständlich. Die Kritik hat das Buch teils sehr erhoben, teils halb erhoben und etwas beschimpft, teils nicht erhoben und wütend beschimpft. Sie haben alle recht. Besonders die, die das Buch beschimpft haben und noch weiter beschimpfen, bitte ich, mich in ihr Herz zu schließen, denn ich verdiene es [sowohl das Beschimpftwerden, wie das Insherzschließen]. Näheres mündlich!

Nachwort zu einem Neudruck 1955

Ich kam damals sozusagen frisch aus Indien, damals, um die Mitte der Zwanzigerjahre. Ich kam aus Indien, d. h.: Ein indisches Thema hatte mich eine Zeitlang beschäftigt, das in dem epischen Werk ›Manas‹ seinen Niederschlag fand.

Wie rätselhaft: Da hatte ich mein ganzes Leben im Berliner Osten zugebracht, hatte die Berliner Gemeindeschule besucht, war aktiver Sozialist, übte eine kassenärztliche Praxis aus -- und schrieb von China, vom Dreißigjährigen Krieg und Wallenstein und zuletzt gar von einem mythischen und mystischen Indien. Man setzte mir zu. Ich hatte nicht absichtlich Berlin den Rücken gekehrt, es kam nur so, es ließ sich so besser fabulieren. Nun denn, ich konnte auch anders. Man kann auch von Berlin schreiben, ohne Zola zu imitieren.

Und woran ich jetzt ging, nach dem indischen ›Manas‹, das war Manas auf berlinisch. Ich hatte keinen besonderen Stoff, aber das große Berlin umgab mich, und ich kannte den einzelnen Berliner, und so schrieb ich wie immer ohne Plan, ohne Richtlinien darauflos, ich konstruierte keine Fabel; die Linie war: das Schicksal, die Bewegung eines bisher gescheiterten Mannes.

Ich konnte mich auf die Sprache verlassen: die gesprochene Berliner Sprache; aus ihr konnte ich schöpfen, und die Schicksale, die ich gesehen und miterlebt hatte, und meines dazu garantierten mir sichere Fahrt.

Wenn im indischen ›Manas‹ im Beginn der Held, der arme Held, sein Schicksal beklagt und sich ins Reich der Toten stürzt, zu einem neuen Leben, so sah ich jetzt einen Gelegenheitsmörder, einen bestraften Totschläger, das Gefängnis verlassen und begleitete ihn auf seinem Weg in die Stadt zurück. Was hat man später als Vorbild oder Anregung konstruiert! Ich soll den irischen Joyce imitiert haben. Ich habe nicht nötig, irgend jemanden zu imitieren. Die lebende Sprache, die mich umgibt, ist mir genug, und meine Vergangenheit liefert mir alles erdenkliche Material. Der einfache Berliner Transportarbeiter Franz Biberkopf, er redete als Berliner, war ein Mensch und hatte die Art, die Tugenden und Laster eines Menschen. Da dachte er nun, eben aus der Zelle kommend, es ließe sich frisch, fröhlich, frei ein neues Leben beginnen.

Aber da hatte sich draußen nichts verändert, und er selber war der gleiche geblieben. Wie sollte da ein neues Resultat entstehen? Offenbar nur, indem einer von den beiden zerstört wurde, entweder Berlin oder Franz Biberkopf. Und da Berlin blieb, was es war, so fiel es dem Bestraften zu, sich zu verändern. Das innere Thema also lautet: Es heißt opfern, sich selbst zum Opfer bringen. Und früh sprießen in dem Buch auch für den, der lesen kann, die Opferthemen auf: Seinen einzigen Sohn soll der biblische Abraham dem höchsten Gott opfern, wir werden auf den Schlachthof im Osten der Stadt geführt und wohnen dem Tod von Tieren bei.

Franz Biberkopf wollte das ›Gute‹, aber was war das mehr als ein Wort? Ich lasse ihn nun Spießruten laufen, es gibt ein Malheur nach dem andern: Biberkopf auf der Jagd nach dem Guten, eine Jagd mit geschlossenen Augen, dabei hatte er ein rasendes Pferd unter sich, wann werden die beiden, Roß und Reiter, sich den Hals brechen? Sie scheinen sich am Schluß den Hals gebrochen zu haben. Aber als Franz im Irrenhaus gelandet ist, hat sich dennoch etwas in ihm gewendet. Das Opfer ist lautlos vollzogen. Er steht, wie es am Schluß heißt, als Fabrikportier da, lebend aber ramponiert, das Leben hat ihn mächtig angefaßt.

Dies Buch, von den beiden liberalen Hauptzeitungen Berlins für den Vorabdruck abgelehnt, wurde von der alten ›Frankfurter Zeitung‹ vorabgedruckt und erregte schon damals einiges Aufsehen. Nach dem Erscheinen erwies sich ›Berlin Alexanderplatz‹ als Bestseller, es folgten Auflagen auf Auflagen, mehr oder weniger gute Übersetzungen.

Und wenn man meinen Namen nannte, so fügte man ›Berlin Alexanderplatz‹ hinzu. Aber mein Weg war noch lange nicht beendet.

Höchenschwand [Schwarzwald],
am 31.7.1955 Alfred Döblin

ANHANG

NACHWORT

Im selben Jahr 1929, in dem Alfred Döblins Roman *Berlin Alexanderplatz* erschien, hatte Thomas Mann den Nobelpreis für Literatur erhalten und war deswegen gebeten worden, zu dem Katalog *Utländska Böcker*, der in Stockholm von »Fritzes Hovbokhandel« jährlich herausgegeben wurde, ein Vorwort zu schreiben und einige besonders interessante Autoren und Bücher vorzustellen. Thomas Mann nutzte die Gelegenheit, um auf die 1926 erfolgte Einrichtung einer Sektion für Dichtkunst innerhalb der Preußischen Akademie der Künste zu Berlin hinzuweisen. Er tat dies, weil er in der Einrichtung einer ›Dichterakademie‹ eine beachtliche Aufwertung der Literatur in Deutschland sah, aber auch, weil nicht weniger als sieben von den zwölf Autoren, die er vorzustellen gedachte, dieser Akademie angehörten. An erster Stelle führte Thomas Mann Alfred Döblin an, und was er über ihn sagte, wurde – trotz der gebotenen Kürze – zu einer bemerkenswerten Eloge auf Döblin. Thomas Mann schrieb:

»Ich mache den Anfang mit Alfred Döblin, dessen Roman *Berlin Alexanderplatz* soeben das größte Aufsehen erregt. Dieser Schriftsteller ist kraft seiner kecken und scharfen künstlerischen Intelligenz, seines hohen Ehrgeizes, seiner Lebensnähe und einer Gestaltungskraft, die original blieb, indem sie zu lernen verstand, im Begriffe, an die Spitze der geistigen Bewegung Deutschlands zu treten. Nach mehreren großartigen epischen Experimenten, dem chinesischen Roman *Die drei Sprünge des Wang-lun*, einem Wallenstein-Roman, dem Zukunftsroman *Berge, Meere und Giganten* und dem indischen Versepos *Manas* hat der Dichter jetzt ganz sich selbst gefunden, indem er die Erfahrung seines Lebens als Armenarzt im Berliner Osten zu seinem Stoff macht. Der Raum verbietet mir, auf das nach seinen künstlerischen Mitteln aufregend interessante Werk, das ich vorhin beim Namen nannte, näher einzugehen, aber ich bekenne, daß ich in Bewunderung stehe vor diesem großartig gelungenen Versuch, die proletarische Wirklichkeit unserer Zeit in die Sphäre des Epischen zu erheben.«[1]

Bemerkenswert ist diese Eloge nicht nur wegen der Prägnanz, mit der sie Döblin charakterisiert und würdigt, sondern auch wegen der kaum mehr zu überbietenden Aufwertung des Autors Döblin, die sich in ihr artikuliert. Eine so uneingeschränkte Wertschätzung hatte Döblin ja nicht immer genossen. Als 1926 die eingangs genannte ›Dichterakademie‹ eingerichtet wurde, gab es noch entschiedene Vorbehalte gegen eine Mitgliedschaft Döblins. Thomas Mann, der in den Gründungsausschuß berufen worden war und weitere Mitglieder mitauszuwählen hatte, schrieb später, am 3. Dezember 1926, an den ersten Präsidenten, Wilhelm von Scholz, der nun die weitere Ergänzung der Sektion zu betreiben hatte: »Auf meiner Privatliste stand z. B. der Name Alfred Döblins, der, soweit der Rang seines Künstlertums in Frage kommt, durchaus zur Akademie gehören würde. Einzig Bedenken gegen seine gesellschaftliche Person haben uns veranlaßt, ihn zurückzustellen, aber ich meine auch heute noch, man müßte es seiner eigenen Entscheidung überlassen, ob er eintreten will oder nicht, und sich jedenfalls mit einer Anfrage an ihn wenden.«[2]

Schon 1926 war also deutlich gewesen, daß man in Alfred Döblin eine beachtliche dichterische Potenz zu sehen hatte, doch hatten die nicht näher erläuterten »Bedenken gegen seine gesellschaftliche Person«, die wohl nicht Thomas Mann allein zuzuschreiben sind, die Anerkennung seines Rangs durch die unverzügliche Wahl in die Akademie verhindert. Erst bei einer weiteren Zuwahl wurde Döblin am 10. Januar 1928 in die Akademie gewählt, und auch da erst durch Stichwahl.[3] Jene »Bedenken gegen seine gesellschaftliche Person« waren offensichtlich immer noch virulent, und kurz vor der Wahl hatte der bereits 1926 aufgenommene Erwin Guido Kolbenheyer, der sich bald dem Nationalsozialismus anschließen sollte, mehrfach darum gebeten, die Sektion möge doch nur »solche Persönlichkeiten neu aufnehmen, deren Kunst nicht die in internationalem Ansehen stehenden Merkmale enthalte, dafür aber das deutsche Wesen rein zum Ausdruck bringe«.[4] Das war in jedem Fall auch ein Votum gegen die Wahl Döblins, der von jüdischer Herkunft war, politisch eine linksliberale Position einnahm[5] und künstlerisch ein Vertreter der internationalen Moderne war. Daß er dann doch gewählt wurde, und zwar von einem deutlich konservativen Gremium[6], beweist einmal mehr seinen künstlerischen Rang, den Thomas Mann ja schon 1926 als schwer übergehbar bezeichnet hatte und dem nun, rechtzeitig vor Döblins fünfzigstem Geburtstag am 10. August 1928, die gebührende Anerkennung zuteil wurde.

Bevor der drei Jahre ältere Thomas Mann sich jedoch veranlaßt sah, festzustellen, daß Döblin »im Begriffe« sei, »an die Spitze der geistigen Bewegung Deutschlands zu treten«, bedurfte es freilich noch einer besonderen Demonstration der künstlerischen und – umfassender – intellektuellen oder »geistigen« Kompetenz im Hinblick auf die Probleme der Zeit. Diese ist in erster Linie in dem Roman *Berlin Alexanderplatz* zu sehen, daneben aber auch in einigen Schriften, in denen Döblin sich als ein Zeitgenosse zeigte, der eine besondere Sensibilität für die sozialen und geistigen Probleme der Zeit mit dem Mut zur unvoreingenommenen Analyse und zum konzeptionellen Denken verband. Da diese Schriften nicht nur den Verfasser von *Berlin Alexanderplatz* in Erscheinung treten lassen, sondern auch die sozialen und intellektuellen Voraussetzungen und Implikationen dieses Romans deutlicher werden lassen, sei ihnen zunächst einige Aufmerksamkeit gewidmet. Es handelt sich dabei um die autobiographische Schrift *Erster Rückblick*, um die natur- und existenzphilosophischen Schriften *Das Ich über der Natur* und *Unser Dasein* und schließlich um die poetologische Schrift *Der Bau des epischen Werks*.

Die autobiographische Schrift *Erster Rückblick* ist – parallel zu den ersten Teilen von *Berlin Alexanderplatz* – in den ersten Monaten des Jahres 1928 entstanden und im Rahmen der Festschrift *Alfred Döblin. Im Buch – Zu Haus – Auf der Straße* zu Döblins fünfzigstem Geburtstag am 10. August 1928 erschienen.[7] Sie profiliert den Autor von *Berlin Alexanderplatz* als einen Menschen, der seit vierzig Jahren im Viertel um den Alexanderplatz lebte, seit zehn Jahren in seiner Nähe eine kassenärztliche Praxis hatte, die Menschen dieser Gegend und ihr Leben aus vielfältiger Erfahrung kannte und sich unter ihnen zu Hause fühlte: »Ich bin hier zu Haus und es geht mir gut, es geht mir vorzüglich«, sagt er zu Beginn des *Ersten Rückblicks*, und fügt noch vitalistisch-salopp hinzu: »Ich bin eine Kröte und kröte hier vergnügt herum.«[8]

Die Vita, die zu diesem bemerkenswerten Bekenntnis zum Alexanderplatzviertel führte, ist rasch rekapituliert[9]: Alfred Döblin wurde am 10. August 1878 als viertes und vorletztes Kind jüdischer Eltern in Stettin geboren. Sein Vater, Max Döblin, der musisch vielfach begabt war, betrieb, nachdem er mit einem Konfektionsgeschäft gescheitert war, eine Zuschneiderstube mit mehreren Angestellten. Im Jahr 1888, kurz nach Alfred Döblins Wechsel von der Vorschule ins Gymnasium, verließ er die Familie mit einer zwanzig Jahre jüngeren »Schneidermamsell«. Seine Frau, Sophie Döblin, zog danach mit ihren fünf Kindern nach Berlin, wo es ihre Brüder zu einigem Wohlstand gebracht hatten. Von da an lebte Döblin, von kurzen Unterbrechungen abgesehen, in der Gegend um den Alexanderplatz. Ab 1891 konnte er das Köllnische Gymnasium besuchen, in dem er 1900, nach zweimaligem Sitzenbleiben, mit zweiundzwanzig Jahren das Abitur ablegte; die in den *Ersten Rückblick* eingefügte *Gespenstersonate* reflektiert diese Leidenszeit.

Schon während der Gymnasialzeit beschäftigte sich Döblin intensiv mit Literatur und Philosophie. Ab Mitte der neunziger Jahre begann er zu schreiben. Die früheste literarische Arbeit, die erhalten ist, stammt aus dem Jahr 1896. Sie trägt den Titel *Modern. Ein Bild aus der Gegenwart*[10] und behandelt – in einer durchaus originellen Mischung aus sensibler Milieuschilderung, sozialkritischem Traktat und kolportageartiger Erzählung – das Schicksal einer jungen »Näherin« namens Berta, die im Zuge der Industrialisierung vom Land in die Großstadt Berlin kommt, keine Arbeit findet und, um der Prostitution zu entgehen, ins Wasser flüchtet. Der Text ist eine Schreibübung, die in ihrer sprachlichen Exaltiertheit noch weit von einem Kunstwerk entfernt ist, aber durch Thematik und Darstellungsweise auf *Berlin Alexanderplatz* vorausweist und vor allem erkennen läßt, mit welcher Sensibilität schon der junge Döblin die Probleme der Menschen um den Alexanderplatz registrierte und bedachte.

Kurz nach dem Abitur schloß Döblin einen ersten Roman ab, der allerdings unveröffentlicht blieb, und begann im Oktober 1900 an der Königlichen Friedrich-Wilhelms-Universität zu Berlin Medizin zu studieren. Motiviert war dieses Studium zum einen durch den Wunsch der Familie, die sich ein baldiges und gutes Einkommen erhoffte, zum andern aber auch durch die Meinung Döblins, im Medizinstudium am ehesten Aufschluß über das Wesen des Menschen erhalten zu können. Neben den medizinischen Veranstaltungen besuchte er auch philosophische und literaturhistorische Vorlesungen, arbeitete an einem zweiten Roman, schrieb kleine philosophische Abhandlungen und begann, sich in literarischen Kreisen zu bewegen; viele der avantgardistischen Literaten, die um 1910 den Expressionismus ausriefen, gehörten seit 1904/05 zu Döblins Bekannten.

Im Sommersemester 1904 wechselte Döblin von Berlin nach Freiburg i. Br., um sein Studium an der Albert-Ludwigs-Universität abzuschließen. Im November 1904 begann er in der Psychiatrischen Klinik mit Studien für seine Doktorarbeit, die im April 1905 abgeschlossen wurde und noch im selben Jahr unter dem Titel *Gedächtnisstörungen bei der Korsakoffschen Psychose* gedruckt wurde. Die Korsakoffsche Psychose ist, wie Döblin ausführt, ein »chronisches Alkoholdelir«, das mit Gedächtnisstörungen, Fehlerinnerungen, Desorientierung, paranoiden Wahnbildungen und apathischen Zuständen verbunden ist.[11] Manches davon kann für den zeitweilig stark dem Alkohol verfallenen Protagonisten von *Berlin Alexanderplatz* geltend gemacht werden.

Ab 1904/05 bewegte sich Döblin gewissermaßen auf zwei Gleisen. In Regensburg und in Berlin vertiefte er seine nervenärztliche Ausbildung, vom 8. Oktober 1906 bis zum 14. Juni 1908 in jener nördlich vom Alexanderplatz vor der Stadt gelegenen Anstalt Buch, die am Ende von *Berlin Alexanderplatz* den wahnkranken Protagonisten für eine Weile aufnehmen wird. Gleichzeitig schrieb er eine Reihe von Erzählungen, die ab 1908 erschienen. Mit ihnen und mit verschiedenen poetologischen Beiträgen wurde Döblin zu einem wichtigen Mitarbeiter der expressionistischen Zeitschrift *Der Sturm* und zu einer prominenten Figur der avantgardistischen Berliner Literaturbewegung.

Am 13. Februar 1911 verlobte sich Döblin mit der jüdischen Medizinstudentin Erna Reiss. Im Oktober desselben Jahres eröffnete er eine Kassenpraxis im Berliner Südwesten, zunächst als Arzt und Geburtshelfer, später (und seiner Ausbildung entsprechend) als Internist und Nervenarzt. Am 23. Januar 1912 heiratete Döblin Erna Reiss, obwohl inzwischen eine Krankenschwester ein Kind von ihm bekommen hatte. Im Herbst 1914, nach dem Ausbruch des Ersten Weltkriegs, meldete er sich freiwillig für den ärztlichen Einsatz in Belgien und Frankreich, um der finanziell nachteiligen Einberufung zuvorzukommen. Von 1915 bis zum Kriegsende im November 1918 war er in den Lazaretten von Saargemünd und Hagenau tätig. Im November 1918 kehrte Döblin mit einem Lazarettzug nach Berlin zurück, beobachtete und kommentierte in zeitkritischen Essays die Revolution. Im Januar 1919 nahm er in der Frankfurter Allee 340, die vom Alexanderplatz nach Osten führt, eine Wohnung und eröffnete dort auch seine Praxis als »Spezialarzt für Innere und Nervenkrankheiten«. Diese Wohnung blieb Döblins Lebens- und Wirkungsstätte bis zum Januar 1931; in ihr entstand das gattungsmäßig und thematisch vielfältige Werk der zwanziger Jahre; sie war häufig Treffpunkt renommierter Literaten und Ausgangspunkt vieler literaturpolitischer Aktivitäten, die Döblin anregte oder unterstützte: 1924 wurde Döblin Erster Vorsitzender des ›Schutzverbandes Deutscher Schriftsteller‹; ab 1925 gehörte er zu den führenden Mitgliedern der ›Gruppe 1925‹, die – bis zur Gründung des ›Bundes der proletarisch-revolutionären Schriftsteller‹ im Oktober 1928 – als zwangloser Zusammenschluß linksbürgerlicher und kommunistischer Schriftsteller fungierte, eine dezidiert moderne Position vertrat und kulturpolitisch auf vielfältige Weise aktiv war; 1926 wurde Döblin Vorstandsmitglied der ›Aktionsgemeinschaft für geistige Freiheit‹, die sich dem Kampf gegen das sogenannte Schund- und Schmutzgesetz verschrieben hatte. Im übrigen war die Zeit erfüllt von gelegentlichen Reisen, die meist literarisch motiviert waren, und von vielerlei Vorträgen, unter denen der am 6. Mai 1926 vor der Psychoanalytischen Gesellschaft in Berlin gehaltene Festvortrag zu Sigmund Freuds siebzigstem Geburtstag besonders hervorgehoben sei.[12] Immer noch war der Dichter Döblin auch praktizierender Nervenarzt und mußte, recht bescheiden, von seiner ärztlichen Praxis leben.[13]

Fast vierzig Jahre Leben »zwischen Alexanderplatz und Jannowitzbrücke«[14], gut fünfzehn davon als Kassenarzt –: kein Wunder, daß sich Döblin am Alexanderplatz »zu Haus« fühlt und sich im *Ersten Rückblick* zunächst einmal als Mann vom Alexanderplatz präsentiert: »Sehen Sie mal durchs Fenster«, weist er seinen (fiktiven) Gesprächspartner im ersten Teil des *Ersten Rückblicks* an, »neben dem Ober vorbei. Da sehen Sie Leute, lauter graue, einfache Leute, die vorbeilaufen und was tun. Das sind wir Arbeitsmänner, das Proletariat. [...] Ich bin ein Arbeitsmann und ein Proletarier.«[15]

Das ist nicht wörtlich zu verstehen: Döblin wußte gut genug und hat es mehrfach zum Ausdruck gebracht[16], daß ihn Bildung und soziale Stellung vom Proletariat trennten. Döblins Bekenntnis, oder besser: sein Anspruch, »ein Arbeitsmann und ein Proletarier« zu sein, ist Ausdruck seiner Solidarität mit den kleinen Leuten des Alexanderplatzviertels, denen er seit 1919 als Arzt diente – und die er nun auch zum Gegenstand seiner literarischen Arbeit gemacht hatte. Daraus resultierte ein Verhältnis zum Alexanderplatzviertel und zu seinen Bewohnern, das für Döblin von einer solchen Dichte und von einer solchen existentiellen Bedeutung und Verbindlichkeit war, daß er zu seiner Charakterisierung – in der für den *Alexanderplatz*-Autor typischen saloppen Brechung – die bedeutungsvollsten und feierlichsten Worte des Neuen Testaments und der christlichen Liturgie verwendete: »Passen Sie auf, jetzt kommt die Bibel: das ist mein Herz, und das ist mein Blut, oder so ähnlich. Ist Neues Testament. Diese Leute hier und diese Straße, das ist das Blut. Und hier sitzt das Herz. Diese Leute, das ist die Luft, und ich bin die Lunge.«[17]

Das ist gewiß ein anspruchsvoller Vergleich, und ein mißverständlicher dazu. Er schreibt dem Autor die Rolle jener Organe zu, die das Leben in Gang halten, und läßt die ihn umgebenden Menschen als das Material erscheinen, das dem zu dienen hat. Indessen darf man aber nicht übersehen, daß auch jene Organe von diesem Material leben, von ihm abhängig sind. Und das heißt, künstlerisch gesehen: Der Autor ist nicht viel mehr als ein Medium des Lebens, das durch ihn hindurchströmt und sich durch ihn manifestiert, als Organ, das die Straßen und die Menschen um den Alexanderplatz in sich aufnimmt, um ihnen zum literarischen Leben zu verhelfen.

Dies entspricht der von Döblin schon früher vertretenen Vorstellung, daß der Künstler vor allem ein Medium, ein »Kanal« sei[18], mit dessen Hilfe Fremdes zum Ausdruck komme: die Wirklichkeit, das Leben, frühere menschheitsgeschichtliche Anlagen und Erfahrungen, Transzendentes. Und jetzt, wo er sogar auf dem Weg zu Patienten und in die Kliniken Eindrücke für den *Alexanderplatz*-Roman registriert und mit nervöser Hast notfalls auf einem Rezeptformular festhält[19], stellt er sich im *Ersten Rückblick* als jemand vor, der in besonderem Maße zum Medium taugt. In dem Kapitel ›Vermittlung der Bekanntschaft mit einem Familienmitglied‹, d.h. mit ihm selbst, teilt Döblin Auszüge aus einem graphologischen und einem chirologischen Gutachten mit, die vor allem seine medialen Anlagen und Möglichkeiten hervorheben.

In dem graphologischen Gutachten heißt es: »Sein Temperament: Eine Legierung aus nervös und motorisch: beispielloser Aktivitätsumfang; sehr zart, aber subtil sinnlich mit umfassender Ausstrahlung in die entferntesten Ätherregionen, so gut wie in die Abgründe des Kollektiv-Unterbewußten. [...] Mut und Lust des Fabulierens, Märchen auf analytischer Grundlage.«[20]

Das chirologische Gutachten sagt: »Aus der kleinen, nicht weiten, feingliedrigen Hand mit fühlerartig zugespitzten, nervösen Fingern [...] spricht Hypersensitivität, eine seelische Anpassungsfähigkeit, die Eingebungen und seelischen Kundgebungen hemmungsfrei folgt, von ihnen fast überschwemmt wird und in einer Art medialen Trancezustands empfängt. [...] Der hohe, von geschwungenen feinen Linien durchzogene Venusberg (Daumenballen) verrät Schönheitssinn, stark ausgeprägtes Empfinden für Form. [...] Sie haben viel innere Störungen und Stimmungen, das kommt unaufhörlich durch Sie, es ist etwas Mediales, Sie sind eine Art Medium.«[21]

Dies war, wie die Veröffentlichung der Gutachten im *Ersten Rückblick* zeigt, ganz in Döblins Sinn: Es entsprach seinem Bild von sich selbst wie seinen Vorstellungen von Künstlertum und bekräftigte ihn wohl auch darin, sich in seinem eben entstehenden Werk, dem *Alexanderplatz*-Roman möglichst weit dem Material, der zufälligen Beobachtung, der Eingebung des Orts und des Augenblicks zu öffnen und gelegentlich auch zu überlassen.

Diese Vorstellungen von der medialen Seins- und Schaffensweise des Künstlers haben eine breite und tiefgründige Basis in den natur- und seinsphilosophischen Überlegungen, die Döblin während der zwanziger Jahre – im Anschluß an die traditionelle Naturphilosophie und an die damals virulente monistische Alleinheits- und Allbeseeltheitslehre – anstellte und mit den essayistischen Büchern *Das Ich über der Natur* und *Unser Dasein* in Systemform zu bringen suchte. Diese Überlegungen sollen hier insoweit rekapituliert werden, als sie für das Verständnis des *Alexanderplatz*-Romans unverzichtbar sind. Dies gilt vor allem für Döblins Ausführungen über die Beschaffenheit von Ich und Welt sowie über die Stellung des Ichs in der Welt.

Das Ich ist nach Döblin ein sehr komplexes Gebilde, ein Konglomerat aus mehreren Komponenten mit verschiedenen Qualitäten und Kräften. Diese zielen einerseits auf die Abgrenzung des Ichs von der Umwelt, andererseits auf seine Verbindung mit der Umwelt. In dem 1928 erschienenen Buch *Das Ich über der Natur* nennt Döblin – mit einem etwas eigentümlichen und auch unscharfen Vokabular – sechs Ich-Formen bzw. Ich-Funktionen:[22] Das plastische Ich sorgt für die physische und psychische Formung und Zentrierung des Menschen; das private Ich kehrt den individuellen Charakter hervor und tendiert zur Einkapselung und zur Absonderung von der Welt; das Aktions-Ich will hingegen Ausstrahlung und drängt zur Wirklichkeit; über das Passions-Ich ist das Individuum mit der ganzen vergangenen Menschheitsgeschichte und den gegenwärtigen Menschenmassen verbunden; über das Trieb-Ich mit der außermenschlichen Natur; über das Ur-Ich mit dem Ursinn, mit dem Weltganzen, das wiederum als »Ichprozeß« zu verstehen ist. Gegen Ende jener Passagen in *Das Ich über der Natur*, in der Döblin die eben skizzierte Ich-Philosophie entwickelt, heißt es zusammenfassend: »Es ist ein Ichprozeß im Gange; der heißt Welt. In diesem geistigen Prozeß werden dauernd Wesen von vielerlei Art mit vielen Werkzeugen gebildet. Sie sind aktive Zentren, agieren in einer Rüstung von Trieben, Willen, Bewußtsein, Denken und hängen wieder, obwohl ganz privatisierte Wesen, durch Liebe, Nahrungsaufnahme, Gesellschaft, Neigung Massenwesen zu bilden, miteinander zusammen.«[23]

Eine ähnliche Auffassung von Ich und Welt findet sich in dem Buch *Unser Dasein*, das zwar erst 1933 erschienen ist, aber schon 1928 konzipiert worden war. Auch hier stellt Döblin fest, daß die »Individuation«, also die Absonderung der Einzelwesen vom Weltganzen, nicht vollständig ist, daß vielmehr die Einzelwesen, also auch die Menschen, in ihrer »unvollständigen Individuation am Weltlauf beteiligt« sind.[24] Das menschliche Ich ist durch zwei Merkmale bestimmt: zum einen durch die »Formung, Ordnung, Gliederung der Person zu einem System«; zum andern durch die »Verbindung dieses Systems mit der Umwelt«[25].

Diese Verbindung hielt Döblin für so intensiv und alles durchdringend, daß er glaubte, zwischen allen Einzelwesen und Geschehnissen, den geschichtlichen wie den gegenwärtigen, bestünden Zusammenhänge. Um diese Vorstellung, die für Döblin eine geradezu obsessive Kraft hatte und für seinen *Alexanderplatz*-Roman eine fundamentale Bedeutung bekam, noch deutlicher werden zu lassen, sei eine etwas längere Passage aus *Unser Dasein* zitiert:

»[...] da blicken wir uns um und sehen: die Straßen, die Plätze, Geschäfte und Fabriken, Arbeiter, Arbeitslose, Kaufleute, Besitzer, wir sehen Kinder, Männer und Frauen, wir sehen Vergnügungspaläste, Kinos und Gefängnisse, es gibt Verbrecher, harmlose Tiere, Ameisenvölker, das Jetzt ist bald Tag, bald Nacht, es ist Freundschaft, Haß und Liebe, Boden, Meer und Himmel – und diese trinken alle zugleich aus dem Brunnen dieses Jetzt und sind zugleich hier angelangt, zugleich, und es ist nicht möglich, sie auseinanderzureißen, sie bilden das Ganze, sie stellen die Ausgefülltheit und die wirkliche Wahrheit dieses Jetzt dar. Sie – gehören alle zusammen. Wie gehören sie zusammen? Wer sind sie? Wer sind wir?

Es ist ein ungeheurer Gedanke, daß sie zusammengehören! Es ist Unsinn zu glauben, daß dies alles hier zufällig zusammengelaufen ist wie auf einem Markt. Nichts auf der Welt hat einen wirren, zusammenhanglosen Charakter. Aber daß dies alles, das von verschiedenen Seiten hergewachsen ist, diese Millionen Sonderschicksale und Begebenheiten, die sich im Jetzt treffen, daß sie zusammengehören, man kann es kaum ausdenken. Denn es zwingt, an die Verbindung aller zu denken. Ein Dasein eint dies alles. Das aber heißt: sie sind miteinander verbunden, sie haben einen Kampf auszufechten und berühren sich darum. Das, was hier und da in das Becken des Jetzt einsteigt, bald näher zu mir, bald ferner von mir, steht in Beziehung zueinander. Diese Gleichzeitigkeit im Jetzt ist eine einzige Wahrheit, eine sinnvolle Begebenheit. Man kennt in der Zeitlichkeit die Bindung der Ereignisse aneinander und hintereinander durch die Kausalität. Man hat praktische Gründe, dies Hintereinander gut zu studieren. Aber darüber hinaus ist noch der Zusammenhang des Nebeneinander, der Gleichzeitigkeit, die Aneinanderreihung im ausgefüllten Inhalt des Jetzt zu bedenken.«[26]

Von Bedeutung ist hieran nicht nur, daß Döblin einen Zusammenhang zwischen allen Wesen, Dingen und Geschehnissen sieht, sondern auch, daß er die so beschaffene Welt für eine »sinnvolle« Welt hält, in der alle Einzelwesen aufgehoben sind. Die Welt ist – nach Döblin – weder sinnlos noch chaotisch[27]; sie ist vielmehr »sinngetragen«[28], und die Menschen sind nicht in eine Welt »geworfen«, die ihnen ein »fremdes Element« ist[29], sondern gehören wesensmäßig zu ihr und haben ihren Ort in ihr. Dieser Auffassung von Welt und Leben entsprechen in *Berlin Alexanderplatz* zwei erzählerische Verfahrensweisen: zum einen der sogenannte Simultanstil, der, so gut dies im unaufhebbaren Nacheinander der Erzählung möglich ist, die Gleichzeitigkeit verschiedener Vorgänge zeigen will, in dem er sie montageartig aneinanderfügt und dadurch den Eindruck eines Nebeneinander erweckt; zum andern die Leitmotivtechnik, die verschiedene Vorgänge und verschiedene Seinssphären miteinander verbindet und die »Resonanzen«, wie Döblin sagte, zwischen ihnen evozieren will.

Daß eine derartige Weltauffassung mit dem positivistisch-wissenschaftlichen Weltbild seiner Zeit nicht zu vereinbaren war, wußte natürlich auch Döblin. Aber das störte ihn längst nicht mehr. Gleich die ersten Kapitel des *Ich über der Natur* zeigen, daß er das zu seiner Zeit gültige naturwissenschaftliche Denken zumal in seiner mathematischen Fassung für unzureichend und deswegen für verblendend hielt. Wohl leugnete er nicht die Erkenntnisse der apparativen und experimentellen naturwissenschaftlichen Forschung und ihre mathematische Ausformulierung; aber er war der Überzeugung, daß sie nicht als die einzige Methode der Welterkenntnis und Weltdarstellung betrachtet werden dürfe: weil sie mit ihren Apparaten an viele Phänomene, die unabweisbar zur menschlichen Erfahrung gehörten, nicht heranreichte, und weil sie mit ihren Formeln kein Bild von Welt und Leben geben konnte, das mit den Erfahrungen der Menschen übereinstimmte und ihre Sinnerwartungen befriedigte.

Was blieb – nach Döblin – der mathematisch-naturwissenschaftlichen Betrachtung der Welt verborgen? Vor allem vier Dinge sind zu nennen, die auch für den *Alexanderplatz*-Roman von Bedeutung sind: die Sinnerfülltheit oder Sinngetragenheit der Welt; der Zusammenhang aller Wesen und Geschehnisse; die von Döblin unterstellte Beseeltheit aller Dinge[30] und schließlich die von Döblin für gewiß gehaltene Existenz von Wesen und Welten, die für den Menschen unsichtbar bleiben, aber seine Existenz beeinflussen und sich seiner Erfahrung mitteilen konnten.[31]

Letzteres weist in die Richtung des traditionellen jüdisch-christlichen Weltbilds, von dem Döblin tatsächlich stark beeinflußt war (nicht zufällig konvertierte er 1941 zum katholischen Glauben, nachdem er bereits 1912 aus der Berliner jüdischen Gemeinde ausgetreten war).[32] Insofern ist verständlich, daß Walter Muschg, der Begründer der großen Döblin-Ausgabe, den Großessay *Unser Dasein* als den »Monolog eines religiös beunruhigten Weltmenschen« betrachtete[33], den Roman *Berlin Alexanderplatz* als Döblins »erste christliche Dichtung« bezeichnete und den Schluß des Romans zum »religiösen Welttheater« erklärte.[34]

Freilich war damit auch ein bißchen zu viel gesagt. Am Ende von *Unser Dasein* erklärte Döblin das traditionelle christliche Weltbild für überholt. Er leugnete zwar nicht, daß es etwas gab, das dem entsprach, was man üblicherweise als

»Gott« bezeichnete. Aber er mochte sich keinen Gott denken, der die Welt einst geschaffen hatte und nun losgelöst von ihr existierte oder wie in mittelalterlichen Bildern über ihr thronte.[35] Gott und die Welt, das Diesseits und das Jenseits waren für Döblin eins. Aber er war auch überzeugt davon, daß man dem nicht gerecht wurde, wenn man sich nur an die handgreifliche Wirklichkeit hielt. Im Gegenteil: sie mußte, weil sie mehr war als nur Materie, durchdrungen, nach ihrem Sinn befragt und in ihrem Sinn erkannt und gedeutet werden. Dem oblagen die Religionen; dem sollten – nach Döblin – aber auch die Künste dienen, also auch die Dichtung, die Literatur.[36]

Die Konsequenzen, die sich aus dem eben skizzierten Weltbild für die Dichtung ergaben, erörterte Döblin in dem Essay ›Der Bau des epischen Werks‹.[37] Dieser Essay entstand während der Arbeit an *Berlin Alexanderplatz*, wurde am 10. Dezember 1928 in einer gemeinsamen Veranstaltung der Akademie der Künste und des Germanistischen Seminars im Auditorium Maximum der Berliner Universität vorgetragen und 1929 publiziert.[38] Er ist im Kontext einer lang sich hinziehenden Debatte über den Roman bzw. die Krise des Romans zu sehen[39] und darf als verbindliche Darlegung von Döblins poetologischen Grundpositionen betrachtet werden.[40] Daß dieser Essay poetologische Prinzipien und poetische Verfahrensweisen beschreibt, denen Döblin gerade auch in *Berlin Alexanderplatz* folgte, wird bei einer vergleichenden Betrachtung rasch augenfällig.

Das erste Problem, das in dem Essay ›Der Bau des epischen Werks‹ bedacht wird, ist das Verhältnis von Dichtung und Realität. Döblin eröffnet seine Überlegungen mit der als Überschrift zum ersten Kapitel gesetzten These: »Das epische Werk berichtet von einer Überrealität«.[41] Sein Gegenstand ist nicht die Realität, über die täglich in den Zeitungen informiert wird, und sein Ziel kann folglich auch nicht die Abbildung oder Imitation dieser Realität sein. Das epische Werk handelt von Erfundenem, darf sich aber der Wirklichkeitsbezug und Wahrheit beanspruchenden Berichtform bedienen, weil die erfundenen Vorgänge und Figuren exemplarischen Charakter haben: »Es sind da starke Grundsituationen, Elementarsituationen des menschlichen Daseins, die herausgearbeitet werden, es sind Elementarhaltungen des Menschen, die in dieser [d. h. in der epischen] Sphäre erscheinen und die, weil sie tausendfach zerlegt wirklich sind, auch so berichtet werden können.« Um diese Sphäre zu erreichen, muß der Künstler »zwei Schritte tun: er muß ganz nahe an die Realität heran, an ihre Sachlichkeit, ihr Blut, ihren Geruch, und dann hat er die Sache zu durchstoßen, das ist seine spezifische Arbeit«.[42]

Damit sind die Prinzipien von Döblins neuer epischer Dichtkunst genannt – und mithin auch die Prinzipien, denen der Roman *Berlin Alexanderplatz* sein spezifisches Aussehen verdankt. An ihm ist ja das Bemühen um Realitätsnähe und Wirklichkeitsfülle genauso leicht zu beobachten wie der Versuch, die erfundene Wirklichkeit auf elementar scheinende Situationen zu reduzieren und auf eine exemplarisch wirkende Weise zu modellieren. So ist beispielsweise Franz Biberkopf eben nicht nur ein lebensecht gestalteter Berliner Transportarbeiter und Zuhälter, sondern – mit biblisch geschärften Augen gesehen – auch ein babylonisch wirkender Mann der Gewalt, der durch drei elementare »Schläge« oder Erfahrungen zu einer anderen Lebenseinstellung gebracht werden muß.

Die wichtigste Form, in der diese elementaren Einsichten und exemplarischen Wahrheiten vermittelt werden, ist die Wahrhaftigkeit beanspruchende Berichtform. Sie ist aber nicht die einzige Form, deren sich der epische Autor bedienen darf. In dem Kapitel ›Der Weg zur zukünftigen Epik‹ schlägt Döblin vor, der Epiker solle sich von der Bindung an die traditionelle Berichtform freimachen und alle Darstellungsformen nutzen, die sich ihm anböten und seiner Sache dienlich zu sein schienen. Mit sichtlicher Emphase schreibt Döblin: »Sie werden die Hände über den Kopf zusammenschlagen, wenn ich den Autoren rate, in der epischen Arbeit entschlossen lyrisch, dramatisch, ja reflexiv zu sein. Aber ich beharre dabei. Wir haben uns im epischen Werk nicht eines bestimmten Herkommens wegen, welche Tradition sich als Dogma gebärdet, unserer Freiheit zu begeben, und wir werden aus dem Roman machen, was uns gut dünkt. Deutschland ist das Land einer pedantischen epischen Realistik, Realistik, damit meine ich: Du hast Realitäten oder Pseudorealitäten zu berichten. Frankreich dichtet leichter, ist schon lange elastischer. Es gibt nur wenige stabile Kunstgesetze über dem Künstler; der Künstler macht die meisten Kunstgesetze selbst. Das epische Kunstwerk ist keine feste Form, sie ist wie das Drama ständig zu entwickeln, und zwar durchweg im Widerstand gegen die Tradition und ihre Vertreter.«[43]

Überwindung der reinen Berichtform bedeutet für Döblin – mit der Einführung lyrischer, dramatischer und reflexiver Formen – auch Überwindung des »eisernen Vorhangs« zwischen Autor und Leser durch eine direkte Ansprache des Lesers und durch eine fortgesetzte Zuwendung zu ihm. Der Autor tritt als Gestaltender, Zeigender, Erklärender und Belehrender in Erscheinung. So fährt Döblin in seinem Essay fort: »Darf der Autor im epischen Werk mitsprechen, darf er in diese Welt hineinspringen? Antwort: ja, er darf und er soll und muß. Und jetzt erinnere ich mich, was das ist, was Dante in der Göttlichen Komödie gemacht hat: er ist selber durch sein Gedicht gegangen, er hat seine Figuren beklopft, er hat sich in die Vorgänge eingemischt, und zwar nicht spielerisch, sondern mit allem Ernst, jeder zu seiner Zeit hat ihn verstanden in dem wichtigsten Punkt seines Gerichts. Er hat teilgenommen am Leben seiner Figuren.«[44]

Drei Momente sind es also, die das neue epische Kunstwerk kennzeichnen: das Übersteigen der Realitätsebene; die Offenheit für alle »Darstellungsmöglichkeiten, nach denen sein Stoff verlangt«[45]; die kommunikative Zuwendung des Autors bzw. Erzählers zum Leser wie zu seinen Figuren. All dies läßt sich an dem Roman *Berlin Alexanderplatz* vielfach beobachten.

Das zweite Thema, das in dem Essay ›Der Bau des epischen

Werks‹ behandelt wird, ist der künstlerische Schaffensprozeß oder, wie Döblin wieder mit differenzierender Absicht sagt, der »heutige« (oder moderne) »epische Produktionsprozeß«.[46] Dieser hat nach Döblin im wesentlichen zwei Stadien unterschiedlichen Charakters: Das erste ist das »Inkubationsstadium«. In ihm setzt sich im Autor oder in der »dichtenden Instanz« in einer unbewußten und unkontrollierbaren Weise ein Motiv oder ein Stoff fest und wird durch Eingebungen des alltäglichen Lebens angereichert; es ist ein Vorgang, der dem Autor »widerfährt«.[47] Das zweite Stadium ist das »Konzeptionsstadium«. In ihm kommt es zu einer Kooperation zwischen der unbewußt dichtenden »Instanz« und dem seiner selbst sehr wohl bewußten »Ich« des Autors, das nun die Rolle eines »Zuschauers und Mitarbeiters« einnimmt, »regulatorisch« in den Produktionsprozeß eingreift und das zunächst sehr »persönliche« Werk »mit den Werten des ganzen Milieus, des Standes, der Klasse, der Volksschicht, des Volkstums« versieht. Dabei kann dieses bewußt mitarbeitende »Ich« aber von dem entstehenden Werk so sehr fasziniert oder gar »verzaubert« werden, daß es seine »führende Haltung« verliert und das Werk »erleidet«. In die vom Autor-Ich kontrollierte Konzeption mischt sich Anonymes ein, dem sich der Autor wie ein Medium hingeben soll. »Dichten« heißt deswegen für Döblin vor allem: »den Mut haben, inneren Verzauberungen zu erliegen und sich ihnen, formal und inhaltlich, zum Opfer machen«.[48]

Die Affinität dieser Feststellungen und Postulate mit der oben erörterten Ich-Philosophie Döblins und mit seinem Selbstbild als Künstler ist offenkundig. Ich-Philosophie, Produktionstheorie und Selbstbild greifen ineinander und haben in der grundlegend wichtigen Vorstellung, daß jedes Ich ein aktives und ein passives Verhältnis zur Welt hat, einen gemeinsamen Kern.

Diese Vorstellung gewinnt auch Bedeutung für den dritten Gegenstand, den Döblin in seinem Essay ›Der Bau des epischen Werks‹ behandelt: »die Sprache im Produktionsprozeß«.[49] Sie ist zunächst einmal Gegenstand der (aktiven)

Wahl des Autors, und diese Wahl ist von großer Bedeutung, denn der Sprache wohnt – nach Döblin – eine »Produktivkraft« inne, die »beim Phantasieren und Erfinden« außerordentlich hilfreich sein kann und im glücklichen Fall das Werk vorantreibt. Zugleich hat die Sprache aber auch einen »Zwangscharakter«, der auf die ideelle wie auf die formale Konzeption eines entstehenden Werks einen mehr oder minder starken Einfluß nimmt und im Autor bisweilen das Gefühl entstehen läßt, daß nicht er der Schöpfer und Herr des Werks ist, sondern die Sprache, daß nicht er über die Sprache verfügt, sondern die Sprache über ihn. Pointiert heißt es bei Döblin: »man glaubt zu sprechen und man wird gesprochen, oder man glaubt zu schreiben und man wird geschrieben«.[50]

Aber man darf diese Entmündigung des Autors durch die Sprache und den Produktionsprozeß nicht absolut sehen. Vielmehr muß man auch berücksichtigen, daß – gerade nach Döblin – auch der Autor ein »Faktum« ist; und zu diesem »Faktum« Autor gehören auch seine Rationalität und seine Moralität, die sich dem Diktat der Umstände und dem »Zwangscharakter« der Sprache nicht widerspruchslos unterwerfen müssen.

Der Essay ›Der Bau des epischen Werks‹ markiert die Überwindung der traditionellen Romanform realistischer Prägung durch ein Romankonzept, das den Erfahrungen des modernen Lebens und der damaligen Bewußtseinslage auf eine neue und angemessenere Weise Rechnung zu tragen suchte. Sowohl der Essay als auch der Roman *Berlin Alexanderplatz* waren hierfür entscheidende Leistungen, denen freilich andere vorausgingen. So ist auf Otto Flakes innovativen Roman *Die Stadt des Hirns* zu verweisen, mit dem sich Döblin gleich nach dem Erscheinen im Jahr 1919 in einer vehement formulierten Besprechung auseinandersetzte[51]; dann auf die Erzählungen von Robert Musil, auf deren neuartige Darstellungstechnik Döblin schon 1924 aufmerksam wurde[52]; vor allem aber auf zwei ausländische Romane, die schon von zeitgenössischen Rezensenten von *Berlin Alexanderplatz* und erst recht von der Forschungsliteratur in einer Reihe mit Döblins neuartigem Roman gesehen worden sind: *Ulysses* von James Joyce (engl. 1922, dt. 1927) und *Manhattan Transfer* von John Dos Passos (amer. 1925, dt. 1927).

Auf *Ulysses* hat Döblin selbst noch vor Erscheinen von *Berlin Alexanderplatz* hingewiesen, und zwar – nach einer flüchtigen Erwähnung in seiner Akademierede – in einer Rezension der deutschen Fassung des *Ulysses*, die im März 1928 entstand.[53] Diese Rezension ist besonders aufschlußreich sowohl im Hinblick auf die bewußtseinsmäßigen Umstände, denen Döblin mit seiner Konzeption einer neuen epischen Form Genüge tun wollte, als auch im Hinblick auf das Verhältnis von *Berlin Alexanderplatz* und *Ulysses*.

Döblin beschreibt die Krise des Romans folgendermaßen: »Man muß wissen, daß Kunstformen zusammenhängen mit einer gewissen Denkweise und einem allgemeinen Lebensmilieu. Darum werden Formen dauernd überholt. Die alten Romane unterhalten uns, sie beschäftigen unsern Kombinationssinn, sie sind der Niederschlag eines solchen Kombinationssinnes. Sie sind im übrigen verlängerte Novellen, und die Novellen verlängerte Anekdoten und Aphorismen. Diese Romane sind mehr oder weniger aphoristisch. Inzwischen – sagen wir seit den Wahlverwandtschaften – hat sich allerlei ereignet, was gegen solche Aphoristik, Isolierung eines Ablaufs ist, aber weder den Autoren noch ihrem Publikum genügend aufgefallen ist. In den Rayon der Literatur ist das Kino eingedrungen, die Zeitungen sind groß geworden, sind das wichtigste, verbreitetste Schrifterzeugnis, sind das tägliche Brot aller Menschen. Zum Erlebnisbild der heutigen Menschen gehören ferner die Straßen, die sekündlich wechselnden Szenen auf der Straße, die Firmenschilder, der Wagenverkehr. Das Heroische, überhaupt die Wichtigkeit des Isolierten und der Einzelpersonen ist stark zurückgetreten, überschattet von den Faktoren des Staates, der Parteien, der ökonomischen Gebilde. Manches davon war schon früher, aber jetzt ist wirklich ein Mann nicht größer als die Welle, die ihn trägt. In das Bild von heute gehört die Zusammenhanglosigkeit seines Tuns, des Daseins überhaupt, das Flatternde, Rastlose. Der Fabuliersinn und seine Konstruktionen wirken hier naiv. Dies ist der Kernpunkt der sogenannten Krisis des heutigen Romans. Die Mentalität der Autoren hat sich noch nicht an die Zeit angeschlossen.«

Die weiteren Ausführungen beschäftigen sich dann mit der Frage, wie Joyce auf diese Situation reagiert hat. Nach Döblin ist *Ulysses* »der energischste Versuch, dem heutigen Alltag auf den Leib zu rücken, der bisher in Buchform vorliegt. Zu diesem Versuch wird jede Fabel völlig abgeschüttelt, und es wird ein minutiöses Vorgehen im Detail nötig. Es wird impressionistisch und pointillistisch gearbeitet. Größere zusammenschließende Zielideen, äußere oder innere, kommen nicht in Frage. Die Verbindung zwischen den einzelnen aufnotierten Elementen und Momenten stellt die Assoziation her. [...] Das Buch gewinnt so eine ungewöhnliche Echtheit und Naturtreue. Es verläuft gegenüber der sonstigen flächenhaften Erzählung sehr plastisch und gleichsam dreidimensional. [...] Trotzdem ist hier keine Spur von blankem, nüchternem Naturalismus. Es bricht etwas Zweites durch: jetzt kann rechts und links neu ›gedichtet‹ werden. Das Leben der drei Personen dient Joyce nur als Faden. In diese zwei Tage baut er eine Unsumme von Wissen, Bibliotheksweisheit, Stimmungen und Phantasien ein. Von da hat das Buch seinen Namen: ›Ulysses‹ oder Odyssee fast der ganzen heutigen Empirie, Natur- und Geisteswissenschaft.«

Damit hatte Joyce, wie Döblin abschließend feststellte, ein Buch vorgelegt, mit dem sich »jeder Schriftsteller« zu befassen hatte, weil es »auf seine Weise« die Frage beantwortete: »Wie kann man heute dichten?« Dieser Schluß von Döblins *Ulysses*-Rezension dürfte, wie die *Alexanderplatz*-Rezension von Hans Henny Jahnn vermuten läßt[54], wesentlich dazu beigetragen haben, daß in vielen Besprechungen von *Berlin Alexanderplatz* auf *Ulysses* Bezug genommen wurde. Der spätere Döblin-Herausgeber Walter Muschg befand sogar, es sei »mit Händen zu greifen«,daß der *Alexanderplatz*-Roman »unter dem Eindruck des Joyce'schen *Ulysses* entstanden«

sei.[55] Andere Rezensenten nahmen Döblins Einschränkung, daß *Ulysses* jene Frage nur »auf seine Weise« beantwortet habe und daß man keineswegs so schreiben müsse wie Joyce[56], etwas ernster, verfuhren differenzierter und nannten neben den Ähnlichkeiten auch Unterschiede.[57] Insbesondere Walter Benjamin ist hier anzuführen, der am entschiedensten klarstellte, daß *Berlin Alexanderplatz* nicht so sehr durch die für *Ulysses* charakteristische Assoziationstechnik bestimmt wird als vielmehr durch eine eigene Montagetechnik.[58] Döblin selbst hat 1932 die weiterhin behauptete Abhängigkeit von Joyce energisch bestritten: »Immer wieder, besonders jetzt nach Erscheinen der englischen und amerikanischen Übersetzung [von *Berlin Alexanderplatz*], weist man auf Joyce hin. Aber ich habe Joyce nicht gekannt, als ich das erste Viertel des Buches schrieb. Später hat mich ja sein Werk, wie ich auch öfter gesagt und geschrieben habe, entzückt, und es war ein guter Wind in meinen Segeln. Dieselbe Zeit kann unabhängig voneinander Ähnliches, ja Gleiches an verschiedenen Stellen erzeugen. Das ist nicht weiter schwer verständlich.«[59]

Neben *Ulysses* wurde früh auch schon *Manhattan Transfer* als eine weitere Parallele und womöglich als ein weiteres Vorbild für *Berlin Alexanderplatz* entdeckt: die gemeinsame Großstadtthematik und ähnlich wirkende Darstellungsweisen führten auch in diesem Fall dazu, daß anscheinend mehrfach Vergleiche angestellt wurden. Axel Eggebrecht, der in seiner zweiten Auseinandersetzung mit dem erfolgreich gewordenen *Alexanderplatz*-Roman in der ›Weltbühne‹ vom 4. Februar 1930 davon berichtete, begann aber auch gleich mit Differenzierungen, die sowohl die Thematik als auch die Darstellungsweisen und die Haltung der Autoren gegenüber ihrem Stoff betrafen: »Auch mit *Manhattan Transfer* von Dos Passos wurde der Roman verglichen. Aber Dos Passos ist, so scheint es, erschrocken vor seinem Stoff. Er sieht die Menschen New Yorks, eine wuchernde, verfilzte Masse, die er ergriffen betrachtet. Döblin aber geht dem Berliner Menschenwust zu Leibe, als Arzt, als Mitleidender, als Soziologe, als Statistiker, er strebt, ihn zu bewältigen. Und aus eben dieser Anstrengung fließt eine immerfort sich erneuernde dichterische Kraft. Dos Passos gibt gleichsam nur den Hudson mit der schauerlichen Riesenfront der wimmelnden Hausgiganten dahinter. Döblin geht aus der Spree in die Panke und in die zahllosen kleinen Kanäle und sogar in die Wasserleitungshähne der einzelnen Wohnungen. Und immer ist es derselbe flutende Strom. Eins der größten Wunder dieses erstaunlichen Buches: Daß kaum in einer einzigen Zeile der große Zusammenhalt und Zusammenhang verloren geht.«[60]

Döblin hat sich zu den Vergleichen mit *Manhattan Transfer* nicht geäußert; er scheint dieses Werk seinerzeit nicht gelesen zu haben. Abhängigkeit ist in diesem Fall also noch mehr als im Fall *Ulysses* zu verneinen, und die Vergleiche der späteren Forschung haben denn auch mehr Unterschiede als Ähnlichkeiten zutage gefördert.

Für Döblins neuartige erzählerische Verfahrensweisen wurden darüber hinaus weitere Quellen genannt: so die Zusammenarbeit mit Bertolt Brecht und Erwin Piscator bei der Entwicklung des epischen Theaters[61] und, noch häufiger, das neue Medium des Films, das Döblin von vielen Kinobesuchen her gut kannte und seit 1909 immer wieder in seiner eigenen künstlerischen Qualität und in seiner Bedeutung für die Erzählkunst reflektierte[62], zuletzt während der Arbeit an *Berlin Alexanderplatz* in der bereits zitierten *Ulysses*-Rezension und im ›Bau des epischen Werks‹. Gleich nach den ersten Aufführungen von Phil Jutzis Film *Berlin Alexanderplatz* im Jahr 1931 haben dann renommierte Filmkritiker wie Herbert Ihering[63] und Siegfried Kracauer[64] formale Affinitäten zwischen Döblins neuer Art des Erzählens und der filmischen Darstellungstechnik festgestellt.

Eine Beeinflussung durch den Film ist nicht ganz von der Hand zu weisen; sie darf aber nicht überschätzt werden. Denn zum einen weiß man heute, daß gerade jene Darstellungstechnik, die lange Zeit als genuin kinematographisch galt, nämlich die Montage, in der Literatur schon vor der

Erfindung des Films praktiziert wurde und von der Literatur auf den Film übertragen wurde.[65] Zum andern hat die Forschung nachgewiesen, daß das Montageverfahren bei Döblin schon vor der überhaupt erst möglichen Begegnung mit entsprechenden Filmen einsetzt und sich mithin nicht dem Kino verdankt, sondern philosophischen Überlegungen sowie sprach- und ideologiekritischen Absichten.[66] Hinzu kommt, daß Döblins Montagestil – nach eigenen Aussagen – auch durch seine psychopathologischen Studien inspiriert und modelliert wurde, und schließlich muß man Döblins Äußerung aus dem Jahr 1922 ernstnehmen, die besagt, daß der Film, der damals freilich noch stumm war, durch seine Einschränkung aufs Optische die Phantasie des Dichters »zerschlägt«, »verkrüppelt«, »verzwergt«; daß die »Filmtechnik« für den Dichter einen »furchtbaren Trichter« bedeutet, durch den »keine Kunst heil durch« kommen kann.[67] Darüber dachte Döblin 1931, als der Tonfilm in den Kinos heimisch geworden war und auch *Berlin Alexanderplatz* als Tonfilm anlief, zwar anders und war sogar zu dem Zugeständnis bereit, daß der Film in der Reproduktion der Atmosphäre am Alexanderplatz und in der Wiedergabe der gesprochenen Sprache den Roman übertreffen könne[68]; trotzdem ist daran festzuhalten, daß die Erzählweise von *Berlin Alexanderplatz* die kinematographischen Möglichkeiten bis heute weit übersteigt und der Film nur in sehr begrenztem Maß als Inspirationsquelle für Döblins erzählerische Verfahrensweise in Betracht kommt.

Der Roman hat eine bemerkenswerte Titelgebung. Unter dem Obertitel *Berlin Alexanderplatz*, der einen prominenten Platz und mit ihm ein bestimmtes Milieu der aufregendsten Metropole jener Zeit thematisiert, wird mit dem Untertitel ›Die Geschichte vom Franz Biberkopf‹ die Geschichte eines Individuums annonciert. Diese Doppelung, die sich möglicherweise einem Votum des hellsichtigen Verlegers Samuel Fischer verdankt[69], kennzeichnet die Thematik des Romans auf eine zunächst irritierende, letztlich aber präzise Weise und bestimmt seinen Aufbau und seine erzählerische Realisierung durch und durch: Weder soll allein oder hauptsächlich die zuerst thematisierte Stadt, noch soll allein oder hauptsächlich jenes danach annoncierte Individuum vor Augen geführt werden; vielmehr geht es um beide gleichermaßen, und zwar in ihrem Verhältnis zueinander. Der Roman *Berlin Alexanderplatz* ist, wie Döblin 1948 in einem ›Epilog‹ zu seinem Gesamtwerk schrieb, von der Frage motiviert: »Wie geht es einem guten Menschen in unserer Gesellschaft? Laß sehen, wie er sich verhält und wie von ihm aus unsere Existenz aussieht.«[70]

Jenes Individuum, das durch seinen leicht burlesk klingenden Namen und durch die moritatenhafte Formulierung des Untertitels als exemplarisch zu sehende Figur kenntlich gemacht wird, ist zunächst einmal Produkt und Repräsentant der Metropole Berlin, insbesondere des Milieus um den Alexanderplatz, dann aber auch sein Gegenspieler, ja man kann sagen: sein Überwinder. Die am Alexanderplatz angesiedelte ›Geschichte vom Franz Biberkopf‹ ist die Geschichte einer Auseinandersetzung mit einem modernen und krisenhaft wirkenden großstädtischen Milieu; beide, dieses Milieu und die Auseinandersetzung mit ihm, sind sowohl in ihrer historischen Besonderheit als auch in ihrer allgemeineren geschichtlichen und existentiellen Bedeutung zu sehen. Auf die historische Besonderheit verweisen zahlreiche Bezugnahmen auf die lokale Wirklichkeit und auf den zeitgeschichtlichen Kontext; die allgemeinere Bedeutung ergibt sich aus jenen modellhaften Konstellationen und aus jenen in die ›Geschichte vom Franz Biberkopf‹ einmontierten Materialien, von denen die wichtigsten im folgenden hervorgehoben werden sollen.

Die ›Geschichte vom Franz Biberkopf‹ ist trotz der Heterogenität und Bedeutungsfülle der Materialien, von denen sie umgeben ist, sehr transparent. Sie spielt ungefähr vom Herbst 1927 bis zum Anfang des Jahres 1929 und ist, durch drei Zäsuren oder »Schläge«[71] unterteilt, die Geschichte des viermaligen Versuchs eines Haftentlassenen, wieder einen Platz in der Gesellschaft zu finden und zugleich sein Leben auf eine neue moralische Basis zu stellen. Drei dieser Versuche haben den Charakter eines Kampfes, einer Eroberung und enden böse; erst der vierte Versuch scheint gut auszugehen.

Der erste Versuch steht unter dem moralischen Imperativ oder »Schwur«, »anständig zu bleiben« und, wenn dies mangels Geld problematisch wird, sich und der Welt zu zeigen, »was ein Kerl ist« (S. 9, 46). Anfangs ist Biberkopf verunsichert: Sachte regt sich in ihm die Frage, ob denn die Strafe für den Totschlag an seiner Lebensgefährtin Ida wirklich schon abgebüßt sei; Angst überfällt ihn, daß die Dächer der Häuser abrutschen könnten; bei einer Prostituierten versagt seine Potenz. Aber mit der Vergewaltigung der Schwester seiner von ihm totgeschlagenen Lebensgefährtin gewinnt Biberkopf Potenz und Selbstbewußtsein zurück, fühlt sich kräftig genug, nicht nur selber »anständig« und ein »Kerl« zu sein, sondern auch »Ordnung« in das etwas zerrüttete »Paradies« um den Alexanderplatz zu bringen (S. 85). Aus der Verunsicherung, die ihn hätte zum Denken und zu einer Revision seines Existenzmodus bringen können, ist bei Biberkopf durch Verdrängung und Zuflucht zu Kraftgebärden und zum Alkohol rasch wieder eine große und zur Hybris tendierende Selbstsicherheit geworden. Am Ende des zweiten Buchs ist Biberkopf wieder ein »Mann von Format« (S. 92), der durch keinerlei Schuldbewußtsein mehr verunsichert wird. Aber dem setzt der erste »Schlag«, den er im dritten Buch durch seinen Kumpan Lüders erhält, ein jähes Ende. Durch den Betrug, den Lüders an ihm verübt, wird Biberkopf aus seinen Träumen von seiner mannhaft souveränen und durch nichts zu erschütternden Existenz wie aus seinem neu gewonnenen Vertrauen in Mensch und Welt herausgerissen und in eine tiefe depressive Existenzkrise gestoßen.

In der ›Geschichte vom Franz Biberkopf‹ kommen – mit Döblins Worten aus dem ›Bau des epischen Werks‹ gesprochen – »Elementarhaltungen des Menschen« und »Grundsituationen des menschlichen Daseins« zur Anschauung und werden durch eine Reihe von Exempelgeschichten und montageartig eingefügten Assoziationen profiliert. In den ersten drei Büchern sind hier vor allem folgende Momente zu nennen: die Zitationen der Zuchthausordnung (S. 15, 18), die die verstörende Erfahrung des chaotisch wirkenden Großstadtgetriebes kontrastieren und, gipfelnd in Biberkopfs Rückkehr nach Tegel (S. 310), seine Sehnsucht nach einem Leben anzeigen, in dem es feste Normen und Ordnung gibt; die Kriegslieder (S. 17, 95 f.), mit denen der im militärischen Geist des Wilhelminismus erzogene Biberkopf seine Identität als »Kerl« oder Kraftmensch bewahren und demonstrieren will; das Esther-Zitat (S. 18), das auf eine der großen biblischen Helferfiguren verweist und damit jenes Solidaritätsprinzip ins Spiel bringt, auf das Biberkopf trotz seiner Kraftgebärden in hohem Maß angewiesen ist; das Jeremia-Zitat (S. 19f.), mit dem das Babylonmotiv eingeführt und Biberkopf als »Kaldäer« oder strafwürdiger Gewaltmensch kenntlich gemacht wird; die Zannowich-Parabel (S. 20ff.), die – als Lehrstück für Biberkopf – eine zunächst erfolgreich, dann aber schändlich endende Lebenseroberung auf anmaßlicher Basis schildert; die Ballwerfer-Parabel (S. 45 f.), die die Unmöglichkeit einer genauen Existenzplanung vor Augen führen will; die Paradies-Evokation (S. 49), die im Zusammenwirken mit den nachfolgenden Symbolen und Daten des städtischen Lebens die Möglichkeit einer befriedigenden gesellschaftlichen Existenz andeutet, wenn auch – durch den Ton der Paradieserzählung und die anschließenden Verse aus Humperdincks Märchenoper – in ironischer Brechung; die dann auftauchenden Ordnungsparolen, die bald in Blutparolen übergehen (S. 85, 100) und noch einmal Biberkopfs aggressionsbereite Ordnungsfixiertheit anzeigen; danach das Gedicht ›Es geht sich besser zu zweien‹ (S. 102), das an das mit dem Estherzitat eingeführte Solidaritäts- und Helferprinzip erinnert; dann die ausführliche und hochparodistische Rekapitulation des Orestesmythos (S. 103ff.)[72] dessen Schuld- und Sühnelehre für die Gegenwart und zumal für Biberkopf keine Geltung mehr zu haben scheint, im Fortgang der Geschichte aber als immer noch gültig erwiesen wird; dann die als Kapitelüberschriften gesetzten Verse aus Hauffs Gedicht ›Reiters Morgenlied‹ (S. 113, 118, 123), die in sarkastisch wirkender Kürze das vorhersehbare Ende von Biberkopfs Eroberer- und Heldentum konstatieren; schließlich die Geschichte von dem Kriegsinvaliden (S. 121 ff.), der durch mangelnde medizinische Betreuung ein Kind verliert und zunächst wie Biberkopf aufbegehrend und anklägerisch reagiert, dann aber lernt, das Geschehene zu akzeptieren und – im Sinne des Gedichts ›Es geht sich besser zu zweien‹ – gemeinsam mit seiner Frau zu tragen.

Anders Biberkopf. Nachdem er durch das betrügerische und gemeine Verhalten des Lüders desillusioniert und gekränkt wurde, schlägt er die Hilfe, die ihm seitens seiner Lebensgefährtin Lina und seines Freundes Meck gewiß zuteil geworden wäre, aus, indem er sich versteckt und sich gleichsam zum Helden des Unglücks macht. Er gerät in eine tiefe Depression, in der sich seine verleugneten Schuldgefühle und seine verdrängte Einsicht in die Verfehltheit seines Lebens zu Todesahnungen oder gar Todeswünschen verdichten. Jene anonyme Stimme, die sich [in den eckigen Klammern] von Anfang an in Biberkopf regte und am Ende als die Stimme des Todes oder des kreatürlichen Hinfälligkeitsbewußtseins erkennbar wird, meldet sich jetzt deutlicher zu Wort und läßt sich nicht mehr verdrängen (S. 175, 475). Aber anstatt aus den Vorhaltungen des Todesbewußtseins die Konsequenzen zu ziehen und seine Vorstellungen von Welt und Leben und von seiner Rolle in ihnen zu revidieren, macht Biberkopf sich nach seiner Genesung ein zweites Mal auf, um eine gute Position im Leben zu erobern und gleichzeitig Ordnung zu schaffen. Kombattant seines zweiten Eroberungszugs sowie Objekt und Gegenspieler seiner Ordnungsbemühungen wird der Verbrecher Reinhold, der ähnlich strukturiert ist wie Biberkopf. Auch seine Existenz ist geprägt durch ein unausgeglichenes Verhältnis von Schwächegefühlen, die ihn immer wieder auf die Bußbank der Heilsarmee treiben, und Souveränitätsansprüchen, die ihn äußerst gewalttätig reagieren lassen. Biberkopf wird von dieser ihm vertrauten Mischung aus Schwäche und Stärke gleichsam magisch angezogen und entwickelt ein geradezu erotisch gefärbtes Verhältnis zu Reinhold. Reinhold ist freilich viel bösartiger als Biberkopf, betrachtet diesen nicht als Freund, sondern als einen nützlichen Idioten, und versetzt ihm den zweiten »Schlag«. Reinhold zieht Biberkopf zu einem Einbruch hinzu und wirft ihn, weil Biberkopf seine Anständigkeit wahren will und seinen Platz verläßt, bei der Flucht unter ein Auto, wodurch Biberkopf seinen rechten Arm verliert.

Auch dieser Teil der ›Geschichte vom Franz Biberkopf‹ wird durch verschiedene Einschübe unterbrochen und vielfältig reflektiert. Zu nennen sind vor allem: die Schlachthofschilderungen (S. 145 ff., 157 ff.), die, durch Verse aus dem Prediger Salomo eingeleitet, die Eroberer- und Opfermotivik miteinander verbinden und den Menschen, der zunächst als Schlächter erscheint, an sein kreatürliches Ausgeliefertsein an den Tod erinnern; die Hiob-Paraphrase (S. 153 ff.), die die Forderung impliziert, den Anspruch auf Glück und Souveränität preiszugeben und sich damit abzufinden, ein anfälliger, immerzu von Unglück und Leid bedrohter Mensch zu sein; die Schilderung der Dampframme am Alexanderplatz (S. 179 f.), die das Schlagen als ein Grundmotiv des Lebens erscheinen läßt; die sich wiederholenden Hinweise auf den »Schnitter« Tod (S. 201), die die nun einsetzende Radikalität und Todesdynamik der Auseinandersetzung zwischen Biberkopf und Reinhold andeuten; das Jeremia-Zitat (S. 215 f.), das die Fixierung des Menschen auf sich selbst als verderblich kennzeichnet; die anschließende Rede von den »furchtbar schwarze[n] Wasser[n]« im Wald (S. 216), die auf eine mögliche Diskrepanz zwischen der friedlichen Oberfläche der Welt und ihrer darunter verborgenen Bösartigkeit hinweist und eine noch unbestimmte Angst artikuliert.

Auch durch den zweiten »Schlag«, der ihn seinen Arm gekostet und ihn zum Krüppel gemacht hat, läßt sich Biberkopf nicht zu jenen Einsichten und zu jenen Änderungen seiner Lebenseinstellung bringen, die im Sinne der eben genannten Stellen möglich und fällig gewesen wären. Vielmehr versucht er ein drittes Mal, sich mit demonstrativer Stärke einen Platz im Leben zu erobern, und ein zweites Mal, seinen gleichgearteten Gegenspieler Reinhold zu bezwingen. Dieser Versuch führt zum dritten und härtesten Schlag, den Biberkopf zu erleiden hat: zur Ermordung seiner Marie oder Mieze (S. 282), die gleichsam als Inkarnation des mit dem Esther-Zitat im ersten Buch angekündigten Helfertums zu betrachten ist und in der Absicht, Biberkopf zu helfen und ihn gegen eine vermeintliche Gefahr zu schützen, Leib und Leben aufs Spiel setzt – und verliert.

Dieser Teil der ›Geschichte vom Franz Biberkopf‹ vollzieht sich im Zeichen des Babylon-Motivs, das durch das ausführliche Zitat der einschlägigen Stelle aus der Offenbarung des Johannes zu Beginn des sechsten Buchs in den Vordergrund tritt und durch eine Reihe von Wiederholungen deutungsbestimmende Dominanz erlangt (S. 260). Verdeutlicht das Babylon-Zitat noch einmal die Gewaltfixierung Biberkopfs und seines Milieus, so wird mit der Rekapitulation der Geschichte von Isaak (S. 312ff.) an die erste und prominenteste alttestamentliche Erlöserfigur erinnert und Biberkopfs Prinzip der Selbstbehauptung die erlösende Bereitschaft zur Selbstpreisgabe gegenübergestellt. Dies wird ergänzt durch zwei Zitate aus dem Prediger Salomo, von denen das erste die Unterwerfung unter die Zeit und das Schicksal lehrt (S. 380) und das zweite angesichts des grassierenden Unrechts auf der Erde diejenigen glücklich preist, die sich in ihr Schicksal schon ergeben und im Tod die Ruhe gefunden haben (S. 400). In Biberkopf allerdings hallen noch die Kampfparolen nach (S. 424f.), und obwohl er nun einsieht, daß es falsch war, ihnen zu folgen, nimmt er erneut den Kampf gegen Reinhold auf: »seine letzte Medizin auf dieser Welt« (S. 430).

Es ist freilich eine ruinöse Medizin, die den schon stark angeschlagenen Biberkopf an den Rand des Todes bringt – und dadurch allerdings auch seine Wandlung erzwingt. Die Fixierung auf die Gewalt, anschaulich gemacht in der Auseinandersetzung mit der Hure Babylon als dem Inbegriff der geschichtlichen Gewalt, stürzt Biberkopf am Ende in eine wahnartige Verstörung, aus der er – nach der halluzinatorischen Begegnung mit den Kontrahenten und Opfern seines Gewaltmenschentums – endlich geläutert und wie ein neuer Mensch als Franz Karl (S. 493) Biberkopf wieder emportaucht. Er hat nun auch einen anderen Blick, »einen stillen, dunklen, suchenden« (S. 494), mit dem er die Welt neu und auf eine gesund machende Art zu sehen beginnt. Am Ende hat er das Babylonier- oder Gewaltmenschentum abgestreift, begnügt sich mit der Rolle eines »Hilfsportier[s] in einer mittleren Fabrik« (S. 499)[73] und ist entschlossen, gegenüber den massiv aufmarschierenden Verlockungen der Gewalt Distanz und Vernunft zu bewahren.

Berlin Alexanderplatz bietet also die relativ einfach strukturierte ›Geschichte vom Franz Biberkopf‹, die allerdings in ein sehr heterogenes und sehr bedeutungsreiches Material eingelagert ist. Ein guter Teil dieses Materials – z. B. die amtlichen Verlautbarungen, Statistiken, Zeitungsnotizen, aber auch einige private Dokumente – stammt unmittelbar aus der Lebenswelt[74] und verweist wieder auf sie zurück. Ein anderer Teil stammt aus dem Bereich der religiösen, mythologischen, dichterischen und volkstümlichen Überlieferung und macht deren existentielle und kognitive Bedeutung geltend. Beide Materialgruppen repräsentieren kollektive Existenzerfahrungen, die auch auf Franz Biberkopf einwirken und den Horizont seiner Geschichte bilden. Ein Teil von ihnen gewinnt den Status objektiver und geradezu personaler Seinsmächte. Erreicht wird dieser Effekt durch eine Erzählweise, die das Verhältnis zwischen den geschilderten Figuren und dem meist montageartig angelagerten Material auf eine vielfach deutbare Weise offenhält. Als Beispiel sei jene zeitgemäß martialische Redensart »Blut muß fließen, Blut muß fließen, knüppelhageldick« genannt, die in der Auseinandersetzung zwischen Biberkopf und den Arbeitern in seiner Stammkneipe einmontiert und mehrfach montageartig wiederholt wird (S. 90). Sie ist sowohl als Ausdruck des subjektiven Empfindens einer der beteiligten Personen zu verstehen als auch als objektivierender Kommentar des Erzählers, der damit eine für jene Zeit wichtige Ideologie evoziert und zugleich verdeutlicht, welchem Muster die eben geschilderte Episode von Biberkopfs Leben folgt. Die Form der Montage, in der etwas losgelöst von einem subjektiven Bewußtsein geltend gemacht wird, und die Form des inneren Monologs, in dem sich ein subjektives Bewußtsein auf eine unwillkürlich und unreflektiert wirkende Weise artikuliert, nähern sich hier an und zeigen die Offenheit eines Individuums gegenüber den kollektiven Lebensmächten, zu denen neben den biologischen und psychischen Gegebenheiten und den sozialen Umständen auch die Ideologien gehören. Was durch ein montageartiges Zitat oder dergleichen als materieller Lebensumstand oder geistiges Lebensmuster in objektivierender Weise geltend gemacht wird, kann auch ins Bewußtsein oder Empfinden der Individuen eindringen und sich in ihnen artikulieren; in jedem Fall ist es handlungs- und deutungsrelevant, leitet das Leben der Individuen (bis zu einem bestimmten Grad) und eröffnet dem Verständnis Perspektiven und Horizonte. Für die Dauer des Romans, der ja eine exemplarische Geschichte bieten will, werden die Zusammenhänge zwischen individuellem Sein und allgemeinen Lebensmächten deutlich.

Die Darstellungsform, die dies zur Geltung bringt, ist offensichtlich auch durch Döblins psychiatrische und psychopathologische Erfahrungen inspiriert. Es ist ja unverkennbar, daß der Protagonist von *Berlin Alexanderplatz*, Franz Biberkopf, einen psychotischen Prozeß zu durchlaufen hat, und Döblin selbst hat dafür auf seinen ärztlichen Erfahrungshintergrund verwiesen.[75] Wie dieser Prozeß medizinisch zu nennen und zu bewerten ist, darf dahingestellt bleiben. Mit den Ärzten der Anstalt Buch, die sich um Biberkopf zu bemühen haben, spricht der Roman, nachdem die Diagnose »Katatonie« durch Biberkopfs Genesung hinfällig geworden ist, von einem »psychischen Trauma« und, mit professioneller Saloppheit, von einem »Klaps« (S. 471, 491), dem Biberkopf erlegen sei.

Hier geht es nun nicht etwa darum, diese Diagnose zu präzisieren, sondern darum, den Zusammenhang zwischen der psychotischen Befindlichkeit des Protagonisten und der Erzählweise von *Berlin Alexanderplatz* aufzuweisen und die sozusagen psychopathologisch modellierte Textstruktur dieses Romans zu verdeutlichen. Das mag etwas prononciert klingen; doch sei zur Legitimation auf Döblin selbst verwiesen, der in einem Brief vom 18. September 1931 an den Berliner Germanistikprofessor Julius Petersen schrieb, er habe seine Technik aus der »psychoanalytischen Tätigkeit«[76] (wobei sehr wohl auch »psychopathologisch« oder »psychiatrisch« stehen könnte, denn es geht um Phänomene, die Döblin schon in seiner Dissertation untersucht hatte: um die »Fabulationen« der Wahnkranken und deren systematisierenden oder zielstrebigen Charakter). Für die folgenden Ausführungen muß freilich noch über Döblins psychopathologische Studien bis zur Entstehung von *Berlin Alexanderplatz* hinausgegriffen werden: bis zur ›Schicksalsreise‹ von 1940 und zu einer psychopathologischen Studie, die erst ein Jahr nach Döblins Tod erschienen ist.

Diese Studie von Klaus Conrad, die von Forschungsansätzen ausgeht, mit denen Döblin vertraut sein konnte, versucht eine »Gestaltsanalyse des Wahns«[77] und bietet mit der modellhaften Beschreibung eines schizophrenen Schubs eine auch für *Berlin Alexanderplatz* sehr erhellende Beschreibung der eigentümlichen Wirklichkeitswahrnehmung von Wahngefährdeten und Wahnkranken. Eine ähnlich ausgereifte Abhandlung findet sich unter Döblins medizinischen Schriften nicht; daß er aber mit den von Conrad systematisch beschriebenen Abläufen und Mechanismen vertraut war, zeigen nicht nur die medizinischen Schriften Döblins und vereinzelte Hinweise in anderen Schriften[78] vor *Berlin Alexanderplatz*, sondern auch und deutlicher noch jene Passagen der ›Schicksalsreise‹, in denen Döblin seine eigene »psychische Verstörung«[79] während der Flucht durch Frankreich zunächst einmal psychopathologisch als »Beziehungswahn«[80] deutet und in einer Weise beschreibt, die der »Gestaltanalyse« von Conrad durchaus nahekommt.

Nach Conrad verläuft ein schizophrener oder wahnhafter Schub ungefähr folgendermaßen: Im ersten Stadium (Prodromstadium oder Trema) kommt es zu einer Erhöhung der allgemeinen psychischen Spannung, nicht selten zu Angstzuständen. Dem folgt im zweiten Stadium die Entfaltung des Wahns, die geprägt ist durch einen »Wandel der Erlebnisstruktur«: der Wahnkranke entwickelt ein »abnormes Bedeutungsbewußtsein« oder ein »apophänes Erleben« des Außen- und Wahrnehmungsraumes. Damit ist gemeint, daß Wahnkranke den Objekten oder Vorgängen ihrer Wahrnehmung eine Bedeutung zusprechen, die diese in den Augen eines anderen und nach herkömmlichen Begriffen ›normalen‹ Beobachters nicht haben. Wahnkranke aber, denen ab einem gewissen Punkt ihrer Erfahrungen der »Überstieg« in die distanzierte Betrachtungsweise ›normaler‹ oder ›gesunder‹ Menschen nicht mehr möglich ist, sind sich dieser Bedeutung so gewiß wie einer Offenbarung (Apophänie) und verhalten sich unter ihrem Diktat »wie der Mensch in der Offenbarung«. Im Erfahrungsmodus dieser Offenbarung bezieht ein Wahnkranker nicht nur profilierte Außenwahrnehmungen zeichenhaft auf sich, sondern auch eigene Gedanken, die als Äußerungen von etwas Fremdem aufgefaßt werden. Dem folgt ein drittes, »apokalyptisches« und möglicherweise katatones Stadium, in dem der Realitätsbezug noch weiter zerstört und die Gedankenwelt des Wahnkranken von archetypisch wirkenden Bildern erfüllt wird. Danach kann eine Phase der Konsolidierung folgen, in der eine Besserung eintritt und die ›Offenbarung‹ teilweise oder ganz aufgehoben wird. Doch bleibt dieser Prozeß nicht folgenlos: es kommt zu einer mehr oder minder deutlichen Wesensveränderung.

Daß Biberkopfs Entwicklung ähnlich verläuft, ist leicht zu sehen. Es geht ja hier auch nicht um die genauere Bestimmung des ihm zugeschriebenen Krankheitsbildes, sondern um die

Analogie zwischen der Wahrnehmungsweise eines traumatisierten und vom Wahn bedrohten Bewußtseins und der Darstellungsweise von *Berlin Alexanderplatz.* Und hierfür ist zunächst einmal interessant, daß der vom Wahn Bedrohte die Außenwelt, zu der auch seine nach außen projizierten Gedanken und Gefühlsregungen zu rechnen sind, zeichenhaft auf sich bezieht und für die Deutung seiner existentiellen Situation nutzt. Er nimmt die Außenwelt, die er mit Stimmen, Bildern und Gestalten aus dem eigenen Innern bevölkert, gleichsam als apophänes Szenarium wahr, in dem sich ihm die Mächte offenbaren, die sein Leben bestimmen. Die spezifische, neuartige und kühne Eigenart der Darstellungsweise von *Berlin Alexanderplatz* besteht nun darin, daß Döblin dieses apophäne Szenarium von jedem subjektiven Bewußtsein loslöst und mittels der Montagetechnik als objektiven Geschehens- und Deutungshorizont der ›Geschichte vom Franz Biberkopf‹ erscheinen läßt.

Dies sei anhand des Babylon-Motivs, das für *Berlin Alexanderplatz* von zentraler Bedeutung ist, exemplifiziert: Das Babylon-Motiv wird gleich zu Beginn eingeführt, und zwar mit jenem montageartig eingefügten Jeremia-Zitat, das man als sozusagen diagnostische und zugleich prophetische Assoziation des alten Rebbe im Anblick Biberkopfs verstehen kann (S. 19f.). Dann taucht es wieder im Rahmen einer Reflexion über die Metropole Berlin auf, die man dem Erzähler zuschreiben kann (S. 182). Zum dritten Mal aber erscheint es in einer Form, die zwar eine bewußtseinsmäßige Beziehung zu Biberkopf vermuten läßt, zugleich aber Autonomie beansprucht: im vierten Kapitel des sechsten Buchs (S. 259ff.), unmittelbar bevor Biberkopf die »Dritte Eroberung Berlins« versucht. Er hat schon zwei »Schläge« empfangen, ist schon etwas »klarer als vorher«, ahnt, daß das Leben ein »höllisches Ding« ist, und hat Momente, in denen er geradezu »hellseherisch« ist. Wie zum Beweis dafür wird unmittelbar nach dieser Feststellung die Beschreibung der großen Hure Babylon aus der Offenbarung des Johannes zitiert, aber so stark vom vorhergehenden und nachfolgenden

Text abgesetzt, daß das Zitat nicht mehr als Assoziation Biberkopfs erscheint, sondern als autonomer Textteil, der auf etwas hindeutet, was auch unabhängig von Biberkopfs Bewußtsein zu existieren scheint. Dieser Eindruck wird durch die folgenden Zitate (S. 278, 320, 419), die noch weiter von einem subjektiven Bewußtsein gelöst sind, verstärkt, und konsequenterweise erscheint die Hure Babylon zuletzt als eine Gestalt, die belebt ist, mithin eine elementare Seinsmacht verkörpert und mit dem Tod um Biberkopfs Leben kämpft (S. 467ff.).

Damit wird auch der Effekt dieser Darstellungsweise deutlich: Der Auftritt der mörderischen Hure Babylon spielt sich nicht nur, wie es ausdrücklich heißt, »vor Franzens Auge« ab, sondern auch vor den Augen des Lesers. Das apophäne Szenarium, in das sich Biberkopf gestellt sieht, wird – in Form der Montagen – auch dem Leser unmittelbar vor Augen geführt und soll offensichtlich als objektiver Deutungshorizont für die exemplarisch zu sehende Existenz des Protagonisten von *Berlin Alexanderplatz* erscheinen. Nicht nur für ihn, auch für den Leser soll die Welt transparent werden für die elementaren Muster, denen sein Leben folgt; nicht nur ihm, sondern auch dem Leser soll dadurch »Offenbarung« zuteil werden.

Daß Döblin dafür eine Darstellungsweise nutzt, die eine deutliche Analogie zu einer psychotischen Wahrnehmung oder Erfahrung hat, ist mehr als eine nur beruflich naheliegende Formalität: Döblin war, wie sein dichterisches Werk spätestens seit der Erzählung ›Die Ermordung einer Butterblume‹ vermuten läßt und wie die ›Schicksalsreise‹ bestätigt, davon überzeugt, daß sich in Momenten der psychischen Verstörung und womöglich auch des Wahns Erkenntnisse einstellen, die auch jenseits der Bedingungen, unter denen sie gewonnen wurden, gültig waren. Anders gesagt: Die Figur der mörderischen Hure Babylon würde nicht vor dem »hellseherisch« gewordenen Biberkopf, dem die katatone Annäherung an den Tod vollends die Augen öffnet, in Erscheinung treten, wenn es keine Entsprechungen im Leben, wenn es keine »Babylonier«, keine stur gewalt- und machtorientierten Menschen, wenn es kein entsprechendes Milieu gäbe. Daß derartige Erkenntnisse – nach Döblin – mehr sind als Wahnvorstellungen und nicht nur über traumatisierende Erfahrungen zu gewinnen sind, zeigt das Beispiel des alten Rebbe, der durch die religiöse Überlieferung »hellseherisch« genug ist, um zu erkennen, welchem Muster oder welcher Macht Biberkopfs Existenz gehorcht. Der Weg, den Franz Biberkopf gehen mußte, um zu einer entsprechenden Einsicht zu kommen und sich von jenen Lebensmustern abzuwenden, ist nur ein Weg zur Erkenntnis, freilich ein besonders leidvoller.

Für den auf seine Kraft und Souveränität pochenden Biberkopf ist die Stadt Berlin Kontext, Mitspielerin, Gegenspielerin. Sie ist in der Reihe der großen geschichtlichen Kapitalen zu sehen, von denen drei im Zusammenhang mit Biberkopfs zweiter Sondierung der Stadt ausdrücklich genannt werden: Rom, Ninive und eben – Babylon (S. 182). Aber die babylonische Perspektive, in der die Stadt – nach den so häufig zitierten Worten der Apokalypse – als »die Mutter aller Greuel auf Erden« (S. 259ff., 278, 320, 419) erscheint, ist nicht die einzige und auch nicht die vorrangige. Vor und nach der Eröffnung der babylonischen Perspektive wird die Stadt in mehreren materialgesättigten Passagen als vieldimensionierter Lebensraum vor Augen geführt (S. 49–59, 131–136, 179–184, 205–209, 333–339), der zunächst einmal nicht negativ zu sehen ist, sondern als mehr oder minder neutraler Raum, der eine Fülle von Lebensmöglichkeiten bietet. Nicht umsonst kehrt Biberkopf nach jedem der Schläge, die er erhält, in die Stadt zurück – überzeugt davon, daß er in ihr sein Auskommen finden wird. Berlin bedeutet ihm »zu Haus«-Sein (S. 245); nach jedem der drei Schläge gewinnt er bei ausgiebigen Gängen durch die Stadt neue Lebenszuversicht (S. 179ff., 261ff., 494f.); zuletzt wird die kräftige, heilende Wirkung dieser Gänge ausdrücklich betont: »Er fängt langsam an, auf die Straße zu gehen, er geht in Berlin herum. [...] Er geht durch die Stadt. Da sind viele Dinge, die einen gesund machen können, wenn nur das Herz gesund ist.« Und das wird noch einmal wiederholt und gesteigert: »Das sind alles schöne Sachen, die einem Menschen auf die Beine helfen können, selbst wenn er ein bißchen schwach ist, wenn nur das Herz gesund ist.« (S. 494 f.)

Damit ist auch gesagt, daß die Bedeutung, die die Stadt für einen Menschen bekommt, weitgehend von dessen Befindlichkeiten abhängt. Wenn Berlin für Biberkopf zeitweilig zur großen Hure Babylon wird, dann wegen seines eigenen Babyloniertums. Signifikant dafür ist, daß der Name Babylon zum ersten Mal erwähnt wird, wenn der alte Rebbe – gleich zu Beginn des Romans – beim Anblick Biberkopfs jene Jeremiastelle assoziiert, mit der den Babyloniern, die sich nicht heilen lassen wollten, die Strafe angekündigt wird (S. 19 f.).

Biberkopf aber wird geheilt. Am Schluß hat er seine babylonisch wirkende Machtversessenheit und Gewaltfixierung überwunden, will nicht mehr bei jeder Gelegenheit ohne weiteres Überlegen eigenhändig Ordnung schaffen, sondern Vernunft walten lassen und Zurückhaltung üben, auch wenn unentwegt kämpferische Kolonnen an ihm vorüberziehen und ihre Solidaritätsforderungen und Tatparolen mächtig auf sein Bewußtsein eindringen. Wie er sich ihnen gegenüber letztlich verhalten würde, sollte ein weiterer Band zeigen[81], den Döblin allerdings nicht geschrieben hat. An seiner Stelle entstanden 1930/31, hervorgehend aus einer öffentlich an Döblin gerichteten Bitte eines Studenten um »einige Kluge Worte« in einer Situation der »Ratlosigkeit«, die Artikelreihe und das Buch *Wissen und Verändern*, in denen Döblin eine Analyse der politischen Lage versuchte und für gesellschaftliche Veränderungen im Sinne eines »ethischen Sozialismus« plädierte, zunächst aber ein gründliches Nachdenken über das wirklich Wünschenswerte und das tatsächlich Mögliche verlangt.[82]

Berlin Alexanderplatz wurde von der zeitgenössischen Kritik stark beachtet[83] – und allerdings auch sehr unterschiedlich beurteilt. Die schönste Würdigung hat Walter Benjamin geschrieben, der Döblins Roman nicht nur als eine wegweisende Realisation eines zeitgemäßen Erzählens und mithin als Ausweg aus der »Krisis des Romans« verstand, sondern auch als die »äußerste, schwindelnde, letzte, vorgeschobenste Stufe des alten bürgerlichen Bildungsromans«.[84] Die heftigste Kritik kam von Mitgliedern des Bundes proletarisch-revolutionärer Schriftsteller (BPRS), die dem Roman vorwarfen, er setze mit der Figur des Totschlägers, Zuhälters und Alkoholikers Biberkopf und mit der Schilderung seines Milieus das Proletariat herab, verrate die Idee des organisierten Klassenkampfs und sei insgesamt konterrevolutionär. Die daraus entstehende Kontroverse zwischen dem linksbürgerlichen Döblin und den kommunistischen BPRS-Autoren initiierte die Spaltung der linken Intelligenz in der Endphase der Weimarer Republik und führte dazu, daß *Berlin Alexanderplatz* in der Sowjetunion nicht verlegt wurde. Die literarische Bedeutung von Döblins Roman konnte aber durch die Kritik des BPRS nicht verdeckt, der Erfolg beim Publikum nicht verhindert oder wesentlich geschmälert werden. Bevor er 1933 von den Nationalsozialisten verboten wurde, erreichte *Berlin Alexanderplatz* fünfzig Auflagen und wurde mithin in ca. 50000 Exemplaren verkauft. Gesteigert wurde seine Bekanntheit durch die 1931 präsentierte Verfilmung von Phil Jutzi mit dem Publikumsliebling Heinrich George in der Hauptrolle.[85] Der renommierteste Filmkritiker der ausgehenden zwanziger Jahre, Siegfried Kracauer, hat sie – unter künstlerischen Aspekten – zunächst sehr kritisch beurteilt, später aber – unter politischen Gesichtspunkten – als einen der ganz wenigen Filme jener Zeit gewertet, die der »pessimistischen Perspektive« der übrigen Filme der Weimarer Republik widersprachen und »den Glauben an eine positive Entwicklung des herrschenden republikanischen Regimes« nährten. Eine Hörspielvariante, die unter Döblins Mitwirkung produziert wurde, konnte aus politischen Gründen und vielleicht auch wegen künstlerischer Bedenken nicht gesendet werden.[86] Neuerdings wurde versucht, *Berlin Alexanderplatz* auf der Bühne zu präsentieren[87], doch sind dabei notwendigerweise viele Einschränkungen und Vereinfachungen nötig. Der Vielschichtigkeit des Romans wird Rainer Werner Fassbinders vielbeachtete Verfilmung aus dem Jahre 1980[88] sehr viel eher gerecht – ein gelungenes Beispiel für die kongeniale Übertragung eines Stoffes von einem Medium in ein anderes.

Helmuth Kiesel

1 Thomas Mann: Das essayistische Werk. Hrsg. von Hans Bürgin. Bd. 8: Miszellen. Frankfurt a. M./Hamburg: Fischer, 1968, S. 167.

2 Zit. nach Inge Jens: Dichter zwischen rechts und links. Die Geschichte der Sektion für Dichtkunst der Preußischen Akademie der Künste dargestellt nach Dokumenten. München: dtv, 1979, S. 66.

3 Vgl. ebd., S. 71.

4 Ebd.

5 Vgl. dazu Dieter Mayer: Linksbürgerliches Denken. Untersuchungen zur Kunsttheorie, Gesellschaftsauffassung und Kulturpolitik in der Weimarer Republik 1919–1924. München: Fink, 1981.

6 Vgl. I. Jens: Dichter zwischen rechts und links, S. 65.

7 Alfred Döblin: Schriften zu Leben und Werk. Hg. von Erich Kleinschmidt. Olten/Freiburg i. Brsg.: Walter, 1986, S. 108–175. – Zur Datierung vgl. den Kommentar des Herausgebers, S. 574.

8 Ebd., S. 110.

9 Vgl. Jochen Meyer: Döblin-Chronik. In: Alfred Döblin 1878/1978. Eine Ausstellung des Deutschen Literaturarchivs im Schiller-Nationalmuseum Marbach a. N. München: Kösel, 1978, S. 10–57.

10 Alfred Döblin: Jagende Rosse. Der schwarze Vorhang und andere frühe Erzählwerke. Hg. von Anthony W. Riley. Olten/

Freiburg i. Brsg.: Walter, 1981, S. 7–25; vgl. dazu die Wertung des Herausgebers, S. 288 ff.

11 Gedächtnisstörungen bei der Korsakoffschen Psychose. Inaugural-Dissertation zur Erlangung der medizinischen Doktorwürde. Vorgelegt der hohen medizinischen Fakultät der Albert-Ludwigs-Universität zu Freiburg i. Brsg. von Alfred Döblin. Berlin: Buchdruckerei Otto & Emil Klett, 1905.

12 Druck in der Vossischen Zeitung vom 5. Mai 1926 und im Almanach für das Jahr 1927; wiederabgedruckt in: Alfred Döblin: Die Zeitlupe. Kleine Prosa. Aus dem Nachlaß zusammengestellt von Walter Muschg. Olten/Freiburg i. Brsg.: Walter, 1962, S. 80–88.

13 Bemerkenswert hierzu Gottfried Benns Essay ›Kunst und Staat‹ von 1927, in dem Döblin als Beispiel für die mangelnde »Kunstpflege« seitens »des Staates und der Kommunen« angeführt wird. – Vgl. auch Döblins Essay ›Kassenärzte und Kassenpatienten‹ von 1929, in: Alfred Döblin: Schriften zur Politik und Gesellschaft. Hg. von Heinz Graber. Olten/Freiburg i. Brsg.: Walter, 1972, S. 240–244.

14 Schriften zu Leben und Werk, S. 108.

15 Ebd., S. 109 und 110.

16 Vgl. Schriften zur Politik und Gesellschaft (wie Anm. 14), S. 72 und 240f. sowie Wissen und Verändern. Herausgegeben von Heinz Graber. Olten/Freiburg i. Brsg.: Walter, 1972, S. 144 ff. und 190.

17 Schriften zu Leben und Werk, S. 109; vgl. Matt. 26, 28 und Mk. 14, 24.

18 Vgl. Alfred Döblin: Aufsätze zur Literatur. Herausgegeben von Walter Muschg. Olten/Freiburg i. Brsg.: Walter, 1963, S. 85 sowie 27f. und 39.

19 Vgl. den Katalog der Marbacher Döblin-Ausstellung von 1978, S. 224.

20 Schriften zu Leben und Werk, S. 135.

21 Ebd., S. 137.

22 Vgl. Alfred Döblin: Das Ich über der Natur. Berlin: Fischer, 1928, bes. S. 117 ff. – Eine eingehende Erörterung von Döblins Vorstellungen mit Berücksichtigung der naturphilosophischen Tradition und des geistesgeschichtlichen Kontexts findet sich bei Wolfgang Düsing: Erinnerung und Identität. Untersuchungen zu einem Erzählproblem bei Musil, Döblin und Doderer. München:

Fink, 1982, S. 103 ff. – Sehr aufschlußreich auch Johannes Balve: Ästhetik und Anthropologie bei Alfred Döblin: Vom musikphilosophischen Gespräch zur Romanpoetik. Wiesbaden: Deutscher Universitäts-Verlag, 1990; Ursula Elm: Literatur als Lebensanschauung. Zum ideengeschichtlichen Hintergrund von Alfred Döblins *Berlin Alexanderplatz*. Bielefeld: Aisthesis, 1991.

23 Vgl. Das Ich über der Natur, S. 171.

24 Vgl. Alfred Döblin: Unser Dasein. Hg. von Walter Muschg. Olten/Freiburg i. Brsg.: Walter, 1964, S. 70 und 190.

25 Ebd., S. 95.

26 Ebd., S. 215 f.

27 Vgl. ebd., S. 97.

28 Vgl. Das Ich über der Natur, S. 242.

29 Vgl. ebd., S. 213.

30 Vgl. ebd., S. 11 ff. – Zu dieser für Döblin und seine Zeit so wichtigen Vorstellung vgl. die aufschlußreiche Untersuchung von Monika Fick: Sinnenwelt und Weltseele: Der psychophysische Monismus in der Literatur der Jahrhundertwende. Tübingen: Niemeyer, 1993.

31 Vgl. Das Ich über der Natur, S. 78.

32 Zu den Anlässen dieser Konversion vgl. Alfred Döblins Bericht ›Schicksalsreise‹, in: Alfred Döblin: Autobiographische Schriften und letzte Aufzeichnungen. Herausgegeben von Edgar Pässler, Olten/Freiburg i. Brsg.: Walter, 1980, S. 103 ff.; zu den weiteren geistigen Hintergründen vgl. Helmuth Kiesel: Literarische Trauerarbeit: Das Exil- und Spätwerk Alfred Döblins. Tübingen: Niemeyer, 1976, bes. S. 145 ff.; Thomas Isermann: Der Text und das Unsagbare: Studien zu Religionssuche und Werkpoetik bei Alfred Döblin. Idstein: Schulz-Kirchner, 1989.

33 Nachwort zu Unser Dasein, S. 490.

34 Nachwort zur Ausgabe von 1961, S. 519.

35 Vgl. Unser Dasein, S. 442 ff.

36 Vgl. ebd., S. 241 ff.

37 Alfred Döblin: Schriften zu Ästhetik, Poetik und Literatur. Hg. von Erich Kleinschmidt. Olten/Freiburg i. Brsg.: Walter, 1989, S. 215–245.

38 Vgl. ebd., S. 657 f.

39 Vgl. dazu Dietrich Scheunemann: Romankrise. Die Entstehungsgeschichte der modernen Romanpoetik in Deutschland. Heidelberg: Quelle & Meyer, 1978; Eberhard Lämmert u. a. (Hg.):

Romantheorie. Dokumentation ihrer Geschichte in Deutschland. Königstein/Ts.: Athenäum, 1984, bes. S. 170ff. Zum weiteren Kontext und zur Bedeutung von Döblins Konzeption für die Entwicklung des modernen Romans vgl. Viktor Žmegač: Der europäische Roman. Geschichte seiner Poetik. Tübingen: Niemeyer, 1990, bes. S. 335ff.

40 Vgl. Alfred Döblin: Briefe. Herausgegeben von Heinz Graber. Olten/Freiburg i. Brsg.: Walter, 1970, S. 360ff., wo sich Döblin noch in einem Brief vom 7. 1. 1947 an den Münchner Theaterwissenschaftler Artur Kutscher zu den Positionen von 1928 bekennt.

41 Der Bau des epischen Werks, S. 215.

42 Ebd., S. 218f.

43 Ebd., S. 225.

44 Ebd., S. 226f.

45 Ebd., S. 227.

46 Ebd., S. 230.

47 Ebd., S. 232.

48 Ebd., S. 233f.

49 Ebd., S. 240.

50 Hier zitiert nach dem Zweitdruck im Jahrbuch der Sektion für Dichtkunst 1929, Berlin: Fischer, 1929, S. 260.

51 Vgl. ›Reform des Romans‹, in: Schriften zur Ästhetik, S. 137–153.

52 Vgl. Alfred Döblin: Kleine Schriften II. Hg. von Anthony W. Riley. Olten/Freiburg i. Brsg.: Walter, 1990, S. 360–362.

53 Vgl. »›Ulysses‹ von Joyce«, in: Aufsätze zur Literatur, S. 287–290.

54 Vgl. Alfred Döblin im Spiegel der zeitgenössischen Kritik. Hg. von Ingrid Schuster und Ingrid Bode. Bern/München: Francke, 1973, S. 227.

55 Vgl. ebd., S. 246.

56 Vgl. Aufsätze zur Literatur, S. 288.

57 Vgl. Döblin im Spiegel der Kritik, bes. S. 218, 244 und 251.

58 Vgl. ebd., S. 251 (s. auch Walter Benjamin: Krisis des Romans. Zu Döblins *Berlin Alexanderplatz*. In: W. B.: Gesammelte Schriften. Bd. III: Kritiken und Rezensionen. Frankfurt a. M.: Suhrkamp, 1972, S. 230–236).

59 Schriften zu Leben und Werk, S. 217 (und Kommentar S. 616). Die ausländischen Rezensionen, auf die sich Döblin bezieht, finden sich bei Prangel: Materialien, S. 114–116.

60 Döblin im Spiegel der Kritik, S. 244.
61 Vgl. dazu Alfred Döblin: Drama/Hörspiel/Film. Herausgegeben von Erich Kleinschmidt. Olten/Freiburg i. Brsg.: Walter, 1983, S. 616ff.
62 Vgl. Helmuth Kiesel: Döblin und das Kino. Überlegungen zur *Alexanderplatz*-Verfilmung. In: Jahrbuch für Internationale Germanistik, Reihe A, Bd. 33: Internationale Döblin-Kolloquien, Münster 1989/Marbach 1991. Bern: Lang 1993, S. 284–297.
63 Iherings Kritik erschien am 9. Oktober 1931 im ›Berliner Börsen-Courier‹. Neudruck in: Materialien zu Alfred Döblin ›Berlin Alexanderplatz‹, S. 241–243.
64 Kracauers Kritik erschien am 13. Oktober 1931 in der ›Frankfurter Zeitung‹. Neudruck in: Siegfried Kracauer: Von Caligari zu Hitler. Eine psychologische Geschichte des deutschen Films. Frankfurt a. M.: Suhrkamp, 1984, S. 508–510.
65 Vgl. Joachim Paech: Literatur und Film. Stuttgart: Metzler, 1988, S. 45ff.
66 Vgl. Otto Keller: Döblins Montageroman als Epos der Moderne. Die Struktur der Romane *Der schwarze Vorhang, Die drei Sprünge des Wang-lun* und *Berlin Alexanderplatz*. München: Fink, 1980, S. 43ff.; ders.: Döblins ›Berlin Alexanderplatz‹. Die Großstadt im Spiegel ihrer Diskurse. Bern/Frankfurt a. M./New York/Paris, 1990.
67 Vgl. Kleine Schriften II, S. 124f.
68 Vgl. Drama/Hörspiel/Film, S. 657.
69 Vgl. Schriften zu Leben und Werk, S. 295 und 312 (›Epilog‹).
70 Ebd., S. 312.
71 Vgl. die Präambel zum dritten Buch und öfter.
72 Zur Bedeutung der mythologischen Überlieferung bei Döblin vgl. Barbara Baumann-Eisenack: Der Mythos als Brücke zur Wahrheit. Eine Analyse ausgewählter Texte Alfred Döblins. Idstein: Schulz-Kirchner, 1992.
73 Zum vieldiskutierten Schluß von *Berlin Alexanderplatz* vgl. bes. Hans-Peter Bayerdörfer: Der Wissende und die Gewalt. Alfred Döblins Theorie des epischen Werks und der Schluß von *Berlin Alexanderplatz*. In: Materialien, S. 150–185.
74 Vgl. dazu Nikolaus Miller: Prolegomena zu einer Poetik der Dokumentarliteratur. München: Fink, 1982, S. 184ff., wo eine »Typologie der epischen Montage« in *Berlin Alexanderplatz*

entwickelt wird und die von Döblin ins Manuskript eingeklebten Dokumente beschrieben werden.

75 Vgl. Kiesel, Literarische Trauerarbeit, S. 201 ff.

76 Vgl. Briefe, S. 165 und 377.

77 Vgl. Klaus Conrad: Die beginnende Schizophrenie. Versuch einer Gestaltanalyse des Wahns. Stuttgart: Thieme, 1958.

78 Vgl. Schriften zu Ästhetik, S. 169, wo kurz vom Bezugsdenken der Paranoiker gesprochen wird.

79 Vgl. Schicksalsreise, S. 136.

80 Vgl. ebd., S. 180ff.

81 Vgl. Briefe, S. 165.

82 Alfred Döblin: Der deutsche Maskenball/Wissen und Verändern. Hg. von Heinz Graber. Olten/Freiburg i. Brsg.: Walter, 1972, S. 127–266. Zu der bemerkenswerten Resonanz vgl. Döblin im Spiegel der zeitgenössischen Kritik, a. a. O. S. 267–304, und Kiesel, Literarische Trauerarbeit, a. a. O. S. 86ff.

83 Vgl. Döblin im Spiegel der zeitgenössischen Kritik, S. 207–266.

84 Vgl. ebd., S. 249–254 bzw. 108–114.

85 Zu Phil Jutzis Verfilmung vgl. Döblin: Drama/Hörspiel/Film, S. 656ff.; Hanno Möbius/Guntram Vogt: Drehort Stadt. Das Thema ›Großstadt‹ im deutschen Film. Marburg: Hitzeroth, 1990, S. 100ff.; Eggo Müller: Adaption als Medienreflexion. Das Drehbuch zu Phil Jutzis ›Berlin Alexanderplatz‹ von Alfred Döblin und Hans Wilhelm. In: Alexander Schwarz (Hg.): Das Drehbuch: Geschichte, Theorie, Praxis. München: Schaudig, Bauer, Ledig, 1992, S. 91 ff.

86 Vgl. Döblin: Drama/Hörspiel/Film, S. 273–317 und 641 ff.; vgl. auch Alfred Döblin: Die Geschichte vom Franz Biberkopf. Hörspiel nach dem Roman *Berlin Alexanderplatz*. Mit einem Nachwort hg. von Heinz Schwitzke. Stuttgart: Reclam, 1978.

87 Berlin Alexanderplatz. Nach dem Roman von Alfred Döblin in einer Bearbeitung von Eike Gramss. Berlin: Kiepenheuer Bühnenvertriebs-GmbH, 1990. – Uraufführung an den Städtischen Bühnen Krefeld-Mönchengladbach am 18. 1. 1990; weitere Inszenierung am Badischen Staatstheater Karlsruhe (Premiere am 23. 9. 1990).

88 Vgl. Der Film ›Berlin Alexanderplatz‹. Ein Arbeitsjournal von Rainer Werner Fassbinder und Harry Baer. Frankfurt a. M.: Zweitausendeins, 1980; vgl. auch Achim Haag: »Er hat immer diese Sehnsucht nach Liebe gehabt, und deswegen war er böse«.

Franz Biberkopf und Reinhold: Die Kontrahenten der Seelenkämpfe R.W. Fassbinders. In: Text + Kritik 103: Rainer Werner Fassbinder. Hg. von Heinz Ludwig Arnold, München: edition text + kritik, 1989, S. 35ff.; Heinz Brüggemann: *Berlin Alexanderplatz* oder ›Franz, Mieze, Reinhold, Tod & Teufel‹? R.W. Fassbinders filmische Lektüre des Romans von Alfred Döblin. Polemik gegen einen melodramatischen Widerruf der ästhetischen Moderne. In: Text + Kritik 103, S. 51ff.; Kiesel, Döblin und das Kino, S. 293ff.

ANMERKUNGEN

9 *Star gestochen:* Die Redensart *einem den Star stechen* bedeutet »jemandem die Augen öffnen«, »jemanden über eine Sache aufklären«.

10 *nämlich vom Leben mehr zu verlangen als das Butterbrot:* Das Motiv, das Biberkopfs Lebensphilosophie beschreibt; korrespondiert mit seinem Wunsch, anständig zu bleiben.

11 *Tegel:* Eine Berliner Strafvollzugsanstalt, die im Ortsteil Tegel des Berliner Verwaltungsbezirks Reinickendorf liegt.

13 *Mit der 41 in die Stadt:* Bei der Arbeit an dem Roman hatte Döblin eine Verkehrskarte mit Faltplan und Straßenverzeichnissen der Berliner Straßenbahn-Betriebs-GmbH, Hoch- und Untergrundbahn und Allgemeinen Berliner Omnibus-AG zur Verfügung, so daß er immer feststellen konnte, welches Verkehrsmittel und welche Linie man nehmen mußte, um sich innerhalb Berlins fortzubewegen. Nach seiner anfänglichen Technikbegeisterung (1911/12), die sich auch in seiner euphorischen Zustimmung zum Futurismus Marinettis äußerte, distanzierte sich Döblin 1913 in seinem Artikel ›Futuristische Worttechnik‹ (Der Sturm, Jg. 3, Nr. 150/151) wieder davon. Dennoch war für ihn das Phänomen »Verkehr« charakteristisch für die Großstadt. Deswegen tritt im Roman die Großstadt gerade in der Beschreibung ihres Verkehrsnetzes und des fließenden Verkehrs plastisch hervor; vgl. z. B. S. 50, 52f., 58, 91, 179, 258, 268, 288, 311, 330, 427, 439, 481, 495. – *Elektrische auf Elektrische:* Anläßlich der Berliner Gewerbeausstellung 1879 wurde die erste elektrische Straßenbahn nach Plänen von Werner von Siemens (1816–1892) vorgeführt und als ein Wunder der Technik bestaunt; in Betrieb genommen wurde sie 1881 in Lichterfelde bei Berlin und prägte in den 20er Jahren das Berliner Stadtbild.

14 *mein Brägen:* Nebenform von *Bregen*; norddt. für Gehirn vom Schlachttier; die berlinerische Form wäre *Brejen.* – *gegenüber Aschinger:* Aschinger war ein typisches Berliner Lokal. Die Aschingers waren um die Jahrhundertwende aus Süddeutsch-

land gekommen und hatten mit ihrem Konzept, wenig verschiedene Speisen und Getränke zu günstigen Preisen sowie von gleichbleibender Qualität anzubieten, soviel Erfolg, daß sie vierzig Bierlokale in Berlin unterhielten. In vielen Erinnerungen von Künstlern wird die preiswerte Erbsensuppe mit soviel Brot, wie man wollte, erwähnt, denn »Aschinger war eine Wohltat für hungrige Künstler« (George Grosz, 1914). – *Die Strafe:* Das hier von der vorerst anonymen Stimme ins Spiel gebrachte Motiv der Strafe widerspricht der Selbsteinschätzung Biberkopfs, der nach der Abbüßung seiner Gefängnisstrafe keinerlei Schuldbewußtsein mehr verspürt. Dieses Motiv erlangt im Fortgang des Geschehens immer größere Bedeutung; vgl. S. 16, 120, 174, 231, 238, 473–488. Die anonyme Stimme wird später als Stimme des Todes kenntlich.

15 *wenn die Dächer nur nicht abrutschten:* Die damit artikulierte Angst befällt Biberkopf regelmäßig in Momenten der Verunsicherung und wird zu einem wichtigen Motiv; vgl. S. 99f., 126, 140, 144, 245, 246, 250, 262, 278, 321, 329, 493.

17 *Es braust ein Ruf wie Donnerhall:* Erste Zeile aus dem 1840 von Max Schneckenburger (1819–1849) komponierten Lied ›Die Wacht am Rhein‹, das im Ersten Weltkrieg, an dem Biberkopf teilgenommen hat, als Kampflied gesungen wurde; vgl. S. 34, 96, 98, 140, 247, 489, 492, 500. – *roten Mauern:* Gemeint ist das Tegler Gefängnis.

18 *In der Stadt Susan lebte, ..., von Ansehn:* Verändertes Bibelzitat: vgl. Esther 2, 5/7. – *Wenn jemand vom Aas ... ist er unrein:* Aus den jüdischen Koscher-Gesetzen, die festlegen, welche Speisen gegessen werden dürfen: vgl. 3. Mose 1, 5. Mose 14.

19 *Rebbe:* jiddisch für Rabbiner: Ehrentitel jüdischer Gesetzesgelehrter und Religionslehrer. – *Sprach Jeremia, ..., die Bewohner Babylons:* Verändertes Bibelzitat: vgl. Jeremia 50, 35 und 51, 9.

20 *kraute:* krauen: mit den Fingerkuppen sanft kratzen.

25 *Sommerpaletot:* dreiviertellanger Mantel.

26 *sächsische Kurfürst:* Gemeint ist wahrscheinlich August II. der Starke (1670–1733), der 1694 als Friedrich August I. sächsischer Kurfürst wurde. Durch Bestechung der Wahlmänner und Übergang zum Katholizismus gelangte er 1697 auf den polnischen Königsthron. – *Kronprinz von Preußen:* Friedrich II. der Große (1712–1786), seit 1740 König von Preußen und erfolg-

reicher Feldherr. – *Kaiserin Therese:* Maria Theresia (1717 bis 1780), Erzherzogin von Österreich, Königin von Ungarn und Böhmen, römisch-deutsche Kaiserin. Im Österreichischen Erbfolgekrieg (1740–1748) und im Siebenjährigen Krieg (1756–1763) kämpfte Österreich gegen Preußen. – *Kruke:* niederdt. für großer Krug; Tonflasche; aber auch: ulkiger, eigenartiger Mensch.

29 *Plautze:* mundartlich aus dem Slawischen für Bauch, Lunge.

33 *jieprig:* berlinerisch für gierig; das Substantiv *Jieper*: Appetit. – *Kledage:* berlinerisch für Kleider.

34 *Es waren zwei Königskinder:* Altdeutsche Volksweise, seit dem 12. Jh. mündlich überliefert. – *lieb Vaterland, kannst ruhig sein:* Vgl. Anm. zu S. 17, erste Zeile des Refrains. – *Kochste Suppe, Fräulein Stein:* Montage eines bekannten Schlagers; vgl. S. 219.

43 *nachher nur von Pappe:* Bezieht sich auf den ersten Schlag, den Biberkopf im dritten Buch erhält; vgl. S. 111, 120, 177.

49 *Es lebten im Paradies, …, den ganzen Tag im Paradies:* Paraphrase des Textes von 1. Mose 1 und 2, der noch einige Male zitiert und variiert wird; vgl. S. 85, 100, 102, 117, 138, 144, 161, 259, 325, 328, 329, 419. – *So wollen wir …, es ist nicht schwer:* Aus der beliebten Märchenoper ›Hänsel und Gretel‹ (1893) von Engelbert Humperdinck (1854–1921).

55 *Pelerine:* ärmelloser Umhang.

66 *Deutscher Michel:* Bezeichnet im 16. Jh. nach Sebastian Francks Sprichwörtersammlung einen ungebildeten, einfältigen Menschen. Der Begriff wird seit dem 19. Jh. in der politischen Auseinandersetzung vor allem als Karikatur (Kennzeichen: Zipfelmütze) für den tölpelhaften, gutmütigen, tumben Deutschen gebraucht.

67 *der hat neunzehn in Berlin mitgemacht:* Revolution in Deutschland 1918/19, die ihren Anfang am 29. Oktober 1918 in Kiel und Wilhelmshaven (sog. Matrosenaufstände) nahm. In München wurde am 7. November durch Kurt Eisner (1867–1919) die Revolution verkündet. In Berlin wurde am 9. November 1918 durch revolutionäre Obleute der Großbetriebe die Revolution ausgerufen, als der letzte kaiserliche Reichskanzler, Max von Baden (1867–1929), den Thronverzicht Kaiser Wilhelms II. (1859–1941) bekanntgab, selbst zurücktrat und die Reichsregierung Friedrich Ebert (1871–1925),

dem Führer der Sozialdemokraten, übergab. Auf Länderebene hatten nun die Arbeiter- und Soldatenräte die Exekutive inne, am 10. November 1918 übernahm der Rat der Volksbeauftragten die Funktionen einer Reichsregierung. Der Streit über die zukünftige Verfassung führte erneut zu Unruhen, die im Januar 1919 in Berlin zu dem von den Kommunisten, der USPD u. a. initiierten sogenannten Spartakusaufstand führten. Bei dessen Niederschlagung durch die von dem SPD-»Volksbeauftragten« Gustav Noske (1868–1946) angeführten Regierungstruppen und Freikorps wurden auch die Führer der im Dezember 1918 gegründeten KPD, Rosa Luxemburg und Karl Liebknecht, ermordet.

68 *Reichskanzler Marx:* Der Zentrumspolitiker Wilhelm Marx (1863–1946) war in den Jahren 1923 bis 1928 viermal Reichskanzler. Sein letztes Kabinett führte er von Januar 1927 bis Mai 1928, also in der Zeit, in der Döblin mit der Niederschrift von *Berlin Alexanderplatz* begann. – *Lebe, wie du, ..., wohl gespeist zu haben:* Verballhornung der zweiten Strophe aus dem Lied ›Vom Tode‹ von Christian Fürchtegott Gellert (1715–1769), dessen Fabeln und Lieder schon zu seinen Lebzeiten eine große Verbreitung gefunden hatten und vor allem im protestantischen Teil Deutschlands auf Dauer zum poetisch-erbaulichen Hausschatz gehörten. Die von Döblin verballhornten Verse lauten im Original: »Lebe, wie du, wenn du stirbst,/ Wünschen wirst, gelebt zu haben.« Dieses Motto schickte Döblin am 3. Mai 1930 Willy Haas (1891–1973), dem Herausgeber der ›Literarischen Welt‹ von 1925 bis 1933, als dieser Döblin für seine Reihe ›Lebensweisheit aus unserer Zeit‹ um einen Beitrag gebeten hatte.

71 *Dawes-Plan:* Auf der Londoner Reparationskonferenz (Juli und August 1924) angenommener Plan zur Regelung der deutschen Reparationszahlungen, der zwar die Zahlungsweise in festen Raten vorsah, aber nicht die exakte Höhe und Dauer der Laufzeit festlegte. Gleichzeitig sollte die Wiederherstellung der deutschen Zahlungsfähigkeit durch amerikanische Anleihen gewährleistet werden. Benannt ist der Plan nach dem damaligen US-Vizepräsidenten (von 1925 bis 1929) und späteren amerikanischen Botschafter in London (von 1929 bis 1932) sowie Friedensnobelpreisträger (1925) Charles G. Dawes (1865 bis 1951).

72 *Bismarck:* Otto Fürst von Bismarck (1815–1898), preußischer Ministerpräsident von 1862 bis 1890 und erster deutscher Reichskanzler von 1871 bis 1890. Seine Reichstagsreden sind berühmt geworden, nicht nur durch ihren Inhalt, sondern auch durch ihre bildhafte Sprache und ihren Stil, der geprägt ist von Prägnanz und Schärfe des Ausdrucks. – *Bebel:* August Bebel (1840–1913), Mitbegründer und langjähriger Vorsitzender der SPD (von 1869 bis 1913); war von 1871 bis 1913 Mitglied des Reichstags.

75 *d'Annunzio:* Gabriele d'Annunzio (1863–1938), ital. Dichter der Neuromantik und Dekadenzdichtung, bekannt für sein aufwendiges Leben und seine Beziehung zu dem Bühnenstar Eleonora Duse (1858–1924) sowie für seine Verklärung Benito Mussolinis (1883–1945). In seinen Werken, wie dem erwähnten Roman *Lust* (ital. *Il piacere*, 1889; dt. 1898/1900), verherrlichte er Sinnlichkeit und Übermenschentum.

76 *Paragraph 175:* Seit der Einführung des Reichsstrafgesetzbuches (RStGB) vom 15. Mai 1871 gab es den § 175 mit der Bestimmung: »Die widernatürliche Unzucht, welche zwischen Personen männlichen Geschlechts begangen wird, ist mit Gefängnis zu bestrafen.« Döblin setzte sich für die Liberalisierung des Paragraphen ein, vor allem die männliche Prostitution (§ 297) wollte er der weiblichen gesetzlich gleichbehandelt wissen: »Ich bin der Meinung, daß männliche Prostitution nicht anders zu behandeln ist wie die weibliche; nämlich so: was nicht durch die Art seines Auftretens öffentliches Ärgernis erregt – geht keine Öffentlichkeit was an.« (Döblin in: *§ 297 ›Unzucht zwischen Männern‹. Ein Beitrag zur Strafgesetzreform unter Mitwirkung von Magnus Hirschfeld – Gotthold Lehnerdt – Peter Martin Lampel*, hg. von Richard Linsert, Berlin 1929); vgl. auch die ausführlichere Passage, S. 77–79.

77 *Mänade:* Mänaden (die Rasenden) heißen in der griechischen Mythologie die ekstatischen Begleiterinnen des Gottes Dionysos oder Bacchus (daher auch Bacchantinnen genannt), die über so große Körperkräfte verfügten, daß sie wilde Tiere zerreißen konnten. Ihr Treiben hatte einen durchaus antipatriarchalischen Aspekt. Sie gelten als Vorbild der »rasenden Weiber«, die notfalls eine Wut und Kraft entwickeln können, die sie den Männern überlegen macht.

78 *Karl der Große:* (747–814), König der Franken und Langobar-

den und seit 800 römischer Kaiser, Begründer des Heiligen Römischen Reiches Deutscher Nation und einer ersten Reichsverwaltung.

80 *Prinz von Homburg:* In der historischen Schlacht von Fehrbellin (1675) besiegte der Große Kurfürst Friedrich Wilhelm v. Brandenburg (1620–1688) die Schweden mit Hilfe seines Neffen, des brandenburgischen Generals der Kavallerie Prinz Friedrich von Homburg (1633–1708). In seinem Schauspiel *Prinz Friedrich von Homburg* dramatisierte Heinrich von Kleist (1777–1811) dessen wichtige Rolle in der Schlacht, um die sich allerlei Legenden gebildet hatten. Der Prinz von Homburg, der in Kleists Schauspiel auch als Rasender bezeichnet wird, figuriert seitdem als Prototyp des Wagemutigen. Er wird wegen Insubordination zum Tod verurteilt, obwohl sein eigenmächtiges Handeln den Sieg herbeiführte. Erst als der Kurfürst dem Prinzen die Entscheidung über die Rechtmäßigkeit des Urteils überläßt und dieser in Anerkennung seiner Schuld sein Todesurteil akzeptiert, kann der Kurfürst ihn begnadigen. Biberkopf bekommt auch erst eine neue Chance, als er seine Schuld bereut. Die von Döblin zitierten Verse finden sich in IV, 1, Vers 1078 und 4, Vers 1339.

81 *Neue Welt:* Eines der damals sehr beliebten öffentlichen Tanzlokale in der Hasenheide, einem Volkspark im 14. Verwaltungsbezirk Neukölln, im Westen Berlins gelegen. – *Trink, trink, Brüderlein, ..., ein Scherz:* Refrain aus einem bekannten Schlager; vgl. auch S. 82, 84, 311. – *Charlie Chaplin:* (1889–1977), englischer Filmschauspieler, Drehbuchautor und Produzent, der berühmt geworden ist als tragisch-komischer »kleiner Mann«. Chaplin gründete 1919 zusammen mit Douglas Fairbanks, David Wark Griffith und Mary Pickford die United Artists Corporation. Im Deutschland der 20er Jahre war er bekannt durch seine Filme ›Der Tramp‹ (1915) und ›Goldrausch‹ (1925).

84 *holder Mond, du gehst so stille:* Volksweise um 1800, deren Verfasser möglicherweise Theodor Enslin (1787–1851) ist.

85 *Stargard:* Stadt in Pommern, im heutigen Polen, ca. 35 km ostsüdöstlich von Stettin gelegen. *Wer einmal am Strande ..., mit der Liebe geplauscht:* Liedmontage. – *völkische Zeitungen:* Zeitschriften, die dem deutschnationalen Spektrum angehörten und einen auf dem Rassegedanken begründeten, entschieden

antisemitischen Nationalismus vertraten. Bekannt ist vor allem der Münchner Beobachter, der ab 1918 als ›Völkischer Beobachter‹ erschien und 1920 zum Zentralorgan der NSDAP wurde. Nachdem Joseph Goebbels (1897–1945) im November 1926 Gauleiter von Berlin geworden war, nutzte er den ›Völkischen Beobachter‹ und andere nationalistische Blätter, um Berlin »reif« für den Nationalsozialismus zu machen. – *Denn Ordnung muß im Paradiese sein:* Anknüpfung an das auf S. 49 eingeführte Paradiesmotiv. Biberkopf beschreibt dadurch seine eigene Position und seine Ansicht über den richtigen Umgang mit der Welt, in der Ordnung herrschen muß; vgl. S. 98, 100f., 211, 213, 237, 252, 260f., 276. Damit korrespondiert sein Wunsch, anständig zu bleiben. Vgl. S. 9, 11, 46f., 60, 91, 114, 159, 204, 249, 278, 291, 297, 330, 345, 478f., 487. – *Stahlhelm:* Der »Stahlhelm« genannte Bund der Frontsoldaten wurde 1918 von Franz Seldte (1882–1947) gegründet und war eine nationalkonservativ ausgerichtete Organisation von Soldaten aus dem Ersten Weltkrieg; 1931 erfolgte der Zusammenschluß mit anderen nationaldemokratischen Rechtsparteien und Verbänden (NSDAP, DNVP, Alldeutscher Verband und Vaterländische Verbände) in der »Harzburger Front«, die offen die Weimarer Republik bekämpfte und unter der schwarz-weiß-roten Fahne marschierte. Ab Juni 1933 wurden die Mitglieder bis 35 Jahre in die SA eingegliedert, während die älteren Mitglieder sich im April 1934 in »Nationalsozialistischer Deutscher Frontkämpferbund« umbenannten; im November 1935 wurde der »Stahlhelm« aufgelöst. Die »Stahlhelm«-Mitglieder lieferten sich mit ihren politischen Gegnern (u. a. Kommunisten, Sozialisten) brutale Straßenschlachten; vgl. auch S. 218. – *die Ritter vom Reichsbanner:* Das »Reichsbanner« war eine Wehrorganisation, die 1924 von sechs Sozialdemokraten sowie je einem Mitglied der DDP und des Zentrums zum Schutz der Republik gegründet worden war; ihr Symbol war das Reichsbanner in schwarz-rot-goldenen Farben. Im Dezember 1931 schloß sich als Reaktion auf die Harzburger Front das Reichsbanner mit dem Arbeitersportbund und dem Allgemeinen deutschen Gewerkschaftsbund zur »Eisernen Front« zusammen, die 1933 nach der Auflösung des Reichsbanners und der Gewerkschaften auseinanderfiel.

87 *Arras:* Stadt im Norden Frankreichs, am rechten Ufer der

Scarpe in der Landschaft Artois südwestlich von Lille gelegen. Kampfgebiet der deutschen Truppen im Ersten Weltkrieg, ebenso wie die Stadt Kowno. – *Kowno:* Heute Kaunas (400 000 E), Stadt an der Mündung der Neris in die Memel in Litauen, zwischen Königsberg und Wilna gelegen. – *Weil du Wahlrecht hast:* In Preußen wurde 1849 das Dreiklassenwahlrecht eingeführt, 1918 wurde wegen zu großer Ungerechtigkeit das Proporzsystem auf Reichs-, Länder- und Gemeindeebene eingeführt, das aktive Wahlrecht wurde von 25 auf 20 Jahre herabgesetzt und gleichzeitig den Frauen das volle aktive und passive Wahlrecht gewährt.

88 *wie die andere Kiste losging:* Anspielung auf die Novemberrevolution 1918/19. Döblin hat sich intensiv mit dieser Revolution auseinandergesetzt, vor allem während der Anfangsjahre der Weimarer Republik von 1919 bis 1924 in politischen und zeitkritischen Beiträgen, die unter seinem Pseudonym »Linke Poot« in der Neuen Rundschau, ab 1922 auch in der Frankfurter Zeitung und im Berliner Tageblatt erschienen; in den Jahren des Exils schrieb er die Romantrilogie *November 1918 (Verratenes Volk, Heimkehr der Fronttruppen, Karl und Rosa)*. – *eure Republik – ein Betriebsunfall!:* Philipp Scheidemann (1865 bis 1939), neben Friedrich Ebert (1871–1925) einer der führenden Männer der deutschen Sozialdemokratie, rief am 9.11.1918 von einem Fenster des Reichstags aus die Deutsche Republik aus und kam damit Karl Liebknecht (1871–1919) zuvor, der am selben Tag vom Balkon des Berliner Schlosses die Freie Sozialistische Republik proklamierte. Der Streit zwischen den politischen Kräften, ob die zukünftige Verfassung ein Rätesystem sein sollte, wie von den radikalen Linken gefordert, oder eine parlamentarische Demokratie, wie von der SPD, der DDP und dem Zentrum befürwortet, fiel zugunsten der demokratischen Option aus. Im Januar 1919 fanden die Wahlen zur Nationalversammlung statt, bei der die parlamentarisch-demokratischen Parteien eine Dreiviertelmehrheit errangen, und im Februar wählte die Nationalversammlung in Weimar Friedrich Ebert zum Reichspräsidenten sowie Philipp Scheidemann zum Ministerpräsidenten.

89 *Nebukadnezar:* Von 605 bis 562 v. Chr. König Babyloniens, der das Chaldäerreich, besonders die Hauptstadt Babylon, zur höchsten Blüte führte. Er zerstörte Jerusalem 587 und führte

die Juden in die Babylonische Gefangenschaft. – *Ichthyosaurus:* Weltweit verbreitete Ordnung ausgestorbener Fischechsen in den Meeren der Trias und Kreidezeit.

90 *Rosa:* Rosa Luxemburg (1870–1919) arbeitete zunächst als engagierte Sozialistin für SPD-Zeitungen, in denen sie gegen den Militarismus und Revisionismus, auch ihrer eigenen Partei, kämpfte. Ab 1907 war sie Lehrerin für Nationalökonomie an der Berliner Parteischule der SPD. Wegen ihrer radikalen Haltung saß sie ab 1914 mit Unterbrechungen mehrere Jahre im Gefängnis, wo sie ihre politischen Schriften verfaßte und ab 1917 gemeinsam mit Karl Liebknecht und Leo Jogiches die oppositionellen linken Intellektuellen im Spartakusbund organisierte, der sich von der SPD abwandte. Nach ihrer Freilassung im November 1918 wurde sie Redakteurin der Roten Fahne und am 30. 12. 1918 Mitbegründerin der KPD. Im Januar 1919 nahm sie am Spartakusaufstand teil, obwohl sie ihn nicht guthieß, und wurde von einem Kommando der Garde-Kavallerie-Schützendivision am 15. Januar 1919 ermordet. – *Karl Liebknecht:* (1871–1919) war ein erfolgreicher Rechtsanwalt und seit 1912 SPD-Abgeordneter im Reichstag. Liebknecht vertrat den radikalen linken Flügel der SPD und war stark antimilitaristisch eingestellt, lehnte von Anfang an die Bewilligung von Kriegskrediten ab und stand damit in Opposition zur SPD-Mehrheit. Wegen seines Engagements gegen den Krieg saß er, als Hochverräter verurteilt, von 1916 bis 1918 im Gefängnis. Gemeinsam mit Rosa Luxemburg und anderen gründete er 1917 den Spartakusbund und 1918 die KPD. Er kämpfte für eine sozialistische Räterepublik und wandte sich damit gegen die SPD. Liebknecht befürwortete den Spartakusaufstand im Januar in Berlin und nahm auch daran teil. Er wurde wie Rosa Luxemburg am 15. Januar 1919 von denselben Freikorps-Leuten ermordet. – *Lenin:* Wladimir Iljitsch, eigtl. W. I. Uljanow (1870–1924), kam bereits während seines Jura-Studiums durch seinen Bruder mit revolutionären Strömungen in Kontakt. Wegen politischer Agitation gegen den Zaren wurde er nach Sibirien (1897–1900) verbannt. In den folgenden Jahren der Emigration (London, München, Genf) formulierte er in der Auseinandersetzung mit den Schriften von Marx und Engels seine politischen Ideen in einem revolutionären Programm. Er forderte die unverzügliche Schaffung einer avant-

gardistischen Kaderpartei, die die Arbeiter zur Revolution führen sollte. Damit geriet er in Gegensatz zu den russischen Sozialdemokraten, die sich für das Prinzip der Massenpartei einsetzten. Dieser Gegensatz führte 1903 zur Spaltung in die von Lenin geführten Bolschewiki und in die Menschewiki. Nach dem Mißerfolg der russischen Revolution von 1905 mußte Lenin erneut ins Exil (1905–1917 in Genf, Paris, Krakau, ab 1914 in Bern und Zürich). In dieser Zeit festigte er seine bolschewistische Organisation zu einer zuverlässigen Kaderpartei. Im April 1917 kehrte er mit deutscher Hilfe nach Rußland zurück, wo er die Errichtung der Sowjetrepublik, die Verstaatlichung von Boden und Banken sowie die Aufsicht der Arbeiter über Produktion und Verteilung der Güter proklamierte. Wegen eines Putschversuchs im Juli 1917 mußte Lenin nach Finnland fliehen, nach seiner Rückkehr errichtete er im November desselben Jahres unter Berufung auf das Proletariat ein diktatorisches Regierungssystem, das mit Gewalt durchgesetzt wurde. Lenin starb 1924 bei Moskau. Linksintellektuelle wie Bertolt Brecht (1898–1956) und Johannes R. Becher (1891–1958) waren von Lenins Revolution begeistert und glaubten, eine Alternative zum Wilhelminischen Reich gefunden zu haben. Auch Döblin setzte sich intensiv mit dem Kommunismus auseinander: »Ich bekenne als Farbe blutrot bis ultraviolett« (in einem Brief vom 23. Dezember 1918 an Efraim Frisch). Seine von Faszination, aber auch Erschrecken geprägte Position gegenüber Lenin und dem Kommunismus dokumentiert sich in vielen seiner politischen Essays und abschließend im dritten Teil der *November*-Trilogie. – *Blut muß fließen:* Mit dieser sprichwörtlich gewordenen Formulierung sollen 1868 auf der Wahlversammlung zum ersten deutschen Zollparlament zu Doperloch bei Nickgard Mitglieder der österreichischen Partei mit Messern auf die Kandidaten der deutschen Partei eingedrungen sein.

93 *›Internationale‹:* Kampflied der sozialistischen Arbeiterbewegung, dessen französischer Text 1871 von Eugène Pottier (1816–1887) geschrieben wurde. Die Melodie komponierte 1888 A. de Geyter, die deutsche Übersetzung stammt von E. Luckhardt. – *›Brüder, zum Lichte, zur Freiheit‹:* Ursprünglich ein Lied der Sozialisten, 1897 von Leonid P. Radin verfaßt. Der deutsche Text stammt von Hermann Scherchen, der nach

1918 drei Strophen dichtete, deren Anfangsverse lauten: »Brüder, zur Sonne, zur Freiheit, Brüder, zum Lichte empor«. Die KPD fügte später noch eine Strophe hinzu.

96 *Ich hatt einen Kameraden ... mein – guter Kameherad:* Soldatenlied; 1809 von Ludwig Uhland (1787–1862) verfaßt, 1825 von Friedrich Silcher (1789–1860) nach einer Volksweise komponiert; vgl. S. 160, 320f., 498.

97 *Faschisten:* Ursprünglich die Mitglieder der italienischen, von Benito Mussolini seit 1919 gebildeten Kampfbünde, »Fasci di Combattimento« bzw. der 1921 gegründeten Partei »Partito Nazionale Fascista«. Der Faschismus entwickelte sich in den 20er Jahren zu einem neuen politischen Begriff, der eine politische Bewegung charakterisierte, die sowohl antisozialistische als auch antikapitalistische sowie antidemokratische Ziele verfolgte und mit ihren uniformierten paramilitärischen Einheiten gewaltsam durchzusetzen suchte.

100 *Krupp:* Gustav Krupp von Bohlen und Halbach (1870–1950) war Diplomat und von 1904 bis 1906 Legationsrat beim Vatikan. Ab 1906, nach seiner Heirat mit der Krupp-Erbin Bertha Krupp, war er Leiter der Kruppschen Werke. Daneben war er ab 1909 Mitglied des preußischen Herrenhauses, 1921 bis 1933 auch des preußischen Staatsrats. In der Weimarer Republik gehörten die Krupp-Werke zu den reichsten und wichtigsten Unternehmen in Deutschland. 1931 wurde Krupp Vorsitzender des Reichsverbandes der Deutschen Industrie und 1933 des von ihm initiierten Kuratoriums »Adolf-Hitler-Spende der deutschen Wirtschaft«, das die NSDAP mit hohen Beträgen unterstützte. – *Arbeitslosen:* Die Arbeitslosenzahlen in der Weimarer Republik erreichten im Winter 1928/29 eine neue Rekordhöhe von 2,4 Millionen.

101 *Zentrumministers Hirtsiefer:* Heinrich Hirtsiefer (1876–1941) war ab 1919 Zentrums-Abgeordneter der preußischen Landesversammlung und ab 1921 des preußischen Landtags. Von 1921 bis 1933 hatte er das Amt des preußischen Wohlfahrtsministers inne, und im Oktober 1931 wurde er zum Vertreter des preußischen Ministerpräsidenten Otto Braun (1872–1955) ernannt. Von Mai 1932 bis März 1933 hatte Hirtsiefer die Leitung der Geschäftsführenden Preußischen Regierung inne. Im September 1933 wurde er zuerst in Schutzhaft genommen und dann in ein KZ gebracht. – *Heil dir im Siegerkranz:* Balthasar Gerhard

Schumacher (1755–nach 1801) veröffentlichte 1793 unter dem Titel ›Berliner Volksgesang‹ ein Lied mit den Anfangsworten »Heil Dir im Siegerkranz«, die Umarbeitung eines Gedichtes von Heinrich Harries (1762–1802) nach der Melodie des englischen Volksliedes »God save great George the King«.

102 *E. Fischer:* Das Gedicht »Es geht sich besser zu zweien«, dessen 1., 2., 4. und 5. Strophe Döblin originalgetreu zitiert, ist vollständig abgedruckt in Der Friedensbote. Ein Sonntagsblatt für Stadt und Land, Nr. 25, 68. Jahrgang 1928.

103 *Erinnyen:* Rachegöttinnen in der griechischen Mythologie. Ursprünglich die rachegierigen Seelen der Ermordeten, die die Mörder heimsuchten. – *Orestes:* Figur aus der griechischen Mythologie, Sohn Agamemnons und Klytämnestras sowie Bruder von Elektra und Iphigenie. Während Agamemnon im Trojanischen Krieg kämpfte, eroberte sein Vetter Ägisth das Herz seiner Frau Klytämnestra. Nach seiner Rückkehr wurde Agamemnon von Ägisth ermordet. Jahre später rächte Orest unter dem Einfluß seiner Schwester Elektra seinen Vater, indem er seine Mutter und Ägisth tötete. Die Frage, inwieweit Orest und Elektra durch den Rachemord schuldig werden, wird bereits in den antiken Bearbeitungen unterschiedlich beantwortet. Bei Aischylos wird Orest nicht verurteilt, aber er bereut seine Tat, bei Euripides wird Orest zunächst verbannt und dann zum Tode verurteilt, während er bei Sophokles überhaupt kein Unrechtsempfinden hat. Über die Schuldfrage wird Biberkopf auf dieselbe Ebene gestellt wie der mythologische Orest; vgl. auch S. 105 ff., 242. – *Harfenlos, wie es im Liede heißt:* Gemeint ist vermutlich Schillers Ballade »Die Kraniche des Ibykus«, wo es heißt, daß die im Theater erscheinenden Erinnyen Fackeln tragen und daß ihr herzzerreißender und markverzehrender Gesang »nicht der Leier Klang« erduldet. – *erste Newtonsche Gesetz:* Benannt nach dem englischen Physiker und Mathematiker Sir Isaac Newton (1643–1727).

106 *Heinrich Hertz:* Physiker (1857–1895), dem von 1886 bis 1888 die Erzeugung und der Nachweis elektromagnetischer Wellen sowie deren Übertragung gelangen.

107 *Hades:* Unterwelt, so benannt nach dem griechischen Gott der Unterwelt, Bruder von Zeus und Poseidon; er herrschte mit seiner Frau Persephone im Reich der Toten.

111 *hundsföttisches:* derb abwertend für niederträchtig, gemein.

118 *die war listiger als alle Tiere des Feldes:* Vgl. 1. Mos. 3, 1.

119 *Budiker:* berlinerisch für Ladenbesitzer, Schankwirt.

121 *Menkenke:* berlinerisch für turbulente Umstände, dumme Geschichten.

123 *Morgen in das kühle Grab:* Die zweite Strophe des Liedes »Reiters Morgengesang« von Wilhelm Hauff (1802–1827), erschienen in *Kriegs- und Volkslieder* 1824, endet mit diesem Vers.

126 *Von Erde bist du gekommen:* Vgl. 1. Mos. 3, 19.

132 *Conan Doyle:* (1859–1930), englischer Schriftsteller, dessen Detektivfiguren Sherlock Holmes und Dr. Watson Weltruhm erlangten.

134 *Moabit:* Ortsteil des 2. Verwaltungsbezirks Tiergarten im Westteil von Berlin, in dem sich auch eine Berliner Strafvollzugsanstalt befindet.

138 *schwarz-weiß-rot:* Die Farben der Flagge des Kaiserreichs. Im Mai 1926 erließ das zweite Kabinett von Hans Luther (1879–1962) ohne Anhörung des Reichstags eine Flaggenverordnung des Reichspräsidenten Hindenburg, nach der die deutschen Botschaften und Gesandtschaften im Ausland neben der Reichsflagge auch die Handelsflagge (schwarz-weiß-rot) zeigen sollten, was auf heftigen Protest im Reichstag und in der Presse stieß. Döblin nahm unter seinem Pseudonym »Linke Poot« in dem Essay »Der deutsche Maskenball« ironisch Stellung.

139 *Bollen:* berlinerisch für Gemüsezwiebeln.

142 *Lemberg:* im Westen der Ukraine gelegen, war bis 1918 Hauptstadt des österreichischen Reichsteils Galizien und Lodomerien, wurde 1918/19 polnisch und 1939 von der UdSSR annektiert.

143 *Schabbes:* jiddisch für Sabat. – *Czernowitz:* Tschernowyz, am Pruth und im Südwesten der Ukraine gelegen, war von 1850 bis 1918 Hauptstadt des Herzogtums Bukowina, von 1918 bis 1940 gehörte die Stadt zu Rumänien, ab 1940 zur Ukraine.

144 *Die Schlange ... sollst du essen:* Paraphrase von 1. Mos. 3, 14–18. – *bregenklütrig:* norddt. für melancholisch. – *Kikeriki ... an Schönheit gleich:* Anspielung auf den Trojanischen Krieg in der griechischen Mythologie, dessen Ursache der Raub der schönen Helena, der Gattin Menelaus', durch Paris war.

145 *Denn es geht dem Menschen ... so stirbt er auch:* Pred. 3, 19,

verweist auf das zentrale Schlacht- und Opfermotiv, das auf den nächsten acht Seiten (S. 145–153) eingeführt und im folgenden wieder aufgegriffen wird; vgl. S. 157ff., 188, 245, 278, 313, 315, 386f., 476.

153 *Franz, ... hockst du ...:* Im Text spricht die anonyme Stimme Biberkopf zum ersten Mal direkt an, doch ist dieser noch nicht bereit, sie zu vernehmen.

153–157 *Hiob:* Freie Variation des Buches Hiob, das im Zusammenhang des Schlacht- und Opfermotivs gesehen werden muß. Neben Orest und dem Prinzen von Homburg ist Hiob die dritte Figur, mit der Biberkopf verglichen wird. Auch bei Hiob erfolgt die Heilung erst, nachdem er einsichtig geworden ist.

157 *Und haben alle ... denn das Vieh:* Pred. 3, 19; Fortsetzung des Satzes »Denn es geht dem Menschen ...«; vgl. S. 145.

161 *Und so hat Eva dem Adam:* Paraphrase von 1. Mos. 3, 6. *Stralau:* Teil des 5. Verwaltungsbezirks Friedrichshain der Stadt Berlin, im Osten gelegen.

172 *die Schürzen hat sie nicht angenommen:* Minna suchte sich aber drei Schürzen aus; vgl. S. 41. Es ist nicht ganz klar, ob Biberkopf dieses Faktum nicht mehr weiß, weil er etwas verwirrt ist, oder ob Döblin hier ein Fehler unterlaufen ist.

175 *Du willst mich auf meinem Weg aufhalten ...:* Die anonyme Stimme spricht wieder zu Biberkopf, diesmal kann er sie verstehen und es entwickelt sich ein Dialog zwischen beiden.

177 *Jetzt fällt der erste schwere Streich auf ihn:* Den ersten Schlag hat Biberkopf durch Lüders erhalten, gemessen aber an dem, was ihn im folgenden erwartet, war er nicht von großer Bedeutung; vgl. S. 43, 111, 120.

179 *Rumm rumm wuchtet ... die Dampframme:* Ende der 20er Jahre begann in Berlin der Ausbau der Untergrundbahn in Nord-Süd Richtung. In den von Döblin gesammelten Materialien zum Roman findet sich auch ein Zeitungsartikel »Die neue Brückenstraße. Vom Bau der Untergrundbahn Nord-Süd«, der sich mit der Kunst des Straßentunnelbaus und der Arbeitsweise von Dampframmen beschäftigt. Die Assoziation von Zerstörung, die die Dampframme verkörpert, wird im Text wieder aufgegriffen; vgl. S. 179, 183, 265, 330, 389f.

180 *Loeser und Wolff:* Bekanntes Tabakgeschäft am Alexanderplatz.

181 *Von Erde bist du gekommen ...:* Vgl. 1. Mos. 3, 19.

182 *So ist kaputt Rom, ..., denkt daran:* Die Städte Babylon, Ninive und Rom sind in der Mythologie Sinnbilder für die totale Zerstörung. Babylon war im Judentum und Christentum die Chiffre für die sündige Stadt, die zerstört wird, weil sie gottlos geworden ist. Historisch gesehen wurde Babylon nicht durch kriegerische Überfälle zerstört, sondern zerfiel, nachdem es nicht mehr Herrschersitz war. Im Gegensatz dazu wurde die altmesopotamische Stadt Ninive 612 v. Chr. von den Medern und Babyloniern zerstört. Rom wurde im Laufe seiner Geschichte mehrfach verwüstet.

184 *Krisenalarm im Reichstag ... Märzwahlen ... Josef Wirth:* Joseph Wirth (1879–1956) war seit 1914 Zentrumsabgeordneter des Reichstags. Wirth war von März 1920 bis Oktober 1921 Reichsfinanzminister, zunächst unter Reichskanzler Hermann Müller (1876–1931), dann im Kabinett Constantin Fehrenbach (1852–1926). Von Mai 1921 bis Oktober 1921 war er außerdem Reichskanzler. In Wirths Kabinett vom Oktober 1921 bis November 1922, einer Koalition aus SPD, Zentrum und DDP ohne parlamentarische Mehrheit, setzte er Andreas Hermes (1878–1964) als Reichsfinanzminister ein. Seine Bemühungen, eine große Koalition zu bilden, scheiterten. Im März 1929 geriet die Regierung Hermann Müller (SPD), in der Wirth seit 1929 Reichsminister für die besetzten Gebiete war, mit der großen Koalition aus SPD, DDP, Zentrum, DVP und BVP ebenfalls in eine Krise. – *mierig:* schäbig. – *Mauke:* Bezeichnung für die Krankheit *Podagra:* Fußgicht, bes. der großen Zehe.

186 *Eberts Tod:* Reichspräsident Friedrich Ebert starb am 28.2.1925 an den Folgen einer verschleppten Blinddarmentzündung.

186 *Partei des Prinzipienverrats:* Gemeint ist die SPD. – *die Lage im Saargebiet verschärft:* Auf der Pariser Friedenskonferenz 1919 war das Saarland nicht Frankreich zugesprochen worden, sondern es wurde für fünfzehn Jahre dem Völkerbund unterstellt und sollte danach in einer Volksabstimmung (1935) selbst entscheiden, ob es zu Frankreich oder zu Deutschland gehören wollte. Für den Gebietsverzicht bekam Frankreich als Ausgleich für die Kriegsschäden die saarländischen Kohlegruben zugesprochen, ähnlich wie im Ruhrgebiet. Die von Deutschland unterstützten Parteien im Saargebiet lehnten geschlossen

das Völkerbundsstatut ab, die nationalistischen Parteien votierten für die Rückführung nach Deutschland, während sich die christlich-liberalen Parteien für ein eigenes Saarstatut einsetzten, nach welchem das Saargebiet autonom werden sollte. – Während des Ersten Weltkriegs war Döblin vom Januar 1915 bis zum August 1917 als Militärarzt der Infanteriekaserne des 21. Korps, deren Sitz in Saarbrücken war, in Saargemünd stationiert.

188 *Lude:* Zuhälter.

189 *Hoppegarten:* Ortsteil von Dahlwitz-Hoppegarten, Kreis Strausberg, Bezirk Frankfurt/Oder, etwa sechzehn Kilometer östlich von Berlin gelegen, mit einer bekannten Galopprennbahn.

192 *Diesen Gelben, ..., auch schon haben:* Durch diese Beschreibung wird Biberkopfs Gegenspieler Reinhold in den Roman eingeführt.

199 *Lorke:* berlinerisch für schlechter Kaffee.

200 *Charité:* Ursprünglich eine allgemeine Bezeichnung für kirchlich oder staatlich geführte Kranken- und Pflegeanstalten, in denen die ärmere Bevölkerung kostenlos ärztlich behandelt wurde. Im Berliner Osten wurde 1710 das Charité-Krankenhaus gegründet.

201 *Es ist ein Schnitter, der heißt Tod:* Titel eines geistlichen Lieds von 1637, das das Motiv des Blumentotentanzes gestaltet, von Clemens Brentano (1778–1842) für die Volksliedsammlung *Des Knaben Wunderhorn* nachgedichtet. Es wird zu einem der Hauptmotive des Romans (vgl. S. 201, 248ff., 264, 296f., 379, 387, 408, 423, 491 und 499) und steht für die Todesdynamik, der das Geschehen nach dem Bekanntwerden Biberkopfs mit Reinhold folgt.

208 *Karthago:* Um 750 v. Chr. gegründete phönizische Kolonie, die von Rom im 3. Punischen Krieg (149–146 v. Chr.) zerstört worden ist. Sie ist somit ebenso Sinnbild für Zerstörung wie Rom, Babylon und Ninive.

210 *Doch mit des Geschickes Mächten ... schnell:* Aus Schillers »Lied von der Glocke«, das im *Musenalmanach für das Jahr 1800* veröffentlicht wurde. Die zitierten Verse lauten: »Doch mit des Geschickes Mächten / ist kein ewger Bund zu flechten, / Und das Unglück schreitet schnell.«

212 *König von England:* Georg V. (1865–1936), von 1910 bis 1936

König von England. – *Kelloggpakt:* Am 27. August 1928 unterschrieben die Vertreter von 15 Nationen, u. a. auch Deutschland, den Kelloggpakt, der nach dem US-Außenminister von 1925 bis 1929 Frank Billings Kellogg (1856–1937) benannt wurde. In dem Vertrag wurde der Verzicht auf Krieg als Mittel internationaler wie nationaler Politik gefordert, des weiteren die friedliche Regelung von Konflikten; bis Ende 1929 hatten 54 Staaten diesen Pakt unterzeichnet. – *Sèvresgarnitur:* Porzellan aus Sèvres, einer französischen Stadt im südwestlichen Vorortbereich von Paris. Die Manufaktur, 1738 in Vincennes gegründet, 1756 auf Wunsch Madame Pompadours nach Sèvres verlegt, war seit 1759 königliche Manufaktur und ist berühmt für ihre leuchtenden Fondfarben.

213 *Dürertag:* Am 6. April 1928 feierte die Stadt Nürnberg den 400. Todestag von Albrecht Dürer (1471–1528). – *Dr. Keudell:* Walter von Keudell (1884–1973) war von 1924 bis 1930 Mitglied des Reichstags als Abgeordneter der DNVP, von 1927 bis 1928 Reichsinnenminister. – *Ein reuiger Sünder ist besser als 999 Gerechte:* in Anlehnung an Luk. 15, 7.

215 *Verflucht ist der Mann, spricht Jeremia:* Paraphrase von Jer. 17, 5–9.

216 *schwarze Wasser:* Motiv, das im Zusammenhang zur vorangehenden Jeremia-Paraphrase betrachtet werden muß, in der das Wassermotiv positiv verwendet wird, während es hier eine negative, bedrohende Konnotation hat; vgl. S. 231, wo beide Motive wiederholt werden.

219 *dem strahlenden Haus von Tietz:* Das Kaufhaus der Gebrüder Tietz befand sich an der Nordseite des Alexanderplatzes. Ein besonderer Anziehungspunkt war eine riesige Weltkugel aus Glas, die nachts weithin sichtbar leuchtete.

226 *Piscatorbühne im Lessingtheater:* Erwin Piscator (1893–1966) inszenierte 1928 am Lessingtheater Leo Lanias Komödie *Konjunktur*. Piscator wollte durch ein Regietheater mittels Einsatz moderner technischer Darstellungsformen (Film, Diaprojektionen, segmentierte Bühne u. a.) proletarisches Agitationstheater verwirklichen und eine eigene proletarische Kunst entwickeln. Seine Vorstellungen und Forderungen nach einer neuen Kunst deckten sich mit denen Döblins, Brechts, Bechers u. a., die in der »Gruppe 1925« versuchten, ihre unorthodox marxistischen, linksbürgerlichen und prorepublikanischen An-

sichten in einen kunsttheoretischen Diskurs einzubringen. Ab Oktober 1927 konnte Piscator seine Idee einer »nachbürgerlichen operativen Kunst« an seinem eigenem Theater am Berliner Nollendorfplatz verwirklichen; seine erste Inszenierung war das Stück *Hoppla, wir leben* von Ernst Toller (1893–1939). Zuvor hatte Piscator 1920/21 das Proletarische Theater gegründet, danach war er 1922/23 Mitdirektor des Centraltheaters, und von 1924 bis 1927 hatte er als Oberregisseur für das Volksbühnentheater am Bülowplatz gearbeitet. 1931 verließ er Berlin und arbeitete bis 1936 in der UdSSR, danach in Paris und ab 1939 in den USA. – *Bruno Walter:* eigentlich Bruno Walter Schlesinger (1876–1962), war von 1913 bis 1922 Generalmusikdirektor in München, von 1925 bis 1929 Direktor der Städtischen Oper in Berlin-Charlottenburg, von 1929 bis 1933 Dirigent der Leipziger Gewandhauskonzerte, 1934 bis 1936 Leiter der Staatsoper in Wien, lebte seit 1940 in Amerika und war bekannt als bedeutender Mozart- und Mahler-Dirigent.

231 *Jeremia:* Paraphrase von Jer. 17, 5/ 6/ 9.

241 *Schiller den Dolch im Gewande:* Persiflage von Schillers »Bürgschaft«, erschienen im *Musenalmanach von 1799*.

242 *Kampfer:* Ein Terpen, das synthetisch oder durch Destillation von Spänen des Kampferbaumes gewonnen wird, in der Medizin Anregungsmittel für Herz und Atmung sowie für Einreibungen; in der Technik dient es zur Herstellung von Zelluloid. – *Skopolaminmorphium:* Ein Kombinationspräparat, das krampflösend und schmerzstillend wirkt, bestehend aus Skopolamin, einem Alkaloid der Belladonnapflanze, und Morphin, dem Hauptalkaloid des Opiums.

247 *Schubjack:* berlinerisch für schlechter, geiziger Mensch.

252 *Verein:* Um die Jahrhundertwende organisierte sich Berlins Unterwelt in sog. Spar- und Geselligkeitsvereinen, denen zumeist Gewohnheitsverbrecher und Zuhälter angehörten. Über fünfzig Vereine mit tausend Mitgliedern gab es, die sich regelmäßig in ihren Hauptquartieren – Kneipen – trafen. In den 20er Jahren bildeten sich einige Vereine nach dem Chicagoer Vorbild um, wurden aggressiver und forderten gewaltsam von Geschäftsleuten Schutzgebühren ein; vgl. auch S. 254, S. 424.

254 *er hat seinen Fürstenbau im Westen:* Anspielung auf die Tatsache, daß im Norden und Osten Berlins, in dem auch Döblin lebte und arbeitete, die einfachen, armen Leute wohnten und

die Verbrecherbanden ihre Schlupfwinkel hatten, während die reicheren, vornehmeren Leute überwiegend im Westen wohnten; vgl. S. 335.

256 *weiß wie die Wand:* Döblin beschreibt hier den typischen Verlauf eines hysterischen Anfalls, wie er ihn als Neurologe und Psychologe häufiger in der Praxis erlebt hat. Seit Freud werden Patienten mit solchen Symptomen nicht mehr als Geisteskranke eingestuft, vielmehr geht man davon aus, daß Hysterie durch irgendein Trauma hervorgerufen wird, das mittels einer tiefenpsychologischen Therapie behandelt werden könnte.

257 *Luftschiff Italia mit dem General Nobile:* Umberto Nobile (1885–1978) war Luftschiffkonstrukteur und von 1926 bis 1929 General in der italienischen Armee. Im Mai 1926 überquerte er gemeinsam mit Roald Amundsen (1874–1928) und Lincols Ellsworth (1880–1951) im Luftschiff Norge den Nordpol und leitete 1928 eine Polarexpedition mit dem Luftschiff Italia, das bei Spitzbergen strandete. Hilfsexpeditionen aus verschiedenen Ländern (insgesamt 1500 Menschen) waren unterwegs, um Nobile und seine Mannschaft zu bergen, was erst einen Monat später gelang. Der norwegische Polarforscher Amundsen stürzte bei seinem Rettungsflug ab und kam ums Leben. Wegen des Unglücks wurde Nobile 1929 aus der italienischen Armee entlassen und war von 1932 bis 1936 Berater des sowjetischen Luftfahrtministeriums. – *König von Spanien … Diktator Primo:* König von Spanien war seit 1902 Alphons XIII. (1886–1941). Im September 1923 putschte der Generalkapitän von Katalonien, Miguel Primo de Rivera (1870–1930) und errichtete eine Diktatur. 1925 bildete Primo ein Militärdirektorium, das später in ein ziviles Kabinett umgebildet wurde. Erst 1930 trat Primo zurück. – *Prinzessin aus dem Streichholzland:* Schweden hatte sich auf die Produktion von Zündhölzern spezialisiert. Als das Deutsche Reich in Kapitalnot war, bot der schwedische Zündholztrust eine Anleihe von 125 Millionen Dollar an, unter der Bedingung, daß Schweden in Deutschland für eine längere Zeit das Monopol für die Streichholzproduktion erhalten würde.

258 *Mädchenmörder Rutowski:* Es gab in den 20er Jahren zwei aufsehenerregende Fälle von Massenmördern. 1921 war in Berlin Carl Graßmann gefaßt worden, dem man zwanzig Frau-

enmorde zur Last legte, aber nur drei nachweisen konnte. 1924 wurde Fritz Haarmann in Hannover verhaftet, der gestand, 24 Männer getötet zu haben, und Kannibalismus zugab. Über einen Mädchenmörder namens Rutowski ist nichts bekannt. – *Es liegt in der Luft eine Sachlichkeit:* Anspielung auf die Kunstrichtung der »Neuen Sachlichkeit«, deren Ziel die nüchterne und distanzierte Darstellung der Wirklichkeit war. Die Ausstellung ›Neue Sachlichkeit. Deutsche Malerei seit dem Expressionismus‹, von Gustav Friedrich Hartlaub (1884–1963) in der Mannheimer Kunsthalle 1925 organisiert, war namenprägend für diese Kunstrichtung, als deren Vertreter in der Literatur vor allem Erich Kästner (1899–1974), Lion Feuchtwanger (1884–1958) und Hans Fallada (1893–1947) gelten. Döblin war der »Neuen Sachlichkeit« gegenüber aufgeschlossen.

259 *Erhebe dich, du schwacher Geist:* Der ursprüngliche Vers »Ermuntere dich, mein schwacher Geist« ist der Anfang eines Weihnachtslieds von Johann Rist (1607–1667). – *Zoppot:* Seebad an der Westseite der Danziger Bucht, gehörte von 1920 bis 1939 zum Freistaat Danzig.

260 *Die Hure Babylon:* Vgl. Offb. 17, 1/ 3/ 4/ 5/ 6/ sowie diese Ausgabe S. 278, 320, 419, 425, 467, 474, 488, 489, 490.

267 *Schild des Achilles:* Held aus der griechischen Mythologie, Sohn des Königs Peleus und der Meeresgöttin Thetis, der nach der Sage – bis auf seine Ferse – unverwundbar war. Im Kampf um Troja erwies Achilles sich als der beste Kämpfer, der sogar Hektor tötete. Dieser hatte Achilles Freund Patroklos erschlagen. Er selbst wurde von Paris, dem Urheber des Trojanischen Krieges mit einem Pfeil, den Apollon in die Ferse lenkte, getötet. Um Achilles Rüstung, die von Hephaistos, dem Gott des Feuers eigens für ihn geschmiedet worden war, entbrannte ein Streit darüber, wer sie nun besitzen sollte. Der reich verzierte Schild galt doch als Zeichen der Unverletzlichkeit und Sicherheit. Der Schild des Achilles spielt in der Debatte über die Darstellungsweisen der verschiedenen Künste seit dem 18. Jahrhundert, insbesondere mit Lessings ›Laokoon: oder über die Grenzen der Malerei und Poesie‹ (1766), eine große Rolle. – *Amerikanische Schnellbügelanstalt ... Schneider:* Bügelstuben dienten Einbrecherbanden häufig als Lagerort für Hehlerware; vgl. S. 348.

270 *Weltreisender! Johann Kirbach:* In den Materialien zum Roman befindet sich auch eine Fotopostkarte, auf der Johann Kirbach abgebildet und seine Geschichte zu lesen ist. Döblin hat den Originaltext nicht vollständig in den Roman einmontiert.

278 *Manoli:* berlinerisch für verrückt. Name einer Berliner Zigarettenfabrik, die mit einer sehr auffälligen Leuchtreklame in den 20er Jahren für ihre Zigaretten warb: Der Schriftzug »Manoli« leuchtete aus einem Glühlampenkreis, der sich linksherum drehte. – *Es ist ein Weib … getrunken:* Offb. 17, 4–6. – *ein eisernes Kreuz:* Das Eiserne Kreuz (EK) ist ein Orden für Tapferkeit im Krieg. König Friedrich Wilhelm III. von Preußen (1770–1840) führte ihn 1813 während der Befreiungskriege als Auszeichnung für alle Dienstgrade ein. Kaiser Wilhelm I. (1797–1888) ehrte mit ihm die Soldaten im deutsch-französischen Krieg (1870/71), Kaiser Wilhelm II. (1859–1941) im Ersten und Hitler (1889–1945) im Zweiten Weltkrieg.

281 *Bernau:* Kreisstadt im Bezirk Frankfurt a. d. Oder, nordöstlich von Berlin in Richtung Eberswalde.

282 *Emilie Parsunke:* Einführung der weiblichen Hauptfigur des Romans, die lieber Sonja als Emilie heißen möchte, von Biberkopf aber liebevoll »Mieze« oder »Miezeken« genannt wird, eine Koseform von Maria. – *Stresemann nach Paris:* Am 27. August 1928 wurde in Paris der Kellogg-Pakt unterzeichnet. – *Weiße Elster:* Rechter Nebenfluß der Saale, entspringt im Elstergebirge und mündet zwischen Merseburg und Halle.

290 *Swinemünde:* Stadt auf der Insel Usedom, an der Pommerschen Bucht gelegen, seit 1825 Seebad.

295 *Schlotbarone:* So wurden die reichen Hüttenbesitzer, wie Krupp oder Borsig, genannt. – *Borsig:* Johann Friedrich August Borsig (1804–1854) gründete 1837 in Berlin, hinter dem Oranienburger Tor, eine Eisengießerei und Maschinenfabrik, aus der sich die größte Lokomotivfabrik des europäischen Kontinents entwickelte. 1847 gründete er in Moabit das erste Berliner Eisenhüttenwerk. Borsig galt als ein sehr großzügiger und liberaler Unternehmer, vor allem gegenüber seiner Belegschaft. In den 20er Jahren waren die Borsig-Werke einer der größten Berliner Arbeitgeber, und die Familie Borsig gehörte zu den reichsten Familien Deutschlands.

297 *Ich will Jerusalem … wohnen soll:* Vgl. Jer. 9, 11.

300 *Rote Fahne:* Zentralorgan der KPD, das 1918 von Rosa Luxem-

burg und Karl Liebknecht gegründet worden war, erschien bis 1933 als Tageszeitung und wurde mehrfach verboten.

307 *Nietzsche:* Friedrich Wilhelm Nietzsche (1844–1900), Philosoph von außerordentlich großer Bedeutung für das Denken und die Literatur nach der Jahrhundertwende. Nietzsches großer Einfluß auf die Literatur resultierte vor allem aus seinem Bestreben, die individuelle Freiheit durch die Kritik an den traditionellen abendländisch-christlich-jüdischen Wertesystemen zu erreichen, um zu einem moralisch ungebundenen »Übermenschen« zu werden. Döblin hatte sich bereits sehr früh mit Nietzsche auseinandergesetzt (1902 in dem seinerzeit ungedruckten Aufsatz »Der Wille zur Macht als Erkenntnis bei Friedrich Nietzsche« und 1903 in dem damals ebenfalls unveröffentlichten Aufsatz »Zu Nietzsches Morallehren«). – *Stirner:* Max Stirner (1806–1856), eigentlich Johann Kaspar Schmidt, lebte und lehrte in Berlin. In seinem bedeutendsten Werk *Der Einzige und sein Eigentum* (1845) vertritt er einen extremen Egoismus, der jegliche Autorität ablehnt, ebenso aber auch allgemeine Humanität sowie die Akzeptanz eines Ideals. Ende des 19. Jahrhunderts entdeckte man Parallelen zu Nietzsches Idee des »Übermenschen« und später zum Existentialismus. Nietzsche und Stirner werden im Text als Gewährsleute für ein extrem ichbezogenes Leben angeführt. Jeder soll nur tun, was ihm Spaß bringt.

308 *Lenin und Stalin:* Stalin (1879–1953), war seit 1903 Bolschewik und seit 1912 Mitglied des Zentralen Komitees, seit 1917 Mitglied des Politbüros. Gemeinsam mit Lenin kämpfte er in der Oktoberrevolution. Nach Lenins Tod 1924 schaltete er seine innerparteilichen Gegner wie Trotzkij, Sinowjew, Bucharin u. a. aus und wurde zum unumschränkten Diktator. Die Brutalität, mit der Stalin vorging, um seine Machtposition auszubauen, und mit der er die »Revolution von oben« (die Zwangskollektivierung der Bauern, den Aufbau einer Schwer- und Rüstungsindustrie) durchsetzte, lehnte Döblin ab.

311 *Und da ist ein Gebirge ... hallelujah:* Freie Variation von 1. Mos. 22, 3–12.

320 *Da sitzt am Wasser ... anlacht:* Offb. 17, 3–6.

321 *Es waren drei Könige, ... schwenkten sie den:* Paraphrase von Matth. 2, 1.

325 *ein künstlichen Arm:* Prof. Dr. Ferdinand Sauerbruch (1875 bis

1951) hatte 1928 eine Professur in Berlin angenommen. Der berühmte Chirurg entwickelte eine neuartige Prothese, die sich durch eigene Muskelkraft bewegen ließ, den sogenannten »Sauerbruch-Arm«.

339 *ich küsse ihre Hand, Madame:* Im Januar 1929 hatte der deutsche Tonfilm »Ich küsse Ihre Hand, Madame« mit Marlene Dietrich (1901–1992) und Harry Liedtke (1888–1945) in den Hauptrollen Premiere. Das gleichnamige Titellied, gesungen von dem damals sehr beliebten Berliner Tenor Richard Tauber (1891–1948), wurde ein Hit und war bereits vor Ostern 1929 über 500000mal auf Schallplatte verkauft worden.

361 *ich hab mein Herz in Heidelberg verloren:* Döblin kannte Heidelberg nicht nur von der Durchreise her, vielmehr hielt er sich von Ende April bis Ende Mai 1917 zum Auskurieren eines Magen-Darmleidens im Heidelberger Offizierslazarett auf. Das Singspiel *Ich hab mein Herz in Heidelberg verloren* wurde 1927 in der Wiener Volksoper uraufgeführt. Das gleichnamige Titellied, dessen Text von Fritz Löhner-Beda und Ernst Neubach stammt und dessen Musik Fred Raymond (1900–1954) komponiert hat, wurde auch in Deutschland zu einem »Gassenhauer«.

371 *Rahnsdorf:* Ortsteil im 18. Verwaltungsbezirk Köpenick im Osten Berlins mit dem ehemaligen Fischerdorf Rahnsdorf als Kern; beliebtes Ausflugsziel wegen des Müggelsees.

373 *Freienwalde:* Bad Freienwald, nordöstlich von Berlin an der Oder gelegen, seit 1683 Badeort mit eisenhaltigen Quellen.

380 *Ein jegliches, ... hat seine Zeit ... fröhlich sein:* Paraphrase von Pred. 3,1/ 2/ 3/ 6/ 7/ 12.

397 *Dempsey:* Jack Dempsey war das große Boxidol der 20er Jahre. 1919 wurde er Weltmeister und unterlag erst 1926 nach der zehnten Runde im »Kampf des Jahrhunderts« Gene Tunney. 1928 verteidigte Tunney in der elften Runde seinen Weltmeistertitel gegen den Neuseeländer Tom Heemey. Döblin gibt in der Montage ein falsches Datum für den Kampf Dempsey gegen Tunney an, der nicht am 23.9.1928, sondern am 23.9.1926 stattgefunden hatte.

398 *Kaposvar:* Ungarische Stadt, die ca. 48 km nordwestlich von Pécs an der Kapos liegt, erst um 1900 gegründet.

416 *Graf Zeppelin:* Nach ihrem Erbauer Ferdinand Graf von Zeppelin (1838–1917) werden lenkbare Starrluftschiffe Zeppeline

genannt. 1900 startete Graf Zeppelin mit dem Luftschiff LZ 1 den ersten Flug, 1909 gründete er in Friedrichshafen am Bodensee die Luftschiffbau Zeppelin GmbH. Sein Mitarbeiter Hugo Eckener startete am 11. Oktober 1928 mit dem Luftschiff LZ 127 »Graf Zeppelin« von Friedrichshafen aus in die USA. Das Luftschiff LZ 127 sollte den Passagierverkehr zwischen Deutschland und den USA eröffnen, die Flugzeit bis Lakehurst dauerte 111,5 Stunden. Am 16. Oktober landete es planmäßig, zum Rückflug startete es am 29. Oktober.

418 *Und ich wandte ... der Sonne:* Pred. 4, 1. – *Wieviel hat Hiob ... viel Gesinde:* Hiob 1, 1/ 3/ 13/ 15–19 und 2, 7/ 8/ 11.

419 *Komm ich will ... Blut der Heiligen:* Offb. 17, 1/ 3–6.

424 *Und siehe ... keinen Tröster:* Pred. 4, 1. – *zwei Engel:* Die beiden Engel gehören zu jener surrealen und apophänen Figurenwelt, die im Nachwort erläutert wird. Döblin wurde zur Einführung der beiden Engel vermutlich durch die Redensart inspiriert, daß jemand, der gesucht aber nicht gefunden wird, unter dem Schutz zweier Engel stehe: vgl. S. 426; weitere Erwähnungen S. 434 ff. und 445.

426 *Moulage:* französisch für Abdruck/Abguß, besonders von anatomischen Wachsmodellen. – *Tauentzienpalast:* Neben dem Ufa-Palast am Zoo, dem Capitol, dem Marmorhaus und dem Gloriapalast war auch der Tauentzienpalast eines jener Kinos am sogenannten Berliner Broadway rings um die Gedächtniskirche.

436 *Lezithin:* Lezithine sind fettähnliche Stoffe, die wichtige Bestandteile aller Zellen sind; sie werden als Stärkungsmittel verabreicht. – *Adalin:* Schlafmittel (Bromureid). – *Phanodorm:* ein Schlafmittel (Barbiturat).

462 *Buch:* Irrenanstalt der Stadt Berlin, an der Döblin von Oktober 1906 bis Juni 1908 als Assistenzarzt gearbeitet hat.

465 *pliert:* berlinerisch für triefen (von den Augen). – *Mikrozephalen:* Aus dem Griechischen und bedeutet die »Kleinköpfigen«. In der Medizin bezeichnet man als Mikrozephalen Menschen, die einen abnormen kleinen Kopf (typisch sind die Abflachung des Hinterschädels und fliehende Stirn) haben. – *Troglodyten:* griechische Bezeichnung für Höhlenwesen.

466 *Pachulken:* polnisch für ungehobelte Menschen.

467 *Ein Klappern – zehn Hörner:* Offb. 17, 3.

469 *Stuporzustand:* Körperliche und geistige Regungslosigkeit, die

u. a. bei endogener Depression oder als abnorme Reaktion im Rahmen einer Schrecksituation vorkommt. – *faradisiert:* Anwendung des faradischen Stroms (eines unsymmetrischen, durch Unterbrecherschaltung erzeugten Wechselstrom) zu Heilzwecken.

470 *Spirochäten:* Erreger der Syphilis, die zu progressiver Paralyse (Gehirnerweichung) führt.

471 *katatoner Stupor:* Katatonie ist eine Form der Schizophrenie mit Krampfzuständen der Muskulatur und Wahnideen. – *Verlust des Kontaktes ... wiederherzustellen:* Eine typische Diagnose der Psychoanalyse, die die körperliche Störung als Reaktion auf einen psychischen Verdrängungsprozeß interpretiert.

472 *Freud:* Sigmund Freud (1856–1939) ist der Begründer der theoretischen und praktischen Psychoanalyse. In Zusammenarbeit mit Josef Breuer (1842–1925) entwickelte Freud seine Theorie und Technik, um die Art und Wirkungsweise der psychischen Kräfte zu studieren. Mittels der Psychoanalyse versuchte Freud, die unbewußten, psychischen Prozesse (z. B. neurotische Symptome, Träume) aufzudecken, um die individuellen Wünsche und Phantasien der Patienten aufzuspüren, die z. B. wegen gesellschaftlicher Tabus verdrängt werden und als unerfüllbar gelten. Diese Verdrängung kann nach Freud psychische Erkrankung bewirken. Freud übte einen nachhaltigen Einfluß auf das geistige Leben des 20. Jahrhunderts aus. Döblin beschäftigte sich in erster Linie als Facharzt für Neurologie und Psychiatrie mit Freuds psychoanalytischer Methode, deren Brauchbarkeit er anerkannte. In den 20er Jahren verteidigte er Freuds Arbeiten in verschiedenen Rezensionen, hielt 1926 zu Freuds siebzigstem Geburtstag die Festrede in der Deutschen Psychoanalytischen Gesellschaft zu Berlin und setzte sich 1930 erfolgreich für die Verleihung des Frankfurter Goethe-Preises an Freud ein. Dennoch ist Döblin, wie aus vielen Stellungnahmen hervorgeht, nicht als Freudianer zu betrachten. – Das Eindringen der Freudschen Psychoanalyse in die Medizin spiegelt sich in der Kontroverse von Biberkopfs Ärzten; vgl. S. 467–473.

474 *der Tod und das Mädchen:* Lied von Franz Schubert (1797–1828). Döblin hat selbst eine Novelle mit einem ähnlich lautenden Titel (»Das Stiftsfräulein und der Tod«) verfaßt, die 1908 in der Monatsschrift Das Magazin veröffentlicht wurde.

477 *Ich leide, ich leide:* Vgl. Biberkopfs Leiden mit Hiobs Leiden (S. 153–157).

489 *Beresina:* Rechter Nebenfluß des Dnjepr, der 110 km nördlich von Minsk (Rußland) entspringt und 613 km lang ist. Beim Rückzug von Moskau mußte Napoleons »Große Armee« im November 1812 die Beresina bei Studjanka überqueren, was zur Katastrophe wurde. – *Langemarck:* Ort in Westflandern, nördlich von Ypern. Im Ersten Weltkrieg wurde Langemarck heftig umkämpft. Im Mai 1915 wurde auf der Frontlinie Langemarck bis Ypern – zum ersten Mal in der Geschichte überhaupt – von den deutschen Truppen Giftgas (Chlorgas) eingesetzt.

496 *Magnetopathen:* Der deutsche Arzt Franz Anton Mesmer (1734–1815) vertrat die Lehre von der Heilkraft des »animalischen Magnetismus«, nach der ein den Organismus belebendes »Fluid«, das in Verbindung mit einem den Kosmos durchdringenden Weltäther stehe, bei Störungen Krankheiten hervorrufe, die durch einen »Magnetopathen« mittels »magnetischer Striche« geheilt werden sollen; die Magnetotherapie gilt als Vorform der Hypnosebehandlung.

Ute Bertram-Hohensee

ZEITTAFEL

1878 Bruno Alfred Döblin am 10. August als viertes Kind des jüdischen Zuschneidereibetreibers Max Döblin und seiner Frau Sophie, geb. Freudenheim, in Stettin geboren.

1888 Max Döblin verläßt Frau und Kinder; Übersiedlung der vaterlosen Familie nach Berlin.

1891 Eintritt ins Gymnasium.

1900 Abitur; Abschluß des ersten, damals nicht gedruckten Romans *Jagende Rosse* und Beginn des zweiten Romans *Der schwarze Vorhang*, der 1912 und 1919 gedruckt wurde; Immatrikulation zum Medizinstudium in Berlin; Kontakte mit Schriftstellern, Musikern und bildenden Künstlern der später Expressionismus genannten Bewegung.

1903–1911 Entstehung von zwölf Erzählungen, die 1912 (mit Jahresangabe 1913) unter dem Titel *Die Ermordung einer Butterblume* erschienen.

1904 Übersiedlung Döblins nach Freiburg im Breisgau; Dissertation über *Gedächtnisstörungen bei der Korsakoffschen Psychose*.

1905 Promotion zum Dr. med.; danach Anstellung als vierter Assistenzarzt der Kreisirrenanstalt Karthaus-Prüll in Regensburg.

1906 Rückkehr nach Berlin und Anstellung als Assistenzarzt an der Irrenanstalt der Stadt Berlin in Buch.

1908–1911 Medizinische Studien und Vorträge sowie literarische Publikationen und Lesungen.

1911 Verlobung mit der jüdischen Medizinstudentin Erna Reiss; Niederlassung als Praktischer Arzt und Geburtshelfer, später als Internist und Nervenarzt mit Kassenpraxis am Halleschen Tor im Berliner Südwesten, Blücherstraße 18; Geburt eines Sohnes von einer deutschen Krankenschwester.

1912 Heirat mit Erna Reiss; Geburt des ersten ehelichen

Sohnes (drei weitere Söhne 1915, 1917 und 1926); Austritt aus der Berliner jüdischen Gemeinde.

1913 Beginn einer Serie von literaturprogrammatischen Schriften; Umzug aus der Blücherstraße zurück in den Berliner Osten, Frankfurter Allee 194.

1914–1918 Militärarzt im Elsaß.

1916 Erscheinen des Romans *Die drei Sprünge des Wang-lun* (mit Jahresangabe 1915).

1917 Erscheinen des Novellenbands *Die Lobensteiner reisen nach Böhmen*; Beginn einer Serie von Aufsätzen politischen Inhalts.

1918 Erscheinen des Romans *Wadzeks Kampf mit der Dampfturbine*. Rückkehr ins revolutionäre Berlin.

1919 Wohnung und Praxis in der Frankfurter Allee 340 (bis 1931); Annäherung an die USPD.

1920 Tod der Mutter; Erscheinen des Romans *Wallenstein*; Döblin wird Vorstandsmitglied des ›Schutzverbandes deutscher Schriftsteller‹.

1921 Erscheinen der politischen Aufsätze des »Linke Poot« unter dem Titel *Der deutsche Maskenball*.

1924 Erscheinen des Romans *Berge, Meere und Giganten*; Reise nach Polen.

1925 Erscheinen des Berichts *Reise nach Polen*; Gründung der Schriftstellervereinigung ›Gruppe 1925‹ und Beginn der Bekanntschaft mit Bertolt Brecht.

1926 Uraufführung von Döblins Drama *Lusitania*; Festvortrag zum 70. Geburtstag Sigmund Freuds vor der Deutschen Psychoanalytischen Gesellschaft Berlin.

1927 Erscheinen des Versepos *Manas*; im Herbst Beginn mit der Niederschrift von *Berlin Alexanderplatz*; Erscheinen des natur- und existenzphilosophischen Essaybands *Das Ich über der Natur*.

1928 Wahl in die Sektion für Dichtkunst der Preußischen Akademie der Künste zu Berlin; ab Sommer systematische Überarbeitung von *Berlin Alexanderplatz*.

1929 Vorabdruck von *Berlin Alexanderplatz* in der Frankfurter Zeitung (8. September bis 11. Oktober); Erscheinen von *Berlin Alexanderplatz* im Verlag S. Fischer (im Oktober).

1930–1931 Erscheinen der Artikelserie »Wissen und Verändern«; Uraufführung des zusammen mit Brecht und Piscator konzipierten Bühnenstücks *Die Ehe*; Entstehung des Hörspiels *Die Geschichte vom Franz Biberkopf*, das aus politischen und möglicherweise auch künstlerischen Erwägungen nicht gesendet wurde.

1931 Beginn der Auseinandersetzungen in der Dichterakademie mit nationalistischen Autoren; Umzug aus der Frankfurter Allee in den Westen Berlins, Kaiserdamm 28; Verlust der Kassenpraxis; Verfilmung von *Berlin Alexanderplatz* unter der Regie von Phil Jutzi mit Heinrich George als Franz Biberkopf und Bernhard Minetti als Reinhold.

1933 Vorbereitung eines erneuten Umzugs zurück in den Berliner Südosten, Hasenheide 82; am Tag nach dem Reichstagsbrand (28. Februar) Flucht Döblins, der vor einer bevorstehenden Verhaftung gewarnt worden war, mit dem Zug in die Schweiz; Erscheinen von *Unser Dasein* noch im Verlag S. Fischer in Berlin; im Herbst Übersiedlung der Familie Döblin vom ersten Exilort Zürich nach Paris.

1934 Erscheinen des ersten Exilromans *Babylonische Wanderung oder Hochmut kommt vor dem Fall.*

1935 Erscheinen des Romans *Pardon wird nicht gegeben.*

1936 Einbürgerung der Familie Döblin in Frankreich.

1937–1938 Erscheinen der *Amazonas*-Trilogie.

1937–1943 Arbeit an dem »Erzählwerk« *November 1918.*

1940 Flucht durch Frankreich vor den nachrückenden deutschen Truppen, Überquerung der Pyrenäen und Überfahrt nach Amerika; Wohnsitz zunächst in Los Angeles, dann in Hollywood; kurzfristige Beschäftigung als Filmtexter bei Metro-Goldwyn-Mayer; Niederschrift des Fluchtberichts »Schicksalsreise«.

1941 Konversion Döblins und seiner Frau zum katholischen Glauben.

1945 Im Oktober Rückkehr nach Frankreich, im November nach Baden-Baden, wo Döblin von der französischen Besatzungsbehörde eingestellt wird und als »Chargé de Mission« (im Rang eines Offiziers) für die »Direction de l'Education Publique« als Zensor und Herausgeber der Zeitschrift »Das Goldene Tor« tätig wird.

1946 Abschluß des *Hamlet*-Romans; Erscheinen der Erzählung »Der Oberst und der Dichter oder Das menschliche Herz«.

1946–1952 Sendereihe »Kritik der Zeit« vom Südwestfunk Baden-Baden mit regelmäßigen Beiträgen von Döblin.

1947 Im Juli erster Besuch Berlins nach dem Krieg; im November erste Tagung des von Döblin gegründeten Verbands südwestdeutscher Autoren; in diesem wie im nächsten Jahr Vorträge an mehreren Universitäten.

1948 Ausscheiden Döblins aus dem Dienst der französischen Besatzungsbehörde (wegen Erreichen der Altersgrenze, ohne Pensionsanspruch).

1948–1950 Erscheinen der im Exil geschriebenen Romantrilogie *November 1918*.

1949 Gründung der Mainzer Akademie der Wissenschaften und der Literatur unter wesentlicher Mitwirkung Döblins; Umzug von Baden-Baden nach Mainz; Erscheinen der »Schicksalsreise«.

1953 Übersiedlung nach Paris aus Mißbehagen an der gesellschaftlich-politischen Entwicklung in Deutschland.

1954 Einladung durch den West-Berliner Senator für Volksbildung zur Rückkehr nach Berlin; Realisierung scheitert an bürokratischen und persönlichen Schwierigkeiten; Verschlimmerung der Krankheit (Parkinsonismus, Gehirnsklerose); Behandlung in der Freiburger Neurologischen Universitätsklinik und in anderen Kliniken und Sanatorien der Freiburger Gegend; Rückkehr nach Paris; Literaturpreis der Mainzer Akademie.

1956 Nach schwerer Erkrankung Überführung nach Freiburg; Zuerkennung einer monatlichen Rente vom Berliner Entschädigungsamt; Erscheinen des Romans

Hamlet oder Die lange Nacht nimmt ein Ende in Ost-Berlin.

1957 Überführung in das Landeskrankenhaus Emmendingen bei Freiburg; Ankündigung der Verleihung des hochdotierten Literaturpreises der Bayerischen Akademie der Schönen Künste an Döblin; Tod Döblins am 26. Juni; Beisetzung auf dem Dorffriedhof von Housseras in den Ost-Vogesen.

Die Deutsche Bibliothek – CIP-Einheitsaufnahme

Döblin, Alfred:
Berlin Alexanderplatz : die Geschichte vom Franz Biberkopf ;
[Roman] / Alfred Döblin. [Hrsg. und mit Nachw. von
Helmuth Kiesel, Anm. und Zeittaf. von Ute Bertram-Hohensee]. –
München : Artemis und Winkler, 1993
(Winkler Weltliteratur : Dünndruck-Ausgabe)
ISBN 3-538-05344-8 Gewebe
ISBN 3-538-05844-X Leder